VICTORIA THOMPSON

WIND DES SCHICKSALS

Roman

Aus dem Amerikanischen
von Norbert Jakober

WILHELM HEYNE VERLAG
MÜNCHEN

HEYNE ROMANE FÜR ›SIE‹
Nr. 04/372

Titel der Originalausgabe:
WINDS OF DESTINY

Deutsche Erstausgabe 10/2001
Copyright © 1994 Cornerstone Communications
Published by Arrangement with Kensington Publishing Corp.
Copyright © der deutschsprachigen Ausgabe 2001
by Wilhelm Heyne Verlag GmbH & Co. KG, München
Dieses Werk wurde vermittelt durch die Literarische Agentur
Thomas Schlück GmbH, Garbsen
Printed in France 2001
http://www.heyne.de
Umschlagillustration: Pino Daeni/Agentur Schlück
Umschlaggestaltung: Nele Schütz Design, München
Satz: Prechtl, Passau
Druck und Bindung: Brodard & Taupin, La Flèche Cedex

ISBN 3-453-18492-0

*Für meine Lektorin Beth Lieberman,
in Dankbarkeit für ihre Unterstützung*

1

»Squaw!«

Becky Tate zuckte zusammen, als sie den spöttischen Zuruf der Cowboys hörte, die vor dem Saloon auf der anderen Straßenseite versammelt waren – doch sie zwang sich, nicht zu ihnen hinüberzublicken. Verdammt! Wenn sie in der Stadt war, achtete sie sonst immer sehr darauf, solchen Gruppen von jungen Männern aus dem Weg zu gehen, damit sie ihre höhnischen Bemerkungen nicht mit anhören musste. Heute jedoch war sie mit ihren Gedanken woanders gewesen.

»Hu-hu-hu-hu-hu-hu«, rief ihr einer von ihnen nach, indem er sich mit der flachen Hand wiederholt auf den Mund schlug, um das indianische Kriegsgeheul nachzuahmen.

»Du kannst mich jederzeit in meinem Tipi besuchen!«, rief ein anderer, was schallendes Gelächter bei seinen Kumpanen hervorrief.

In diesem Augenblick war Becky froh über ihren etwas dunkleren Teint. Wenigstens würde es dadurch nicht so auffallen, wie rot sie geworden war. Unter dem Hut war ihr Gesicht wahrscheinlich ohnehin kaum zu erkennen. Becky ließ es sich nicht anmerken, dass die Zurufe sie ärgerten – ja, sie tat so, als hätte sie sie gar nicht gehört. Sie besann sich auf das indianische Blut, das sie – zumindest zu einem Viertel – in sich hatte, und blieb äußerlich stoisch ruhig. Sie biss die Zähne zusammen und ging mit unbewegter Miene weiter, ohne auch nur ihre Schritte zu beschleunigen; schließlich wollte sie nicht den Eindruck erwecken, dass sie davonlief.

Natürlich war ihr indianisches Blut auch die Ursache dafür, dass die Männer sie überhaupt auf diese Weise behandelten, wie sie es gegenüber einem zu hundert Prozent weißen Mädchen niemals gewagt hätten. Aus Gründen, die ihr völlig unverständlich waren, betrachteten viele Männer sie offenbar als Freiwild oder gar als Dirne.

Die höhnischen Bemerkungen der Cowboys folgten ihr, doch sie zwang sich, weiterhin nicht darauf zu reagieren, auch wenn ihr die Worte wie glühendes Eisen auf der Seele brannten.

Squaw. Was für ein scheußliches Wort. Dabei traf es überhaupt nicht zu. Becky war genauso eine Weiße wie die anderen auch – zumindest war sie als Weiße erzogen worden –, und sie war überzeugt, dass sie mindestens so respektabel war wie jedes andere Mädchen in der Gegend. Als sie zum erstenmal einen Komantschen gesehen hatte, war sie fast schon erwachsen gewesen – abgesehen natürlich von ihrem Vater, aber der war schließlich kein richtiger Komantsche. Erstens hatte er eine weiße Mutter und zweitens war auch er unter Weißen aufgewachsen. Becky wusste nicht, ob man ihn jemals abschätzig ein ›Halbblut‹ genannt hatte – und wenn ja, ob es ihm etwas ausmachte. Er ließ es sich jedenfalls nicht anmerken.

Sie hatte den Saloon hinter sich gelassen und beinahe schon das Geschäft ihres Großvaters erreicht. MacDougals Kaufhaus war das größte und schönste Gebäude in der ganzen Stadt und ließ sich nur mit dem Wohnhaus der MacDougals vergleichen, das seinerseits ein wahres Prunkstück war. Beckys feine Lederschuhe klapperten auf dem hölzernen Bürgersteig, als sie zielstrebig auf das Geschäft zusteuerte, wo sie Zuflucht finden würde. Niemand würde es wagen, sie in Gegenwart ihres Großvaters eine Squaw zu nennen. Auch ihr Vater hätte das nicht hören dürfen.

Manchmal fragte sie sich, ob einer der beiden wusste, was die Leute ihr nachriefen. Wahrscheinlich nicht, und Becky selbst hätte es nie über sich gebracht, es ihnen zu sagen. Es hätte ihnen nur wehgetan und das Problem auch nicht gelöst. Was hätten sie schon dagegen tun sollen? Nichts konnte etwas daran ändern, dass ihre Mutter ein Halbblut geheiratet hatte – und so war Becky nun einmal indianischer Abstammung, zumindest zu einem gewissen Teil. Nein, nichts konnte an dieser Tatsache etwas ändern, dachte sie voller Bitterkeit.

So als hätte sie ihn gerufen, trat Hunter Tate plötzlich aus dem Kaufhaus. Augenblicklich verspürte Becky diese seltsam gemischten Gefühle, die sie immer empfand, wenn sie ihren Vater sah. Da war einerseits große Bewunderung, andererseits aber auch ein tiefer Groll, dass er ihr den Fluch des gemischten Blutes vererbt hatte.

Warum hatte ihre Mutter von allen Männern ausgerechnet ihn wählen müssen? Warum hatte sie nicht daran gedacht, was sie ihren Kindern damit antun würde?

Doch als sie auf ihn zuging, musste sie sich eingestehen, dass sie ihre Mutter sehr gut verstand. Obwohl er bereits über vierzig war, war er immer noch schlank und gut aussehend, außerdem groß und stark wie eine Eiche. Aber nicht nur das – er war auch der sanfteste und gütigste Mann, den sie kannte. Wie er so dastand und auf sie wartete, hatte er Sorgenfalten auf seiner braunen Stirn.

»Was haben diese Cowboys zu dir gesagt?«, fragte er, als sie bei ihm war.

Becky spürte, dass ihr die Röte erneut in die Wangen stieg, und hoffte, dass er es nicht bemerkte. »Ach, nichts, Papa.«

Er glaubte ihr nicht. »Ging es um den Zaun?«

Der Zaun. Natürlich. Die vielen Meilen Stacheldrahtzaun, die ihr Vater rund um seine Ranch gezogen hatte, wodurch er all seine Nachbarn gegen sich aufgebracht hatte. Sie war nie imstande gewesen, ihn anzulügen, doch nun hatte er ihr mit seiner Vermutung einen idealen Ausweg aus ihrem Dilemma gewiesen. »Sie sind eben verärgert, so wie alle anderen auch«, meinte sie.

»Sie haben kein Recht, dich anzupöbeln, nur weil sie etwas gegen mich haben«, erwiderte er. »Ich werde den Jungs mal die Meinung sagen ...«

»Nein!«, warf Betty hastig ein und packte ihn am Arm, um ihn aufzuhalten. »Ich meine, es lohnt sich doch nicht, deswegen Streit anzufangen. Sie haben nur so dahergeredet«, fügte sie hinzu, als er ein finsteres Gesicht machte. »Mama hat mich hergeschickt, damit ich dich und Sean abhole. Es ist Zeit, dass wir nach Hause fahren.«

Er blickte finster die Straße hinunter, wo sich die Cowboys immer noch im Schatten des Saloons lümmelten, doch Becky drückte seinen Arm. »Bitte, Papa«, murmelte sie und hoffte, dass er ihr die Angst nicht anmerkte. Wenn er hinging und herausfand, was sie wirklich zu ihr gesagt hatten ...

»Also gut«, meinte er schließlich. »Komm noch kurz mit rein zu deinem Großvater.«

Becky trat rasch ins Kaufhaus, erleichtert, dass die Cowboys sie nicht mehr sehen konnten. Sogleich strömten all die feinen Düfte der Waren auf sie ein, die ihr Großvater verkaufte – Lederwaren, eingelegtes Gemüse, Zimt, Pfefferminze und feine Stoffe.

»Sieh mal, Sean«, sagte ihr Großvater zu ihrem kleinen Bruder, der auf dem Ladentisch saß. »Da kommt das schönste Mädchen im ganzen County.«

Becky musste lächeln, obwohl ihr immer noch etwas mulmig zumute war. Grandpa MacDougal war einer der wenigen Männer, die in ihr keine Squaw sahen. Er war der zweitnetteste Mann, den sie kannte, auch wenn er gar nicht wirklich ihr Großvater war.

»Ach, das ist doch bloß Becky«, sagte Sean enttäuscht und machte dabei ein unschuldiges Gesicht, so als glaubte er, sein Großvater hätte ihn angeführt. Dann grinste er seine Schwester boshaft an, um ihr zu zeigen, dass er nicht so unschuldig war, wie er tat.

»Wenn du nicht nett zu mir bist, gibt dir Grandpa Mac keine Pfefferminzstange für den Nachhauseweg, nicht wahr, Grandpa?«, neckte ihn Becky.

»Das stimmt«, versicherte Grandpa Mac dem Jungen. »Du musst lernen, nett zu den Mädchen zu sein, weil du dir eines Tages wünschen wirst, dass sie nett zu dir sind.«

Seans säuerlicher Gesichtsausdruck verriet, was er davon hielt. Er war gerade zehn und konnte sich beim besten Willen nicht vorstellen, dass er sich mit der weiblichen Hälfte der Menschheit jemals auch nur den geringsten Kontakt wünschen könnte. »Zu Becky muss ich doch nicht nett sein. Sie ist ja nur meine Schwester«, sagte er.

»Sean MacDougal Tate«, erwiderte Grandpa Mac mit finsterer Miene. »Ich schäme mich für dich!«

Seans selbstgefälliges Lächeln verschwand. Wenn er etwas nicht ertragen konnte, dann war es, dass der Mann, nach dem er benannt war, ihm böse war. »Es tut mir Leid«, sagte er mit Betroffenheit in den großen blauen Augen.

»Sag das nicht mir – sag es deiner Schwester«, erwiderte Grandpa Mac unnachgiebig.

»Es tut mir Leid, Becky«, sagte Sean, wenngleich seine Betroffenheit schon nicht mehr so groß war, als er seine Schwester anblickte. Es ging ihm allein um die Gunst seines Großvaters. Er würde Becky schon wieder piesacken, noch ehe ihr Wagen die Stadt verlassen hatte.

Wie sehr Becky ihn doch um seine blauen Augen beneidete! Er hatte sie von ihrer Mutter geerbt, zusammen mit ihrer blassen Haut und dem goldenen Haar. Niemand hätte Sean für ein Halbblut gehalten – so hell, wie seine Haut war. Beckys Augen waren ebenfalls blau, aber viel dunkler, von der Farbe eines Blauhähers, und ihr Haar war rabenschwarz.

Squaw.

»Na, wie steht's, Little Bluebird?«, fragte ihr Vater, den Kosenamen verwendend, mit dem er sie oft ansprach. »Vergibst du ihm, damit er seine Pfefferminzstange bekommt?«

»Komm schon, Beck!«, bettelte Sean. »Es tut mir Leid. Bitte.«

Wie er sie mit seinen großen blauen Augen ansah, erschien er ihr wie ein Engel, ein blonder Engel – und Becky hätte ihn am liebsten dafür gehasst, dass er so makellos weiß war und so wunderschöne blonde Locken hatte, während ihr Haar immer glatt blieb, egal, was sie damit anstellte. Doch auch wenn sie ihn noch so sehr beneidete – er war trotzdem ihr kleiner Liebling. Sie liebte ihn, seit ihr Vater ihr das zarte schreiende Baby zum erstenmal in den Arm gelegt hatte; damals war sie acht Jahre alt gewesen.

Aber eine kleine Rache konnte sie sich nicht verkneifen. »Also schön, Kleiner, ich vergebe dir, wenn du mir einen Kuss gibst«, sagte sie und beugte sich zu ihm, um sich den Kuss zu holen.

»Nein!«, rief Sean in gespieltem Entsetzen und riss die Arme hoch, um sich gegen ihr Ansinnen zu wehren. Becky hatte jedoch keine Mühe, seinen Widerstand zu überwinden und ihm einen saftigen Schmatz auf die schmuddelige Wange zu drücken.

Die beiden Männer brüllten vor Lachen, als Sean entsetzt aufheulte und sich wie wild die Wange rieb.

»Jetzt kannst du deine Pfefferminzstange haben«, sagte sie.

»Für das hier müsste ich eigentlich zwei bekommen«, beklagte sich der Junge, doch sein Großvater überreichte ihm nur eine Zuckerstange.

»Gib Acht, dass sie dir nicht runterfällt«, mahnte er ihn.

Becky betrachtete das wohlvertraute Gesicht ihres Großvaters und versuchte sich vorzustellen, wie er vor fast fünfunddreißig Jahren ausgesehen haben mochte, als er ihre Großmutter Rebekah Tate aus dem Lager der Komantschen befreit hatte. Sie war eine der ersten weißen Siedlerinnen gewesen, die von Indianern entführt worden war. In den sieben Jahren bei den Komantschen hatte sie einen Jungen zur Welt gebracht – und dieser Junge war heute Beckys Vater. Die meisten

Männer hätten nichts von einer Frau wissen wollen, die ein Halbblut zum Kind hatte – nicht aber Sean MacDougal. Er liebte sie und heiratete sie schließlich auch, und er zog ihren Sohn auf, als wäre es sein eigener. Kein Wunder, dass Hunter Tate seinen eigenen Sohn nach Sean MacDougal benannt hatte.

Ob Becky jemals einen Mann wie ihn finden würde – einen Mann, der in ihr nicht eine Squaw sah?

»Komm jetzt, mein Junge«, sagte Hunter. »Deine Mutter wartet schon auf uns.«

»Kann ich nicht noch ein wenig hier bleiben und Grandpa im Geschäft helfen?«, fragte der kleine Sean. »Ich kann doch heute bei ihm übernachten und ihr holt mich dann morgen ab, wenn ihr zur Kirche geht.«

Hunter blickte Grandpa Mac an, der mit einem Achselzucken sagte: »Von mir aus gern, und Rebekah Tate freut sich immer, wenn ihr Enkelsohn zu Besuch kommt.«

Es war Becky immer schon seltsam vorgekommen, dass Grandpa Mac seine Frau, also Grandma Mac, ›Rebekah Tate‹ nannte. So hieß sie ja gar nicht mehr, seit sie ihn geheiratet hatte – und Becky erschrak jedes Mal, wenn sie ihn den Namen aussprechen hörte, weil es schließlich auch *ihr* Name war, und zwar ihr richtiger; ihre Mutter nannte sie immer so, wenn sie zornig auf sie war.

Doch hier war niemand zornig, außer Becky selbst, weil ihr soeben eingefallen war, dass sie wieder auf die Straße hinaus musste, wo diese Cowboys wahrscheinlich immer noch vor dem Saloon herumlungerten. Vor ihrem Vater würden sie bestimmt nichts sagen. Halbblut oder nicht, er trug eine Waffe wie jeder andere Mann in Texas – deshalb würde niemand, dem sein Leben lieb war, sie in seiner Gegenwart beleidigen. Trotzdem wusste sie, was die Männer sich dachten.

»Lass Sean nicht allein hinausgehen«, sagte ihr Vater zu Grandpa Mac. »Ein paar Jungs haben vorhin Becky geärgert, wegen dem Zaun.«

»Alles in Ordnung, Becky?«, fragte Grandpa besorgt. Seine sanften braunen Augen blickten bekümmert, als er ihr seine große Hand schützend auf die Schulter legte.

»Aber ja«, versicherte sie ihm mit einem gezwungenen Lachen. »Das war doch nur dummes Geschwätz.«

»Ich habe dir ja gesagt, dass der Zaun dir nur Ärger bringt«, erinnerte Grandpa ihren Vater wohl zum tausendsten Mal.

»Ärger gibt es erst, wenn noch einmal jemand versucht, ihn durchzuschneiden«, erwiderte Hunter hartnäckig.

Auch Grandpas Gesichtszüge verhärteten sich. »Ich hoffe nur, dass die Rangers da sind, bevor es dazu kommt.«

»Die Rangers?«, fragte Becky erstaunt. »Hast du etwa nach den Rangers geschickt? Warum hast du mir das denn nicht erzählt?«

»Ich hab's gewusst«, prahlte der kleine Sean, wenngleich Becky vermutete, dass er log, um sie zu ärgern.

»Ach, kein Grund zur Beunruhigung«, antwortete ihr Vater.

»Kein Grund zur Beunruhigung? Du hättest wohl kaum nach den Rangers geschickt, wenn du nicht beunruhigt wärst!«

»Es ist nur eine Vorsichtsmaßnahme«, erklärte er ihr. »Ich möchte, dass es gar nicht erst zu Problemen kommt. Wenn die Rangers in der Gegend sind, wird sich niemand an meinem Zaun vergreifen.«

»O doch, weil die Leute nämlich an das Wasser rankommen wollen«, erinnerte sie ihn zornig, »und da wird es ihnen egal sein, ob die Rangers hier sind oder nicht!«

»Das ist *mein* Land, und das Gesetz sagt, dass ich es einzäunen darf«, beharrte ihr Vater, nun genauso wütend wie sie. »Ich habe das Recht, mein Eigentum zu schützen.«

»Hast du auch das Recht, andere Menschen vor den Kopf zu stoßen?«, entgegnete Becky.

»Jetzt beruhigt euch mal«, warf Grandpa besänftigend ein.

»Ist nicht so schlimm«, versicherte ihm Sean mit ernster Miene. »So streiten sie immer.«

Es war tatsächlich so. Becky konnte einfach nicht verstehen, warum ihr Vater derart halsstarrig auf dem Zaun beharrte. »Dieser Stacheldraht ist wie ein Fluch auf diesem Land«, ereiferte sie sich. »Ich wünschte, ich hätte dieses widerliche Zeug nie zu Gesicht bekommen!«

»Mir gefällt er«, verkündete Sean, doch keiner nahm von ihm Notiz.

»Das ist der Fortschritt«, sagte Hunter Tate mit zornigem Gesicht. »Es ist höchste Zeit, dass man seine Kühe auf seinem Land halten und dafür sorgen kann, dass die Kühe der anderen draußen bleiben.«

»Du meinst, dass die anderen Leute draußen bleiben«, entgegnete Becky gereizt. »Wie sollen die anderen jetzt zur Straße kommen und zu den Bächen …«

»Jetzt reicht es!«, rief Hunter mit schneidender Stimme, doch Becky hatte keine Angst vor ihm. Sie wusste, dass es Zeitverschwendung war, mit ihm über dieses Thema zu streiten. Er hielt unverrückbar an seiner Haltung fest, deshalb verbiss sie sich den Einwand, der ihr auf der Zunge lag. »Gehen wir«, sagte er. »Deine Mutter wartet.«

Becky warf ihm einen wütenden Blick zu, ehe sie sich ihrem Großvater zuwandte und sogar ein Lächeln zustande brachte. »Wiedersehen, Grandpa. Pass gut auf meinen kleinen Bruder auf«, sagte sie mit einem Blick zu Sean.

»Ich bin nicht klein!«, protestierte er.

»Sei ein braver Junge bei deinen Großeltern«, sagte Hunter und strich ihm über die blonden Locken. »Wir kommen dann morgen wieder.«

Hunter nahm Beckys Arm und führte sie auf die Straße hinaus. Augenblicklich fielen ihr wieder die Cowboys ein, doch als sie vorsichtig die Straße hinunter spähte, stellte sie zu ihrer Erleichterung fest, dass sie fort waren.

Während sie mit ihrem Vater zum Haus ihrer Großeltern ging, wo ihre Mutter auf sie wartete, spürte sie deutlich, dass ihr Vater sich immer noch über sie ärgerte. Doch er war nun einmal im Unrecht, fand sie, und wer sollte ihm das sagen, wenn nicht sie?

»Papa, was glaubst du, werden die Texas Rangers tun?«, fragte sie.

»Ich hoffe«, sagte er mürrisch, »sie werden verhindern, dass Blut fließt.«

»Möchtest du denn nicht mit in die Stadt kommen?«, fragte Beckys Mutter.

Eine Woche war seit Beckys Begegnung mit den ungehobelten Cowboys vergangen – doch die Erinnerung daran war noch nicht verblasst. »Ich glaube, ich bleibe lieber zu Hause und wasche mir die Haare.«

»Deine Großmutter wird enttäuscht sein«, redete ihr Sarah Tate zu.

»Ich sehe sie ja morgen in der Kirche«, wandte Becky ein. »Außerdem wird Sean sie ohnehin auf Trab halten. Es wird ihr deshalb gar nicht auffallen, dass ich nicht da bin.«

Sarah lächelte, sodass ihrer Tochter wieder einmal zu Bewusstsein kam, wie schön ihre Mutter immer noch war. Ihr Haar glänzte wie gesponnenes Gold, und wenn man einmal von den Fältchen um die Augen absah, hätte man sie durchaus für Beckys Schwester halten können. Als kleines Mädchen hatte Becky oft davon geträumt, dass sie eines Morgens mit heller Haut und blondem Haar aufwachen und genauso aussehen würde wie ihre Mutter.

Doch dieser Traum war nie Wirklichkeit geworden. Heute graute Becky davor, sich auf den Straßen von Tatesville blicken zu lassen – jener Stadt, die immerhin nach ihrer Familie benannt war.

»Wirst du dich nicht einsam fühlen, so ganz allein hier? Die Jungs gehen auch alle in die Stadt, weißt du?«, fragte Sarah.

Becky wusste natürlich, dass die Rancharbeiter ebenfalls in der Stadt sein würden. Sie wäre nie auf die Idee gekommen, ohne ihre Familie daheim zu bleiben, wenn die Männer auch zu Hause geblieben wären. »Ach, die Stille ist eine angenehme Abwechslung.«

Wie um ihre Worte zu bekräftigen, fing ihr Bruder draußen zu schreien an.

»Du liebe Güte«, murmelte Sarah zerstreut und eilte hinaus, um nach dem Jungen zu sehen.

Etwas später, als alle aufgebrochen waren, genoss Becky tatsächlich die Stille, die hier auf der Ranch ein seltenes Gut war – vor allem, wenn man bedachte, dass hier ein kleiner Quälgeist von einem Jungen lebte und ein Dutzend rüpelhafte Cowboys arbeiteten. Sie ging auch gleich daran, ihr Alleinsein zu nützen, und nahm sich zwei Handtücher und etwas weiche Seife. Damit ging sie in die Küche und ließ sich heißes Wasser aus dem Heißwasserspeicher ein, um sich die Haare zu waschen. Als sie ihre Hemdbluse ausgezogen und über die Lehne eines Stuhls gehängt hatte, öffnete sie ihr langes rabenschwarzes Haar und bürstete es aus.

Ihre Haarpracht, wie ihre Mutter es zu nennen pflegte. Für Becky war es eher ein Fluch. Sie hatte schon oft einzelne Strähnen eingerollt und hochgesteckt und die ganze Nacht darauf geschlafen. Sie hatte ihr Haar mit der Lockenbrennschere zu kräuseln versucht, doch selbst wenn sie sich die Haare versengte – die Locken wollten einfach nicht halten. Was sie auch unternahm – nach einer Stunde war ihr Haar wieder völlig glatt. Glatt und rabenschwarz, wie bei einer Indianersquaw.

Mit einem Seufzer legte sie die Bürste nieder und machte sich an die mühsame Arbeit, ihr langes, bis zur Taille reichendes Haar einzuseifen und auszuspülen. Vor Jahren hatte sie eine Zeit lang versucht, ihr Haar mit

Essig aufzuhellen – doch das übel riechende Zeug hatte es nur noch glänzender und schwärzer gemacht.

Als sie die letzte Spülung beendet hatte, schlang sie ein Handtuch um ihr Haar und ging auf die hintere Veranda hinaus, wo es in der Sonne rasch trocknen würde. Sie kämmte es durch und rieb es zwischendurch mit dem Handtuch ab, damit es schneller trocknete.

Es war ein langwieriger, mühsamer Vorgang, und nicht zum ersten Mal fragte sich Becky, warum sie sich das Haar nicht einfach abschnitt. Sicher, ihre Mutter wäre bestürzt gewesen, aber Becky wusste, dass der wahre Grund, warum sie es nicht tat, ihr Stolz war. Hätte sie ihr Haar abgeschnitten, so hätte sie damit zugegeben, dass sie ihr Äußeres und ihre Herkunft hasste. Nun, sie mochte sich ja tatsächlich selbst hassen – aber das hieß noch lange nicht, dass sie das den anderen auch noch zeigen würde.

»Hallo, jemand zu Hause?«

Becky erschrak, als sie den Ruf hörte, und sprang aus ihrem Stuhl hoch. Der Kamm fiel ihr aus der Hand, als sie sich umdrehte, um zu sehen, wer da war.

Was sie da sah, ließ sie so abrupt innehalten, als wäre sie gegen eine Ziegelmauer gelaufen.

War das denn möglich?, dachte sie entgeistert. Sie schüttelte sich und sah noch einmal hin. Es war doch nur ein Mann auf einem Pferd, der wahrscheinlich um das Haus herum geritten war, nachdem vorne niemand auf seinen Ruf reagiert hatte. Sie hatte in ihrem Leben schon hunderte, vielleicht tausende Männer auf Pferden gesehen.

Aber keinen wie ihn.

Nein, der hier war anders. Sie hätte nicht sagen können, warum, aber ihr wild pochendes Herz sagte ihr, dass es so war.

»Tag«, brachte sie schließlich heraus und wünschte sich, sie hätte sich vorher geräuspert. Das Wort klang eher wie ein Krächzen.

Der Mann hob die Hand an die Hutkrempe – eine kleine Geste der Höflichkeit. »Verzeihen Sie, Ma'am. Ich wollte Sie nicht stören. Ich suche Hunter Tate.«

Seine Stimme klang rau und etwas schroff, doch Becky konnte nur noch daran denken, dass diese Stimme ihr ein so seltsames Gefühl bescherte, so als würde etwas tief in ihrem Inneren vibrieren.

»Er ist nicht da. Ich meine, das ist seine Ranch, aber er ist in der Stadt und ...« Sie gab es auf, weil sie plötzlich das Gefühl hatte, nicht mehr klar denken zu können – auch wenn sie keine Ahnung hatte, warum. Männer machten auf sie gewöhnlich nie einen solchen Eindruck. Warum war es bei diesem hier nur so?

Nun, er sah wohl ein wenig anders aus. Er war groß, vielleicht sogar größer als ihr Vater, der immerhin einen Meter dreiundachtzig maß. Man konnte jedenfalls erkennen, dass er sehr hoch gewachsen war, obwohl er auf einem Pferd saß. Seine Brust und Schultern ragten hoch auf, und seine muskulösen Beine schienen lang genug zu sein, um den Boden zu erreichen, wenn er sie aus den Steigbügeln genommen hätte.

Aber was sie vielleicht am meisten aus der Fassung brachte, war sein Gesicht. Er sah nicht einmal außergewöhnlich gut aus, das war es also nicht. Nein, man hätte sein Aussehen als eher durchschnittlich bezeichnen können, wäre da nicht sein Gesichtsausdruck gewesen. Oder vielmehr sein fehlender Gesichtsausdruck. Sein Gesicht wirkte nämlich wie aus Stein gemeißelt.

Er wartete einen Augenblick, ob sie noch etwas hinzufügen würde, ehe er fragte: »Kommt er bald wieder zurück?«

»Nein, nicht vor dem Abendessen«, sagte Becky, ohne zu überlegen. Du liebe Güte, dachte sie. War es wirklich klug, ihm das zu sagen? Ob er wohl ahnte, dass sie allein hier war? Sie fragte sich, ob sie vor ihm Angst haben musste.

Nein, Angst verspürte sie überhaupt nicht, nur ein

seltsames Unbehagen. Wenn nur ihr Haar nicht so ungeordnet herunterhängen würde wie ein Pferdeschwanz. Sie sah bestimmt ziemlich unzivilisiert aus. Peinlich berührt warf sie ihr Haar über die Schulter zurück.

Er blickte sie erstaunt und etwas nachdenklich an, so als wäre er dabei, eine Entscheidung zu treffen. Schließlich sagte er: »Ich bin Clint Masterson, von den Texas Rangers.«

Plötzlich ergab alles einen Sinn. Natürlich! Sie hatte schon von den Rangers gehört und auch, dass sie anders als andere Männer wären. Grandma Mac hatte ihr so manche Geschichte über sie erzählt.

»Mein Vater hat nach Ihnen geschickt«, teilte sie ihm mit, so als hätte er das nicht selbst gewusst, und fühlte sich augenblicklich ziemlich dumm. »Ich meine, er hat mir erzählt, dass er nach Ihnen geschickt hat. Er erwartet Sie schon. Er kommt zwar erst heute Abend zurück, aber Sie sind natürlich willkommen hier, Mr. Masterson.« Mehr als willkommen, nach Beckys pochendem Herzschlag zu schließen. »Sie können Ihr Pferd im Stall unterbringen, da ist genug Hafer. Sie selbst können sich ein leeres Bett in der Schlafbaracke nehmen.«

Nun, sie hatte ihre Pflicht getan. Sie hatte sich so verhalten, wie es die Gastfreundschaft gebot. Ihre Mutter wäre stolz auf sie gewesen. Sie hatte an alles gedacht und ... Du liebe Güte, nicht ganz an alles. Die erste Regel der Gastfreundschaft lautete, dem Gast etwas zu essen anzubieten. Normalerweise hätte Becky ihn in die Küche geschickt, wo man ihm etwas zubereitet hätte – doch die Köchin hatte, wie alle anderen, heute ihren freien Tag. Das bedeutete, dass Becky ihm etwas zubereiten musste.

»Und danach«, fügte sie tapfer hinzu, auch wenn die Vorstellung ihre Knie weich werden ließ, »kommen Sie hierher zurück und ich mache Ihnen etwas zu essen.« Wie würde es sein, dieser steinernen Miene bei Tisch gegenüberzusitzen? Worüber sollte sie bloß mit ihm sprechen?

»Machen Sie sich keine Umstände«, antwortete er, und sie hatte irgendwie das Gefühl, dass ihm bei dem Gedanken ebenfalls nicht ganz wohl war.

Aber sie musste sich getäuscht haben. Er wollte gewiss nur höflich sein, auch wenn es ihr schwer fiel, sich ihn als übertrieben höflichen Menschen vorzustellen. »Es macht mir keine Umstände«, versicherte sie mit gezwungener Fröhlichkeit. »Ich meine, Sie sind doch sicher hungrig, oder?«

Becky hatte noch nie einen Mann getroffen, der eine Einladung zum Essen ausgeschlagen hätte.

Dieser hier schien jedoch etwas weniger begierig darauf zu sein. Er nickte nur kurz, so als würde es ihm körperlichen Schmerz bereiten, auch nur ein Wort zu viel zu sprechen. Was war bloß los mit ihm? Und warum blickte er sie so eigenartig an, als hätte er noch nie ein weibliches Wesen gesehen? War sie denn wirklich so abstoßend mit ihrem ungeordneten schwarzen Haar?

Instinktiv griff sie nach ihrem Haar, das im milden Wind flatterte, um es über die Schulter zurückzustreichen, – und zu ihrer größten Verblüffung spürte sie auf ihrer Schulter nicht den Stoff der Hemdbluse, sondern nur nackte Haut. O Gott, sie hatte doch tatsächlich vergessen, dass sie ihre Bluse gar nicht anhatte!

»Oh!«, rief sie erschrocken aus und riss ihr Handtuch hoch, um ihren spärlich bekleideten Oberkörper zu bedecken. Sie schämte sich so sehr, dass sie ihren Besucher gar nicht mehr anzusehen wagte, in die Küche stürmte und die Tür hinter sich zuwarf.

»O nein«, stöhnte sie und lehnte sich gegen die Tür. Jetzt erst wagte sie das Handtuch wegzunehmen und sich zu betrachten. Nun, sie trug wenigstens ihr Hemd, auch wenn sie heute auf ein Korsett verzichtet hatte. Aber zu ihrem Entsetzen sah sie, dass der Stoff ihres Hemds so dünn war, dass sie dem Mann genauso gut mit nacktem Oberkörper hätte gegenübertreten können! Waren ihre Brustwarzen die ganze Zeit über so steif gewesen? Kein Wunder, dass er sie angestarrt hatte! Mit einem Seufzer ließ sie sich auf den Boden sinken und bedeckte ihr Gesicht mit beiden Händen. Wie sollte sie dem Mann noch einmal in die Augen sehen!

Doch als sie wieder daran dachte, wie er sie vorhin angesehen hatte, und überlegte, was er jetzt wohl über sie denken mochte, hielt sie plötzlich überrascht inne. Er hatte sie nicht lüstern angestarrt wie die anderen Männer, so wie es auch die Cowboys letzten Samstag auf der Straße getan hatten, obwohl sie völlig züchtig gekleidet gewesen war. Wie hätten all diese Männer sie erst angestarrt, wenn sie ihnen so gegenübergetreten wäre wie diesem Mann da draußen!

Nein, er hatte sie nicht lüstern angeblickt – aber angeblickt hatte er sie wohl, dessen war sie sich sicher. Nur hatte sie nicht die geringste Ahnung, was sich hinter seinem völlig ausdruckslosen Gesicht verbarg und was er tatsächlich empfunden haben mochte.

Clint Masterson sah, wie die Tür hinter dem Mädchen zuschlug. Wie er sich gedacht hatte, war es ihr gar nicht aufgefallen, dass sie keine Bluse anhatte. Clint jedoch hatte es sehr wohl bemerkt – und zwar mit all seinen Sinnen.

Erst als die Tür sich geschlossen hatte, wagte er wieder zu atmen. Er holte tief Luft und atmete mit einem Seufzer aus. O Gott, in was war er da bloß geraten! Der Captain der Rangers hatte ihm gesagt, dass er es mit Leuten zu tun bekommen würde, die Stacheldrahtzäune durchschnitten, mit aufgebrachten Männern, die bereit waren, einander wegen Land- und Wasserrechten umzulegen. Damit hatte Clint auch kein Problem. Er wusste, wie man mit Leuten umging, die sich in die Haare geraten waren. Aber von einer wunderschönen jungen Frau hatte keiner ein Wort gesagt.

Er blickte nach unten und sah, dass seine Hände zu Fäusten geballt waren. Langsam entspannte er sich ein wenig und zog kurz am Zügel, um sein Pferd zum Umkehren zu bewegen.

Der stattliche kastanienbraune Wallach machte bereitwillig kehrt und trabte zum Vordereingang des Hauses zurück. Clint hätte hier warten sollen, bis jemand auf sein Rufen reagiert hätte. Er hätte wegreiten und irgendwo in der Gegend ein Nachtlager aufschlagen sollen, um dann am nächsten Morgen wiederzukommen. Aber nein – er musste ja unbedingt nachsehen, ob nicht doch jemand da war, so als legte er es geradezu darauf an, Probleme zu bekommen.

Denn die hatte er jetzt ohne Zweifel.

Wie sollte er dieses Bild jemals wieder aus seinem Kopf verbannen? Dieses schimmernde schwarze Haar, das so wunderbar über die weichen, runden Schultern fiel. Und diese Brüste, die sich an das Hemd pressten, als wollten sie sich davon befreien.

Clint schluckte erst einmal, um die Trockenheit aus dem Mund zu bekommen. Er hatte seit langem keine Frau mehr gehabt. Das war es wahrscheinlich. Jede Frau würde für ihn gut aussehen, sagte er sich – nur dass diese hier mehr als nur gut aussah. Er dachte an ihr ebenmäßiges, liebliches Gesicht. An ihre lebhaften dunklen Augen, in denen zuerst Erstaunen, dann Unsicherheit und schließlich Verlegenheit zu sehen war. Und an ihre vollen rosaroten Lippen. Er konnte sich beinahe vorstellen, wie sie schmecken würden.

Beinahe. Wirklich herausfinden würde er es ohnehin nie. Clint Masterson konnte von einer Frau wie ihr nur träumen. Und er war gut beraten, das niemals zu vergessen.

Als Becky sich ordentlich gekleidet und ihr immer noch feuchtes Haar hochgesteckt hatte und sie schließlich daranging, für ihren Gast Bohnen und Brötchen aufzuwärmen, war sie bereits nicht mehr ganz so verlegen.

Es war bestimmt nicht das erste Mal, dass Mr. Masterson eine Frau in Unterwäsche gesehen hatte. Schließlich war er kein kleiner Junge mehr. Sie schätzte, dass er mindestens Mitte zwanzig war, und er wirkte wie ein Mann von Welt. Vielleicht war er schon verheiratet, auch wenn der Gedanke Becky aus irgendeinem Grund missfiel. Aber sie wusste, dass Texas Rangers oft ungebunden waren. Männer, die Frau und Kinder hatten, konnten nicht so viel herumreisen, wie die Rangers es tun mussten. Bestimmt würden Mr. Masterson und die Männer, die gewiss bald nachkamen, einige Monate hier bleiben, bis alles geregelt war. So lange würde er allein schon dafür brauchen, um ihren Vater davon zu überzeugen, diesen unsinnigen Drahtzaun niederzureißen. Schließlich hatte sie selbst lange genug erfolglos versucht, ihn zu überreden.

Während sie den Tisch für zwei Personen deckte, überlegte Becky, wie sie sich verhalten sollte, wenn er zurückkehrte. Es erschien ihr schließlich als das Beste, so zu tun, als wäre nichts geschehen. Das hatte er ja auch getan; er hatte sich überhaupt nichts anmerken lassen. Wenn er der Gentleman war, für den sie ihn hielt, würde er auch nicht darüber reden – und es würde tatsächlich so sein, als wäre das Ganze gar nicht passiert.

Becky hatte nun bereits ein besseres Gefühl bei dem Gedanken, ihm erneut gegenüberzutreten. Doch das hieß noch lange nicht, dass sie ein gutes Gefühl hatte. Irgendetwas an ihm verunsicherte sie zutiefst. Auch wenn sie es sich selbst nicht gern eingestand, so war es doch vielleicht gerade die Tatsache, dass er so ein Gentleman war, was sie an ihm verwirrte. Becky konnte sich lebhaft vorstellen, wie die Arbeiter ihres Vaters oder die Cowboys in der Stadt reagiert hätten, wenn sie sie so gesehen hätten, wie Mr. Masterson sie heute gesehen hatte.

Sie wusste, dass es am besten war, solche Reaktionen nicht weiter zu beachten. Was sie nicht wusste, war, wie sie sich verhalten sollte, wenn überhaupt keine Reaktion kam. Gewiss, sie hatte oft gebetet, dass die Männer sich nicht so aufdringlich verhielten – aber jetzt, wo es eingetroffen war, fühlte sie sich doch nicht so wohl dabei, wie sie erwartet hatte. Ja, sie fühlte sich fast beleidigt! So gut wie jeder Mann, dem sie begegnete, schien sie haben zu wollen – aus unsittlichen Gründen, gewiss, aber er schien sie auf jeden Fall zu wollen. Konnte es sein, dass Mr. Masterson tatsächlich anders war? Oder war es möglich, dass *er* der eine Mann auf der Welt war, der sie überhaupt nicht haben wollte?

Bei dem Gedanken ließ sich Becky abrupt auf einen der Stühle in der Küche niedersinken. Gewiss, sie war ein Halbblut. Vielleicht war das der Grund. Aber genau deswegen dachten ja die anderen Männer, dass sie ihre Gunst jedermann gewähren würde. Was sie zu ihr sagten, würden sie niemals zu einem ehrbaren weißen Mädchen sagen. Nur weil sie nicht hundertprozentig weiß war, betrachteten sie sie in gewisser Weise als unrein.

Als Mr. Masterson sie angeblickt hatte, war sie sich nicht schmutzig vorgekommen, wie es sonst oft der Fall war, wenn Männer sie ansahen. Trotzdem hatte sie auch in seiner Gegenwart etwas gespürt. Etwas, das sie nie zuvor empfunden hatte.

Und irgendwo tief in ihrem Inneren trug sie den brennenden Wunsch, dass der Ranger Clint Masterson etwas Ähnliches empfand.

Nachdem Clint sein Pferd in dem gut eingerichteten Stall untergebracht hatte, trug er seine wenigen Habseligkeiten in die Schlafbaracke hinüber. Sie war, so wie alle anderen Gebäude hier auf der Ranch, in ausgezeichnetem Zustand. Hunter Tate schien zu wissen, wie man eine Ranch führte.

Das Gebäude wirkte von innen genauso ordentlich wie von außen. Die Männer hatten ihre Sachen unter den Betten verstaut oder auf Kleiderhaken an den Wänden aufgehängt. Sogar die Bilder von spärlich bekleideten Frauen, die aus der *Police Gazette* herausgerissen worden waren, hingen in ordentlichen Reihen an der Wand. Irgendjemand regierte hier offensichtlich mit eiserner Hand. Clint fand ein leeres Bett und begann seine Sachen auszupacken.

Nachdem er sich eingerichtet hatte und dank Wasser, Seife und einer Rasur einigermaßen annehmbar aussah, konnte er die Rückkehr in die Küche der Tates nicht länger hinausschieben. Er blickte zu dem imposanten Haus aus Stein hinüber, in dem Miss Tate und ihre Familie lebten, und überlegte ernsthaft, ob er nicht lieber hier bleiben und warten sollte, bis die anderen Mitglieder der Familie aus der Stadt zurückgekehrt waren. Es war gewiss ratsam, ein wenig Zeit verstreichen zu lassen, bis er das Mädchen wieder sah. Ja, wahrscheinlich wäre es das Beste, irgendeinen Weg zu finden, sie überhaupt nicht mehr zu Gesicht zu bekommen. Warum sollte er sich einer solchen Qual aussetzen, wo er doch genau wusste, dass nie etwas daraus werden konnte? Außerdem war ihr das Zusammentreffen von vorhin wahrscheinlich immer noch so peinlich, dass sie ihn ohnehin nicht sehen wollte.

Andererseits hatte sie vielleicht eine Mahlzeit für ihn zubereitet und wartete jetzt auf ihn. Sie würde es als äußerst unhöflich empfinden, wenn er nicht kam. Ob sie wohl kommen würde, um nach ihm zu sehen? Es wäre wirklich ausgesprochen ungehobelt von ihm, ihr das zuzumuten. Nein, warum sollte er sie dermaßen vor den Kopf stoßen?, dachte er sich. Außerdem knurrte ihm vor Hunger ohnehin schon der Magen.

Schließlich entschied er, es zu versuchen. Vielleicht versteckte sie sich ohnehin irgendwo im Haus, weil sie es nicht wagte, sich noch einmal blicken zu lassen. In diesem Fall würde er sich sagen, dass es ein Glück war, dass er den quälenden Anblick ihrer Schönheit nicht mehr ertragen musste. Dann würde er das gedörrte Rindfleisch aus seiner Tasche holen und seinen Hunger damit stillen. Aber wenn sie auf ihn wartete … nun, dann würde er sich wohl zu Tisch setzen müssen und mit ihr essen.

Die Vorstellung war gleichermaßen reizvoll wie beängstigend.

Die Küche befand sich in einem eigenen Gebäude hinter dem Haus, das mit diesem durch einen überdachten Weg verbunden war. Im Süden nannten sie das eine Sommerküche. Clint ging hinter das Haus zu der Veranda, auf der das Mädchen zuvor gesessen hatte. Nun, sie saß zwar nicht mehr dort, doch von drinnen hörte er das Klappern von Geschirr. Sie bereitete ihm also tatsächlich eine Mahlzeit zu.

Wie lange war es her, seit er zum letzten Mal mit einer Frau bei Tisch gesessen hatte? Und noch dazu mit einer so hübschen jungen Frau? Er konnte sich nicht mehr daran erinnern – falls ihm das überhaupt jemals widerfahren war. Gelegenheiten wie diese ergaben sich für einen Mann wie Clint Masterson nicht allzu oft. Vielleicht war das der Grund, warum ihm das Herz wie wild im Leib pochte und seine Nerven zum Zerreißen gespannt waren. Wie sollte er das Ganze bloß hinter sich bringen, ohne sich völlig zum Narren zu machen?

Sein gesunder Menschenverstand riet ihm, die Beine in die Hand zu nehmen und sich aus dem Staub zu machen, so schnell er konnte. Seine Zeit mit Hunter Tates Tochter zu verbringen war das Letzte, wofür man ihn bezahlte; außerdem schwante ihm, dass ihm am Ende nichts als Kummer bleiben würde. Trotzdem konnte er sich nichts vorstellen, was er in diesem Augenblick lieber getan hätte, als mit ihr zusammenzusein.

Geistesabwesend strich er sein Hemd ein letztes Mal glatt und überprüfte noch einmal, ob er es sich auch ordentlich in die Hose gesteckt hatte. Dann rückte er seine Lederweste zurecht und prüfte den Sitz seines Hutes. Als er schließlich fand, dass er einigermaßen annehmbar aussah, stieg er die Stufen zur Veranda hoch.

Becky hatte bereits ungeduldig auf ihn gewartet. Er hatte sich viel länger Zeit gelassen, als sie gedacht hatte – ja, sie hatte schon befürchtet, dass er überhaupt nicht kommen würde. Vielleicht dachte er ja, dass es ihr zu peinlich sein könnte, ihn wieder zu sehen. Es war ihr tatsächlich noch ein wenig peinlich – aber sie war nun vor allem neugierig. Es gab so viel, was sie über diesen Mann wissen musste, und sie hatte vor, es so rasch wie möglich herauszufinden.

Sie dachte schon, dass sie ihn würde holen müssen, als sie plötzlich seine Schritte auf den Stufen der Veranda hörte.

»Kommen Sie nur herein!«, rief sie, als er die Veranda erreicht hatte.

Die Verandatür öffnete sich mit einem Quietschen. Becky drehte sich vom Herd weg, wo sie den Bohneneintopf umrührte, und begrüßte ihn betont ungezwungen.

Sie hatte gedacht, dass sie bereit war, ihm gegenüberzutreten, doch sein Anblick überwältigte sie erneut. Er war wirklich sehr groß, bestimmt mehr als dreißig Zentimeter größer als sie selbst mit ihren ein Meter fünfundfünfzig. Sein Stetson streifte oben den Türrahmen, als er eintrat. Er nahm den Hut ab, und Becky sah sofort, warum er so lange gebraucht hatte.

Er hatte sich gewaschen und sich sogar die Zeit genommen, sich zu rasieren! Außerdem hatte er sein Hemd gewechselt und sein dunkelbraunes Haar gekämmt, das durch den Hut nur ein klein wenig in Unordnung geraten war. Sein Gesicht, das nun nicht mehr im Schatten der Hutkrempe lag, war noch rauer, als sie gedacht hatte. Es war wie von unruhiger Hand gemeißelt; Nase und Backenknochen waren scharf geschnitten und bildeten einen starken Kontrast zu den vollen, sinnlich geschwungenen Lippen.

Zumindest stellte Becky sich vor, dass sie sinnlich sein konnten, wenn sie nicht gerade zu einem schmalen Strich zusammengepresst waren wie in diesem Augenblick.

»Äh ... Sie können den Hut hier aufhängen«, brachte sie mühsam hervor und zeigte auf die Reihe von Kleiderhaken neben der Hintertür.

Wortlos kam er ihrer Aufforderung nach und wandte sich dann wieder ihr zu, so als wartete er auf weitere Befehle.

»Setzen Sie sich«, sagte sie schließlich und verspürte ein klein wenig weibliche Macht. Er mochte ja ein harter Texas Ranger sein, aber hier in der Küche war sie der Boss.

Mit großer Neugier beobachtete sie, wie er das kurze Stück zum nächsten Stuhl zurücklegte. Er bewegte sich mit mehr Anmut, als sie bei einem so hoch gewachsenen Mann vermutet hätte. Erst als er sich gesetzt hatte, wandte sie sich wieder dem Herd zu, um die Bohnen in eine Schüssel zu füllen.

Sie spürte seine Anwesenheit sehr stark und sein Schweigen begann sie unsicher zu machen. Schließlich trug sie die Schüssel mit den dampfenden Bohnen zum Tisch, ein etwas gezwungenes Lächeln auf den Lippen.

»Es ist nichts Großartiges, fürchte ich«, sagte sie entschuldigend und stellte die Schüssel in die Mitte des Tisches. »Greifen Sie zu. Ich hole nur noch schnell die Brötchen aus dem Ofen.«

Er saß da, ohne sich zu rühren, bis sie sich wieder abgewandt hatte – so als fühlte er sich unsicher, unter ihren Blicken irgendetwas zu tun.

Warum war er bloß so schweigsam?

Rasch nahm sie die Pfanne mit den aufgewärmten Brötchen aus dem Backofen und häufte sie auf einen Teller. Dann stellte sie den Teller ebenfalls auf den Tisch und ging zum Ofen zurück, um den Kaffee zu holen. Sie hatte frischen Kaffee gemacht – schön stark, wie ihn alle Männer, die sie kannte, mochten.

Sie musste um ihn herumgehen, um ihm einzuschenken. Dabei kam sie ihm so nahe, dass sie den frischen Duft seiner Seife roch. Sie war so irritiert von seinem beharrlichen Schweigen, dass sie kurz überlegte, ob sie ihm den Kaffee in den Schoß gießen sollte, um ihm irgendeine Reaktion zu entlocken – doch dann nahm sie eine Reaktion wahr, ohne dass sie etwas dazu tun musste.

Es war nicht viel, ja, in Wirklichkeit war es eine so geringfügige Veränderung, dass sie ihr beinahe entgangen wäre. Als sie sich ihm näherte, um den Kaffee einzuschenken, und ihr Rock seinen Stuhl streifte, schien er förmlich zu erstarren. Es machte den Eindruck, als würde er aufhören zu atmen.

Sie beobachtete ihn so aufmerksam, dass sie es gerade noch rechtzeitig bemerkte, dass seine Tasse voll war. Als sie die Kanne hob, vergoss sie etwas Kaffee auf den Tisch. Doch das kam ihr ganz gelegen – so hatte sie wenigstens einen Vorwand, um zu ihm zurückzukehren und den Kaffee aufzuwischen. Nachdem sie sich selbst eine Tasse eingeschenkt hatte, stellte sie die Kanne auf den Ofen und holte ein Geschirrtuch, um den verschütteten Kaffee aufzuwischen.

Diesmal erstarrte er mitten in der Bewegung, als er die Tasse an die Lippen hob. Sie beobachtete sein Gesicht und sah darin nicht mal die Spur irgendeiner Emotion – doch es fiel ihr auf, dass er es tunlichst vermied, sie anzusehen.

Als sie das Tuch zur Spüle trug, fragte sie sich, was das alles wohl zu bedeuten hatte. Wenigstens nahm er sie wahr, dachte sie mit ein klein wenig Zufriedenheit, als sie sich an ihren Platz setzte. Sie saß ihm schräg gegenüber, und obwohl sie ihn nur aus dem Augenwinkel beobachten konnte, fiel ihr doch auf, dass er seine Aufmerksamkeit ausschließlich dem Essen widmete.

Die Gabel in der einen Hand und ein Brötchen in der anderen, machte er sich über die Bohnen her. Becky häufte sich mit dem Löffel eine Portion auf ihren Teller und nahm sich ein Brötchen, obwohl sie überhaupt nicht hungrig war. Sie stocherte eine Weile in ihren Bohnen herum und überlegte, was sie als Nächstes tun sollte. Als ihr eine Idee kam, musste sie sich ein boshaftes Lächeln verbeißen.

»Woher kommen Sie, Mr. Masterson?«, fragte sie mit unschuldiger Miene.

Mit einem Schlag hatte sie zwei Grundregeln des Lebens hier im Westen gebrochen. Diesmal blickte er sehr wohl zu ihr auf – und sie sah, dass seine Augen braun waren, etwas heller als sein Haar, etwa so wie Schokolade. Sein Blick war messerscharf und schien durchaus imstande, sein Gegenüber einzuschüchtern. Nun, mit irgendeinem Banditen mochte ihm das auch gelingen, aber Becky hatte keine Angst. Schließlich wagte sie es auch, Hunter Tate die Stirn zu bieten, ohne gleich klein beizugeben. Mit einem unschuldigen Lächeln blickte sie ihn an.

Seine braunen Augen blinzelten überrascht, dann kaute er langsam weiter und schluckte, ehe er schließlich sagte: »Wissen Sie denn nicht …?«

»Dass es sich nicht gehört, jemanden zu fragen, woher er kommt?«, unterbrach sie ihn. Es gehörte sich tatsächlich nicht und konnte überdies gefährlich sein, wenn der Mann, den man fragte, einen guten Grund hatte, seine Herkunft für sich zu behalten. Genauso wenig gehörte es sich, beim Essen zu reden, wie Becky sehr wohl wusste. Essen war eine ernste Sache, die man nicht mit belanglosem Geschwätz unterbrach. »Natürlich weiß ich das«, gab sie lächelnd zu, »aber ich dachte mir, ein Texas Ranger hat bestimmt nichts zu verbergen.«

Ihr Argument hatte durchaus etwas für sich, was ihm überhaupt nicht gefiel. Er legte die Gabel auf den Teller, steckte das letzte Stück Brot in den Mund und überlegte, während er kaute.

Als er den Bissen hinuntergeschluckt hatte, sagte er: »Georgia.«

Dann nahm er seine Kaffeetasse zur Hand und leerte sie in einem Zug. Becky wartete, bis er die Tasse abgestellt hatte, und sagte dann: »Nein, ich meinte, woher in Texas.«

Die Schärfe war aus seinem Blick gewichen – doch er wirkte sehr zurückhaltend, fast wachsam, als er zu ihr aufsah. »Westlich von hier. Ich habe da ein kleines Haus.«

Zwei ganze Sätze!, hätte Becky am liebsten ausgerufen, doch stattdessen fuhr sie in höflichem Ton fort: »Eine Ranch?«

»Eine Farm.«

Jetzt war es an Becky, ihn überrascht anzublicken. »Sie sind Farmer?«

Er erstarrte ein klein wenig, offensichtlich beleidigt, und Becky beeilte sich hinzuzufügen: »Ich meine, Sie sehen einfach nicht wie ein Farmer aus, zumindest nicht wie die Farmer, die ich kenne.«

»Warum nicht?«, fragte er.

Ja, warum eigentlich nicht?

Weil er einen Stetson-Cowboyhut trug und Reitstiefel anhatte? So war jeder Farmer angezogen, wenn er ausritt. Weil er so grimmig aussah? Nun, Farmer waren durchaus nicht immer friedfertig, wie ihr Vater genau wusste; schließlich hatte er ja die Rangers gerufen, weil er sich Sorgen machte, die hiesigen Farmer könnten sich an seinem Zaun und seinem Eigentum vergreifen.

»Ich weiß nicht«, antwortete sie und beschloss, das Thema zu wechseln. »Aber gibt es nicht gerade jetzt jede Menge Arbeit auf den Feldern? Wie können Sie es sich leisten, Ihre Farm zu verlassen? Oder kümmert sich Ihre Familie um alles?«

Ihr war so, als würde sich ganz kurz eine Gefühlsregung in seinem Gesicht zeigen, doch es ging zu schnell, um zu erkennen, was es war. Seine Stimme war jedenfalls wieder völlig ausdruckslos, als er antwortete. »Ich habe keine Familie.«

So viel zur Frage, ob er verheiratet war. Sie wollte sich nicht eingestehen, dass sie erleichtert war. »Oh«, sagte sie, »dann haben Sie jemanden eingestellt, der sich um die Farm kümmert?«

Er presste die Lippen zu einem schmalen Strich zusammen und blickte zur Seite. Als er sich ihr wieder zuwandte, war nicht mehr zu erkennen, was ihn an ihren Worten gestört hatte. »Ich habe dieses Jahr nichts ausgesät.«

Becky wollte schon fragen, warum, als ihr plötzlich alles klar wurde. Er hatte gesagt, dass seine Farm westlich von hier lag. In den Gebieten, wo sich vor wenigen Jahren neue Siedler niedergelassen hatten, nachdem man die Komantschen in die Reservate getrieben hatte. Dort, wo noch nie etwas anderes gewachsen war als Gras für die Büffel. Doch es hatte Leute gegeben, die behauptet hatten, dass auch hier Getreide wachsen würde, was sich jedoch als falsch herausgestellt hatte. Und viele von denen, die mit dem Traum vom eigenen Land nach Texas gekommen waren, mussten enttäuscht nach Hause zurückkehren, nachdem das Wetter hier in Texas ihnen mit all seinen Launen so übel mitgespielt hatte.

Clint Masterson sah jedoch nicht wie jemand aus, der aufgegeben hatte, und er war ja auch nicht nach Hause zurückgekehrt. Er war ein Ranger geworden. Sie verspürte nicht länger den Drang zu sticheln, um ihn aus der Reserve zu locken. »Mein Großvater war auch ein Ranger«, sagte sie, um ihren Gesinnungswandel zu zeigen.

»Sean MacDougal«, warf er zu ihrer Überraschung ein. »Er ist eine Legende.«

»Wirklich?«, fragte sie erfreut. »Ich meine, ich weiß, dass jeder hier in der Gegend ihn kennt – aber ich dachte, nur wir hier wissen, was er alles unten in Mexiko getan hat.«

»Die Rangers erzählen sich gern Geschichten über ihre Helden. Das war schon immer so, schon zur Zeit eines Jack Hays.«

Sein Blick war nun nicht mehr so wachsam und auch

die Schärfe war völlig verschwunden. Und jetzt, da er nicht mehr ganz so steif und zurückhaltend war, sah sie, dass sie Recht gehabt hatte, was seinen Mund betraf: er sah nun tatsächlich viel weicher aus.

»Sie werden ihn bald treffen, schätze ich«, sagte sie. »Er hat immer noch sein Geschäft, das er damals aufbaute, nachdem er meine Großmutter aus den Händen der Komantschen befreit hatte.« Plötzlich erinnerte sie sich wieder ihrer Pflichten als Gastgeberin. »Noch etwas Kaffee?«, fragte sie.

Mit dem raschen Themenwechsel erwischte sie ihn wieder einmal auf dem falschen Fuß, doch er fing sich rasch. »Ja, danke.«

Becky sprang auf und holte die Kanne. Diesmal kam sie ihm noch ein wenig näher, als sie einschenkte, viel näher, als nötig gewesen wäre – so nahe, dass ihr auffiel, dass sein Haar sich in Locken drehte, was er mit Haarwasser zu verhindern suchte.

»Ist der Kaffee in Ordnung?«, fragte sie, als sie seine Tasse gefüllt hatte, doch sie entfernte sich nicht gleich von ihm – sie wollte ihn erst dazu bringen, sie anzusehen.

Doch er weigerte sich hartnäckig, in ihre Richtung zu blicken. Und er war genauso versteinert wie zuvor, als sie ihm so nahe gekommen war. »Ja, er ist gut«, sagte er.

Da fielen ihr seine Hände auf, die zu beiden Seiten seines Tellers auf dem Tisch ruhten. Sie waren zu Fäusten geballt und er selbst schien wie vorhin den Atem anzuhalten. Es war fast so, als ... als hätte er Angst vor ihr. Doch sie konnte sich beim besten Willen nicht vorstellen, dass Clint Masterson, ein stattlicher Texas Ranger, vor einer hilflosen Frau Angst haben könnte.

Ziemlich verwirrt entfernte sich Becky und trug die Kaffeekanne zum Ofen zurück. Als sie zum Tisch zurückkehrte, waren seine Hände nicht mehr zu Fäusten geballt. Er hielt wieder seine Gabel in der einen und ein Brötchen in der anderen Hand und setzte seine Mahlzeit fort. Becky nahm Platz und tat so, als würde sie ebenfalls weiteressen. Diesmal wartete sie, bis er fertig gegessen hatte. Er wollte noch eine Tasse Kaffee, doch er bat sie nicht darum. Stattdessen stand er auf und schenkte sich selbst ein.

Als er mit der Tasse zurück zum Tisch kam, sagte sie: »Ich hätte Kuchen da, wenn Sie welchen möchten.«

»Ja, bitte.«

Dankbar, dass sie wieder Gelegenheit hatte, ihm etwas zu bringen, stand sie auf und ging zur Anrichte hinüber, wo das Kuchenblech stand. Sie schnitt ihm ein ordentliches Stück ab, legte es auf einen Teller und stellte ihn vor ihn hin, während sie mit der anderen Hand seinen alten Teller wegnahm. Nun roch sie noch einen anderen Duft als den von Seife – den männlich herben Duft, der Clint Masterson zu Eigen war. Becky verspürte wieder dieses eigenartige Flattern im Bauch und beeilte sich, seinen Teller zur Spüle zu bringen.

Warum sah er sie überhaupt nicht an? Warum wollte er nicht zugeben, dass ihn ihre Gegenwart ebenso verwirrte, wie sie von der seinen verwirrt wurde?

Aber vielleicht war es ja gar nicht so. Was, wenn es ihr Schicksal war, dass immer nur die falschen Männer sich zu ihr hingezogen fühlten? Becky schauderte bei dem Gedanken. Nie im Leben hatte sie sich so frustriert gefühlt.

Vielleicht sollte sie auch ein Stück Kuchen essen, dachte sie, ohne wirklich Appetit zu verspüren – ja, der Gedanke an Kuchen war für sie ungefähr so reizvoll wie die Vorstellung, einen Teller Sägemehl zu verspeisen.

Er aß seinen Kuchen jedoch mit großem Appetit und trank eine weitere Tasse Kaffee – seine vierte, wenn sie richtig mitgezählt hatte. Sie zermarterte sich das Gehirn, um etwas zu finden, worüber sie sich mit ihm unterhalten konnte, bis ihr schließlich ein Gedanke kam.

»Wie viele Rangers kommen denn noch?« Vielleicht war Clint Masterson ja nicht der einzige Mann dieser

Art. Vielleicht gab es noch andere und einer von ihnen würde ...

»Keiner mehr«, sagte er.

Becky war überzeugt, dass sie sich verhört hatte. »Keiner?«, fragte sie unsicher.

»Ich bin der Einzige.«

»Warum? Wissen die Rangers denn nicht, dass es hier zu einem Kampf ums Weideland kommen könnte?«, fragte Becky bestürzt.

Nachdem er seinen Kuchen verspeist hatte, lehnte er sich auf seinem Stuhl zurück und verschränkte die Arme. »Ein Kampf, ein Ranger. Mehr ist normalerweise nicht nötig.«

Was für ein Stolz! Was für eine himmelschreiende Arroganz! Becky hatte Mühe, ihren Ärger im Zaum zu halten. »Wollen Sie damit sagen, dass Sie es allein mit einem Heer von wütenden Farmern und Ranchern aufnehmen?«

Er antwortete, ohne mit der Wimper zu zucken. »Ich will erreichen, dass es gar nicht zum Kampf kommt.«

Becky stieß einen missbilligenden Laut aus. »Dazu müssten Sie zuerst einmal meinen Vater davon überzeugen, dass er seine Einstellung zu diesem verdammten Zaun ändert. Glauben Sie mir, verglichen damit ist es ein Kinderspiel, mit dem Heer von Farmern fertig zu werden.«

»Sagen Sie mir, warum sind alle so wütend auf ihn?«

Becky musste überlegen, was von den vielen Gründen die wichtigsten waren. »Zuerst einmal passt es ihnen nicht, wie sein Zaun verläuft.«

»Hat er Land eingezäunt, das ihm nicht gehört und das er auch nicht gepachtet hat?«

»O nein, mein Vater ist viel zu ehrlich für so etwas, obwohl ich weiß, dass viele Männer genau das getan haben.«

»Viel zu viele«, murmelte er. Dies war auch der Grund, warum so viele Menschen hier im Staat wütend waren.

Etliche Rancher hatten Land eingezäunt, das noch niemandem zugesprochen worden war oder das gar einem anderen gehörte.

»Hunter Tate ist stolz darauf, ein ehrlicher Mann zu sein«, erklärte ihm Becky, »aber die Tates besitzen nun einmal das halbe County und den Großteil von Tatesville. Mein Urgroßvater kam zu einer Zeit hierher, als es nur Indianer und Büffel gab, doch obwohl er nur ein Farmer war, sicherte er sich Land für zehn Farmen, weil er dachte, dass es eines Tages wertvoll sein könnte und seine Familie es vielleicht einmal brauchen würde.«

Becky meinte, in Ranger Mastersons dunklen Augen zum erstenmal so etwas wie echtes Interesse aufflackern zu sehen. »Er war Farmer? Ist er mit der Farm gescheitert?«

»Nein«, antwortete sie, neugierig, wie er reagieren würde. »Es regnet genug hier in der Gegend, dass man Getreide anbauen kann. Es ist nicht so wie im Westen.«

Es überraschte sie nicht, dass sich seine vollen Lippen vor unterdrückten Gefühlen zusammenpressten, doch zu ihrer Enttäuschung sagte er kein Wort.

»Seine Farm besteht immer noch«, fügte sie hinzu, »so wie sie war, oder vielmehr so, wie seine Farmarbeiter sie hinterließen, als sie …«

»Als sie was?«, fragte er, als sie zögerte.

Es war eine Geschichte, die man im Hause Tate selten zu hören bekam, weil sie für zu viele Menschen schmerzhaft war. »Als sie starben«, sagte sie nur und beschloss, dass dies nicht der richtige Augenblick war, um die ganze Geschichte zu erzählen. »Mein Vater ließ sie die Farm bewirtschaften, nachdem mein Großvater gestorben war, aber als sie auch nicht mehr da waren, verlor er das Interesse daran. Darum ist sie heute von Unkraut überwuchert und das Haus verfällt allmählich. Wir haben so viel Land, dass wir es auch nicht als Weide brauchen.«

»Hat er es auch eingezäunt?«

»Oh, natürlich. Er zog den Zaun quer über Straßen, die

die Leute hier jahrelang benutzt hatten – deshalb brauchen sie jetzt oft einen Tagesritt länger, um irgendwohin zu kommen.«

»Verstehe«, sagte er in etwas bitterem Ton. »Ich habe selbst einen halben Tag gebraucht, bis ich endlich ein Tor fand.«

»Genau das meine ich. Er ist so unvernünftig! Ich habe es ihm schon oft erklärt, aber er sagt nur, er will nicht, dass andere Leute weiter unser Land durchqueren. Dadurch hätten es die Viehdiebe viel zu leicht, meint er.«

»Viehdiebe könnten auch den Zaun durchschneiden«, warf er ein.

»Genau das habe ich ihm auch gesagt! Und dann ist da noch das Wasser! Mein Großvater hat sich die besten Wasserquellen ausgesucht, die es in der Gegend gibt, und wenn es einmal sehr wenig regnet, so wie dieses Jahr, und alle Wasserläufe austrocknen, dann gehen die Leute normalerweise zu unseren Bächen. Die Kühe versuchen immer noch, zum Wasser zu kommen, aber die Zäune hindern sie daran. Manchmal finden wir die armen Tiere irgendwo draußen vor dem Zaun verendet.«

»Ihr Vater verstößt nicht gegen das Gesetz«, erinnerte er sie. »Ja, es klingt so, als würde er sich genau daran halten.«

»Es gibt Gesetze und es gibt so etwas wie Anstand«, warf Becky ein. »Manchmal denke ich mir ...«

»Was denken Sie?«, hakte er nach.

Doch Becky wollte es nicht sagen. Was sie dachte, war, dass ihr Vater sich jetzt an all jenen rächte, die einst auf ihn herabgesehen hatten, weil er ein Halbblut war, auch wenn er das wahrscheinlich nie zugeben würde. Sie wollte Clint Masterson aber lieber nicht an ihre Herkunft erinnern – nicht jetzt, wo er gerade begonnen hatte, sie anzusehen. »Ich glaube, mein Vater ist der sturste Mensch auf dieser Welt«, sagte sie schließlich.

»Dann wäre er ein guter Ranger geworden; ich habe mir nämlich immer schon gedacht, dass *ich* der sturste

Mensch auf der Welt bin – und ich werde nicht eher von hier verschwinden, bis dieses Problem aus der Welt ist.«

Becky konnte sich ein Lächeln nicht verkneifen. »Dann lassen Sie sich hier am besten gleich häuslich nieder, Mr. Masterson, weil das nämlich sehr lange dauern könnte.«

Seine dunklen Augen funkelten amüsiert, und für einen kurzen Augenblick zuckten sogar seine vollen Lippen in der Andeutung eines Lächelns, das jedoch ebenso rasch verschwand, wie es gekommen war.

So als hätte ihn jemand in den Rücken gestoßen, richtete sich Clint abrupt auf. »Nun gut«, sagte er, legte seine Hände zu beiden Seiten des Tellers auf den Tisch und stand auf. »Ich schätze, ich habe Ihre Zeit lange genug in Anspruch genommen, Miss Tate.«

Verdutzt über seinen plötzlichen Stimmungswandel, sprang Becky ebenfalls auf. Sie wollte ihm schon versichern, dass sie nichts Wichtigeres zu tun hätte, als mit ihm zu sprechen, konnte sich jedoch gerade noch zurückhalten. Schließlich sollte er nicht denken, dass sie so sehr darauf aus war, sich mit einem Mann zu unterhalten. Sie bemühte sich zu lächeln, als sie antwortete: »Ich freue mich schon darauf, Sie in Aktion zu sehen, Mr. Masterson.«

Sein rasiermesserscharfer Blick streifte sie für einen kurzen Augenblick, so als wollte er abwägen, wie sie es meinte – doch sie sah ihn nur mit völlig unschuldigem Blick an. »Danke für die Mahlzeit«, murmelte er und schob den Stuhl sorgfältig zurück an den Tisch, ehe er sich umdrehte, um seinen Hut zu holen.

»Nichts zu danken«, antwortete sie flüchtig, während sie seine breiten Schultern und schmalen Hüften bewunderte und fieberhaft überlegte, wie sie es erreichen konnte, dass er noch länger blieb.

Doch ihr fiel nichts ein und so setzte er den Hut auf und griff nach der Verandatür, als ihn ein letzter Gedanke zurückhielt. Er blickte über die Schulter zu ihr zurück. »Wenn die Lage so schlimm ist, wie Sie sagen, dann sollten Sie in Zukunft besser nicht mehr ganz allein hier bleiben, wenn Ihre Familie in die Stadt fährt.«

Diesmal war Beckys Lächeln alles andere als unschuldig. »Oh, ich bin doch nicht allein, Mr. Masterson. Ich habe ja einen gefürchteten Texas Ranger hier, der mich beschützt.«

2

Clint Masterson lief vor dem Lächeln des Mädchens davon, als wäre der Leibhaftige hinter ihm her. Verdammt! Wie konnte ihm so etwas nur passieren? Es war ihm doch bisher nie schwer gefallen, Frauen, die ihm schöne Augen machten, zu ignorieren. Die meisten waren dumme Gören gewesen, die nichts im Kopf hatten und die es einfach aufregend fanden, mit einem Ranger zu flirten.

Doch diese Miss Tate war anders. Sie war offensichtlich alles andere als dumm – und sie hielt mit ihrer Meinung auch nicht hinter dem Berg. Es war irgendwie schockierend, eine Frau so offen reden zu hören. Wahrscheinlich war das der Grund, warum Clint sich fühlte, als hätte ihm jemand einen Schlag in die Magengrube versetzt.

Vielleicht war es aber auch der Anblick ihres spärlich bekleideten Oberkörpers auf der Veranda, was ihm immer noch zu schaffen machte, wie er sich widerwillig eingestehen musste. Oder der Duft ihres Haars, als sie sich über ihn gebeugt hatte, um ihm Kaffee einzuschenken. Clint fragte sich, ob es ihr aufgefallen war, dass ihre Brust seine Schulter gestreift hatte. Er lächelte bei dem Gedanken daran, wie sie errötet wäre, wenn sie gewusst hätte, wie sein Körper auf die Berührung reagiert hatte.

War es nicht natürlich, dass ein Mann auf diese Weise auf ein Mädchen wie Miss Tate reagierte? Wahrscheinlich verspürte jeder Mann, der ihr begegnete, den Wunsch, mit ihr zu flirten und noch ganz andere Dinge mit ihr zu tun. Clint hätte jedoch unmöglich mit ihr flirten können, auch wenn er das Recht dazu gehabt hätte. Er wusste ganz einfach nicht, wie er es hätte anstellen sollen.

Nein, die Frauen, die Clint aufsuchte, damit sie ihm über einsame Stunden hinweghalfen, betrachteten das Ganze überaus sachlich. Es war ihnen egal, wie charmant er war; was sie interessierte, war allein, ob er das nötige Geld hatte. Und sie vergossen ganz bestimmt keine Tränen, wenn er weiterritt, wie er es nach einer gewissen Zeit immer tat.

Und so musste es auch bleiben. Denn egal, wie leer sein Leben auch sein mochte – es gab darin einfach keinen Platz für eine Frau wie Miss Tate.

Der Nachmittag verging sehr langsam für Becky. Immer wieder trat sie an eines der Fenster, um vielleicht einen Blick auf Ranger Clint Masterson zu erhaschen. Er saß auf der Veranda der Schlafbaracke und schien sich die Zeit, bis ihr Vater zurückkehrte, mit Schnitzen zu vertreiben. Becky überlegte, ob sie die vordere Veranda fegen sollte, um seine Aufmerksamkeit auf sich zu ziehen, ließ es dann aber doch sein – aus Angst, dass er sie ignorieren könnte.

Schließlich hörte sie das vertraute Holpern eines Wagens draußen auf der Straße; ihre Familie kehrte aus der Stadt zurück. Sie überprüfte ihr Aussehen im Spiegel in der Diele und eilte hinaus, um sie zu begrüßen.

Falls ihr Vater den Fremden auf der Veranda der Schlafbaracke bemerkt hatte, ließ er es sich jedenfalls nicht anmerken. Er hielt den Wagen vor dem Haus an und sprang hinunter, ehe er sich umdrehte, um ihrer Mutter herunterzuhelfen.

Sean kletterte bereits vom Rücksitz des Wagens, noch ehe dieser ganz zum Stillstand gekommen war. Er rannte ganz aufgeregt auf Becky zu. »Beck, wir haben in der

Stadt etwas echt Unheimliches gesehen!«, platzte es aus ihm heraus. »Jeb Peterson hat ein Kalb mit zwei Köpfen! Er hat es jedem gezeigt! So etwas hast du noch nicht gesehen!«

»Nein, hab ich wirklich nicht, Kleiner«, versicherte sie ihm und fragte sich, ob er einen echten Texas Ranger nicht noch großartiger finden würde.

»Komm her, Sean, und hilf uns, die Sachen auszuladen«, rief ihm ihr Vater zu. »Du kannst Becky nachher alles über das Kalb erzählen.«

»Die Augen haben sich richtig bewegt!«, erklärte Sean weiter. »Jeder Kopf schaut in eine andere Richtung, so als wären sie beide richtig lebendig!«

»Wahrscheinlich ist es ja auch so«, antwortete Becky. »Jetzt hilf erst einmal Mama. Du kannst mir ja später alles erzählen.«

Widerwillig sprang Sean von der Veranda und streckte die Arme aus, um ein Paket entgegenzunehmen, während er seine Mutter mit Fragen über das Kalb löcherte.

»Papa ...«, sagte Becky und wartete, bis ihr Vater sich ihr zuwandte. »Wir haben Besuch.«

Er blickte sich um – in der Erwartung, den Gast auf der vorderen Veranda zu sehen. »Wer?«

»Dein Texas Ranger ist hier. Du hast doch die Rangers angefordert, nicht wahr?«

»Wo sind sie denn?«, fragte er und sprang die Stufen zur Veranda hinauf. »Im Haus?«

»Nein. Außerdem ist es nur einer. Er ist drüben in der Schlafbaracke.« Sie zeigte mit einer Kopfbewegung zur Baracke hinüber, und Hunter drehte sich ebenfalls um, um den Mann zu sehen, der nun seine Schnitzarbeit weggelegt hatte und aufgestanden war, um zu ihnen herüberzublicken.

»Er ist wahrscheinlich vorausgeritten, um sich ein Bild von der Lage zu machen«, überlegte Hunter laut. »Hat er irgendwas gesagt, wann die anderen nachkommen?«

Becky konnte sich das Lächeln nicht verbeißen. »Es kommt niemand nach. Mehr als ein Ranger sei nicht nötig, hat er gemeint.«

Hunter fand das genauso wenig lustig wie sie selbst zuvor. »Machst du vielleicht einen Witz, mein Fräulein? Wenn es nämlich so ist, dann ...«

Becky hob abwehrend beide Hände. »Ehrlich, Papa, er glaubt, er kann die Leute überreden, dass sie friedlich bleiben. So hat er's mir gesagt. Aber du kannst ihn ja gleich selbst fragen«, fügte sie mit einem verschlagenen Lächeln hinzu.

»Hilf deiner Mutter«, sagte er, während er die Stufen hinuntersprang und den Hof durchquerte.

»Hunter«, rief ihm Sarah etwas verärgert nach, als sie plötzlich den Fremden drüben bei der Schlafbaracke erblickte, der auf ihren Mann zuging. »Wer ist das?«, fragte sie ihre Tochter.

»Papas Texas Ranger«, antwortete Becky und ging zum Wagen, um ihrer Mutter beim Abladen zu helfen.

»Ein Texas Ranger!«, rief Sean aus. »Ein echter? Wo ist er denn?« Er hätte wohl das Paket fallen lassen, das er in der Hand hielt, um den Fremden aus der Nähe zu betrachten, wenn Becky ihn nicht am Kragen gepackt und zurückgehalten hätte.

»Nicht so schnell, mein Kleiner. Du kannst ihn dir auch später noch ansehen. Jetzt haben wir erst einmal hier zu tun.«

Er warf ihr einen bitterbösen Blick zu, trottete dann aber gehorsam die Stufen zur Veranda hinauf. Becky sah, dass er noch einmal kurz in den Hof zurückblickte, wo sein Papa und der Ranger standen und miteinander sprachen, ehe er mit dem Paket im Haus verschwand.

»Ich hoffe, du hast dem Gentleman etwas zu essen angeboten und ihm gesagt, wo er seine Sachen unterbringen kann«, sagte Sarah, während sie Becky mehrere Pakete in die Arme legte.

»Ja, hab ich«, antwortete sie lächelnd. »Er hat die ganzen Bohnen aufgegessen, die noch übrig waren. Ich weiß nicht, was wir heute zu Abend essen sollen.«

»Ach, da findet sich schon was«, erwiderte Sarah geistesabwesend und blickte sich ebenfalls möglichst diskret nach dem Gast um. »Er ist sehr groß«, sagte sie, und Becky stellte mit Zufriedenheit fest, dass er tatsächlich größer als ihr Vater war. »Und er sieht wirklich Respekt einflößend aus. Es scheint zu stimmen, was man sich so über die Rangers erzählt. Ich selbst habe ja noch nie zuvor einen gesehen.«

»Nicht?«, fragte Becky überrascht.

»Na ja, außer Grandpa Mac natürlich, und er war ja noch nicht lange ein Ranger, als ich ihn zum erstenmal sah. Als ich nach Texas kam, waren keine Rangers da. Die Yankees haben sie nach dem Krieg aufgelöst. Wahrscheinlich hatten sie Angst davor, dass ein Haufen bewaffneter Texaner frei herumlief. Ich glaube, erst '74 gab es sie wieder, nachdem Texas in die Union aufgenommen wurde. Du liebe Güte, das ist schon wieder zehn Jahre her! Seither hatten sie viel draußen an der Siedlungsgrenze zu tun, aber hier haben wir sie eigentlich nie gebraucht. Bis jetzt.«

Sarahs Gesicht verdunkelte sich vor Sorge, als sie die beiden Männer betrachtete, die sich im Hof unterhielten.

Clint war bereits darauf gefasst, dass es mit Hunter Tate nicht ganz einfach werden würde – deshalb war er auch nicht überrascht, dass der Mann nicht lächelte, als er seinen Gast begrüßte.

»Hunter Tate«, sagte er und streckte ihm die Hand entgegen, als sie einander im Hof begegneten. Ja, Clint konnte die Ähnlichkeit zwischen Tate und seiner Tochter deutlich erkennen. Der Vater schien kaum mehr Indianerblut in sich zu haben als seine Tochter, obwohl er immerhin ein Halbblut war, während seine Tochter nur noch zu einem Viertel Indianerin war. Tates Augen waren fast grau, also deutlich heller als die seiner Tochter.

»Clint Masterson, Texas Ranger«, antwortete Clint und schüttelte ihm die Hand.

»Meine Tochter hat mir gesagt, dass Sie allein gekommen sind«, sagte Tate mit offensichtlichem Missfallen.

»Das stimmt«, bestätigte Clint. »Einen ganzen Trupp schicken wir nur dann aus, wenn es wirklich notwendig ist.«

»Und was ist mit meinem Zaun? Sie haben ihn mir schon dreimal durchgeschnitten«, erwiderte Tate und bemühte sich, seinen Ärger nicht offen zu zeigen.

»Ich habe immer wieder durchgeschnittene Zäune gesehen, Mr. Tate«, entgegnete Clint. »Was Sie hier haben, ist ein kleines Problem, aber kein Krieg.«

»Ich tu mein Möglichstes, damit es nicht zu einem Krieg wird«, wandte Tate ein.

»Ich schätze, deshalb haben Sie mich ja holen lassen, nicht wahr?«

Tate war zwar alles andere als zufrieden, brummte aber dennoch ein Wort der Zustimmung. »Nun, wir müssen das ja nicht hier draußen besprechen. Kommen Sie doch ins Haus, Mr. Masterson. Sind Sie hungrig? Kann ich Ihnen etwas zu essen anbieten?«

»Nein, danke, Ihre ... Ihre Tochter hat mir schon eine Mahlzeit zubereitet, als ich kam.«

»Kaffee vielleicht?«

»Ja, gern«, sagte Clint, während sie zum Wagen gingen, der vor dem Haus stand.

»Sarah, das ist Clint Masterson. *Ranger* Clint Masterson«, fügte Tate hinzu. »Mr. Masterson, meine Frau.«

Clint tippte etwas verlegen seinen Hut an; wie immer, wenn er einer richtigen Lady gegenüberstand, wusste er nicht recht, was er sagen sollte.

»Freut mich, Sie kennen zu lernen, Mr. Masterson«, sagte Mrs. Tate. Clint war überrascht, wie zerbrechlich diese schöne Frau wirkte. Sie sah nicht so aus, als wäre sie zäh genug, um das einsame Leben einer Ranchersfrau zu ertragen. Umso erstaunlicher war es, dass dieses

Leben keine sichtbaren Spuren bei ihr hinterlassen hatte. Sie musste über eine beträchtliche innere Stärke verfügen, dachte er bei sich. Das war eines der vielen Rätsel, die Frauen ihm seit jeher aufgaben.

»Meine Tochter hat mir gesagt, dass sie Ihnen schon zu essen angeboten hat, aber Sie sind herzlich willkommen, auch mit uns zu Abend zu essen«, sagte sie. »Unsere Leute kommen wahrscheinlich erst morgen nach Hause. Samstag Nacht verbringen sie gern in der Stadt.«

»Ja, Ma'am. Danke, Ma'am.« Clint gefiel der Gedanke nicht allzu sehr, mit *beiden* Tate-Frauen bei Tisch zu sitzen, aber es schien sich nun einmal nicht vermeiden zu lassen. Wenigstens war die junge Miss Tate nicht in der Nähe.

»Wir sind dann in meinem Büro«, teilte Hunter Tate seiner Frau mit. »Könntest du uns Kaffee bringen?«

»Das mach ich schon, Mama«, meldete sich eine vertraute Stimme von der Türe aus.

Clint spürte, dass ihm ein Schauer über den Nacken und die Arme lief, und betete, dass man es ihm nicht ansah, wie er auf dieses Mädchen reagierte. Er zwang sich, möglichst gleichgültig dreinzublicken, als er zu Miss Tate aufsah, die auf der Veranda stand und ihm und ihrem Vater die Tür aufhielt.

»Danke, Becky«, sagte Sarah Tate.

Becky hieß sie also. Er hatte sie absichtlich nicht danach gefragt; je weniger er über sie wusste, umso besser, hatte er sich gedacht. Er wusste ohnehin schon viel zu viel – zum Beispiel, was sich hinter der Hemdbluse verbarg, die sie schön züchtig bis zum Hals zugeknöpft hatte. Und auch, welch spitze Zunge sich hinter diesen lieblich lächelnden Lippen befand.

»Ich schätze, Sie haben meine Tochter schon kennen gelernt«, sagte Hunter Tate und führte seinen Gast auf die Veranda und durch die Haustür.

»Ja, das habe ich«, antwortete Clint und nickte in ihre Richtung. Er achtete darauf, nicht direkt in diese dunkelblauen Augen zu blicken oder ihren berauschend weiblichen Duft einzuatmen, als er seinem Gastgeber ins Haus folgte.

»Papa!«, rief eine hohe Knabenstimme, und ein kleiner Junge kam so rasch auf sie zugewirbelt, dass er gerade noch rechtzeitig vor Tate abbremsen konnte.

Clint erkannte den blonden Jungen, den er zuvor schon auf dem Wagen gesehen hatte.

»Papa, ist das der Ranger?«, fragte Sean und blickte mit großen himmelblauen Augen zu ihm auf.

»Ja, mein Junge. Sean, das ist Ranger Clint Masterson. Mr. Masterson, mein Sohn Sean.«

Der Junge streckte ihm die Hand entgegen, wie ein erwachsener Mann es getan hätte, und Clint musste sich bücken, um die kleine Hand zu schütteln.

»Mensch!«, flüsterte der Junge voller Ehrfurcht. »Ein echter Ranger, in unserem Haus. Wenn ich das Sonny und Jinks erzähle! Sie haben zwar das Kalb mit den zwei Köpfen gesehen, aber ein Ranger ist ihnen sicher noch nie untergekommen!«

Sein Lächeln war so strahlend, dass Clint überrascht blinzelte, und im nächsten Augenblick war der Junge auch schon fort, um seiner Mutter und seiner Schwester zu erzählen, dass er ›dem Ranger‹ begegnet war.

War Becky Tate äußerlich ganz das Kind ihres Vaters, so war Sean Tate mit seinen blauen Augen, dem blonden Haar und der feingliedrigen Statur seiner Mutter ähnlich. Niemand würde je vermuten, dass er Indianerblut in sich hatte, dachte Clint und drängte die Bitterkeit beiseite, die ihn bei diesem Gedanken befiel.

»Er ist ein richtiger Quälgeist«, meinte Mr. Tate, als er Clint in das erste Zimmer führte, das man von der Diele aus betreten konnte. Clint blickte kurz in das Wohnzimmer gegenüber, ein fein eingerichtetes Zimmer, das eindeutig die Handschrift einer Frau verriet. Im selben Maße sah man dem Büro einen typisch männlichen Einschlag an. Es war eher sparsam, wenn auch bequem eingerichtet; außer einem ledernen Sofa befand sich noch ein zerkratzter Schreibtisch und ein dazu passender Stuhl in dem Raum. Den Boden bedeckte ein Teppich aus Bärenfell und die Wand war mit den eindrucksvollen Hörnern von texanischen Langhornrindern geschmückt. In einer Ecke stand ein bereits ein wenig ramponierter Safe und eine lederne Truhe diente als Schemel für das Sofa. Die Männer hängten ihre Hüte an zwei Büffelhörner, die als Kleiderablage dienten.

»Machen Sie es sich bequem«, sagte Hunter Tate und deutete auf das Sofa, ehe er selbst sich auf den Stuhl am Schreibtisch setzte. »Wie viel wissen Sie schon über die Situation hier?«, fragte er, nachdem Clint Platz genommen hatte.

»Nur das, was Sie bereits in Ihrem Telegramm geschrieben haben und was mir Ihre Tochter heute erzählt hat.«

Tate verdrehte die Augen. »Ich kann mir gut vorstellen, was Becky gesagt hat. Sie hat mich ja schon zum Bösewicht in der ganzen Geschichte gestempelt. Aber ich möchte Ihnen gleich sagen, dass ich mich genau an die Gesetze gehalten habe, als ich den Zaun aufgestellt habe. Jeder Quadratmeter, den ich eingezäunt habe, gehört auch wirklich mir.«

»Das hat sie mir auch gesagt«, bestätigte Clint und studierte Hunter Tate ein wenig genauer. Wie alle Männer, die im Freien arbeiteten, hatte Tate ein sonnengebräuntes, wettergegerbtes Gesicht. Bei seinem Komantschenblut hätte er in jedem Fall eine dunkle Gesichtsfarbe gehabt – doch so wie er aussah, hätte man ihn auch für einen Weißen mit stark sonnengebräunter Haut halten können. Seine hohen Backenknochen verrieten jedoch seine indianische Herkunft. Sein Gesicht zeigte auch Spuren einer gewissen inneren Belastung, die sich möglicherweise erst in seinen Gesichtszügen niedergeschlagen hatte, als er begann, den vor kurzem patentierten Stacheldraht einzusetzen, um sein Land einzuzäunen. »Ich schätze, Ihre Nachbarn nehmen es Ihnen ein wenig übel, dass Sie die Straßen blockieren.«

Tates Gesichtsmuskeln spannten sich noch mehr an. »Die Leute hier haben gemacht, was sie wollten. Sie durchquerten mein Land kreuz und quer, sooft es ihnen gefiel – aber die Zeiten haben sich geändert. Sie haben letzten Winter oben im Norden durch das strenge Wetter sehr viel Vieh verloren. Die Zeit ist gekommen, dass wir uns um unsere Kühe kümmern müssen, anstatt sie draußen auf den Weiden sich selbst zu überlassen und sie ein- oder zweimal im Jahr zusammenzutreiben. Mit einem Zaun ist es viel leichter, seine eigenen Tiere im Auge zu behalten. Man wird dann auch eher das Geld für einen guten Zuchtstier ausgeben, weil man weiß, dass man wirklich selbst von der Zucht profitiert. Außerdem macht ein Zaun es auch den Viehdieben schwerer.«

»Sie haben vollkommen Recht, Mr. Tate. Die Zeit der offenen Weiden ist endgültig vorbei. In ein paar Jahren wird jeder kluge Mann sein Land eingezäunt haben. Ich habe mich nur gefragt, ob Sie den Leuten nicht ein wenig entgegenkommen könnten, indem Sie ein paar Tore mehr einbauen.«

»Tore kosten Geld. Wissen Sie, wie viel ich für den Zaun ausgegeben habe? Fast einen ganzen Jahresgewinn von der Ranch. Ich kann es mir nicht leisten, Tore einzubauen, nur um es Leuten recht zu machen, die mir meinen Besitz nicht gönnen. Wenn Sie also hierher gekommen sind, um mich von meiner Überzeugung abzubringen, Mr. Masterson, dann verschwenden Sie nur Ihre Zeit.«

Clint wollte Tate schon versichern, dass dem nicht so war, als ihm seine Sinne ein Warnsignal sandten, das ihn auf eine drohende Gefahr hinwies – ein Signal, wie es ihm mehr als einmal das Leben gerettet hatte. Nur war die Gefahr diesmal nicht lebensbedrohend. O nein – als er aufblickte, sah er nur die wohlgeformte Gestalt von Miss Tate, die in der Tür stand, ein Tablett mit einer Kaffeekanne und Tassen in der Hand. Sie bot ein atemberaubend schönes Bild, wie sie da stand – abgesehen vielleicht von ihrem verärgerten Gesichtsausdruck.

»Was habe ich Ihnen gesagt, Mr. Masterson? Mein Vater ist fest entschlossen, jedermann gegen sich aufzubringen, damit er den Leuten die Texas Rangers auf den Hals hetzen kann.«

»Rebekah Anne Tate«, knurrte ihr Vater in einem Ton, der wahrscheinlich schon so manchen ausgewachsenen Mann hatte blass werden lassen. »Wann wirst du endlich lernen, dich um deine eigenen Angelegenheiten zu kümmern?«

Doch Rebekah Anne Tate wurde nicht blass. Sie trat ganz einfach ins Zimmer und knallte das Tablett auf den Tisch.

»Das sind sehr wohl auch meine Angelegenheiten – und die von Sean und Mama genauso!«, antwortete sie. »Wir sind es, die den Leuten nicht mehr in die Augen schauen können vor Scham, wenn wir in die Stadt oder in die Kirche gehen! Wir sind es, die von niemandem mehr eingeladen werden und über die man hinter vorgehaltener Hand spricht. Und wir sind es auch, die zurückbleiben und trauern dürfen, wenn dir irgendjemand eine Kugel in den Rücken jagt!«

»Rebekah, das reicht jetzt!« Tate war während der vorwurfsvollen Worte seiner Tochter aufgestanden und blickte drohend auf sie hinunter. Er machte ein so finsteres Gesicht, als wollte er ihr den Kopf abreißen. Sie ignorierte jedoch seine drohende Haltung, stemmte die Hände in die Hüften und starrte ihm wütend in die Augen. Clint gewann einen Eindruck davon, wie groß der Zorn der Komantschen einst gewesen sein musste.

Erstaunlicherweise war es der Vater, der sich als Erster abwandte. Er drehte sich von seiner Tochter weg und sah zu Clint. »Sie hat Angst, dass sich nicht genug junge Männer für sie interessieren«, meinte er entschuldigend.

»Du weißt genau, dass mir die jungen Männer piepegal sind!«, entgegnete Becky, die Hände in die Seiten gestemmt, die Wangen hochrot vor Zorn.

»Hüte deine Zunge, junge Dame! Was glaubst du eigentlich, wen du vor dir hast?«, rief Hunter Tate und näherte sich ihr dermaßen drohend, dass sich ihre Nasenspitzen beinahe berührten.

»Einen verdammten Narren habe ich vor mir!«, schleuderte sie ihm entgegen. Und bevor er sich von dem Schock erholt hatte, stürmte sie schon zur Tür.

Clint begann gerade wieder zu atmen, als sie plötzlich stehen blieb und ihn über die Schulter anblickte.

»Was habe ich Ihnen gesagt, Mr. Masterson?«, rief sie aufgebracht, ehe sie das Zimmer verließ und die Tür hinter sich zuknallte.

Hunter Tate stieß einen derben Fluch aus. »Ich hätte das Mädchen etwas öfter übers Knie legen sollen«, sagte er zu niemand Bestimmtem. »Ich frage mich, von wem sie diese Sturheit hat.«

Clint hustete ein-, zweimal, um ein nicht angebrachtes Lachen zu kaschieren. Das Geräusch schien Tate in die Gegenwart zurückzurufen. Ohne ein Wort zu sagen, riss er die unterste Lade des Schreibtischs auf und holte eine halb volle Flasche Whiskey hervor. Er goss einen ordentlichen Schuss in seine Kaffeetasse und warf Clint einen fragenden Blick zu.

Clint nickte. Er fand, dass er sich nach seinen wiederholten Begegnungen mit Miss Becky Tate mehr als nur einen Drink verdient hatte.

Als Tate die beiden Tassen randvoll mit Kaffee gefüllt hatte, reichte er Clint eine Tasse und ließ sich müde in seinen Sessel sinken.

»Haben Sie einen Verdacht, wer Ihren Zaun durchtrennt haben könnte?«, fragte Clint, nachdem sie beide einen Schluck von ihrem Kaffee-Whiskey genommen hatten.

»Einen Verdacht habe ich schon, aber keine Beweise. Es gehen so einige Gerüchte um.«

»Was denn für Gerüchte?«

»Von einem Geheimbund mit Losungsworten und dergleichen. Keiner will, dass irgendjemand weiß, dass er auch dabei ist.«

Clint nickte. Mit solchen Dingen hatte er früher bereits zu tun gehabt. »Sind Ihnen irgendwelche Fremde in der Gegend aufgefallen?«

Tate runzelte nachdenklich die Stirn. »Es gibt immer Fremde, die kommen und gehen – Cowboys auf der Suche nach Arbeit und dergleichen.«

»Nein, ich meine irgendwelche zwielichtigen Gestalten oder Revolverhelden.«

»Revolverhelden?«, fragte Tate erstaunt.

»Ja. Sie haben von den Problemen hier in Texas gehört und kommen aus Dodge City runter, um ihre Dienste an den Höchstbietenden zu verkaufen. Ich sage es nicht gern, aber Ihre Tochter könnte Recht haben, wenn sie befürchtet, dass Ihnen etwas zustoßen könnte.«

Tate fluchte erneut. »Und wenn ich selbst einen Revolverhelden anheuere?«

»Ich wäre Ihnen dankbar, wenn Sie das nicht tun würden«, antwortete Clint mit dem Hauch eines Lächelns. »Außerdem brauchen Sie gar keinen. Sie haben ja mich, und ich bilde mir doch ein, dass ich ein wenig schlauer bin als diese Revolverhelden. Aber Sie haben meine Frage noch nicht beantwortet. Haben Sie hier verdächtige Personen bemerkt?«

Tate dachte scharf nach. »Könnte ich nicht sagen, aber ich werde meinen Vater fragen. Er führt das Geschäft in der Stadt, also sieht er jeden, der kommt und geht. Ich spreche von Sean MacDougal. Vielleicht haben Sie schon von ihm gehört?«

»Alle Rangers wissen, wer Sean MacDougal ist. Ich schätze, Sie haben deshalb Ihren Jungen nach ihm benannt.«

»O ja, aber das war die Idee meiner Frau. Sie hat auch unsere Tochter nach meiner Mutter benannt.« Seine

Gesichtszüge verhärteten sich wieder. »Dieses Mädchen ...«, murmelte er.

»Wie ich schon sagte, Ihre Sorgen sind vielleicht berechtigt«, warf Clint hastig ein. Das Letzte, was er wollte, war, sich auf ein Gespräch über ›dieses Mädchen‹ einzulassen. »Ich werde mich ein wenig umhören. Es würde mir helfen, wenn Sie mir die Namen von Männern geben könnten, die möglicherweise in die Geschichte verwickelt sind.«

Hunter nannte ihm die Farmer und kleinen Viehzüchter, die sich besonders lautstark über seinen Zaun beklagt hatten und die es sich noch nicht leisten konnten, ihr Land einzuzäunen.

Clint prägte sich die Namen ein.

»O ja, und Wally Wakefield«, fügte Tate schließlich hinzu.

Clint hatte plötzlich ein Gefühl, als würde eine eiskalte Faust sein Herz umklammern. »Wakefield? Etwa Wallace Wakefield?«, fragte er in möglichst beiläufigem Ton.

Tate nickte. »Sie kennen ihn?«

»Ich ... ich habe einmal jemanden gekannt, der so hieß. Wie alt ist der Mann?«

»Oh, ich würde sagen, ungefähr in meinem Alter. Ist das der Kerl, den Sie kennen?«

Der eisige Griff löste sich von Clints Herz. Er wusste, er hatte den Mann gefunden, nach dem er so lange gesucht hatte. »Ich glaube nicht«, log er.

»Nun, bei Wakefield bin ich mir nicht sicher. Er hat zwar etwas gegen meinen Zaun, aber er ist eher ein Einzelgänger. Ich kann mir nicht vorstellen, dass er mit anderen Kerlen durch die Gegend streift, einen Sack über den Kopf gestülpt. Er ist aber mein nächster Nachbar im Westen, also wäre es nur logisch, dass sie sich bei ihm treffen.«

»Im Westen, sagen Sie? Wie komme ich da genau hin?«, fragte Clint – erleichtert, dass es ihm durch jahrelange Übung gelang, jede Gefühlsregung aus seiner Stimme zu verdrängen.

Tate gab ihm die Richtung an, worauf die beiden Männer über die verschiedenen Farmer sprachen, die in Frage kamen. Nach einer Weile, als sie ihren Kaffee mit Whiskey getrunken hatten, rief Sarah Tate sie zum Abendessen.

Diesmal blickte Clint der Sache nicht mehr mit solchem Schrecken entgegen. Möglicherweise verlieh ihm der Whiskey ein wenig Mut, und er hoffte, dass er genug getrunken hatte, um gegen Beckys üppige Schönheit einigermaßen gefeit zu sein.

Einige Augenblicke später, als er das aufwändig eingerichtete Esszimmer der Tates betrat, musste er jedoch feststellen, dass auch der Whiskey seine Reaktion auf die junge Dame nur ein klein wenig zu dämpfen vermochte.

Zu seiner Erleichterung sah er, dass Mrs. Tate ihm den Platz neben dem Jungen zugedacht hatte, den die Aussicht, so nahe neben einem Ranger sitzen zu dürfen, in freudige Erregung versetzte. Clint würde über den Tisch blicken müssen, um Becky zu sehen. Wenn er Acht gab, würde er ihrem Blick nicht allzu oft begegnen, dachte er bei sich.

Hunter Tate sprach den Segensspruch und reichte dann die Schüsseln herum. Es war eine einfache Mahlzeit – gebratener Schinken, Maiskuchen und gedünstete Tomaten. Unter den wachsamen Augen ihrer Eltern wagte es Becky nicht, irgendwelche peinlichen Fragen zu stellen, und so verlief das Abendessen zu Clints Erleichterung in völliger Stille.

Als sie sich dem Kaffee und Kuchen zuwandten, brach der Junge das Schweigen.

»Haben Sie schon mal Indianer erschossen, Mr. Masterson?«, fragte er neugierig.

Clint spürte die Spannung, die augenblicklich im Raum herrschte, und war froh, dass er antworten konnte: »Nein, Junge, als ich nach Texas kam, waren sie schon so ziemlich alle weg.«

»Nicht einmal Apachen? Wie war das denn, als dieser Vittorio aus dem Reservat ausbrach?«, fragte der Junge hartnäckig.

»Es waren schon Rangers, die ihn wieder einfingen«, gab Clint zu, »aber ich war nicht dabei. Ich habe vor allem Viehdiebe und Banditen gejagt.«

»Haben Sie auch welche getötet?«, wollte der Kleine wissen.

»Sean!«, wandte Sarah vorwurfsvoll ein. »Über so etwas spricht man nicht beim Essen.«

»Warum fragst du ihn denn nicht, ob er auch lästige kleine Jungen getötet hat?«, warf Becky im allerfreundlichsten Ton ein, was ihr finstere Blicke von ihrem Vater und ihrem Bruder eintrug.

Doch sie sah die beiden gar nicht an, wie Clint feststellte, als er aufblickte. Nein, *ihn* fixierte sie mit ihren unverwechselbaren blauen Augen, als wollte sie etwas in ihm entdecken, das er verzweifelt zu verbergen suchte.

Clint schüttelte den lächerlichen Gedanken ab und widmete sich wieder dem Jungen. »Wenn du Geschichten über die Rangers hören willst, dann komm doch nach dem Essen mit mir hinaus.«

»Kann ich, Mama?«, fragte Sean mit flehendem Blick.

»Das heißt: *darf ich*«, korrigierte sie ihn. »Ja, du darfst, wenn du Mr. Masterson nicht mit deinen vielen Fragen quälst. Mr. Masterson, schicken Sie ihn nur ins Haus zurück, wenn er zu lästig wird.«

»Aber Mama«, beklagte sich der Junge, ehe sich seine Miene aufhellte. »Ich kann Ihnen auch ein paar Geschichten von den Rangers erzählen. Die weiß ich von Grandpa Mac!«

»Die würde ich gern hören«, sagte Clint aufrichtig, und als Mr. Tate von seinem Platz aufstand, tat er es ihm gleich. Der Junge lief bereits zur Tür.

»Macht es Ihnen was aus, wenn ich mitkomme?«, fragte Tate.

»Nein, überhaupt nicht«, antwortete Clint. »Danke für das Essen, Mrs. Tate«, fügte er, zu der Frau gewandt, hinzu und vermied es sorgfältig, ihre Tochter anzublicken, die ihn – da war er sich ganz sicher – anlächelte. Er konnte es sich nicht erklären, warum ihn Becky Tates Lächeln hundertmal mehr beunruhigte als eine Bande von abgefeimten Viehdieben. Er wusste nur, dass er sich diesem Gefühl nicht aussetzen wollte. Erleichtert folgte er Tate und dem Jungen ins Freie hinaus.

Becky sah ihnen aus zusammengekniffenen Augen nach.

»Er scheint ein wirklich netter junger Mann zu sein«, stellte ihre Mutter fest.

Becky studierte den Gesichtsausdruck ihrer Mutter, ehe sie antwortete, und sie sah ein nachdenkliches Glitzern in ihren hellblauen Augen.

»Mutter, Texas Rangers sind nicht gerade als nette Menschen bekannt«, erwiderte Becky.

»Du weißt schon, was ich meine«, sagte Sarah Tate und erhob sich, um das Geschirr abzuräumen.

Becky half ihr. Natürlich wusste sie genau, was ihre Mutter meinte. Es gab nicht viele Männer, die eine solche Geduld mit kleinen Kindern aufbrachten, geschweige denn mit so lebhaften Kindern wie Sean. Mr. Masterson schien in dieser Hinsicht über außergewöhnliche Fähigkeiten zu verfügen.

»Vielleicht hat er selbst Kinder«, meinte Sarah.

»Nein, er hat gar keine Familie«, sagte Becky, ohne zu überlegen. Im nächsten Augenblick hätte sie sich am liebsten auf die Zunge gebissen. Als sie aufblickte, lächelte ihre Mutter zufrieden.

»Was hast du denn sonst noch über ihn herausgefunden, Liebes?«, fragte sie.

»Er stammt aus Georgia und kam nach Texas, um freies Land zu finden. Er baute sich im Westen eine

Farm auf, mit der er aber keinen Erfolg hatte«, berichtete sie.

»Oh, wie schade«, sagte Sarah mit aufrichtigem Bedauern. Becky fragte sich, ob er für ihre Mutter als möglicher Freier ausschied, weil er nicht viel zu besitzen schien. »Aber ein Mann wie er wird immer etwas finden«, fügte Sarah nach einer Weile hinzu. »Ich meine, er wirkt so stark und entschlossen. Bestimmt wird er mit etwas anderem Erfolg haben.«

Becky bezwang den letzten Rest ihres angeschlagenen Stolzes und antwortete: »Mama, du kannst ihn ruhig vergessen. Er merkt nicht einmal, dass es mich gibt.«

Sarah blickte sie überrascht an. »Wie kommst du darauf, Liebes?«

Manchmal konnte Becky nicht glauben, wie begriffsstutzig ihre Mutter sein konnte. »Hast du es denn nicht bemerkt? Er hat mich beim Essen die ganze Zeit über nicht ein einziges Mal angesehen!«

Sarah schüttelte bedauernd den Kopf. »Oh, Becky, du armes Kind. Verstehst du denn nicht? Mr. Masterson hat Angst davor, dich anzusehen – und das, mein Liebling, bedeutet tausendmal mehr als alles Flirten!«

Becky bekam Clint Masterson an diesem Abend nicht mehr zu Gesicht. Als ihre Mutter Sean ins Haus rief, weil es Zeit zum Schlafengehen war, zog sich der Ranger in die Schlafbaracke zurück, anstatt noch ins Wohnzimmer zu kommen, wo die Familie beisammen saß.

Konnte es tatsächlich sein, dass er Angst vor ihr hatte? Becky hätte schwören können, dass ihre Mutter keine Ahnung von Beziehungen zwischen den jungen Menschen der Gegenwart hatte. Schließlich schien sie die jungen Männer gar nicht zu bemerken, die sich für Becky – zu ihrem Leidwesen – interessierten. Doch in diesem Fall wollte Becky nur zu gern glauben, dass ihre Mutter Recht hatte. Und Sarah schien sich ihrer Sache auch tatsächlich sehr sicher zu sein.

Becky verbrachte einen guten Teil der Nacht damit, sich über diese Frage Gedanken zu machen. Am folgenden Tag hatte sie jedoch kaum Gelegenheit, der Sache selbst auf den Grund zu gehen, denn Clint Masterson war bei Sonnenaufgang bereits losgeritten, um sich einen Überblick über die Gegend zu verschaffen, wie er ihrem Vater gesagt hatte. Die Familie fuhr in die Stadt, um die Kirche zu besuchen, und Becky dachte während der gesamten Fahrt über den Ranger nach und kam zu dem Schluss, dass ihre Mutter verrückt sein musste. Clint Masterson hatte vor nichts und niemandem Angst. Er war ganz einfach nicht an Becky interessiert.

Als sie bei der Kirche ankamen, die Hunter Tates Großvater vor über vierzig Jahren erbaut hatte, als die ersten weißen Siedler in diese Gegend gekommen waren, herrschte im Kirchhof einiges Gedränge. Als sie näher kamen, sahen sie, dass sich mitten in der Menschenmenge ein junges Paar befand – und Becky verstand instinktiv und mit einiger Bestürzung, was los war.

»Sieht so aus, als hätte Carrie Vance sich ihren Burschen endlich geangelt«, stellte Hunter fest.

»Wie kannst du nur so reden!«, sagte Sarah vorwurfsvoll.

»Du glaubst doch nicht etwa, dass es Scott Youngs Idee war, zu heiraten«, erwiderte er.

»Hoffentlich heiraten sie bald«, warf Sean aufgeregt ein. »Bei Hochzeiten gibt es immer den besten Kuchen.«

Außerdem würde Sean den ganzen Tag und den Großteil der Nacht mit seinen Freunden verbringen können, die er für gewöhnlich nur in der Schule traf, darunter Carries kleinen Bruder und einen seiner besten Freunde, Jinks.

Becky war die Einzige in der Familie, die nicht an die bevorstehende Hochzeit denken wollte. Sie hatte alle Mühe, nicht daran zu denken, wie Scott Young sie vor wenigen Monaten besucht hatte. Als ihre Eltern sie beide im Wohnzimmer allein ließen, versuchte er, sie zu küssen, und legte ihr sogar die Hand auf die Brust, ehe sie sich ihn mit einem Fußtritt ans Schienbein vom Leib halten konnte. Er ließ sich dadurch jedoch nicht entmutigen und versuchte mit Hilfe ihrer Mutter, Becky zu überreden, ihn auf eine Wagenfahrt zu begleiten. Sarah war tagelang verärgert über ihre Tochter, dass sie sich weigerte, mit einem so ehrbaren jungen Gentleman auszufahren. Sie schien keine Ahnung zu haben, in welche Gefahr Becky sich gebracht hätte, wenn sie seiner Einladung gefolgt wäre.

Als ihr Vater schließlich einen Platz im Kirchhof gefunden hatte, um den Wagen abzustellen, näherte sich die Familie der Gruppe, die sich um Carrie und Scott versammelt hatte.

»Habt ihr es schon gehört?«, wandte sich eine der Frauen an Sarah. »Scott und Carrie sind verlobt.«

Sarah tat ihr den Gefallen, ein überraschtes und erfreutes Gesicht zu machen. Sie nahm Becky am Arm und zog sie mit sich, um dem glücklichen Paar zu gratulieren.

Becky und Carrie waren im gleichen Alter und hatten zusammen die Schule besucht. Becky kannte sie also von klein auf, obgleich sie nie enge Freundinnen gewesen waren. Dennoch wusste Becky, dass sie sich eigentlich mit ihrer früheren Klassenkameradin freuen sollte – und das hätte sie auch gewiss getan, wenn Carrie bloß jemand anderen heiraten würde!

»Gratuliere, Carrie«, brachte sie etwas mühsam hervor und umarmte das Mädchen.

Carries mit Sommersprossen übersätes Gesicht strahlte vor Glück. »Oh, Becky, es ist alles so aufregend! Wir werden zu Weihnachten heiraten. Ist das nicht schön?«

»O ja«, stimmte Becky zu und wünschte sich, sie wüsste irgendeinen Weg, wie sie Carrie mitteilen konnte, was für einen Mann sie im Begriff war, zu heiraten. Doch sie wusste gleichzeitig, dass sie es nie über sich brächte, ihr das zu sagen.

»He, und ich werde nicht umarmt?«, fragte Scott verschlagen. »Und einen Kuss hätte ich mir doch sicher auch verdient! Carrie hat bestimmt nichts dagegen, nicht wahr, Liebling?«

Carrie lachte – überzeugt, dass er bloß Spaß machte, doch Becky sah das Funkeln in Scotts Augen.

»Vielleicht sollte sie aber etwas dagegen haben«, sagte Becky mit einem steifen Lächeln, ohne sich Carries Verlobtem auch nur einen Schritt zu nähern. »Gratuliere, Scott. Du hast wirklich Glück, eine solche Frau zu bekommen.«

»Na ja, vielleicht hat Carrie noch mehr Glück als ich«, erwiderte er mit einem selbstgefälligen Lächeln, was ihm einen verspielten Klaps von seiner Zukünftigen eintrug.

Carrie wandte sich wieder Becky zu. »Jetzt musst *du* in der Schule unterrichten«, sagte sie.

»Was?«, fragte Becky, ziemlich verwirrt durch den plötzlichen Themenwechsel.

»Das hat Mama gesagt«, erklärte Carrie etwas unbeholfen. »Mama, komm doch und sprich mal mit Becky!«

Mrs. Vance blickte von dem Kreis der Frauen auf, die ihr zu dem Glück ihrer Tochter gratulierten. Als sie Becky sah, entschuldigte sie sich bei den Damen und kam sogleich herbeigeeilt.

»Becky, Liebes, ich habe schon auf dich gewartet.« Sie nahm Becky am Arm und führte sie von der Menschenmenge weg.

»Worüber wollten Sie mit mir reden, Mrs. Vance?«, fragte Becky höflich, obwohl es ihr völlig egal war, was Mrs. Vance von ihr wollte.

»Nun, du weißt ja, dass Mr. Vance unserer Schulbehörde angehört und dass wir vergangenes Jahr unsere Lehrerin verloren haben, als sie mit diesem Hausierer fortging. Wir konnten schließlich unsere Carrie überreden, den Posten zu übernehmen, aber jetzt ...« Sie machte eine hilflose Geste. »Natürlich kann eine verheiratete Frau nicht in der Schule unterrichten, und es sind nicht mehr viele Mädchen übrig, die noch unverheiratet sind.

Becky, du warst die beste Schülerin in der Klasse, viel besser als Carrie, wie ich zugeben muss. Da wäre es doch naheliegend, dass du die Stelle übernimmst. Bis du selbst heiratest, natürlich«, fügte sie lächelnd hinzu.

Es war wohl noch niemandem aufgefallen, dass Becky wahrscheinlich überhaupt nicht heiraten würde – jedenfalls nicht einen der jungen Männer, die sich bisher für sie interessiert hatten. So wie Scott Young luden sie sie stets zu einer Fahrt im Wagen ein – doch was sie wirklich im Sinn hatten, war etwas ganz anderes. Wenn sie sich weigerte, die Erwartungen dieser ›Verehrer‹ zu erfüllen, ließen sie sich nicht mehr blicken.

Obwohl sie noch keine achtzehn Jahre alt war, war Becky bereits in Gefahr, als alte Jungfer zu enden. Sie und Carrie waren fast die einzigen Mädchen in ihrem Alter, die noch ungebunden waren – und zu heiraten war schließlich das Einzige, was eine Frau anstreben konnte.

In der Schule zu unterrichten wäre eine gute Beschäftigung gewesen – nur war es ihr ganz einfach nicht möglich, und zwar aus dem gleichen Grund, warum keiner der jungen Männer, die sie kannte, sie wirklich heiraten wollte: weil sie Indianerblut in sich hatte. Becky konnte sich nur allzu gut vorstellen, wie es sein würde, wenn sie die jüngeren Brüder und Schwestern jener Männer unterrichtete, die glaubten, dass Becky ihre Gunst jedermann gewähren würde – nicht zu vergessen die Kinder der Männer, die Beckys Vater am liebsten erschießen würden, weil er einen Stacheldrahtzaun aufgestellt hatte.

Alles in Becky verkrampfte sich bei dem Gedanken. »Es tut mir Leid, Mrs. Vance, aber ich kann das nicht machen. Ich kann nicht gut mit Kindern umgehen«, log sie.

»Unsinn! Du unterrichtest doch auch diese *anderen* Kinder, nicht wahr?«

»Das ist ... etwas anderes«, versuchte Becky auszuweichen. Sie fragte sich, wie Mrs. Vance davon erfahren hatte, dass sie drei Kinder privat unterrichtete.

»Ich kann mir schon vorstellen, dass das anders ist, aber so anders auch wieder nicht!«, beharrte Mrs. Vance. »Wirklich, Becky, es wäre sehr wichtig. Wenn du es nicht machst, wer wird die Kinder dann im Herbst unterrichten?«

Becky hatte keine Ahnung. Sie wusste nur, dass sie es nicht sein würde. »Ich kann es einfach nicht machen.«

»Hast du einen Freund?«, fragte Mrs. Vance.

»Nein«, gestand Becky widerwillig.

»Warum kannst du dann nicht unterrichten?«

Becky dachte an die vielen Gründe, die sie hatte. Sie dachte daran, wie es sein würde, eine Horde von Jungen zu unterrichten, die genauso waren wie Scott Young, nur etwas jünger – junge Burschen, die sie ›Squaw‹ nennen würden und noch ganz andere Dinge. Aber all das konnte sie Mrs. Vance nicht erklären. Sie konnte das überhaupt niemandem erklären.

»Ich fürchte, ich will einfach nicht«, sagte Becky schließlich sehr direkt.

Mrs. Vance war von ihren Worten etwas vor den Kopf gestoßen. »Tun dir die Kinder denn nicht Leid, die keine Lehrerin haben werden? Dein eigener Bruder zum Beispiel.«

»Sie werden jemand anders finden«, versicherte ihr Becky.

Mrs. Vance machte ein finsteres Gesicht. »Wir wollen doch mal sehen, was deine Mutter dazu sagt.«

Sie stapfte davon und ließ Becky allein am Rande der Menschenmenge zurück. Becky wusste, dass ihre Mutter enttäuscht sein würde, vielleicht sogar zornig, weil sie den Posten ausschlug. Kinder zu erziehen und zu unterrichten, war Sarah Tates große Leidenschaft – und es hätte sie gewiss sehr glücklich gemacht, wenn ihre Tochter Lehrerin geworden wäre. Doch Becky konnte einfach nicht in der Schule unterrichten und das musste sie ihrer Mutter irgendwie klarmachen.

Glücklicherweise ergab sich die Gelegenheit, mit ihr

darüber zu reden, erst am Abend. Wie immer hatte die Familie den Sonntag Nachmittag bei Beckys Großeltern verbracht. Aus irgendeinem Grund vermied es Sarah Tate, das Thema vor der versammelten Familie anzusprechen.

Gerade als Becky zu Bett gehen wollte und bereits überzeugt war, dass sie es zumindest für diesen Tag geschafft hatte, das Thema zu vermeiden, hielt Sarah sie am Fuß der Treppe zurück.

»Becky, stimmt es, dass du Mrs. Vance gesagt hast, dass du nicht in der Schule unterrichten willst?«

Becky blickte in das besorgte Gesicht ihrer Mutter, und für einen Augenblick hätte sie die Aufgabe am liebsten übernommen, nur um ihre Mutter nicht zu enttäuschen. »Ja, das stimmt.«

»Warum?«

Wie sollte sie es ihr nur erklären? Wie sollte sie es ihrer Mutter verständlich machen, ohne sie unnötig zu verletzen? Vielleicht würde es genügen, wenn sie ein klein wenig von der Wahrheit durchblicken ließ.

»Mama, ich ...« Sie sah sich um, denn sie wollte sich vergewissern, dass ihr Vater und ihr Bruder nicht in der Nähe waren. »Mama, manche Leute ... na ja, die wollen vielleicht nicht, dass ein Mädchen mit Indianerblut ihre Kinder unterrichtet.«

Die Augen ihrer Mutter weiteten sich vor Schreck. »Hat irgendjemand etwas gesagt oder getan ...?«

»O nein!«, log Becky. »Aber du weißt genau, dass es so ist, auch wenn die Leute einem selbst gegenüber noch so höflich sind. Ich möchte nur ... ich möchte ihnen keinen Grund geben, dass sie es laut aussprechen. Bei dem ganzen Ärger mit dem Zaun sind die Leute ohnehin schon wütend genug auf Papa. Sie könnten ... sie könnten irgendwelche Dinge sagen, nur um ihn damit zu treffen.«

Sarahs Augen füllten sich mit Tränen. »Oh, Becky, das tut mir so Leid! Ich wollte nicht, dass du leiden musst, nur weil ...«

»Ich leide ja nicht«, versicherte ihr Becky und zwang sich zu lächeln. »Ich möchte nur Papa nicht noch mehr Probleme machen. Das verstehst du doch, nicht wahr?«

Sarah lächelte traurig. »Ich bin so stolz auf dich, Liebling. Du bist so vernünftig.« Spontan küsste sie Becky auf die Wange und umarmte sie. Dann drehte sie sich abrupt um und verließ rasch das Zimmer. Becky wusste, dass sie die Tränen nicht zeigen wollte, die unweigerlich fließen würden.

Becky flüsterte ein Dankgebet, dass ihr Plan funktioniert hatte. Sie hatte ihrer Mutter ein kleines bisschen wehgetan, aber nicht so sehr, wie wenn sie ihr die ganze Wahrheit erzählt hätte. Und dennoch hatte sie es erreicht, dass man ihr nicht mehr wegen der verdammten Schule in den Ohren lag.

Müde stieg Becky die Treppe zu ihrem Zimmer hoch. Erst als sie in der Dunkelheit im Bett lag, erinnerte sie sich, dass sie vergangene Nacht gedacht hatte, ihr größtes Problem wäre die Frage, ob sie dem Ranger aufgefallen war oder nicht. Wenn es nur so wäre.

Als Becky am nächsten Morgen nach unten ging, war ihr Vater bereits zur Arbeit auf der Ranch aufgebrochen und ihre Mutter und ihr Bruder waren gerade mit dem Frühstück fertig.

Sean bemerkte sofort, dass sie ihr Reitkleid trug. »Wo willst du denn hin?«, fragte er, während er noch an seiner Hafergrütze kaute.

»Heute ist Montag«, antwortete Becky und nahm sich ebenfalls eine Schüssel Hafergrütze. »Ich reite zu Miss Nellie.«

Sean hüpfte aufgeregt auf seinem Stuhl auf und ab. »Kann ich mitkommen? Kann ich mitkommen?«

»Das heißt: *darf* ich mitkommen«, korrigierte ihn seine Mutter geduldig.

»*Darf* ich?«, verbesserte sich Sean schnell.

»Tut mir Leid, Kleiner, aber du weißt ja: die Kinder

können sich nicht aufs Lernen konzentrieren, wenn du auch dort bist. Aber falls du selbst etwas lernen möchtest ...«, fügte sie listig hinzu.

»Es ist doch Sommer!«, protestierte er. »Die Kinder sollten zur Schule gehen, so wie ich. Dann müssten sie nicht im Sommer lernen!«

Becky wechselte einen Blick mit ihrer Mutter. »Du weißt ja«, erklärte Sarah ihrem Sohn, »dass sie nicht zur Schule gehen können.«

»Ja«, sagte er resigniert, »weil sie Farbige sind. Aber ich verstehe trotzdem nicht, warum sie nicht zur Schule gehen können! Uns Kindern würde es nichts ausmachen! Außerdem spiele ich viel lieber mit Tommy als mit Sonny und Jinks.«

Becky seufzte. Wenn es nur nach den anderen Kindern gegangen wäre, dann hätte Nellie ihre Kinder ohne weiteres zur Schule schicken können. Aber die Kinder fragte man eben nicht. »Das weiß ich, Kleiner. Aber ich habe eine Idee. Ich frage Miss Nellie, ob ich morgen mit dir kommen darf, damit du mit Tommy spielen kannst.«

Für Sean war das zwar nur die zweitbeste Lösung – dennoch hellte sich seine Miene auf. »Ja, wir könnten angeln gehen.«

Als er mit dem Frühstück fertig war, sprang Sean augenblicklich auf und rannte so geschwind ins Freie hinaus, dass die Küchentür hinter ihm zuknallte.

Eine ganze Weile sprach keine der beiden Frauen ein Wort – doch sie dachten das Gleiche. »Er hat Recht. Es gibt wirklich keinen Grund, warum diese Kinder nicht zur Schule gehen sollten wie alle anderen auch«, sagte Becky schließlich.

»Noch schlimmer ist, dass du dein Talent vergeudest, indem du nur drei Kinder unterrichtest«, sagte ihre Mutter. Offensichtlich hatte sie es sich seit ihrem Gespräch am vergangenen Abend nun doch anders überlegt. »Du bist eine so gute Lehrerin! Du solltest den Posten annehmen und dich einen Teufel darum scheren, was irgendjemand sagt. Dann könntest du es vielleicht sogar erreichen, dass Nellies Kinder auch zur Schule gehen können.«

Becky biss sich auf die Unterlippe, um sich einen Einwand zu verkneifen. Ihre Mutter war zwar keineswegs so stur wie ihr Vater – dennoch wäre es zwecklos gewesen, mit ihr zu streiten. Außerdem würde Becky möglicherweise mehr sagen als sie wollte, wenn sie ihr die Sache zu erklären versuchte. Sie hatte auch so schon Probleme genug – sie musste sich nicht auch noch neue aufhalsen. Deshalb blickte sie ihre Mutter lächelnd an. »Ich möchte nicht so viel Zeit für das Unterrichten aufwenden.«

»Für Nellies Kinder tust du es ja auch«, erwiderte ihre Mutter.

»Aber nur einmal die Woche. Außerdem ist ihre Mutter da und achtet darauf, dass sie nicht übermütig werden.«

Sarah runzelte die Stirn und schüttelte enttäuscht den Kopf. Dann kam ihr ein anderer Gedanke. »Lässt Nellie sich schon von dir unterrichten?«

»Nein, sie will nicht zugeben, dass sie nicht lesen kann – obwohl es ja gar keine Schande ist. Niemand erwartet das von einer ehemaligen Sklavin.«

»Ich weiß genau, wie ihr zumute ist. Ich war auch schon erwachsen, als ich es lernte. Und ich hätte es viel früher lernen können, wenn ich mich nicht so geschämt hätte.«

Becky nickte. Sie hatte schon oft die Geschichte gehört, wie Grandpa Mac ihrer Mutter das Lesen beigebracht hatte, nachdem Becky zur Welt gekommen war. Das war der Hauptgrund, warum Sarah wollte, dass jeder Mensch lesen und schreiben lernte. »Ich habe Nellie schon öfter zu überreden versucht, aber es hat nichts genützt. Vielleicht, wenn du mal mit ihr reden würdest ...«, schlug Becky vor.

»Das könnte ich wirklich machen«, sagte Sarah. »Niemand sollte darauf verzichten zu lernen. Deshalb wäre es ja so wichtig, dass du in der Schule unterrichtest, junge Lady!«

»Sie finden schon jemanden, bis die Schule anfängt«, antwortete Becky ausweichend. »Ich muss jetzt los.« Rasch leerte sie ihre Kaffeetasse, trug ihr Geschirr zur Spüle und verabschiedete sich von ihrer Mutter. Dann eilte sie schnell hinaus, ehe Sarah ein weiterer Grund einfiel, warum Becky doch Lehrerin werden sollte. Sie holte ihre Bücher und ging dann zum Stall.

Pedro, der Junge, der im Stall arbeitete, hatte Blaze, ihre Stute, bereits gesattelt. Becky dankte ihm, während sie die Bücher in die Satteltasche stopfte, und ließ sich dann von ihm aufs Pferd helfen. Sie konnte nicht anders, als sich umzusehen, ob Mr. Mastersons Pferd noch im Stall war – doch der große kastanienbraune Wallach war schon fort. Sie wollte sich nicht eingestehen, dass sie enttäuscht war.

Auf dem Ritt zu Nellie bemühte sich Becky, möglichst nicht daran zu denken, was ihre Mutter zu ihr gesagt hatte. Die Stadt brauchte wirklich dringend eine neue Lehrerin, doch Becky konnte die Stelle einfach nicht übernehmen – auch wenn ihr das Unterrichten noch so viel Spaß machte. Nein, für sie war es viel besser, wenn sie weiterhin einmal pro Woche jene Kinder besuchte, die durch ihre Hautfarbe vom regulären Unterricht ausgeschlossen waren.

Nicht zum ersten Mal fragte sich Becky, wie viele Kinder es wohl gab, die gern gelernt hätten, aber keine Möglichkeit dazu bekamen. Es hatte nie viele Sklaven in diesem Teil von Texas gegeben, jedenfalls nicht annähernd so viele wie im Osten, wo vor dem Krieg etliche Schwarze auf den Baumwollfeldern gearbeitet hatten. Danach waren einige der freigelassenen Sklaven in den Westen gekommen, um nach neuen Möglichkeiten zu suchen – wohingegen die Weißen dafür gekämpft hatten, dass die Schwarzen weiter versklavt blieben. Auch Nellie und ihre Familie waren gekommen, um hier neu anzufangen.

Becky kannte mindestens ein Dutzend schwarze Familien in der Gegend, von denen viele auch Kinder hatten. Alle hätten sie eine Lehrerin gebrauchen können, dachte sie und lächelte bei der Vorstellung, wie sie von Haus zu Haus ritt, um die Kinder als Hauslehrerin zu unterrichten. Wie ein Wanderprediger, dachte sie amüsiert. Aber nicht alle würden sich darüber freuen, wenn eine Fremde zu ihnen nach Hause kam. Außerdem wäre eine Lehrerin zu wenig, um all die Kinder zu unterrichten, selbst wenn sie wirklich als Privatlehrerin von Haus zu Haus ziehen würde.

Nein, ihr kleiner Bruder hatte schon Recht. Die einzige echte Lösung wäre, die farbigen Kinder zur Schule zuzulassen. Aber das würde mit Sicherheit nie geschehen.

Nellies Kinder warteten schon auf der Veranda auf sie, und als sie Becky mit freudigen Zurufen begrüßten, kam auch ihre Mutter heraus. Becky winkte ihnen zu und ritt gleich zum Stall weiter. Sie hatte kaum Zeit abzusteigen, als die Kinder sie auch schon umringten.

»Miss Becky, was haben Sie uns denn heute zum Lesen mitgebracht?«, fragte die kleine Georgia und zupfte sie ungeduldig am Rock.

»Ich kümmere mich um Ihr Pferd, Miss Becky«, sagte Tommy und löste den Sattelgurt, um den Sattel abzunehmen, der fast so groß war wie er selbst.

Becky wollte seinen männlichen Stolz nicht verletzen und unterließ es deshalb, ihm ihre Hilfe anzubieten. Sie wandte sich Alice zu, die ihr berichtete, wie oft sie alle das Buch gelesen hatten, das sie ihnen letzte Woche dagelassen hatte.

Alice war fünfzehn Jahre alt und schon so groß wie Becky und ihr Körper zeigte Anzeichen von weiblicher Reife. Becky dachte unwillkürlich, dass Alice eigentlich am Ende ihrer Schulzeit sein sollte und nicht erst am Anfang.

Sie wünschte sich, ihre Mutter könnte die Freude in diesen dunklen Gesichtern sehen. Nichts machte sie glücklicher, als zu wissen, dass jemand, der lernen wollte, auch die Möglichkeit dazu bekam.

»Mama hat Lebkuchen gemacht«, teilte ihr Georgia mit, während sie zum Haus gingen. Jedes der beiden Mädchen hielt Becky an einer Hand, während Tommy ihre Bücher trug. »Aber wir bekommen sie erst, wenn wir mit dem Lernen fertig sind.«

»So klug wie du bist, brauchen wir sicher nicht sehr lang«, versicherte ihr Becky und blickte zu Nellie auf, die auf der Veranda wartete.

Nellie war eine Spur dunkler als ihre Kinder. Ihr Haar war drahtig und nicht gekräuselt wie das von Alice und Georgia. Sie bedeckte es stets mit einem bunten Tuch, und Becky hatte sich schon oft gefragt, ob sie sich dieses Zeichens ihrer Herkunft ebenso schämte, wie Becky sich ihres schwarzen Haars schämte, das ein indianisches Merkmal war.

»Guten Morgen«, sagte Becky.

»Morgen«, antwortete Nellie fröhlich. »Ich freue mich wirklich, dass Sie hier sind. Die Kleinen haben mich schon fast zum Wahnsinn getrieben mit ihren dauernden Fragen, wann Sie endlich da sind. Kommen Sie doch rein.«

Das robuste Häuschen bestand aus zwei Zimmern und dem Dachboden. Die Eltern schliefen im zweiten Raum, die Kinder oben im Dachgeschoss. Im ganzen Haus duftete es köstlich nach Lebkuchen. »Wir sollten uns mit dem Unterricht beeilen«, sagte Becky zu den Kindern. »Mir läuft schon das Wasser im Mund zusammen!«

Kichernd eilten sie auf ihre Plätze rund um den Tisch. Der Hauptraum des Häuschens diente gleichzeitig als Wohnzimmer und Küche und war mit verschiedenen sehr schönen Stücken eingerichtet, die Nellie und ihr

Mann aus ihrem früheren Leben mitgebracht hatten. Ergänzt wurde die Einrichtung durch einige selbstgezimmerte Möbel. Der aus Eichenholz geschnitzte Tisch war blitzblank geschrubbt und passte zur Anrichte und zum Geschirrschrank, die reich verziert waren.

Wie immer setzte sich Nellie auf das Rosshaarsofa und begann zu stricken. Becky vermutete, dass sie auf diese Weise das Ganze unaufdringlich beobachten wollte. Die Kinder nahmen ihre Schiefertafeln zur Hand und zeigten Becky, wie gut sie die Rechenaufgaben bewältigt hatten, die Becky ihnen vor einer Woche aufgegeben hatte. Nach dem Rechnen ließ Becky die Kinder aus dem Buch *Die Schatzinsel* lesen, das ihr Großvater ihrem Bruder zu Weihnachten geschenkt hatte. Die Wörter, die sie nicht kannten, schlugen sie im Wörterbuch nach.

»Oh, Miss Becky, können Sie uns das Buch bis nächste Woche borgen?«, fragte Alice, nachdem sie das erste Kapitel beendet hatten. »Ich bin so gespannt, wie es weitergeht!«

»Ich auch!«, rief Tommy aus. »Wir könnten es uns jeden Tag vorlesen. Bitte, Miss Becky!«

»Vielleicht wollen eure Eltern, dass ihr es ihnen auch vorlest«, schlug Becky vor.

»Oh, Mama, dürfen wir?«, bettelte Georgia.

Nellie blickte von ihrer Strickarbeit auf. »Ich schätze, eurem Papa würde es gefallen.«

Die Kinder jubelten und sprangen auf, um ihre Mutter und Becky zu umarmen.

Da sie viel zu aufgeregt waren, um weiter zu lernen, erklärte Becky den Unterricht für beendet und ließ Nellie die Lebkuchen bringen. Als die Kinder fertig gegessen hatten, liefen sie hinaus, um sich um die Hausarbeit zu kümmern, während Nellie und Becky noch beim Kaffee saßen.

Die beiden Frauen plauderten über dies und jenes, während Becky überlegte, wie sie Nellie unaufdringlich ermuntern konnte, selbst mit dem Lernen zu beginnen.

Sie war gerade im Begriff, das Thema anzuschneiden, als die Kinder wieder hereingestürmt kamen, ihre braunen Augen vor Schreck geweitet.

»Mama, da kommt ein Mann!«, teilte Alice ihnen mit.

Clint Masterson musterte die Farm mit dem Blick eines Kenners. Sie schien in sehr gutem Zustand zu sein – die Ackerfurchen waren kerzengerade und frei von Unkraut und auch der Hof war blitzsauber. Mehrere Kinder machten sich im Hof zu schaffen, doch sie liefen ins Haus, als sie ihn erblickten.

Er verspürte eine gewisse innere Aufregung, von der er sich jedoch nicht beeinflussen ließ. Der Augenblick war viel zu wichtig, um ihn durch irgendwelche Gefühle zu beeinträchtigen. Er musste eine ganz bestimmte Rolle spielen – und das würde er genau so tun, wie es notwendig war.

Als er in den Hof einritt, kam eine Frau auf die Veranda heraus und betrachtete ihn aufmerksam. Sie trug ein einfaches Baumwollkleid mit einer Schürze darüber und ihr Haar war von einem bunten Tuch bedeckt. Von der Kleidung her hätte sie die Frau irgendeines Farmers sein können – nur dass ihre Haut von kaffeebrauner Farbe war.

Clint blinzelte, weil er seinen Augen nicht recht traute. Er kam zu dem Schluss, dass er die falsche Farm aufgesucht haben musste. Doch als er die Frau etwas genauer studierte, erkannte er ihr Gesicht. Er hatte sie achtzehn Jahre nicht mehr gesehen – dafür hatte er die ersten zehn Jahre seines Lebens in ihrer Nähe verbracht. Damals war sie noch ein Mädchen gewesen, dessen Aufgabe es war, sich um ihn zu kümmern, weil seine Mutter zu wenig Zeit hatte. Trotz ihrer dunklen Haut war sie wie eine Schwester zu ihm gewesen.

Aber was tat *sie* hier? Es ergab einfach keinen Sinn. Warum war sie ausgerechnet hier bei Wakefield? Doch im nächsten Augenblick wurde ihm alles klar. Er verstand plötzlich, warum Wakefield so lange wie vom Erdboden verschluckt gewesen war, sodass Clint ihn nicht mehr hatte aufspüren können. Der Mann hatte seine Spuren gut verwischt und diese Frau war der Grund für sein Untertauchen. Diese Frau, die Clint einst so sehr geliebt hatte.

»Nellie«, sagte er unwillkürlich.

Die Augen der Frau weiteten sich vor Angst. »Wer sind Sie?«, fragte sie. »Was wollen Sie hier?«

»Mein Name ist Clint Masterson«, sagte er, während er sich im Stillen über seinen Ausrutscher ärgerte. »Ich bin Texas Ranger und ich würde mich gern mit Wallace Wakefield unterhalten.«

»Er hat nichts angestellt!«, entgegnete sie.

»Nein, Ma'am«, versicherte er. »Ich möchte mich nur in der Gegend umhören, was die Leute über Mr. Tates Zaun wissen – und wer ihn immer wieder durchschneidet.«

»Er weiß sicher nichts darüber. Er hat ja nichts gegen Mr. Tate. Das kann Ihnen jeder bestätigen.«

Clint nickte und versuchte, möglichst nicht bedrohlich zu wirken – auch wenn er wusste, dass allein die Tatsache, dass er ein Texas Ranger war, genügte, um für die meisten Menschen eine Bedrohung darzustellen. »Ja, Ma'am. Ich will auch nur mit ihm reden.«

Sie verschränkte die Arme schützend vor dem Körper und kniff die Augen misstrauisch zusammen. »Sie haben mich vorhin mit meinem Namen angesprochen«, sagte sie. »Woher wissen Sie, wie ich heiße?«

Du Narr!, dachte Clint bei sich. »Mr. Tate hat es mir gesagt. Er hat mir alles über seine Nachbarn erzählt.« Nicht wirklich alles, dachte Clint voller Bitterkeit.

Nellie drehte sich um und blickte durch die offene Tür ins Haus zurück. »Miss Becky, kennen Sie den Kerl?«

Clint war ohnehin schon überzeugt, dass die Situation kaum noch schlimmer werden könnte, als plötzlich Becky Tate in der Tür erschien und auf die Veranda trat.

Sie sah einfach hinreißend aus, und sie lächelte, als hätte sie ihn beim Keksestehlen erwischt.

»Ja, ich kenne ihn, Nellie. Mr. Masterson wohnt im Augenblick bei uns. Papa hat die Rangers angefordert, um herauszufinden, wer seinen Zaun durchgeschnitten hat.«

»Denkt er etwa, dass Mr. Wakefield es getan hat?«, fragte Nellie besorgt.

»O nein, ich bin sicher, dass er das nicht glaubt«, antwortete Becky und blickte Clint stirnrunzelnd an.

»Ich hab ihr das auch schon gesagt«, verteidigte er sich und verspürte dabei ein eigenartiges Schuldgefühl, obwohl er doch absolut nichts angestellt hatte. »Ich habe mir nur gedacht, dass er vielleicht etwas darüber weiß. Wie ich schon sagte, ich spreche mit allen Nachbarn und Sie leben ja nicht weit von den Tates entfernt.«

Nellie dachte über seine Worte nach. »Mr. Wakefield ist nicht da. Er kommt erst morgen wieder«, teilte sie ihm widerwillig mit.

»In Ordnung«, sagte Clint und bemühte sich, seine Enttäuschung nicht zu zeigen. »Könnten Sie ihm ausrichten, dass ich hier war?«

Nellie nickte kurz, während sie ihn immer noch mit argwöhnischem Blick musterte. Clint hätte sich am liebsten versteckt, um ihrem prüfenden Blick zu entgehen. Doch andererseits konnte sie ihn unmöglich wiedererkennen. Schließlich war er noch ein Kind gewesen, als sie ihn das letzte Mal gesehen hatte. Trotzdem konnte er es kaum erwarten, von hier wegzukommen.

»Danke, Ma'am. Miss Tate«, fügte er hinzu und hob die Hand grüßend an die Hutkrempe, während er am Zügel zog, um sein Pferd zum Umkehren zu bewegen.

»Ach, Mr. Masterson«, rief Becky in diesem Augenblick. »Wenn Sie zur Ranch zurückkehren, könnte ich dann mit Ihnen reiten?«

O Gott, das hatte ihm gerade noch gefehlt! Fieberhaft suchte er nach einer Ausrede.

Doch bevor ihm etwas einfiel, sagte sie: »Sie haben mir schließlich gesagt, dass ich hier draußen nicht mehr sicher bin.«

Dagegen ließ sich schwer etwas einwenden, und ihr Lächeln sagte ihm, dass sie das auch genau wusste.

»Ich hole Ihr Pferd«, sagte er resigniert. »Welches ist es?«

Kaum war Wakefields Haus hinter ihnen verschwunden, als Becky ihren spontanen Entschluss auch schon wieder bereute. Ranger Masterson schenkte ihr nämlich genauso viel Aufmerksamkeit, wie wenn er allein geritten wäre.

Sie dachte an die verschiedenen Möglichkeiten, wie Frauen in Liebesromanen die Aufmerksamkeit der Männer auf sich zogen. Das Taschentuch fallen zu lassen erschien ihr dumm, weil sie ja ritten und er es wahrscheinlich gar nicht bemerken würde. Außerdem hatte sie wahrscheinlich gar kein Taschentuch bei sich.

In Ohnmacht zu fallen wäre ziemlich gefährlich gewesen, da sie bestimmt vom Pferd gestürzt wäre, ehe Mr. Masterson auf den Gedanken gekommen wäre, dass er sie auffangen sollte – vorausgesetzt, er hätte es überhaupt bemerkt. Außerdem würde er ihr wahrscheinlich Wasser ins Gesicht schütten, um sie damit aufzuwecken.

Wenn sie so tat, als würde ihr Pferd von einer Schlange aufgeschreckt, so würde das auch den unromantischsten Mann geradezu zwingen, etwas Heroisches zu unternehmen – doch auch in diesem Fall würde sie sich in ziemliche Gefahr begeben. Falls sie Blaze, ihre Stute, tatsächlich dazu bringen konnte durchzugehen, was einige Anstrengung erforderte, da kaum eine Schlange auftauchen würde, so würde sie möglicherweise aus dem Sattel fallen, da dieser verdammte Damensitz nicht allzu sicher war. Landete sie dann im Dreck, so würde das nicht nur ihren Stolz, sondern möglicherweise auch den ein oder anderen Körperteil in Mitleidenschaft ziehen.

Und ein gebrochenes Bein hatte gewiss nichts Romantisches an sich.

Nein, wenn sie Ranger Mastersons Aufmerksamkeit auf sich ziehen wollte, dann musste sie sich solche dummen Strategien aus dem Kopf schlagen und stattdessen ihren Verstand gebrauchen.

»Mr. Masterson, sind Sie eigentlich böse auf mich?«, fragte sie und bemühte sich auch nicht, ihre Verärgerung zu unterdrücken.

Sein Kopf drehte sich ruckartig zu ihr herum, und sein stechender Blick fixierte sie so eindringlich, dass es sie aus dem Sattel hätte werfen können, wäre sie nicht darauf vorbereitet gewesen.

»Wie kommen Sie darauf, dass ich böse auf Sie sein soll?«

Becky tat so, als würde sie über seine Worte nachdenken. »Oh, ich weiß auch nicht, vielleicht kommt es ja daher, dass Sie einfach nie mit mir reden.«

Sie war sich nicht sicher, aber es schien so, als würde sich seine sonnengebräunte Haut ein wenig röten. Er presste seine vollen Lippen zu einem schmalen Strich zusammen, ehe er schließlich sagte: »Na schön, ich rede mit Ihnen. Was haben Sie da draußen auf der Wakefield-Farm gemacht?«

Jetzt fragte sich Becky, ob sie nicht vielleicht *sein* Pferd dazu bringen konnte, mit *ihm* durchzugehen. Ein Mann, der sich so unmöglich benahm, verdiente nichts anderes, als in den Dreck geworfen zu werden. Vielleicht hätte er sogar einen Beinbruch verdient. Das würde sie entscheiden, wenn es soweit war. »Nein, nein, nein, Mr. Masterson, Sie haben überhaupt nicht begriffen, worum es geht. Sie sollen mich nicht *ausfragen*. Sie sollen sich einfach nur mit mir *unterhalten*.«

Nun sah sie ganz deutlich, dass sich sein Gesicht rötete, und sie fragte sich, ob er nun tatsächlich wütend war.

»Worüber denn?«, fragte er knapp, aber keineswegs wütend.

Sie brauchte eine Weile, um zu verstehen, dass er wissen wollte, worüber er mit ihr reden sollte.

»Oh, irgendwas wie ›schönes Wetter heute‹ – was man eben so redet«, antwortete sie.

Er runzelte die Stirn. »Das Wetter ist aber nicht schön. Es ist viel zu trocken. Das Getreide wächst nicht richtig und die Bäche führen immer weniger Wasser. Wenn das so weitergeht ...«

»Okay, okay, es tut mir Leid, dass ich damit angefangen habe!«, erwiderte sie verärgert. Mama hatte sich ganz einfach in Ranger Masterson geirrt. Nicht nur, dass er nicht im Geringsten an ihr interessiert war – er war obendrein auch noch ein ungehobelter Kerl! Wie hatte sie nur denken können, dass er anders als andere Männer war? Nun, er war wohl anders – aber eben nicht auf eine Art, die ihr gefiel. Dieser Ritt nach Hause würde ihre Buße sein, eine Lektion, aus der sie hoffentlich für immer etwas lernte: nämlich, dass es keinen Mann gab, für den sich die Mühe wirklich lohnte. Von nun an würde sie alle ignorieren – angefangen mit Clint Masterson.

Das tat sie auch eine ganze Weile, bis er schließlich das Schweigen brach.

»Sind Sie eigentlich böse auf mich, Miss Tate?«

Becky drehte sich ruckartig zu ihm um und bemerkte zu ihrer großen Überraschung ein amüsiertes Funkeln in seinen braunen Augen.

»Was?«, fragte sie – viel zu verdutzt, um irgendetwas Klügeres zu sagen.

»Nun, Sie sprechen nicht mit mir, da dachte ich natürlich ...« Er zuckte mit den breiten Schultern, während seine dunklen Augen sie amüsiert anlächelten.

Becky hätte ihn am liebsten eigenhändig vom Pferd geworfen ... aber nur, wenn er sie an der Hand gepackt und mit sich gerissen hätte, wie ihr plötzlich klar wurde. Der Gedanke verblüffte sie völlig, aber nur für einen Augenblick – dann lächelte sie erfreut.

»Ich besuche die Wakefields jede Woche«, sagte sie

freundlich als Antwort auf seine Frage, die er, so dachte sie, wahrscheinlich längst vergessen hatte.

Doch sie hatte sich erneut in ihm getäuscht.

»Warum?«, fragte er, nicht im Geringsten überrascht.

»Ich gebe den Kindern Unterricht. In die Schule können sie nicht gehen, deshalb ...«

Sie hielt inne, als sie sah, dass sein amüsierter Gesichtsausdruck verschwunden war.

»Warum machen Sie sich die Mühe?«, fragte er mit zusammengekniffenen Augen.

»Die Kinder lernen sehr schnell und sie ...« Sie hatte darüber selbst nie viel nachgedacht, deshalb musste sie jetzt kurz überlegen, ehe sie antworten konnte. »Jeder Mensch verdient eine Chance, Mr. Masterson. Diese Kinder haben ohnehin schon einen Nachteil wegen ihrer Hautfarbe. Sie haben überhaupt keine Chance, wenn sie nicht wenigstens lesen können.«

»Aber warum haben Sie sich von all den Kindern ausgerechnet *diese* ausgesucht?«, beharrte er. »Weil ihr Vater ein Weißer ist?«

»Nein!«, entgegnete sie aufgebracht. »Weil sie mich gefragt haben! Oder vielmehr, weil ihre Mutter mich gefragt hat! Und woher wissen Sie überhaupt, dass Mr. Wakefield weiß ist, wenn Sie ihn noch nie gesehen haben?«

Er wandte sich von ihr ab, so als hätte er irgendetwas zu verbergen, doch als er sie wieder ansah, war sein Blick völlig offen. »Ihr Vater hat es mir gesagt. Wie ich schon sagte, er hat mir alles über Ihre Nachbarn erzählt.«

Es war, wie sie zugeben musste, eine durchaus logische Erklärung. Warum hatte sie trotzdem das Gefühl, dass er log? Und warum spielte das überhaupt eine Rolle für sie?

»Mr. Masterson, legen Sie es vielleicht darauf an, dass ich Ihnen böse bin?«

Diesmal schien er überrascht. »Warum sollte ich das tun?«

»Ich habe nicht die geringste Ahnung, aber Sie werfen mir ja praktisch vor, dass ich Vorurteile habe. Sie meinen offenbar, ich würde den Wakefield-Kindern nur deshalb helfen, weil sie zur Hälfte weiß sind – wo das doch für die meisten Leute noch weniger Grund wäre, ihnen zu helfen, als wenn sie zu hundert Prozent schwarz wären. Ihre Eltern kommen aus unterschiedlichen Rassen – deshalb gehören die Kinder nirgends wirklich dazu. Da fühlt man sich ziemlich einsam auf dieser Welt, Mr. Masterson.«

Augenblicklich begriff Becky, dass sie auch über sich selbst sprach, und sie spürte, wie die Tränen ihr in den Augen brannten. Sie wandte sich rasch ab, damit er es nicht sah, und blinzelte, um die erniedrigenden Gefühle im Zaum zu halten.

Wie, um alles in der Welt, hatte das Gespräch eine so unerfreuliche Wendung nehmen können? Nun, es war ihre eigene Schuld, sagte sie sich und starrte entschlossen in die Ferne hinaus, nur um ja nicht Mr. Masterson ansehen zu müssen. Es geschah ihr ganz recht, sagte sie sich, während sie auf die gleichförmige Linie des Stacheldrahtzauns starrte, der in der Sonne glitzerte. Wenn eine Frau sich einem Mann geradezu an den Hals wirft, fällt sie zwangsläufig auf die Nase, dachte Becky voller Bitterkeit. Sie wünschte, sie hätte diesen verdammten Draht irgendwie überspringen und direkt nach Hause reiten können, anstatt zusammen mit Clint Masterson den ganzen Weg bis zum nächsten Tor reiten zu müssen.

Und dann sah sie es, wie als Antwort auf ihr unausgesprochenes Gebet.

»Miss Tate …?«, sagte er zögernd, doch mit einem Mal zählten ihre Unstimmigkeiten nicht mehr.

»Sehen Sie«, sagte sie und zeigte auf das, was sie aus ihren Gedanken gerissen hatte. »Jemand hat den Zaun durchgeschnitten.«

3

Clint war fast froh, als er den durchtrennten Stacheldraht sah, weil es ihn aus einer mittlerweile recht peinlichen Situation riss.

»War das schon so, als Sie heute Morgen hier vorbeiritten?«, fragte er und stand in den Steigbügeln auf, um einen besseren Überblick zu gewinnen. Es war weit und breit keine Menschenseele zu sehen.

»Ich weiß nicht«, sagte sie in scharfem Ton, immer noch von innerem Schmerz gepeinigt. »Ich meine, ich habe nicht darauf geachtet. Ich sehe mir den abscheulichen Zaun gar nicht an, wenn es sich vermeiden lässt.«

Clint versuchte, sich nicht daran zu erinnern, warum sie den Zaun nun doch angesehen hatte. Er war wirklich ein ausgemachter Narr. Warum, um alles in der Welt, hatte er versucht, ihr Verhältnis zu den Wakefields zu ergründen? Man hätte meinen können, dass es ihm Freude bereitete, seine alten Wunden wieder aufzureißen.

Als sie sich der Stelle näherten, sahen sie, dass der Schaden hier erst begann. Der Stacheldraht war nämlich zwischen den folgenden vier Pfosten ebenfalls durchtrennt.

»Könnten Sie allein weiterreiten und Ihren Vater holen?«, fragte er und schwang sich aus dem Sattel, um den Schaden näher zu begutachten. Er ließ die Zügel los, wohl wissend, dass sein Wallach stehen bleiben würde.

»Ja, aber …«

Als sie nicht weitersprach, blickte er zu ihr auf. Ihr Gesicht war bleich, ihre ungewöhnlichen blauen Augen geweitet.

»Wenn Sie Angst haben …«, begann er, doch sie schüttelte den Kopf.

»Es ist nur, weil ich das noch nie gesehen habe. Ich meine, dass der Zaun durchtrennt ist. Wer sollte …? Glauben Sie, dass jemand Vieh gestohlen hat?«

Clint blickte sich um. »Zumindest gibt es keine Anzeichen dafür. Hier, ich mache Ihnen den Weg frei, damit Sie durchkommen. So sind Sie schneller zu Hause.«

Vorsichtig zog er den durchtrennten Draht beiseite und befestigte ihn an einem Pfosten, damit sie mit ihrem Pferd durch die Lücke kam.

»Soll ich Papa sagen, dass er ein paar Männer mitbringen soll?«, fragte sie.

»Nein, nur etwas, um den Zaun zu reparieren.«

Sie lächelte, wenngleich es bloß ein trauriger Abglanz von jenem strahlenden Lächeln war, das er sonst von ihr kannte. »Ich muss ihm wohl nicht sagen, dass er sich beeilen soll, nicht wahr?«

»Nein, ich schätze, das wird nicht nötig sein.«

Für einen langen Augenblick rührte sie sich nicht. Sie saß einfach nur auf ihrem Pferd und blickte zu ihm hinunter, seinen Blick wie ein Magnet festhaltend. Auf Clint wirkte sie wie eine Königin mit ihrem hoch erhobenen Kinn und ihrer aufrechten Haltung. Sogar ihr einfaches Reitkleid und die Jacke wirkten königlich, wie sie ihre üppigen Formen mehr betonten als verhüllten. Sie sah für ihn so atemberaubend aus, dass ihm der Anblick die Kehle austrocknete.

»Sie sollten jetzt losreiten«, sagte er heiser, wie als Warnung.

»Oh, ja«, meinte sie, so als hätte er sie aus irgendeinem Tagtraum gerissen. Sie trieb die schwarze Stute an, die sogleich durch die Lücke im Zaun sprang, und im nächsten Augenblick waren sie fort und eilten über das saftige Gras auf die Ranch zu.

Erst jetzt atmete Clint aus. Der Seufzer war fast schmerzlich, voller Sehnsucht nach etwas, das niemals eintreten konnte.

Als Hunter Tate mit seinem Vormann Gus Owen eintraf, hatte Clint seine Gefühle wieder völlig unter Kontrolle. Er hatte sogar seine Erinnerungen an Nellie und Wally Wakefield verdrängt. Er würde später noch genügend Zeit haben, sich über diese beiden Gedanken zu machen.

Hunter hingegen ließ seinen Gefühlen freien Lauf – und diese Gefühle waren größtenteils zorniger Natur. Er stieß einige derbe Flüche aus, als er sich vom Pferd schwang und zum Zaun trat, um den Schaden zu begutachten.

Sein Vormann, ein wortkarger Mann, spuckte einfach nur ein Stück seines Kautabaks aus, um sein Missfallen zu bekunden, ehe er sich seinem Boss anschloss.

»Irgendwelche Spuren?«, fragte Tate, als er endlich aufgehört hatte, zu fluchen.

»Ein paar Pferde. Kein Vieh, wenn es das ist, was Ihnen Sorgen macht. Es sieht so aus, als wollten die Betreffenden Sie nur ärgern.«

»Das ist ihnen auch gelungen. Jetzt muss ich meine Männer den ganzen Zaun absuchen lassen, um nachzusehen, ob es noch mehr Schäden gibt.«

»Haben Sie irgendeine Vermutung, warum sie ausgerechnet diese Stelle ausgesucht haben könnten?«, fragte Clint, während Gus in seine Satteltasche griff und etwas Stacheldraht hervorholte, um die Lücke zu flicken.

Tate und Gus wechselten einen kurzen Blick.

»Ich wüsste keinen besonderen Grund«, sagte Gus.

»Wo ist der nächste Wasserlauf?«, fragte Clint weiter.

Tate schüttelte den Kopf. »Nicht nahe genug, dass es die Mühe lohnen würde. Ich glaube, Sie haben Recht – die machen das nur, um mich zu ärgern.«

»Und vielleicht, um Sie zu warnen«, meinte Clint und griff in seine Westentasche, um ein zusammengefaltetes Stück Papier hervorzuholen. »Das habe ich an einem der Pfosten gefunden.«

Tate nahm das Blatt Papier an sich und faltete es auseinander. Jemand hatte ein Loch hineingeschossen und rundherum mit wenigen Strichen ein Indianergesicht gezeichnet, sodass es so aussah, als hätte man dem Indianer eine Kugel in die Stirn gejagt. Unter der Zeichnung standen die Worte: »Entweder du baust mehr Tore ein oder ...«

Tate stieß einen wüsten Fluch aus und zerknüllte das Blatt, doch Clint hielt ihn auf.

»Das ist ein Beweisstück«, sagte er und nahm Tate das Papier aus der Hand.

»Hat Becky es gesehen?«, fragte Tate und sein Zorn verwandelte sich von einem Augenblick auf den anderen in väterliche Besorgnis bei der Vorstellung, dass seine Tochter wegen der Drohung verängstigt sein könnte.

»Nein, und wir sollten es auch sonst niemandem zeigen. Nur die Schuldigen sollen davon wissen.« Clint faltete die Zeichnung sorgfältig zusammen und steckte sie wieder ein. »Und jetzt reparieren wir den Zaun.«

Becky ging auf der Veranda auf und ab und wartete ungeduldig, dass ihr Vater und der Ranger zurückkehrten. Sie wusste selbst nicht, warum sie die Sache so sehr beschäftigte – schließlich war der Zaun nicht zum erstenmal durchtrennt worden und der Schaden war diesmal eher gering.

Gewiss, es war das erstemal, dass sie es selbst entdeckt hatte. Vielleicht war es das, dachte sie, während sie beunruhigt in die Ferne blickte, wo sie die Männer jeden Augenblick zu sehen erwartete.

»Schon irgendein Zeichen von ihnen?«, fragte ihre Mutter von der Tür her.

»Noch nicht«, antwortete Becky seufzend.

Sarah kam heraus und setzte sich in einen der Rohrstühle, die an einem Ende der Veranda standen. Sie bemühte sich, unbesorgt zu wirken, doch sie konnte ihre Hände kaum still halten.

»Ich habe dich vergessen zu fragen, wie dein Besuch bei Nellie und den Kindern verlaufen ist.«

»Oh, gut. Die Kinder lernen so fleißig«, antwortete sie nicht ohne Stolz. »Sie wollten unbedingt *Die Schatzinsel* weiterlesen, also habe ich ihnen das Buch dagelassen. Ich habe ihnen gesagt, sie sollen es auch ihren Eltern vorlesen.«

»Das war eine gute Idee. Vielleicht wird Nellie dadurch selbst zum Lesen ermuntert.«

Becky ging weiter auf und ab und blickte immer wieder in die Ferne hinaus.

Sarah seufzte. »Es ist so schade, dass sie nicht zur Schule gehen können.«

»Ja«, stimmte Becky zu. »Ich habe auf dem Weg zu Nellie daran gedacht, wie viele solche Kinder es gibt, und mir überlegt, ob es möglich wäre, zu allen eine Lehrerin zu schicken, so wie ich es für die Wakefields mache, aber ...«

»Aber das geht nun mal nicht«, warf ihre Mutter ein. »Deshalb haben wir ja Schulen, damit ein Lehrer viele Kinder gleichzeitig unterrichten kann. Nur so kann es funktionieren«, fügte sie mit einem Lächeln hinzu.

»Dann sollten wir eine Schule für farbige Kinder aufmachen«, sagte Becky und lächelte bitter angesichts der Undurchführbarkeit ihres Vorschlags. Kein Mensch würde dafür Geld ausgeben, dass eine Schule für schwarze Kinder gebaut wurde – schon gar nicht die Regierung von Texas, die kaum in der Lage war, ihren weißen Kindern eine entsprechende Ausbildung zu sichern.

»Sin'se immer noch nicht zurück?«, fragte Sean, der wie ein Wirbelwind aus dem Haus gestürmt kam.

»*Sind sie* immer noch nicht zurück«, verbesserte ihn Sarah.

Er verdrehte die Augen. »Wir sind doch nicht in der Schule, Mama. Es ist Sommer!«

»Das ist kein Grund, so schlampig zu sprechen. Möchtest du vielleicht, dass die Leute denken, du hast überhaupt nichts gelernt?«

Sean war das völlig egal, doch er hütete sich, dies seiner Mutter zu sagen. Um ihr auszuweichen, wandte er sich an seine Schwester. »Wir könnten doch nachsehen, warum sie so lange brauchen.«

Becky hielt das für eine ausgezeichnete Idee. »In Ordnung, Kleiner. Sag Pedro schon mal, dass er unsere Pferde satteln soll.«

»Becky, glaubst du wirklich, dass das klug ist?«, fragte Sarah, doch Sean war bereits auf dem Weg zum Stall.

»Es ist ja nicht gefährlich, Mama. Der Zaun wurde wahrscheinlich schon letzte Nacht durchgeschnitten. Die, die es getan haben, sind sicher längst weg. Außerdem ist Papa bestimmt schon mit dem Ausbessern fertig. Wahrscheinlich kommen sie uns entgegen.«

Ihre Mutter schien immer noch nicht völlig überzeugt, wenn ihr auch keine Einwände mehr einfielen – und so eilte Becky ins Haus, um ihre Reitstiefel wieder anzuziehen.

Als sie auf die Veranda zurückkam, saß Sean bereits auf seinem Pony und ließ das Tier ungeduldig auf dem Hof hin und her traben.

»Beeil dich!«, rief er ihr zu und Becky eilte sogleich zum Stall.

»Gebt Acht!«, rief ihre Mutter ihnen nach und Becky winkte ihr zum Abschied zu.

Im Stall war es dunkel und kühl und es roch nach Pferden, Leder und Heu. Beckys schwarze Stute war bereits gesattelt und wartete geduldig. Becky blickte sich um, weil sie Pedro noch danken wollte, doch da war jemand ganz anderes – und sie erstarrte augenblicklich.

»Howdy, Miss Becky«, sagte der gut aussehende Cowboy. Er hatte in lässiger Pose, gegen einen Pfosten gelehnt, dagestanden und richtete sich auf, als sie ihn sah.

»Hallo, Johnny«, sagte Becky in kühlem Ton. Sie grüßte die Cowboys nie besonders herzlich oder auch nur freundlich. Freundlichkeit war etwas, das Männer sehr oft falsch verstanden. »Wo ist Pedro?«

»Er hat sich nicht gut gefühlt, deshalb hat Gus gemeint, ich soll heute Nachmittag seine Arbeit übernehmen.« Während er sprach, kam er langsam auf sie. Er machte überhaupt keinen bedrohlichen Eindruck – ja, er lächelte sogar und zeigte dabei seine strahlend weißen Zähne. Dennoch lief Becky ein Schauder über die Haut. Instinktiv wich sie einen Schritt zurück.

Augenblicklich blieb er stehen und hob die Hände, wie um zu signalisieren, dass er nichts Böses im Schilde führte. »Ist ja gut, Miss Becky«, sagte er mit einem breiten Lächeln, »Sie brauchen keine Angst vor mir zu haben.«

»Danke, dass Sie meine Stute gesattelt haben«, sagte Becky und wandte sich dem Pferd zu.

»Ich helfe Ihnen«, bot er mit süßlichem Charme an.

»Nein!«, erwiderte Becky so hastig, dass er zu kichern begann.

»Ich wollte ja bloß helfen«, wandte er ein und Becky mied seinen Blick. Sie wollte dieses selbstzufriedene Grinsen nicht sehen, an dem sie erkennen konnte, dass er genau wusste, dass sie Angst vor ihm hatte.

Dabei war es gar nicht Angst, was sie empfand. Im Grunde war es vor allem Abscheu. Rasch steckte sie den Fuß in den Steigbügel und hob sich in den Sattel. Erst als sie auf dem Pferd saß und ihren Rock in Ordnung gebracht hatte, blickte sie wieder auf Johnny hinunter, der sie nach wie vor aus anerkennenden blauen Augen betrachtete.

»Wissen Sie, Miss Becky ...«, begann er und kam dabei langsam auf sie zu, bis er so nahe war, dass er sie hätte berühren können. Dann streckte er die Hand nach ihrem Bein aus.

Becky war wie versteinert und öffnete den Mund, um zu schreien – doch seine Hand bewegte sich haarscharf an ihrem Bein vorbei und legte sich schließlich auf den Hals der Stute.

»Wissen Sie, Miss Becky ...«, sagte er noch einmal und grinste dabei wissend zu ihr hinauf, während er das glänzende Fell des Tiers tätschelte, »das ist wirklich eine hübsche kleine Stute. Hübsche lange Beine und eine schöne volle Brust.« Er ließ seinen Blick anerkennend über Beckys Beine und Brust wandern, während er mit der Hand zärtlich den Hals des Pferdes streichelte. Becky erschauderte. »Sie sollten sie für die Zucht verwenden, ja wirklich, das sollten Sie. Es ist eine Schande, dass ein so hübsches Mädchen noch nicht einmal weiß, wie es ist.«

Becky packte die Zügel und trieb die Stute scharf an, sodass Johnny gezwungen war, zur Seite zu springen, um nicht niedergetrampelt zu werden, als das Pferd lospreschte und aus dem Stall in die Nachmittagssonne brauste.

»Was hast du denn so lang da drin gemacht?«, fragte Sean, als Becky zu ihm aufschloss.

Doch sie antwortete nicht, was auch gar nicht nötig war, denn Sean ritt bereits ungeduldig voraus. Becky lehnte sich in den Wind und jagte hinter ihm her – froh darüber, dass niemand in der Nähe war. Sean hatte nichts bemerkt, und sie wollte nicht, dass irgendjemand ihre brennenden Wangen sah und sie fragte, was vorgefallen war.

Johnny Jacobs, du verdammter Mistkerl! Alle waren sie Mistkerle!

Sie hätte erreichen können, dass er gefeuert wurde. Sie hätte nur ihrem Vater sagen müssen, dass sie es wollte. Aber er würde wissen wollen, was Johnny getan hatte – und was sollte Becky dann sagen? Nun, er hatte sie angesehen. Er hatte sie ziemlich lüstern angesehen und er hatte schmutzige Dinge zu ihr gesagt. Aber dann würde er behaupten, dass er bloß gesagt hatte, wie hübsch ihre Stute sei, was ja auch tatsächlich stimmte. Es war zwar nicht die ganze Wahrheit, aber trotzdem hätte man ihm nicht widersprechen können.

Ja, sie hätte es erreicht, dass er gefeuert wurde, aber dann hätte sie auch die anderen Männer feuern lassen müssen – denn sie alle sahen sie gelegentlich so seltsam an und fragten sich dabei, ob sie wirklich so tugendhaft war, wie sie tat. Und insgeheim waren sie überzeugt, dass sie es nicht war. Ihr Vater würde sich schließlich fragen, ob mit seiner Tochter etwas nicht stimmte, dass sie so heftig reagierte, nur weil ein Mann sie anerkennend betrachtete. Und die Cowboys würden alle nur sehr kurze Zeit auf seiner Ranch bleiben, weil Becky sich immer über sie beklagen würde, wenn sie sie anblickten. Oh, gewiss, sie taten ihr nichts, doch Becky konnte ihre Blicke einfach nicht ertragen. Und die Leute würden über sie reden – wie eigenartig sie doch wäre und wie empfindlich, wo ihr die Jungs doch überhaupt nichts täten ...

Diese verdammte Bande! Was, um alles in der Welt, sollte sie bloß tun?

Clint wusste, wer die beiden Reiter waren, lange bevor er sie wirklich deutlich erkennen konnte. Doch mit Becky Tate schien irgendetwas nicht in Ordnung zu sein. Er wusste nicht, was es war, aber es war ihm, als spürte er es selbst aus einigen hundert Metern Entfernung. Sein Herz zog sich bei ihrem Anblick zusammen und auch andere Körperteile reagierten recht heftig auf ihre Anwesenheit.

Der kleine Reiter auf dem Pony musste ihr Bruder sein, deshalb wandte sich Clint an den Vater der beiden. »Mr. Tate, ich glaube, Ihre Kinder kommen uns besuchen.«

Tate murmelte irgendetwas, das wie ein Fluch klang, als der Junge auch schon mit dem Hut zu winken begann und sein Pony zu noch größerer Eile antrieb. Seine Schwester folgte in etwas langsamerem Ritt.

»Papa!«, rief der Junge aufgeregt, als er in Hörweite war. »Habt ihr sie schon gefangen?«

»Nein, mein Junge, sie waren längst weg, als wir kamen.«

Clint zog seine Hutkrempe etwas tiefer über die Augen, damit man nicht sah, wie er Becky Tate unentwegt anstarrte. Sie sah wirklich wie eine Königin aus oder zumindest wie eine Prinzessin, wie sie hinter ihrem Bruder heranritt, den Rock kunstvoll über die Flanke des Pferdes geschwungen, sodass ihre zierlichen Knöchel gerade noch hervorlugten. Sie saß sehr aufrecht und ihr ganzer Körper schien sich im Einklang mit der kleinen Stute zu bewegen – außer ihren vollen Brüsten, die unter der Jacke ganz leicht wippten. Clint bemühte sich, nicht daran zu denken, wie sie aussahen, wenn sie nur von einem leichten Hemd bedeckt waren und die Brustspitzen sich wie kleine reife Kirschen gegen den Stoff pressten.

Clint schluckte und versuchte das Bild aus seinen Gedanken zu verbannen.

Sie war mittlerweile bei ihnen angekommen, und die Männer hielten in ihrer Arbeit inne, während Tate mit dem Jungen sprach und seine vielen Fragen beantwortete. Einige Augenblicke später setzte Tate sein Pferd in Bewegung und der Junge folgte ihm mit seinem Pony. Gus schloss sich seinem Boss ebenfalls an, sodass Clint allein hinterher ritt. Wie er befürchtet hatte, schloss sich Becky ihm an.

»Haben Sie etwas herausgefunden?«, fragte sie so leise, dass Sean es nicht hören konnte. »Gibt es irgendeinen Hinweis, wer es getan haben könnte?«

Clint dachte an die Botschaft, die er bei sich trug. »Nein«, log er, ohne sie anzusehen.

Sie ritten eine Weile schweigend dahin und hörten Hunter Tate zu, wie er noch einmal geduldig erzählte, was geschehen war – immer wieder unterbrochen von den Fragen des Jungen.

Becky schien ebenfalls zuzuhören oder sie war ganz einfach in Gedanken versunken. Auf jeden Fall versuchte sie nicht, Clint in ein Gespräch zu verwickeln, wie sie es zuvor gemacht hatte, ohne zu ahnen, was sie dadurch bei ihm auslöste. Er hätte sie am liebsten gewarnt, nicht mit ihm zu sprechen, ihn am besten gar nicht zu beachten und ihn auf keinen Fall zu ermutigen, Gefühle für sie zu entwickeln.

Aber das konnte er ihr natürlich nicht sagen – nicht ohne ihr zu verraten, warum er das alles nicht wollte. Das konnte er ihr nun wirklich nicht anvertrauen.

»Ich und Becky könnten den Zaun bei der Farm kontrollieren, nicht wahr, Becky?«, fragte Sean und drehte sich im Sattel nach ihr um. »Damit würden wir euch doch helfen, oder?«

»Ich glaube nicht, dass bei der Farm etwas passiert ist«, antwortete Hunter nachdenklich. »Dort draußen lässt sich schon lange kein Mensch mehr blicken.«

Clint runzelte die Stirn, als er an die verlassene Farm der Tates dachte. Es erstaunte ihn, dass ein so scharfsinniger Mann wie Tate das Land brachliegen ließ, wo er es doch wenigstens hätte verpachten können und so einen kleinen Profit herausgeholt hätte.

Es war, als hätte Becky seine Gedanken gelesen, als sie sich an ihn wandte. »Da draußen wurden vor langer Zeit mehrere Menschen getötet. Viele Leute glauben, dass es seither dort spukt.«

»Getötet?«, fragte Clint – überzeugt, dass er sich verhört haben musste.

»Ja, sie wurden gehängt«, warf Sean ein, ohne sich über die Wirkung seiner Worte im Klaren zu sein. »Der Ku-Klux-Klan hat das gemacht. Es waren Farbige.«

Clint fühlte Bitterkeit in sich hochsteigen.

»Das reicht, Sean!«, sagte Hunter vorwurfsvoll.

»Es waren die Sklaven meines Urgroßvaters«, erklärte Becky rasch, um das Thema möglichst schnell abzuschließen; es war ihr jedoch klar, dass sie Seans Worte nicht ohne Erklärung im Raum stehen lassen konnte. »Er hatte sie vor dem Krieg freigelassen und sie bestellten das Land, aber ...« Sie hielt inne und forderte ihn mit einem stummen Blick auf, sich den Rest selbst zusammenzureimen.

Clint nickte scharf; er brauchte keine weitere Erklärung. Dasselbe war nach dem Krieg hunderte Male im Süden passiert. Freigelassene Sklaven bauten sich ein eigenes Leben auf und zogen dadurch den Neid von verbitterten Menschen auf sich.

»Wir sprechen darüber nicht in Anwesenheit meiner

Frau«, sagte Tate und Clint nickte erneut. Er wollte am liebsten überhaupt nicht darüber sprechen.

Trotzdem sagte er schließlich: »Ich sehe selbst bei der Farm nach.«

Er spürte Beckys neugierigen Blick, wagte es jedoch nicht, sie anzusehen – aus Angst, dass sie etwas in seinen Augen lesen könnte.

Als sie wieder zurück auf der Ranch waren, begab sich Clint ins Küchengebäude, um rasch eine Mahlzeit zu sich zu nehmen. Danach, so teilte er Mr. Tate mit, würde er den Zaun rund um die Farm kontrollieren. Anschließend wollte er in die Stadt reiten, um sich ein wenig umzuhören.

Erleichtert darüber, dass er Becky Tate für den Rest des Tages nicht mehr sehen würde, ritt Clint schließlich aus – zunächst zum Bach, der zwischen der Ranch und der früheren Farm der Tates lag. Die Kühe überquerten die Barriere nur selten, deshalb war das Gras auf der anderen Seite noch sehr lang, wenngleich man bereits Anzeichen der Trockenheit erkennen konnte. Clint begutachtete das Land mit dem Blick des Farmers und erkannte sofort, warum Großvater Tate sich einst dieses Stück Land ausgesucht hatte.

Er dachte an seinen Stiefvater, den Mann, der ihn gelehrt hatte, das Land zu lieben und es zu bebauen, der ihm die Kunst beigebracht hatte, wie man der fruchtbaren Erde Leben entlocken konnte. Er und Clint hatten nur die Liebe zum Land und zu Clints Mutter gemeinsam. Als sie gestorben war, hatte Clint keinen Grund gesehen, noch länger zu bleiben, zumal seine einzige Aussicht darin bestanden hatte, als Pächter das Land eines anderen zu bewirtschaften, genau so wie sein Stiefvater. Was hätte der alte Mann für ein Stück Land wie dieses hier gegeben!

Und jenen frühen Siedlern auf der Suche nach Land hatte die Gegend hier wie ein Paradies erscheinen müssen. Sie hatten jedoch nicht an die Schlange im Garten Eden gedacht, an die skrupellosen Komantschen, die die Frauen und Kinder verschleppten, die Männer abschlachteten und die Häuser in Schutt und Asche legten.

Diese Zeiten waren nun vorüber – die wilden Komantschen waren gezähmt und in Reservate hoch oben im Norden gedrängt worden. Doch es gab heute andere Gefahren, dachte Clint, während er zu der Stelle kam, wo Tates Zaun durch den Bach führte. Es waren die Gefahren, die der Zivilisation entsprangen, die man aber dennoch sehr ernst nehmen musste. Er dachte an die Zeichnung mit dem Einschussloch, die er immer noch bei sich trug, und seine Miene verfinsterte sich.

Wie Tate vorhergesagt hatte, fand Clint keinen Schaden am Zaun. Es wäre ja auch sinnlos gewesen, einen Zaun zu durchtrennen, der nichts als unbebautes Farmland begrenzte. Als Clint den Zaun kontrolliert hatte, beschloss er jedoch, seiner Neugier nachzugeben, und ritt quer über die brachliegenden Felder zu dem Ort, wo sich laut Tates Beschreibung das Farmhaus befinden musste.

Als er das Haus aus der Ferne erblickte, kam es ihm fast so vor, als würde noch jemand dort leben. Das Haus, das aus zwei Teilen mit einem Durchgang in der Mitte bestand, war robust gebaut und schien die Zeit gut überdauert zu haben. Man sah dem Holz zwar an, dass es so manchem Sturm ausgesetzt gewesen war, doch das Dach schien noch in Ordnung zu sein und auch an den Rauchfängen war nur hier und dort ein Stein ausgebrochen.

Doch als er näher kam, sah er deutlich, dass die Farm schon seit langem verlassen war: Überall wucherte das Unkraut, und die Fenster waren so schmutzig, dass man nicht mehr durchsehen konnte. Was den Eindruck der Verwahrlosung noch verstärkte, war die Tatsache, dass das Haus ganz allein in der Landschaft stand. Die Scheune sowie die anderen Gebäude, die mit dem Haus ein gemeinsames Ganzes hätten bilden sollen, waren nicht viel mehr als verkohlte, von Unkraut überwucherte Trümmerhaufen. Feuer war eine der wichtigsten Waffen des Ku-Klux-Klans, zusammen mit Angst und Hass – und es war offensichtlich, dass sie von der Waffe des Feuers hier ausgiebig Gebrauch gemacht hatten.

Clint fragte sich, warum ausgerechnet das Haus verschont geblieben war. Er fragte sich noch viele andere Dinge, beschloss dann aber, dass er eigentlich nichts über die Menschen wissen musste, die hier gelebt hatten und gestorben waren.

Sie waren Farbige gewesen, hatte der Junge gesagt. Ehemalige Sklaven. Während Clint das Haus betrachtete, konnte er sich fast vorstellen, wie sie hier gelebt hatten, wie sie nach dem Tagwerk in der warmen Küche gesessen und ihre gefühlvollen Lieder gesungen hatten, wie er selbst sie in den Sklavenunterkünften der Plantage gehört hatte, wo er die ersten zehn Jahre seines Lebens verbracht hatte. An diese Lieder erinnerte er sich immer noch, wenn er an jene längst vergangenen, glücklicheren Zeiten vor dem Krieg dachte. Die Zeit, bevor sein richtiger Vater starb. Bevor …

Clint schüttelte die bitteren Erinnerungen von sich ab. Wie oft hatte er sich geschworen, nicht mehr zurückzublicken?

Genauso oft, wie er sich geschworen hatte, Wakefield zu finden, dachte er. Wenn er dem Mann endlich gegenüberstand, würde er vielleicht imstande sein, die Vergangenheit ein für alle Mal zu begraben.

Vielleicht aber auch nicht.

Mit einem müden Seufzer ließ Clint sein Pferd wenden und ritt auf das nächst gelegene Tor in Tates langem Zaun zu.

Das Städtchen Tatesville schien in der Spätnachmittagssonne zu dösen. Kaum jemand ließ sich auf der Straße blicken. Hier und da stand ein Pferd träge vor einem der Geschäfte und verjagte die Fliegen mit dem Schwanz.

Clint war am Tag seiner Ankunft hier in der Gegend durch die Stadt geritten und hatte sich die Geschäfte und Häuser eingeprägt, bevor er zur Ranch der Tates weitergeritten war. Nun studierte er sie wieder und stellte erneut fest, dass die Stadt so wie viele andere angelegt war. Der Saloon und das Kaufhaus waren die größten Gebäude, größer noch als die Kirche, die einsam am hinteren Ende stand. Etwas kleiner waren der Drugstore und das Haus des Doktors, weiterhin eine Schneiderei, eine Waffenhandlung, ein Mietstall sowie eine Schmiede.

Clint ritt direkt auf MacDougals Kaufhaus zu. Er schwang sich vom Pferd und band es draußen vor dem Laden fest – nicht ohne sich instinktiv nach irgendeiner verborgenen Bedrohung umzusehen.

Es war jedoch nichts und niemand zu sehen und so betrat er das Geschäft. Im Eingang blieb er einen Augenblick stehen, um seine Augen an das düstere Licht im Inneren zu gewöhnen. Er atmete die angenehmen Düfte der verschiedenen Waren ein und wurde dabei für wenige Augenblicke wieder zum Kind, das seine Mutter bat, ihm ein Pfefferminzbonbon zu kaufen.

»Tag«, sagte eine tiefe Stimme vom anderen Ende des Ladens. »Was kann ich für Sie tun?«

Clint erkannte zunächst nur eine schattenhafte Gestalt, doch als seine Augen sich an das gedämpfte Licht gewöhnt hatten, sah er den Mann deutlicher vor sich. Er war vom Alter ein wenig gebückt und sein dichtes Haar war schneeweiß. Das Gesicht des Mannes war von all den Jahren wettergegerbt. Sein Lächeln war freundlich, doch Clint bemerkte, dass die Augen des Mannes ihn aufmerksam musterten.

»Mr. MacDougal?«, fragte Clint.

»Stimmt«, antwortete der Mann und trat näher heran.

»Ich bin Clint Masterson, der ...«

»... der Ranger«, sprach MacDougal den Satz für ihn zu Ende. »Ich dachte mir schon, dass Sie das sind. Freut mich, Sie kennen zu lernen, Mr. Masterson.« Mac-

Dougals Lächeln hatte sich nun auch auf seine Augen ausgebreitet und er reichte Clint die Hand. Clint stellte fest, dass sein Händedruck trotz seines Alters immer noch fest war.

»Ich habe gehört, dass Sie früher auch Ranger waren«, sagte Clint.

»Ja, aber nicht lange. Dafür habe ich mit Ben McCulloch im Mexikanischen Krieg gedient.«

Clint nickte. »Ich habe all die Geschichten über Sie gehört. Es ist mir eine Ehre, Sie kennen zu lernen, Sir.«

Der alte Mann schien ein wenig verblüfft und begann dann leise zu lachen.

»Eine Ehre? Das muss ich Rebekah Tate erzählen. Sie hat mich nie mit allzu viel Respekt behandelt. Aber noch besser sagen Sie es ihr selbst, wenn Sie heute bei uns zu Abend essen. Sie haben doch hoffentlich nichts Wichtigeres vor, junger Mann?«

Clint konnte es gar nicht glauben, dass man ihm anbot, zusammen mit Rebekah Tate und Sean MacDougal zu Abend zu essen – zwei Menschen, die in Texas einen geradezu legendären Ruf genossen. »Ich wollte noch kurz in den Saloon reinschauen und mich ein wenig umhören, was die Leute so reden. Vergangene Nacht hat schon wieder irgendjemand Mr. Tates Zaun durchgeschnitten und …«

Mr. MacDougal fluchte fast so wortreich, wie sein Stiefsohn es ein paar Stunden zuvor getan hatte. »Ich habe Hunter schon hundert Mal gesagt, dass es so kommen würde, wenn er darauf beharrt, diesen verdammten Zaun aufzustellen. Aber der Junge war ja schon immer ein Dickkopf, genau wie seine Mutter.«

Und wie seine Tochter, kam es Clint unwillkürlich in den Sinn, doch das behielt er lieber für sich. »Deshalb sollte ich rübergehen und …«

»Ach, jetzt ist ohnehin kein Mensch im Saloon, also können Sie ruhig mit uns essen. Rebekah Tate zieht mir das Fell über die Ohren, wenn sie herausfindet, dass ich

Sie so einfach habe gehen lassen. Sie kann es gar nicht erwarten, Sie kennen zu lernen.«

Clint konnte sich nicht vorstellen, warum Rebekah Tate MacDougal so versessen darauf sein sollte, Clint Masterson kennen zu lernen, und kam zu dem Schluss, dass MacDougal ihm einfach ein wenig schmeicheln wollte. »Nun, ich muss sagen, es wäre mir eine große Ehre, Sir.«

»Und nennen Sie mich nicht ›Sir‹. Ich bin schon lange nicht mehr in der Armee und will auch nicht daran erinnert werden. Ich bin wahrscheinlich alt genug, um Ihr Großvater zu sein. Es ist zwar noch ein wenig früh, aber es kommt ohnehin kein Mensch heute – ich glaube, ich mache den Laden dicht. Wir könnten vor dem Essen noch ein wenig plaudern.«

MacDougal bestand darauf, Clints Pferd im Mietstall unterzubringen, bevor er mit ihm die Hauptstraße überquerte und ihn in eine Seitenstraße führte, bis sie schließlich bei einem der prächtigsten Häuser ankamen, die Clint je in Texas gesehen hatte. Es war zwar nicht ganz so groß wie das Haus auf Twelve Oaks, aber da jenes Haus heute nur noch eine Ruine war, bestand kein Anlass, einen Vergleich zu ziehen.

»Ein wirklich tolles Haus, das Sie da haben, Mr. MacDougal«, stellte er fest, als sie die Stufen zu der großzügig angelegten Veranda hochstiegen.

»Sagen Sie doch Mac zu mir, Clint. Und danke für das Kompliment. Ich bin auch ziemlich stolz darauf, obwohl mich Rebekah Tate immer wieder daran erinnert, dass man im Sommer oben nicht mehr schlafen kann, weil es zu heiß wird. Sie hat mir gleich gesagt, dass man in Texas kein zweigeschossiges Haus bauen sollte – aber ich wollte nicht auf sie hören.«

Clint lächelte, als sie die geräumige Diele betraten, wo ein Kristallkronleuchter genau in der Mitte von der Decke hing. Clint bestaunte die Wandtäfelung, die Tapeten und die wunderschöne Treppe, die in das allzu heiße

Obergeschoss führte, während MacDougal seine Frau rief.

»Rebekah Tate! Ich habe dir Besuch mitgebracht!«

Aus dem hinteren Teil des Hauses erschien eine klein gewachsene Frau. Als sie in das Licht der Diele trat, sah Clint, dass sie immer noch hübsch war, auch wenn ihr Haar silberfarben war und die Jahre Falten in ihr Gesicht gegraben hatten. Sie hatte eine gute Figur, obgleich sie etwas füllig geworden war, und ihre blauen Augen leuchteten vor Freude, als sie auf ihn zukam.

»Sie müssen der Ranger sein«, begrüßte sie ihn. »Freut mich, Sie kennen zu lernen, Mr. Masterson.«

»Ganz meinerseits, Mrs. MacDougal«, antwortete Clint und dachte gerade noch rechtzeitig daran, den Hut abzunehmen.

»Nun, meine Schwiegertochter hat Sie mir ja schon beschrieben – aber ich muss sagen, Sie hat Ihnen fast ein wenig Unrecht getan«, sagte Mrs. MacDougal, während sie ihn so eingehend betrachtete, wie Clint es von Frauen absolut nicht gewohnt war. »Vielleicht hätte ich meine Enkeltochter fragen sollen«, fügte sie augenzwinkernd hinzu.

Clint wusste nicht recht, was sie meinte, und wollte auch nicht unbedingt nachfragen. Vor allem wollte er nicht über Becky Tate sprechen, deshalb lächelte er nur und betete, dass die Hitze in seinem Gesicht sich nicht in übermäßiger Röte bemerkbar machte.

»Ich habe Clint versprochen, dass er bei uns ein Abendessen bekommt«, teilte MacDougal seiner Frau mit.

»Aber natürlich«, sagte sie. »Kommen Sie weiter, Mr. Masterson, und fühlen Sie sich wie zu Hause. Ich bin überzeugt, MacDougal möchte Ihnen alles über die guten alten Zeiten erzählen.«

»Ich wollte ihm tatsächlich einen Drink anbieten«, stimmte MacDougal zu. »Gehen wir doch ins Wohnzimmer, Clint.«

Nachdem Clint seinen Hut an einen Kleiderhaken gehängt hatte, folgte er MacDougal durch eine der Türen, die von der Diele wegführten. Er betrat einen liebevoll geschmückten Raum, der mit reich verzierten Möbeln eingerichtet war; die Sessel und das Sofa waren mit rotem Samt bezogen. Clint erinnerte sich an Mrs. MacDougals Aufforderung, er solle sich wie zu Hause fühlen, und wusste, dass ihm das in einem so feinen Haus niemals gelingen würde.

»Whiskey?«, fragte MacDougal und ging zu einem Schrank an der gegenüberliegenden Wand.

Clint nahm dankend an und blickte sich nach einem Stuhl um, auf den er sich setzen konnte, ohne sich allzu unwohl zu fühlen.

»Nehmen Sie Platz«, sagte MacDougal und holte zwei Gläser und eine Flasche aus dem Schrank hervor, ehe er ihnen beiden großzügig von der bernsteinfarbenen Flüssigkeit einschenkte.

Clint folgte der Aufforderung und entschied sich für das Sofa. Er setzte sich vorsichtig und fragte sich dabei, wie viel Straßenstaub er wohl auf Mrs. MacDougals kostbarem Möbelstück hinterlassen würde.

MacDougal reichte ihm ein Glas und Clint nahm dankbar einen Schluck Whiskey.

»Also«, sagte der alte Mann, nachdem er auf einem der Ohrensessel Platz genommen hatte. »Was wollten Sie noch gleich in der Stadt herausfinden?«

»Ich wollte mich umhören, was die Leute so über Mr. Tates Zaun reden.«

»Sie beklagen sich natürlich darüber, und als er dann zum erstenmal durchgeschnitten wurde, war niemand besonders unglücklich darüber. Aber ich selbst bekomme nicht allzu viel darüber zu hören. Die Leute haben wahrscheinlich wenig Lust, in Gegenwart von Hunters Vater darüber zu reden.«

Clint nickte. »Wie ist denn so die Meinung über den Zaun?«

Mac Dougal runzelte die Stirn. »Keiner will ihn haben, einschließlich mir.« Als er Clints überraschten Gesichtsausdruck sah, lächelte der Alte listig. »Hunter und ich sind nicht in *allem* einer Meinung«, erklärte er. »Natürlich, wenn das Gesetz sagt, dass jedermann sein Eigentum einzäunen darf, dann hat er jedes Recht, das zu tun. Aber die Gesetze lassen manchmal die Natur des Menschen außer Acht. Seit den Zeiten, als die ersten weißen Siedler in diesen Teil von Texas kamen, besitzen die Tates sehr viel Land. Aus diesem und … anderen Gründen haben all diejenigen etwas gegen die Tates, die weniger besitzen – und das sind genau genommen so gut wie alle.«

»Meinen Sie damit, dass die Leute einerseits neidisch auf Mr. Tate sind, weil er mehr hat als sie, und dass sie es ihm andererseits übel nehmen, dass er indianische Vorfahren hat?«

»Genau, Clint. Die Leute haben die Raubzüge der Komantschen noch nicht vergessen. Es sind jetzt gerade zehn Jahre vergangen, seit die Letzten von ihnen in Reservate kamen. Vielleicht wird man in Texas immer der Ansicht sein, dass nur ein toter Indianer ein guter Indianer ist. Andererseits werden die, die weniger besitzen, immer einen Neid auf die Reicheren haben – vor allem, wenn sie aus irgendeinem Grund meinen, dass die, die mehr haben, es nicht verdienen.«

Clint nickte ernst und erinnerte sich nur zu gut an die kleinen Jungen mit brauner Hautfarbe, mit denen er als Kind gespielt hatte. Er wäre gern einer von ihnen gewesen, damit sie ihn als Freund akzeptiert hätten, aber er war eben anders gewesen, er war privilegiert, ein Weißer – und deshalb hatten sie ihn gehasst.

»Mr. Tates Tochter meint, dass er sich mit dem Zaun vielleicht …«

»Rächen will?«, warf MacDougal ein, als Clint zögerte. »Daran habe ich auch schon gedacht. Das würde erklären, warum er sich weigert, mehr Tore in den Zaun einzubauen.«

Clint lehnte sich zurück und nippte nachdenklich an seinem Whiskey, während er den alten Mann über den Glasrand hinweg studierte. »Was meinen Sie, das man tun müsste, dass die Lage sich beruhigt?«, fragte er schließlich.

MacDougal überlegte kurz. »Zuerst müsste man den Zaun niederreißen, würde ich sagen – aber das würde Hunter niemals tun. Außerdem bin ich mir nicht sicher, ob man das von ihm verlangen kann. In zwei Jahren wird ohnehin so gut wie jeder sein Land eingezäunt haben.«

»Und bis dahin?«, hakte Clint nach.

»Bis dahin wird Hunter wohl bewaffnete Wächter an seinem Zaun aufstellen müssen, wenn er will, dass die Leute aufhören, den Zaun durchzuschneiden. Aber jetzt sollten wir doch mal über etwas Erfreulicheres sprechen, Clint. Erzählen Sie mir doch ein wenig von Ihren Erfahrungen als Ranger. Wir könnten ja ein paar nette Lügengeschichten austauschen.«

Fast eine Stunde später rief Rebekah Tate MacDougal die beiden Männer zum Abendessen. Sie hatte zwar im Speisezimmer gedeckt, aber es sah zu Clints Erleichterung alles ziemlich einfach aus, sodass er sich nicht fragen musste, welche Gabel er zu nehmen hatte.

»Ich hoffe, mein Mann hat Sie nicht gelangweilt, Mr. Masterson«, sagte sie, nachdem sie an einem Ende des riesigen Tisches Platz genommen hatten.

»Nein, Ma'am, keineswegs. Ich hoffe nur, ich habe ihn nicht gelangweilt.«

Mrs. MacDougal lächelte anerkennend, wenngleich Clint keine Ahnung hatte, wie dieses Lächeln gemeint war.

MacDougal sprach einen Segensspruch und reichte dann die Schüsseln weiter. Sie aßen schweigend, doch als Mrs. MacDougal ihnen eine köstliche Apfelpastete zum Nachtisch servierte, fand sie, dass es an der Zeit war, das Schweigen zu brechen.

»Ich habe gehört, Sie sind Farmer, Mr. Masterson«, sagte sie.

»Ich bin heute Ranger, Ma'am«, erwiderte Clint ausweichend. Er sprach nicht gern über seine erfolglose Vergangenheit.

»Aber Sie waren Farmer«, beharrte sie, was ihr einen vorwurfsvollen Blick ihres Mannes eintrug, den sie jedoch ignorierte.

»Ja, Ma'am. Ich ... ich bin auf einer Farm aufgewachsen«, antwortete er und fand, dass dies durchaus noch mit der Wahrheit vereinbar war. Twelve Oaks war nur eine viel größere Farm gewesen als die, die sein Stiefvater gepachtet hatte. »Nach dem Krieg hatte man in Georgia keine große Zukunft, wenn man nichts anderes konnte, als auf einer Farm zu arbeiten – also ging ich weg, als ich alt genug war.«

»Es ist keine Schande, wenn man unter solchen Umständen scheitert, wie es Ihnen passiert ist«, sagte sie geradeheraus. Es war offensichtlich, dass sie seine ganze Geschichte kannte. Waren die Frauen etwa gestern nach der Kirche beim Tee beisammen gesessen und hatten sich über ihn unterhalten? Der Gedanke trieb ihm erneut die Röte ins Gesicht. »Ich bin überzeugt, Sie sind ein sehr guter Farmer, aber ohne Regen nützt der ganze Fleiß nichts. Ich kenne die weiten Ebenen in Texas, Mr. Masterson, und ich weiß, dass Gott dieses Land nicht zum Bebauen geschaffen hat.«

»Dann hätte er es irgendjemandem sagen sollen«, erwiderte Clint bitter und bedauerte seine Worte augenblicklich. Er wollte nicht, dass die MacDougals ihn für einen gottlosen Menschen hielten.

Aber Mrs. MacDougal schien überhaupt nicht schockiert zu sein – im Gegenteil, sie lächelte sogar amüsiert und ihr Mann nickte nur zustimmend.

»Haben Sie schon irgendwelche Pläne für die Zeit, wenn Sie die Rangers verlassen?«, wollte MacDougal wissen.

Pläne. Wie sehr wünschte er sich, er hätte welche. »Ich hätte gern wieder ein eigenes Haus«, antwortete Clint. »Ich spare schon dafür.«

Er merkte selbst, dass seine Worte etwas mutlos klangen. Es stimmte schon, er legte tatsächlich Geld beiseite – aber bei vierzig Dollar monatlich kam nun mal nicht viel zusammen.

»MacDougal, meinst du nicht auch …?«, sagte die alte Frau, doch MacDougal schüttelte den Kopf. Die beiden schienen sich ohne Worte über irgendetwas zu verständigen, und statt ihre Frage ganz auszusprechen, wandte sie sich lächelnd an Clint. »Noch etwas Apfelpastete, Mr. Masterson?«

»Danke, gern, Ma'am. Ich werde ja richtig verwöhnt, seit ich hier bin«, sagte er und hielt ihr den Teller hin.

»Ja, Sie werden am Ende gar nicht mehr von uns wegwollen«, sagte sie mit großer Wärme in den blauen Augen.

Clint wünschte sich unwillkürlich, ihre Worte könnten mehr sein als nur nette Plauderei.

Sean MacDougal hätte Clint gern in den Saloon begleitet, doch Clint konnte ihn schließlich überzeugen, dass das nicht ratsam war. Wie MacDougal schon selbst gesagt hatte, würden die Leute in Gegenwart von Hunter Tates Stiefvater kaum offen aussprechen, was sie über den Zaun dachten.

Und so machte sich Clint bei Sonnenuntergang allein auf den Weg und spazierte die Hauptstraße hinunter, bis er das Gebäude mit den vertrauten Schwingtüren erreichte. Wie immer registrierten seine wachen Sinne jedes Geräusch und jede Bewegung – doch die Stadt war dunkel und still, bis auf das goldene Licht und das Gemurmel, das aus dem Saloon ins Freie drang.

Clint hielt am Eingang einen Augenblick inne und überblickte den Raum und die Anwesenden, bevor er die Schwingtür aufstieß und eintrat. Der Saloon sah genauso aus wie hunderte andere in Texas. Am hinteren Ende befand sich eine lange Bar. Dahinter standen auf hölzernen Regalbrettern Flaschen und kleine Fässer. Auf dem mit Sägemehl bedeckten Fußboden standen mehrere Tische, an denen einige Männer saßen und tranken, während andere an der Bar lehnten.

Es wurde augenblicklich still im Raum, als Clint eintrat. Alle Anwesenden betrachteten ihn und überlegten, wer der Fremde war. Wahrscheinlich hatten sie alle bereits von ihm gehört – nun gab er ihnen die Möglichkeit, ihn aus nächster Nähe zu betrachten. Er ging langsam an die Bar und bestellte bei dem beleibten Mann hinter der Theke ein Bier.

Der Barkeeper füllte ein Glas für ihn und stellte es vor ihm auf die Theke. »Sie müssen dieser Ranger sein«, sagte der Mann.

»Clint Masterson«, antwortete Clint.

»Ich lade Sie auf den Drink ein, Mr. Masterson«, sagte einer der Männer an einem nahe gelegenen Tisch. Er erhob sich und kam auf Clint zu.

Der Mann war genauso gekleidet wie die anderen Cowboys, die an der Bar standen – doch irgendetwas unterschied ihn ein klein wenig von den anderen. Vielleicht waren seine Kleider nur etwas sauberer als die der anderen. Er war groß gewachsen, wenn auch nicht so groß wie Clint. Mit seiner breiten Brust und den großen Händen wirkte er überaus kräftig, wie er quer durch den Raum ging, wobei seine handgearbeiteten Stiefel auf dem Sägemehl knirschten.

»Abner Dougherty«, sagte er. Er war so höflich, ihm nicht die Hand zu reichen, was Clint zu schätzen wusste. Es hätte ihm gar nicht gefallen, seine Schusshand zum Händeschütteln zu verwenden, während er ringsum von unfreundlichen Gesichtern umgeben war. »Mr. Mastersons Bier geht auf meine Rechnung«, sagte Dougherty zum Barkeeper. »Würden Sie mir an meinem Tisch Gesellschaft leisten?«

Clint nahm sein Glas und folgte dem Mann an den Tisch. Er nahm sich einen leeren Stuhl und drehte ihn so, dass er die Anwesenden im Auge behalten konnte.

»Darf ich vorstellen – Pete Vance«, sagte Dougherty und zeigte auf den anderen Mann am Tisch.

Vance trug einen Anzug aus schwarzem Wollstoff, der jedoch an den Manschetten bereits etwas abgenutzt und an den Ellbogen grün verfärbt war. Sein Hemd war sauber und gestärkt, was insgesamt einen Eindruck von vornehmer Armut vermittelte.

»Ich wüsste nicht, wozu wir hier einen Ranger brauchen«, murmelte Vance bitter anstelle einer Begrüßung. »Hier macht doch niemand Ärger außer Tate. Wenn Sie mich fragen, dann sind wir es, die Hilfe brauchen, nicht er.«

»Warum das, Mr. Vance?«, fragte Clint höflich.

»Dieser verdammte Zaun. Man kommt ja nirgends mehr hin, ohne dass man tagelang reiten muss. Es reicht ihm offenbar noch nicht, dass er mehr Land besitzt als König Salomon. Jetzt will er auch noch sichergehen, dass alle mitbekommen, dass es ihm gehört.«

»Mein Freund meint«, warf Dougherty freundlich lächelnd ein, »dass Hunter Tate seinen Zaun mit etwas mehr Rücksicht hätte aufstellen können. So lange ich hier in der Gegend lebe, hat mein Vieh stets neben dem seinen geweidet und wir hatten nie irgendein Problem miteinander. Und meine Kühe konnten genauso zum Wasser wie seine.«

»Haben Sie ein Problem mit dem Wasser, Mr. Dougherty?«, fragte Clint, immer noch höflich.

»Jeder hier hat ein Problem mit dem Wasser. Es herrscht Trockenheit, das wird Ihnen Vance bestätigen. Er ist Farmer und pflanzt Baumwolle.«

»Oh, ich möchte nicht von einer Katastrophe reden«, warf Vance ein. »Wir werden auch heuer eine Ernte haben – so schlimm steht es noch nicht. Aber es wird keine gute Ernte werden. Ich wette, ich bekomme nicht halb so viel pro Morgen wie voriges Jahr. Und den anderen geht es nicht besser.«

»Ich glaube nicht, dass Mr. Tates Zaun irgendetwas mit der Trockenheit zu tun hat«, stellte Clint sachlich fest.

»Da wäre ich mir nicht so sicher«, entgegnete Vance mürrisch. »Dieser Zaun ist einfach unnatürlich. Es rächt sich, wenn man in die Natur eingreift, junger Mann.«

»Trotzdem«, erwiderte Clint, »ich bin sicher, dass Ihre Baumwollstauden nie auf Hunter Tates Land rübergegangen sind, um zu trinken, wenn mal kein Regen kam.«

Vance blickte ihn finster an und hätte gern etwas erwidert, doch es fiel ihm nichts Passendes ein. Dougherty hingegen schien das Gespräch recht unterhaltsam zu finden.

»Da haben Sie schon Recht, Mr. Masterson«, sagte er lachend, »aber meine Kühe *sind* rübergegangen, um zu trinken, wenn kein Regen kam. Die Lage ist noch nicht ganz so schlimm, aber das wird noch kommen. Tate könnte ruhig ein paar Tore einbauen, damit anständige Leute zu seinen Bächen können, wenn es notwendig ist. Schließlich gehört ihm das Wasser nicht allein. Es gehört uns allen.«

Nun, das Wasser gehörte tatsächlich Tate, zumindest dort, wo es sein Land durchquerte – doch Clint wusste, dass es Zeitverschwendung gewesen wäre, darüber mit diesen Männern zu streiten. »Wie es aussieht, haben einige Leute beschlossen, ihre eigenen Tore einzubauen … mit Drahtscheren.«

Dougherty nickte mit ernster Miene. »Ich hab davon gehört, dass so was mal passiert ist. Und ich sage Ihnen, es wird wieder passieren, wenn Tate nicht endlich Vernunft annimmt.«

»Es ist heute wieder passiert«, sagte Clint, »oder vielmehr letzte Nacht.«

Dougherty wirkte überrascht. Vance hingegen zeigte keinerlei Reaktion. »Geschieht ihm recht«, murmelte er mürrisch.

»Mr. Dougherty, Sie wissen genau, dass Mr. Tate nicht gegen das Gesetz verstoßen hat. Wenn Sie sagen, dass Sie zu wenig Wasser haben, dann würde er wahrscheinlich darauf antworten, dass Sie sich eine Windmühle zulegen sollen. Dann wären Sie der Natur nicht so hilflos ausgeliefert.«

»Windmühlen kosten Geld, junger Mann. Und warum soll ich gutes Geld ausgeben, um Grundwasser raufzupumpen, wenn Gott uns in der Natur schon alles gegeben hat, was wir brauchen – und zwar, damit *alle* es nutzen können?«

»Sie können Tate ausrichten, dass wir keine Angst vor einem Ranger haben«, warf Vance ein. »Und wenn er nicht endlich zur Vernunft kommt, dann werden wir diesen Zaun selbst niederreißen – da kann er tun, was er will.«

Becky stand auf der Veranda und sah zu, wie der Abendhimmel seine Farben veränderte, während die Sonne unter den Horizont sank. Jetzt, wo sie allein war, konnte sie endlich nachdenken – und ihre Gedanken waren alles andere als angenehm.

Was sollte nur aus ihr werden? Seit langer Zeit, seit ihr bewusst war, welcher Platz ihr als Frau in der Gesellschaft zukam, hatte sie stets gedacht, dass sie sich eines Tages verlieben und heiraten würde – so wie jedes andere Mädchen auch. Dann würde es keine Rolle mehr spielen, wer ihr Vater war oder dass sie etwas Indianerblut in sich trug.

In den letzten Jahren war ihr jedoch immer öfter der Gedanke gekommen, dass sich ihr Traum vielleicht nie erfüllen würde. Niemand würde je vergessen, dass sie indianische Vorfahren hatte – und so würde es zwar immer genug Männer geben, die gern mit ihr schlafen würden, aber keinen, der sie heiraten wollte.

Ihre Gedanken wanderten zu Ranger Clint Masterson, und sie erinnerte sich, wie sie sich einmal vorgestellt hatte, dass jemand wie er kommen würde, dem ihre Herkunft egal war. Ja, ihre Herkunft war ihm tatsächlich egal – aber nur, weil sie selbst ihm völlig egal war.

Becky würde die Tatsache akzeptieren müssen, dass ihr Leben nie so wie das der anderen Mädchen verlaufen würde, wie das der *weißen* Mädchen. Es würde kein prächtiges Hochzeitskleid und keine glückliche Zukunft zu zweit geben – und je früher sie das einsah, umso besser würde sie dran sein.

Doch es war noch mehr notwendig, als dies zu akzeptieren – sie musste auch andere dazu bringen, dass sie es akzeptierten. Ihre Mutter zum Beispiel, die immer noch jeden jungen Mann, der ihr über den Weg lief, als möglichen Ehemann für Becky unter die Lupe nahm. Und ihren Vater, der nie verstehen würde, warum sie niemandem mehr gestattete, ihr den Hof zu machen.

Also musste sie etwas unternehmen – etwas, das die anderen ablenken würde und das ihr eigenes Leben ausfüllte und ihr einen Grund gab, warum sie nicht von jungen Männern träumte wie andere Mädchen. Etwas, das ihr half, aus dem Haus ihrer Eltern zu kommen und ihren wachsamen, sorgenvollen Blicken zu entfliehen. Etwas Wichtiges, das sie auch guthießen. Und etwas, bei dem sie keine Angst haben musste, dass man sie ›Squaw‹ nannte.

Sie wusste, dass es das Natürlichste für sie wäre, Kinder zu unterrichten. Sie liebte die Arbeit mit Nellies Kindern und sie half sogar Sean gern bei seinen Hausaufgaben. Aber in der Schule konnte sie nun mal nicht unterrichten – das hatte sie bereits für sich beschlossen. Vielleicht konnte sie in eine andere Stadt ziehen, irgendwohin, wo keiner sie kannte und …

Doch egal, wo sie hinging – die Leute würden sie ansehen und Bescheid wissen. Nein, dem konnte sie nicht ausweichen – und wenn sie noch so weit fortging.

Was dann? Sollte sie im Geschäft ihres Großvaters arbeiten, wo ständig Männer hinkamen und wo sie unentwegt ihren lüsternen Blicken und schlüpfrigen Bemerkungen ausgesetzt sein würde? Die bloße Vorstellung ließ sie erschaudern.

Aber was blieb dann noch übrig? Welche Möglichkeiten standen einer jungen, unverheirateten Frau offen?

Keine, dachte sie bitter und starrte zu dem prächtig verfärbten Himmel hinauf. Es gab nichts, was sie hätte tun können.

Doch dann fiel ihr etwas ein, an das sie vor kurzem gedacht hatte – nämlich als Wanderlehrerin alle Negerkinder zu unterrichten, die nicht zur Schule gehen konnten. Das würde nicht nur ihre Zeit ausfüllen, sondern ihr auch innere Erfüllung schenken. Und es war eine wichtige Tätigkeit – eine, die zumindest ihre Mutter gutheißen würde.

Doch sie würde niemals alle erreichen, die Hilfe brauchten, auch wenn sie noch so viel Zeit dafür aufwendete und auch alle anderen Familien sie so bereitwillig zu Hause empfangen würden wie Nellie. Nein, das war keine so gute Idee. Einfach nicht durchführbar, wie ihre Mutter sagen würde. Durchführbar wäre es nur, wenn man sie alle an einem Platz beisammen hätte – in einer Schule, so wie es sie für die weißen Kinder gab. Aber eine solche Schule würde niemand bauen und …

Die Lösung stand plötzlich so deutlich vor ihr, dass sie das Gefühl hatte, sie schon immer gewusst zu haben. Warum hatte sie nicht schon früher daran gedacht? Warum hatte bisher überhaupt niemand daran gedacht?

Die Antwort auf die zweite Frage schien klar zu sein: weil die Sache niemandem so wichtig war wie ihr. Und was allein zählte, war, dass *sie* jetzt darauf gekommen war!

Becky wollte schon ins Haus stürmen, um es ihrer Mutter zu erzählen, als sie Sarah auf die Veranda herauskommen sah, ihr Strickzeug in der Hand.

»Was für ein wunderbarer Sonnenuntergang!«, stellte Sarah fest.

»Mama, mir ist gerade eine großartige Idee gekommen!«, sagte sie aufgeregt und eilte auf ihre Mutter zu.

»Mama! Mama! Schau nur, der Himmel! Iss'er nicht hübsch?«, rief Sean aus und kam über den Hof gelaufen, nachdem er zusammen mit seinem Vater nach den Pferden im Stall gesehen hatte.

Hunter kam hinter ihm her, und Becky beschloss, mit ihrer Mitteilung zu warten, bis alle versammelt waren.

»*Ist er* nicht hübsch«, verbesserte Sarah ihren Sohn. »Ja, wirklich. Wie geht es dem Fohlen?«

»Gut!«, berichtete Sean. Das Fohlen war bei der Geburt sehr schwächlich gewesen, doch jetzt schien es sich gut zu entwickeln. »Papa hat gesagt, ich kann es haben, wenn es größer ist.«

»Papa, mir ist gerade eine wunderbare Idee gekommen«, berichtete Becky, als ihr Vater die Veranda erreicht hatte und neben seiner Frau Platz nahm.

»Nein, du kannst nicht nach Austin zum Einkaufen fahren«, sagte ihr Vater lächelnd.

»Ich mein's ernst!«, beharrte sie. »Ich habe den ganzen Tag darüber nachgedacht, seit ich heute Morgen bei Miss Nellie war, um ihre Kinder zu unterrichten, und Mama mir sagte, ich solle Lehrerin werden.«

»Sie haben Becky gebeten, dass sie in der Schule unterrichtet«, erklärte Sarah ihrem Mann. »Oh, Becky, ich bin so froh, dass du es dir doch noch überlegt hast. Du wirst eine großartige Lehrerin sein und ...«

»Ich will nicht, dass meine Schwester meine Lehrerin ist«, beklagte sich Sean und verdrehte die Augen in gespieltem Entsetzen.

»Keine Angst, Kleiner«, sagte Becky. »Nein, Mama, das meine ich nicht! Es geht um etwas anderes, nämlich dass ich meine eigene Schule aufmache – für farbige Kinder, die nicht am regulären Unterricht teilnehmen dürfen, wie Tommy, Alice und Georgia und ...«

»Du kannst nicht so einfach eine eigene Schule eröffnen, Liebes«, wandte ihre Mutter ein.

»Warum denn nicht?«, erwiderte Becky.

Für einen Augenblick schien ihrer Mutter kein Argument einzufallen. »Nun«, sagte sie schließlich, »erstens brauchst du dafür ein Gebäude, außerdem Bücher, Schiefertafeln, Tische und all das. Du weißt genau, dass die Stadt keine Schule für farbige Kinder bauen und erhalten würde.«

»Und was wäre, wenn ich schon ein Gebäude hätte?«, erwiderte Becky mit einem listigen Lächeln.

»Dann bräuchtest du immer noch all die anderen Dinge und …«

»Welches Gebäude meinst du denn?«, fragte ihr Vater argwöhnisch.

»Das Farmhaus!«, verkündete Becky triumphierend. »Es steht doch leer und es wäre genau richtig! Und Bücher brauche ich nicht unbedingt. Wir haben doch so viele, und Grandpa Mac würde mir sicher welche borgen. Die Schüler können sich die Bücher ja teilen, so wie Nellies Kinder es machen. In der Küche steht ein großer Tisch, also wäre auch dieses Problem gelöst. Wir könnten eine Wand schwarz anmalen, wie sie es in der Schule gemacht haben – da könnten die Kinder schreiben, die keine Schiefertafel haben, und …«

»Du liebe Güte, du hast dir das alles gründlich überlegt, was?«, warf Sarah anerkennend ein, und Becky sah an dem Leuchten in ihren Augen, dass sie an dem Plan Gefallen fand. »Es klingt, als könnte es klappen. Aber eins muss dir klar sein: Du müsstest ohne Bezahlung arbeiten.«

»Das macht mir nichts aus«, sagte Becky.

»Kann ich … darf ich auch in deine Schule gehen?«, fragte Sean und zupfte aufgeregt an Beckys Rock. Er schien nun doch nichts dagegen zu haben, von seiner Schwester unterrichtet zu werden. »Dann könnte ich jeden Tag mit Tommy spielen.«

Becky lächelte ihrer Mutter zu, und diese erwiderte das Lächeln und wandte sich dann ihrem Mann zu. »Was meinst du dazu, Liebling?«

Becky blickte ihren Vater an und ihre Zuversicht schwand augenblicklich. Die grauen Augen in seinem finsteren Gesicht sahen aus wie drohende Gewitterwolken.

»Das kommt überhaupt nicht in Frage!«, donnerte er. »Rebekah Anne Tate, du musst vollkommen übergeschnappt sein!«

4

»Hunter!«, rief Sarah aus.

»Nein, ich bin ganz sicher nicht übergeschnappt«, entgegnete Becky verärgert. Sie hätte es wissen müssen, dass ihr Vater dagegen sein würde – egal, was sie vorschlug. »Es ist eine gute Idee! Mama findet das auch, nicht wahr, Mama?«

»Auf jeden Fall, aber vielleicht ist deinem Vater etwas eingefallen, an das wir nicht gedacht haben«, sagte Sarah und wandte sich erwartungsvoll ihrem Ehemann zu.

Hunters Miene war immer noch finster, doch seine Stimme war betont ruhig, als er antwortete. »Hast du dir überlegt, was die Leute über dich sagen werden, wenn sie erfahren, dass du Neger unterrichtest?«

Nicht mehr, als sie ohnehin schon über mich sagen, weil ich von Indianern abstamme, hätte sie ihm am liebsten geantwortet, doch sie verbiss sich die bittere Bemerkung. »Es ist mir egal, was die Leute sagen, Papa. Ich dachte immer, du gibst auch nichts darauf.«

Er holte tief Luft, um seinen Ärger zu zügeln. »Normalerweise ist es mir auch egal, zumindest wenn sie über mich reden. Aber wenn es um meine Tochter geht, ist das etwas anderes. Außerdem«, fuhr er fort, als sie etwas einwenden wollte, »außerdem werden sie mehr tun als bloß reden. Weißt du nicht mehr, was das letzte Mal auf der Farm passiert ist, als die Farbigen ehrgeiziger wurden?«

»Das ist lange her«, entgegnete Becky und spürte, wie ihr die Hitze in die Wangen stieg. Sie wagte ihre Mutter gar nicht anzusehen, weil sie wusste, wie sehr es Sarah schmerzte, an jene traurigen Ereignisse auf der Farm erinnert zu werden. »Die Zeiten haben sich geändert.«

»Ja, aber nicht zum Besseren«, erwiderte Hunter. »Der Ku-Klux-Klan ist heute viel besser organisiert als damals. Es gibt mehr als genug Leute, die das Haus niederbrennen würden, wenn du dort Neger unterrichtest.«

»Du willst mir doch bloß Angst machen!«, warf sie ihm vor. »Ich glaube nicht, dass es irgendwen kümmert, was mit ein paar kleinen Negerkindern passiert.«

»Oh, und ob das jemanden interessieren würde. Ich will jedenfalls nicht, dass du erkennen musst, wie sehr es sie interessiert. Meine Antwort ist nein, du kannst das Farmhaus nicht als Schule verwenden.«

»Papa!«

»Ich habe nein gesagt, Ende der Diskussion.« Hunter erhob sich und blickte Becky finster an, damit sie ja nicht auf den Gedanken kam, er würde es nicht ernst meinen. Dann ging er ins Haus und ließ die Tür hinter sich zuknallen.

»Mama ...«, begann Becky verzweifelt.

Sarah war bleich im Gesicht, doch ihre Augen leuchteten vor Entschlossenheit. »Ich rede mit ihm, Liebes.«

»Er hat Unrecht, nicht wahr?«, fragte Becky. »Sie würden doch nicht das Haus niederbrennen, oder? Das kann ich mir einfach nicht vorstellen! So etwas passiert doch heute nicht mehr!«

»Sie haben auch den Zaun deines Vaters durchgeschnitten, nicht wahr?«, rief ihre Mutter ihr in Erinnerung. »Außerdem passieren solche Dinge sehr wohl auch heute noch. Vielleicht nicht hier in der Gegend – aber das liegt daran, dass die Neger nichts getan haben, um die Aufmerksamkeit auf sich zu ziehen, seit damals ...«

Becky sah, dass ihre Mutter sich an jene Vorfälle auf der Farm erinnerte; sie war Zeugin dieser schrecklichen Ereignisse geworden und konnte sie einfach nicht vergessen.

»Aber es ist doch eine gute Idee, nicht wahr, Mama?«, beharrte sie und setzte sich auf den Sessel ihres Vaters. Sie nahm die Hand ihrer Mutter in die ihre; sie fühlte sich eiskalt an.

»Natürlich ist es eine gute Idee. So etwas ist längst fällig. Es ist nur ... nun, wenn das Ganze gefährlich ist, dann können wir nicht zulassen, dass du ...«

»Ich bin überzeugt, dass es überhaupt nicht gefährlich ist«, wandte Becky ein. »Außerdem habe ich keine Angst.«

Sarah drückte Beckys Hand. »Das solltest du aber, Liebes. Das solltest du.«

Als Clint zur Ranch zurückkehrte, war das Haus bereits dunkel, was ihm nur recht war. Er hatte ohnehin nicht vor, das, was er in der Stadt gehört hatte, sofort mit Hunter Tate zu besprechen. Er wollte erst noch mehr Meinungen einholen.

Vor allem wollte er mit Wakefield sprechen.

Der Gedanke, den Mann nach so vielen Jahren wieder zu sehen, versetzte Clint in eine eigenartige Aufregung. Oft hatte er sich ausgemalt, wie es sein würde, ihm zu begegnen – aber er hätte sich nie gedacht, dass er ihn zusammen mit Nellie antreffen würde. Das änderte die Sache natürlich ein wenig. Clint hoffte nur, dass es keinen allzu großen Unterschied machte.

Aber das würde er alles am nächsten Morgen herausfinden, weil er nämlich vorhatte, gleich in der Früh Wakefield aufzusuchen. Das war jedenfalls seine Absicht.

Clint brach auf, sobald es hell wurde und er sein Frühstück hinuntergeschlungen hatte. Er wollte es vermeiden, Hunter Tate zu begegnen und ihm irgendwelche Fragen darüber beantworten zu müssen, was am Tag zuvor in der Stadt geschehen war, und er schaffte es tatsächlich, die Ranch zu verlassen, bevor sich im Haus etwas regte.

Er war bereits auf halbem Weg zu dem Tor, durch das man zur Wakefield-Farm gelangte, als er es sich anders überlegte. Es war noch zu früh, sagte er sich. Es hatte keinen Sinn, den Mann schon allein dadurch zu verärgern, dass er ihn aus dem Bett jagte. Außerdem hatte Nellie gesagt, dass er heute wieder zurückkommen würde – aber sie hatte nicht gesagt, um welche Zeit. Womöglich war er noch gar nicht zu Hause.

Aber vielleicht wollte Clint auch nur die Konfrontation ein wenig aufschieben, auf die er sein halbes Leben gewartet hatte.

Verärgert über seine eigene Schwäche, ließ er seinen Wallach kehrtmachen und ritt blindlings in die entgegengesetzte Richtung. Er war sich nicht bewusst, wohin er ritt, bis er fast am Ziel war.

Das Farmhaus sah genauso leer und verlassen aus wie am Tag zuvor. Diesmal ritt Clint näher heran, wie von einer magischen Kraft angezogen. Schließlich stieg er ab und näherte sich dem Haus zu Fuß.

Die Stille war so allumfassend, dass er das Gefühl hatte, seinen eigenen Herzschlag zu hören. Der Wind ließ das Unkraut hin und her wogen, das rund um das Haus wucherte. Das Scheuern der Pflanzen an der verwitterten Holzwand war in der Stille weithin zu hören.

Er wollte durch das Fenster ins Innere blicken, doch das Glas war zu schmutzig – deshalb betrat er den Durchgang, der die beiden Seiten des Hauses trennte. Die Türen waren geschlossen, jedoch – so wie Clint vermutet hatte – nicht versperrt.

Die Küchentür ließ sich mit einem lauten Quietschen der verrosteten Scharniere öffnen. Der Raum machte den

Eindruck, als wäre er nicht verändert worden, seit die früheren Bewohner getötet worden waren. Töpfe und Pfannen hingen immer noch an ihrem Platz über dem Ofen, nunmehr von Staub und Spinnweben bedeckt. Das auffälligste Möbelstück war ein großer selbstgezimmerter Tisch, auf dem sich ebenfalls der Schmutz von nahezu zwei Jahrzehnten angesammelt hatte.

Die von Spinnweben überzogenen Stühle standen verlassen rund um den Tisch, so als warteten sie darauf, dass die Geister der Verstorbenen sich wieder zu einer Mahlzeit an den Tisch setzten. Mit vorsichtigen Schritten, so als hätte er Angst, die Geister zu wecken, durchquerte Clint den Raum und betrat das zweite Zimmer auf dieser Seite des Hauses – offensichtlich das einstige Wohnzimmer. Hier, so dachte Clint, würden die Geister wohnen. Man hatte Leintücher über Sofa und Stühle gebreitet, doch sie waren mittlerweile so sehr mit Schmutz bedeckt, dass von ihrer weißen Farbe nichts mehr zu erkennen war.

Clint versuchte sich vorzustellen, dass hier eine Familie lebte – doch statt glücklichem Lachen hörte er nur Leid und Verzweiflung in der Stille widerhallen. Er drehte sich rasch um und ging wieder in den Durchgang hinaus. Um seine Neugier zu befriedigen, warf er noch einen kurzen Blick in die beiden Zimmer auf der anderen Seite des Hauses. Es waren offensichtlich Schlafzimmer, die genauso staubig waren wie die übrigen Räume und in deren Matratzen sich Mäuse eingenistet hatten.

Als er diesen deprimierenden, völlig verwahrlosten Ort schon verlassen wollte, fiel sein Blick auf die weiten Felder hinter dem Haus. Sie waren mittlerweile von all dem Unkraut überwuchert, dessen Samen der Wind herbeigetragen hatte. Die Felder erstreckten sich jetzt schon, so weit das Auge reichte – und sie würden sich noch um einiges weiter ausdehnen, wenn man das gesamte Land diesseits des Baches bebaute.

Wie von einer unbezwingbaren Macht angezogen, verließ Clint das Haus und folgte dem überwucherten Pfad, vorbei an dem baufälligen Außenabort bis hin zu den Feldern. Er blieb am Rand des Ackerlands stehen; die Grenzlinie war selbst nach so vielen Jahren noch zu erkennen. Wenn die Erde erst einmal gepflügt war, kehrte sie offenbar nie mehr ganz in den natürlichen Urzustand zurück.

Mit der Stiefelspitze trat er den dünnen Unkrautbewuchs beiseite, um die fruchtbare Erde freizulegen. Die Scholle war zwar nach der langen regenlosen Zeit eingetrocknet, doch Clint konnte trotzdem nicht anders, als sich zu bücken und einen Klumpen in die Hand zu nehmen. Die Erde fühlte sich gut in der Hand an, und Clint zerdrückte sie schließlich und ließ die dunklen Krumen durch die Finger rieseln.

Hier war Leben, das wusste er genau. Auch wenn das Haus noch so tot wirkte – die Farm war immer noch von Leben durchpulst. Die schwarze Erde wartete geradezu auf frischen Samen – üppig und fruchtbar wie der Körper einer Frau.

Sein eigener Körper regte sich bei dem Gedanken, und er sah Becky Tate vor sich, so wie sie an jenem Tag auf der Veranda ausgesehen hatte – reif und bereit, von einem Mann berührt zu werden. Er konnte sich nur allzu gut vorstellen, wie sie sich anfühlte, wie warmer Satin unter seiner Hand. Er ballte seine mit Erde bedeckten Finger zu Fäusten, als ein Schauer des Verlangens ihn durchpulste.

Verdammt! Warum ging ihm dieses Mädchen einfach nicht mehr aus dem Sinn? Selbst wenn sie weit weg war, ließ sie ihn nicht mehr los.

Da bemerkte er, dass sie ganz und gar nicht weit weg war – ja, sie war sogar sehr nah.

Becky war so voller Pläne, dass sie kaum hatte schlafen können und das Bett verließ, als der Sonnenaufgang sich ankündigte. Leise schlich sie nach unten, um die anderen nicht zu wecken. Sie aß rasch ein paar altbackene Brötchen, die vom Abendessen tags zuvor übrig geblieben waren, und hinterließ ihrer Mutter eine Nachricht, in der sie ihr mitteilte, dass sie ausgeritten sei und man sich keine Sorgen zu machen brauche.

Gerade als sie das Haus verlassen wollte, sah sie, wie Clint Masterson über den Hof ging, offenbar mit demselben Ziel wie sie. Rasch wich sie ins Haus zurück – denn ihm heute zu begegnen, wo sie ohnehin genug Probleme hatte, war das Letzte, was sie sich gewünscht hätte. Also wartete sie, bis er weggeritten war, ehe sie in den Stall eilte, um ihre Stute zu satteln.

Wahrscheinlich waren ihre Bemühungen ohnehin vergeblich. Wenn ihr Vater einmal dagegen war, dann würde sie ihn auch mit noch so schlüssigen Argumenten nicht überzeugen können. Doch Becky wusste aus Erfahrung, dass ihre Mutter bisweilen imstande war, ihn von seiner starren Haltung abzubringen, während Becky nie etwas anderes bei ihm erreichte, als dass sich sein Standpunkt weiter verhärtete. Wenn also ihre Mutter auf ihrer Seite war, dann war noch nicht alles verloren.

Auf jeden Fall musste sie sich das Farmhaus einmal genauer ansehen. Sie war seit Monaten nicht mehr dort gewesen – seit letzten Herbst, als sie den Familienfriedhof vom Unkraut des Sommers gesäubert hatten. Das Haus selbst hatte sie seit Jahren nicht mehr betreten; damals hatte sie zusammen mit ihren Cousins und Cousinen die Farm erforscht und sich auf die Suche nach Geistern gemacht.

Sie musste sich das Haus ansehen, um zu wissen, wie viel Arbeit notwendig war, um es in eine Schule umzufunktionieren. Vielleicht war das Haus ja mittlerweile völlig verfallen, sodass sich ihre Idee ohnehin nicht umsetzen ließ. Wenn es so war, dann wollte sie es wissen, bevor ihr Vater es herausfand und dieses Argument gegen sie verwenden konnte.

Becky hatte den einsamen Reiter bemerkt, bevor er sie sehen konnte, sodass sie ihren Ritt noch rechtzeitig verlangsamen konnte, damit sich ihre Wege nicht kreuzten. Zuerst hatte sie Angst gehabt, weil sie gedacht hatte, der Mann hätte es auf den Zaun abgesehen – doch dann erkannte sie ihn. Ihn und den prächtigen Wallach, den er ritt. Kein anderer hatte ein solches Pferd, zumindest keiner, den Becky kannte – und sie dachte sich, dass sie ihn allein daran überall sofort erkannt hätte.

Einen Augenblick überlegte sie, ob sie kehrtmachen sollte, weil sie ihm nicht begegnen wollte – auch nicht zufällig –, doch als ihr klar wurde, dass auch er zur Farm ritt, konnte sie der Verlockung nicht widerstehen, ihm dorthin zu folgen.

Es war fast wie ein heimliches Rendezvous, dachte sie amüsiert. Ein junger Mann und eine junge Frau, die einander bei einem verfallenen Farmhaus trafen. Nur hatte der junge Mann keine Ahnung, dass er sie hier treffen würde, und sie konnte sich nicht vorstellen, dass er es gewollt hätte. Dennoch war die Gelegenheit einfach zu romantisch, um sie so einfach verstreichen zu lassen. Eines Tages, wenn Becky eine alte Jungfer und Tante sein und sich um Seans Kinder kümmern würde, würde sie ihnen die Geschichte erzählen, wie sie einst einen Texas Ranger draußen auf der alten Tate-Farm getroffen hatte. Wie sie sich unterhalten hätten und er so hingerissen von ihrer Schönheit gewesen war, dass er sie geküsst hätte.

Becky hätte beinahe laut aufgelacht bei dem Gedanken, dass Clint Masterson sie würde küssen wollen – doch allein die Aussicht, ihn zu überraschen und zu sehen, wie unwohl er sich in ihrer Gegenwart fühlte, war so verlockend, dass sie einfach nicht widerstehen konnte.

Als er so weit vor ihr war, dass sie ihm unbemerkt folgen konnte, setzte sie ihre Stute wieder in Bewegung und ritt hinter ihm her.

Sie hatte ihn nun bereits seit einiger Zeit beobachtet. Er hatte sich das Haus angesehen und stand jetzt draußen auf dem Feld. Er begutachtete die Erde, wie es für einen Farmer wohl typisch war, dachte sie. Sein Wallach stand währenddessen geduldig im Hof und weidete sich am Gras. Das Tier hob den Kopf, als Becky angeritten kam, und betrachtete sie und ihre Stute mit großer Aufmerksamkeit, ehe es sich wieder dem Gras zuwandte.

Becky glitt aus dem Sattel und ließ ihre Stute neben dem Wallach stehen, um zum Haus zu gehen. Da erspähte sie Clint Masterson, als sie durch den Durchgang zwischen den beiden Häuserseiten blickte, und ihr Herz machte einen Sprung, wie ein gefangener Vogel, der sich ins Freie flüchten wollte.

Natürlich war sie aufgeregt, rechtfertigte sie sich vor sich selbst. Es könnte dies vielleicht das einzige Rendezvous ihres Lebens sein. Jedenfalls war er der Einzige, mit dem sie sich auf ein Rendezvous einlassen konnte, weil er allein ihr nicht unter die Röcke wollte.

Becky blieb im Schatten des Durchgangs stehen und sah, wie er sich bückte und eine Handvoll Erde begutachtete. Dann erhob er sich plötzlich und wandte sich ihr zu. Er bewegte sich so schnell und gewandt wie eine Katze. Oder vielmehr ein Puma, dachte sie mit einem unwillkürlichen Schaudern.

Sie zwang sich zu lächeln und hob die Hand zu einem freundlichen Gruß. Zumindest hoffte sie, dass es freundlich aussah, denn Clint Masterson wirkte alles andere als freundlich.

Vielleicht lag es daran, dass er sich diesen Morgen nicht rasiert hatte und mit seinem Zweitagebart ein wenig bedrohlich aussah. Vielleicht kam ihr Eindruck aber auch ganz einfach daher, dass er nicht lächelte.

Doch als er mit seinen langen, fast zornig wirkenden Schritten auf sie zukam, war sich Becky sicher, dass der etwas bedrohliche Eindruck nicht allein von den dunklen Bartstoppeln verursacht wurde – und es begann ihr Leid zu tun, dass sie ihm gefolgt war. Immerhin brachte sie ein etwas gezwungenes Lächeln zustande, das ihr jedoch verging, als er zu sprechen anhob.

»Was wollen Sie hier?«, fragte er.

»Ich ... ich ...«

»Sind Sie mir gefolgt?«

»Mit Sicherheit nicht!«, rief sie empört. Wie konnte er es wagen, so etwas zu denken – auch wenn es stimmte! »Ich hatte keine Ahnung, dass Sie hier sind. Ich habe etwas ... etwas Wichtiges hier zu tun!«

Obwohl ihre Wangen brannten, fixierte ihn Becky mit einem wütenden Blick, der dem seinen in nichts nachstand.

»Was haben Sie denn so Wichtiges zu tun?«, fragte er argwöhnisch.

»Nun, es geht Sie zwar nichts an, aber ich werde es Ihnen sagen, Mr. Masterson, damit Sie sich nicht allzu viel einbilden. Ich habe vor, hier eine Schule zu eröffnen. Ich bin hergekommen, um mir das Haus anzusehen, weil ich wissen muss, wie viel Arbeit notwendig ist, bevor man hier den Unterricht abhalten kann.«

Er war sichtlich überrascht und brauchte einige Sekunden, um seine Gedanken zu ordnen. »Es gibt doch schon eine Schule in der Stadt«, sagte er schließlich.

»Für weiße Kinder, ja, aber es gibt noch viele andere Kinder, die dort nicht hingehen können und die auch unterrichtet werden müssen.«

Seine Gesichtszüge verhärteten sich und seine Lippen pressten sich zu einem schmalen Strich zusammen. »Wie die Kinder von Wakefield.«

»Ja, und es gibt noch mindestens ein Dutzend andere, die eine Schule bräuchten, aber keine haben«, erklärte sie.

»Sind Sie verrückt?«, fragte er, offensichtlich überzeugt, dass es so sein musste. »Wissen Sie denn nicht, was geschehen wird, wenn Sie eine Schule für Neger aufmachen?«

Da ihr Vater es ihr erst vergangenen Abend erklärt hatte, wusste sie bereits, worauf er hinauswollte. »Es ist mir wirklich egal, was andere von der Idee halten, Mr. Masterson, einschließlich Ihnen.«

Becky drehte sich um und ging den Durchgang entlang zur Küchentür. Sie stieß sie auf und wich erschrocken einen Schritt zurück, als sie das laute Quietschen der verrosteten Scharniere hörte. Sie erholte sich jedoch rasch von ihrem Schreck und trat in den unglaublich staubigen Raum, sodass Clint Masterson sie nicht mehr sehen konnte.

Der Raum war kleiner, als sie ihn in Erinnerung hatte, und bedeutend schmutziger. Der Staub lag in einer so dicken Schicht, dass die Ränder der Gegenstände nicht mehr deutlich zu erkennen waren. Das ganze Zimmer sah aus, als stammte es aus einem Albtraum. Einst hatten hier Menschen gelebt, gegessen und geschlafen. Hier hatten sie gearbeitet und gespielt, gelacht und geweint – eben alles getan, was zum menschlichen Leben gehörte. Jetzt waren sie tot – grausam ermordet.

Becky fühlte, wie ihr unwillkürlich die Tränen in die Augen traten, sodass alles um sie herum verschwamm. Ein Schluchzen entrang sich ihrer Brust, und sie hielt sich beide Hände vor den Mund, um es zu unterdrücken. Hastig drehte sie sich um, weil sie es plötzlich sehr eilig hatte, diesen traurigen Ort zu verlassen – und lief direkt gegen Clint Masterson.

Er hob die Arme, um sie aufzufangen, als sie stolperte, und sie hielt sich instinktiv an seiner Weste fest. Da sie sich den Mund nicht mehr zuhielt, brach das Schluchzen aus ihr hervor, und Tränen liefen ihr die Wangen hinab. Becky schämte sich ihrer Tränen und barg ihr Gesicht an seinem Hemd, damit er sie nicht so sah.

Er fühlte sich so stark und fest an und vermittelte ihr ein tröstliches Gefühl der Sicherheit. Doch da war noch etwas anderes – sein angenehmer Duft und das wunderbare Gefühl, von seinen Armen festgehalten zu werden. Jetzt erst fiel ihr auf, dass ihre Arme irgendwie seine Taille umfasst hatten. Du lieber Himmel – was sollte er bloß von ihr denken?

Mit einem bestürzten Aufschrei riss sie sich von ihm

los und bedeckte ihr Gesicht mit beiden Händen. Sie fragte sich, wie sie in dieser Situation auch nur ein klein wenig ihrer Würde bewahren sollte.

»Es tut mir Leid«, murmelte sie, ohne ihn anzublicken. Sie wollte sich abwenden, doch er hielt sie immer noch an den Armen fest.

»Vielleicht sollten Sie sich setzen.« Er führte sie zu einer alten hölzernen Bank, die draußen im Schatten des Durchgangs stand.

Dankbar ließ sie sich nieder und wischte sich rasch mit einer Hand die Tränen aus dem Gesicht, während sie mit der anderen in ihrer Tasche nach einem Taschentuch suchte. Während sie sich die Augen trocknete und sich schnäuzte, setzte sich Masterson neben sie auf die Bank.

Er hielt ohnehin einen gewissen Respektabstand zu ihr ein – doch Becky wünschte, sie hätte auf ihrer Seite der Bank noch etwas Platz zur Verfügung, um den Abstand ein wenig zu vergrößern. Mit einem Mal vermittelte er ihr absolut kein Gefühl der Sicherheit mehr, sondern wirkte durch seine Größe eher einschüchternd und fast beängstigend auf sie.

»Ich wollte Sie nicht zum Weinen bringen«, sagte er, als sie sich wieder gefasst hatte.

»Sie haben mich doch nicht zum Weinen gebracht!«, erwiderte Becky, von neuem Zorn gepackt. Wie kam er bloß auf so einen Gedanken! »Es ist der Ort hier. Ich weiß auch nicht, wie es passiert ist. Ich habe an früher gedacht, und da ... Meine Mutter weint immer, wenn sie daran erinnert wird. Sie war hier, als es passierte, aber ich habe nie ...« Da fiel ihr etwas ein, an das sie nie zuvor gedacht hatte. »Ich war auch hier.« Sie wandte sich Masterson zu. »Ich war hier, als sie ermordet wurden! Ich war noch ein Baby, nicht einmal ein Jahr alt, aber ich war hier! Irgendwie muss ich mich wohl daran erinnern.«

In seinen dunklen Augen leuchtete eine Gefühlsregung auf, die sie nicht genau einordnen konnte. »Was ist passiert?«, fragte er mit einem gewissen Nachdruck. »Ich meine, was genau. Wissen Sie es?«

Becky versuchte sich an alles zu erinnern, was sie je gehört hatte. Die Geschichte war in all den Jahren immer nur bruchstückhaft erzählt worden, deshalb musste sie die Bestandteile jetzt für sich zusammensetzen.

»Sie haben zu dritt hier gelebt. Dan und Enoch und Jewel – zwei Männer und eine Frau. Sie waren einst die Sklaven meines Urgroßvaters, aber er ließ sie frei. Sie bewirtschafteten die Farm, als mein Vater im Krieg war. Mein Vater war gerade mit meiner Mutter und mir heimgekehrt. Sie hatten sich kennen gelernt, als er in der Armee war. Er wollte nicht Farmer werden, er wollte lieber eine Ranch gründen. Das tat er dann auch auf dem Rest des Landes, das die Tates besaßen, und ließ Dan und Enoch das Stück Land hier bebauen. Meine Eltern waren gerade ausgezogen und lebten fürs Erste in der Stadt bei meinen Großeltern. Mein Vater war an jenem Tag nicht da, er besorgte Vieh, glaube ich, und …«

Sie erinnerte sich undeutlich daran, dass es Ärger gegeben hatte. Niemand hatte ihr direkt davon erzählt, doch man hatte des öfteren angedeutet, was geschehen war.

»Es ging ein Gerücht um, dass eine weiße Frau ein farbiges Baby zur Welt gebracht hätte, glaube ich.« Plötzlich erinnerte sich Becky daran, dass sie mit einem Mann darüber gesprochen hatte, und die Hitze stieg ihr ins Gesicht. »Jedenfalls beschuldigten sie Dan und Enoch, obwohl sie unschuldig waren, zumindest habe ich das immer wieder gehört. Dann kamen sie – ich glaube, es waren Leute vom Ku-Klux-Klan, obwohl mein Vater meint, dass sie damals noch nicht so organisiert waren. Sie … sie hängten die beiden Männer und erschossen die Frau.«

Es war noch viel schlimmer gewesen, wie Becky wusste, aber sie konnte Clint Masterson einfach nicht erzählen, dass man den Männern die Genitalien abgeschnitten und die Kehlen aufgeschlitzt hatte.

»Sie brannten die Nebengebäude nieder, aber das Haus ließen sie aus irgendeinem Grund stehen«, fuhr sie fort und blickte zu den überwucherten Trümmerhaufen hinüber, wo einst die Nebengebäude gestanden hatten. »Mein Vater hat sie nie wieder aufgebaut, weil danach niemand mehr die Farm bewirtschaften wollte.«

Als sie Masterson anblickte, war sie überrascht, dass seine Augen sich vor Zorn verdunkelt und seine Gesichtszüge sich verhärtet hatten.

So als könnte er kein Wort mehr ertragen, sprang er von der Bank auf, um in dem engen Durchgang auf und ab zu gehen.

»Und jetzt wollen Sie einen Haufen farbiger Schulkinder hierher bringen und eine Schule eröffnen?«, fragte er nach einer Weile.

»Ich finde es irgendwie passend«, antwortete sie. »Der Ort wäre dann wie von einem Fluch befreit.«

»Indem Sie Ihr eigenes Leben opfern?«, fragte er wütend.

»Was?«, rief sie und sprang ebenfalls auf.

»Indem Sie Ihr eigenes Leben opfern!«, wiederholte er unnachgiebig und beugte sich über sie, dass ihre Nasen sich beinahe berührten. »Haben Sie überhaupt eine Ahnung, was diese Leute vom Ku-Klux-Klan mit Frauen machen, die ihrer Ansicht nach Negerfreunde sind? Teeren und federn ist noch das Harmloseste. Den Rest möchten Sie bestimmt nicht hören. Ich kann nicht glauben, dass Ihr Vater es zulässt, dass Sie sich in eine solche Gefahr begeben!«

Becky wollte nicht zugeben, dass ihr Vater es ihr ohnehin schon verboten hatte. »Er weiß, was es heißt, wenn man wegen seiner Hautfarbe gehasst wird«, sagte sie stattdessen.

Masterson zuckte zusammen, als hätte sie ihm einen Schlag in die Magengrube versetzt. »Ach, wirklich?«, erwiderte er. »Vielleicht sollten Sie Ihre Freundin Nellie fragen, ob sie auch glaubt, dass er weiß, wie es ist. Und vielleicht sollten Sie sie auch gleich fragen, ob sie überhaupt eine solche Schule will und ob sie es wagen würde, ihre Kinder hinzuschicken, falls Wakefield es überhaupt erlaubt. Und fragen Sie auch alle anderen. Vielleicht haben sie ja gar kein Interesse an Ihrer Wohltätigkeit. Haben Sie sich das schon mal überlegt?«

»Es ist keine Wohltätigkeit«, erwiderte Becky und verspürte den starken Wunsch, ihm eine Ohrfeige zu verpassen.

»Was ist es dann?«

»Es ist ...« Doch sie wusste keine Antwort, zumindest keine, die er hätte gelten lassen. »Das geht Sie überhaupt nichts an!«

»Wenn Sie anfangen, hier Unruhe zu stiften, dann geht mich das sehr wohl etwas an! Ich kann nicht die Sache mit dem Zaun Ihres Vaters lösen und gleichzeitig auch noch auf Sie Acht geben!«

»Ich kann darauf verzichten, dass Sie auf mich Acht geben!«

»Aber irgendjemand wird es tun müssen!«

Sie standen nah beieinander – und diesmal konnte Becky dem Drang, ihm einen Schlag in sein unverschämtes Gesicht zu verpassen, nicht widerstehen. Sie holte aus, doch bevor sie ihn ohrfeigen konnte, packte er ihre Hand und hielt sie fest.

Sie stieß einen Laut der Empörung aus und versuchte sich zu befreien, doch er fasste sie auch an der anderen Hand und drückte sie an seine Brust. Sie stieß Worte des Protests hervor, während sie gegen ihn ankämpfte.

Da hörte sie ein Stöhnen, das sich seiner Brust entrang, und seine Arme schlangen sich um sie und hielten sie wie eiserne Bande fest. Dann senkte sich sein Gesicht zu ihr herab und seine Lippen schlossen sich über den ihren.

Für einen Augenblick musste Becky unweigerlich daran denken, wie sie sich vorhin vorgestellt hatte, dass sie genau das eines Tages den Kindern ihres Bruders erzählen würde. Nur war es ganz und gar nicht der schüchterne, verstohlene Kuss, an den sie eigentlich gedacht hatte.

Im nächsten Augenblick konnte sie jedoch überhaupt nichts mehr denken, denn mit einem Mal schienen all ihre Sinne zu explodieren. Sie fühlte alles – das raue Kratzen seiner Bartstoppeln, den fordernden Druck seines Mundes, die Festigkeit seiner Brust an der ihren und die Kraft seiner Arme, die sie festhielten. Sein moschusartiger männlicher Duft stieg ihr zu Kopf und ihr Blut begann ihr in den Ohren zu dröhnen; vielleicht war es aber auch nur das wilde Pochen ihres Herzens.

Becky hätte sich nie träumen lassen, dass ein Kuss so sein könnte – und sie wollte, dass er niemals enden möge. Sie hielt sich an ihm fest und genoss es, wie seine Hände über ihre Formen strichen, als wollte er sie voll und ganz in Besitz nehmen. Auch ihre Hände tasteten sich zu seinen Schultern hoch und legten sich um seinen Nacken. Ihre Finger spielten mit seinem dichten dunklen Haar, das in Locken in seinen Nacken fiel.

Dann öffnete sich sein Mund über dem ihren und seine Zunge strich ganz leicht über ihre Lippen, was Becky einen Schauer über den ganzen Körper jagte. Sie stieß einen überraschten Laut aus, und zu ihrem Erstaunen schlüpfte seine Zunge zwischen ihren geöffneten Lippen hindurch und ertastete ihren Mund, als wollte er jeden Millimeter von ihr in Besitz nehmen. Mit einem Stöhnen zog er sie noch enger an sich und sie fühlte durch die Kleider hindurch die Verhärtung, die ein allzu deutlicher Hinweis auf sein wachsendes Verlangen war.

Ihr eigener Körper reagierte augenblicklich, und sie spürte die Gänsehaut an ihren Schenkeln, während ihre Brustspitzen sich aufrichteten. Sie hatte ein Gefühl, als würde ihr Herz explodieren, und obwohl sie kaum noch Luft bekam, hielt sie sich fast verzweifelt an ihm fest, während jeder Nerv in ihrem Körper seinen Namen rief. Es war, als wollte sie eine gähnende Leere ausfüllen, von der sie bis zu diesem Augenblick gar nicht gewusst hatte, dass es sie gab.

Und als ihr klar wurde, dass sie es nicht länger aushielt, als sie schon dachte, dass sie jeden Augenblick vor Wonne in Ohnmacht fallen würde, nahm er seine Lippen von den ihren und rang nach Atem, während er sie noch einen Herzschlag lang festhielt. In diesem kurzen Moment sah sie, dass in seinen dunklen Augen das gleiche Verlangen leuchtete, das sie in sich verspürte.

Doch dann weiteten sich diese Augen und füllten sich mit Entsetzen, und er stieß sie von sich, als hätte sie plötzlich Feuer gefangen und würde seine Hände versengen.

Er stöhnte auf vor Schmerz, und Becky wusste, dass sie diesen Schmerz lindern konnte – doch als sie die Hand nach ihm ausstreckte, riss er die Hände hoch, wie um sie abzuwehren. »Nein!«, rief er und wich einen Schritt zurück.

»Clint«, sagte sie. Es war das erstemal, dass sie seinen Namen aussprach, und sie genoss das Gefühl auf ihrer Zunge.

»Nein, ich meine es ernst«, beharrte er und trat noch einen weiteren Schritt zurück. »Ich hatte kein Recht, das zu tun.«

Sie wollte ihm sagen, dass sie ihm das Recht dazu gewährt hatte, doch er schüttelte nur den Kopf, um sie am Weitersprechen zu hindern.

»Gehen Sie jetzt«, sagte er mit harter Stimme.

»Aber ...«, protestierte sie.

»Gehen Sie! Sofort! Solange Sie noch können!«, rief er so laut, dass sie erschrak, was ihr Verlangen sogleich dämpfte. Er zeigte auf ihre Stute, die immer noch im Hof stand und sich träge an dem Gras gütlich tat. Instinktiv ging Becky rückwärts auf das Pferd zu.

»Clint, ich ...«

»Nein! Sagen Sie nichts! Gehen Sie einfach!« Seine Stimme bebte vor Zorn, seine Augen funkelten, und

Becky beschloss, ihm nicht länger zu widersprechen. Sie drehte sich um und lief los.

Becky raffte ihren Rock und rannte quer über den Hof zu ihrer Stute, die sie neugierig betrachtete. Das Tier scheute ein wenig, doch Becky packte die Zügel und schaffte es, sich in den Sattel zu hieven.

Erst als sie sicher auf dem Pferd saß, riskierte sie einen letzten Blick zurück zu Clint Masterson, der immer noch im Schatten des Durchgangs stand. Sie konnte seine Augen zwar nicht mehr sehen, doch sie spürte, dass sein Blick immer noch auf sie gerichtet war. Er beobachtete sie, während er mit geballten Fäusten und angespannten Muskeln dastand, so als wollte er jeden Augenblick hinter ihr herlaufen – doch er rührte sich nicht von der Stelle.

Becky spürte, wie Angst in ihr aufstieg, und sie riss die Stute mit einem festen Ruck an den Zügeln herum und trieb sie zum Loslaufen an. Das Tier preschte so vehement los, dass es sie beinahe aus dem Sattel geworfen hätte.

Becky hielt sich mit aller Kraft an den Zügeln fest und blickte noch einmal kurz über die Schulter zurück, so als erwartete sie, dass er zu seinem Pferd stürmte. Doch er stand immer noch regungslos da.

Becky war sich nicht sicher, ob sie erleichtert oder enttäuscht darüber sein sollte.

Clint sah ihr nach, und jeder Nerv in seinem Körper sagte ihm, dass er hinter ihr herjagen und sie aus dem Sattel holen sollte, um sie zu irgendeinem verborgenen Plätzchen zu tragen, wo er sie ins Sommergras betten konnte. Dann würde er sie und anschließend sich selbst von den Kleidern befreien, bis nichts mehr zwischen ihnen war als ihre Leidenschaft, die noch vor wenigen Augenblicken so heiß zwischen ihnen gelodert hatte.

Nur die Gnade Gottes verlieh ihm die Kraft, einfach dazustehen und zuzusehen, wie sie für immer aus seinem Leben ritt. Mit bitterer Ironie erinnerte er sich, wie sie sich in seinen Armen angefühlt hatte, wie ihre Lippen geschmeckt hatten und wie hingebungsvoll sie seine Küsse erwidert hatte.

Jeder normale Mann wäre auf die Knie niedergesunken und hätte Gott gedankt, wenn die einzige Frau, die er je wirklich gewollt hatte, ihn ebenfalls wollte. Doch nicht Clint. Er wäre höchstens auf die Knie niedergesunken, um Gott zu bitten, ihn zu töten. Wie sollte er nur weiterleben mit dem sicheren Wissen, dass er Becky Tate nie wieder berühren durfte? Der Schmerz war so groß, dass er das Gefühl hatte, das Herz würde ihm aus der Brust gerissen. Und das Schlimmste daran war, zu wissen, dass es niemals besser werden würde.

Becky zwang sich, nicht zu weinen – auch nicht, als der Wind ihr entgegenblies und ihr Tränen in die Augen trieb und sie das Gefühl hatte, an dem Kloß in ihrem Hals fast zu ersticken. Nein, sie würde nicht weinen. Durch ihre Tränen hatte dieser ganze Wahnsinn überhaupt erst begonnen. Wenn sie nicht zu heulen begonnen hätte wie irgendein dummes Frauenzimmer, dann hätte Clint Masterson sie wahrscheinlich nie geküsst.

Und wenn er sie nicht geküsst hätte, dann hätte er sie auch nicht weggeschickt wie ein unartiges Kind und sie würde sich jetzt nicht so unsagbar schäbig fühlen.

Dieser verdammte Kerl! Sie hatte ja gewusst, dass er anders war als die anderen. Was sie nicht gewusst hatte, war, wie anders er war! Was war das für ein Mann, der eine Frau küsste und sie dann wegschickte, als hätte sie plötzlich den Aussatz bekommen?

Er hatte sie begehrt, das wusste sie genau – so wie auch sie ihn begehrt hatte. Bis zu diesem Augenblick hatte Becky nicht wirklich verstanden, worin diese Anziehung zwischen Männern und Frauen eigentlich bestand. Jetzt verstand sie es voll und ganz und sie spürte es mit der Wucht eines tosenden Sturms. Aber wenn er sie wollte und sie ihn, was er an ihrer Reaktion mit Sicherheit gemerkt hatte – warum hatte er sie dann weggeschickt?

Als ihr schließlich die Antwort dämmerte, wurde es schlagartig eiskalt in ihr und es verschlug ihr den Atem, so als hätte ihr jemand einen Schlag in den Magen versetzt. Sie hätte es von Anfang an wissen müssen! Er wies sie aus demselben Grund zurück wie alle anderen Männer auch: weil sie von Indianern abstammte! Es war der einzige Grund, der wirklich einleuchtend war – und es war der einzige Grund, der die Tränen, die sie so lange zurückgehalten hatte, schließlich doch zum Fließen bringen konnte.

Verdammter Kerl!, schluchzte sie zum leeren Himmel hinauf, während die Stute sie nach Hause trug.

Clint wartete lange bei der Farm, bis er sicher war, dass Becky Tate weit genug weg war, dass sich ihre Wege auch nicht zufällig kreuzen konnten. Es war schon schlimm genug, dass er sie auf der Ranch wieder sehen musste. Aber er wollte sichergehen, dass beim nächsten Mal andere Leute anwesend waren, damit nichts mehr zwischen ihnen passieren konnte, auch wenn er es sich noch so sehr wünschte.

Schließlich ging Clint zu seinem Pferd, das immer noch träge dastand und in der morgendlichen Sonne döste. Der kastanienbraune Wallach wieherte zur Begrüßung und Clint tätschelte dem Pferd geistesabwesend den Hals. Er schwang sich in den Sattel und ritt los, ohne wirklich zu wissen, wohin. Er wusste nur, dass er weg musste von diesem Haus, das eine solche Anziehung auf ihn ausübte, aber gleichzeitig so große Gefahren für ihn barg. Wenn er nur ein klein wenig Verstand besaß, würde er nie wieder hierher zurückkehren.

Dennoch konnte Clint nicht anders, als sich vorzustellen, wie es sein würde, wenn er Becky Tate wieder sah. Er sollte sich einen Plan zurechtlegen, sagte er sich, damit er nicht etwas noch Dümmeres anstellte, als er es ohnehin schon getan hatte – wie etwa, sie zu bitten, dass sie ihm verzeihen und noch eine Chance geben möge, nur damit er sie noch einmal in den Armen halten konnte. Nein, er durfte einfach nicht vergessen, dass er kein Recht auf eine Frau wie sie hatte. Er musste sich stets vor Augen halten, was sie von ihm denken würde, wenn sie die Wahrheit über ihn erfuhr. Es war besser für sie, wenn er sie jetzt ein klein wenig verletzte, als zuzulassen, dass sie hinterher aus allen Wolken fiel.

Zumindest redete Clint sich ein, dass es so besser war.

Und es gelang ihm auch ganz gut, als ihm plötzlich einfiel, dass er es nun wohl auch mit Beckys Vater zu tun bekam. Was würde Hunter Tate sagen, wenn er erfuhr, was Clint mit seiner süßen unschuldigen Tochter angestellt hatte?

Wenn er ihn nicht mit der Reitpeitsche schlug, so würde er ihn zumindest fortschicken und einen anderen Ranger anfordern. Das bedeutete, dass Clint vielleicht nur noch diesen einen Tag hatte, um das zu tun, worauf er sein halbes Leben gewartet hatte. Er musste Wakefield noch heute finden.

Die Wakefield-Farm wirkte relativ klein, als Clint sich ihr näherte, vor allem, wenn er an Twelve Oaks und das große Haus mit den weißen Säulen dachte und an die Eichen entlang der Zufahrtsstraße, die dem Anwesen seinen Namen gaben. Gewiss, das letzte Mal, als er Twelve Oaks gesehen hatte, war es nur noch ein glimmender Trümmerhaufen gewesen und die riesigen Bäume waren von den Soldaten der Nordstaaten zu Brennholz zerhackt worden – dennoch verglich Clint die kleine Farm vor ihm unwillkürlich mit dem großen Anwesen. Wakefield und Nellie hatten genau wie er selbst einst in einer besseren Umgebung gelebt.

Die Kinder waren im Hof, als er sich der Farm näherte, doch sie verschwanden auch diesmal sofort im Haus, als sie ihn sahen. Wenig später beobachtete er, wie der Junge das Haus durch die Hintertür verließ und auf die Felder zulief – wahrscheinlich, um seinen Vater zu holen, der, wie Clint erkennen konnte, draußen arbeitete.

Clint verlangsamte seinen Ritt, um dem Mann etwas Zeit zu geben. Trotzdem erreichte er das Haus vor ihm, und wieder kam Nellie heraus, um ihn zu empfangen. Es war jedoch kein allzu freundlicher Empfang.

»Ich habe den Jungen losgeschickt, damit er Mr. Wakefield holt«, sagte sie argwöhnisch. »Er wird gleich hier sein.«

»Danke, Ma'am.«

Es gab ihr einen Ruck, als sie die höfliche Anrede hörte. »Er hat nichts angestellt. Er weiß auch nicht, wer Mr. Tates Zaun durchgeschnitten hat.«

»Das glaube ich gern. Deswegen will ich ja auch nicht mit ihm sprechen.«

Nellies Augen verengten sich misstrauisch – ein Blick, den Clint auch als Kind schon oft gesehen hatte. Instinktiv wollte er sich verteidigen, und er musste sich in Erinnerung rufen, dass er nun ein Erwachsener war, in dem Nellie nicht mehr den kleinen Jungen erkannte, um den sie sich einst gekümmert hatte. Zumindest betete Clint, dass sie ihn nicht wiedererkannte.

»Guten Morgen.« Eine Männerstimme unterbrach ihn in seinen Gedanken. Es war ein höchst eigenartiges Gefühl für Clint, diese Stimme wieder zu hören, die er seit langem vergessen hatte.

Mit völlig neutralem Gesichtsausdruck drehte Clint sich um und sah Wallace Wakefield auf sich zukommen. Sein Sohn lief hinter ihm her. Clint ließ die Hände auf dem Sattelknauf ruhen, um möglichst unbedrohlich zu wirken. Außerdem wollte er sich nicht anmerken lassen, dass seine Hände zitterten.

Trotz der vielen Jahre, die seit damals vergangen waren, hätte er Wakefield jederzeit wiedererkannt. Die Farmarbeit und das Wetter hatten seine einstmals feineren Gesichtszüge etwas vergröbert und die Jahre hatten seinen kräftigen Körper fülliger werden lassen – dennoch hatte Wakefield immer noch die Haltung eines Gentleman aus dem Süden, trotz seines geflickten Hemds, seiner alten Blue Jeans und der mit Erde bedeckten Schuhe.

»Mr. Wakefield, ich bin Clint Masterson, Texas Rangers.« Clint war erleichtert, dass seine Stimme völlig normal klang und keine Anzeichen seines inneren Aufruhrs verriet.

Clint hasste diesen Mann, seit er denken konnte. Doch als sie sich jetzt gegenüberstanden, stellte Clint fest, dass er keine Ahnung hatte, was er eigentlich unternehmen wollte.

»Nellie hat mir gesagt, dass Sie mich sprechen wollen«, sagte er. Er nannte sie nicht seine Frau, wie Clint feststellte. Natürlich nicht. Weiße Männer pflegten farbige Frauen nicht zu *heiraten;* sie nahmen sie sich ganz einfach und glaubten, das Recht dazu zu haben. »Was kann ich für Sie tun, Mr. Masterson?«

»Ich würde gern mit Ihnen sprechen, wenn Sie nichts dagegen haben. Ich hätte da ein paar Fragen über das, was in letzter Zeit hier vorgefallen ist.«

»Ich sagte Ihnen ja schon, er weiß nichts darüber«, beharrte Nellie.

»Nellie, mach Kaffee für unseren Gast«, sagte Wakefield in scharfem Ton. Die Frau warf ihm einen wütenden Blick zu, drehte sich dann aber um und ging ins Haus. Einmal Sklave, immer Sklave, hatte Clint oft zu hören bekommen. Nellie folgte immer noch den Befehlen, die sie bekam.

»Steigen Sie ab und kommen Sie rein, Mr. Masterson«, sagte Wakefield. »Tommy, kümmere dich um Mr. Mastersons Pferd.«

»Ja, Sir«, sagte der Junge und trat vor, um die Zügel zu übernehmen, die Clint ihm reichte, nachdem er sich aus dem Sattel geschwungen hatte.

Aus der Nähe konnte Clint erkennen, dass der Junge

seinem Vater ähnlich sah – nur die Hautfarbe war eine andere. Es waren Wakefields blaue Augen, die aus dem braunen Gesicht des Jungen neugierig zu ihm aufblickten. Gewöhnlich hätte Clint jetzt gelächelt, um dem Jungen die Befangenheit zu nehmen – doch in Wakefields Gegenwart wollte ihm das einfach nicht gelingen.

Clint folgte Wakefield ins Haus und atmete tief durch, um seine Nerven zu beruhigen. Er hatte keine Ahnung, was er zu dem Mann sagen würde – und diese plötzliche Erkenntnis beunruhigte ihn sehr.

Nellie hatte bereits zwei Becher mit dampfend heißem Kaffee auf den Tisch gestellt. »Ich habe auch Kuchen da, wenn Sie welchen möchten«, bot sie widerwillig an.

»Nein, danke«, antwortete Clint. Sein Magen hatte sich vor Aufregung so zusammengekrampft, dass er nicht den kleinsten Bissen hinuntergebracht hätte.

Er setzte sich auf den Stuhl, den Wakefield ihm anbot, und nippte an seinem Kaffee. Nellie schien froh zu sein, dass sie, nachdem sie den Männern Kaffee gereicht hatte, mit den Kindern hinausgehen konnte.

Jetzt erst sah Clint die beiden anderen Kinder. Sie waren im Nebenzimmer gewesen – dem Schlafzimmer, wie er annahm – und hatten ihn verstohlen durch die offene Tür beobachtet. Es waren zwei Mädchen, das eine noch ganz klein, während das andere fast schon eine Frau war. Sie war hübsch – genauso hübsch, wie Nellie in diesem Alter ausgesehen hatte. Aber was für eine Zukunft konnte ein Mädchen wie sie schon haben?, dachte er bitter. Hatte Wakefield überhaupt daran gedacht, als er anfing, mit Nellie zu schlafen?

Clint nahm einen Schluck Kaffee, um die Bitterkeit hinunterzuspülen, die er in sich aufsteigen fühlte.

Dann waren er und Wakefield allein, und Clint hatte immer noch keine Ahnung, welchen Vorwand er für sein Kommen vorbringen sollte. *Ich wollte mir dich nur mal ansehen, Wally, weil es mich interessiert, was du aus deinem Leben gemacht hast, nachdem alles rund um uns zusammen-*

brach – das war es, was er eigentlich sagen wollte. Doch er sprach es natürlich nicht aus.

Er sagte überhaupt nichts. Das war ein Trick, den er manchmal anwandte, wenn er einen Mann verhörte, den er eines Verbrechens verdächtigte. Für gewöhnlich wurde die Last des Schweigens für den Betreffenden irgendwann zu groß und er platzte mit irgendetwas heraus. Nicht selten verriet sich derjenige damit selbst. Also wartete Clint erst einmal ab.

»Nellie hat gesagt, Sie wollten mich fragen, ob ich weiß, wer Hunter Tates Zaun durchgeschnitten hat«, sagte Wakefield schließlich. »Nun, darüber weiß ich überhaupt nichts. Ich bin nicht begeistert über den Zaun, so wie alle anderen auch, aber der Mann hat nun mal das Recht, sein Land einzuzäunen. Es gibt Leute, die dieses Recht dazu missbrauchen, sich zu bereichern – also sollten wir froh sein, dass Tate nicht auch noch unser Land mit eingezäunt hat. Aber ich habe seinen Zaun nicht durchgeschnitten, falls es das ist, was Sie mich fragen wollten, und ich weiß auch nicht, wer es getan hat.«

»Sind Sie mit den Tates befreundet, Mr. Wakefield?«, fragte Clint.

Er sah mit einer gewissen Genugtuung, dass sich Wakefields Gesichtszüge anspannten. Kein Weißer, der mit einer Farbigen zusammenlebte und mit ihr Kinder hatte, konnte mit einem anderen Weißen befreundet sein. »Wir kommen ganz gut miteinander aus«, sagte er schließlich. »Seine Tochter unterrichtet meine Kinder – dafür bin ich ihnen dankbar.«

»Wie dankbar?«

»Wie meinen Sie das?«, fragte Wakefield argwöhnisch.

Clint musste über seine eigene Schlauheit fast lächeln. Instinktiv war er auf eine Möglichkeit gestoßen, wie er Wakefield testen konnte – wie er herausfinden konnte, was für ein Mensch er geworden war. Er fragte sich nicht, was er tun würde, wenn Wakefield den Test bestand. Oder wenn er durchfiel.

»Jeder hier weiß, dass ich ein Ranger bin«, erklärte ihm Clint, »deshalb fällt es mir schwer, gewisse Dinge herauszufinden. Ich brauche jemanden, der mir hilft – jemanden, den man hier in der Gegend kennt und der sich den Leuten anschließen kann, die Tates Zaun durchschneiden und drohen, ihn umzubringen.«

»Ihn *umzubringen*?«, fragte Wakefield verdutzt.

Clint griff in seine Westentasche und holte das Blatt Papier mit dem Indianerkopf hervor, das er tags zuvor beim durchgeschnittenen Zaun gefunden hatte. Er legte das Blatt vor Wakefield hin, damit er es sich ansehen konnte.

»So etwas muss man doch nicht ernst nehmen«, behauptete Wakefield. »Sie wollen ihm Angst machen, das ist klar, aber sie würden so etwas nie tun.«

»Wie können Sie sich da so sicher sein?«, fragte Clint in scharfem Ton. »Sie sind doch Farmer. Sie wissen, was eine Dürre anrichten kann, und heuer haben wir ein sehr trockenes Jahr. In ein, zwei Monaten könnte es passieren, dass das Vieh vor Tates Zäunen verendet. Wer weiß, wozu ein Mensch in seiner Verzweiflung fähig ist, wenn er mit ansehen muss, wie die Geier die Kadaver seiner Kühe auffressen.«

»Ich werde mich jedenfalls nicht irgendwelchen Leuten anschließen, die Tate bedrohen«, sagte Wakefield mit hartem Blick. Clint erinnerte sich an diesen Blick und ein kalter Schauer lief ihm über den Rücken. »Ich will damit nichts zu tun haben.«

»Wenn Sie denken, dass Sie dadurch in Sicherheit sind, dann täuschen Sie sich«, erwiderte Clint. »Wenn ein Krieg um das Weideland ausbricht, dann ist hier niemand mehr sicher. Sie nicht und vor allem nicht ... Ihre Familie. Dann werden viele Unschuldige zu Schaden kommen.«

Wakefields wettergegerbtes Gesicht wurde bleich, doch er ließ sich dadurch nicht umstimmen. »Ich kann Ihnen nicht helfen, Mr. Masterson«, sagte er.

Clint nickte und schob seinen Stuhl zurück, um aufzustehen. »Wenn Sie es sich doch noch anders überlegen, brauchen Sie mir nur eine Nachricht zukommen lassen. Aber suchen Sie mich nicht auf. Ich möchte nicht einmal, dass jemand erfährt, dass wir uns getroffen haben.«

Die beiden Männer erhoben sich, und Wakefield begleitete Clint auf die Veranda hinaus, wo Nellie und die Kinder warteten und das Gespräch offensichtlich belauscht hatten. Wakefield befahl dem Jungen, Clints Pferd zu holen, und als der Kleine mit dem Wallach zurückkehrte, wandte sich Clint noch einmal dem Mann zu.

»Ich dachte mir, dass Sie ein Mensch sind, der ein Risiko nicht scheuen würde. Ich hoffe, ich habe mich nicht geirrt.«

Wakefield gab keine Antwort.

Als Becky die Farm erreichte, hatte sie ihre Tränen bereits getrocknet und sich wieder gefasst, wenngleich sie das Gefühl hatte, dass der Schmerz und die Wut noch lange anhalten würden. Sie hatte keine Ahnung, wie sie ihren Zorn bezähmen sollte, wenn sie Clint Masterson das nächste Mal begegnete. Vielleicht konnte sie es vermeiden, ihn zu treffen, oder zumindest sichergehen, dass noch andere Leute in der Nähe waren.

Aber wenn sie dieses anmaßende Grinsen in seinem Gesicht sehen würde, das die anderen Männer aufsetzten, nachdem sie versucht hatten, sie zu verführen, weil sie glaubten, ein schmutziges Geheimnis mit ihr zu teilen – dann konnte sie für nichts garantieren. Aber er war ja nicht so wie die anderen, jedenfalls nicht ganz, sagte sie sich. Vielleicht würde er auf dieses Grinsen verzichten.

Aber wenn er sie nicht angrinste, wie würde er dann reagieren? Becky hatte keine Ahnung und sie wollte es auch gar nicht wissen.

Die Männer waren bereits zur Arbeit aufgebrochen,

und Becky seufzte vor Erleichterung darüber, dass sie ihrem Vater noch nicht gegenübertreten musste. Nach dem, was sich soeben ereignet hatte, wäre sie nicht imstande gewesen, ein Wortgefecht mit ihm zu führen. Sie übergab ihr Pferd an Pedro – dankbar, dass er wieder an seinem Arbeitsplatz war und sie sich nicht auch noch mit Johnny abgeben musste, wo sie im Moment ohnehin so durcheinander war – und ging zum Haus hinüber.

Zu ihrer Bestürzung sah sie jedoch, dass ihr Vater auf der Veranda auf sie wartete.

»Wo, zum Teufel, bist du gewesen?«, fragte er, als sie die Stufen hochstieg.

»Reg dich nicht auf, Hunter«, warf ihre Mutter ein, die nun ebenfalls aus dem Haus kam. »Sie ist ausgeritten. Sie hat ja eine Nachricht hinterlassen.«

»Wohin musstest du denn so dringend reiten, wo die Sonne noch nicht einmal aufgegangen war?«, fragte er und verschränkte zornig die Arme vor der Brust.

Nun, soll er es doch wissen, dachte Becky verärgert. »Ich bin zur Farm geritten, um zu sehen, in was für einem Zustand das Haus ist. Ich wollte wissen, ob wir sie überhaupt als Schule nutzen können.«

Hunters Gesicht verfinsterte sich. »Ich dachte, wir hätten das letzte Nacht geklärt!«

»*Du* hast es geklärt, nicht ich. Und ich habe herausgefunden, dass das Haus immer noch in einem guten Zustand ist. Es ist schmutzig, aber mit ein wenig Wasser und Seife lässt sich das leicht ändern. Am Küchentisch hätten ein Dutzend Kinder Platz. Alles, was wir brauchen, sind ein paar zusätzliche Stühle und …«

»Ich habe *nein* gesagt, junge Lady, und dabei bleibt es!«, warf ihr Vater ein. »Du wirst überhaupt keine Schule eröffnen – und wenn ich dich in deinem Zimmer einsperren muss!«

»Mama …«, sagte Becky, zu ihrer Mutter gewandt, doch zu ihrer Bestürzung schüttelte diese den Kopf.

»Dein Vater hat Recht, Liebes. Wir haben gestern noch

darüber geredet, und ich finde auch, dass es zu gefährlich wäre.«

»Aber das wissen wir doch überhaupt noch nicht! Was ist, wenn wir es versuchen und sich herausstellt, dass sich keiner darum schert?«

»Und was ist, wenn sich herausstellt, dass sehr viele Leute etwas dagegen haben?«, entgegnete ihr Vater.

»Dann würde ich aufhören! Ich würde die Kinder niemals einer solchen Gefahr aussetzen – aber warum können wir es nicht wenigstens versuchen? Es wird sich nie etwas ändern, wenn man nicht wenigstens mal einen Versuch wagt!«

Hunter wollte schon widersprechen, doch Sarah legte ihm die Hand auf den Arm. »Sie hat Recht, Hunter. Wir wissen nicht mit Sicherheit, ob es Ärger gäbe.«

»Ich bin mir absolut sicher, dass es Ärger geben würde«, wandte Hunter unnachgiebig ein.

»Oh, und du hast natürlich immer Recht«, sagte Becky voller Sarkasmus. »Du hattest ja auch Recht, als du meintest, niemand würde etwas dagegen haben, wenn du deinen Zaun aufstellst.«

»Das habe ich nie gesagt!«, erwiderte Hunter.

»Du hast gesagt, es würde keinen Ärger geben!«, entgegnete sie triumphierend. »Du hast zu Grandpa Mac gesagt, niemand würde es wagen, den Zaun durchzuschneiden – und jetzt sehen wir ja, was passiert ist!«

Das Gesicht ihres Vaters war mittlerweile hochrot vor Zorn – doch sie wusste, dass sie die Auseinandersetzung gewonnen hatte, weil er offensichtlich nichts mehr zu entgegnen wusste.

Sie versuchte, ihren Vorteil zu nutzen. »Ich schlage dir ein kleines Übereinkommen vor«, sagte sie. »Ich frage zuerst einmal nach, ob die farbigen Familien ihre Kinder überhaupt in diese Schule schicken würden.« Sie erinnerte sich daran, was Clint Masterson erst diesen Morgen dazu gesagt hatte – aber leider auch daran, was er *getan* hatte, was ihr die Hitze ins Gesicht trieb. Sie ließ sich davon jedoch nicht aufhalten. »Wenn sie es gar nicht wollen, dann hat sich die Sache ohnehin von selbst erledigt. Wenn sie es aber wollen, dann können wir anfangen, das Haus zu renovieren und andere Leute dazu zu bringen, dass sie uns helfen und die Sache unterstützen. Es ist noch genug Zeit, bis die Schule anfängt. Wenn jemand irgendwelche Einwände hat, dann kann er sie vorbringen, lange bevor wir mit dem Unterricht beginnen.«

»Das ist eine großartige Idee«, pflichtete ihre Mutter ihr bei und wandte sich dann Hunter zu, der immer noch sehr finster dreinblickte. »Sie hört sofort auf, wenn auch nur der geringste Ärger droht.«

»Du fragst die Familien, ob sie überhaupt eine Schule wollen, bevor du etwas unternimmst?«, stellte Hunter klar.

»Ja«, stimmte Becky sofort zu und betete im Stillen, dass Masterson Unrecht hatte. Natürlich würden sie am Anfang skeptisch sein und ein wenig Angst haben – aber Becky wusste, dass sie sie überzeugen konnte, wenn sie nur die Gelegenheit dazu bekam.

»Und sobald es auch nur den geringsten Ärger gibt, lässt du es sein?«, fragte er weiter.

»Ich schwöre es! Oh, bitte, Papa! Ich weiß, dass es klappen wird«, bat sie ihn und ging auf ihn zu.

»Aber wenn ich sage: Schluss damit, dann ist Schluss. Keine Diskussionen mehr«, sagte er mit strenger Miene – doch Becky sah, dass sie gewonnen hatte.

»Ja, o ja! Danke, Papa!« Sie schlang die Arme um seinen Hals und küsste ihn auf die Wange. Dann wandte sie sich ihrer Mutter zu und umarmte auch sie.

»Was ist denn da los?«, wollte Sean wissen, der in diesem Augenblick auf die Veranda gestürmt kam. »Warum umarmt ihr euch denn alle?«

»Ich werde eine Schule eröffnen, Kleiner«, verkündete Becky überglücklich. »Wir haben gestern schon darüber gesprochen, weißt du noch?«

»Kann ich ... *darf* ich auch hingehen?«, fragte Sean

begeistert. »Dann kann ich mit Tommy spielen! Außerdem hast du mir versprochen, dass du mich heute mit zu ihm nimmst!«, erinnerte er sich plötzlich. »Wo bist du denn heute Morgen hingeritten? Du hast dein Versprechen vergessen!«, warf er ihr vor.

»Ich habe es ganz sicher nicht vergessen«, log sie. »Ich musste zur Farm und mir das Haus ansehen, aber dann bin ich gleich zurückgeritten, damit ich dich zu den Wakefields mitnehmen kann.« Sie wandte sich wieder ihren Eltern zu. »Ich spreche gleich heute mit Nellie.«

5

Becky und ihr Bruder wurden von den Wakefield-Kindern überaus herzlich empfangen. Sie nahmen Sean sogleich mit in die Scheune, um zu spielen, sodass Becky mit Nellie allein war.

Nellie bestand darauf, dass sie beide zum Mittagessen blieben. Die beiden Frauen plauderten über dies und jenes, bis Becky sich schließlich entschloss, das Thema anzusprechen, das ihr vor allem am Herzen lag.

»Wissen Sie, Nellie, ich war immer schon der Ansicht, dass es eine Schande ist, dass so viele Kinder hier in der Gegend keine Schule haben, wo sie hingehen können«, stellte sie so beiläufig wie möglich fest.

»Aber sie haben ja eine Schule in der Stadt«, wandte Nellie ein, ehe ihr klar wurde, welche Kinder Becky meinte. »Oh, Sie sprechen von farbigen Kindern.«

»Ja, und ich habe mit meiner Mutter darüber gesprochen, wie ich sie alle unterrichten könnte, so wie ich Ihre Kinder unterrichte. Ich kann ja unmöglich jeden zu Hause besuchen.«

Nellie fühlte sich sichtlich unwohl bei dem Thema.

»Natürlich sind's zu viele, Miss Becky. Sie tun ohnehin schon zu viel für meine Kinder. Wenn es schwierig für Sie ist, müssen Sie nicht so oft herkommen. Sie können ja ...«

»Nein, Nellie«, warf Becky ein. »Ich komme doch gern, aber ich möchte auch etwas für die vielen anderen Kinder tun. Und da ist mir schließlich etwas eingefallen, wie ich sie alle unterrichten kann: Wir machen eine Schule auf!«

Becky wusste nicht genau, welche Reaktion sie eigentlich erwartet hatte – ganz sicher aber nicht diesen Ausdruck des blanken Entsetzens, den sie in Nellies schwarzen Augen sah. »Mr. Wakefield würde das nicht gefallen.«

»Haben Sie schon einmal mit ihm über dieses Thema gesprochen?«, fragte Becky überrascht.

Die Frage war Nellie sichtlich unangenehm. »Nein«, gestand sie schließlich widerstrebend, »aber es gefällt ihm bestimmt nicht.«

»Wie können Sie das wissen, wenn Sie noch gar nicht mit ihm gesprochen haben?«, beharrte Becky. »Nellie, es ist höchste Zeit, dass auch schwarze Kinder lesen und schreiben lernen, so wie die Kinder der Weißen. Ihr seid jetzt freie Menschen, Nellie! Die Kinder sind es sogar seit ihrer Geburt – und sie haben ein Recht darauf, dass sie genauso behandelt werden wie alle anderen Kinder in diesem Land.«

»Ich möchte keinen Ärger bekommen«, wandte Nellie ein, während sie nervös mit ihren Fingern spielte.

»Warum sollten Sie deswegen Ärger bekommen? Ich glaube nicht, dass es irgendjemanden interessiert, was ein paar farbige Kinder tun«, erwiderte sie. Sie wandte die gleiche Strategie an, die auch bei ihren Eltern funktioniert hatte.

»Sie würden staunen, wie sehr sich die Leute für so was interessieren, Miss Becky. Sie sollten die ganze Sache schnell wieder vergessen. Mit so was würden Sie Ihrem armen Vater noch mehr Scherereien machen, als er ohnehin schon hat.«

»Es macht ihm nichts aus. Ehrlich, er hat mir die Erlaubnis dazu gegeben, und wir haben auch ein Haus, wo wir die Schule einrichten können. Außerdem würden wir unsere eigenen Bücher verwenden, die ich auch hierher mitbringe, und ...«

»An welches Haus haben Sie denn gedacht?«, fragte Nellie misstrauisch.

»Die alte Tate-Farm. Die braucht ohnehin keiner mehr und das Haus ist immer noch in gutem Zustand. Wir müssten es nur ein wenig ...«

Becky hielt inne, als sie sah, wie bleich Nellie geworden war. Sie hatte nicht gewusst, dass Schwarze auch richtig blass werden konnten – doch Nellies Gesichtsfarbe war tatsächlich deutlich heller geworden.

»Nellie?«, fragte sie besorgt. »Ist alles in Ordnung?«

»Meine Kinder gehen da nicht hin«, brachte Nellie mit erstickter Stimme hervor. »Über dem Haus liegt ein Fluch!«

»Das ist doch lächerlich!«, entgegnete Becky. »Es gibt doch keine Geister oder ...«

»Meine Kinder gehen da nicht hin!«, beharrte Nellie. »Miss Becky, ich schulde Ihnen eine Menge für das, was Sie für mich und die Kinder getan haben, aber das können Sie nicht von mir verlangen. Sie wissen ja nicht, was da passieren könnte.«

Nein, dachte Becky, das wusste sie wirklich nicht – aber alle anderen wussten genauso wenig, einschließlich all jener, die überall Katastrophen und Unheil vorhersahen.

»Würden Sie es sich noch einmal überlegen, wenn die anderen Familien ihre Kinder in diese Schule schicken und nichts passiert?«, versuchte sie es ein letztes Mal.

»Kommt drauf an, was Mr. Wakefield sagt«, antwortete Nellie. »Wir müssen tun, was er sagt.«

Becky wusste, dass das nicht ganz stimmte, doch sie wollte Nellie nicht widersprechen. »Dann sagen Sie ihm nichts, bis ich mit den anderen geredet habe. Dann sprechen wir gemeinsam mit ihm. Das wird es ihm schwerer machen, nein zu sagen.«

Becky lächelte, um ihrer Freundin Mut zu machen, doch Nellies Gesicht war immer noch voller Sorge. Sie war so aufgewühlt, dass sie nicht mehr still sitzen konnte, und stand schließlich vom Küchentisch auf, um die Bohnen umzurühren, die duftend über dem Feuer köchelten.

»Dieser Ranger war heute noch mal da«, sagte sie schließlich.

Becky spürte, wie ihr die Hitze in die Wangen schoss, doch sie schaffte es, in ruhigem Ton darauf einzugehen. »Ach, wirklich?«

»Er hat mit Mr. Wakefield gesprochen.«

Beckys Haut begann zu kribbeln, während sie unruhig wartete, was Nellie ihr zu sagen hatte. Sie bemühte sich, nicht daran zu denken, wie Clint Masterson sie geküsst hatte. War das wirklich erst heute Morgen geschehen? Es schien schon eine Ewigkeit her zu sein. Vielleicht lag das auch nur daran, dass sie das Gefühl hatte, seither um Jahre älter geworden zu sein.

»Was wissen Sie über den Burschen, Miss Becky?«

Becky blinzelte irritiert. Sie begriff zuerst gar nicht, dass Nellie Clint meinte. »Er ist ein Ranger«, sagte sie schließlich, obwohl sie genau wusste, dass Nellie etwas anderes meinte.

»Wo ist er her? Ich meine, bevor er nach Texas kam. Woher kommen seine Leute?«

»Aus Georgia, so wie Sie und Mr. Wakefield«, antwortete Becky in möglichst sachlichem Ton. Sie durfte einfach nicht den Eindruck erwecken, als wäre irgendetwas zwischen ihr und dem Mann. »Ich glaube, er hat gesagt, dass er auf einer Farm aufgewachsen ist.«

Nellie nickte und rührte wieder ihre Bohnen um. Sie stellte jedoch keine weiteren Fragen, sodass Becky sich etwas entspannte und diesen unerträglichen Clint Masterson aus ihren Gedanken verdrängte.

»Er hat mich mit meinem Namen angesprochen«, murmelte Nellie nach einer Weile.

»Was?«, fragte Becky.

»Ich hab gesagt, er hat mich mit meinem Namen angesprochen, so als würde er mich kennen. Aber ich kenne ihn nicht, obwohl er aus Georgia stammt. Zumindest glaube ich, dass ich ihn nicht kenne.«

Becky wollte dieses Thema rasch abschließen. »Hat er nicht gesagt, dass mein Vater ihm Ihren Namen verraten hat?«, wandte sie möglichst beiläufig ein.

»So hat er meinen Namen aber nicht gesagt«, beharrte Nellie. »Es hat so geklungen, als würde er mich kennen. Ich habe mich seither immer wieder gefragt, wo wir uns schon einmal begegnet sein könnten.«

»Hat Mr. Wakefield ihn erkannt?«, fragte Becky, obwohl sie das Gespräch eigentlich nicht mehr fortsetzen wollte.

»Nein. Er meint, ich wäre verrückt und würde fantasieren.« Nellie schüttelte den Kopf. »Aber ich bilde mir das nicht bloß ein. Dieser Kerl kennt mich und ich kenne ihn auch von irgendwoher. Ich weiß nur noch nicht, von wo.«

»Ist das Essen bald fertig?«, fragte Becky, um das Thema zu wechseln. »Ich könnte die Kinder losschicken, damit sie Mr. Wakefield holen.«

Nellie nickte, immer noch in Gedanken versunken. Sie suchte in ihrer Erinnerung nach irgendeinem Hinweis, den sie – dessen war sich Becky sicher – nicht finden würde. Clint Masterson kannte Nellie genauso wenig, wie er irgendjemand anders in Tatesville gekannt hatte, bevor er hierher kam. Die Leute mit ihrem Namen anzusprechen war wahrscheinlich bloß eine Strategie, um sie ein wenig zu verunsichern. Sie zu küssen war vielleicht ebenfalls eine solche Strategie, dachte sie voller Bitterkeit, als sie auf die Veranda hinausging, um nach den Kindern zu sehen. Vielleicht wollte er sie einfach nur ein wenig aus dem Gleichgewicht bringen.

Vielleicht war er aber auch der schäbigste, niederträchtigste Kerl, der ihr je über den Weg gelaufen war.

Als Nellie in dieser Nacht im Bett wach lag, fiel es ihr plötzlich ein. Sie stieß einen erschrockenen Laut aus und Wakefield neben ihr murmelte irgendetwas als Antwort.

»Wally«, sagte sie und schüttelte ihn. Nur wenn sie allein waren, sprach sie ihn mit seinem Vornamen an. Die Leute tolerierten ihre Beziehung – oder ignorierten sie zumindest –, solange Nellie nicht so tat, als wäre sie Wakefields Ehefrau. »Wally, wach auf!«

»Wie könnte ich denn schlafen, wenn du mich wie verrückt schüttelst?«, fragte er griesgrämig.

»Wally, ich weiß jetzt, wer der Ranger ist! Es ist mir wieder eingefallen! Er ist Lallys Junge!«

»Du bist ja verrückt! Wie kommst du nur auf so absurde Gedanken?«, erwiderte er verärgert und wollte sich schon von ihr wegdrehen – doch sie packte ihn am Arm und hielt ihn fest.

»Er ist es, wenn ich's dir sage! Er ist mir gleich bekannt vorgekommen. Ich war fast wie eine Mutter zu dem Jungen! Seine Mami konnte sich nicht um ihn kümmern, weil ... na, du weißt schon – also hab ich es eben getan. Ich hab den Jungen geliebt, als wär er mein eigener Sohn! Kein Wunder, dass er mir nicht mehr aus dem Sinn gegangen ist, seit er das erstemal hier war. Er hat mich auch erkannt! Weißt du nicht mehr? Ich hab dir doch erzählt, dass er mich mit meinem Namen angesprochen hat!«

»Nellie«, sagte Wakefield geduldig. »Lally und ihren Jungen gibt es nicht mehr. Wahrscheinlich sind sie verhungert, nachdem die Yankees Twelve Oaks niedergebrannt hatten.«

»Sie sind abgehauen, das habe ich dir schon hundert Mal gesagt!«

»Dann sind sie eben woanders verhungert – deshalb hast du's nie erfahren. Aber selbst wenn sie nicht verhungert sind, leben sie ganz sicher irgendwo weit weg von hier – wahrscheinlich in Georgia –, also kann der Ranger hier unmöglich Lallys Junge sein.«

»Miss Becky hat gesagt, dass er aus Georgia kommt. Und er hat ihr auch gesagt, dass er auf einer Farm aufgewachsen ist«, fügte sie triumphierend hinzu.

»Das gilt für so gut wie jeden Jungen aus Georgia«, brummte Wakefield, »und Georgia ist verdammt groß.«

»Er sieht ihr ähnlich«, wandte Nellie ein, um einen unwiderlegbaren Beweis vorzubringen.

»Was?

»Er sieht aus wie Lally. Ich seh's an seinen Augen.«

Wakefield stöhnte. »Jetzt weiß ich, dass du übergeschnappt bist! Wenn du nicht aufpasst, dann lass ich dich irgendwo einsperren, wo du keinen Schaden anrichten kannst.«

Nellie schnaubte verächtlich über die leere Drohung. »Er *sieht* ihr ähnlich. Schau ihn dir mal genau an – dann weißt du, dass ich Recht habe!«

Diesmal seufzte Wakefield. »Also schön, und was soll sein, wenn er wirklich Lallys Junge wäre? Was macht das schon für einen Unterschied für uns?«

Nellie blickte ihn wütend an und wünschte, sie könnte ihn in der Dunkelheit etwas besser sehen. »Das macht einen Riesenunterschied! Wenn er Lallys Junge ist, dann ist er mit dir verwandt!«

Ein kalter Schauer lief Wakefield über den Rücken, obwohl die Luft immer noch sehr warm war. »Glaubst du, dass er darauf Wert legen würde?«, fragte er müde. »Ich meine, immerhin bin ich mit einer Farbigen verheiratet – mit der Sklavin, die ihm einst die Nase geputzt hat, als er klein war. Aber wenn er wirklich einer von uns ist – warum heißt er dann nicht Wakefield? Das allein zeigt ja schon, dass er nichts mehr mit uns Wakefields zu tun haben will. Außerdem hätte er uns heute Morgen sagen können, wer er ist ... wenn er denn tatsächlich Lallys Junge wäre, was ich stark bezweifle.«

In diesem Punkt hatte er Recht, doch Nellie war nicht bereit, das zuzugeben. »Es ist ... es ist ihm vielleicht peinlich«, sagte sie schließlich, nach den richtigen Worten suchend.

»Die Leute sind doch sonst auch nicht so empfindlich in solchen Dingen. Nein, am besten denken wir nicht länger über Clint Masterson und Lally nach.«

»Glaubst du, das kann ich so einfach?«, wandte sie ein.

»Nun, ich schon«, erwiderte er und drehte sich endgültig von ihr weg, um zu schlafen.

Nellie lag lange neben ihm und grübelte, bis sie endlich doch einschlief und Wakefield mit seinen Gedanken allein war.

Lally. Er hatte seit Jahren nicht mehr an sie gedacht. Wie schön sie gewesen war mit ihrer dunkel getönten Haut, ihren strahlenden Augen und den glänzendschwarzen Locken. Jahrelang war er in sie verliebt gewesen – seit er den Unterschied zwischen Jungen und Mädchen entdeckt hatte und bis er schließlich von zu Hause weg musste, um in diesem sinnlosen Krieg für die Ehre der Konföderation der Südstaaten zu kämpfen. Wahrscheinlich liebte er sie umso mehr, weil er sie aufgrund der Rassenschranken nicht haben konnte.

Als er schließlich aus dem Krieg zurückkehrte, war niemand mehr da. Sein Vater war tot. Lally und ihr Sohn waren ebenso wie alle anderen Sklaven fortgegangen. Nur Nellie war noch da und hatte treu auf ihn gewartet. Sie half ihm dabei, den Schock zu überwinden, den der Verlust von Twelve Oaks bedeutete, das nur noch ein Trümmerhaufen war. Und sie tröstete ihn – so wie sie es immer getan hatte, seit sein Vater sie ihm überlassen hatte, als er sechzehn wurde.

Vor dem Krieg war sie nichts als ein angenehmer Zeitvertreib für ihn gewesen. Wie hätte es auch anders sein können? Sie war eine Negersklavin. Aber nach dem Krieg zählte das alles nicht mehr. Für Wallace Wakefield III. war nichts mehr so, wie es vorher war. Nach den Jahren des Schreckens und der Entbehrung schätzte er nun jegliche Freude, die ihm zuteil wurde. Seine früheren Auffassungen von Ehre und Pflicht schienen so lächerlich angesichts dessen, was er gesehen und erlebt hatte. Alles, was auf dieser Welt zählte, war Liebe, und alle, die er je geliebt hatte, waren fort – außer Nellie.

Und so nahm er sie mit und klammerte sich an das, was für ihn lebensnotwendig war. In den folgenden Jahren hatte er oft unter dieser Entscheidung gelitten – aber wirklich bereut hatte er sie nie. Und er hörte schließlich auf, dem nachzutrauern, was er verloren hatte.

Bis zu diesem Tag. Immer wieder musste er an Clint Mastersons Gesicht denken. Nein, Nellie war verrückt. Der Mann sah Lally überhaupt nicht ähnlich.

Nein, Lally sah er wirklich kein bisschen ähnlich – aber dafür umso mehr den Wakefields. Ja, er war Wallys Vater wie aus dem Gesicht geschnitten.

Und das bedeutete, dass Clint Masterson der einzige lebende Verwandte war, den er auf dieser Welt noch hatte – vorausgesetzt, er und Nellie waren nicht völlig übergeschnappt.

Als Becky an diesem Nachmittag mit Sean nach Hause ritt, kam sie zu dem Schluss, sich durch Nellies skeptische Reaktion auf ihren Plan nicht entmutigen lassen zu dürfen. Sie hätte mit einem gewissen Widerstand rechnen müssen. Ältere Menschen sträubten sich immer gegen Veränderungen – auch wenn es zum Besseren war. Doch wenn Nellie und die anderen Eltern sich erst einmal an die Idee gewöhnt hätten, würden sie schon erkennen, wie sehr ihre Kinder davon profitieren konnten. Gleich morgen würde sie mit ihrer Rundreise beginnen und mit den anderen Müttern sprechen, um sie zu überzeugen.

Als sie sich dem Haupttor zur Ranch näherten, war Becky so mit ihren Plänen beschäftigt, dass sie ihn zuerst gar nicht sah.

»Da kommt Mr. Masterson!«, rief Sean aus und winkte wie wild, ehe er sein Pony zum Galopp antrieb, damit er den Ranger einholte, der von der anderen Seite auf das Tor zugeritten kam.

Beckys Herz erstarrte zu Stein und ihr Magen krampfte sich zusammen. Am liebsten hätte sie ihre Stute herumgerissen und wäre davon geritten, so schnell ihr kleines Pferd sie tragen konnte. Aber das war natürlich völlig unmöglich. Sean würde sie fragen, was mit ihr los war, und außerdem wollte sie Clint Masterson nicht den Gefallen tun, dass sie vor ihm weglief.

Sie biss die Zähne zusammen und schluckte den Kloß in ihrer Kehle hinunter, ehe sie in langsamem Ritt ihrem Bruder folgte. So ließ sie Masterson wissen, dass sie keine Angst hatte, ihm gegenüberzutreten, und es auch nicht eilig hatte, ihn zu sehen.

Masterson und der Junge waren beim Tor stehen geblieben und schienen miteinander zu sprechen. Ihr neugieriger Bruder löcherte Masterson bestimmt mit allen möglichen Fragen, während sie auf Becky warteten. Sie ballte die Hände um die Zügel zu Fäusten, um gegen das Zittern anzukämpfen, und holte tief Luft, um sich selbst zu beruhigen. Becky beschloss, dass sie ihn gar nicht ansehen würde; falls er höhnisch grinste, wollte sie es lieber nicht sehen. Sie würde ihm ganz einfach zu verstehen geben, dass er ihr gleichgültig war. Doch als sie seine tiefe Stimme hörte, mit der er geduldig auf die Fragen des Jungen antwortete, musste sie ihn einfach ansehen; ihr Blick wurde wie von einem Magneten angezogen.

Als würde er dem gleichen Zwang unterliegen, sah auch er zu ihr hin und sein Blick traf Becky wie ein Schlag ins Gesicht. Er grinste sie nicht an. O nein, ganz im Gegenteil – seine dunklen Augen verrieten fast so etwas wie Kummer, als ihre Blicke sich für einen kurzen Moment trafen.

»Tag, Miss Tate«, murmelte er und tippte an seine Hutkrempe.

Becky verzichtete darauf, den Gruß zu erwidern. Stattdessen wandte sie den Blick ab und starrte zur Ranch hinüber. »Wir sollten jetzt nach Hause reiten, Kleiner«, sagte sie zu Sean.

»Mr. Masterson hat gesagt, er wird die Männer fangen, die den Zaun durchgeschnitten haben«, berichtete Sean.

»Ich bin sicher, dass er es versucht«, versetzte Becky spitz.

»Ich könnte ihm helfen«, sagte Sean begeistert. »Ich könnte nachts ausreiten und sie suchen. Dann würden wir sie dabei erwischen, wie sie es tun. Das wäre ganz leicht! Dann könnten wir sie erschießen!« Sean streckte seine kleine Hand aus und tat so, als würde er auf irgendwelche unsichtbaren Männer zielen.

Becky zuckte zusammen. »Ich glaube nicht, dass Mama dich in der Dunkelheit herumreiten lässt, Kleiner.«

»Aber sicher! Ich werde sie gleich fragen!« Mit diesen Worten trieb er sein Pony zum Galopp an und ritt auf das ferne Haus zu.

»Sean!«, rief Becky ungewollt aus – erschrocken darüber, dass sie allein mit Masterson zurückblieb. Sie hoffte, dass er es nicht merkte.

Der Junge hörte sie nicht mehr oder wollte nicht auf sie hören, und Becky sah ihm bestürzt nach, wie er in der Ferne immer kleiner wurde.

»Sie brauchen keine Angst zu haben, Miss Tate«, sagte Masterson und sie erschrak.

Als sie sich ihm zuwandte, sah sie, dass er noch bekümmerter dreinblickte als zuvor – ja, er sah tatsächlich sehr unglücklich aus. Fast so unglücklich, wie sie selbst sich fühlte. Sie starrte ihn überrascht an, ehe sie ihre Sprache wiederfand.

»Ich habe keine Angst«, log sie.

Er holte tief Luft, und Becky erkannte, dass er sich tatsächlich genauso elend fühlte wie sie. »Das ist gut, ich werde nämlich sicher nicht … Nun, ich werde das nicht wieder tun. Was heute Morgen passiert ist … das wird nicht wieder vorkommen. Ich gebe Ihnen mein Wort darauf.«

Becky spürte, wie ihr die Hitze in die Wangen stieg, doch sie wollte nicht zeigen, wie sehr sie sich schämte. »Ich weiß auch, dass es nicht mehr vorkommen wird. Weil ich Sie nämlich töten werde, wenn Sie mich noch einmal anfassen!«, platzte es aus ihr heraus.

Fast hätte sie erwartet, dass er ihr ins Gesicht lachte wegen dieser lächerlich anmutenden Drohung – doch er nickte nur. »Das würde ich verstehen«, sagte er.

Sie starrte ihn verblüfft an. Die Vorstellung, dass sie einen Texas Ranger tötete, weil er sie gegen ihren Willen zu küssen versuchte, erschien ihr selbst ziemlich lächerlich. Vor allem, wenn sie daran dachte, wie enthusiastisch sie auf seinen ersten Kuss reagiert hatte. »Mr. Masterson, Sie sind ein … ein seltsamer Mann!«

Er nickte. »Ja, wahrscheinlich bin ich das.«

Sie wusste auf dieses unerhörte Eingeständnis nichts zu antworten und setzte ihre Stute in Bewegung. Zu ihrer Überraschung tauchte Masterson wenig später neben ihr auf.

Sean hatte das Tor offen gelassen, und nachdem sie hindurchgeritten waren, stieg Masterson ab und schloss es wieder. Becky hasste sich selbst dafür, dass sie anhielt und auf ihn wartete. Sie wusste, dass sie das nicht tun sollte – nicht nach dem, wie er sie heute Morgen behandelt hatte. Aber andererseits hatte er sich dafür entschuldigt, was die Sache zwar nicht ganz aus der Welt schaffte, aber es Becky immerhin ermöglichte, sich in seiner Gegenwart nicht mehr so unwohl zu fühlen. Vielleicht spürte sie immer noch dieselbe Anziehung wie bei ihrer allerersten Begegnung – doch sie sagte sich, dass sie wahrscheinlich nur deshalb auf ihn wartete, weil die Dinge zwischen ihnen noch nicht ganz geklärt waren. Vielleicht brachte sie es auch einfach nicht fertig, unhöflich zu sein.

Als er wieder im Sattel saß, ritten sie weiter – etwas

langsamer nun, so als hätten sie es beide nicht allzu eilig, die Ranch zu erreichen.

»Ihr Bruder hat mir gesagt, dass Sie bei den Wakefields waren«, sagte er nach einigen Sekunden des Schweigens, in denen Becky fieberhaft nach irgendeinem unverfänglichen Thema suchte, um die peinliche Stille zu brechen.

»Ja, er spielt gern mit Tommy, dem Jungen.«

»Haben Sie Nellie gefragt, was sie von der Schule für ihre Kinder hält?«, fragte er etwas spöttisch.

Becky spürte, wie erneut Zorn in ihr hochstieg, doch sie unterdrückte ihn. »Natürlich habe ich sie gefragt«, antwortete sie, »und sie findet die Idee großartig!«

Sein rasiermesserscharfer Blick traf den ihren, sodass sie innerlich zusammenzuckte. Doch sie weigerte sich, ihre Lüge zurückzunehmen, und blickte ihm trotzig in die Augen.

»Und mein Vater hat gemeint«, fuhr sie fort, »dass ich das Farmhaus in Stand setzen darf und die Schule im Herbst eröffnen kann.«

»Das haben Sie mir schon erzählt«, erinnerte er sie, was ihr erneut die Hitze in die Wangen trieb. Sie hatte vergessen, dass sie bereits behauptet hatte, ihr Vater würde zustimmen, bevor er es tatsächlich getan hatte. Am besten wechselte sie jetzt das Thema, bevor sie sich in noch mehr Lügen verstrickte. »Nellie hat mir gesagt, dass Sie heute Morgen schon dort waren, nachdem … ich meine, heute Morgen«, verbesserte sie sich rasch und blickte verlegen zur Seite.

»Ja, ich habe Mr. Wakefield gefragt, ob er eine Ahnung hat, wer den Zaun Ihres Vaters durchgeschnitten haben könnte.«

»Nellie hat gemeint, dass Sie ihr bekannt vorkommen«, sagte sie.

Es kam ihr vor, als erstarrte er für einen Augenblick, doch seine Stimme klang völlig neutral, als er antwortete: »Ach, wirklich?«

»Ja, und ich habe ihr erzählt, dass Sie aus Georgia

stammen. Die Wakefields kommen nämlich auch aus Georgia. Vielleicht haben Sie sich dort schon mal gesehen?«

Er schien über die Möglichkeit nachzudenken. »Vielleicht. Aber Georgia ist nicht gerade klein und sehr lange habe ich dort nicht gelebt.«

»Dann glauben Sie also nicht, dass Sie sie kennen?«, fragte sie weiter und wunderte sich über ihre Hartnäckigkeit.

»Warum interessiert Sie das?«

Nun, das wusste Becky selbst nicht so genau. Wahrscheinlich lag es daran, dass es für Nellie wichtig zu sein schien. Außerdem verspürte Becky den Drang, über *irgendetwas* mit ihm zu sprechen. »Ich möchte mich bestimmt nicht in fremde Angelegenheiten einmischen«, sagte sie schließlich.

Er gab einen spöttischen Laut von sich. »Das wäre dann aber das erste Mal.«

Becky wandte sich ihm wütend zu und diesmal war ein Grinsen in seinem Gesicht – doch es war nicht höhnisch, sondern höchstens ein klein wenig boshaft. Er neckte sie offensichtlich. Sie blickte ihn überrascht an – und im nächsten Augenblick war das Grinsen fort.

»Miss Tate«, sagte er mit ernster Miene, »wenn ich fort bin, wenn der neue Ranger kommt, dann müssen Sie ihm unbedingt sagen, was Sie draußen auf der Farm vorhaben. Er kann Sie nicht beschützen, wenn er nicht weiß, was vor sich geht.«

Die Angst, die sie noch wenige Minuten zuvor verspürt hatte, kam mit einem Schlag zurück – doch diesmal hatte sie einen ganz anderen Grund. »Sie gehen fort?«

Sein stoppelbärtiger Kiefer presste sich zusammen und er blickte zur Seite. »Ich schätze, mir bleibt wohl nichts anderes übrig.«

»Warum?«, fragte sie.

Als er sich ihr zuwandte, war sein Blick etwas verwirrt. »Wenn Ihr Vater erfährt, was zwischen uns vorgefallen ist, wird er mich wegschicken – deshalb«, sagte er ungeduldig, so als könnte er nicht glauben, dass sie das nicht wusste.

Nun, es war ihr natürlich bewusst, dass ihr Vater ihn weggeschickt hätte, wenn er es erfahren hätte – aber er wusste es nicht und würde es auch nicht erfahren, zumindest nicht, wenn es nach Becky ging.

»Ich ... ich habe ihm nichts darüber gesagt«, teilte sie ihm mit. »Noch nicht«, fügte sie als kleine Absicherung hinzu. »Ich meine, ich sehe das gar nicht so gravierend. Sie sind schließlich nicht der erste Mann, der mich geküsst hat.« Sie blickte ihn an, um seine Reaktion zu sehen.

»Das habe ich mir auch gedacht«, antwortete er, worauf Becky errötete, als sie sich daran erinnerte, wie begeistert sie auf seinen Kuss reagiert hatte. Vielleicht glaubte er, dass sie auf jeden Mann so reagierte.

»Es war bis heute aber nie besonders toll«, sagte sie hastig und hätte schon im nächsten Augenblick viel dafür gegeben, wenn sie ihre Worte hätte zurücknehmen können. Sie errötete heftig und fügte rasch hinzu: »Ich meine, es war überhaupt noch nie besonders toll!«

Sie wagte nicht mehr, ihn anzusehen, aus Angst, dass sie sich noch weiter erniedrigen könnte – doch der Schmerz in seiner Stimme ließ sie erneut aufblicken.

»Ich wäre Ihnen natürlich dankbar, wenn Sie es nicht Ihrem Vater sagen würden, aber ich würde es auch verstehen, wenn Sie mich hier nicht mehr haben wollen. Mir fällt schon irgendein Vorwand ein, damit ich von hier verschwinden kann. Ich werde dann jemand anders herschicken.«

Becky starrte ihn mit großen Augen an. Sie wollte ihn hassen. Sie hasste ihn auch, dessen war sie sich sicher. Wenn er nur nicht so verdammt höflich und zuvorkommend gewesen wäre. Und so besorgt um ihre Sicherheit. Sogar auf ihre Gefühle nahm er Rücksicht. Ja, sie sollte ihn eigentlich wegschicken. Noch vor wenigen Minuten war sie sich sicher gewesen, dass sie ihn nie wieder sehen wollte. Und seither hatte sich doch nicht wirklich etwas verändert, oder?

Nun, das stimmte nicht ganz. Es hatte sich sogar einiges verändert – auch wenn Becky nicht genau hätte sagen können, was es war. Sie wusste nur, dass manches zwischen ihnen anders war als zuvor, dass ihre Gefühle anders waren. Es war, als würde ihr Clint Masterson nicht mehr ganz so abscheulich vorkommen.

»Ich … Sie brauchen nicht wegzugehen. Ich meine … mein Vater braucht Ihre Hilfe und er mag Sie und vertraut Ihnen offensichtlich. Außerdem könnte wer weiß was passieren, während wir auf einen neuen Ranger warten, und Sie sind schließlich schon hier und … nun, es macht mir nichts aus. Wir müssen uns ja nicht allzu oft sehen, nicht wahr?«

»Das stimmt«, pflichtete er ihr rasch bei. »Ich werde Ihnen aus dem Weg gehen, und Sie brauchen keine Angst zu haben, dass ich … dass ich Sie noch einmal belästigen werde. Das schwöre ich.«

Dass er sie belästigte? Becky hatte das ohnehin nicht so empfunden. Ihr war es vielmehr so vorgekommen, als hätten sie beide einer unwiderstehlichen Anziehung nachgegeben – einer Anziehung, die sie, wie sie sich eingestehen musste, immer noch spürte, wenn sie in sein raues Gesicht blickte. Und sie war sich sicher, dass er ganz genauso fühlte, ungeachtet dessen, dass sie von indianischer Abstammung war.

Außerdem hatte er ja nicht gesagt, dass er diese Anziehung nicht verspürte, sondern nur, dass er ihr nicht mehr nachgeben würde. Sie hätte eigentlich große Erleichterung über diese Tatsache empfinden sollen und verstand überhaupt nicht, warum sie stattdessen vor allem enttäuscht war.

Wallace Wakefield III. ging mit bleiernen Füßen die verlassene Straße entlang – auf die grellen Lichter des Saloons zu. Er hatte diesen Ort in der Vergangenheit so selten aufgesucht, dass er nicht recht wusste, wie man ihn dort empfangen würde. Es gab wohl so manchen hier in der Gegend, der ihm liebend gern eine Kugel verpasst hätte, nur weil er mit einer Farbigen zusammenlebte. Aus diesem Grund ließ er sich für gewöhnlich nicht im Saloon blicken, weil der Whiskey bei einigen dazu führte, dass sie alle Hemmungen verloren.

Er wusste, dass er nicht hingehen sollte. Wahrscheinlich würde er ohnehin nicht das Geringste erreichen. Warum also sollte er ein solches Risiko eingehen? Nicht, dass er Angst gehabt hätte – aber wer würde sich um Nellie und die Kinder kümmern, wenn ihm etwas zustieß? Ein Mann mit Familie hatte eben eine gewisse Verantwortung. Ein Mann mit einer Familie wie der seinen war zudem der einzige Garant, dass diese Familie überleben konnte.

Doch er hatte Schulden zu begleichen – Schulden, die so alt waren, dass er sie beinahe vergessen hatte. Erst wenn sie ein für alle Mal beglichen waren, würde er vielleicht die Vergangenheit mitsamt ihren Toten begraben und auch seine eigene Bitterkeit hinter sich lassen können. Mit dieser Hoffnung stieß er die Schwingtür auf und betrat den Saloon.

Alle Anwesenden wandten sich dem Eingang zu, um zu sehen, wer der Neuankömmling war. Es wurde still ringsum, zumindest für die paar Sekunden, in denen Wakefield an die Bar trat und ein Bier bestellte.

Der Barkeeper stellte das Glas vor ihn hin und nahm den Nickel an sich, den Wakefield auf den Tresen gelegt hatte. »Man sieht Sie nicht gerade oft hier«, stellte der Mann fest.

»Ich hab auch nicht so oft einen Grund, zu trinken«, antwortete Wakefield mit einem Seufzer.

Der Barkeeper hob neugierig die Augenbrauen. »Ärger zu Hause?«, fragte er.

»Ärger mit den Nachbarn«, antwortete Wakefield. »Da

versucht man, vernünftig mit einem Mann zu reden, und was hat man davon?«

Er wartete in der Hoffnung, dass jemand ihn fragte, wovon er sprach – doch es sagte keiner ein Wort. Sie alle spürten, wie heikel die Situation war, und beschlossen, sich zunächst einmal still zu verhalten. Sie wandten ihm jedoch ihre Aufmerksamkeit zu und ermutigten ihn so, weiterzusprechen.

Er nippte an seinem Bier und verschaffte sich erst einmal unauffällig einen Eindruck davon, wer alles anwesend war. Da waren zwei Cowboys, die allem Anschein nach auf der Suche nach Arbeit waren. Er erkannte außerdem den Hufschmied und den Apotheker. An einem Tisch in der Ecke saßen Pete Vance und Abner Dougherty. Sie waren mit großer Wahrscheinlichkeit diejenigen, nach denen er suchte – also beschloss er, sie zunächst einmal zu ignorieren und seinen Ärger beim Barkeeper abzuladen.

»Ich habe Tate immer wieder gesagt, dass er diesen verdammten Zaun nicht aufstellen soll – aber er will nicht auf mich hören. Es ist ihm anscheinend egal, was andere Leute denken. Er meint, nur weil er ein Tate ist, kann er sich alles erlauben.«

»Die Tates waren schon immer so«, stimmte einer der Cowboys zu. »Die haben schon immer geglaubt, sie wären was Besseres.«

»Nur weil ihm halb Texas gehört, hat er aber noch lange kein Recht, uns den Zugang zu den Straßen abzuschneiden«, sagte Wakefield und schürte so das Feuer der Empörung, um zu sehen, wer sich davon anstecken ließ.

»Wally!«, rief ihm Abner Dougherty von seinem Platz in der Ecke aus zu. »Setzen Sie sich doch zu uns!«

Wakefield blickte zu dem Tisch hinüber und sah, wie Pete Vance seinem Kumpel etwas zuflüsterte; offensichtlich war er nicht damit einverstanden, dass Wakefield den Tisch mit ihnen teilte. Doch Abner ließ sich nicht beeinflussen. Mit einem breiten Lächeln winkte er Wakefield heran.

»Nehmen Sie ein leeres Glas mit – wir haben gerade ein Fläschchen offen«, fügte Abner hinzu.

Der Barkeeper reichte Wakefield ein Glas, das er ebenso wie sein nahezu volles Bierglas mit zum Tisch nahm.

»Es gibt viele, die bereit wären, Hunter Tate zu lynchen«, stellte Abner fest, während er Wakefield einen Whiskey einschenkte. »Gehören Sie auch dazu?«

»Wir müssten ihn nicht lynchen, wenn wir ihn dazu bringen könnten, Vernunft anzunehmen«, erwiderte Wakefield.

»Genau das sage ich auch immer. Ich habe aber ein paar Freunde, die das nicht ganz so sehen«, vertraute Abner ihm an. »Unter uns gesagt, es ist gar nicht so leicht, sie davon abzuhalten, etwas Übereiltes zu tun.«

»Was meinen Sie damit?«, fragte Wakefield.

»Dass sie zum Haus der Tates hinüberreiten und auf alles schießen wollen, was sich bewegt. Ich sage immer, man muss doch niemanden töten, wenn es nicht unbedingt sein muss«, fügte er rasch hinzu. »Wir erreichen dasselbe mit etwas mehr Schlauheit und viel weniger Gewalt.«

Wakefield tat so, als würde er über Doughertys Worte nachdenken. »Ich möchte nichts damit zu tun haben, wenn Gewalt ins Spiel kommt«, sagte er schließlich. »Ich glaube immer noch, dass es am besten wäre, mit Tate zu reden und ihn zu überzeugen.«

»Ja, aber er ist unheimlich stur. Ich fürchte, man muss ein wenig nachhelfen, damit er bereit ist, auf uns zu hören. Aber dazu ist es sicher nicht nötig, jemanden umzulegen.«

»Sie meinen, es reicht, wenn man seinen Zaun durchschneidet«, warf Wakefield ein und schüttelte den Kopf. »Das haben sie ja schon versucht und es ist kaum etwas dabei rausgekommen. Tate repariert den Zaun und macht weiter wie bisher.«

»Dann ist es vielleicht an der Zeit, ein bisschen mehr zu tun«, sagte Abner mit einem verschlagenen Lächeln.

Wakefield nahm einen Schluck von seinem Bier und betete, dass man ihm nicht ansah, wie sehr ihn das Gespräch anwiderte. »Und was genau muss man tun, wenn man bei diesem ›bisschen mehr‹ dabei sein will?«

Abner Doughertys Grinsen wurde noch um einiges breiter. »Ich hatte gehofft, dass Sie mich das fragen würden, Wally.«

»Nein, Ma'am, Miss Becky. So etwas können wir einfach nicht tun!«

»Aber, Hazel«, wandte Becky ein, »denken Sie doch mal nach! Ihre Kinder könnten lesen lernen – und es würde Sie keinen Penny kosten!«

»Mein Mann würde mich umbringen, wenn er wüsste, dass ich auch nur über so was rede!«, erwiderte Hazel im Flüsterton und mit Sorgenfalten in ihrem dunklen Gesicht. Sie war die zweite farbige Frau, die Becky an diesem Tag besuchte – und die zweite, die ihren Vorschlag rundweg ablehnte.

Becky blickte zu den Kindern hinaus, die sich nahe der Tür des Ein-Zimmer-Häuschens aufhielten und dem Gespräch ihrer Mutter mit der weißen Frau lauschten. »Hazel, wenn alle anderen Familien einverstanden wären – würden Sie dann Ihre Kinder auch in diese Schule schicken?«, fragte sie und versuchte es mit dem gleichen Argument, das auch bei Nellie gewirkt hatte.

Hazel war sich immer noch nicht sicher. »Dann müsste ich meinen Mann fragen.«

»Und wenn er ja sagt?«

»Wenn es keinen Ärger gibt. Ich schicke meine Kinder nicht irgendwohin, wo sie Ärger bekommen.«

»Es wird keinen Ärger geben«, versicherte Becky. »Ich werde gut auf die Kinder Acht geben.«

»Ich mach mir auch keine Sorgen wegen Ihnen, Miss Becky. Ich weiß doch, dass Sie das Herz auf dem rechten

Fleck haben. Es sind die anderen, die mir Sorgen machen.«

»Sie werden die Schule in Ruhe lassen. Sie steht auf privatem Grund, außerdem nehmen wir ja keine öffentlichen Gelder dafür. Was für Einwände sollten sie also dagegen haben?«

Hazel schien immer noch nicht überzeugt, doch Becky sah das Leuchten in ihren schwarzen Augen; es sprach daraus der tiefe Wunsch einer Mutter, die ihren Kindern ein besseres Leben ermöglichen wollte, als sie selbst es hatte.

Zufrieden damit, dass sie an diesem ersten Tag so viel erreicht hatte, wie unter den Umständen möglich war, ritt Becky schließlich in der Spätnachmittagssonne nach Hause. Sie musste zugeben, dass Clint Masterson Recht gehabt hatte mit seiner Vorhersage, dass die Eltern ihre Vorbehalte haben würden. Andererseits hatte niemand ihren Vorschlag rundweg abgelehnt. Alles, was sie tun musste, war, eine Familie dazu zu bewegen, ihre Kinder in die Schule zu schicken – der Rest würde dann von allein kommen.

Gewiss, diese Familie zu finden, würde schwieriger werden, als sie gedacht hatte – aber sie würde nicht so schnell aufgeben. Sie musste es schon allein deshalb schaffen, damit sie ihrem Vater beweisen konnte, dass er Unrecht hatte. Und Clint Masterson ebenso. Wie schön wäre es, zu dem hoch gewachsenen Ranger aufzublicken und ihm mitzuteilen, dass alle farbigen Kinder in der Gegend ihre Schule besuchen würden.

Becky genoss die Vorstellung und malte sich aus, wie er auf ihre Mitteilung reagieren würde. Er würde sie ganz anders sehen als bisher, dachte sie. Er würde erkennen, dass sie kein dummes kleines Mädchen mit zu viel Fantasie war. Denn genau dafür schien er sie ja im Augenblick zu halten. Er würde einsehen, dass sie eine Frau war, die es verstand, ihre Ziele zu erreichen und Probleme zu überwinden. Sie würde es ihm schon zeigen

... und es würde ihm noch Leid tun, wie er sie behandelt hatte.

Es würde ihm Leid tun? Wie kam sie bloß darauf? Es tat ihm ja schon Leid, zumindest hatte er das gesagt – und Becky war sich ziemlich sicher, dass seine Reue echt war. Was also sollte ihm sonst noch Leid tun?

Sie kannte die Antwort natürlich ganz genau – sie wollte sie sich nur nicht eingestehen. Was sie sich vor allem wünschte, war, dass es ihm Leid tat, dass er sie zurückgewiesen hatte. Ja, wenn sie ganz ehrlich war, so wünschte sie sich, dass er es sein ganzes Leben lang bereuen würde.

Becky war immer noch in Gedanken versunken, als sie in den Hof der Ranch einritt. Die Männer waren bereits von der Arbeit heimgekehrt und trieben sich draußen vor dem Stall und der Schlafbaracke herum. Sie ignorierte ihre lüsternen Blicke und gemurmelten Bemerkungen, als sie an ihnen vorüberritt. Dann übergab sie ihre Stute an Pedro und schritt entschlossen auf das Haus zu.

»Becky, bist du es?«, fragte ihre Mutter aus dem Wohnzimmer.

»Ja, Mama.«

»Da ist ein Brief für dich auf dem Tisch in der Diele«, sagte Sarah, als sie aus dem Wohnzimmer kam. »Wie ist es dir ergangen?«

Becky zwang sich zu lächeln. »Gut. Alle finden, dass die Schule eine großartige Idee ist.« Sie musste ihrer Mutter ja nicht die ganze Wahrheit erzählen. Sobald sie eine Familie überredet hatte, ihre Kinder in die Schule zu schicken, würde alles andere von allein kommen. Ihre Mutter würde sich nur unnötige Sorgen machen, wenn sie wüsste, dass ihre Tochter solche Schwierigkeiten hatte. Außerdem könnte sie es ihrem Mann weitererzählen, und dieser würde es vielleicht als Vorwand nehmen, um das Projekt seiner Tochter ein für alle Mal zu verbieten.

»Ich freu mich so für dich, Liebes«, sagte Sarah. »Da

liegt der Brief«, fügte sie hinzu und zeigte dann auf den Tisch.

Becky hob den Umschlag auf, auf den mit einer Männerhandschrift ihr Name geschrieben war. Ihr Herz machte einen Sprung, während ihr alle möglichen Gedanken durch den Kopf schossen. Ein Liebesbrief? Bat er sie etwa um Verzeihung? Was würde ein Mann wie Clint Masterson in einem solchen Brief schreiben?

Schließlich sagte ihre Mutter: »Ich glaube, er muss von Nellie sein. Eines ihrer Kinder hat ihn heute Morgen einem Cowboy übergeben.«

Beckys wunderschöne Vorstellung platzte wie eine Seifenblase. Natürlich. Das erklärte auch die Männerhandschrift. Nellie konnte nicht schreiben, also hatte ihr Mann die Nachricht für sie verfasst. Becky fragte sich, warum Nellie nicht eines ihrer Kinder gebeten hatte, seine Kenntnisse unter Beweis zu stellen. »Wahrscheinlich möchte sie, dass ich ihre Kinder an einem anderen Tag besuche – irgend so etwas wird es wohl sein«, sagte sie, während sie zu ihrem Zimmer ging.

»Vielleicht hat sie neue Schüler für dich gefunden«, rief Sarah ihr nach.

Becky versuchte zu lächeln; sie war sich sicher, dass das nicht der Fall war.

Als sie ihr Zimmer erreicht hatte, das recht hübsch mit einem Himmelbett und dazu passendem Schrank und Frisierkommode ausgestattet war, schloss sie die Tür hinter sich und öffnete den Brief. Sie fand darin einen weiteren Umschlag, auf dem kein Name stand, sowie eine kurze Botschaft.

»Liebe Miss Tate«, stand darauf zu lesen, »bitte geben Sie den beiliegenden Brief an Ranger Masterson weiter. Niemand darf erfahren, dass ich mich an ihn gewandt habe, nicht einmal Ihre Familie, also leiten Sie den Brief bitte diskret weiter. Masterson wird Ihnen alles erklären. Ihr treuer Diener, Wallace Wakefield.«

Becky starrte die Nachricht eine ganze Weile an und

las sie ein zweites Mal. Das Ganze war wie aus irgendeinem Schauerroman, wo andauernd geheime Botschaften und dergleichen vorkamen. Sie erbebte innerlich vor Aufregung, was – wie sie sich sogleich versicherte – absolut nichts damit zu tun haben konnte, dass sie nun einen Grund hatte, um Ranger Clint Masterson aufzusuchen.

Sie wartete bis nach dem Essen, da zu dieser Zeit die Männer stets auf der Veranda vor der Baracke versammelt waren. Masterson würde wahrscheinlich unter ihnen sein – und als sie aus dem Fenster blickte, sah sie ihn tatsächlich, wie er an einem langen Stück Holz schnitzte.

»Sean!«, rief sie, als sie ihren Bruder hörte, wie er gerade aus dem Haus laufen wollte.

Er blieb vor der Wohnzimmertür stehen.

»Würdest du Mr. Masterson sagen, dass Papa ihn sprechen will?«

Der Junge machte ein misstrauisches Gesicht. »Papa ist mit Mama in der Küche«, erinnerte er sie. »Warum hat er es mir nicht selbst gesagt?«

»Weil er es eben mir gesagt hat«, erwiderte Becky ungeduldig. »Ich gebe dir einen Nickel, wenn du es machst«, fügte sie hinzu.

»Gib ihn mir zuerst«, beharrte er und streckte ihr seine schmuddelige Hand entgegen.

»Ich habe keinen bei mir. Ich gebe ihn dir nachher, das verspreche ich dir. Du weißt, dass du mir trauen kannst. Jetzt geh schon!«

Sean verzog das Gesicht, lief aber dennoch sogleich los. Als Becky wieder aus dem Fenster blickte, sah sie ihn über den Hof flitzen, direkt auf die Schlafbaracke zu. Er sprang in einem Satz auf die Veranda und war im nächsten Augenblick bei Masterson. Daran, wie er zum Haus deutete, erkannte Becky, dass er ihre Botschaft überbrachte.

Masterson legte seine Schnitzarbeit zur Seite und

erhob sich von seinem Stuhl. Als er den Hof durchquerte, ging Becky rasch in die Diele hinaus, damit sie ihn abfangen konnte, bevor er nach ihrem Vater rief.

Dumme Gans, schalt sie sich, als sie das plötzliche Flattern in ihrem Bauch spürte. Sie sagte sich, dass es weniger die Aussicht war, ihn zu sehen, was sie in solche Aufregung versetzte, sondern vielmehr die ungewöhnliche Situation. Sie hatte keine Ahnung, worum es in Mr. Wakefields Botschaft ging – doch sie vermutete, dass es mit dem Zaun zu tun hatte. Masterson hatte es offenbar geschafft, Mr. Wakefield als Spion zu gewinnen – und jetzt schickte dieser einen Bericht. Wie wichtig diese Meldung sein musste, konnte man daran erkennen, dass der Absender die Herkunft des Briefes geheim halten wollte.

Sie hörte Mastersons Schritte auf der Veranda und ihr Herz machte einen Satz. Sie sah durch das Fenster, dass er die Absicht hatte zu klopfen, deshalb eilte sie zur Tür, um vor ihm dort zu sein, und stolperte dabei fast über den Teppich.

Völlig außer Atem riss sie die Tür auf und ließ ihn ein.

Es gab ihm einen Ruck, als er sie sah, doch er fing sich rasch wieder. »Abend, Miss Tate«, sagte er so förmlich, als würde er sie kaum kennen, und Becky spürte die Hitze in ihren Wangen, als er an ihr vorbeiging – sehr darauf bedacht, sie nicht zu berühren. »Ihr Vater ...«

»Im Wohnzimmer«, sagte sie und blickte sich rasch um. Ihre Eltern saßen wie üblich noch in der Küche beim Kaffee.

Masterson nickte ihr zu und ging zum Wohnzimmer weiter, sichtlich erleichtert, von ihr wegzukommen. Becky wartete einen Augenblick, blickte sich noch einmal um und folgte ihm dann.

Er trat ein und blieb sogleich etwas verdutzt stehen, weil das Zimmer leer war. Als er sie kommen hörte, drehte er sich um und seine Augen weiteten sich, als sie ins Zimmer trat und die Tür hinter sich schloss.

Er erstarrte geradezu und trat ein paar Schritte zurück.

Offensichtlich dachte er, dass sie es aus irgendeinem Grund darauf abgesehen hatte, mit ihm allein zu sein. »Miss Tate, ich ...«

»Ich habe das hier heute bekommen«, sagte sie rasch, bevor er etwas sagen konnte, was sie beide in Verlegenheit gebracht hätte. Sie holte den Brief hervor, den sie bei sich trug. »Es ist von Mr. Wakefield. Eines seiner Kinder hat den Brief einem Cowboy von uns übergeben. Wir dachten, es wäre eine Botschaft von Nellie, aber als ich den Brief öffnete, fand ich das hier zusammen mit einer Nachricht, dass ich die Botschaft an Sie weitergeben möge und niemandem davon erzählen solle, nicht einmal meinen Eltern.«

Stirnrunzelnd nahm er den Umschlag an sich und gab Acht, sie dabei nicht zu berühren. Becky widerstand dem Impuls, frustriert mit dem Fuß aufzustampfen. *Gestern hat es dir nichts ausgemacht, mich zu berühren*, hätte sie ihm am liebsten entgegen geschleudert. Stattdessen verschränkte sie herausfordernd die Arme und wartete, bis er die Botschaft gelesen hatte.

Ein paar Sekunden später blickte er von der Nachricht auf. Seine braunen Augen waren so voller Sorge, dass Becky ihren Ärger augenblicklich vergaß. »Weiß sonst noch jemand von diesem Brief?«

»Niemand. Meine Mutter hat ihn gesehen, aber sie dachte, er wäre von Nellie. Ich ließ sie in dem Glauben.«

Er überdachte die Situation. »Wissen Sie, was Wakefield mir da schreibt?«, fragte er, auf den Brief zeigend.

Becky schüttelte den Kopf, wie magisch von seinem Blick angezogen.

»Die Situation ist sehr gefährlich«, teilte er ihr mit. »Und es sind Menschen in Gefahr, vor allem Wakefield selbst, wenn jemand erfährt, dass er mich gewarnt hat. Sie dürfen niemandem ein Wort davon sagen – auch nicht einer Freundin oder Ihren Eltern. Niemandem, haben Sie verstanden?«

»Natürlich verstehe ich das! Schließlich habe ich Sie ja

hierher geholt, ohne dass jemand Verdacht geschöpft hat!«, entgegnete sie verärgert. »Ich bin schließlich nicht dumm. Hören Sie endlich auf, mich wie ein Kind zu behandeln!«

Eine Gefühlsregung flackerte kurz in seinen Augen auf. »Ich weiß, dass Sie kein Kind mehr sind«, sagte er, und der Klang seiner Stimme brachte etwas in ihrer Brust zum Schwingen.

Plötzlich war ihr Mund wie ausgetrocknet und ihr Herz schlug wie wild. Sie hatte etwas sagen wollen, konnte sich jedoch beim besten Willen nicht mehr erinnern, was es war. Doch aus irgendeinem Grund hatte sie plötzlich das Gefühl, dass er es ohnehin wusste. Seine Augen waren so voller Wissen – sie konnte den Blick einfach nicht abwenden.

Aus dem Augenwinkel sah sie, wie seine Hand sich hob und sich langsam, ganz langsam ihr näherte, bis seine Fingerspitzen schließlich über ihre Wange strichen. Die Berührung traf sie wie ein Blitzschlag und raubte ihr den Atem. Sie stieß einen kurzen Laut des Staunens aus und er flüsterte beinahe atemlos ihren Namen.

Im nächsten Augenblick schreckten sie beide hoch, als die Tür hinter ihnen aufging.

»Becky?« Sarah war sichtlich verblüfft, ihre Tochter zusammen mit Clint Masterson allein im Wohnzimmer anzutreffen, und das bei geschlossener Tür. Eine höchst unschickliche Situation.

Becky und Clint traten sogleich schuldbewusst auseinander. Als Becky sich – immer noch atemlos – ihrer Mutter zuwandte, brachte sie kein Wort hervor, und als sie ihren Vater stirnrunzelnd hinter Sarah in der Tür auftauchen sah, wäre sie am liebsten im Erdboden versunken.

»Was ist denn hier los?«, fragte er argwöhnisch.

»Ich habe Sie gesucht, Mr. Tate«, begann Clint mit erstaunlich ruhiger Stimme. *Er hat mehr Erfahrung in solchen Dingen als ich!*, dachte Becky gekränkt.

»Ich habe beschlossen, meine Strategie zu ändern, und darüber wollte ich mit Ihnen reden«, fügte Clint hinzu – doch Hunter Tates Blick ging zwischen ihm und Becky hin und her. Was er sah, ließ sein Misstrauen nicht geringer werden.

»Ich wollte dich gerade holen, Papa«, brachte Becky hervor.

Er blickte sie an, als wollte er in ihren Gedanken lesen. »Nun, das ist nicht mehr nötig. Kommen Sie, Clint. Gehen wir in mein Büro.«

Sarah trat zur Seite, um den Ranger durch die Tür zu lassen, doch bevor er ging, nickte er Becky kurz zu. »Danke, Miss«, sagte er – wieder in einem Ton, als spräche er mit einer Fremden.

Ihr Gesicht brannte vor Entrüstung, während sie ihm nachblickte, wie er in die Diele trat. Erst als er draußen war, wurde ihr bewusst, dass er den Brief nicht mehr in der Hand gehalten hatte. Er musste ihn irgendwann rasch eingesteckt haben, um ihn vor neugierigen Blicken in Sicherheit zu bringen.

»Ist alles in Ordnung, Liebes?«, fragte ihre Mutter.

»Natürlich ist alles in Ordnung«, antwortete sie, ehe ihr auffiel, dass die Stimme ihrer Mutter seltsamerweise kein bisschen besorgt klang. Als sie aufblickte, sah sie ein breites Grinsen auf Sarahs Gesicht.

»Ich weiß nicht«, stellte Sarah fest. »Du siehst aus, als hättest du Fieber. Deine Wangen sind ganz rot.«

Instinktiv hob Becky beide Hände an die Wangen. Sie fühlten sich tatsächlich sehr heiß an.

»Ich kann mich noch ganz gut an eine Zeit erinnern, als die bloße Gegenwart eines bestimmten jungen Mannes bei mir auch Fieber verursachte«, fügte Sarah mit einem listigen Lächeln hinzu.

»Es war mir nur etwas peinlich, dass ihr so plötzlich ins Zimmer hereingeplatzt seid«, erklärte Becky ungeduldig.

»So plötzlich? Du meinst, wir sind unerwartet gekommen? Vielleicht auch unerwünscht?«, fragte Sarah lächelnd.

Ja!, hätte Becky am liebsten geantwortet, aber das hätte ihre Mutter nur in ihrer Meinung bestätigt. »Er ist nicht an mir interessiert«, sagte sie mit einem Nachdruck, als würde sie mit einem besonders begriffsstutzigen Kind reden.

»Hat er deshalb deine Wange gestreichelt? Ich wette, er hätte dich geküsst, wenn wir nicht hereingeplatzt wären.«

»Hätte er nicht!«, rief Becky peinlich berührt.

»Keine Sorge, Liebes, ich glaube nicht, dass dein Vater irgendetwas Unschickliches gesehen hat«, versicherte ihre Mutter und ging gar nicht auf Beckys Protest ein. »Und selbst wenn, so glaube ich nicht, dass er etwas dagegen hätte. Er mag Mr. Masterson sehr.«

»Obwohl er die Leute, die den Zaun durchschneiden, immer noch nicht gefunden hat?«, erwiderte Becky verärgert.

»Er ist doch erst ein paar Tage hier«, entgegnete ihre Mutter. »Gib ihm eine Chance.«

Becky hatte ihm eine Chance gegeben – und jetzt sah sie ja, was sie davon hatte. »Mama, ich habe mich ihm praktisch an den Hals geworfen, aber er ist einfach nicht an mir interessiert. Wann begreifst du das endlich?«

»Du meinst jetzt eben?«, fragte Sarah unbeirrt. »Das war kein sehr guter Test, weil dein Vater und ich gerade hereinkamen, als …«

»Nein, ich meine nicht jetzt. Ich spreche von … früher. Gestern. Er benahm sich, als wäre ich eine Klapperschlange, die ihn beißen wollte«, berichtete sie widerwillig.

Sarah blickte sie überrascht an. »Nun, nach seinem Benehmen von vorhin zu schließen, dürfte er seine Abneigung völlig überwunden haben. Vielleicht war er einfach nur überrascht oder verwirrt. Weißt du, die Männer wollen gern die Initiative ergreifen oder zumindest das Gefühl haben, dass es so ist. Vielleicht hast du ihm irgendwie Angst gemacht oder ...«

»Mama, er will mich nicht, weil ich indianische Vorfahren habe«, rief Becky verzweifelt. Sie hob rasch die Hand an den Mund, doch es war ihr bereits entschlüpft. Ihre Mutter sah sie an, als hätte sie ihr eine Ohrfeige verpasst.

»Wovon redest du da?«, fragte sie.

»Nichts, ich ...«

»Raus mit der Sprache, junge Dame! Was hast du gemeint? Du bist doch keine Indianerin!«, stellte sie wütend fest.

»Mama, ich habe indianische Vorfahren – und das weiß jeder hier. Ich meine, mir macht es ja nichts aus ...«

Sarah schien die letzten Worte gar nicht gehört zu haben. »Hat er irgendetwas gesagt? Ich meine Mr. Masterson. Hat er dich beleidigt?«

Jetzt wünschte Becky sich wirklich, sie wäre augenblicklich im Boden versunken. »Nein, er hat nichts gesagt. Aber das war auch gar nicht nötig! Was sollte es denn sonst sein?«

»Wenn ein Mann sich nicht zu einer Frau hingezogen fühlt, dann kann das viele Ursachen haben – aber da Mr. Masterson sich ganz offensichtlich zu dir hingezogen fühlt, verstehe ich nicht, wie du auf so lächerliche Gedanken kommst!«

Becky hätte ihrer Mutter erklären können, dass es nur logisch wäre, wenn Clint Masterson etwas gegen ihre indianische Herkunft hätte – weil alle anderen Männer, die sich bisher für sie interessiert hatten, sie ebenfalls als halbe Indianerin, als *Squaw*, betrachteten. »Ich weiß auch nicht, Mama. Vielleicht hast du Recht«, sagte sie müde. »Vielleicht habe ich das falsch aufgefasst. Ich möchte jetzt bitte auf mein Zimmer gehen.«

Einen Augenblick lang zögerte Sarah, und Becky befürchtete schon, dass sie noch länger auf dem Thema beharren und ihre Tochter zwingen würde, Dinge zu sagen, die sie bestimmt nicht gern hörte. Doch schließlich sagte sie nur: »Natürlich, Liebes.«

Becky flüchtete sich in den Schutz ihres Zimmers. Sie ließ sich aufs Bett sinken und stellte fest, dass ihre Wangen immer noch glühten, so als hätte sie tatsächlich Fieber. Doch sie wusste, ihre einzige Krankheit war diese dumme Sehnsucht nach Clint Masterson.

Sie hatte genau geplant, wie sie sich verhalten würde, wenn sie noch einmal mit ihm allein sein würde. Sie wollte so tun, als wäre nie etwas zwischen ihnen vorgefallen, als wären sie bloß Bekannte, die einander nie nahegekommen waren. Es war ihr auch gut gelungen, bis er sie plötzlich so eindringlich angestarrt und sie schließlich sogar berührt hatte.

Hätte er sie tatsächlich noch einmal geküsst?

Der bloße Gedanke daran bewirkte, dass sich die Hitze von den Wangen über den ganzen Körper ausbreitete. Sie erinnerte sich an diesen Augenblick, als er so dagestanden hatte, die Fingerspitzen an ihrem Gesicht, als wäre sie aus feinstem Porzellan, das er Angst hatte, zu zerbrechen. Ja, möglicherweise hatte er sie tatsächlich küssen wollen.

Aber was hatte das schon zu besagen? Es gab viele Männer, die sie küssen wollten. Er unterschied sich also kein bisschen von den anderen.

Nein, das stimmte eben nicht. Er war mit keinem Mann vergleichbar, den sie bisher kennen gelernt hatte. Vielleicht war das der Grund, warum sie ihn gleichzeitig umarmen und erwürgen wollte.

Da erinnerte sie sich des Briefes, den sie ihm überbracht hatte, und an die Besorgnis, mit der er darauf reagiert hatte. Er hatte gemeint, die Situation sei sehr gefährlich und es seien jetzt sogar Menschenleben in Gefahr. Betraf das auch ihn selbst? Bei allen Gefühlsschwankungen, die sie durchlebte, wollte Becky doch ganz gewiss nicht, dass ihm etwas zustieß. Wenngleich sie natürlich nichts tun konnte, um es zu verhindern.

Es sei denn ...

Die Idee war wahrscheinlich verrückt. Sie wusste, dass ihr Vater dieser Ansicht wäre, und Clint würde ihm gewiss zustimmen. Aber es war einen Versuch wert. Warum hatte sie nicht schon früher daran gedacht? Warum hatte nicht *irgendjemand* schon früher daran gedacht? Aber natürlich, einem Mann würde so etwas nie einfallen. Ein solcher Plan konnte nur von einer Frau stammen.

Dazu kam, dass niemand etwas merken würde, weil sie jetzt ohnehin regelmäßig ausritt, um mit den Leuten über ihre Schule zu sprechen. Sie konnte also beides gleichzeitig erledigen. Becky lächelte über ihren Plan. Es würde gelingen, davon war sie überzeugt, und dann würde Clint Masterson ...

Er würde *was*?, fragte sie sich frustriert. Sich in sie verlieben? Wie dumm, das zu erwarten. Sie wollte ja gar nicht, dass er sich in sie verliebte. Nein, aber er würde sie respektieren. Und das wäre schon einiges wert.

Nein, verbesserte sie sich, das wäre sogar sehr viel wert.

6

Am Abend des nächsten Tages musste Becky sich eingestehen, dass der Erfolg ihrer Pläne doch nicht ganz so sicher war, wie sie gedacht hatte. Sie hatte an diesem Tag drei weitere schwarze Familien besucht, die sich ausnahmslos geweigert hatten, ihre Kinder in ihre Schule zu schicken. Sie hatte ihr Bestes versucht, die Ängste der Menschen zu zerstreuen – doch das Äußerste, was sie ihnen hatte abringen können, war die widerwillige Zusage gewesen, es sich noch einmal zu überlegen, wenn Becky die Sicherheit der Kinder garantieren konnte.

Mit ihrer anderen Mission hatte sie sogar noch weniger Erfolg gehabt. Sie hatte sich darauf verlassen, dass überall und über so gut wie alles Klatsch verbreitet wurde. Irgendjemand musste doch etwas über die Männer gehört haben, die den Zaun ihres Vaters durchschnitten. Aber wenn sie darüber zu sprechen begann, wechselten ihre dunkelhäutigen Gesprächspartner rasch das Thema, sodass sie nicht einmal mehr Gelegenheit hatte, eine Belohnung für brauchbare Hinweise in Aussicht zu stellen. Sie hatte nicht bedacht, dass die Menschen eben Angst hatten. Wenn sie ihrem Vater wirklich helfen wollte, dann würde sie sich an ihre weißen Freunde halten müssen.

Sie war immer noch überzeugt, dass es eine gute Idee war, die sie weiterverfolgen sollte – sobald sie alle schwarzen Familien besucht hatte. Heute war es jedoch viel zu spät für weitere Besuche. Als Becky durch eines der Tore der Tate-Ranch ritt und darüber nachdachte, wie wenig Erfolg sie bisher gehabt hatte – was sie zwingen würde, ihrer Mutter die Wahrheit zu verheimlichen –, beschloss sie, das Zusammentreffen mit ihr ein wenig hinauszuschieben.

Die Welt brach bestimmt nicht zusammen, wenn sie zu spät zum Abendessen kam. Außerdem, sagte sie sich, musste sie zur Farm reiten, um sich selbst in Erinnerung zu rufen, dass ihr Vorhaben, eine Schule zu eröffnen, kein bloßer Traum war, sondern ein Plan, der so solide war wie die Holzwände des Farmhauses.

Und sie hegte auch keine dummen Gedanken, dass sie vielleicht Clint Masterson dort treffen könnte. Natürlich hätte sie das auch gar nicht gewollt. Waren sie nicht übereingekommen, dass es besser war, wenn sie einander aus dem Weg gingen?

Sie war erleichtert, dass sie weder ihn noch sein Pferd sah, als sie sich durch die spätnachmittäglichen Schatten dem Farmhaus näherte. Zumindest sagte sie sich, dass das leere Gefühl in ihrem Bauch Erleichterung war.

Becky näherte sich der Farm von einer anderen Seite

als beim letzten Mal, und ritt an dem kleinen Friedhof vorbei, wo sich die Gräber ihrer Urgroßeltern und der einstigen Sklaven ihres Urgroßvaters befanden. Außerdem lagen auch der jüngere Bruder ihrer Großmutter und ihr eigener kleiner Bruder hier begraben, der tot zur Welt gekommen war.

Ihre Mutter hatte noch zwei weitere Kinder verloren, die sie von ihrem ersten Ehemann hatte – doch sie waren in Kansas begraben, wo Sarah gelebt hatte, als sie Hunter Tate kennen lernte. Ihr erster Ehemann war ein Weißer gewesen, dachte Becky voller Bitterkeit und schob den Gedanken rasch wieder beiseite. Hatte sie nicht vergangenen Abend zu ihrer Mutter gesagt, dass es für sie keine Rolle spielte, dass sie nicht hundertprozentig weiß war? Und wenn sie nie heiraten würde, dann war es tatsächlich unwichtig. Also war es am besten, wenn sie gar nicht mehr daran dachte.

Stille lag über dem Farmhaus wie ein Leichentuch, und Becky schauderte ein wenig trotz der Wärme, die auch jetzt gegen Abend noch anhielt. Sie schalt sich eine Närrin und stieg vom Pferd, um sich das Haus noch einmal anzusehen.

Diesmal würde sie nicht weinen, auch wenn es ohnehin niemand gesehen hätte. Wenn sie hier ihre Schule einrichten wollte, musste sie lernen, mit ihren Erinnerungen umzugehen – auch mit denen, die sie nicht mehr in ihr Bewusstsein zurückrufen konnte.

Sie ging an der Küche vorbei und blickte zuerst in die beiden Zimmer auf der anderen Seite des Durchgangs. Im kleineren Schlafzimmer war in einer Ecke der Zimmerdecke der Regen eingedrungen – aber das ließ sich leicht reparieren. Außerdem brauchte sie diesen Teil des Hauses ja gar nicht zu benutzen. Die Räume auf der anderen Seite – Küche und Wohnzimmer – würden für ihre Zwecke völlig ausreichen. Außerdem befand sich hinter der Küche noch ein kleines Zimmer, in dem Jewel, die frühere Sklavin, einst geschlafen hatte. Wenn Becky einmal die Nacht hier verbringen musste, würde sie dort schlafen können.

Sie nahm sich zusammen und trat in die Küche – doch diesmal überkam sie kein Grauen wie beim letzten Mal, sondern nur eine tiefe Traurigkeit, dass das Haus so lange schon verlassen war. Sie verschaffte sich einen kurzen Überblick über den Zustand des Raumes, was ihr beim letzten Mal völlig unmöglich gewesen war, und ging dann wieder in den Durchgang hinaus.

Es herrschte immer noch eine tiefe abendliche Stille – doch Becky hörte keine Geisterstimmen darin; da war nichts als ein Gefühl von Frieden und Abgeschiedenheit von der Welt. Ihr Blick ging zu dem Feld hinüber, wo sie Clint Masterson gesehen hatte, wie er die Erde begutachtet hatte.

Fast war es ihr, als könnte sie ihn auch jetzt sehen – wie seine hoch gewachsene Gestalt mit der Geschmeidigkeit eines Panthers auf sie zukam. Und wenn sie die Augen geschlossen hätte, dann hätte sie bestimmt gespürt, wie er seine Arme um sie legte und seine Lippen sich über den ihren schlossen, und sie hätte diesen einzigartigen Augenblick noch einmal erlebt, in dem sie dachte …

Aber sie schloss die Augen nicht, weil sie sich gerade daran nicht erinnern wollte. Sie dachte lieber an das andere – wie er gemeint hatte, dass es eine dumme Idee sei, eine Schule zu eröffnen, und wie er sie schließlich zurückwies.

In einer Hinsicht schien er jedoch Recht zu behalten: Die schwarzen Familien hatten tatsächlich kein Interesse an ihrer Schule. Es hatte zwar niemand das Wort Wohltätigkeit ausgesprochen, doch Becky wusste, dass die Vorstellung, sie würde aus bloßer Mildtätigkeit handeln, neben der Angst und dem Misstrauen in den Gedanken dieser Menschen eine gewisse Rolle spielte. Doch es musste möglich sein, das alles zu überwinden, dessen war sie sich völlig sicher. Sie würde schon noch einen Weg finden. Alles, was sie brauchte, war ein wenig Zeit, um einen neuen Plan auszuhecken und zu … Plötzlich fühlte sie sich sehr müde – die langen Ritte der letzten beiden Tage und die nahezu schlaflosen Nächte machten sich bemerkbar.

Sie ließ sich auf die Bank niedersinken, zu der Clint Masterson sie geführt hatte, als sie geweint hatte. War das alles wirklich erst zwei Tage her? So viel war seither geschehen. So unendlich viel.

Becky lehnte den Kopf gegen das verwitterte Holz und schloss die Augen. Sie würde einen Augenblick ausruhen und dann gleich aufbrechen. Ihre Mutter würde sich Sorgen machen, wenn sie zu lange ausblieb.

Das von der Sonne angewärmte Holz fühlte sich angenehm an ihrem Rücken an und die Wärme breitete sich in ihrem Inneren aus. Nur noch einen Augenblick, dachte sie, als der Schlaf sie umfing.

Als sie aufwachte, war sie ganz steif. Wo war ihr Kissen und warum war ihr Bett so hart?, fragte sie sich benommen. Sie wollte sich abstützen, doch da war nichts als Luft neben ihrem Gesicht.

»Was, zum …?«, murmelte sie und schaffte es schließlich, sich aufzusetzen. Sie war wie betäubt und wusste zuerst überhaupt nicht, wo sie war und warum es so dunkel war, als ihr plötzlich einfiel, dass sie zur Farm geritten war und sich kurz auf der Bank hatte ausruhen wollen …

»O nein!«, rief sie aus und sprang von der Bank auf. Undeutlich sah sie den Hof und ihre kleine Stute, die immer noch geduldig an ihrem Platz stand – wenngleich sie sich wahrscheinlich schon fragte, was sich ihre Herrin dabei dachte, sie so lange hier draußen stehen zu lassen, anstatt sie in einen schönen warmen Stall zu bringen.

Beckys Magen knurrte, und sie erinnerte sich, dass sie nicht nur das Abendessen versäumt hatte, sondern dass sich ihre Eltern wahrscheinlich schon große Sorgen machten. Möglicherweise fürchteten sie, dass ihr etwas zugestoßen war.

Beckys linkes Bein war eingeschlafen und kribbelte unangenehm, als das Blut wieder zu zirkulieren begann, und so hinkte sie – über ihre Dummheit fluchend – zu ihrer Stute hinüber, die im Mondlicht döste.

Nun, wenigstens war ihr nichts zugestoßen. Ihre Eltern würden gewiss so erleichtert sein, dass sie ihr kaum böse sein würden. Sie fragte sich, ob ihr Vater wohl Männer ausgeschickt hatte, um nach ihr zu suchen. Wie erniedrigend!

Sie blickte zum Himmel auf und versuchte festzustellen, wie spät es sein mochte. Schließlich kam sie zu dem Schluss, dass es wohl spät genug war, damit Hunter Tate das ganze County alarmiert und eine große Suche eingeleitet hatte. Wenigstens war beinahe Vollmond und der Himmel wolkenlos, sodass sie genug Licht für ihren Ritt nach Hause hatte.

Die kleine Stute ließ sie bereitwillig aufsteigen und trabte sogleich los, als Becky sie antrieb. Sobald das Pferd warm war, würde Becky es galoppieren lassen, auch wenn das in der Dunkelheit nicht ungefährlich war. Das Tier kannte jedoch die Ranch sehr gut, sodass Becky das Risiko in Kauf nehmen würde.

Doch das war nicht mehr nötig – denn kaum hatte Becky sich orientiert, sah sie auch schon die Lichter. Fackeln wahrscheinlich, und gar nicht weit entfernt. Einen Moment lang dachte sie, es könnten Männer sein, die vorhatten, den Zaun durchzuschneiden – doch ein Zaun war hier nirgendwo in der Nähe, sodass sie diese Möglichkeit ausschloss. Es musste ein Suchtrupp sein, dachte sie mit einem flauen Gefühl im Magen – und obwohl ihr Instinkt ihr riet, geradewegs nach Hause zu reiten und das peinliche Zusammentreffen zu vermeiden, sagte sie sich, dass sie die Männer nicht die ganze Nacht in der Gegend umherreiten lassen konnte, wo ihr doch in Wirklichkeit überhaupt nichts geschehen war.

Und so ließ sie ihre Stute wenden und ritt auf die Gruppe zu. Sie sagte sich, dass die Erniedrigung gut für ihre Charakterbildung sei, und überlegte sich, wie sie die Geschichte von ihrem ungewollten Schläfchen erzählen sollte, damit sie sich nicht ganz so dumm anhörte.

Sie hatte die Männer beinahe erreicht, als ihr auffiel, dass sich die Lichter gar nicht bewegten. Doch auch das beunruhigte sie noch nicht – bis sie den Geruch des Todes wahrnahm, den der Wind zu ihr trug. Ihre Stute wieherte auf, als weigerte sie sich weiterzulaufen, doch Becky zwang sie, ihre Richtung beizubehalten.

Da sah sie im Licht der Fackeln die reiterlosen Pferde. Die Männer standen rund um einen großen schwarzen Stein. Zumindest dachte sie, dass es ein Stein war – bis ihr klar wurde, dass es auf der Ranch keine so großen Steine gab. Erst jetzt sah sie, dass es sich um einen Ochsen handelte, der reglos am Boden lag, und sie erkannte, dass der seltsame Geruch, der in der Luft lag, von frischem Blut stammte.

Doch sie war sich immer noch keiner Gefahr bewusst. »Was ist denn hier los?«, rief sie und trieb ihre Stute weiter – und erst als die Männer zu ihr aufblickten, sah sie, dass sie keine Gesichter hatten.

Sie war zu überrascht, um rechtzeitig zu reagieren – und als sie schließlich sah, dass die Männer Kapuzen trugen, die wie Mehlsäcke aussahen, war es bereits zu spät.

»Wer ist das?«, rief einer von ihnen.

»Es ist die *Squaw*!«, rief ein anderer sichtlich erfreut.

Becky hatte das Gefühl, dass ihr vor Schreck das Blut in den Adern gefror – doch bevor sie auch nur den Entschluss fassen konnte, ihre Stute wenden und lospreschen zu lassen, sprang bereits einer der Männer auf sie zu und riss ihr die Zügel aus den Händen, während ein anderer sie packte.

Sie kämpfte wie eine Wildkatze und trat nach allen Seiten, bis ein weiterer Mann dazukam und sie zusammen mit dem anderen vom Pferd zerrte.

»Was macht ihr da?«, rief ein Mann im Hintergrund. Sie waren zu viert, das konnte sie jetzt erkennen, doch nur drei hatten sie angegriffen. »Lasst sie los!«, forderte der vierte die anderen auf.

»Auf eine solche Gelegenheit warte ich schon lange«, antwortete der Mann, der ihren rechten Arm festhielt, und wich ihrem Tritt aus.

»Ich auch«, sagte derjenige, der sie am linken Bein gepackt hatte, während sie Becky ins Licht der Fackeln zerrten, die flackernd am Boden lagen; die Männer hatten die Fackeln fallen lassen, ehe sie sich auf sie stürzten.

In dem schwachen Licht konnte Becky erkennen, dass der Ochse ausgeweidet worden war und dass seine Gedärme in einer riesigen schwarzen Blutlache lagen. Es würgte sie, als sie den toten Ochsen da liegen sah und den Geruch einatmete.

»Wenn ihr mich anrührt, bringt euch mein Vater um!«, rief sie zutiefst erschrocken. Sie wehrte sich immer noch, wenngleich sie wusste, dass sie gegen die Männer nichts ausrichten konnte und sich für ihren Widerstand höchstens blaue Flecken einhandelte … wenn nicht Schlimmeres.

»Wie will er uns denn umbringen, wenn er nicht weiß, wer wir sind?«, sagte der Mann zu ihrer Rechten. »Sehen wir uns die kleine Squaw mal näher an. Ich habe mich schon immer gefragt, ob sie überall so braun ist wie im Gesicht.«

Becky schrie laut auf, als er sich anschickte, ihre Jacke zu öffnen. Erneut wehrte sie sich wie wild, während die Männer sie lachend festhielten.

Der dritte Mann stand nun hinter ihr und hielt sie an den Schultern fest. Er drückte sie nieder, bis ihre Knie unter ihr nachgaben und sie neben dem geschlachteten Ochsen zu Boden sank.

Erneut öffnete sie den Mund, um zu schreien, als plötzlich das Donnern eines Schusses die Nacht zerriss.

Augenblicklich ließen die Männer sie los und griffen zu ihren Waffen.

»Wer war das?«

»Wo ist er?«

»Runter!«

Ihre Zurufe kamen fast gleichzeitig, und sie hielten ihre Pistolen in die Dunkelheit hinaus, vom Licht ihrer eigenen Fackeln geblendet.

Ein zweiter Pistolenschuss ging krachend los.

»Da drüben!«, rief einer der maskierten Männer und feuerte auf die Stelle, wo er glaubte, die Waffe aufflammen gesehen zu haben. Im nächsten Augenblick kam ein weiterer Schuss aus einer völlig anderen Richtung.

Instinktiv rollte sich Becky zusammen, um ein möglichst kleines Ziel abzugeben, wenngleich sie wusste, dass ihr das gegen eine verirrte Kugel auch nichts helfen würde.

Die maskierten Männer feuerten erneut, doch als Antwort kamen wieder Schüsse aus einer ganz anderen Richtung.

»Los! Verschwinden wir!«, rief der Mann, der sie zu Boden gestoßen hatte.

Die anderen rannten bereits zu ihren Pferden. Sekunden später lag Becky allein in den gespenstischen Schatten der Fackeln am Boden. Doch sie blieb nicht lange allein.

Sie spürte mehr, als dass sie es gehört hätte, wie sich Schritte auf dem harten Boden näherten. Jemand kam auf sie zugelaufen. In ihrer Angst blieb Becky zusammengerollt liegen und machte sich auf einen Schlag oder irgendein anderes Unheil gefasst, das ihr drohte.

Die Schritte hörten direkt neben ihr auf und schon im nächsten Augenblick wurde sie von sanften Händen berührt.

»Becky, sind Sie in Ordnung?«, fragte eine wunderbar vertraute Stimme.

Erst jetzt wagte sie die Augen zu öffnen – und sah Clint Mastersons raue Gesichtszüge wenige Zentimeter von ihrem Gesicht entfernt.

»Clint?«, fragte sie ungläubig.

»Was, um alles in der Welt, tun Sie hier?«, fragte er und zog sie hoch, bis sie am Boden saß. Seine Hände waren jetzt nicht mehr ganz so sanft.

»Ich ...«, begann sie, brachte jedoch kein Wort mehr heraus.

»Sind Sie verletzt? Haben diese Bastarde Ihnen wehgetan?«

Ihre Arme schmerzten, wo die Männer sie festgehalten hatten, und ihre Knie brannten vom Aufprall auf dem Boden – aber wenn sie daran dachte, was sie ihr hatten antun wollen ... »Nein«, brachte sie hervor. »Ich ... ich bin in ... Ordnung.«

Doch das letzte Wort kam nur noch als Schluchzen heraus, was nur allzu deutlich zeigte, dass es ihr ganz und gar nicht gut ging – und das Nächste, was sie mitbekam, war, dass sie hemmungslos zu weinen begann.

Dann spürte sie, wie Clints Arme sich um sie legten, und er zog sie in seinen Schoß und wiegte sie wie ein kleines Kind, während sie sich an seiner Schulter ausweinte. Sie musste ihren Hut verloren haben, und seine großen Hände strichen ihr übers Haar, das sich gelöst hatte und ihr ungeordnet über den Rücken fiel.

»Es ist alles gut«, raunte er ihr zu. »Du musst nicht weinen, es ist ja vorbei.«

Doch je mehr er sie tröstete, umso heftiger weinte sie, bis aus den zärtlichen Worten schließlich noch zärtlichere Küsse wurden. Er küsste sie überallhin – auf die Stirn, das Haar, die Wangen, die Ohren und auf den Hals – und erreichte damit, dass ihr Schluchzen nach und nach verebbte.

Er hielt sie einfach nur fest, und sie spürte seinen warmen Atem an ihrem Haar, während er ihren Kopf an seinem pochenden Herzen barg.

»Ich hätte sie am liebsten getötet«, sagte er nach einer Weile. Seine murmelnde Stimme war voller Schmerz. »Ich hätte sie alle getötet – aber ich konnte nicht riskieren, dich zu treffen. Das verstehst du doch, oder?«

Becky nickte, war sich jedoch nicht sicher, ob sie überhaupt irgendetwas verstand.

»Aber ich werde sie finden«, versicherte er ihr, immer noch mit schmerzerfüllter Stimme. »Ich werde sie finden, und sie werden dafür bezahlen, dass sie dich angegriffen haben.«

Sie wollte auch, dass diese Männer büßen mussten. Sie wollte, dass sie sterben mussten, weil sie ihr eine solche Angst eingejagt hatten – doch sie konnte sich nicht vorstellen, dass er sie je würde finden können. Nicht einmal sie selbst wusste, wer die Männer waren.

Oder vielleicht doch? Da tauchte etwas Vertrautes in ihrer Erinnerung auf – doch bevor sie es festhalten konnte, war es schon wieder verschwunden.

Dann fiel ihr ein, was die Männer getan hatten, bevor sie sich an ihr hatten vergreifen wollen, und sie blickte zu dem dunklen Fleischberg hinüber, der einst ein lebendes Wesen war.

»Was haben sie hier gemacht?«, fragte sie heiser.

»Sie fanden wohl, dass es deinem Vater nicht genug Angst einjagte, dass sie den Zaun durchtrennten – also haben sie ihm eine deutlichere Botschaft hinterlassen. Aber was, um alles in der Welt, hast du mitten in der Nacht hier draußen gesucht?«

Er klang fast verärgert, und Becky wagte nicht, ihm ins Gesicht zu sehen. »Ich ... ich habe einige Familien besucht, um mit ihnen wegen der Schule zu sprechen, und ...«

»*So* spät?« Er packte sie mit rauen Händen an den Schultern, so als wollte er sie kräftig durchschütteln.

»Nein! Ich meine, ich war schon auf dem Heimweg und ... und da bin ich eingeschlafen!«, verteidigte sie sich.

Der Griff seiner Hände an ihren Schultern lockerte sich ein wenig. »Eingeschlafen? Wo?«, fragte er ungläubig.

»Ich bin zur Farm geritten! Beim letzten Mal, als wir ... als wir uns dort trafen, hatte ich kaum Gelegenheit, mich umzusehen«, erklärte sie ihm und hoffte, dass er in der Dunkelheit nicht sah, wie ihr Gesicht sich rötete. »Ich wollte mir das Haus noch einmal ansehen. Ich war müde und so setzte ich mich hin, um ein wenig zu rasten. Ich muss wohl eingeschlafen sein, und als ich aufwachte, war es dunkel. Ich ritt gleich los und da sah ich dann die Fackeln und … ich dachte, es wären Leute, die nach mir suchten, also …« Ihre Stimme brach, und er zog sie wieder an sich, um sie zu beruhigen.

Becky fühlte sich geborgen in seinen Armen – umgeben von seiner Kraft, seinem moschusartigen Duft und seiner Wärme, die ihr Inneres erfüllte, das wenige Minuten zuvor noch kalt vor Schreck gewesen war. Gott sei Dank war er da. Gott sei Dank war er rechtzeitig gekommen und …

»Wenn ihr nicht nach mir gesucht habt, wie konntest du dann plötzlich hier sein?«, fragte sie und hob den Kopf, um ihn im schwächer werdenden Licht der Fackeln besser zu erkennen.

Er seufzte und sein warmer Atem strich über ihr Gesicht. »Erinnerst du dich an die Nachricht, die Wakefield mir schickte? Er teilte mir mit, dass heute Nacht etwas passieren würde. Ich wollte sie auf frischer Tat ertappen, aber …«

»Aber ich habe alles verdorben«, warf sie ein, als er innehielt.

»So könnte man es natürlich auch betrachten«, sagte er trocken.

»Es tut mir Leid, Clint. Ich wollte nicht …«

»Natürlich wolltest du das nicht«, sagte er tröstend und strich ihr wieder übers Haar. »Gott sei Dank bin ich vorbeigekommen. Ich sah das Licht ihrer Fackeln. Wenn ich ein paar Minuten später gekommen wäre …«

Er sprach den Satz nicht zu Ende, doch das war auch gar nicht nötig. Becky erschauderte, als sie die Andeutung dessen hörte, was sie sich gar nicht vorzustellen wagte.

Er spürte ihre Reaktion und zog sie wieder in den sicheren Hafen seiner Arme. Becky seufzte zitternd auf – halb vor Schreck und halb vor Zufriedenheit. Ihre Hände ruhten an seiner Brust und sie zählte jeden seiner Atemzüge und jeden Herzschlag und sog seinen vertrauten Duft in sich auf.

In diesen Augenblicken hatte sie das Gefühl, zu ihm zu gehören. Ihr Herz, ihr Denken und Fühlen und ihr ganzer Körper – alles gehörte ihm. Sie erinnerte sich daran, wie er sie geküsst hatte, so unendlich zärtlich – als wollte er sie mit seinen Lippen beruhigen, weil Worte allein nicht mehr ausreichten, um ihre Angst zu vertreiben. Und auch jetzt berührten seine Hände sie so zärtlich, als wäre es längst beschlossene Sache, dass sie ihm gehörte.

Was war nur mit dem Mann geschehen, der sie neulich bei der Farm geküsst und dann so brüsk weggeschickt hatte? Und der danach geschworen hatte, sie nie wieder zu berühren? Sie fragte sich, ob sie es überhaupt wissen wollte, und kam zu dem Schluss, dass es ihr egal war. Sie wollte nur, dass dieser Augenblick nie endete.

Doch das war natürlich nicht möglich. Viel zu früh erlosch das Feuer der Fackeln, sodass sie schon fast im Dunkeln saßen. Der nächtliche Wind trug den Gestank der Verwesung zu ihnen und erinnerte sie an den geschlachteten Ochsen.

»Ich bringe dich jetzt besser nach Hause«, sagte Clint. Er schien über diese Aussicht genauso wenig begeistert zu sein wie Becky.

»Ja«, stimmte sie zu, als seine Arme sich von ihr lösten. »Meine Eltern werden sich die größten Sorgen machen. Papa hat wahrscheinlich schon das halbe County zusammengetrommelt, um mich zu suchen.«

Er half ihr auf die Beine und stand ebenfalls auf – und für einen Augenblick standen sie da und blickten einander in die Augen. Erneut sah Becky sein leidendes Gesicht – doch sie hatte keine Ahnung, was der Grund für seinen Kummer sein mochte.

Sie bemühte sich zu lächeln. »Danke, dass du ... mich gerettet hast.«

Ihre Worte schienen den Zauber zu brechen, von dem er umfangen schien, und sein Gesicht verhärtete sich plötzlich. »Wir sollten jetzt losreiten. Ich hole die Pferde.«

Er schritt in die Dunkelheit hinaus, sodass sie allein mit dem toten Ochsen im schwachen Licht der letzten Fackel stand, die noch brannte. Becky erschauderte, als sie das tote Tier betrachtete. Dann hob sie rasch die Fackel auf, damit sie noch etwas länger brannte.

Wenig später kam Clint zurück. Er ritt auf seinem großen Wallach, der offenbar in der Nähe verborgen gewesen war.

»Ich konnte deine Stute nirgends finden. Sie muss während des Schusswechsels geflüchtet sein«, sagte er und schwang sich aus dem Sattel.

»Du liebe Güte, sie wird direkt nach Hause gelaufen sein. Jetzt werden sich meine Eltern wirklich Sorgen machen.«

»Dann sollten wir uns beeilen«, sagte er. »Wir können zu zweit aufsitzen.«

Er hob sie auf sein Pferd und stieg dann vor ihr auf. »Gut festhalten«, sagte er und Becky legte bereitwillig die Arme um seine Taille.

Sie lehnte den Kopf an Clints Rücken und genoss das sichere Gefühl, das er ihr vermittelte, während er sie nach Hause brachte. So Furcht erregend es gewesen war, in der Gewalt dieser Männer zu sein – sie war ihnen beinahe dankbar dafür, dass sie und Clint sich dadurch so nahe gekommen waren.

Wenn es nach Becky gegangen wäre, hätte der Ritt nach Hause Stunden dauern können – doch noch ehe sie die Hälfte ihres Weges hinter sich hatten, hörten sie Reiter näher kommen.

Clint hielt sein Pferd an und horchte angespannt in die Nacht hinaus, um zu hören, was die Männer einander zuriefen. Becky konnte seine Erleichterung spüren, als er ihren Namen rufen hörte.

»Sie suchen nach dir«, teilte er ihr mit. »Hier sind wir!«, rief er den Männern zu und ließ seinen Wallach in die Richtung der Reiter laufen.

Becky war ebenfalls erleichtert, aber nur für einen kurzen Augenblick. Dann fiel ihr ein, wie wütend ihr Vater auf sie sein würde, dass sie ihnen allen solche Sorgen bereitet hatte. Und sie würde zugeben müssen, dass ihr eigener Leichtsinn schuld daran war.

Die Reiter kamen auf sie zugestoben. Vier dunkle Schatten tauchten aus der Nacht auf und hielten rund um Clints Pferd an.

»Becky, bist du's?«, hörte sie die Stimme ihres Vaters.

»Ja, Papa, ich bin hier. Es ist alles in Ordnung. Ich habe nur ...«

Aber sie bekam keine Gelegenheit, weiterzusprechen. Hunter Tate war bereits aus dem Sattel gesprungen und hob sie von Clints Pferd herunter.

»Mein Gott, Mädchen, du hast uns zu Tode erschreckt!«, rief er aus und drückte sie so fest an sich, dass sie glaubte, er würde ihr alle Rippen brechen. »Geht es dir gut?«, fragte er und ließ sie los, um sie anzusehen.

»Ja, ich ...«, brachte sie hervor, doch ihr Vater ließ ihr keine Zeit, um zu antworten.

»Wer sind Sie?«, fragte er und blickte hoch, um zu sehen, wer sie gerettet hatte. »Masterson?«

Es klang nicht wie eine Frage, sondern eher wie eine Feststellung. Schließlich wusste er, dass Clint Masterson nicht seinem Suchtrupp angehört hatte.

»Ja, ich bin's.«

»Was hat das zu bedeuten?«, fragte Hunter mit harter Stimme.

»Miss Tate, vielleicht erklären Sie es«, sagte Clint.

»Papa, du weißt ja, dass ich jede einzelne Familie besucht habe«, begann sie hastig. »Ich wollte mit den Leuten über die Schule sprechen.«

»Das wissen wir. Wir sind bei ihnen allen gewesen, und wir wissen, dass du die letzte Familie früh genug verlassen hast, um rechtzeitig zum Abendessen zu Hause zu sein.« Becky konnte seine Verärgerung deutlich spüren.

»Das stimmt«, sagte sie und legte die Hände an seine Brust, um ihn zu beschwichtigen. »Und da beschloss ich, schnell zur Farm zu reiten, um mir das Haus noch mal anzusehen. Beim letzten Mal waren mir ein paar Dinge entgangen und so …«

»Aber das hat bestimmt nicht bis jetzt gedauert«, wandte ihr Vater vorwurfsvoll ein.

»Nein, ich … ich glaube, ich war müde. Ich setzte mich hin und da muss ich wohl eingeschlafen sein. Als ich aufwachte, war es stockdunkel«, erzählte sie hastig und spürte deutlich, dass ihr Vater ihr die Geschichte nicht so recht glaubte. »Ich ritt sofort los, weil ich ja wusste, dass ihr euch Sorgen machen würdet – und da sah ich die Lichter, es waren Fackeln, und ich dachte, dass ihr das sein müsst, weil ihr nach mir sucht, und … und …«

Beckys Stimme brach, als sie sich an die furchtbaren Augenblicke erinnerte, und der Griff ihres Vaters an ihrer Schulter verstärkte sich.

»Was ist passiert?«, drängte er sie, doch sie brachte kein Wort mehr hervor.

Clint sprach für sie weiter. »Es waren mehrere Reiter, Mr. Tate. Sie haben einen Ihrer Ochsen geschlachtet, ein paar Meilen von hier entfernt. Miss Tate ritt zu den Männern hin, bevor sie bemerkte, wer sie waren. Aber da hatten sie sie auch schon geschnappt.«

»Mein Gott, haben Sie dir wehgetan, mein Bluebird?«, fragte ihr Vater. Der Griff seiner Hände wurde sanfter. »Wir haben Schüsse gehört. War das …?«

»Das war ich«, sagte Clint. »Ich war zum Glück heute Nacht noch unterwegs. Es ist Vollmond und klarer Himmel, also eine gute Nacht, um sich umzuschauen. Ich sah ihre Lichter und ich kam ungefähr zur gleichen Zeit dazu wie Miss Tate. Ich konnte nicht auf sie schießen, weil sie ja Miss Tate bei sich hatten – aber ich feuerte über ihre Köpfe hinweg und konnte sie vertreiben.«

Ihr Vater murmelte etwas Unverständliches und drückte sie erneut an sich. Er war zwar nicht Clint Masterson, aber er hatte sich viel länger um sie gekümmert als der Ranger und konnte ihr immer noch ein Gefühl der Sicherheit vermitteln.

»Haben sie dir wehgetan, Liebling?«, murmelte er ihr ins Ohr.

»Nein, Papa«, flüsterte sie zurück. »Sie haben mir nur Angst gemacht, das ist alles.«

»Gott sei Dank«, hauchte er ihr ins Ohr und Becky erwiderte seine Umarmung. In diesem Augenblick fühlte sie sich wieder wie ein Kind, das in den Armen des Vaters Schutz sucht.

»Masterson, ich stehe in Ihrer Schuld. Gibt es irgendetwas, was ich Ihnen dafür geben kann?«

Es war wie im Märchen, ging es Becky durch den Kopf. Der Prinz hatte sie vor dem Drachen gerettet und verlangte dafür ihre Hand. Sie hätte laut lachen können über ihren dummen Gedanken – doch das Lachen verging ihr, als sie Clints Antwort hörte.

»Sie schulden mir nichts, Mr. Tate. Ich habe nur meinen Job gemacht.«

»Sollten wir nicht zur Ranch zurückkehren?«, fragte einer der Cowboys, die ihren Vater begleitet hatten. »Mrs. Tate wird halb wahnsinnig vor Sorge sein.«

»Oh, ja, natürlich«, sagte Hunter und ließ Becky widerwillig los. »Komm, Bluebird, du kannst mit mir reiten.«

Becky hätte vielleicht eingewandt, dass sie lieber mit Clint reiten würde, wenn er nicht soeben ihren Traum vom Märchenglück wie eine Seifenblase hätte zerplatzen lassen, indem er ganz kalt festgestellt hatte, dass er nur seine Pflicht getan habe. Gehörte es etwa auch zu seinen Pflichten, sie in die Arme zu nehmen und zu küssen? Nächstes Mal, wenn sie mit ihm allein war, würde sie ihn genau das fragen. Inzwischen war sie erst einmal dankbar, dass ihr Vater zumindest für den Augenblick vergessen zu haben schien, dass ihre eigene Dummheit an all dem schuld war.

Fügsam ließ sie sich von Hunter auf sein Pferd heben.

»Sollen wir mal nach dem Ochsen sehen, Mr. Tate?«, fragte einer der Cowboys.

»Nicht heute«, antwortete Hunter. »Ihr Jungs seid lang genug im Sattel gesessen. Der Ochse wird wohl morgen auch noch da sein. Hast du vielleicht eine Ahnung, wer die Männer waren?« fragte er Becky.

»Sie hatten Mehlsäcke über den Kopf gestülpt. Ich konnte ihre Gesichter nicht sehen – außerdem war ich höchstens ein paar Minuten in ihrer Gewalt. Ich kann mich nicht einmal mehr an ihre Stimmen erinnern.« Oder vielleicht doch? Erneut regte sich der Hauch einer Erinnerung in ihr.

»Masterson, haben Sie sie vielleicht gesehen?«

»Ich fürchte, nein«, antwortete er und Becky blickte überrascht auf. Was war mit seinem Versprechen, die Männer zu finden und sie dafür bezahlen zu lassen, dass sie sie angegriffen hatten? Außerdem musste er doch wissen, wer sie waren, wenn Mr. Wakefield ihn gewarnt hatte. Aber vor ihrem Vater und den anderen wollte sie ihn nicht daran erinnern. Auch das würde warten müssen, bis sie mit ihm allein war. Sie hoffte nur, dass sie nicht zu lange warten musste.

Als die Reiter mit Becky zur Ranch zurückkehrten, war Sarah Tate bereits außer sich vor Sorge. Auch Sean war noch auf, obwohl es für ihn längst Zeit zum Schlafengehen gewesen wäre, und stand im Nachthemd Wache auf der Veranda. Kaum hatte er die Reiter erblickt, rief er sofort aufgeregt nach seiner Mutter.

»Mama, Mama! Komm schnell!«, rief er und Sarah Tate kam augenblicklich aus dem Haus gelaufen.

Während Becky und Hunter ihr etwas verworren

schilderten, was vorgefallen war, führte Sarah ihre Tochter ins Haus. Als sie erfuhr, dass Becky nichts zu Abend gegessen hatte, setzte sie sie in der Küche auf einen Stuhl und tischte ihr die Reste des Abendessens auf, während sie die ganze Geschichte noch einmal durchgingen. Diesmal verstand Sarah wenigstens teilweise, was sich zugetragen hatte.

»Ich habe mir zuerst noch keine allzu großen Sorgen gemacht – bis deine Stute angelaufen kam«, gestand Sarah und legte die Hand auf Beckys Arm, so als könnte sie es immer noch nicht glauben, dass das Mädchen tatsächlich wieder da war. »Ich habe die ganze Zeit überlegt, wo du nur sein könntest, und solange du dein Pferd hattest, dachte ich mir, dass es dir gut gehen müsste ...« Ihre Stimme brach, und sie presste die Finger an die Lippen, um die Tränen zurückzuhalten.

Becky nahm die Hand ihrer Mutter und drückte sie fest. »Es ist ja alles in Ordnung, Mama«, beruhigte sie sie.

»Ich wollte schon losreiten und dich suchen«, warf Sean ein. »Aber sie hat mich nicht gelassen. Sie hat gesagt, ich könnte mich auch noch verirren!«

»Ich habe mich ja gar nicht verirrt, Kleiner. Ich bin nur eingeschlafen.«

»Genau das solltest du jetzt tun«, warf Sarah ein. Becky hatte ihre Mahlzeit beendet. »Wir können morgen früh noch einmal über alles reden.«

Becky folgte ihrer Mutter aus der Küche ins Haus zurück und in ihr Zimmer. Sie war ein wenig überrascht, als ihre Mutter die Tür hinter ihnen schloss und sich dagegen lehnte.

»Becky«, sagte sie – und die gezwungene Fröhlichkeit von vorhin war aus ihrer Stimme gewichen. »Diese Männer, haben sie ... haben sie dir wehgetan? Haben sie etwas mit dir getan, das ...«

»Nein, Mama!«, versicherte ihr Becky hastig. »Sie waren ziemlich grob, als sie mich vom Pferd zogen, und sie sagten schmutzige Dinge zu mir, aber ich glaube, sie wollten mir nur Angst machen«, log sie. »Außerdem war ich ohnehin nur ein, zwei Minuten bei ihnen, dann kam ja Clint und feuerte auf sie. Sie haben gleich Reißaus genommen.«

Sarah schloss die Augen und flüsterte ein Dankgebet. Als sie die Augen wieder öffnete, blickte sie ihre Tochter ein wenig verschlagen an. »Clint?«, fragte sie.

Becky sah sie verwirrt an. »Was?«

»Du hast ihn ›Clint‹ genannt. Seit wann sprichst du ihn mit dem Vornamen an?«

Becky hätte sich am liebsten auf die Zunge gebissen. »Das ist mir … nur so rausgerutscht, glaube ich.«

Ihre Mutter nickte wissend, wenngleich Becky keine Ahnung hatte, was sie zu wissen glaubte. »Ich bringe dir noch heißes Wasser, damit du dich waschen kannst, bevor du zu Bett gehst. Und morgen bleibst du den ganzen Tag im Bett.«

»Ich bin doch nicht krank!«, protestierte Becky, doch ihre Mutter hörte gar nicht mehr zu und eilte aus dem Zimmer.

Sarah schaffte es zwar nicht, dass Becky den ganzen nächsten Tag im Bett blieb, doch das Haus verließ sie tatsächlich nicht. Becky betrachtete es als Buße für die Sorgen, die sie ihren Eltern bereitet hatte, und trug es deshalb mit Fassung, auch wenn sich ihre Arbeit für die Schule dadurch verzögerte. Außerdem würde mindestens ein Tag vergehen, ehe sie die Chance bekam, Clint Masterson allein zu treffen.

Als Clint und ihr Vater an diesem Morgen losritten, um nach dem toten Ochsen zu sehen, blickte sie ihnen nach. Wie sie ihn so imposant und aufrecht im Sattel sitzen sah, konnte Becky kaum glauben, dass das der Mann war, der sie gestern so zärtlich in den Armen gehalten hatte.

Und doch war er es – auch wenn es ihr jetzt, bei Tageslicht, noch so unwirklich vorkommen mochte. Aber er hatte sie nicht nur in den Armen gehalten – nein, er hatte sie auch geküsst und gestreichelt und ... Beckys Knie wurden weich, als sie sich daran erinnerte. Hätte ihre Mutter all das gewusst, so hätte sie sofort angefangen, Beckys Hochzeitskleid zu nähen!

Becky wollte jedoch über so etwas noch nicht spekulieren, solange sie nicht Gelegenheit hatte, ihn wieder zu sehen und herauszufinden, ob die Veränderung, die sie letzte Nacht bei ihm gespürt hatte, von Dauer war oder nur durch die besonderen Umstände hervorgerufen worden war. Becky hatte die Erfahrung gemacht, dass Clint Masterson stets für Überraschungen gut war.

Was ihre eigenen Gefühle betraf, so bestand für sie nicht der geringste Zweifel. Sollte Clint tatsächlich Gefühle für sie hegen und sich ihr beim nächsten Zusammentreffen auch erklären, so würde Becky sich mit Sicherheit Hals über Kopf in ihn verlieben. Es war, wie sie sich selbst eingestand, ohnehin bereits so gut wie geschehen.

Clint wartete auf Hunter Tate, als er an diesem Morgen das Haus verließ. Er hatte eine unruhige Nacht hinter sich. Immer wieder wurde sein Schlaf von Albträumen unterbrochen, in denen er nicht schnell genug war, um Becky vor diesen Männern zu schützen. Der Klang ihrer Schreie würde ihn für den Rest seines Lebens verfolgen – oder zumindest so lange, bis er diese Bastarde erwischt hatte.

Und da einer der Männer Wallace Wakefield gewesen war, bestand eine gute Chance, dass Clint ihre Identität erfahren würde. Er hoffte nur, dass Wakefield nicht noch mehr für ihn tun musste; er stand ohnehin schon tiefer in der Schuld dieses Mannes, als ihm lieb war. Immerhin hatte Wakefield ihn über den Überfall informiert und außerdem noch versucht, diese Bastarde daran zu hindern, Becky wehzutun. Es hätte Clint wahrscheinlich nichts ausgemacht, in der Schuld irgendeines anderen

Mannes zu stehen – aber bei Wakefield war die Sache anders. Clint wollte ihm nicht dankbar sein müssen. Er wollte, dass Wakefield ein Mistkerl war, so wie sein Vater.

Clint dachte daran, dass all das daher kam, dass er die Vergangenheit nicht ruhen ließ. Hatte ihn seine Mutter nicht davor gewarnt? Auf ihrem Sterbebett hatte sie ihm nahegelegt, dass er die Vergangenheit zusammen mit ihr begraben solle. Doch seit sie ihm ihr furchtbares Geheimnis anvertraut hatte, fühlte er sich wie ein Getriebener. Er musste Wakefield finden. Die Wakefields sollten endlich dafür bezahlen, was sie ihm und seiner Mutter angetan hatten.

Doch jetzt begann er sich zu fragen, was er davon hatte, wenn er Vergeltung übte. Es würde nichts daran ändern, wer er war, und es würde den Fluch nicht aufheben können, unter dem er lebte. Nicht einmal Wally Wakefields Tod würde aus Clint einen Menschen wie alle anderen machen – und nichts auf der Welt würde ihm je das Recht geben, die Frau, die er liebte, zu seiner Ehefrau zu machen.

Denn dass er Becky Tate liebte, daran bestand für ihn kein Zweifel mehr. Er hatte die Wahrheit erkannt, als er sah, wie sie in höchster Gefahr schwebte. Da wurde ihm klar, dass er es nicht ertragen könnte, wenn ihr etwas zustieß. Doch das Wissen, dass er sie liebte, barg für ihn nicht Freude, sondern Schmerz.

Warum nur musste sie so wunderschön und begehrenswert sein, so süß und witzig und dickköpfig? Warum musste sie alles sein, was Clint sich je an einer Frau gewünscht hatte? Und warum war sie in seinen Armen hingeschmolzen, als würde sie genau das Gleiche empfinden wie er?

Wenigstens verlor Clint auf diese Weise jede Angst vor der Hölle. Dass er die nächsten Wochen in ihrer Nähe sein musste, um seinen Job zu erfüllen, war eine viel größere Qual, als irgendwelche Dämonen sie sich ausdenken konnten. Er hoffte nur, dass es ihm gelang, seine Gefühle zu verbergen, damit weder sie noch sonst jemand – vor allem nicht ihr Vater – je erfuhr, was er für sie empfand.

Clint grüßte Hunter Tate, als der Rancher zum Stall geschlendert kam, wo er auf ihn wartete. Clint hatte bereits die Pferde für sie beide gesattelt. »Wie geht es Ihrer Tochter heute?«, fragte er unwillkürlich und wünschte sich, er hätte das Recht, selbst nach ihr zu sehen. Er wünschte, er hätte das Recht, sie die ganze Nacht in den Armen zu halten, damit sie sich wieder sicher fühlte.

»Sie hat ein paar blaue Flecken, aber sonst scheint alles in Ordnung zu sein. Ich möchte Ihnen noch einmal sagen, wie dankbar ich Ihnen für alles bin, was Sie für sie getan haben.«

»Das hätte jeder andere auch getan.«

»Da bin ich mir nicht so sicher. Egal, Sie haben es jedenfalls getan. Ich stehe in Ihrer Schuld, und das möchte ich ändern, wenn's geht. Wenn es irgendetwas gibt, was ich für Sie tun kann, dann ...«

»Ich bin ein Ranger, Mr. Tate. Das gehört zu meinem Job«, sagte er und beendete das Thema damit. Er wollte ganz bestimmt keine Belohnung dafür, dass er die Frau gerettet hatte, die er liebte. Sie zu retten war für ihn schon Lohn genug. »Können wir aufbrechen?«

Tates Gesichtsausdruck verhärtete sich. »Sicher«, murmelte er.

Die beiden Männer stiegen auf ihre Pferde und ritten der Morgensonne entgegen.

»Glauben Sie, dass sie nur diesen einen Ochsen getötet haben?«, fragte Tate nach einer Weile.

»Das können wir erst wissen, wenn wir's überprüft haben. Ich schätze, sie haben auch den Zaun irgendwo durchgeschnitten, um reinzukommen. Ich glaube nicht, dass sie das Risiko eingehen wollten, durch eines der Tore zu reiten und gesehen zu werden.«

»Ich habe meinen Jungs schon aufgetragen, dass sie

den Zaun überprüfen sollen. Sie werden auch nachsehen, ob sonst irgendetwas vorgefallen ist.«

»Wenn sie noch ein Tier getötet haben, werden uns die Geier helfen, es zu finden«, sagte Clint.

Tate nickte grimmig.

Die Geier halfen ihnen jedenfalls, das Tier zu finden, nach dem sie suchten. Clinton feuerte ein paar Mal, um sie zu vertreiben, damit er und Tate nachsehen konnten, was von dem Kadaver noch übrig war.

Tate stieß ein paar derbe Flüche aus, als er sah, was die Eindringlinge angerichtet hatten.

»Sieht aus, als hätten ihn Wölfe gerissen – außer dass die Schnitte zu sauber sind«, sagte Tate, nachdem er seinem Zorn ausreichend Luft gemacht hatte. »Haben sie auch diesmal eine Nachricht hinterlassen?«

»Ich habe nicht nachgesehen, aber ich glaube, gestern hatten sie's ein bisschen zu eilig für eine Nachricht.«

Tate musste über Clints Worte lächeln – er wurde jedoch gleich wieder ernst. »Ich kann es verschmerzen, wenn ich hier und da einen Ochsen oder eine Kuh verliere – aber ich habe ein paar reinrassige Zuchtstiere gekauft und *die* dürfen sie unter keinen Umständen erwischen. Wenn sie einen von ihnen töten …«

Clint nickte; er brauchte keine weitere Erklärung. »Vielleicht sollten wir sie näher bei der Ranch halten und Wachen aufstellen.«

»Wir haben wohl keine andere Wahl. Ich werde die Jungs einen Pferch aufstellen lassen.«

Es gab nichts weiter zu tun, und so stiegen die beiden Männer auf die Pferde und machten sich wieder auf den Weg zur Ranch.

»Wie ist es eigentlich gekommen, dass Sie gestern Nacht unterwegs waren?«, fragte Tate plötzlich.

Clint wusste, dass der Rancher ihn auf dem falschen Fuß erwischen wollte, um ihm auf diese Weise irgendein Eingeständnis zu entlocken. Clint fragte sich, ob Tate immer noch den Verdacht hegte, dass er vergangene

Nacht mit Becky zusammen war oder sie zumindest treffen wollte.

»Ich bekam einen Hinweis, dass sie etwas vorhatten.«

»Ein Informant?«

»Ja, jemand, der sich ihnen zum Schein angeschlossen hat.«

»Wer ist es?«

Clint überlegte kurz, ob er es ihm sagen sollte, verwarf den Gedanken aber wieder. »Es ist besser, wenn es niemand weiß. Immerhin ist das Leben des Mannes in Gefahr.«

»Ich würde es niemandem sagen«, beharrte Tate verärgert.

»Das müssten Sie gar nicht mal. Wenn Sie wüssten, wer es ist, bräuchten Sie ihn nur einmal falsch anzusehen – und schon könnte jemand Verdacht schöpfen. Wenn Sie nicht wissen, wer es ist, können Sie ihn nicht verraten, auch nicht zufällig.«

Clints Antwort gefiel Tate kein bisschen. »*Sie* wissen ja auch, wer er ist«, wandte er ein.

»Ich *muss* es wissen, Sie nicht.«

Clint ließ ihm etwas Zeit, die Antwort zu verdauen, und wechselte dann bewusst das Thema. »Es war reines Glück, dass ich Ihre Tochter letzte Nacht gefunden habe. Ich wusste nicht, dass sie unterwegs war, und ich habe ihr bestimmt nicht gesagt, dass ich ausreiten würde.«

Tate akzeptierte die Erklärung offensichtlich. »Tut mir Leid, dass ich dachte ... Nun, wenn man seine Tochter sucht und sie zusammen mit einem Mann findet, der ... ich meine, ihre Mutter hat gemeint, dass Becky und Sie sich vielleicht gern haben könnten. Deshalb bin ich wahrscheinlich auf den Gedanken gekommen. Natürlich, wenn ihr euch wirklich gern habt, wär das okay«, fügte er etwas verlegen hinzu.

Clint hatte das Gefühl, sein Gesicht würde brennen. Dabei hatte er sich so fest vorgenommen, seine Gefühle für sich zu behalten. Wie viele Leute hatten es wohl sonst noch bemerkt? »Mr. Tate, ich ...«

»Sie schulden mir keine Erklärung«, versicherte ihm Tate, um die Peinlichkeit des Augenblicks zu überspielen. »Das geht allein euch beide was an.«

Doch Clint musste ihm einfach eine Erklärung geben, um sämtliche Spekulationen über ihn und Becky ein für alle Mal zu unterbinden. »Mr. Tate, Ihre Tochter ist eine wunderbare junge Frau, und wenn die Dinge anders stünden ... Aber so, wie es ist, kann ich unmöglich daran denken, um *irgendeine* Frau zu werben. Ich habe kein Haus und auch sonst nichts, das ich ihr bieten könnte. Außerdem verlangt es mein Job, dass ich ständig unterwegs bin. Es mag noch Jahre dauern, bis ich mich irgendwo niederlassen und an ein Mädchen denken kann – *irgendein* Mädchen.«

Das sollte reichen. Er blickte zu Tate hinüber und sah, wie er schweigend nickte.

»Verstehe«, sagte er, und Clint hoffte, dass es nicht so war; denn wenn er wirklich alles verstand, dann sah er möglicherweise auch den Kummer, an dem Clint litt, und davon sollte, wenn es nach ihm ging, niemals jemand etwas erfahren.

»Was hast du denn vor, junge Lady?«

Becky zuckte zusammen, als sie den vorwurfsvollen Ton hörte, mit dem ihr Vater sie ansprach, doch sie brachte dennoch ein unschuldiges Lächeln zustande, als sie zu ihm aufblickte.

»Ich packe ein paar Sachen ein, die ich brauche, um im Farmhaus sauber zu machen«, antwortete sie aus der Vorratskammer der Küche.

Nachdem sie den ganzen gestrigen Tag verloren hatte, weil ihre Mutter wie eine Glucke über sie gewacht hatte, war Becky fest entschlossen, ihr Projekt mit verstärktem Eifer voranzutreiben. Da ihre Eltern ihr vorläufig kaum erlauben würden, weitere Besuche bei den farbigen

Familien zu machen, nahm sie sich andere wichtige Dinge vor.

Ihr Vater sah sie mit finsterer Miene an, als plötzlich ihre Mutter in der Küche auftauchte.

»Was soll das alles?«, fragte sie, als sie die Eimer, Bürsten und Besen sah.

»Deine Tochter hat offensichtlich vor, im Farmhaus sauber zu machen«, teilte Hunter seiner Frau mit.

»Becky!«, rief Sarah vorwurfsvoll. »Du solltest doch noch im Bett sein!«

»Ich bin doch nicht krank! Und ich habe es satt, daheim zu sitzen und nichts zu tun«, beklagte sie sich.

»Aber die Farm ist so weit weg«, wandte Sarah ein. »Hast du denn gar keine Angst, allein dort zu sein?«

»Sie wird nicht allein dort sein, weil sie nämlich überhaupt nicht hinreiten wird«, warf Hunter ein. »Sag, bist du denn verrückt? Ich meine, nach dem, was dir gerade passiert ist?«

»Ich bleibe ja nicht bis in die Nacht hinein dort«, erwiderte Becky und zwang sich, ganz ruhig zu bleiben. Es würde ihr sicher nicht weiterhelfen, wenn sie die Beherrschung verlor. »Diese Leute werden sich bestimmt nicht am Tag blicken lassen und ich bin ja bis zum Abendessen wieder zurück. Auch ich habe etwas aus der ganzen Sache gelernt, Papa.«

Sean fragte nach, was in der Küche vor sich ging. Er wollte frühstücken und wunderte sich, dass alle nur herumstanden und diskutierten.

»Ach, nichts«, sagte seine Mutter. »Gehen wir doch frühstücken. Wir können ja später darüber reden.«

Sie sprachen während des gesamten Frühstücks darüber. Während ihr Vater sie um keinen Preis aus dem Haus lassen wollte, beharrte Becky darauf, zur Farm zu reiten.

Schließlich sagte Sean, nachdem er einen Löffel voll Hafergrütze hinuntergeschluckt hatte: »Papa, du könntest doch mit ihr reiten. Es ist Samstag und du hast nicht so viel zu tun.«

Die anderen starrten ihn verblüfft an, und Sean lächelte nur spitzbübisch, als wäre es für ihn selbstverständlich, ein derartiges Problem zu lösen.

»Eine großartige Idee, Sean«, lobte Sarah.

»Das finde ich nicht«, entgegnete Hunter. »Becky braucht das Haus nicht sauber zu machen, solange sie nicht weiß, ob die Schule wirklich eröffnet wird – und selbst dann wären es noch einige Monate, bis es soweit ist.«

»Ich muss den Leuten doch zeigen, wo der Unterricht stattfindet«, erwiderte Becky. »Sie werden ihre Kinder bestimmt nicht in eine Bruchbude schicken, wo die Ratten hausen!«

»Gibt es wirklich Ratten dort?«, wollte Sean wissen.

»Nein, Kleiner, das hab ich nur so gesagt«, erklärte ihm Becky. »Papa, ich muss das unbedingt machen. Ich muss ganz einfach etwas tun!«

Sie konnte ihm nicht sagen, dass sie sich das Gefühl verschaffen musste, etwas Sinnvolles zu tun. Er würde sie nur fragen, warum sie ihre Energien nicht darauf konzentrierte, einen Ehemann zu finden und eine Familie zu gründen, so wie andere Mädchen auch. Eine solche Diskussion wollte sie ganz bestimmt nicht mit ihm führen.

Doch das war auch gar nicht nötig, denn ihre Mutter war auf ihrer Seite.

»Hunter«, warf Sarah ein und legte eine Hand auf seinen Arm. »Das ist sehr wichtig für sie. Könntest du nicht wenigstens ein paar Stunden erübrigen und sie begleiten, damit wir sicher sein können, dass nichts passiert?«

»Ich wollte ohnehin eine Pistole mitnehmen, zur Sicherheit«, sagte Becky. »Und du musst ja nicht die ganze Zeit bei mir bleiben. Wenn wir ankommen und alles in Ordnung ist ... das heißt, wenn du findest, dass alles in Ordnung ist«, fügte sie diplomatisch hinzu, »dann kannst du dich deinen eigenen Angelegenheiten widmen.«

»Du könntest sie ja auch wieder abholen«, fügte Sarah

hinzu, »nur um sicherzugehen, dass sie gut nach Hause kommt.«

»Es wird überhaupt niemand wissen, dass ich dort bin«, wandte Becky ein. »Bitte, Papa.«

Es bedurfte noch einiger Überredungskunst, doch schließlich war Hunter einverstanden. Er beharrte jedoch darauf, Becky keinen Augenblick auf der Farm allein zu lassen. Er nahm sein Pferd und überließ es Becky, den Wagen zu lenken, den sie für ihre Putzutensilien brauchte.

Die Fahrt zur Farm war angenehm und ereignislos, abgesehen vom Anblick der Geier, die über den Überresten des toten Ochsen kreisten. Becky vermied es tunlichst, dem Ort zu nahe zu kommen – doch die Erinnerung an den Vorfall war immer noch so frisch, dass sie zitterte, wenn sie daran dachte. Auch wenn sie es nie zugegeben hätte, war sie froh, dass ihr Vater sie begleitete. Sie fragte sich, ob sie überhaupt den Mut gehabt hätte, die Fahrt allein zu unternehmen.

Das Farmhaus sah so verlassen aus wie immer, und Becky schauderte ein wenig und war erneut froh, nicht allein hier zu sein.

»Da hast du ja genug zu tun, mein Bluebird«, sagte ihr Vater, nachdem er vom Pferd gestiegen war. Sie wusste, dass er ihr nicht mehr böse war, weil er sie mit dem Kosenamen ansprach. »Wir hätten eine Sense mitnehmen sollen, dann hätten wir das ganze Unkraut rund um das Haus beseitigen können.«

»Nächstes Mal nehme ich eine mit«, antwortete Becky und sprang aus dem Wagen. Sie nahm einen Eimer mit verschiedenen Putzutensilien und reichte ihn ihrem Vater.

Er half ihr, die Sachen in den Durchgang zu tragen, und sah sich die einzelnen Räume des Hauses an, während Becky begann, die Möbel ins Freie zu schaffen. Nachdem Hunter sich einen Überblick verschafft hatte, half er ihr, den Küchentisch hinauszutragen. Dann ging er zum Bach hinunter, um Wasser zu holen. Als er wieder zurück war, hatte Becky bereits die Schürze umgelegt und sich ein Tuch um das Haar gebunden.

»Ich dachte mir, ich mache erst einmal die Möbel hier draußen sauber. Dann können sie trocknen, während ich drinnen arbeite«, teilte sie ihm mit. »Möchtest du mir helfen?«

Hunter hob abwehrend die Hände. »Hausarbeit war nicht ausgemacht.«

Becky nickte verständnisvoll. »Ich weiß, du hast hier nur Wachdienst. Ich hoffe, du fühlst dich imstande, mich vor den Feldmäusen und all den anderen gefährlichen Tieren zu beschützen.«

Hunter warf ihr einen kurzen vorwurfsvollen Blick zu. »Du kannst es uns doch nicht übel nehmen, dass wir dich beschützen wollen, Bluebird«, sagte er schließlich mit sanfter Stimme.

»Das tu ich auch nicht!«, erwiderte sie. »Aber man muss es ja nicht gleich übertreiben. Glaubst du wirklich, dass ich hier in Gefahr bin?«

Er blickte auf die brachliegenden Felder hinaus und betrachtete dann das alte verlassene Haus. Nichts bewegte sich außer dem Unkraut, das sich im Wind wiegte. »Du hast deine Pistole bei dir?«, fragte er.

Sie zog die Pistole samt Halfter aus dem Picknickkorb hervor, den ihre Mutter für sie gefüllt hatte.

»Und du weißt, wie man damit umgeht?«

Becky verdrehte ungeduldig die Augen. »Du hast es mir doch selbst beigebracht, Papa. Ich kann eine Zecke von einem Hund runterschießen, ohne dass er einen Kratzer abbekommt. Das weißt du doch.«

»Auf Zecken zu schießen ist eine Sache – auf Menschen eine ganz andere.«

»Wenn ich die Chance hätte, auf die Männer zu schießen, die mich angegriffen haben – meinst du, ich würde da zögern?«

Er blickte sie mit seinen grauen Augen zärtlich an, als

er auf sie zuging und ihr die Hände auf die Schultern legte. »Ich hoffe, es ist so, wie du sagst. Du darfst mir wirklich nicht böse sein – ich will doch nur, dass du in Sicherheit bist. Du und dein Bruder – ihr seid für mich das Kostbarste auf dieser Welt. Wenn dir irgendetwas zustoßen würde ...«

»Es wird mir aber nichts zustoßen, Papa!«, rief sie und umarmte ihn. Und er drückte sie so heftig an sich wie in jener Nacht, als er sie endlich gefunden hatte.

Als er sie wieder losließ, trat sie zurück und tat so, als würde sie nicht bemerken, dass seine Augen feucht waren. »Na, hilfst du mir jetzt beim Saubermachen oder nicht?«, fragte sie und stemmte die Hände in die Hüften.

»Um nichts in der Welt«, antwortete er lächelnd. »Ich glaube, ich reite ein wenig in der Gegend herum. Es ist eine Weile her, seit ich das letzte Mal hier war, und ich habe mir überlegt, ob ich nicht irgendjemanden das Land bebauen lassen sollte. Das ging ja bisher nicht, weil das Vieh das Getreide niedergetrampelt hätte – aber jetzt könnten wir das Land ja mit Stacheldraht einzäunen und ... Egal, ich seh mir das Land jedenfalls mal an. Ich reite nicht weit weg. Wenn irgendetwas passiert, egal was, dann feuere einfach einen Schuss ab. Ich komm sofort zurück.«

Becky lächelte zustimmend – doch ihr Lächeln erstarb, als sie ihrem Vater nachblickte, wie er zu seinem Pferd ging. Wie kam er nur plötzlich auf die Idee, das Land bebauen zu lassen? Und wen hatte er als möglichen Pächter im Auge?

Sie musste unwillkürlich daran denken, wie Clint vor ein paar Tagen, als sie hier mit ihm zusammengetroffen war, die Erde begutachtet hatte, als wäre sie reines Gold. Ihr Vater wusste, dass Clint ein Farmer gewesen war. Sie hatte es ihm selbst gesagt. Konnte es sein, dass ihr Vater glaubte, Clint wäre an dem Land interessiert? Vielleicht hatten sie sogar darüber gesprochen. Der Gedanke jagte ihr einen Schauer über den Rücken. Wenn Clint mit ihrem Vater gesprochen hatte, weil er das Land gern bebauen würde, dann hieß das, er wollte bleiben – und das wiederum hieß ...

Schluss damit!, sagte sie sich streng. Sie benahm sich wie eine dumme Gans. Nur weil Clint ein klein wenig Interesse an ihr gezeigt hatte, bedeutete das noch lange nicht, dass er sich sozusagen in ihrem Hinterhof ansiedeln wollte. Vielleicht hatte die Idee ihres Vaters ja auch überhaupt nichts mit Clint zu tun.

Nun, sie konnte ihren Vater danach fragen, wenn er zurückkam. Bis dahin hatte sie ohnehin genug zu tun. Sie krempelte die Ärmel hoch und holte das Stück Seife, das sie mitgebracht hatte, um in einem der Eimer etwas Seifenlauge vorzubereiten. Dann ging sie mit Lappen und Scheuerbürste daran, den Schmutz von zwei Jahrzehnten zu entfernen, der den massiven Holztisch bedeckte.

Als Tisch und Stühle in neuem Glanz erstrahlten, ging Becky mit ihrem Besen ins Innere, um die Spinnweben und den Staub in Angriff zu nehmen. Sie war so in die Arbeit vertieft, dass sie zunächst gar nicht bemerkte, dass es plötzlich etwas dunkler im Zimmer wurde.

Doch dann stellte es ihr plötzlich die Härchen im Nacken auf – sie spürte, dass sie beobachtet wurde. Sie wirbelte herum und sah gerade noch den Schatten eines Mannes, der sich rasch duckte und vom Fenster verschwand.

Das Fenster war viel zu schmutzig, und der Mann hatte auch zu schnell reagiert, als dass sie ihn hätte erkennen können – doch sie wusste sofort, dass es nicht ihr Vater war. Hunter hätte niemals heimlich durchs Fenster geguckt, und er hätte sich auch nicht zum Haus geschlichen, wie dieser Mann es ohne Zweifel getan haben musste, da sie ihn überhaupt nicht gehört hatte.

All das ging Becky in Sekundenbruchteilen durch den Kopf – und erst einen Augenblick später setzte der Schreck ein. *Die Pistole!*, dachte sie und erinnerte sich, dass sie sie draußen im Durchgang gelassen hatte.

Bitte, lieber Gott!, dachte sie verzweifelt, als sie zur Tür lief und betete, dass sie hinaus gelangte, bevor der Eindringling kam.

7

Sie hörte ihn, wie er hinter dem Haus näher kam. Seine Stiefel raschelten ein klein wenig im hohen Gras, während sie ins Freie stürmte und sich auf den Korb stürzte, in dem immer noch die Pistole lag.

In ihrer Verzweiflung versuchte sie mit ungeschickten Bewegungen, die Waffe aus dem Halfter zu reißen – überzeugt, dass der Mann bei ihr sein würde, bevor sie die Pistole schussbereit hatte. Es war ihr, als spürte sie schon seine groben Hände, und alles in ihr schrie auf vor Entsetzen, als sie die Schritte näher kommen hörte.

Gerade als der Schatten des Mannes auftauchte, bekam Becky die Pistole aus dem Halfter. Mit zitternder Hand riss sie die Waffe hoch und versuchte sie auf die Gestalt zu richten, die in diesem Augenblick um die Ecke kam.

»Halt! Stehen bleiben!«, rief sie mit vor Angst piepsender Stimme. Sie musste daran denken, dass ihr Vater völlig Recht hatte: Es war tatsächlich etwas ganz anderes, auf einen Menschen zu schießen.

Der Mann blieb erschrocken stehen und riss instinktiv die Hände hoch, ehe sie einander erkannten.

»*Clint!*«, brachte Becky krächzend hervor und ließ die Pistole sinken. Sie griff sich mit der freien Hand an ihr wild pochendes Herz.

»Du lieber Himmel, du hast mich zu Tode erschreckt«, beklagte er sich.

»Ich habe dich erschreckt?«, rief Becky wütend. »Du hast dich doch angeschlichen wie ein Dieb!«

Erst jetzt wurde ihm bewusst, dass er die Hände immer noch erhoben hatte. Er ließ sie sinken und stemmte sie in die Hüften.

»Ich habe mich nicht angeschlichen!«, erwiderte er mit Nachdruck.

»Wo ist denn dein Pferd? Und warum hast du nicht gerufen, als du gekommen bist? Und warum hast du durchs Fenster geguckt?«

»Ich habe nicht ... ich meine, ich sah den Wagen und erkannte ihn nicht – also dachte ich, jemand würde vielleicht das Haus verwüsten.«

»Warum hast du dann nicht gerufen? Und warum hast du durchs Fenster geguckt?«, beharrte sie, nicht im Geringsten besänftigt.

Er wollte schon antworten, hielt dann aber inne, und Becky sah mit Staunen, wie er heftig errötete. »Weil ich fürchtete«, sagte er schließlich, »es könnten zwei Leute sein, die hier hergekommen sind, um ... allein zu sein ... zusammen. Verstehst du?«

Becky blinzelte überrascht. »Du meinst ein Liebespaar?«

»Ja«, sagte er mit zusammengebissenen Zähnen und Becky musste sich das Lachen verbeißen.

»Oh«, sagte sie und hoffte, dass sie nicht auch errötete. »Aber warum hast du dann nichts gesagt, als du mich durch das Fenster gesehen hast?«

»Weil ich überhaupt nichts erkennen konnte. Das Glas ist einfach zu schmutzig. Ich dachte mir, ich gehe zur Tür und horche. Wenn ich jemanden reden gehört hätte, wäre ich sofort abgehauen, und wenn nicht ...«

»Wenn nicht, dann hättest du irgendeine arme Seele zu Tode erschreckt«, sprach sie für ihn zu Ende.

Zu ihrer Überraschung verzogen sich seine Lippen zu einem Lächeln. »Ja, oder sie hätte mir eine Heidenangst eingejagt.« Er zeigte mit einem Kopfnicken auf die Pistole, die sie immer noch in der Hand hielt. »Hast du vor, von dem Ding Gebrauch zu machen?«

»Natürlich nicht«, antwortete sie und steckte die Pistole rasch wieder ins Halfter. »Als Mädchen kann man gar nicht vorsichtig genug sein. Besonders nach …«

Sein Lächeln verschwand. »Ja, du hast Recht.« Er blickte sich um und bemerkte jetzt erst den blank geschrubbten Tisch. »Was machst du hier überhaupt? Und vor allem ganz allein, nach dem, was gerade erst vorgefallen ist? Bist du verrückt?«, fragte er, immer lauter werdend. »Sind deine Eltern verrückt, dass sie dich allein hierher kommen lassen und …«

»Ich bin nicht allein«, entgegnete Becky verärgert. Es tat ihr mittlerweile Leid, dass sie die Pistole schon weggelegt hatte. Er war viel liebenswürdiger gewesen, als sie die Waffe noch in der Hand gehalten hatte.

Er blickte sich um, wie um ihre Behauptung zu überprüfen. Als er niemanden sah, blickte er sie erneut vorwurfsvoll an.

»Mein Vater ist hier«, beteuerte sie.

Seine Augenbrauen hoben sich wie in stummem Vorwurf. Es war doch offensichtlich, dass ihr Vater nicht hier war.

»Er ist ganz in der Nähe. Er hat mich heute Morgen hierher begleitet und er holt mich auch wieder ab. Er … er wollte nicht die ganze Zeit im Haus bleiben und untätig herumsitzen, während ich arbeite – also ist er losgeritten, um sich die Farm anzusehen. Ich brauche nur einen Schuss abzufeuern, dann kommt er sofort zurück.«

Clint presste die Lippen zu einem schmalen Strich zusammen. »Dann solltest du die Waffe bei dir tragen. Wenn ich ein bisschen schneller gewesen wäre, hättest du sie nie im Leben rechtzeitig erreicht.«

»Oh, um Himmels willen, ich kann sehr wohl allein auf mich aufpassen!«, entgegnete Becky verärgert.

»So wie neulich in der Nacht?«

Becky spürte deutlich, dass sie errötete, doch sie weigerte sich, klein beizugeben. »Das wird nicht wieder vorkommen. Von jetzt an werde ich immer bewaffnet und bereit sein.«

»Besonders bereit hast du vorhin nicht ausgesehen. So wie die Waffe gezittert hat, hättest du von Glück sagen können, wenn du das Haus getroffen hättest.«

Jetzt bereute es Becky wirklich, dass sie die Waffe nicht mehr in der Hand hatte. Sie verspürte nämlich den dringenden Wunsch, Clint Masterson ein Stück von seinem Ohr wegzuschießen, nur um ihm zu zeigen, wie sehr er sich irrte. »Deine Sorge ist rührend, aber sei versichert, dass ich sehr gut weiß, wie man geradeaus schießt, wenn's drauf ankommt – und ich werde auch nicht zögern, es zu tun.«

Er stieß einen missbilligenden Laut hervor und betrachtete erneut den Tisch und die Stühle. »Du hast mir noch nicht gesagt, was du überhaupt hier machst.«

Becky war sich sicher, dass sie es ihm gesagt hatte – dennoch antwortete sie: »Ich mache sauber, damit alles bereit ist für die Schule.«

Jetzt sah er wirklich verärgert aus. Seine dunklen Augen funkelten vor unterdrücktem Zorn, doch seine Stimme klang ruhig, als er fragte: »Und wie viele Schüler haben sich schon angemeldet?«

»Alle, die ich bisher gefragt habe«, log sie. Nun, es war nicht ganz gelogen. Wenn sie nur eine Familie überzeugen konnte, würden sich alle anderen anschließen – dessen war sie sich völlig sicher. »Ich habe noch nicht mit allen Familien gesprochen, aber ich weiß, dass sie zustimmen werden, wenn sie erfahren, was ich vorhabe. Aber meine Eltern wollten nicht, dass ich allein durch die Gegend reite, nach dem ... Nun, zumindest nicht für eine Weile – also habe ich beschlossen, zuerst einmal das Haus vorzubereiten. Wenn du mich jetzt entschuldigen würdest – ich habe noch eine Menge Arbeit vor mir.«

Sie drehte sich um und stieg die zwei Stufen ins Haus hinauf. Diesmal nahm sie die Pistole mit, als sie in die Küche ging. Als sie drinnen war, wurde ihr klar, dass sie einen schweren Fehler begangen hatte. Zum ersten Mal, seit er sie gerettet hatte, war sie mit Clint Masterson allein – und sie hatte noch kein Wort von all dem gesagt, was sie sich vorgenommen hatte. Sie hatte ihm noch nicht einmal dafür gedankt, dass er sie gerettet hatte, was schon allein die Höflichkeit geboten hätte. Ihre Mutter würde ihr ordentlich die Leviten lesen, wenn sie das gewusst hätte.

Sie nahm das als Vorwand, um wieder ins Freie zu stürmen und ihn vielleicht noch einzuholen. Sie blieb abrupt stehen, als sie sah, dass er sich nicht von der Stelle gerührt hatte, nachdem sie weggegangen war.

»Du solltest nicht ...«

»Es tut mir Leid ...«

Sie begannen beide im gleichen Augenblick zu sprechen und hielten sogleich inne, ein schüchternes Lächeln auf den Lippen. »Du zuerst«, bot Becky an, erleichtert, dass sie ihre Entschuldigung ein wenig aufschieben konnte.

»Du solltest nicht allein hier draußen sein – egal, ob mit oder ohne Pistole.« Seine Gesichtszüge spannten sich an, so als würde er sich auf ihre Einwände vorbereiten.

Doch Becky verspürte nicht den Drang, etwas dagegen einzuwenden, weil sie gar nicht mehr allein sein wollte – vorausgesetzt, es war Clint, der ihr Gesellschaft leistete. »In Ordnung«, sagte sie fügsam.

Er blickte sie überrascht und ein wenig misstrauisch an, so als würde er ihr nicht ganz abnehmen, dass sie plötzlich so einsichtig war. »Was wolltest *du* sagen?«, fragte er schließlich.

Becky brachte ein Lächeln zustande. »Es tut mir Leid, dass ich vorhin so grob zu dir war. Ich meine, du hast mich erschreckt und da ... Nun, ich wollte dir nur sagen, wie dankbar ich dir für das bin, was du für mich getan hast. Dass du mich gerettet hast ... Danke«, fügte sie leise hinzu.

Er starrte sie lange an, so als würde er seinen Sinnen nicht trauen – dann schluckte er und sein Adamsapfel hüpfte auf und ab. »Ist schon in Ordnung. Ich meine, keine Ursache.«

Für Sekunden wirkte er so verletzlich, dass Becky den starken Drang verspürte, ihn zu umarmen – ein Drang, dem sie nur mit Mühe widerstand. »Möchtest du sehen, wie weit ich mit dem Haus schon gekommen bin? Das heißt, falls du nichts Wichtigeres vorhast.«

»Klar«, sagte er, machte aber keine Anstalten, ihr zu folgen, bis sie selbst wieder hineingegangen war. Er blieb jedoch in der Tür stehen, so als wagte er es nicht ganz, hier mit ihr allein zu sein.

Sie musste sich ein Lächeln verbeißen. »Wie du siehst, habe ich schon den Tisch und die Stühle sauber gemacht. Es sieht schon ein wenig besser aus, findest du nicht?«

Er nickte. »Als Nächstes solltest du dich um die Fenster kümmern«, sagte er mit einem verschlagenen Lächeln. »Damit niemand sich anschleichen und dich beobachten kann.«

»Möchtest du mir dabei helfen?«, fragte sie und erwiderte sein Lächeln. »Außen komme ich nur mit einer Leiter ran.«

Einen Augenblick lang dachte sie, dass er ablehnen würde, doch schließlich sagte er: »In Ordnung.«

Beckys Lächeln wurde noch breiter, als sie ihm ins Freie folgte. Sie gab etwas Essig in einen Eimer mit Wasser und reichte ihn Clint zusammen mit einem Lappen.

»Wo gehst du denn hin?«, fragte er, als sie ihm hinter das Haus folgte.

»Ich muss doch sichergehen, dass du es richtig machst, nicht wahr?«, sagte sie ganz offen – entschlossen, ihn nicht aus den Augen zu lassen.

»Dein Gesicht ist schmutzig«, erwiderte er grinsend, während er um die Hausecke bog.

Becky blieb wie versteinert stehen. Sie musste furchtbar aussehen! Sie blickte auf ihre Hände und Unterarme, die tatsächlich ziemlich verschmutzt waren. Schnell raffte sie ihren Rock und lief zum Bach hinunter, wo sie

Gesicht und Hände in dem eiskalten Wasser wusch. Dann nahm sie das schmutzige Tuch vom Kopf und versuchte ihr Haar so weit wie möglich in Ordnung zu bringen. Erst als sie die hässliche Schürze abgenommen hatte, fühlte sie sich bereit, Clint wieder gegenüberzutreten.

Als sie schließlich betont ungezwungen zu ihm hinspazierte, war er mit dem ersten Fenster beinahe fertig. Er drehte sich um, als er sie kommen hörte – doch was immer er hatte sagen wollen, erstarrte ihm auf den Lippen.

Clint hatte gedacht, dass er schockiert gewesen war, als sie die Pistole auf ihn gerichtet hatte – doch als er sie so sah, mit ihrem frisch gewaschenen Gesicht, ihrem hübschen kleinen Mund, der ihn so süß anlächelte, und ihren wunderschönen Augen, die wie Sterne leuchteten, da wünschte er sich fast, sie würde die Waffe wieder auf ihn richten. Wenn er dem Drängen nachgab, das er in sich verspürte, würde sie die Pistole auch brauchen.

»Habe ich etwas übersehen?«, fragte sie.

»Was?«

»Ist mein Gesicht noch schmutzig?«

»O nein«, sagte er und wandte sich rasch wieder dem Fenster zu, als er merkte, wie er sie anstarrte. »Es ist von innen fast genauso schmutzig wie von außen«, sagte er ein wenig hilflos.

»Ich weiß. Ich mache die Innenseite später. Ich glaube, es ist ein wenig egoistisch von mir, dass ich dich hier die Fenster putzen lasse, wo du doch sicher Wichtigeres zu tun hast.«

Clint hatte im Grunde überhaupt nichts zu tun – jedenfalls nichts, was er lieber getan hätte, als hier mit Miss Becky Tate zusammen zu sein. Aber das behielt er wohlweislich für sich. »Auf die paar Minuten kommt es nicht an«, sagte er nur.

Sie verschwand kurz im Durchgang, sodass Clint Gelegenheit hatte, Atem zu schöpfen – doch sie war wieder zurück, ehe er ein zweites Mal durchatmen konnte, und reichte ihm einen alten Lappen.

»Zum Trocknen«, sagte sie zur Erklärung. Sie war nahe genug, dass er ihren moschusartigen Duft wahrnehmen konnte, der durch die körperliche Arbeit noch etwas ausgeprägter war. Seine Knie wurden weich, doch er zwang sich, die Arbeit an den Fensterscheiben wieder aufzunehmen, und begann mit dem Trockenwischen, bevor das Sonnenlicht Streifen hinterlassen konnte.

»Das machst du wirklich sehr gut«, stellte sie fest, ohne sich jedoch von ihm zu entfernen. Ihre Gegenwart war wie ein Magnet, dessen Anziehungskraft er nicht widerstehen konnte. Er ließ seinen Blick auf ihr ruhen, nur kurz – aus Angst, er könnte etwas Unpassendes tun oder sagen, wenn er sich ihrer Schönheit länger aussetzte. »Deine Mutter hat dir das wirklich gut beigebracht.«

Seine Mutter war absolut kein Thema, über das Clint sprechen wollte. »Als Junge auf einer Farm lernt man eine ganze Menge«, sagte er.

»Was hältst du von der Farm hier?«, fragte sie.

Er blickte sie an, um zu erkunden, wie die Frage gemeint war. »Es ist alles ziemlich schmutzig«, antwortete er.

»Nein, nicht das Haus«, fügte sie mit einem hellen Auflachen hinzu. »Ich meine das Land. Glaubst du, dass man hier als Farmer Erfolg haben könnte?«

»Ich dachte, das sei ohnehin klar«, antwortete er ausweichend und dachte angestrengt nach, worauf sie mit ihren Fragen hinauswollte. Ahnte sie etwa, wie sehr er sich eine Farm wie diese wünschte? »Du hast doch erzählt, dass dein Großvater das Land früher einmal bebaut hat, nicht wahr?«

»Mein Urgroßvater und dann seine ehemaligen Sklaven – bis kurz nach dem Krieg. Sie hatten auch einigen Erfolg damit, glaube ich. Es hat keiner so recht darüber gesprochen. Aber als mein Vater seine Ranch aufbaute, konnte man hier nichts mehr anbauen, weil die Kühe alles niedergetrampelt hätten. Es gab ja damals noch keine Zäune, die man sich leisten konnte. Das änderte sich erst, als der Stacheldraht aufkam. Aber jetzt ... nun, mein Vater meint offenbar, dass jemand die Farm übernehmen könnte. Was hältst du davon?«

Clint hatte das Gefühl, dass ihn seine Sehnsucht förmlich zerriss, doch er sagte nur: »Das Land ist wirklich gut.«

»Du meinst also nicht, dass es ausgelaugt sein könnte?«, fragte sie nach.

Er brachte ein beiläufiges Achselzucken zustande, während er mit dem Lappen über die Fensterscheibe wischte. »Das kann kein Problem sein, wenn so viel Vieh in der Nähe ist. Man braucht nur ein-, zweimal im Jahr ein paar hundert Kühe hierher zu treiben und sie über Nacht dazulassen. Sie würden das Land ordentlich düngen.«

Zu seiner Überraschung lachte sie erneut, als fände sie seine Idee ausgesprochen komisch.

Clint war mit dem Fenster längst fertig und konnte die Arbeit nicht noch weiter in die Länge ziehen. »Soll ich den Rest machen?«, fragte er und riskierte wieder einen kurzen Blick zu ihr. Konnte es sein, dass sie in den letzten Minuten noch hübscher geworden war? Ihr Haar glänzte in der Sonne, sodass es beinahe schwarzblau schimmerte – und sie stand da, die Hände in die Hüften gestemmt, als würde sie ihm ihre üppigen Brüste darbieten. Clint zwang sich, zur Seite zu blicken, und bückte sich, um den Eimer aufzuheben.

»Das wäre schön. Das ganze Haus hat nur vier Fenster – eines für jedes Zimmer –, was für damalige Verhältnisse wahrscheinlich sehr viel war; man musste das Glas damals ja von sehr weit her kommen lassen«, sagte sie, während sie ihm zum Schlafzimmerfenster auf der anderen Seite des Hauses folgte. Er bemühte sich, nicht daran zu denken, dass es ein Schlafzimmer war und dass Becky Tate – wenn sie seine Frau wäre – hier mit ihm schlafen würde. Wie wunderbar warm und weich würde sie sich an seiner Seite anfühlen, er bräuchte bloß die Hand auszustrecken und …

Clint schluckte, als sich seine Kehle mit einem Mal sehr trocken anfühlte. Einerseits hätte er sie am liebsten gefragt, ob sie denn nichts anderes zu tun hatte, als hier zu stehen und ihn mit ihrer Gegenwart zu quälen – doch andererseits wollte er es genießen, solange er konnte. Schließlich war ja nichts dabei, dass er sie begehrte, wenn er nichts weiter unternahm.

»Würdest du das Land gern bebauen?«, fragte sie plötzlich.

Clints Hand erstarrte mitten in der Bewegung, und er brauchte einige Sekunden, um zu sich zu kommen. »Was meinst du damit?«, antwortete er ausweichend und fragte sich, ob ihre Frage tatsächlich ein Angebot war.

»Ich meine, ob du als Farmer interessiert wärst, das Land hier zu bebauen.«

Nur ein Narr wäre nicht daran interessiert, dachte er – doch er antwortete schließlich: »Es ist besser, sein eigenes Land zu bestellen, als sich als Pächter durchzuschlagen.«

»Vorausgesetzt, es regnet dort, wo man sein Land hat«, erwiderte sie schlagfertig und zog damit erneut seinen Blick auf sich. In ihren Augen war ein schelmisches Funkeln zu erkennen. Sie sah so hinreißend aus, dass Clint seine Hände zu Fäusten ballen musste, um sie nicht auf der Stelle in die Arme zu schließen.

»Ja, aber heuer regnet es hier auch nicht«, erwiderte er.

Seine Antwort ließ sie verstummen – doch er spürte förmlich, wie es in ihr arbeitete. Sie schien nach etwas zu suchen, über das sie mit ihm sprechen konnte – möglicherweise etwas, das noch beunruhigender war als die Sache mit der Farm.

»Clint«, sagte sie schließlich, »hast du schon herausgefunden, wer diese Männer waren? Ich meine die, die …«

Sie brauchte es ihm nicht näher zu erklären – er wusste genau, wen sie meinte. »Noch nicht«, gab er widerwillig zu. Wie gern hätte er ihr gesagt, dass er bereits mit ihnen abgerechnet und dafür gesorgt hätte, dass sie nie wieder eine Frau belästigen würden. »Ich kann mich nicht zusammen mit Wakefield sehen lassen oder ihn besuchen. Also muss ich warten, bis er mir eine weitere Nachricht schickt.«

»Ich reite am Montag zu ihnen hinaus, so wie immer. Ich könnte ja ...«

»Du solltest dich aus der Sache heraushalten«, wandte er ein.

»Aber ich stecke doch schon mitten drin«, erinnerte sie ihn ungeduldig. »Ich habe weit mehr Gründe, mich der Sache anzunehmen, als du oder Mr. Wakefield.«

Sie hatte natürlich Recht, was nichts an seinem mulmigen Gefühl änderte. Er ließ den Lappen in den Eimer fallen und wandte sich ihr zu. »Becky ...«, begann er, hielt jedoch wieder inne, als er sah, wie gespannt sie ihn anblickte.

»Ja?«

»Du solltest nicht ...« Warum fiel es ihm nur so schwer, einen klaren Gedanken zu fassen, wenn er sie ansah?

»Ich sollte *was* nicht?«, fragte sie nach und kam einen Schritt näher.

Er konnte wieder ihren Duft wahrnehmen, obwohl er den scharfen Geruch des Essigs in der Nase hatte. Ihr süßer Duft erfüllte seine Sinne, doch er kämpfte gegen die Woge des Begehrens an, die ihn durchpulste. Die Anstrengung ließ ihn ein wenig gereizt werden.

»Du solltest dich nicht in eine solche Gefahr begeben. Die Dinge sind auch so schon schlimm genug, ohne dass du ... Sieh mal, du hast doch zu spüren bekommen, was diese Männer tun würden, wenn sie die Gelegenheit dazu hätten.«

»Soll ich mich jetzt für den Rest meines Lebens unter dem Bett verstecken? Soll ich das Haus überhaupt nicht mehr verlassen?«, warf sie ein und ihre wunderschönen Augen funkelten zornig.

»Du solltest einfach nur ein wenig vernünftiger sein und kein unnötiges Risiko eingehen!« Seine Stimme wurde lauter, doch seine Wut galt vor allem seinem Unvermögen, sie zu beschützen.

»Ich gehe kein unnötiges Risiko ein. Außerdem, was sollte es dir schon ausmachen?«

»Das ... das ist mein Job«, brachte er hervor.

»Dein *Job*? Ich glaube nicht, dass es zum Job der Rangers gehört, jedem Mädchen in Texas ans Herz zu legen, vorsichtig zu sein! Also, warum hast du dir gerade mich für deine Belehrungen ausgesucht? Ich bedeute dir doch überhaupt nichts!«

»Das stimmt nicht!«, platzte es aus ihm heraus, ehe er es verhindern konnte.

»Ach, wirklich? Was bin ich denn für dich? Ein Mädchen, das du einmal geküsst und dann weggeworfen hast?«

»Nein!«, rief er bestürzt.

»Oh, dann bin ich wohl ein Mädchen, das du geküsst, *gerettet* und dann weggeworfen hast! Machen das alle Ranger so? Dass sie ein Mädchen zuerst verführen und dann ...«

»Hör auf!«, rief er, packte sie an den Armen und zog sie zu sich. Und sie verstummte tatsächlich. Ihre Augen waren weit aufgerissen, und als sie die Lippen öffnete, um etwas zu sagen – etwas, von dem er wusste, dass er es nicht gern hören würde –, da brachte er sie auf die einzige Art zum Schweigen, die ihm einfiel: indem er ihren Mund mit dem seinen bedeckte.

Eigentlich wollte er grob zu ihr sein, doch als er sie in seinen Armen spürte, schmolz all sein Zorn dahin – und er spürte nur noch das brennende Verlangen, gegen das er ankämpfte, seit er sie zum erstenmal gesehen hatte. Und als auch sie dahinschmolz und sich ihm hingab wie beim ersten Kuss, da gab es für ihn kein Halten mehr.

Seine Arme umfingen sie, und er drückte sie an seine Brust und genoss es, ihre weichen Brüste zu spüren. Sie war so weich – viel weicher noch, als er es in Erinnerung hatte und als er es sich in seinen Träumen ausmalte. Sie schmeckte wie süßer Wein, stark und berauschend. Er war trunken von ihr, so trunken davon, wie sie sich anfühlte, dass er den Ruf aus der Ferne fast überhört hätte.

Er hätte möglicherweise gar nicht darauf reagiert, wenn sie nicht ganz leicht in seinen Armen erstarrt wäre. Er löste seine Lippen von den ihren und blickte ihr in die Augen. Sie schien genauso benommen zu sein wie er. Dann hörte er den Ruf ein zweites Mal, auch wenn er die Worte nicht verstand.

Sie sprangen auseinander, und als er aufblickte, sah er Hunter Tate, der eilig auf das Farmhaus zuritt.

Er verfluchte seine Dummheit und Schwäche. Jetzt war die Sache aus und vorbei. Er würde nicht einmal mehr Gelegenheit bekommen, die Männer zu finden, die Becky angegriffen hatten und ... Er schreckte hoch, als er Becky kichern hörte. In ihren Augen war ein schelmisches Funkeln zu erkennen.

Er fragte sie nicht, was sie so lustig fand. Er wollte es gar nicht wissen.

Hunter Tates Pferd kam im Hof zum Stillstand und er stieg ziemlich gemächlich vom Pferd ab.

»Masterson?«, fragte er, genau wie in jener Nacht, als Clint seine Tochter nach Hause gebracht hatte. Auch diesmal schien er seinen Augen nicht zu trauen.

»Ja, Sir«, antwortete Clint, überzeugt, dass seine Stimme sein schlechtes Gewissen mehr als deutlich ausdrückte.

Doch zu seiner Überraschung lächelte Tate nur. »Tut mir Leid, dass ich wie ein Tornado angebraust komme, aber ich dachte ... Nun, aus der Ferne hat es so ausgesehen, als würde jemand Becky angreifen. Schon komisch, wie einem die Augen manchmal einen Streich spielen können.«

Clint wartete schweigend darauf, dass Becky ihn

beschuldigte. Doch stattdessen sagte sie: »Ich habe dir doch gesagt, dass ich einen Schuss abfeuere, wenn es Ärger gibt.«

Clint blickte sie überrascht an, doch ihre Augen leuchteten immer noch, als wäre sie im Besitz eines wundervollen Geheimnisses. Wirkten ihre Lippen nicht ein wenig zu rot? So als hätte jemand sie soeben geküsst?

»Wie ich sehe, hat meine Tochter Sie auch zur Arbeit eingespannt«, stellte Tate fest und zeigte auf den Eimer zu Clints Füßen. Clint hatte fast vergessen, wozu der Eimer da war.

»Äh, ja, ich ... ich kam hier vorbei und sah den Wagen. Ich dachte mir, sie sollte nicht allein sein«, erläuterte Clint ein wenig unbeholfen. »Also habe ich ...«, fügte er hinzu und machte eine hilflose Geste.

»Mr. Masterson ist noch mehr auf meine Sicherheit bedacht als du, Papa«, sagte Becky. »Und er ist ein viel größerer Gentleman als du. Er hat nicht einmal mit der Wimper gezuckt, als ich ihn fragte, ob er mir hilft, die Fenster zu putzen.«

»Vielleicht ist es ihm einfach nur wichtiger als mir, dich zu beeindrucken, Bluebird«, antwortete Tate mit einem listigen Lächeln, und Clint hatte das dringende Bedürfnis, sich auf den Weg zu machen, bevor Hunter Tate ihn nach seinen Absichten befragen konnte.

»Nun, jetzt, wo Sie hier sind, kann ich ja wieder gehen«, beeilte er sich zu sagen.

»Sie können gern bleiben und mit uns essen«, sagte Becky mit honigsüßer Stimme. »Mama hat uns so viel mitgegeben, dass eine ganze Armee davon satt werden könnte.«

»Nein, danke, ich ...«

»Ja, bleiben Sie doch«, bekräftigte Hunter die Einladung.

»Ich muss mich mit jemandem treffen«, log er. »Trotzdem danke. Wir sehen uns dann später, Miss Tate.« Er hob die Hand, um grüßend seine Hutkrempe anzutippen, doch der Hut war nicht da – und Becky presste die Hand an den Mund, um sich das Lachen zu verbeißen. Sie zeigte auf den Boden hinter ihm und er drehte sich um und sah seinen Hut im Unkraut liegen.

Wann hatte er ihn bloß verloren? Und warum hatte er es nicht einmal bemerkt? Doch er kannte die Antwort auf beide Fragen nur zu gut und bemühte sich, sie aus seinen Gedanken zu verbannen. Er fühlte sich wie ein Idiot, als er seinen Hut rasch vom Boden aufhob und aufsetzte, und er betete, dass sein Gesicht nicht ganz so rot war, wie es sich anfühlte.

»Danke, dass Sie mir beim Fensterputzen geholfen haben«, sagte Becky mit ihrer süßesten Stimme, doch er wagte es nicht mehr, sie anzublicken.

»Gern geschehen. Auf Wiedersehen«, fügte er hinzu und stahl sich davon. Er hoffte nur, dass sein Pferd nicht allzu weit entfernt stand. Obwohl er am liebsten gelaufen wäre, ging er gemessenen Schrittes und spürte dabei ihre Blicke in seinem Rücken, bis er endlich um die Hausecke biegen konnte.

Er hätte erleichtert sein sollen, dass Hunter Tate ihn nicht auf der Stelle erschossen hatte, weil er Hand an seine Tochter gelegt hatte. Der Mann musste genau gesehen haben, was sie beide taten – zumindest konnte er es sich zusammenreimen. Ein Blick auf Becky genügte, um die Wahrheit zu erkennen.

Gewiss, Tate hatte Clint zuvor die Erlaubnis gegeben, seiner Tochter den Hof zu machen – ja, mehr als das, er hatte ihm geradezu seinen Segen gegeben. Doch Clint fragte sich voller Bitterkeit, ob er ihm seinen Segen auch dann gegeben hätte, wenn er die Wahrheit über ihn gewusst hätte. Nein, wohl kaum. Ganz im Gegenteil.

Becky sah Clint nach, wie er wegging. Sie bewunderte die Art, wie er sich bewegte, mit seinen langen Beinen und breiten Schultern. Sie erinnerte sich noch gut, wie diese Schultern sich unter ihren Händen angefühlt hatten, und erbebte ganz leicht, als sie an das Verlangen in seinem Kuss dachte.

»Es ist schon komisch«, sagte ihr Vater in dem beiläufigen Ton, den er oft anschlug, wenn er sie neckte, »aber als ich herangeritten kam, da sah es fast so aus, als würde er dich küssen.«

Becky sah ihn mit großen Augen in gespielter Unschuld an. »Also wirklich, Papa, wie kannst du so etwas behaupten! Deine Augen sind anscheinend nicht mehr die allerbesten. Vielleicht solltest du dir mal eine Brille zulegen.«

»Es könnte aber auch sein, dass Masterson Recht hat: Man darf dich wirklich keinen Augenblick allein lassen. Es ist viel zu unsicher«, entgegnete er.

Becky konnte sich das Lachen nicht länger verbeißen. »Wie könnte ein Mädchen sicherer sein als in Gesellschaft eines Rangers, der sie beschützt?«

Das listige Funkeln in den Augen ihres Vaters verschwand. »Er hat mir gesagt, dass er keine Aussichten hat. Dass er nicht in der Lage ist, eine Familie zu ernähren, seit er seine Farm verloren hat.«

Becky blickte auf die brachliegenden Felder hinaus. »Weißt du, Papa, ich wollte eigentlich mal über etwas mit dir sprechen«, sagte sie mit gespielter Feierlichkeit. »Meine Mitgift.«

»Deine *was*?«, fragte er und lachte erstaunt auf.

»Meine Mitgift«, wiederholte sie laut und deutlich. »Du hast doch selbst oft gesagt, dass die Ranch zu groß ist und dass du sie gern aufteilen würdest. Ich habe mir überlegt, dass du mir zum Beispiel die Farm überlassen könntest.«

Ihr Vater schien von ihrem Vorschlag kaum überrascht zu sein. »Bräuchtest du nicht auch einen Farmer dazu?«, fragte er verschlagen.

Becky blickte ihn mit ihrem unschuldigsten Lächeln an. »Wer weiß, vielleicht hätte ich da jemanden.«

Wenn es nach Becky gegangen wäre, hätte sie den Kirchgang am folgenden Morgen ausgelassen. Bestimmt wussten längst alle in der Gegend davon, dass sie vor kurzem überfallen worden war – und sie hatte überhaupt keine Lust, die Geschichte wieder und wieder zu erzählen, nur weil ein paar alte Klatschbasen, denen sie im Grunde egal war, sie dazu drängten. Doch ihre Mutter bestand darauf, dass sie mitkam – und wie sie befürchtet hatte, warteten die Klatschweiber schon im Kirchhof auf sie, um sie in die Mangel zu nehmen.

Mit zusammengebissenen Zähnen trat Becky in ihre Mitte, ein Lächeln auf den Lippen, um aller Welt zu zeigen, dass ihr nichts fehlte.

»Aber was hast du so spät noch da draußen gemacht?«, wollte Carrie Vance wissen. Carrie tat ihr Bestes, besorgt zu wirken, doch Becky ließ sich nicht täuschen. Sie war ihrer früheren Klassenkameradin jedoch dankbar, dass sie ihr die Gelegenheit bot, etwas in aller Öffentlichkeit bekannt zu machen.

»Ich habe die farbigen Familien in der ganzen Gegend besucht. Ich möchte nämlich, dass sie ihre Kinder in meine Schule schicken«, teilte sie den Frauen mit, von denen sie umringt war.

Wie erwartet, starrten die Frauen sie mit offenem Mund und weit aufgerissenen Augen an.

»Aber du hast doch gesagt, du willst nicht unterrichten ...«, wandte Carrie ein wenig begriffsstutzig ein, ehe ihr die Wahrheit dämmerte. »Hast du *farbige* Familien gesagt?«

»Genau«, bestätigte Becky gut gelaunt. »Du weißt ja, dass ich die Wakefield-Kinder schon seit über einem Jahr unterrichte, und da kam ich auf den Gedanken, dass es noch viele andere gibt, die keine Schule haben. Die einfachste Lösung wäre, eine eigene Schule zu eröffnen.«

»Aber ... aber ...«, stotterte Mrs. Vance ebenso empört wie verwirrt.

»Aber *farbige* Kinder«, brachte eine andere Frau hervor, ebenso empört wie Mrs. Vance, aber etwas weniger verwirrt. »Dabei hast du dich geweigert, die weißen Kinder zu unterrichten!«

Schließlich fand auch Mrs. Vance die Sprache wieder. »Das ist also der Dank dafür, dass wir dich wie eine von uns behandelt haben!«

Becky wollte schon antworten, dass man sie nie wie eine Weiße behandelt, sondern höchstens geduldet hatte, weil ihr Vater wohlhabend und einflussreich war. Doch sie wollte ihnen nicht die Genugtuung geben, zu zeigen, dass es ihr etwas ausmachte. »Ich dachte mir, die farbigen Kinder würden etwas dankbarer sein«, sagte sie.

»Und wo hast du vor, diese ... Schule zu eröffnen?«, fragte Mrs. Vance, so als brächte sie das Wort nur mit Mühe über die Lippen.

»Auf der alten Tate-Farm«, antwortete Becky und fing an, sich über die Bestürzung der Frauen ein klein wenig zu amüsieren. »Sie ist doch passend dafür, finden Sie nicht?«

»Passend!«, stieß Mrs. Vance verächtlich hervor.

»Becky?«, rief Sarah und bahnte sich einen Weg durch die Menge, die sich um ihre Tochter versammelt hatte. Sie war von einigen anderen Damen aufgehalten worden, die unbedingt Beckys Geschichte hören wollten – doch ihr mütterlicher Instinkt sagte ihr, dass etwas nicht in Ordnung war. »Was ist denn los?«

»Ich habe gerade allen von meiner Schule erzählt«, teilte Becky ihr mit. Ihre Mutter machte ein bestürztes Gesicht, doch sie wollte Becky nicht in aller Öffentlichkeit zurechtweisen.

»Sie wollen doch nicht etwa sagen, dass Sie davon gewusst haben?«, fragte Mrs. Vance ungläubig. »Sie werden das doch gewiss nicht billigen, nicht wahr?«

»Wir wissen sehr wohl davon«, antwortete Sarah. »Becky würde dergleichen nie ohne unsere Zustimmung machen.«

»Aber die farbigen Familien werden doch selbst wissen, dass sie nicht ...«, begann eine der Frauen, hielt jedoch gleich wieder inne – von Sarahs stahlhartem Blick aus der Fassung gebracht.

»Was werden sie selbst wissen?«, beharrte Sarah.

»Na ja, es gibt manche, die nicht glauben, dass ... ich meine ...«, stammelte die Frau errötend.

»Es ist einfach nicht recht«, warf Mrs. Vance ein, durch Sarahs Zorn keineswegs eingeschüchtert. »Vor allem, wenn weiße Kinder keine Lehrerin haben.«

»Ich bin sicher, ihr werdet rechtzeitig vor dem Herbst eine Lehrerin finden«, beteuerte Sarah.

Die Frauen begannen untereinander zu tuscheln und zerstreuten sich in kleine Gruppen, sodass Becky und Sarah schließlich allein dastanden.

»Ich hoffe, du bist jetzt zufrieden«, sagte Sarah und wandte ihren Zorn nun ihrer Tochter zu.

»Früher oder später hätten sie es sowieso herausgefunden«, verteidigte sich Becky. »Auf diese Weise erfahren wir wenigstens, ob jemand Einwände dagegen hat.«

»Ich schätze, das haben wir bereits herausgefunden«, erinnerte Sarah ihre Tochter in bitterem Ton.

»Die Idee gefällt ihnen vielleicht nicht – aber das heißt noch lange nicht, dass sie uns daran hindern würden«, entgegnete Becky.

Sarah sah ihre Tochter mitleidvoll an. »Das ist vielleicht nur ein kleiner Schritt«, sagte sie, doch bevor Becky fragen konnte, wie sie das meinte, begannen die Kirchenglocken zu läuten und riefen die Anwesenden zur Messe.

Becky nahm kaum ein Wort von der Predigt wahr. Sie merkte sehr wohl, wie rund um sie geflüstert wurde und wie die Leute sie schockiert anblickten, weil sie es wagte, farbige Kinder zu unterrichten.

Als das abschließende Gebet gesprochen war und die Anwesenden in die Vormittagssonne hinausgegangen waren, machte Becky, dass sie von hier wegkam, und eilte sogleich auf den Wagen der Familie zu.

Sie hörte Carries Stimme, die nach ihr rief, doch sie beschloss, sie zu ignorieren. Sie wollte nicht mehr mit dem Mädchen reden. Da hörte sie eine andere Stimme, die nach Carrie rief und ihr verbot, mit Becky zu sprechen. Die Stimme jagte ihr einen kalten Schauer über den Rücken.

Sie drehte sich instinktiv um und blickte in die Augen von Scott Young, der sie finster anstarrte, während er Carries Arm nahm und sie wegführte. Scott Young, Carries Verlobter – ein Junge, der sich einst auch um Becky bemüht hatte. Sie hatte diese Stimme schon oft gehört und sie hätte sie auch wiedererkannt, wenn sie durch eine Mehlsack-Kapuze gedämpft gewesen wäre.

Scott war einer der Männer, die sie angegriffen hatten.

Becky wusste es, und in dem kurzen Moment, wo ihre Blicke sich trafen, sah sie, dass ihm klar war, dass sie es wusste. Rasch drehte sich Scott von ihr weg und nahm Carrie mit sich – und ebenso rasch schloss sich Becky ihren Eltern an. Sie hatte es genauso eilig, von hier wegzukommen, wie er. Scott Young war bei dem Überfall dabei gewesen. Sie wusste, dass sie es jemandem sagen sollte, aber sie wusste auch, dass es nur einen gab, dem sie diese Information anvertrauen konnte. Ihr Vater wäre vor allem bestrebt gewesen, es Scott heimzuzahlen – und dadurch hätte er möglicherweise Clints Pläne zunichte gemacht. Nein, Becky konnte auf ihre Rache warten, und sie vertraute auf Clint, dass er für sie Vergeltung üben würde, wie er es versprochen hatte.

Wally Wakefield kam sich wie ein Idiot vor, wie er da Sonntag Nacht mitten in der Wildnis im Dunkeln hockte und wartete. Er hörte, wie der Reiter sich näherte, und legte seinem Pferd die Hand aufs Maul, um es daran zu hindern, zur Begrüßung des anderen Tieres zu wiehern.

Da hörte er den Ruf. »Wildfire.« Das Losungswort.

Idioten, alle miteinander.

»Hier«, sagte er und trat auf die Straße hinaus, um

Abner Dougherty entgegenzugehen. »Warum können wir uns nicht einfach in der Stadt treffen?«, fragte er mürrisch, als der Mann bei ihm war.

»Ich habe es dir ja gesagt – ich will nicht, dass irgendjemand merkt, dass wir uns näher kennen. Unser Geheimbund hat viele Mitglieder. Mit manchen von ihnen spreche ich nicht einmal, wenn wir uns auf der Straße begegnen.« Dougherty schwang sich vom Pferd – eine dunkle Gestalt im schwachen Licht des abnehmenden Mondes.

»Du hast gesagt, es würde niemandem ein Haar gekrümmt«, sagte Wally vorwurfsvoll.

»Wir konnten ja nicht wissen, dass das Mädchen auch dort draußen ist. Du kannst es den Jungs nicht verübeln, dass der Hafer sie ein wenig gestochen hat. Sie ist wirklich ein reizendes kleines Biest, und wie sie sich immer zur Schau stellt ...«

»Das tut sie nicht – das weißt du ganz genau«, entgegnete Wally scharf. »Wenn nicht zufällig jemand dazwischengegangen wäre, dann hätte ich persönlich auf sie schießen müssen, damit sie das Mädchen nicht ...«

»Also, Wakefield, jetzt reg dich doch nicht so auf. Die Jungs hätten ihr sicher nichts getan. Sie wollten ihr nur ein wenig Angst einjagen.«

»Ich war dabei und für mich sah es etwas anders aus.«

»Nun, ich habe jedenfalls mit ihnen gesprochen«, meinte Dougherty besänftigend. »So etwas wird nicht wieder vorkommen. Es sei denn ...«

»Es sei denn, was?«, fragte Wakefield, alarmiert durch den drohenden Unterton in Doughertys Stimme.

»Es sei denn, sie macht irgendwelche dummen Sachen. Ich habe da ein paar Dinge gehört, die mir gar nicht gefallen.«

»Was für Dinge?«, fragte Wally und ein kalter Schauer lief ihm über den Rücken. Er dachte an die Botschaft, die sie für ihn überbracht hatte.

»Dass sie irgendeine Schule für Nigger ... ich meine,

für farbige Kinder eröffnen will. Hast du etwas darüber gehört?«

Wally erstarrte – doch er rief sich in Erinnerung, dass seine Gefühle jetzt keine Rolle spielen durften, wenn er Masterson und den Tates helfen wollte. »Sie ist bei uns zu Hause gewesen und hat davon erzählt. Nellie hat ihr gesagt, dass die Kinder in keine solche Schule gehen werden.«

»Sie war nicht nur bei dir zu Hause. Sie versucht, allen Farbigen solche Dinge einzureden.«

»Ihr Vater erlaubt ihr das bestimmt nicht. Er ist doch sicher vernünftig genug, dass er sich nicht noch mehr Ärger einhandelt, wo er ohnehin schon genug davon hat«, erwiderte Wally.

»Da habe ich etwas anderes gehört. Er hat ihr angeblich das alte Farmhaus überlassen. Sie soll sogar gestern dort gewesen sein und das Haus geputzt haben.«

Wally stieß einen stillen Fluch aus. Was dachte sich Hunter Tate eigentlich dabei? Wally wusste, dass die anderen Familien ihre Kinder niemals in irgendeine Schule schicken würden. Sie hatten noch mehr Angst als er selbst vor dem, was dann passieren könnte – und das hätte Hunter Tate eigentlich wissen müssen. »Das glaube ich nicht«, sagte er mit mehr Zuversicht, als er tatsächlich empfand.

»Es stimmt aber. Sie hat es heute Morgen allen in der Kirche erzählt. Carrie Vance hat es ihrem Vater weitererzählt und der hat es mir gesagt. Ich habe bei unserem Mann auf der Tate-Farm nachgefragt, und er hat es mir bestätigt. Man muss dem Mädchen einen ordentlichen Schreck einjagen, bevor es sich richtigen Ärger einhandelt.«

»Ich werde mit ihr sprechen, wenn sie morgen früh zu uns kommt«, schlug Wally vor.

Doughertys Zähne glitzerten im Mondlicht, als er sie zu einem boshaften Lächeln entblößte. »Nicht nötig. Jemand anders kümmert sich schon um sie.«

»Sei vorsichtig!« rief Sarah ein letztes Mal, als Becky am nächsten Morgen das Haus verließ. Sie trug die Bücher für die Wakefield-Kinder unter dem Arm und winkte ihrer Mutter, die auf der Veranda stand, kurz zu, um sie zu beruhigen.

Nie hätte sie gedacht, dass die Sache mit dem Zaun solche Auswirkungen auf ihr Familienleben haben würde. Sie ritt schon seit Monaten regelmäßig zu den Wakefields hinaus – und nie hatte jemand angenommen, dass es gefährlich sein könnte. Doch nun schienen ihre Eltern auf einmal überzeugt zu sein, dass hinter jedem Busch in ganz Texas irgendwelche Männer lauerten, die es auf sie abgesehen hatten.

Nun, vielleicht fürchtete auch Becky sich ein klein wenig, doch sie ließ es nicht zu, dass solche irrationalen Ängste ihr ganzes Leben beherrschten und sie zur Gefangenen im eigenen Haus machten. Der beste Weg, um diese Gefühle zu überwinden, war es, sich ihnen zu stellen. Ihren Eltern sagte sie jedoch etwas anderes – nämlich dass es völlig unsinnig war zu glauben, dass am helllichten Tag irgendjemand auf der Lauer liegen könnte.

Becky hoffte, dass sie sich nicht irrte.

Entschlossen schritt sie über den Hof zum Stall, wo Pedro ihre Stute bestimmt schon gesattelt hatte. Heute würde sie versuchen, Nellie und Mr. Wakefield zu überzeugen, dass sie die Kinder in ihre Schule schickten. Dann würden all die Frauen, die gestern in der Kirche noch so skeptisch gewesen waren, einsehen, dass sie Unrecht hatten.

Sie hatten ja so getan, als wäre sie im Begriff, ein Bordell zu eröffnen. Viele ihrer Bekannten hatten gemeint, dass sie großen Ärger bekommen würde und dass es ohnehin reine Zeitverschwendung sei, weil die Weißen es gewiss nicht zulassen würden, dass die farbigen Kinder eine Schule besuchten. Sie war nur froh, dass ihre Mutter das nicht gehört hatte.

Doch sie wollte an all dies gar nicht mehr denken,

zumal es doch viel Wichtigeres gab – beispielsweise die Frage, ob Mr. Wakefield ihr wohl eine neue Nachricht für Clint Masterson mitgeben würde. Dann hätte sie einen neuen Vorwand, um ihn aufzusuchen – und er würde ihr nicht aus dem Weg gehen können, wie er das seit Samstag tat, als er ihr beinahe seine wahren Gefühle für sie gestanden hatte.

Nie hätte sie sich träumen lassen, dachte sie lächelnd, dass ein Ranger so schüchtern sein könnte! Aber vielleicht machte es ihm auch nur zu schaffen, dass er keine großartigen Zukunftsaussichten hatte. Vielleicht dachte er, dass sie unter diesen Umständen nicht glücklich miteinander werden konnten. Es war ihr schon aufgefallen, dass Männer nicht viel Fantasie entwickelten, wenn es um die Lösung solcher Probleme ging. Zum Glück waren Frauen da etwas geschickter und Becky hatte bereits eine konkrete Vorstellung von einer gemeinsamen Zukunft auf der Tate-Farm.

Becky war ganz in ihre Tagträume versunken und hielt außerdem ein klein wenig nach Clint Ausschau, sodass sie nicht bemerkte, dass beim Stall jemand auf sie wartete – bis er sie ansprach.

»Morgen, Miss Becky«, sagte Johnny Jacobs, einer der Cowboys ihres Vaters.

Becky zuckte zusammen, war aber entschlossen, sich von ihm nicht ihre gute Laune verderben zu lassen. »Guten Morgen, Johnny«, sagte sie in nüchternem Ton, während sie zu ihrer kleinen Stute ging, die bereits gesattelt war und geduldig auf sie wartete.

»Wo geht's denn hin so früh am Morgen?«, fragte er und trat an ihre Seite, während sie die Bücher in die Satteltasche steckte.

»Ich glaube nicht, dass Sie das etwas angeht«, erwiderte sie, ohne ihn anzublicken, obwohl er so nah neben ihr stand, dass er sie hätte berühren können – viel näher, als es sich schickte.

»Ich mache mir nur Sorgen um Sie, das ist alles.« Johnny bemühte sich redlich, besorgt zu klingen, doch Becky konnte er damit nicht täuschen. »Ich meine, nach dem, was neulich passiert ist, können Sie gar nicht vorsichtig genug sein.«

Becky hatte sich das schon von ihren Eltern anhören müssen und sie brauchte nicht auch noch einen Vortrag von ihm. »Ich habe keine Angst«, teilte sie ihm mit und schloss die Satteltasche.

»Das sollten Sie aber«, sagte er leise, mit einer Stimme, die plötzlich drohend klang.

Becky blickte überrascht auf und stellte fest, dass er ihr noch näher war, als sie gedacht hatte. Sie wollte weggehen, doch er packte sie am Arm.

»Ein Mädchen wie du sollte immer Angst davor haben, was die Männer mit ihr tun wollen«, sagte er mit einem verschlagenen Grinsen.

»Lass mich los!«, stieß sie mit zusammengebissenen Zähnen hervor und versuchte vergeblich, sich aus seinem Griff zu befreien.

Er packte auch noch ihren anderen Arm, um sie ganz fest zu halten. »Ich glaube, du wärst froh, wenn ein weißer Mann auf dich aufpasst. Ich würde gut auf dich aufpassen, meine Kleine, sehr gut sogar. Du musst mich nur lassen. Wir könnten uns irgendwo treffen, dann könnte ich dir zeigen, was ... *Au!*«

Johnny sackte zusammen, als Beckys Knie ihn an einer hochempfindlichen Stelle traf – und als er ihren Arm losließ, sprang sie rasch aufs Pferd. Die Stute erschrak, doch Becky trieb sie so energisch an, dass sie im Galopp aus dem Stall brauste. Becky hatte Mühe, sich festzuhalten, während sie sich zusammenriss, um nicht in Tränen auszubrechen.

Clint beobachtete verblüfft, wie Becky aus dem Stall gestürmt kam. Er hatte in der Schlafbaracke gewartet, dass sie wegritt, damit er ihr nicht zufällig begegnete. Nach dem, was nun schon zweimal zwischen ihnen vorgefallen war, als sie allein waren, erschien es ihm am vernünftigsten, ihr aus dem Weg zu gehen.

Er begann sich jedoch Sorgen zu machen, als sie so lange nicht aus dem Stall kam, und als sie schließlich herausgeritten kam, als wäre der Teufel hinter ihr her, wusste er, dass irgendetwas nicht stimmte. Und er lief sofort los, um sein Pferd aus dem Stall zu holen.

Doch als er Johnny Jacobs im Stall stehen sah, wie er sich vorsichtig mit der Hand über die Geschlechtsteile strich, blieb er abrupt stehen.

»Was war hier los?«, fragte er den Cowboy.

Jacobs richtete sich augenblicklich auf. »Was meinen Sie?«

Clints Augen verengten sich, als ihm ein Verdacht kam. »Ich meine, Miss Tate ist eben aus dem Stall geritten, als wäre der Teufel persönlich hinter ihr her. Was haben Sie ihr getan?«

»Ich?«, fragte Jacobs scheinbar erstaunt. »Ich habe überhaupt nichts getan!«

Clint ging drohend auf ihn zu, worauf der Cowboy seine Strategie rasch änderte. »Ich meine, nichts, über das Sie sich Sorgen machen müssten. Es war ... Nun, ich sage nur ungern etwas, das dem guten Ruf einer Frau schaden könnte, aber ...«

»Sagen Sie's lieber, bevor ich es aus Ihnen rausprügle«, drohte Clint ungeduldig.

»He, kein Grund, gleich so wütend zu werden!«, erwiderte Jacobs und hob abwehrend die Hände. »Es ist nicht so, wie Sie denken! Sie ... nun, sie ist schon eine ganze Weile hinter mir her. Sie will immer, dass ich mich irgendwo mit ihr treffe und ... na, Sie wissen schon.«

Clint spürte, wie kalte Wut in ihm hochstieg, doch er nickte nur, damit Jacobs fortfuhr.

»Sie ist ja wirklich hübsch und so, aber ich denke mir, wenn ein Mädchen etwas von mir will, dann wird sie's wahrscheinlich mit jedem tun – und wer will sich schon auf so etwas einlassen? Irgendwann bekommt sie ein

Kind und will geheiratet werden – und woher willst du dann wissen, ob das Kind von dir ist?«

Clint konnte den Cowboy kaum noch erkennen – seine Wut war mittlerweile so groß, dass ihm alles vor den Augen zu verschwimmen begann. »Und deswegen hat sie dir einen Tritt gegeben, weil du dich nicht mit ihr treffen willst?«

Jacobs grinste. »Ein Temperament hat sie, das muss man ihr lassen. Sie mag es nicht, wenn man nein sagt.«

Clint war mit zwei langen Schritten bei ihm. »Und ich mag es nicht, wenn man mir Lügen erzählt.«

Es ging zu schnell, als dass Jacobs hätte reagieren können. Clints Kinnhaken riss ihn von den Beinen. Als er auf dem Boden aufschlug, lief Clint bereits zu seinem Wallach. Er wusste nur eins – er musste Becky so schnell wie möglich finden.

Becky ritt blindlings dahin und ließ der Stute freien Lauf. Sie wollte nur so schnell wie möglich irgendwohin, wo niemand sie sehen konnte, wo niemand ihre Tränen sah und sie fragte, ob etwas nicht in Ordnung sei.

Wie hätte sie es auch erklären sollen? Wie hätte sie irgendjemandem anvertrauen können, was der Bastard zu ihr gesagt hatte? Sie hätte ihn am liebsten getötet – und das hätte sie auch getan, wenn sie nicht vergessen hätte, ihre Pistole mitzunehmen. Beim nächsten Mal würde sie die Waffe bei sich haben – und von nun an würde sie nicht zögern, jeden Mann zu erschießen, der sie auch nur komisch ansah.

Der Wind trocknete die Tränen, die ihr die Wangen hinunterliefen, und nach einer Weile ließ sie ihr Pferd im gemächlichen Trab weiterlaufen. Schließlich blickte sie sich um und war kaum überrascht, dass sie auf die Farm zuritt. Nur hier konnte sie allein sein und sich doch sicher fühlen, hier konnte sie sich wieder sammeln. Da sie im Augenblick ohnehin noch zu aufgewühlt war, um die Wakefield-Kinder zu besuchen, ritt sie weiter zu ihrer

Zufluchtsstätte, die sie sich aus den Trümmern der Vergangenheit aufgebaut hatte.

Clint sah sie in der Ferne und wusste instinktiv, wo sie hinritt – zum selben Ort, wo es auch ihn in letzter Zeit so oft hinzog. Er verlangsamte seinen Ritt, weil er sie nicht einholen wollte – ja, er wollte sie nicht einmal wissen lassen, dass er ihr folgte. Er würde sich ihr nicht zeigen. Alles andere wäre ziemlich unklug gewesen, wenn man bedachte, was bisher immer geschehen war, wenn er versucht hatte, sie zu trösten.

Nein, er würde sich schön im Hintergrund halten und darauf achten, dass niemand sie belästigte – fast so wie ein Schutzengel. Er lächelte bitter bei dem Gedanken, dass er sich selbst als Engel sah. Nein, er wollte sie nicht wirklich schützen – zumindest nicht vor ihm selbst. Er wollte sie viel lieber in die Arme nehmen und ihren süßen Mund und ihren noch süßeren Körper in Besitz nehmen.

Und weil das so war, durfte er sich ihr nicht einmal auf Hörweite nähern, und zwar nie mehr. Ihre Stute war jetzt in den Trab übergegangen und Clint ließ sich noch etwas weiter zurückfallen. Sie durfte ihn nicht sehen. Sie hätte sonst denken können ... Nun, sie hätte wahrscheinlich die Wahrheit gedacht – dass er hinter ihr her war und dass er, genau genommen, auch nicht besser war als Johnny Jacobs. Ja, verdammt, Clint wollte sie genau so, wie der Cowboy sie wollte. Der einzige Unterschied bestand darin, dass Clint gar nicht versuchte, sie zu bekommen.

Als Becky das einsame Farmhaus sah, seufzte sie vor Erleichterung – ein Gefühl, wie sie es gewöhnlich hatte, wenn sie nach einer langen Reise nach Hause kam.
Nach Hause. Seltsam, dass einem ein altes verlassenes Haus ein solches Gefühl vermitteln konnte. Gewiss, sie hatte schon einmal hier gelebt – aber das war nur für

wenige Tage gewesen, als Baby, sodass sie keinerlei Erinnerungen mehr daran haben konnte. Als sie vor einigen Tagen nach langer Zeit zum erstenmal wieder hierher gekommen war, hatte sie geweint – doch daran waren eigentlich keine Erinnerungen schuld, sondern die Geschichten, die man ihr erzählt hatte, auch wenn diese Geschichten ihr so vertraut waren, als hätte sie alles selbst erlebt.

Jedenfalls vermied sie es, den Baum anzusehen, an dem die beiden Schwarzen einen so furchtbaren Tod gestorben waren. Stattdessen blickte sie zum Haus hinüber, dessen Fenster in der Morgensonne glänzten. Ihr Vater hatte sich bereit gefunden, die beiden übrigen Fenster zu putzen, nachdem Clint aufgebrochen war, und sie hatte die Innenseiten geputzt. Und es hatte sich wirklich gelohnt.

Das Haus wirkte nun bewohnt, wenn man einmal von dem Unkraut absah, das rundherum wucherte. Sie würde es demnächst jäten müssen und vielleicht vor dem Haus ein paar Blumen pflanzen. Hinter dem Haus könnte sie einen Gemüsegarten anlegen – auf dem Fleck, wo vor vielen Jahren schon einer war. Neben dem Haus würde sie einen Judasbaum pflanzen – direkt vor dem Schlafzimmerfenster, sodass sie im Frühling von drinnen die rosafarbenen Blüten sehen konnten und …

Was machte sie da überhaupt? Etwas verstimmt stellte sie fest, dass sie schon wieder plante. Nur war es diesmal nicht für die Schule, sondern für ihre Zukunft im Allgemeinen – genau genommen für den Fall, dass die Farm ihr Zuhause werden würde. Doch das konnte nur eintreten, wenn Clint Masterson bereit war, die Farm zu übernehmen, und wenn sie seine Frau wurde.

Ihre Wangen glühten, doch sie schrieb es dem Wind zu, der über die brachliegenden Felder peitschte. Gestern wären solche Pläne jedenfalls durchaus logisch erschienen, wenn sie daran dachte, wie Clint sich verhalten hatte. Obwohl er wirklich versucht hatte, ihr aus dem

Weg zu gehen, war die Anziehung letztlich doch stärker gewesen. Sie wusste nun auch, *warum* er sich so sehr bemühte, sich von ihr fern zu halten, nachdem ihr Vater ihr erzählt hatte, dass die beiden Männer bereits über eine mögliche Verbindung zwischen ihr und Clint gesprochen hatten.

Es war ihr sehr peinlich, dass ihr Vater sich als Heiratsvermittler betätigte – und das nicht einmal sehr geschickt, soweit Becky das beurteilen konnte. Doch er hatte wenigstens den Grund herausgefunden, warum Clint ihr aus dem Weg ging, obwohl er sich so sehr zu ihr hingezogen fühlte.

Gestern noch war ihr die Lösung so einfach vorgekommen und eine gemeinsame Zukunft schien zum Greifen nah. Doch irgendwie hatte Johnny Jacobs mit seiner Zudringlichkeit all das besudelt – sogar Clint Mastersons Küsse. Hegte Clint echte Gefühle für sie oder ging es auch ihm nur um ihren Körper? Kämpfte er gegen die Anziehung an, weil er glaubte, ihrer nicht würdig zu sein, oder weil er sich nicht mit einer *Squaw* einlassen wollte?

Die Tränen brannten ihr in den Augen, als sie den überwucherten Hof erreichte und aus dem Sattel stieg. Blinzelnd blickte sie zum Haus hinüber – fest entschlossen, nicht zu weinen. Im Stillen bedachte sie Johnny Jacobs mit allen Flüchen, die ihr einfielen. Ihre Putzutensilien waren immer noch da. Sie konnte hier bleiben und überhaupt nicht zu den Wakefields reiten. Es gab ohnehin noch jede Menge zu tun – und hier würde sie niemand stören. Vor allem musste sie hier auch niemandem unter die Augen treten. Sie würde Zeit haben, um nachzudenken und vernünftige Antworten auf ihre Fragen zu finden. Vielleicht würde ihr sogar etwas einfallen, wie sie ein für alle Mal mit Johnny Jacobs fertig wurde, damit sie sich seine Zudringlichkeit nie mehr bieten lassen musste. Ja, dachte sie, genau das würde sie tun.

Clint blieb im Schatten einer Eiche stehen, weit genug von der Farm entfernt, dass Becky ihn nicht sehen konnte. Sie schien sich mittlerweile wieder gefasst zu haben. Sie stieg vom Pferd und betrachtete das Haus. Er würde noch eine Weile hier warten, um zu sehen, was sie vorhatte. Er wollte jedenfalls nicht, dass sie allein hier blieb, vor allem weil Johnny Jacobs bestimmt wütend auf sie war.

Männer neigten nun einmal dazu, einen Angriff auf ihre empfindlichsten Teile sehr persönlich zu nehmen. Gewiss, Jacobs hatte auch einigen Grund, auf Clint wütend zu sein – aber es war bei weitem wahrscheinlicher, dass er sich an Becky rächen wollte.

Nein, er würde sie nicht allein lassen, falls sie beschloss, zu bleiben. Doch er würde sich hüten, ihr zu nahe zu kommen; er konnte sich nur zu gut vorstellen, was dann geschehen würde. Wenn sie wirklich hier blieb, würde er zur Ranch zurückreiten und dafür sorgen, dass ihr Vater oder einer der Cowboys herkam. Er hatte zwar noch keine Ahnung, wie er das erklären sollte – aber da würde ihm sicher etwas einfallen. Als Ranger hatte er schon genug Lügen gehört, um zu wissen, wie man lügen musste, um überzeugend zu wirken.

Und es sah tatsächlich so aus, als wollte sie bleiben. Sie war zu ihrem Pferd zurückgekehrt und lockerte den Sattelgurt, weil es für das Tier so bequemer war.

Instinktiv ließ Clint seinen Blick durch die Gegend schweifen, um nach möglichen Gefahrenquellen Ausschau zu halten. Die Farm war zwar abgelegen, dennoch konnte man nie wissen. Da sah er es. Es war derselbe Baum, an dem einst vor so vielen Jahren die beiden Schwarzen gestorben waren.

Großer Gott! Er erstarrte vor Schreck und spürte gleichzeitig eine unbändige Wut. Im nächsten Augenblick trieb er seinen Wallach an. Er musste unbedingt bei ihr sein, bevor sie es auch sah. Während er den Hügel hinunterstürmte, hatte er nur einen Gedanken: sie zu beschützen – und wenn es nur vor diesem grausigen Anblick war.

Becky blickte auf, als sie Hufgetrappel hörte – und im nächsten Augenblick sah sie es auch. Es war der Körper eines Kindes, der da an dem Baum hing, mit einem Strick um den Hals, und sich langsam im Wind drehte.

Sie schrie auf und die Stute sprang erschrocken zur Seite. Und Becky lief los, so schnell sie konnte, um zu dem Kind zu gelangen, das ja vielleicht noch nicht tot war – auch wenn sie tief in ihrem Innersten wusste, dass der Körper viel zu reglos war, um auch nur einen Funken Leben in sich zu tragen.

Sie stolperte auf dem harten Boden und verfing sich mit den Beinen in ihrem Reitrock, sodass sie viel zu langsam vorankam. Dabei war sie noch so weit entfernt – so weit, dass sie wusste, sie würde niemals rechtzeitig dort sein.

Es war wie in einem Albtraum, in dem sie nicht laufen konnte, weil ihre Füße sich nicht bewegen ließen. Hinter sich hörte sie den Reiter näher kommen – doch daran dachte sie jetzt nicht. Es gab nur noch eins, das zählte: das Kind.

Es war ein Mädchen, mit einem Mehlsack bekleidet. Ein kleines farbiges Mädchen mit einem weiteren Mehlsack über dem Gesicht. *Wer ist sie?*, schrie es in ihr auf. Sie war zu klein, als dass es Alice Wakefield sein konnte. Die kleine Georgia vielleicht? *Nein!* Sie dachte an all die Kinder, die sie in der vergangenen Woche besucht hatte. *O bitte, Gott, nicht eines von ihnen!*

»Becky, nein!«, rief ihr jemand zu, doch Becky nahm die Stimme kaum zur Kenntnis und auch nicht das Donnern der Hufe hinter ihr. Sie hatte ihr Ziel fast erreicht.

Jemand weinte und schluchzte bitterlich, doch sie hatte keine Zeit, sich zu fragen, wer es war, als sie die Arme ausstreckte.

Kräftige Hände griffen nach ihr und versuchten sie

wegzuziehen, doch sie waren nicht schnell und nicht stark genug – sie riss sich los und schlang ihre Arme um den schlaffen Körper des Kindes.

8

Plötzlich gab es ein eigenartiges Knacken, und Becky sah mit Grauen, wie der Körper sich vom Kopf löste. Ihr eigener Schwung warf sie zu Boden, während sie den leblosen Körper des Kindes immer noch in den Armen hielt.

Sie schrie auf vor Schreck und Ekel, doch statt zerfetztem Fleisch und Blut lugte aus dem Hals bloß ein Strohbüschel hervor.

»Es ist nur eine Puppe!«, sagte jemand hinter ihr. Es musste derselbe sein, der zuvor vergeblich versucht hatte, sie festzuhalten und sie daran zu hindern, das tote Kind zu erreichen, das in Wirklichkeit gar kein Kind war.

Immer noch außer sich vor Schreck drehte sie sich um und blickte in das Gesicht von Clint Masterson. Sie hatte von Anfang an gewusst, dass er es war, wie ihr mit einem Mal bewusst wurde. Wer hätte es auch sonst sein sollen?

»Es ist nicht echt!«, sagte er und riss ihr die Puppe aus den Händen. »Es ist nicht echt!«

Sie sah es selbst und konnte dennoch nicht aufhören zu schluchzen.

»Ist ja gut«, redete er ihr zu und nahm sie in die Arme. »Jetzt ist alles wieder gut.«

Becky wusste, dass gar nichts je wieder gut sein würde, doch sie war froh, an Clints Brust Trost zu finden und Tränen um ein totes Kind vergießen zu können, obwohl keines gestorben war.

Sie wusste, was das zu bedeuten hatte. Es hieß, dass ein Kind sterben würde, wenn sie tatsächlich eine Schule gründete. Es spielte nun keine Rolle mehr, ob sie die Eltern überreden konnte, ihre Kinder in die Schule zu schicken. Es spielte auch keine Rolle mehr, ob ihr Vater einverstanden war oder nicht. Und es war auch egal, ob die Mitglieder der weißen Gemeinde die Idee unterstützten. Wenn sie die Schule eröffnete, würde jemand Rache üben.

All ihre Hoffnungen und Pläne waren nun zunichte. Tot, wie das Ding, das da leblos im Wind baumelte.

»Schneide sie ab!«, sagte sie schluchzend – doch sie musste es wiederholen, ehe Clint sie verstand.

Sie spürte an seinen Armen, dass er sie nur widerwillig losließ. Schließlich holte er ein Taschenmesser hervor, mit dem er den Strick durchschnitt, an dem immer noch der Kopf mit dem Mehlsack baumelte. Becky wandte sich dem Körper der Puppe zu, den Clint zur Seite geworfen hatte. Sie wollte das Ding zerreißen, damit es keinerlei Ähnlichkeit mehr mit einem Kind hatte – doch da sah sie die Nachricht, die an die Brust geheftet war.

»Keine Schule – sonst ...«, stand mit Bleistift auf ein Blatt Papier gekritzelt. Daneben war als Unterschrift ein kleines Kreuz gemalt.

Mit einem Aufschrei griff sie nach dem Blatt, um es zu zerreißen, doch Clint nahm es ihr aus der Hand. »Das ist ein Beweisstück.«

»Ein Beweisstück?«, rief sie. »Wofür? Ist es denn ein Verbrechen, jemandem zu drohen?«

»Nein«, gab er widerstrebend zu, »aber wenn sie etwas tun ...«

»Sie brauchen gar nichts mehr zu tun!«, schrie sie hysterisch. »Sie haben doch schon gewonnen! Verstehst du nicht? Ich kann das doch nicht einfach ignorieren. Ich kann nicht riskieren, dass sie ihre Drohung wahr machen. Und das wissen sie ganz genau – also haben sie gewonnen!«

»Ich bringe dich nach Hause«, sagte er mit ernster Stimme.

»Nein!« Becky wusste, dass sie es nicht ertragen würde, ihren Eltern jetzt gegenüberzutreten.

»Dann gehen wir für eine Weile ins Haus, bis ...«

»Bis ich mich beruhigt habe?«, sprach sie zu Ende, als er zögerte. Ihre Stimme war so schrill, dass sie selbst erschrak. »Ich werde mich nie mehr beruhigen, also brauchst du dich gar nicht erst zu ...«

»Komm«, sagte er und zog sie auf die Beine, bevor sie etwas einwenden konnte. Sie wehrte sich – doch er achtete nicht weiter darauf, hob sie hoch und ging mit ihr zum Haus.

»Ich will dieses Ding vernichten!«, beharrte sie, während ihr immer noch die Tränen über die Wangen liefen. »Ich will nicht, dass es irgendjemand sieht!«

Clint zeigte keine Reaktion. Die Augen geradeaus gerichtet, ging er schweigend zum Haus. Sein Gesicht, das wie zu einer Maske erstarrt war, hätte sie vielleicht erschreckt, wenn ihr der Schock über den Vorfall nicht noch in den Gliedern gesessen hätte.

Schließlich gab sie es auf, sich gegen ihn zu wehren, und während sie den Tränen freien Lauf ließ, fragte sie sich, wozu man in einer so grausamen Welt überhaupt noch weiterleben sollte. In einer Welt, in der Männer wie Johnny Jacobs mit einem Mädchen tun konnten, was sie wollten, nur weil die Haut des Mädchens nicht weiß war. Einer Welt, in der jemand ein Kind töten konnte – und niemand würde sich darüber aufregen, weil das Kind von dunkler Hautfarbe war.

Clint trat die Tür zur Küche auf, die nun blitzsauber war und in der es ganz leicht nach Seife und Essig roch. Tisch und Stühle standen noch genau so, wie Becky und ihr Vater sie vor zwei Tagen aufgestellt hatten – und Clint ließ Becky schließlich auf einem der Stühle nieder.

Erschöpft sank sie nach vorn auf den Tisch, barg den Kopf in den Armen und ließ den Tränen der Frustration, der Angst und der Wut freien Lauf. Nach einer Weile spürte sie wieder Clints Hand auf ihrer Schulter. Sie blickte mit getrübten Augen auf und sah, dass er einen

Eimer Wasser vom Bach geholt hatte. Er tauchte sein Halstuch ins Wasser, drückte es aus und reichte es ihr.

Sie nahm es dankbar an und presste das angenehm kühle Tuch gegen ihr brennendes Gesicht. Schließlich fühlte sie sich wieder gefasst genug, um Clint in die Augen zu blicken. Sein Gesicht war immer noch wie aus Stein gemeißelt, doch in seinen Augen funkelte der gleiche hilflose Zorn, der auch in ihr loderte.

»Wer kann so etwas tun?«, fragte sie ihn.

»So gut wie jeder«, antwortete er grimmig. »Oft sind es die Menschen, von denen man es am wenigsten erwartet hätte. Irgendjemand, der einem vergangenen Sonntag in der Kirche noch zugelächelt hat. Oder jemand, der einem streunenden Hund zu fressen gibt, weil er das arme Tier nicht hungern lassen will.«

Fast hätte sie wieder zu weinen begonnen, als sie seine trostlose Stimme hörte und den Schmerz in seinen dunklen Augen sah – doch sie weinte nicht, weil sie noch etwas anderes an ihm sah. Eine Geste, eine Bewegung – so geringfügig, dass sie ihm vielleicht gar nicht bewusst war, doch sie hatte sie trotzdem gesehen. Und sie zeigte ihr, dass seine Sehnsucht mindestens ebenso groß war wie die ihre.

Mit einem Seufzer sprang sie von ihrem Stuhl auf und warf sich in seine Arme. Er drückte sie fast verzweifelt an sein wild pochendes Herz, während sie sich ebenso verzweifelt an ihm festhielt. Für einen glücklichen Augenblick verschwand der ganze Schrecken, und Becky hätte beinahe glauben können, dass er imstande war, all das Böse für immer von ihr fern zu halten.

Doch das konnte er natürlich nicht. Schließlich hatte er es ja auch bisher nicht gekonnt.

»Du musst es ganz schön satt haben, dass ich mich andauernd bei dir ausweine«, flüsterte sie.

Er drückte sie noch etwas fester an sich, wie um ihre Befürchtung zu zerstreuen. »Du kannst die Schule nicht aufmachen«, sagte er schließlich mit heiserer Stimme. Es klang fast, als hätte *er* gerade geweint. »Das weißt du doch, oder?«

Sie nickte, doch er schien es nicht zu bemerken.

»Du kannst dir nicht vorstellen, was sie dir antun würden – dir und den Kindern und ihren Familien. Nicht nur, dass sie jemanden töten würden ...«

»Ich weiß«, sagte sie, damit er nicht weitersprach.

»Ich könnte dich nicht beschützen«, fuhr er fort. »Ich könnte sie nicht daran hindern, deshalb darfst du nicht ...«

»Ich weiß!«, rief sie und legte die Hand an seine Lippen.

Mit verzweifelter Hast nahm er ihre Hand und drückte seine Lippen auf ihre Handfläche, wie ein Mensch, der sich zutiefst nach Berührung sehnte. Seine Augen waren fest geschlossen, so als fühlte er irgendeinen tiefen Schmerz – und als er sie öffnete, sah sie, dass es tatsächlich so war.

»Clint?«, sagte sie, ohne zu wissen, was sie ihn eigentlich fragen wollte.

»Wir sollten jetzt gehen«, sagte er und machte einen schwachen Versuch, sich von ihr zu lösen – doch sie klammerte sich umso stärker an ihn.

»Sag es mir ...«, erwiderte sie und suchte verzweifelt nach den richtigen Worten. »Warum macht es dir überhaupt etwas aus, was mit mir passiert?«

Er schüttelte den Kopf, um ihrer Frage auszuweichen, doch was sie suchte, sah sie in seinen Augen funkeln.

»Du willst mich, das weiß ich genau!«, rief sie. »Warum läufst du immer vor mir weg?«

»Becky, ich ...«

»Ist es, weil ich von Indianern abstamme?«, fragte sie, als er zögerte.

Er blickte sie an, als wüsste er gar nicht, wovon sie sprach. »Was?«

»Weil ich eine Indianerin bin! Ist es das? Ist das der Grund, warum du nicht ...?«

»Du bist keine Indianerin!«, erwiderte er, und wenn Becky ihn noch nicht geliebt hätte, so hätte sie ihn allein dafür liebgewonnen.

»Aber warum willst du dann nicht ...?«

»Ich *kann* nicht!«, antwortete er und packte sie an den Schultern, als wollte er sie von sich stoßen, hielt sie jedoch nur umso fester. »Verstehst du denn nicht? Ich ... ich kann dir nichts bieten. Ich besitze nicht mehr als mein Pferd und die Kleider, die ich am Leib trage! Das ist alles! Ich habe nicht einmal ein eigenes Zimmer, ganz zu schweigen von einem Haus, wo ich mit einer Ehefrau leben könnte. Ich kann nicht einmal daran denken, dich zu ...«

Doch Becky hatte bereits für sie beide gedacht. Sie hatte schon alles geplant und wusste, dass seine Sorgen unbegründet waren. Sie schlang ihre Arme um ihn und küsste ihn überschwänglich. Er wollte sie! Er *liebte* sie! Es musste so sein – sonst hätte er doch nicht daran gedacht, sie zur Frau zu nehmen. Und sie liebte ihn auch. Plötzlich sah sie einen völlig neuen Grund, um weiterzuleben und die Freuden dieses Lebens auszukosten.

Sie drückte sich noch enger an ihn, so als könnte sie dadurch mit ihm verschmelzen, damit er nie wieder von ihr weggehen konnte.

Mit einem Stöhnen gab er ihrem Drängen nach und nahm ihren Mund mit dem seinen in Besitz. Sie küssten sich, bis Beckys Knie unter ihr nachgaben. Sie ließ sich zu Boden sinken und zog ihn mit sich.

Seine Hand umschloss zärtlich eine ihrer Brüste. Die Berührung jagte ihr einen Schauer des Verlangens durch den ganzen Körper – wie kleine Flammen, die ihr Blut in Wallung brachten, bis es ihr in den Ohren dröhnte, sodass sie keinen klaren Gedanken mehr fassen konnte.

Sie lag nun unter ihm auf dem Boden und sehnte sich danach, sein Gewicht auf sich zu spüren und seine Haut an der ihren. Sie zog sein Hemd aus der Hose, um mit den Händen die samtige Haut darunter zu erreichen. Er fühlte sich heiß an, so als hätte sie ihn mit ihrem eigenen Verlangen entzündet.

Seine Pistole schlug gegen ihre Hüfte, und er wandte sich kurz von ihr ab, um den Gürtel abzunehmen und die Weste gleich dazu. Becky war bereits mit seinen Hemdknöpfen beschäftigt und so wandte er sich den ihren zu. Seine großen Hände waren etwas ungeschickt und vor allem zu langsam, viel zu langsam.

Becky öffnete schließlich sein Hemd und legte die Hände auf seine nackte Brust, wo ihre Finger in die dunklen Haare eintauchten. Er schnappte nach Luft, als sie ihn berührte, drückte sich aber gleichzeitig fester an sie.

Schließlich hatte er ihr Hemd geöffnet. Ihre Brüste – vom Korsett hochgehoben – dehnten den dünnen Stoff des Unterhemds, als forderten sie seine Aufmerksamkeit. Sie war deshalb kaum überrascht, als er seinen Mund ihren Brüsten zuwandte. Seine Lippen schlossen sich um eine der Brustspitzen, und sie hielt den Atem an und stöhnte auf, als sie seine Zunge spürte, mit der er den feinen Stoff benetzte, bis es sich anfühlte, als wäre sie nackt. Seine Hand schloss sich um die andere Brust und streichelte sie, bis sie fast aufgeschrien hätte in dem verzweifelten Verlangen nach mehr.

Als er ihre Brüste von dem Hemd befreit hatte und sie sich nackt seinen wartenden Händen darboten, flüsterte sie »Ja« und hob sich ihm entgegen, um sich ihm ganz hinzugeben.

Auch ihre Hände waren nicht untätig; ihre Finger gruben sich in sein dichtes weiches Haar und wanderten dann unter sein Hemd, um alles an ihm zu erkunden.

Er drückte seine Hüften gegen ihre Schenkel, und sie spürte an seinem harten Geschlecht, wie groß sein Verlangen war – ein Verlangen, das genauso stark zu sein schien wie das ihre, auch wenn ihr Körper es nicht auf die gleiche Weise offenbarte. Sein Bein glitt über das ihre und hielt sie so fest, während eine Hand nach unten wanderte – zu ihren Hüften und weiter an ihren Schenkel, wo seine Finger sie liebevoll durch den Rock hindurch streichelten.

Sie hätte ihn an diesem Punkt aufhalten sollen – und sie hätte es auch gekonnt. Sie spürte die Macht, die sie plötzlich hatte, und ihr schwindelte fast. Sie wusste, er hätte in diesem Augenblick alles getan, was sie verlangte – doch sie wollte vor allem ihn selbst und sie wollte ihn ganz. Es war falsch, das wusste sie, aber was machte das jetzt schon aus? Alles andere war egal – jetzt, wo sie wusste, dass Clint sie liebte. Außerdem konnte er sich morgen schon einen neuen Grund einfallen lassen, *warum* sie nicht zusammenkommen konnten. Es sei denn, sie waren schon zusammen. Er würde sich nicht von ihr abwenden, wenn er sie ganz besessen hatte. Nein, dann würde er sie nie mehr verlassen können!

Und als seine Hand an den Rocksaum glitt, wehrte sie sich nicht dagegen. Als er ihn hochhob, breitete sie einladend die Beine aus.

»Streichle mich«, flüsterte sie, von einem Verlangen erfüllt, das so alt war wie die Menschheit und so neu wie der anbrechende Tag. »Hier unten. Bitte.«

Doch sie brauchte ihn gar nicht zu bitten. Er ließ seine Finger in die Öffnung der Hose schlüpfen, die sie unter dem Kleid trug, und begann ihre zarten Schamlippen zu streicheln.

Sie hätte vor Wonne aufgeschrien, doch sein Mund schloss sich über dem ihren und erstickte den Laut. Er liebkoste sie mit seinen Fingern und schenkte ihr damit solch ungeahnte Wonnen, dass ihr Atem immer schneller ging und sie die Hände zu Fäusten ballte, um das Verlangen zu ertragen.

»Liebe mich, Clint«, bat sie ihn. Sie wusste nicht, wie man so etwas ausdrücken sollte, und hoffte inständig, dass er sie richtig verstand.

Er schreckte hoch, als würde er sich instinktiv dagegen sträuben – doch sie durfte ihn jetzt nicht verlieren, nicht jetzt, wo sie einander so nahe gekommen waren. Sie ließ ihre Hand unter sein Hemd gleiten, bis sie seine Hose erreichte. Von ihrem eigenen Verlangen angestachelt, legte sie die Hand auf die Schwellung, die sein Begehren mehr als deutlich zeigte.

Er hielt den Atem an, als hätte sie ihm einen Stich versetzt – und in diesem Augenblick wusste sie, dass er ihr gehörte.

»Es ist gut«, versicherte sie ihm und streichelte ihn zärtlich.

»Nein, wir können nicht«, stieß er atemlos hervor, doch sie machte sich bereits an den Knöpfen der Hose zu schaffen.

Er hatte unter der Hose nichts an und seine Männlichkeit schien geradezu in ihre wartende Hand zu springen. Sie stieß einen Laut des Staunens aus, ehe ihre Finger sich um ihn schlossen. Sie wusste nicht, was sie eigentlich erwartet hatte – aber ganz sicher nicht, dass sich sein Geschlecht so seidig in ihrer Hand anfühlte und mit einer so ungeheuren Hitze pulsierte, wie auch sie sie nun in ihren Lenden spürte.

»Bitte«, flüsterte sie und zog ihn an sich. Sie wollte ihn nicht nur – sie *brauchte* ihn jetzt, brauchte die Vereinigung, die ihre Liebe für immer besiegeln würde.

Doch als er sich zwischen ihren Schenkeln niederließ und sie die Härte seines Geschlechts spürte, wurden all diese Gedanken von den Fluten des nackten Verlangens weggeschwemmt. Sie hob ihre Hüften, um sich ihm zu öffnen und ihn zu empfangen.

Und er drang langsam, ganz langsam in sie ein – bis er gegen die Schranke ihrer Jungfräulichkeit stieß. Eine Sekunde lang dachte sie, er würde sich zurückziehen, als sie einen letzten Zweifel in ihm spürte – doch sie schlang ihre Beine um seinen Körper und küsste ihn, sodass sie seinen letzten Widerstand brach, worauf auch er die Barriere überwand, die sie beide noch trennte.

Sie stieß einen Schrei aus, als sie den kurzen stechenden Schmerz spürte, doch sie ließ ihren Geliebten nicht los und hielt sich an ihm fest, bis der Schmerz abgeklungen war und die nächste Welle der Lust einsetzte, als er sich in ihr zu bewegen begann.

Zunächst dachte sie, er würde sich zurückziehen, und sie wollte schon protestieren – doch er drang gleich wieder in sie ein, was ihr ein Stöhnen der Wonne entlockte. Sie hatte nicht gewusst, dass es so war. Nie hätte sie sich träumen lassen, dass es ein so überwältigendes Gefühl sein könnte – doch sie gab sich diesen Wonnen hin, die ihre Sinne benebelten und ihr Innerstes vor Freude erschütterten.

Doch es hatte erst begonnen, wie sie bald feststellte, und es dauerte nicht lange, bis sie überhaupt nichts mehr denken konnte, sondern nur noch fühlen. Es waren Empfindungen, die zu deutlich waren, um geträumt zu werden – aber zu wundervoll, um von dieser Welt zu sein. Sein Atem kam nun stoßweise, während sie gemeinsam mit ihm einem verborgenen Ziel zustrebte, einem Gipfel, vielleicht auch einem Abgrund – jedenfalls einem Punkt, der sie mit aller Macht anzog.

Der Drang, dieses Ziel zu erreichen, wurde immer stärker – ja, Becky hatte das Gefühl, sterben zu müssen, wenn sie es nicht erreichte – was immer es war, wohin er sie führte. Sie hielt sich verzweifelt an ihm fest und flehte mit unzusammenhängenden Lauten nach der Erlösung, nach der es sie so unbändig verlangte – und mit einem Stöhnen drang er ein letztes Mal in sie ein.

Ihr ganzer Körper schien zu explodieren – in einer Ekstase, die sie bis ins Innerste erschütterte und sie völlig überschwemmte, bis nichts mehr übrig war als das wundervolle goldene Leuchten einer Wonne, die durch nichts getrübt werden konnte.

Eine ganze Weile lag Clint auf ihr und rang nach Luft, hin und wieder von einem Nachbeben geschüttelt, während sie seinen Kopf an ihrer Brust barg und ihn an ihrem pochenden Herzen ruhen ließ. Sie konnte immer noch keinen klaren Gedanken fassen. Wie benommen war sie – zuerst vom Verlangen und jetzt von dem wunderbaren Frieden, der sie erfüllte.

Aber was hätte sie auch denken sollen? Es war doch alles geklärt. Alles war, wie es sein sollte – mit einem Wort, es war wunderbar. Noch vor wenigen Minuten hatte sie gedacht, ihr Leben sei sinnlos und leer, und jetzt hatte sie alles, was eine Frau sich nur wünschen konnte.

Nach einer Weile bewegte sich Clint auf ihr und rollte sich neben sie auf den Fußboden. Seiner Wärme beraubt, fröstelte sie ein wenig, obwohl der Tag eigentlich schon warm genug war, und sie schmiegte sich enger an ihn. Er legte den Arm um sie und hielt sie fest, und sie seufzte in tiefster Zufriedenheit. So lange sie lebte, würde sie sich immer an diesen einzigartigen Augenblick erinnern.

»Habe ich ...« Er musste sich räuspern, um weitersprechen zu können. »Habe ich dir wehgetan?«

Seine Stimme klang seltsam fern und irgendwie traurig. Sie wollte nicht, dass er traurig war, nicht in diesem vollkommenen Augenblick. »Nein!«, versicherte sie ihm und erinnerte sich, wie sie aufgeschrien hatte; sie wusste, er würde es spüren, dass sie log. »Nun, ein klein wenig«, gab sie zu, »aber das spielt keine Rolle. Jetzt ist überhaupt alles nicht mehr so wichtig.«

Er schloss die Augen, als würden ihre Worte ihm Kummer bereiten. »Clint?«, sagte sie zu ihm, um ihn zu ihr zurückzurufen.

Er öffnete die Augen, doch sie spürte, dass er ihr nicht mehr so nah war wie zuvor. »Becky, ich hatte kein Recht ...«

»Hör auf!«, rief sie und blickte, auf einen Ellbogen gestützt, auf ihn hinunter. »Ich habe dir das Recht dazu gegeben, weil ich dich liebe. Das musst du doch wissen! Und es ist mir egal, ob du irgendwelche Aussichten hast oder nicht. Ich will dich heiraten – auch wenn wir arm wären.« Sie überlegte, ob sie ihm von ihren Plänen mit der Farm erzählen sollte, beschloss dann aber, dass eine Liebeserklärung überzeugender war, wenn sie nicht von einem vorgefassten Plan für die Zukunft begleitet wurde. Sie würde es ihrem Vater überlassen, ihm den Rest mitzuteilen. Sie lächelte bei dem Gedanken. »Wir müssen es sofort meinen Eltern sagen.«

Seine Augen weiteten sich vor Schreck. »Ihnen *was* sagen?«

Becky spürte die Hitze in ihren Wangen. »Nicht das hier, Dummerchen«, erwiderte sie und wünschte sich, sie könnte über ihr gemeinsames Erlebnis von vorhin sprechen, ohne wie ein Schulmädchen zu erröten. »Über uns – dass wir heiraten wollen und …«

»Nein!«, platzte es aus ihm heraus, und sie erschrak. Er sah, wie schockiert sie war, und fügte in sanfterem Ton hinzu: »Ich meine, wir …«

Clint überlegte fieberhaft. Er musste das alles rasch beenden, denn es hatte sich im Grunde nichts verändert. So sehr er es auch gewollt hätte – er würde Becky Tate niemals heiraten können.

»Wir müssen ihnen zuerst das mit der Strohpuppe und der Schule erzählen«, sagte er, auch wenn es ihm wehtat, den Schmerz in ihrem Gesicht zu sehen. Am liebsten hätte er sie wieder in die Arme geschlossen, wo sie vor allem und jedem sicher war. Außer vor Clint Masterson. O Gott, wie hatte er nur so dumm sein können? Wie hatte er das Allerschlimmste, das Unverzeihlichste tun können, das er sich nur vorstellen konnte? Wie hatte er so weit gehen können, ihr – der Frau, die er liebte – die Unschuld zu rauben?

Und mehr noch, es konnte sogar sein, dass sie ein Kind bekam. Er hätte davonlaufen können, obwohl er mit ihr geschlafen hatte – auch wenn es ihm das Herz aus der Brust gerissen hätte. Irgendwann würde sie ihn vergessen und einen anderen finden. Aber wenn sie sein Kind in sich trug – was sollte er dann bloß tun?

»Wir müssen ihnen doch nichts erzählen von dem …

von dem Ding am Baum, nicht wahr? Es würde ihnen nur Angst machen und ...«

»Doch, wir *müssen* es ihnen sagen«, erwiderte Clint. Er hoffte, dadurch Zeit zu gewinnen. »Die Leute, die die Puppe geschickt haben, müssen wissen, das du ihre Botschaft erhalten hast. Du wirst erst wieder sicher sein, wenn sie wissen, dass du deine Pläne mit der Schule aufgegeben hast.«

Sie runzelte unglücklich die Stirn, und Clint hätte sie am liebsten geküsst, um wieder ein Lächeln auf ihre Lippen zu zaubern; vielleicht hätte sie sogar noch einmal zu ihm gesagt, dass sie ihn liebte – auch wenn diese Worte ihm wie Messer ins Herz stachen. Er wusste, er sollte aufs Pferd steigen und losreiten, um Becky Tate nie wieder zu sehen. Es wäre das Beste für sie – und auch für ihn am wenigsten schmerzlich.

Aber er konnte nicht wegreiten, solange er nicht wusste, ob sie sein Kind in sich trug. Es war ja nicht allzu wahrscheinlich, aber er brauchte Gewissheit – wenngleich er keine Ahnung hatte, was er tun würde, wenn sie tatsächlich schwanger war. Er wusste nur, dass er es unter keinen Umständen zulassen konnte, dass sie ein Kind von ihm gebar.

»Ich sollte dich aber jetzt besser nach Hause bringen und ...«

Er sah, wie sie plötzlich zum Fenster blickte und ihre Augen sich vor Angst weiteten. Er drehte sich rasch um, sah jedoch nichts.

»Da war jemand draußen!«, rief sie und hielt ihr Unterhemd an der Brust zusammen. »Er hat durchs Fenster geguckt!«

Clint war schon auf den Beinen, ehe ihm bewusst wurde, dass er kaum bekleidet war. Hastig zog er sich an und stürmte zur Tür. Während er noch das Hemd in die Hose stopfte, eilte er in den Durchgang hinaus und horchte auf irgendein Geräusch, das ihm verriet, wohin der Eindringling verschwunden war. Da hörte er das

Pferd davongaloppieren. Er lief in den Hof hinaus, doch er konnte im Sonnenlicht nur die Silhouette eines Reiters auf seinem Pferd erkennen.

Im nächsten Augenblick war Becky bei ihm, seinen Pistolengürtel in der Hand haltend. »Du hast das hier vergessen!«, sagte sie und hielt ihm den Gürtel hin.

Clint fluchte über seine eigene Dummheit. Wann war es ihm zum letzten Mal passiert, dass er jemanden ohne Pistole verfolgt hatte?

»Er ist weg«, sagte Clint und zeigte auf die Gestalt, die nur noch als kleiner Fleck in der Ferne zu sehen war. Er nahm den Pistolengürtel und schnallte ihn sich um. »Hast du gesehen, wer es war?«

»Nein«, antwortete sie, während sie dem Reiter aufgeregt nachblickte. »Es war ein Mann, da bin ich mir sicher, aber er hatte die Sonne hinter sich und ich konnte sein Gesicht nicht erkennen. Sein Kopf ist nur kurz aufgetaucht ... Er hat uns gesehen!«, sagte sie bestürzt. Er las in ihren blauen Augen, wie sehr sie sich schämte.

»Ich werde herausfinden, wer es war«, versprach ihr Clint rasch, um den Schmerz aus ihrem süßen Gesicht zu vertreiben. »Er wird nichts sagen – nicht, wenn er alt werden will.«

Er sah, dass sie ihm glaubte, und war erleichtert. Da weiteten sich ihre Augen erneut.

»Oh, Clint, ich habe etwas vergessen! Die Männer, die mich angriffen ... Ich hatte gleich das Gefühl, dass mir einer von ihnen bekannt vorkam – da hörte ich nach der Kirche Scott Youngs Stimme und bin mir sicher, dass er einer von ihnen war!«

Clint spürte, wie kalte Wut in ihm hochstieg, und er nickte grimmig. »Ich kümmere mich darum«, versprach er – dankbar, dass er ihr wenigstens das versprechen konnte. »Es wird vielleicht eine Weile dauern, aber ich werde mich darum kümmern.«

Sie nickte, und er sah, dass sie ihm auch darin vertraute, was ihm ein bittersüßes Gefühl gab.

»Aber jetzt sollte ich dich wirklich nach Hause bringen. Bist du soweit?« Er blickte sie von oben bis unten an und stellte verblüfft fest, dass sie genauso süß und unschuldig aussah wie zuvor – bevor er ihr ihre Jungfräulichkeit geraubt hatte.

Sie lächelte, und ihre Hände glitten rasch über ihr Kleid, so als wäre sie sich nicht ganz sicher, ob sie es auch richtig geschlossen hatte. »Ich kann meinen Hut nirgends finden.«

Clint runzelte die Stirn und erinnerte sich schließlich. »Er ist da drüben«, sagte er und zeigte auf den Baum, unter dem immer noch die Überreste der scheußlichen Puppe lagen. »Ich hole ihn dir«, sagte er und lief sogleich los.

Er betrachtete die Strohpuppe, die in Stücken auf dem Boden lag, und beschloss, sie fürs Erste liegen zu lassen. Er und Tate konnten später zurückkommen, um sie zu holen. Er hob Beckys Hut auf und ging zu seinem Wallach, der immer noch geduldig an seinem Platz stand. Dann holte er auch Beckys Stute und führte sie zu ihr. Becky blickte ihn so voller Liebe und Vertrauen an, dass er sich am liebsten eine Kugel in den Kopf gejagt hätte.

Doch er konnte ihr einfach nicht widerstehen und glitt aus dem Sattel, um sie noch ein letztes Mal zu umarmen und zu küssen. Irgendwann als einsamer alter Mann würde er sich daran erinnern, dass dieses wunderbare Wesen zumindest für ganz kurze Zeit sein gewesen war.

»Meine Eltern werden die Sache mit der Schule gleich wieder vergessen, wenn wir ihnen sagen, dass wir heiraten«, sagte sie, nachdem er widerstrebend seine Lippen von den ihren gelöst hatte.

Clint spürte erneut Panik in sich aufsteigen. »Becky, ich ... Es würde mir schwer fallen, meine Arbeit zu tun, wenn alle nur noch von uns beiden sprechen. Ich muss die Leute finden, die den Zaun durchgeschnitten haben und die dich neulich angegriffen haben ...«

»Du hast doch nicht vor, mich sitzen zu lassen, oder?«,

sagte sie vorwurfsvoll und ihre dunkelblauen Augen verfinsterten sich.

»Oh, nein«, log er und dachte, dass er lieber sterben würde, als so etwas zu tun – auch wenn er es schließlich doch würde tun müssen. »Ich meine nur, dass wir es noch eine Weile geheim halten sollten, bis ...« Er hielt inne, als sie die Stirn runzelte.

»Was ist mit dem Kerl von vorhin? Wenn er erzählt, was er gesehen hat ...«

»Das wird er nicht tun«, versicherte ihr Clint. »Dafür werde ich schon sorgen.«

»Aber wenn er es doch tut?«

»Ich werde es nicht zulassen, dass dein Ruf leidet«, versprach er, obwohl er selbst nicht wusste, wie er das erreichen sollte, ohne sie zu heiraten. Und da er sie nun einmal nicht heiraten konnte ...

Doch sie lächelte wieder. Ihre Augen leuchteten mit einer Liebe, auf die er wahrlich kein Recht hatte. »Du liebst mich doch, oder?«, fragte sie. »Ich muss es wissen.«

»O ja«, sagte er. Es waren möglicherweise die ersten wahren Worte, die er an diesem Tag gesprochen hatte. »Aber jetzt sollten wir wirklich losreiten.«

Sie sprach nicht viel auf dem Nachhauseritt, und Clint fragte sich, ob es aus Unbehagen über das war, was er ihr angetan hatte, oder ob sie sich daran erinnerte, wie sie die Strohpuppe gefunden hatte. Es schauderte ihn selbst, als er daran dachte. Auch er hatte zunächst gedacht, dass es etwas anderes war, was da an dem Baum hing. Für Becky, die mit derartigen Scheußlichkeiten weit weniger Erfahrung hatte als er selbst, musste das alles besonders furchtbar sein. Er wünschte sich, er würde sie heute Nacht beruhigen können, wenn sie, von Albträumen geplagt, aufwachte.

Doch er erinnerte sich daran, dass er nie wieder mit Becky Tate schlafen würde. Nie wieder würde er sie anrühren oder küssen. Nie wieder, so lange sie beide lebten.

Becky hätte es wissen müssen, dass ihre Mutter sie sofort ins Bett steckte, als sie erfuhr, dass ihre Tochter eine Puppe auf der Farm vorgefunden hatte, die sie für ein erhängtes Kind gehalten hatte. Sarah selbst wirkte ziemlich erschüttert – vielleicht, weil der Vorfall sie an die wirkliche Tragödie erinnerte, die sie einst dort draußen miterlebt hatte.

Becky gefiel der Gedanke, wieder von Clint getrennt zu sein, überhaupt nicht, zumal sie ihre Liebe noch geheim halten mussten – doch sie wusste auch, dass sie nach dem, was zwischen ihnen vorgefallen war, ein wenig Zeit für sich allein brauchte. Es würde einigen Wirbel geben, wenn ihr Vater heimkam und die Sache mit der Puppe erfuhr – deshalb musste sie jetzt erst einmal darüber nachdenken, wie sie sich am besten verhielt.

Als sie allein in ihrem Zimmer war, nachdem ihre Mutter ihr einen Krug mit heißem Wasser gebracht hatte, zog sie erst einmal ihre Reitkleider aus und wusch sich die Körperteile, an denen sie noch die Spuren ihres Zusammenseins mit Clint spürte. Sie erbebte, als sie an seine Hände auf ihrer Haut dachte und an die wunderbaren Empfindungen, die er ihr bereitet hatte. Ging es allen Frauen so mit den Männern, die sie liebten? Erfuhren alle Liebenden solche tiefen Glücksgefühle, wie Clint sie ihr geschenkt hatte?

Sie konnte sich nicht vorstellen, so etwas mit irgendeinem anderen Mann als Clint zu erleben – schon gar nicht mit einem der jungen Männer, die es immer wieder auf sie abgesehen hatten. Und als sie an Johnny Jacobs' widerlichen Vorschlag dachte, schauderte es sie geradezu vor Ekel.

Konnte es sein, dass der Mann am Fenster Johnny war?, fragte sie sich plötzlich, und es wurde ihr übel bei dem Gedanken, dass er sie und Clint beobachtet haben könnte, wie sie einander geliebt hatten. Die bloße Vorstellung warf einen Schatten auf diese kostbaren Augenblicke. Gewiss sah Johnny Jacobs darin nichts als einen schmutzigen Akt.

Doch sie rief sich in Erinnerung, dass Clint sich schon darum kümmern würde. Er würde sich um alles kümmern. Er war ihr Mann und von nun an würden sie alles gemeinsam tun. Und wenn ihr Leben sich auch nicht so entwickelt hatte, wie sie es sich noch vor wenigen Tagen vorgestellt hatte, und sie die Pläne für die Schule fürs Erste aufgeben musste – sie hatte jedoch nicht die Absicht, sie für immer zu begraben –, so hatte sie jetzt neue, ganz wundervolle Pläne zu schmieden. Sie hatte plötzlich die Aussicht, zusammen mit ihrem Ehemann ein eigenes Heim zu gründen – etwas, auf das sie schon nicht mehr zu hoffen gewagt hatte. Und irgendwann würde sie sogar Kinder haben.

Vielleicht sogar schon sehr bald, dachte sie mit einem Lächeln. Becky war von klein auf mit Tieren aufgewachsen und wusste daher genau, wodurch es in der Tierwelt zu Nachwuchs kam – und sie und Clint hatten heute Morgen das Gleiche getan. Vielleicht …

Zärtlich legte sie die Hand auf ihren Bauch und versuchte sich vorzustellen, wie er sich mit neuem Leben füllte und ein Kind von ihr und Clint in sich barg – die Frucht ihrer Liebe. Wenn das der Fall war, dann konnten sie nicht warten, bis Clint seine Arbeit getan hatte, bevor sie ihre Verlobung bekannt gaben. Dann durften sie keinen einzigen Tag länger damit warten!

Sie summte leise vor sich hin, während sie ihr Nachthemd anzog und ins Bett schlüpfte. Und sie überlegte sich, welchen Namen sie dem Kind geben sollten, das sie und Clint miteinander haben würden – wenn nicht jetzt, dann eben etwas später.

»Du wirst diese verdammte Schule nicht eröffnen«, teilte Hunter Tate seiner Tochter einige Stunden später mit, nachdem Clint ihm die ganze tragische Geschichte erzählt hatte.

Becky nickte, auf dem Sofa sitzend, während er aufgebracht vor ihr auf und ab ging. »Ja, Papa«, sagte sie nur.

Er schien sie gar nicht zu hören. »Ich habe dir gesagt – wenn es Ärger gibt, dann hörst du sofort damit auf. Es ist mir egal, wie sehr du es dir wünschst, und es ist mir auch egal, ob es richtig wäre oder nicht ...« Er blickte finster zu Sarah hinüber, die neben Becky saß, als erwartete er einen Einwand von ihr, doch auch sie nickte nur zustimmend. Offensichtlich war ihr die Sicherheit ihrer Tochter wichtiger als die Ausbildung der farbigen Kinder.

»Papa, ich ...«

»Ich will keine Einwände mehr hören«, rief Hunter aufgebracht. »Du reitest nicht mehr zur Farm hinaus – und wenn ich dich eigenhändig in deinem Zimmer einsperren muss. Hast du mich verstanden, junge Lady?«

»Ja, Papa, ich verstehe dich voll und ganz«, antwortete Becky – froh, dass sie endlich selbst zu Wort kam. »Ich würde die Kinder nie in eine solche Gefahr bringen.«

Er blinzelte überrascht, dass sie sich so bereitwillig seinen Anordnungen fügte.

»Ich glaube immer noch, dass *irgendjemand* es tun sollte«, fügte sie hinzu, nur um ihn nicht zu enttäuschen, indem sie allzu rasch nachgab. »Diese Kinder sollten nicht aufwachsen, ohne etwas zu lernen – nur weil ihre Hautfarbe nicht weiß ist.«

»Aber du wirst es nicht sein, die sie unterrichtet«, erwiderte ihr Vater und fuchtelte drohend mit dem Zeigefinger vor ihrem Gesicht hin und her.

»Nein, Papa.« Sie bemühte sich, unschuldig und folgsam dreinzublicken.

»Ich habe es dir ja gesagt, Hunter«, meinte Sarah. »Sie sieht auch ein, dass es zu gefährlich wäre.«

»Sie haben nicht eine Puppe von *mir* aufgehängt«, erinnerte Becky sie. »Es war die Puppe eines Kindes. Die Eltern würden ihre Kinder jetzt ohnehin nicht mehr in meine Schule schicken.« Sie verzichtete darauf hinzuzufügen, dass die Leute auch vorher schon nicht dazu bereit gewesen waren. Das würde sie für sich behalten – denn es würde irgendwann der Tag kommen, an dem es kein Risiko mehr darstellte, eine Schule zu eröffnen. Vielleicht, wenn sie und Clint erst verheiratet waren ...

»Ich verstehe trotzdem nicht, was Masterson heute da draußen gemacht hat«, brummte Hunter, noch immer verblüfft, dass sie sich so bereitwillig fügte.

»Ich dachte, er hätte es dir schon erklärt«, antwortete Becky ausweichend. Sie wünschte, sie und Clint hätten sich auf eine Version geeinigt, die sie den anderen auftischen würden.

»Er hat nur gesagt, dass er dich zur Farm reiten sah und nicht wollte, dass du allein dort bist – also ist er dir gefolgt. Aber das erklärt noch nicht, warum du selbst hingeritten bist. Du hattest doch nicht vor, dich dort mit ihm zu treffen, oder?«

Becky spürte die Hitze in ihren Wangen und wusste, dass ihr schlechtes Gewissen sie erröten ließ. Sie und Clint hatten einander dort nicht bloß getroffen – aber das konnte sie ihren Eltern selbstverständlich nicht sagen. »Nein, natürlich hatte ich nicht vor, ihn dort zu treffen. Ich wollte überhaupt niemandem begegnen – deshalb bin ich ja hingeritten.«

»Aber warum bist du nicht einfach zu den Wakefields geritten, wie sonst auch?«, fragte ihre Mutter, nun genauso besorgt wie Hunter.

»Ich wollte einfach eine Weile allein sein«, antwortete Becky.

»Warum?«, beharrte Hunter und stemmte die Hände in die Hüften.

Becky überlegte kurz, ob sie etwas erfinden sollte, um ihr Verhalten zu erklären, beschloss dann aber, dass ihr die Wahrheit nützlicher sein konnte. »Ich hatte eine ... Unstimmigkeit mit einem der Cowboys.«

»Mit welchem?«

»Was für eine Unstimmigkeit?«

Ihre Eltern stellten ihre Fragen gleichzeitig und Becky hätte am liebsten keine von beiden beantwortet. »Es war Johnny Jacobs«, gestand sie schließlich widerwillig. »Er hat mich beleidigt und ich war wütend, deshalb ...«

»Was hat er gesagt?«, wollte Hunter wissen.

Becky suchte fieberhaft nach irgendwelchen Worten, die schlimm genug waren, ohne dass sie die ganze Wahrheit sagen musste. »Er hat eine Bemerkung darüber gemacht, dass ich zu den Wakefields reite. Er ... er hat mich ›Niggerfreundin‹ genannt.«

Ihre Worte schockierten sie so, wie Becky es gehofft hatte.

»Glaubst du, dass er diese Puppe aufgehängt haben könnte?«, fragte Sarah ihren Mann.

Hunter runzelte nachdenklich die Stirn. »Nach dem, was Clint mir gesagt hat, dürfte es der Ku-Klux-Klan gewesen sein. Vielleicht gehört er dazu, aber ich bin mir sicher, dass mehrere Leute dafür verantwortlich waren. Ich hoffe nicht, dass einer meiner Männer etwas damit zu tun hat – aber ich werde auf jeden Fall ein Wörtchen mit ihm reden«, stellte er grimmig fest und ließ durchblicken, dass er mehr tun würde als nur reden, wenn die Situation es erforderte.

Becky wollte etwas einwenden, doch sie hätte ihm nie erklären können, warum sie gegen ein solches Gespräch war. Wenigstens konnte sie sicher sein, dass Johnny niemals zugeben würde, was er wirklich zu ihr gesagt hatte – zumindest nicht ihrem Vater gegenüber.

»Wir müssen den Wakefields sagen, dass du nicht mehr zu ihnen kommen kannst«, stellte Hunter fest.

»Aber, Papa ...«

»Dein Vater hat Recht«, warf Sarah ein und besiegelte damit ihr Schicksal. »Du bist einfach nicht mehr sicher, wenn du weiterhin allein durch die Gegend reitest, zumindest nicht im Augenblick.«

»Vielleicht könnte Clint mich begleiten«, schlug Becky vor, ohne nachzudenken – doch der schockierte Gesichtsausdruck ihrer Eltern sagte ihr sofort, dass sie einen schweren Fehler begangen hatte.

»Die Texas Rangers schicken ihre Männer nicht aus, damit sie als Leibwächter für unvernünftige junge Frauen einspringen, die sich ständig Ärger einhandeln«, teilte ihr Hunter mit.

»Mr. Masterson hat Wichtigeres zu tun«, pflichtete ihre Mutter ihm bei. »Außerdem wäre es ganz und gar unschicklich. Was würden die Leute sagen, wenn sie euch beide so oft allein miteinander sehen?«

Sicher nicht das, was sie sagen würden, wenn sie wüssten, dass sie und Clint bereits ein Liebespaar waren – aber das behielt Becky natürlich für sich. Stattdessen lächelte sie ihre Eltern freundlich an. »Tut mir Leid, daran habe ich nicht gedacht.«

Ihre Mutter erwiderte ihr Lächeln. »Macht ja nichts. Dafür sind Eltern ja da, dass sie ihren Kindern helfen, Probleme zu vermeiden.«

Becky fragte sich, ob ihre Mutter der Ansicht wäre, dass ihre intime Beziehung mit Clint etwa ein Problem war.

»Ich bin sicher, deiner Mutter fällt genug ein, wie du dich hier beschäftigen kannst, ohne dass dir langweilig wird«, warf Hunter ein. »Zumindest für eine Weile, bis sich die Lage wieder beruhigt hat.«

Beckys Lächeln schwand. Sie würde sich wie eine Gefangene vorkommen. Sie würde zwar nicht auf ihrem Zimmer bleiben müssen, so wie damals, nachdem die Männer mit den Kapuzen sie angegriffen hatten, aber ihre Mutter würde trotzdem ständig ein Auge auf sie haben. Es würde schwer werden, Clint zu sehen. Vielleicht sogar unmöglich.

Becky hätte am liebsten laut aufgestöhnt, aber sie hätte ihren Eltern unmöglich erklären können, warum sie so bestürzt war – also schwieg sie lieber. Sie würde sich ein paar Tage in Geduld üben müssen und ein braves Mädchen sein, bis die Wachsamkeit ihrer Eltern etwas nachließ. Sie hoffte nur, dass es Clint genauso schwer traf wie sie. Dann würde er vielleicht zu dem Schluss kommen, dass es doch keine so gute Idee war, wenn sie ihre Beziehung weiterhin geheim hielten.

»Wann essen wir denn?«, rief Sean durch die geschlossene Wohnzimmertür herein. »Ich bin am Verhungern!«

»Wir kommen schon, Kleiner«, sagte Becky, um das Gespräch zu beenden. Ihre Eltern hatten nichts einzuwenden und gingen mit ihr hinaus.

Doch noch auf dem Weg zur Küche überlegte Becky, wie sie es anstellen sollte, Clint eine Botschaft zu übermitteln.

Drei Tage. Drei Tage waren es jetzt, seit er sie in seinen Armen gehalten hatte, und Clint war bereits halb verrückt vor Sehnsucht. Wie sollte er bloß eines Tages von hier wegreiten, in dem Wissen, dass er sie nie wieder sehen würde?, fragte er sich, als er in der Küche bei Tisch saß und mit den anderen Cowboys zu Mittag aß.

Von draußen hörten sie ein Pferd in den Hof galoppieren. Irgendjemand rief etwas Unverständliches, und die Männer erhoben sich fast gleichzeitig und eilten zur Tür, um zu sehen, was die Aufregung verursacht hatte.

Der Reiter war einer der Cowboys der Tate-Farm, und er hatte vor dem Haus angehalten, um nach Mr. Tate zu rufen. Nur wenige Augenblicke später kam dieser auf die Veranda heraus, gefolgt von seiner Frau und seinen Kindern. Clints Augen fanden sogleich Becky, als sie draußen erschien, und er sog begierig jede Einzelheit in sich auf.

Sie trug ein schlichtes rotes Baumwollkleid, das einen lebhaften Kontrast zu ihrem schwarzen Haar und ihrer braunen Haut bildete und ihre üppigen Formen betonte. Er war froh, dass auch ihre Augen ihn zwischen den anderen Männern suchten. Clint spürte ihren Blick bis zu den Zehen hinunter und betete, dass sein Gesichtsausdruck seine Gefühle nicht verriet. Rasch wandte er seine

Aufmerksamkeit dem Cowboy zu, der nach Tate gerufen hatte.

»Sie haben den Zaun über eine ganze Meile zwischen jedem Pfosten durchgeschnitten«, meldete er. »Ich bin das ganze Stück abgeritten, um es zu überprüfen.«

»Gibt es irgendwelche Anzeichen, dass sie Rinder hinausgetrieben haben?«, fragte Clint.

Der Cowboy schüttelte den Kopf. »Sie haben sich aber nicht damit begnügt, den Zaun zu durchtrennen. Sie haben ihn in kleine Stücke geschnitten, damit man ihn nicht mehr flicken kann. Wir müssen über den ganzen Abschnitt neuen Stacheldraht spannen.«

»Was sollen wir tun, Boss?«, fragte Gus Owen, Hunter Tates Vormann.

»Wir müssen den Zaun natürlich reparieren, aber ich schätze, es hat keine große Eile«, antwortete Tate grimmig. »Esst ruhig fertig, Jungs, dann soll Gus ein paar von euch hinausschicken, um den Schaden zu reparieren. Masterson, ich möchte Sie sprechen, wenn Sie mit dem Essen fertig sind.«

Clint nickte und bemühte sich, seinen Blick nicht zu Becky schweifen zu lassen. Dann schloss er sich dem Cowboy an, der den Schaden gemeldet hatte und nun sein schwitzendes Pferd zum Stall führte. Er stellte dem Mann noch ein paar Fragen, ohne jedoch etwas Wichtiges zu erfahren.

Als er gegessen hatte, nahm sich Clint eine Minute Zeit, um sich ein wenig fein zu machen, bevor er zum Ranchhaus hinüberging. Er benahm sich wie ein Narr, das war ihm bewusst, aber wenn Becky Tate eines Tages nur noch Erinnerungen an ihn haben würde, dann wollte er in diesen Erinnerungen so gut wie möglich aussehen. Er nahm den Kamm, der neben dem trüben Spiegel auf der Veranda der Schlafbaracke hing, um sein Haar in Ordnung zu bringen. Gleichzeitig behielt er heimlich die Männer im Auge, die im Hof standen und über die neuerliche Beschädigung des Zaunes sprachen. Keiner von ihnen hatte durch Worte oder Gesten das kleinste Anzeichen gegeben, dass er der Mann sein könnte, der ihn und Becky vor drei Tagen heimlich beobachtet hatte. Clint hätte gewettet, dass es einer von Tates Cowboys war – doch der Einzige, der sich anders als sonst benahm, war Johnny Jacobs, der Clint grundsätzlich nicht mehr in die Augen blickte. Man konnte allerdings davon ausgehen, dass daran ihr Zusammentreffen im Stall schuld war.

Nachdem er seine Kleider in Ordnung gebracht hatte und er das Gefühl hatte, dass er annehmbar aussah, schritt Clint über den Hof und die Stufen zur Veranda des Hauses hinauf. Er wollte schon klopfen, als Sean an der Tür erschien.

»Er ist da, Papa!«, rief der Junge und riss die Tür für Clint auf.

Clint wäre lieber von Tates Tochter empfangen worden, doch als er sich in der Diele umblickte, konnte er sie nirgends sehen. Stattdessen kam Tate auf ihn zu.

»Gehen wir in mein Büro«, sagte er.

Nachdem sich die beiden Männer gesetzt hatten und die Tür geschlossen war, damit der neugierige Sean sie nicht belauschen konnte, wandte sich Tate an Clint. »Sie haben wohl auch noch keinen Hinweis, wer hinter der Sache steckt, oder?«

»Mein Informant hat mir noch keine Nachricht schicken können und ich will ihn nicht aufsuchen.« Vor allem nicht nach dieser unverhüllten Drohung durch den Ku-Klux-Klan, dachte Clint bei sich. Er wollte keinerlei Aufmerksamkeit auf die Wakefields lenken, nachdem die Farbigen in der Gegend ohnehin äußerst vorsichtig sein mussten, um nicht den Unmut mancher Weißer auf sich zu ziehen.

Tate nickte, so als hätte er nichts anderes erwartet. »Ich hatte gedacht, ich könnte mit Hilfe der Texas Ranger mit der Sache fertig werden – aber Sie sind jetzt schon zwei Wochen hier und die Lage hat sich weiter verschlimmert.«

»Ich brauche nur etwas mehr Zeit ...«

»Ich weiß«, sagte Tate und brachte ihn mit einer Geste zum Schweigen. »Sie leisten gute Arbeit, aber selbst wenn wir diese Kerle erwischen, können wir ihnen nicht allzu viel anhaben.«

»Sie könnten sie verklagen«, sagte Clint.

Tate stieß ein verächtliches Schnauben aus. »Was wir brauchen, ist ein Gesetz gegen das Durchschneiden von Zäunen. Nur so lässt sich der Spuk beenden. Ich glaube, ich wusste es die ganze Zeit schon – ich wollte mir nur all die Mühe ersparen. Heute ist mir klar, dass es nur eine Lösung gibt: Ich muss nach Austin und mit den Politikern reden.«

Clint nickte und wartete. Er wusste, dass Tate ihm noch mehr zu sagen hatte, und gab ihm Zeit, dies zu tun.

»Ich weiß nicht, wie lange ich weg sein werde, aber ich möchte sicher sein, dass meine ... meine Familie nicht in Gefahr schwebt. Gus führt die Ranch auch ohne mich tadellos, aber ich hätte ein viel besseres Gefühl, wenn ich wüsste, dass Sie ein wenig auf Sarah und die Kinder Acht geben.«

Clint spürte ein Brennen im Gesicht. Es war sein schlechtes Gewissen, das wusste er genau, und er fragte sich, ob Tate ihm wohl seine Familie genauso in seine Obhut geben würde, wenn er wüsste, was Clint mit seiner Tochter getan hatte. »Sie können jederzeit auf mich zählen«, sagte er steif. »Das gehört alles zu meinem Job.«

»Sie haben aber weit mehr als Ihren Job getan, wenn es darum ging, sich um meine Tochter zu kümmern.«

Tates Worte enthielten eine unausgesprochene Frage – doch Clint hatte nicht die Absicht, sie zu beantworten. »Es freut mich, wenn ich helfen konnte.«

Tate sagte nichts darauf, und Clint dachte, das Gespräch sei damit beendet. Er wollte schon aufstehen, doch Tates Stimme ließ ihn innehalten.

»Wie sind Ihre Pläne, Masterson? Ich meine, wenn Sie hier fertig sind.«

Clints Alarmglocken begannen zu läuten. Er wusste, Tate wollte ihm eine Information entlocken, die er ihm aber nicht bereit war zu geben. »Ich schätze, ich werde mich im Hauptquartier melden und auf den nächsten Auftrag warten«, antwortete er vorsichtig.

»Haben Sie schon mal daran gedacht, das Rangerdasein aufzugeben und ein neues Zuhause zu gründen?«

Hatten sie darüber nicht bereits gesprochen? Clint konnte sich nicht genau erinnern. In letzter Zeit verwischten sich immer öfter die Grenzen zwischen Wirklichkeit und Traum. »Ich spare seit einiger Zeit darauf, aber es wird wohl noch eine Weile dauern.«

Tate überlegte einige Augenblicke. »Ich habe in letzter Zeit oft an die alte Tate-Farm gedacht. Es ist doch wirklich eine Verschwendung, das Land brachliegen zu lassen. Ich konnte es bislang nicht verpachten, weil mein Vieh so nah war – aber jetzt, wo wir den Stacheldraht haben ... Nun, das Land ist gut, nicht wahr?«

»Ich ... ich denke schon«, stimmte Clint zu und zwang sich, seine Gefühle im Zaum zu halten. Tate war kein Mensch, der seine Absichten gut zu verbergen verstand, und Clint erriet sofort, worauf er hinauswollte. Leider fiel ihm nichts ein, wie er ihn hätte aufhalten können.

»Nun, wenn Sie Interesse haben ... Ich würde mich jedenfalls freuen, eine Vereinbarung mit Ihnen zu schließen, wenn Sie hier in der Gegend bleiben möchten. Das heißt, falls es etwas gibt, was Sie hier halten könnte, nachdem wir die Sache mit dem Zaun geregelt haben.«

Clint spürte, wie die Hitze ihm in den Nacken kroch. Tate hatte bestimmt gesehen, wie er Becky an jenem Tag geküsst hatte, als sie das Haus sauber gemacht hatte. Er dachte wohl, Clint würde gern sein Schwiegersohn werden – und er hatte gute Gründe für diese Annahme. Und Clint hätte sich ja tatsächlich gewünscht, dass es möglich wäre.

»Danke, Mr. Tate«, sagte er und stand auf, um aus dem Zimmer zu flüchten. »Ich ... ich werde es mir überlegen.«

»Es eilt ja nicht«, sagte Tate gut gelaunt. »Für dieses Jahr ist es ohnehin zu spät für die Aussaat. Aber nächstes Jahr könnten Sie dann so richtig beginnen.«

Clint nickte und hörte die letzten Worte kaum noch, als er die Tür öffnete und das Weite suchte.

Becky hatte in der Diele gewartet und gehofft, dass sie wenigstens einen Augenblick mit Clint allein sein würde – doch er verschwand so eilig, dass er sie weder sah noch hörte, als sie nach ihm rief.

Sie stampfte enttäuscht mit dem Fuß auf, stürmte in ihr Zimmer und knallte die Tür hinter sich zu. Wenn sie Clint nicht bald treffen konnte, würde sie noch verrückt werden. Die letzten paar Tage hatte sie sich pausenlos den Kopf darüber zerbrochen, wie sie ein Treffen arrangieren konnte, und schließlich war ihr eine Idee gekommen.

Ihr Vater würde morgen früh nach Austin aufbrechen. Er hatte es ihnen beim Essen mitgeteilt, und Becky hatte sofort erkannt, welche Möglichkeiten sich ihr dadurch boten. Wenn ihr Vater fort war, würde sie ihrer Mutter gewiss die Erlaubnis abringen können, das Haus zu verlassen. Wenn gar nichts half, würde sie sich eben in der Nacht hinausschleichen. Ihr Vater hätte sie umgebracht, wenn er sie dabei erwischt hätte – aber sie wusste, dass der Zorn ihrer Mutter weit weniger schlimm sein würde. Es würde ihr schon gelingen, Clint zu treffen.

Das Problem dabei war, Clint eine Nachricht zukommen zu lassen. Sie hatte gehofft, es jetzt tun zu können, aber ... Da fiel ihr ein, wie sie es vor Tagen angestellt hatte, ihm eine Botschaft zu schicken. Sean würde einen solchen Auftrag wohl auch ein zweites Mal übernehmen, dachte sie. Außerdem konnte sie sich darauf verlassen, dass er nichts ausplauderte. Trotz des Altersunterschieds hatten die beiden Geschwister in solchen Dingen immer gegen die Eltern zusammengehalten.

Mit einem Lächeln auf den Lippen trat sie an ihren

Schreibtisch und kramte in der obersten Schublade nach Papier und Bleistift. Als sie beides gefunden hatte, setzte sie sich aufs Bett und schrieb: »Liebster Clint ...«

»Warum kann ich den Nickel nicht vorher haben?«, fragte Sean.

»Weil ich sicher sein will, dass du es machst«, erklärte Becky ungeduldig. »Die Zahlung erfolgt nach Erledigung des Auftrags.«

»Was heißt das?«, fragte er argwöhnisch.

»Das heißt, dass du das Geld bekommst, wenn du die Botschaft überbracht hast.«

Sean machte ein finsteres Gesicht, doch er nahm ihren Brief schließlich an sich. »Warum bringst du ihm den Brief nicht selbst?«

»Ich hab dir doch gesagt, es ist ein Geheimnis. Außerdem lässt Mama mich nicht aus dem Haus.«

»Bin ich froh, dass ich kein Mädchen bin«, sagte Sean und stürmte ins Freie hinaus.

Die meisten Männer waren nach dem Mittagessen wieder an der Arbeit – einige beim Vieh, während andere zusammen mit seinem Vater nach dem Zaun sahen. Sean dachte schon, dass Mr. Masterson sich wohl seinem Vater angeschlossen hatte – doch er sah zuerst im Stall nach, ob der Ranger nicht vielleicht doch da war. Vielleicht würde Sean von ihm auch einen Nickel bekommen, wenn er ihm den Brief überbrachte. Er konnte ja mal fragen, beschloss Sean.

Aber Masterson war nicht da.

»Suchst du wen, junger Mann?«, fragte jemand aus dem Schatten, und Johnny Jacobs trat ins Licht, das aus der offenen Tür hereindrang.

»Ich suche den Ranger«, sagte Sean. »Wissen Sie, wo er ist?«

»Was willst du von ihm?«, fragte Johnny und kam näher.

Warum wurden Kinder ständig gefragt, was sie vorhatten? Sean hätte ihm am liebsten geantwortet, dass ihn das nichts anging, aber er wusste, dass er zu Erwachsenen immer höflich sein musste.

»Ich habe eine Nachricht für ihn«, sagte er und zeigte Johnny den versiegelten Brief.

»Von wem ist sie denn?«, fragte Johnny mit einem breiten Lächeln, doch seine Augen hatten sich ein wenig verengt.

Sean wusste, dass er es nicht sagen durfte. Seine Schwester hatte ihn ausdrücklich darauf hingewiesen. »Das kann ich nicht sagen.«

Johnny nickte verständnisvoll. »Aha, ein Geheimnis, was?«

»Ja, ein Geheimnis«, antwortete Sean. »Ich muss ihn jetzt suchen.«

»Äh, er ... er ist gerade weggeritten«, sagte Johnny und trat Sean in den Weg. »Aber ich gebe ihm den Brief, wenn er wiederkommt. Ich sehe ihn ganz bestimmt beim Abendessen.«

Sean überlegte und kam zu dem Schluss, dass das wohl in Ordnung ging – doch er dachte auch an den Extra-Nickel, den er vielleicht vom Ranger bekommen würde. »Ich weiß nicht ...«

Als hätte er Seans Gedanken gelesen, griff Johnny in seine Hosentasche. »Hier, für deine Mühe«, sagte er und warf Sean eine Münze hin.

Sean fing sie auf und betrachtete sie. Fünf Cent. Er grinste und legte den Brief in Johnnys ausgestreckte Hand. Dann lief er ins Haus zurück, um seinen Lohn von Becky zu empfangen. Sie brauchte ja nicht zu wissen, dass er den Brief nicht direkt an Masterson übergeben hatte.

Als der Junge fort war, sah sich Johnny um, um sicherzugehen, dass ihn niemand beobachtete, und öffnete dann den Brief.

9

Es war wohl schon das hundertste Mal, dass Becky sich in dieser Nacht im Spiegel betrachtete. Das Licht der Lampe ließ ihre Haut unnatürlich blass erscheinen, als hätte sie überhaupt kein indianisches Blut in sich – ein Gedanke, der sie lächeln ließ. All das zählte jetzt nicht mehr. Sie hatte endlich einen Mann gefunden, der sie um ihrer selbst willen wollte – und nicht, weil er dachte, dass ein Mädchen von indianischer Herkunft leichter zu verführen sei.

Eigentlich war sie wirklich leicht zu verführen gewesen, dachte sie und errötete bei der Erinnerung daran. In Wirklichkeit war sogar sie die Verführerin gewesen. Aber Clint würde sie deshalb um nichts weniger respektieren. Er liebte sie. Sie war überzeugt, dass er sie umso mehr lieben würde, weil sie sich ihm so bereitwillig hingab.

Warum war sie dann so aufgeregt, wenn sie an das Treffen heute Nacht dachte? Da waren neue Zweifel, die an ihr nagten. Irgendetwas in ihr sagte ihr, dass er selbst etwas unternommen hätte, um sie zu sehen, wenn er sie wirklich lieben würde. Doch da war auch eine andere Stimme, die ihr sagte, dass er einfach keine Gelegenheit dazu hatte. Außerdem hatten sie ja beschlossen, ihre Liebe fürs Erste geheim zu halten. Genau genommen hatte Clint es beschlossen – aber nur, weil er es für das Beste hielt. Das hatte er zumindest gesagt.

Um ihre Zweifel zu überwinden, hatte sie Sean immer wieder nach Clints Reaktion auf ihren Brief gefragt – doch ihr Bruder behauptete, der Ranger hätte ihn nicht in seiner Gegenwart gelesen. Sie wusste, dass er log – wenn nicht in diesem Punkt, dann in einem anderen –, deshalb ließ sie ihn nicht in Ruhe, bis er ihr schließlich schuldbewusst sein Geheimnis anvertraute: dass er sich zweimal für das Überbringen der Nachricht hatte bezahlen lassen. Als ob der lumpige Nickel sie auch nur im Geringsten interessiert hätte.

Also ging sie davon aus, dass ihr Geliebter – lieber Himmel, er war tatsächlich ihr Geliebter, dachte sie erbebend – sich um Mitternacht draußen hinter der Küche mit ihr treffen würde, auf der hinteren Veranda, wo sie sich zum ersten Mal gesehen hatten. Becky würde Antwort auf die Fragen bekommen, die sie plagten – und all ihre Zweifel würden sich in Luft auflösen. Dann würde Clint sie in die Arme nehmen und küssen und vielleicht sogar seine Hand unter ihr Kleid schlüpfen lassen – und diesmal würde er nicht einmal auf ein Korsett stoßen.

Becky erbebte erneut und legte die Hände auf ihre Brüste. Die Brustwarzen waren hart. Sie spürte sie durch das Hemd und versuchte sich vorzustellen, es wären Clints Hände, die sie berührten. Doch es war überhaupt nicht mit dem prickelnden Gefühl zu vergleichen, das sie überkam, wenn Clint sie streichelte – und sie verspürte Enttäuschung bei dem Gedanken, dass Clint heute Nacht nicht viel mehr würde tun können, als sie zu streicheln. Nachdem sie zunächst gehofft hatte, dass sie bereits Clints Kind in sich trug, hatte nun gestern die Regel eingesetzt.

Doch es war ohnehin besser so, sagte sie sich. Ihr Vater war auch so schon verärgert genug. Wenn sie ihm sagen müsste, dass sie und Clint ... Nein, das war gar nicht auszudenken. So würde es ohnehin viel leichter sein. Sie hatte Clint ohnehin an sich gebunden – und eine Schwangerschaft zu diesem Zeitpunkt hätte nur zu unangenehmem Gerede geführt. Für Kinder würden sie später noch genug Zeit haben ... und natürlich für all die wundervollen Augenblicke, die man miteinander erlebte, wenn man Kinder wollte!

Becky lächelte ihr Spiegelbild an und ordnete noch einmal ihr Haar. Sie prüfte, ob die Nadeln auch wirklich fest saßen. Dann strich sie Hemdbluse und Rock gerade. Sie wollte heute Nacht einfach makellos aussehen. Nicht nur makellos, sondern vor allem schön und begehrenswert. Für ihren Geliebten. Ihre Brustwarzen wurden erneut hart, sodass sie sich deutlich unter der Bluse abzeichneten. In wenigen Minuten würde auch er sie sehen, dachte sie – ein Gedanke, der ihr eine Gänsehaut an den Schenkeln bereitete.

Mit einem letzten Blick in den Spiegel beugte sie sich vor und blies die Lampe aus, ehe sie sich leise aus dem Zimmer und in die Diele hinunterschlich. Als sie den überdachten Gehweg entlang eilte, der die Küche vom Haus trennte, horchte sie aufmerksam, ob sich Clints Schritte vielleicht schon näherten – doch sie konnte nichts hören. Vielleicht war er längst da und wartete auf sie.

Der Gedanke beschleunigte ihre Schritte, und sie durchquerte die Küche im Laufschritt, während ihr Herz vor Vorfreude schneller schlug. Sie war nun weit genug von dem Zimmer entfernt, in dem ihre Mutter schlief, sodass sie nicht mehr darauf achten musste, leise zu sein – und so riss sie die Küchentür auf und trat auf die hintere Veranda hinaus.

Draußen herrschte völlige Dunkelheit. Selbst wenn Clint ganz in der Nähe gewesen wäre, hätte sie ihn wohl kaum erkennen können.

»Clint?«, flüsterte sie mit zitternder Stimme in die Nacht hinaus.

Sie fühlte ihn mehr, als dass sie ihn sah, wie er aus der Dunkelheit auftauchte und sie in die Arme nahm. Seine Hände packten ungestüm zu – wahrscheinlich, weil sein Verlangen nach ihr so groß war, sagte sie sich – und im nächsten Augenblick presste sich sein Mund so fest gegen den ihren, dass es ihr seltsamerweise überhaupt keine Wonne, dafür aber umso mehr Schmerz bereitete.

Sie wand sich und verstand nicht, wie ihr geschah; sie wusste nur, dass irgendetwas nicht stimmte – bis ihr einfiel, dass sie, wenn sie Clint küsste, den Kopf viel weiter zurückbeugen musste, als das in diesem Augenblick der Fall war.

Dieser Mann war nicht Clint!

Verzweifelt löste sie ihre Lippen von den seinen, doch dem Griff seiner Hände konnte sie sich nicht entwinden.

»Lassen Sie mich los!«, rief sie empört.

»Nicht so laut«, flüsterte er amüsiert, was sie erzürnte. »Wir brauchen doch keine Zuschauer, nicht wahr?«

Er versuchte sie noch einmal zu küssen, doch sie drehte den Kopf zur Seite, sodass sein Mund irgendwo unterhalb ihres Ohrs landete, während sie sich aus seinen Armen zu befreien versuchte.

»Du bist wohl eine kleine Wildkatze, was?«, sagte er – und da erkannte sie seine Stimme.

»Lass mich los, Johnny Jacobs! Auf der Stelle, oder ich schreie!«, zischte sie ihm zu und versuchte, mit den Fingernägeln sein Gesicht zu erwischen.

»Du wirst doch nicht schreien«, erwiderte er, nun überhaupt nicht mehr amüsiert. »Wie willst du denn erklären, was du mitten in der Nacht allein mit einem Mann hier draußen machst? He, du trägst ja gar kein Korsett, oder?«, fragte er und nahm eine Hand kurz von ihrer Schulter, um ihre Brust zu streicheln, ehe sie sich von ihm abwenden konnte.

Sie drehte sich um und lief los – doch er riss sie mit einem so jähen Ruck am Handgelenk zurück, dass er ihr beinahe den Arm ausgerenkt hätte. Sie schrie auf vor Schmerz, doch er presste ihr die Hand auf den Mund, um sie zum Schweigen zu bringen.

»Ich hab dir doch gesagt, ich brauch keine Zuschauer hier«, knurrte er und sie spürte seinen heißen Atem in ihrem Gesicht. »Masterson hat gesagt, du würdest keinen Ärger machen. Er hat mir erzählt, dass du für ihn die Beine breit gemacht hast, und ich erwarte, dass du für mich das Gleiche tust.«

Becky schüttelte verzweifelt den Kopf und wollte auf seine niederträchtigen Worte irgendetwas erwidern – doch Johnny hielt ihr immer noch den Mund zu.

»Ist schon okay, Kleine. Masterson hat heute Nacht keine Zeit. Er hat gemeint, ich kann gern für ihn einspringen. Er hat mir gesagt, du bist das süßeste Biest, das er seit langem gehabt hat. Muss wohl das Indianerblut sein. Ich sag's ja – die dunkelsten Beeren sind die süßesten.« Er drückte sich gegen ihre Hüfte und Becky spürte einen unerträglichen Ekel in sich aufsteigen.

Da fiel ihr ein, wie sie sich ihn beim letzten Mal vom Leib gehalten hatte – und sie stieß mit dem Knie zu, um ihn zwischen den Beinen zu treffen. Doch diesmal war er auf ihren Angriff vorbereitet und wich im letzten Augenblick zur Seite, sodass ihr Stoß ihn nur am Oberschenkel traf. Er stöhnte auf und packte ihren Arm, um ihn mit einem jähen Ruck umzudrehen und an ihrem Rücken hochzureißen, dass sie vor Schmerz aufschrie.

»Keine Tricks mehr, sonst muss ich dir wirklich wehtun«, knurrte er drohend. Der Schmerz trieb ihr die Tränen in die Augen. »Bist du jetzt ein braves Mädchen und tust, was ich von dir will?«, fragte er.

Becky konnte nichts anderes tun als nicken.

»Wirst du dich jetzt hinlegen und mich nicht daran hindern?«, fragte er weiter.

Der Ekel schnürte ihr fast die Kehle zu, doch Becky wusste, dass sie keine andere Wahl hatte, und nickte noch einmal. Sie zwang sich, in seinen Armen zu erschlaffen und jeden Widerstand aufzugeben. Sie stellte sich vor, wie er jetzt wahrscheinlich zufrieden grinste, wenngleich sie sein Gesicht nicht sehen konnte. Dann hielt sie den Atem an, als er langsam die Hand von ihrem Mund nahm.

Sie wartete einen Augenblick, weil er die Hand weiterhin bereit hielt, um ihr den Mund sofort zuzuhalten, falls sie schrie. Nachdem sie jedoch keinen Ton von sich gab, ließ er die Hand ganz sinken und über die weiche Rundung ihrer Brüste wandern.

Als sie ihn vor Wonne aufseufzen hörte, begann sie zu schreien. Ihr markerschütternder Schrei hätte die Toten aufwecken können, falls welche in der Nähe gewesen wären.

Er riss seine Hand hoch, um ihr den Mund wieder zuzuhalten, doch er spürte wohl, dass es zu spät war und dass es Zeit war, zu fliehen. Fluchend stieß er sie weg, sprang von der Veranda und lief, so schnell er konnte, davon.

Becky lief ebenfalls los – in die Küche hinein, doch sie wusste, dass sie hier nicht sicher war. Wirklich sicher würde sie nur im Haus sein – und so rannte sie quer durch die Küche und ins Freie hinaus. Zu ihrer Erleichterung hörte sie, dass Johnnys Schritte auf dem ausgetrockneten Boden sich immer weiter entfernten.

Immer noch zitternd vor Schreck und in der Erwartung, dass jeden Augenblick jemand sie packen würde, raffte Becky die Röcke mit beiden Händen hoch und rannte die kurze Strecke zum Haus zurück. Sie eilte hinein, schloss die Tür und ließ sich erleichtert dagegen sinken, als könnte sie mit ihrem Gewicht irgendwelche Eindringlinge daran hindern, die Tür aufzubrechen und ihr ins Haus zu folgen. Nach Atem ringend, stand sie da und wartete darauf, dass sich rings um sie etwas zu regen begann, nachdem sie mit ihrem Schrei zweifellos alle aufgeweckt hatte.

Zuerst dachte sie, dass sie nur deshalb nichts hörte, weil ihr eigenes Herz so laut pochte und ihr Atem so keuchend war – doch schließlich beruhigten sich ihr Herzschlag und ihr Atem, sodass sie jedes Geräusch im Haus hören konnte. Oder vielmehr hören hätte können – denn es wurden keine Türen auf- und zugeschlagen, keine Schritte hallten im Haus wider und keine Stimmen stießen besorgte Zurufe hervor. Auch von draußen war kein Laut zu hören.

Becky wartete noch eine Weile und ging dann zum Schlafzimmer ihrer Mutter. Sie presste das Ohr an die Tür – doch es drang kein Laut zu ihr heraus. Als sie die Tür schließlich ganz behutsam öffnete, sah sie, dass sich im Zimmer nichts regte. Ihre Mutter, die allein im Doppelbett schlief, war offensichtlich nicht in ihrem Schlaf gestört worden. Becky schloss die Tür wieder und ging auf Zehenspitzen zur Haustür zurück, um durch das Fenster daneben hinauszugucken.

Draußen im Hof war alles still, genauso wie im Haus, und auch in der Schlafbaracke schien sich nichts zu rühren. Keiner war ihr zu Hilfe geeilt. Es schien sie überhaupt niemand gehört zu haben, wie ihr mit Entsetzen bewusst wurde. Wäre Johnny Jacobs nicht ein solcher Feigling gewesen, dann würde sie jetzt draußen auf der Veranda liegen und …

Sie erschrak, als sie in der nächtlichen Stille einen Schluchzer ausstieß, und hielt sich rasch den Mund zu. Dann lief sie in ihr Zimmer zurück, schloss die Tür und klemmte einen Stuhl unter den Türgriff. Sie warf sich aufs Bett und ließ den Tränen freien Lauf. Zum Glück wurde ihr hysterisches Heulen von den Kissen gedämpft.

Sie weinte eine ganze Weile und spürte nichts als unendliche Erleichterung, dass sie noch einmal davongekommen war. Doch als die Tränen allmählich verebbten, begannen ihr allerlei unzusammenhängende Gedanken im Kopf herumzuschwirren, Erinnerungen an das, was dieser Bastard draußen in der Dunkelheit zu ihr gesagt hatte. *Clint hatte ihn geschickt!* Clint hatte ihm gesagt, dass er sie dort draußen treffen sollte! Es musste tatsächlich so sein – wie sonst hätte Johnny wissen können, dass sie dort sein würde? Und er hatte Johnny alles erzählt … wie sie sich geliebt hatten und wie sie ihn verführt hatte … einfach *alles*.

Nein, das konnte nicht sein! Clint liebte sie doch! Er hatte es ihr schließlich selbst gesagt. Doch halt, hatte er das wirklich getan? Nein, er hatte es nicht gesagt, wurde ihr mit Schrecken bewusst. Er hatte es nicht gesagt, weil er sie eben nicht wirklich liebte. Er war genauso wie die anderen, nur viel schlauer, weil er es geschafft hatte, sie zu täuschen.

Becky verspürte eine solche Übelkeit in sich hochsteigen, dass sie glaubte, sich übergeben zu müssen. Doch es war nicht bloß körperliche Übelkeit – der Ekel reichte bis tief in ihre Seele. Ihr Innerstes war wie erstarrt, so tief war ihre Qual. Sie war verraten worden von dem Mann, den sie liebte, dem einzigen, den sie je geliebt hatte. Wie sollte sie diesen Schmerz jemals ertragen?

Wie sie so auf dem Bett lag, senkte sich tiefe Verzweiflung über sie. Sie wusste, sie wollte keinen Augenblick länger leben. Was sollte es auch für einen Sinn haben, weiterzuleben, wenn sie niemandem auf dieser Erde je wieder würde vertrauen können? Sie würde ihr ganzes Leben allein verbringen müssen, ohne Ehemann, ohne Kinder und ohne jeden Lebensinhalt, da man ihr auch ihre Schule weggenommen hatte.

Sie wollte nicht weiterleben, wollte den neuen Tag nicht erleben müssen – denn was würde er ihr anderes bringen als widerlich grinsende Gesichter wie das von Johnny Jacobs oder heimtückische, verlogene Augen wie die von Clint Masterson? Wie hatte er ihr das nur antun können – ihr, der Frau, die ihn liebte?

Und wie hatte sie nur so dumm sein können? Sie hatte sich ihm hingegeben! Nein, schlimmer noch, sie hatte darauf bestanden, dass er sie nahm, und geglaubt, dass sein Sträuben das Zeichen einer ehrenhaften Gesinnung sei und nicht mangelndes Begehren. Er hatte sie nicht einmal wirklich gewollt – aber er hatte zugegriffen, als sie sich ihm anbot. Welcher Mann hätte das nicht getan? Dann hatte er Johnny gesagt, wie einfach es gegangen war, und sie an ihn weitergereicht.

Sie fühlte sich so unendlich erniedrigt. Wie konnte sie jemals wieder in den Spiegel sehen? Sie wünschte sich, jemand würde sie erschießen – so wie man ein Tier erschoss, das leiden musste. Ja, sie wünschte sich, jemand würde ihr eine Kugel in den Kopf oder ins Herz jagen, um diesen unerträglichen Schmerz zu beenden und sie von ihren Qualen zu erlösen.

Da fiel ihr die Pistole ein, die ihr Vater ihr gegeben

hatte, damit sie sie zur Farm mitnahm. Sie hatte sie immer noch auf dem obersten Brett in ihrem Kleiderschrank liegen, wo Sean sie nicht erreichen konnte. Die Pistole schien sie geradezu zu rufen, so als wäre sie die Lösung all ihrer Probleme.

Benommen vom langen Weinen stand sie auf und taumelte zum Schrank hinüber. Sie stellte sich auf die Zehenspitzen und holte die Pistole samt Gürtel herunter. Dann zog sie die Waffe aus dem Halfter. Becky sah sie nur als schwarzen Fleck in der Dunkelheit – dafür spürte sie sie umso deutlicher. Die Pistole fühlte sich kalt wie der Tod in ihren Händen an.

Für einen Augenblick dachte sie daran, den Lauf an die Schläfe zu setzen, und stellte sich vor, wie es sich anfühlen würde – kalt und hart und tödlich. Es würde nur eine Sekunde dauern oder noch weniger – und dann wäre alles vorbei. Ihr Leben wäre vorüber, mitsamt dem Schmerz, und niemand würde erfahren, wie dumm sie gewesen war – und wenn sie es doch erfuhren, würde sie nicht mehr da sein, um es mit anhören zu müssen. Weil sie längst tot sein würde, tot und kalt wie diese Pistole. Sie musste nichts anderes tun, als sie hochzuheben und ...

Doch ihre Hand zitterte immer noch, wie sie feststellen musste, ebenso ihre Knie, ihre Arme und Beine – und sie ließ sich zu Boden sinken, weil sie sich nicht mehr aufrecht halten konnte. Sie konnte sich auch hier erschießen, am Boden liegend – doch als sie es sich vorstellte, wurde ihr bewusst, dass sie nicht dazu fähig sein würde.

Der Schuss würde ihre Mutter und ihren Bruder wecken und sie würden herbeigelaufen kommen und all das Blut sehen ... Nein, das konnte sie ihnen nicht antun. Dazu liebte sie sie zu sehr. Sie konnte es nicht hier tun.

Also musste es eben woanders passieren. Irgendwo weit weg, wo sie es gar nicht erfahren mussten. Ja, so würde sie es machen. Sie sollten glauben, dass sie weggelaufen war. Sie würden traurig sein, gewiss, aber sie würden immer denken, dass sie irgendwo anders glücklich lebte. So konnte Becky ihnen den Kummer darüber ersparen, dass sie sich das Leben nahm.

Immer noch zitternd, rappelte sie sich hoch und legte die Pistole auf die Frisierkommode. Dann suchte sie in ihrem Kleiderschrank nach ihrer Reisetasche, die sie immer mitnahm, wenn sie irgendwo anders übernachtete. Darin hatte zwar nicht viel Platz – aber sie brauchte ohnehin nicht viel. Eine tote Frau brauchte eigentlich gar nichts mehr.

»Warum schläft Becky bloß so lange?«, fragte Sean seine Mutter am nächsten Morgen beim Frühstück.

»Sie ist bestimmt sehr müde. Sie wird schon aufstehen, wenn sie ausgeschlafen ist«, antwortete Sarah. »Und weck sie ja nicht auf, junger Mann«, fügte sie streng hinzu.

»Ja, Ma'am«, sagte der Junge, ohne es allzu ernst zu meinen. Dann stand er auf und trug das Geschirr zur Spüle. Seine Mutter hielt ihn nicht auf, als er durch die Hintertür hinausstürmte, weil sie dachte, er wolle spielen gehen. Doch Sean hatte in Wirklichkeit anderes im Sinn. Er würde seine Schwester nicht so ohne weiteres schlafen lassen.

Er lief um die Küche herum und gab Acht, dass seine Mutter ihn nicht an einem der Fenster sah; sie hätte ihn bestimmt an seinem Vorhaben gehindert. Als Sean das Haus betreten hatte, schlug er die Tür unnötig laut zu. Der Knall hallte im ganzen Haus wider – doch aus dem Zimmer seiner Schwester kam keine Reaktion.

Enttäuscht trampelte Sean die Treppe zum Zimmer seiner Schwester hinauf und warf sich schwungvoll gegen die Tür, so als wäre er beim Laufen ausgerutscht. Doch als er an der Tür lauschte, war von drinnen immer noch kein Laut zu hören.

Sean blickte sich um, weil er sichergehen wollte, dass seine Mutter nicht in der Nähe war, ehe er vorsichtig am

Türgriff drehte und die Tür aufstieß – gerade weit genug, dass er Beckys Bett sehen konnte. Er könnte ja etwas hineinwerfen, dachte er – er hatte bestimmt noch einen Stein in der Hosentasche. Vielleicht, wenn er sie am Hintern traf ...

Doch sie war überhaupt nicht da. Ihr Bett war leer und es war sogar gemacht, obwohl die Decke zerknittert war, so als hätte jemand auf dem Bett gelegen. Sie muss schon aufgestanden sein, dachte er sich. Bestimmt würde sie fuchsteufelswild sein, weil er hereingekommen war, ohne anzuklopfen – obwohl sie bisher noch keinen Ton von sich gegeben hatte.

Sean öffnete die Tür etwas weiter, damit er das ganze Zimmer überblicken konnte. Vielleicht war sie ja krank oder verletzt oder ...

Nein, sie war überhaupt nicht da. Er konnte jetzt ganz deutlich sehen, dass niemand im Zimmer war.

»Becky?«, rief er, weil er seinen Augen immer noch nicht traute. Doch es kam keine Antwort, und so drehte er sich um und blickte den Gang hinunter. Wenn sie nicht in ihrem Zimmer war und auch nicht in der Küche, wie er ja wusste, dann musste sie irgendwo anders im Haus sein. »Becky?«, rief er laut, damit sie ihn hören konnte, wo immer sie auch war.

Doch sie gab keine Antwort. Sean überlegte einen Augenblick und schließlich erschien ein boshaftes Lächeln auf seinen Lippen. Wenn sie nicht im Haus war, dann bedeutete das, dass sie woanders war – irgendwo, wo sie nicht sein durfte –, und das wiederum hieß, dass sie jede Menge Ärger bekommen würde. Sean freute sich diebisch, dass er die gute Nachricht überbringen konnte.

»Mama!«, rief er und lief aus dem Haus und zur Küche hinüber. »Mama! Becky ist nicht in ihrem Zimmer!«

Sarah, die gerade dabei war, das Geschirr abzuwaschen, drehte sich um, die Hände noch voller Seifenwasser, einen vorwurfsvollen Ausdruck auf dem Gesicht. »Hab ich dir nicht gesagt, dass du sie nicht ...«

»Aber sie ist nicht da! Sie ist nicht in ihrem Zimmer und auch sonst nirgends im Haus ... und ihr Bett ist gemacht, sie hat vielleicht gar nicht drin geschlafen und ...«

Sarah eilte bereits zum Haus und Sean lief hinter ihr her. »Das ist doch lächerlich«, sagte sie und trocknete ihre Hände an der Schürze. »Sie muss doch irgendwo sein.«

»Ich hab gerufen und gerufen, aber sie hat nicht geantwortet«, beharrte Sean. »Ich glaube, sie ist abgehauen«, fügte er hinzu. Es konnte bestimmt nicht schaden, wenn er seine Mutter gleich darauf aufmerksam machte, dass seine Schwester etwas Verbotenes getan hatte.

»Aber wo kann sie denn sein?«, fragte Sarah, als wüsste Sean die Antwort.

Sarah war überzeugt, dass ihr Sohn sich irrte. Becky würde nicht so einfach verschwinden. Das Mädchen hatte genauso viel Angst, dass ihr etwas zustoßen könnte, wie ihre Eltern. Außerdem war Becky ein so gutes Kind, immer folgsam und ... Nun, vielleicht nicht *immer*, besonders in letzter Zeit. Sie konnte wohl recht dickköpfig sein, aber dumm war sie bestimmt nicht. Sie würde sich nicht so leichtfertig in Gefahr begeben.

Die Tür zu Beckys Zimmer stand offen, und ein rascher Blick bestätigte, was Sean ihr berichtet hatte. »Becky?«, rief Sarah und lief den Gang entlang, um in den anderen Zimmern nachzusehen. Ein paar Minuten später hatte sie das Haus abgesucht und nirgends eine Spur von ihrer Tochter entdeckt.

»Sie muss hier sein«, sagte sie zu Sean, wie um sich selbst zu überzeugen. »Wo sollte sie denn sonst sein?«

Ihr Sohn wusste keine Antwort und Sarah wollte nicht darüber nachdenken. Warum musste das ausgerechnet passieren, wenn Hunter nicht da war? Gemeinsam wäre ihnen bestimmt eingefallen, wo ihre Tochter steckte. Es musste ganz einfach eine logische Erklärung dafür geben, sagte sich Sarah. Irgendetwas, an das sie noch nicht gedacht hatte.

Wenn Becky nicht im Haus war, dann war sie bestimmt ganz in der Nähe. Vielleicht hatten die Männer sie ja gesehen. Aber wie sollte sie sie fragen, ohne ihnen das Gefühl zu geben, dass etwas nicht stimmte? Denn es war bestimmt alles in Ordnung – sie wusste nur nicht, wo ihre Tochter gerade steckte.

Sie würde einen der Männer holen lassen, einen, dem sie vertraute. Als Vormann würde sich natürlich Gus anbieten, doch Hunter hatte ihr gesagt, dass er Clint Masterson damit beauftragt hatte, auf die Familie Acht zu geben. Sie konnte ...

Clint Masterson! Es lief ihr eiskalt über den Rücken bei dem Gedanken. Sarah wusste, dass Becky in den Mann vernarrt war. Außerdem hatte Hunter die beiden vor Tagen beobachtet, wie sie sich geküsst hatten. Konnte es sein, dass die beiden ...? Aber das war doch lächerlich! Wenn Becky Clint Masterson hätte sehen wollen, dann hätte sie es doch nur zu sagen brauchen! Er hätte sie jederzeit im Wohnzimmer des Hauses besuchen dürfen. Sie hatte es doch nicht nötig, wegzulaufen oder ... *Wegzulaufen?* Wie kam sie denn auf so eine Idee? Becky wäre niemals mit irgendjemandem weggelaufen. Warum sollte sie auch?

Sarah hatte das Gefühl, dass ihr das Frühstück bleischwer im Magen lag, als sie zur Haustür lief und hinausblickte. Die Männer kamen gerade vom Frühstück. Sie konnte Clint Masterson nirgends erkennen, doch er war bestimmt unter ihnen. Er musste einfach da sein.

»Sean, lauf doch mal los und ... und hol Mr. Masterson her, ja?«

»Warum?« fragte der Junge, mittlerweile ebenso besorgt wie seine Mutter.

»Weil ... nun, dein Vater hat ihn gebeten, ein wenig auf uns Acht zu geben, solange er weg ist. Ich brauche ihn, damit er uns hilft, Becky zu finden«, antwortete sie und hoffte, dass ihre Erklärung einleuchtend klang.

Sean nickte und stürmte sogleich auf die Veranda hinaus und in den Hof hinunter. Er lief direkt auf die

Männer zu, die im Hof standen und ihre Zigaretten rauchten. Er suchte nach dem groß gewachsenen Ranger und fand ihn schließlich in der Küche, wo er mit Mr. Owen sprach.

»Mr. Masterson!«, rief Sean und vergaß ganz, dass es sich nicht gehörte, Erwachsene im Gespräch zu unterbrechen.

Der Ranger blickte überrascht auf, als Sean vor ihm zum Stillstand kam.

»Meine Mama möchte jetzt gleich mit Ihnen reden«, meldete er.

Clint sah sofort die Sorge im Gesicht des Jungen. »Ist irgendwas nicht in Ordnung?«

Sean blickte Gus Owen an, als würde er überlegen, ob er es vor ihm sagen sollte, und entschied sich dagegen. »Sie will mit Ihnen reden«, wiederholte er nur.

»Gehen Sie nur«, sagte Gus. »Wir können ja später weitersprechen.«

Clint nickte und folgte dem Jungen, der im Laufschritt zum Haus zurückkehrte.

Clint musste sich beherrschen, dass er nicht selbst loslief. Irgendetwas war nicht in Ordnung, das spürte er deutlich. Sarah Tate hätte ihn sonst niemals rufen lassen. Clint fielen sofort mehrere Gründe ein, warum sie ihn holen ließ – und alle diese Gründe hatten mit Becky zu tun. Lieber Gott, was sollte er der Frau nur sagen? Wie sollte er sein Verhalten erklären oder gar entschuldigen?

Mit bleiernen Beinen stieg er zur Veranda hoch und ging zur Tür, die Sean für ihn aufhielt. Sarah Tate stand gleich hinter der Tür, ihr Gesicht bleich vor Sorge. »Sie ist also auch nicht bei Ihnen?«, meinte sie.

»Was? Wer?«, fragte Clint verwirrt. Er hatte so fest damit gerechnet, dass sie ihm Vorwürfe machen würde, dass er ihre Frage nicht gleich verstand.

»Becky ist nicht bei Ihnen?«

»Nein«, sagte er und dachte sich, dass das doch wohl

offensichtlich sein müsste. Er verstand immer noch nicht, warum sie so besorgt war.

»Sie ist nicht hier. Sie ist … weg.«

»Wie meinen Sie das … *weg*?«, fragte er, von einer ganz neuen Sorge erfasst.

»Sie ist nicht in ihrem Zimmer«, warf Sean ein. »Sie hat überhaupt nicht in ihrem Bett geschlafen und im Haus ist sie auch nirgends.«

Das war doch nicht möglich! Clint schob Sarah Tate zur Seite und lief die Diele entlang und dann die Treppe hinauf. Er öffnete jede Tür und sah nach – auf der Suche nach Beckys Zimmer. »Ist das ihres?«, fragte er schließlich, als er die rosafarbene, mit Rüschen besetzte Bettdecke erblickte.

»Ja«, bestätigte Mrs. Tate, die ihm gefolgt war. »So haben wir das Zimmer heute Morgen vorgefunden.«

Clint sah sich mit einem raschen Blick im Zimmer um. Das Bett war nicht benutzt, wenngleich die Decke zerknittert war, so als hätte jemand auf dem Bett gelegen. Alles andere sah normal aus – zumindest vermutete er das, nachdem er das Zimmer noch nie gesehen hatte.

»Sie sagten, Sie haben schon nach ihr gesucht?«, fragte er.

»Ja, im ganzen Haus. Sie ist nicht da«, antwortete Sarah Tate. »Ich dachte, Sie könnte vielleicht …«

Clint drehte sich jäh zu ihr um, als sie zögerte. »*Was* dachten sie?«

»Ich dachte, Sie und Becky könnten vielleicht … zusammen sein.« Das war durchaus kein abwegiger Gedanke – doch Clint errötete dennoch.

»Ich habe seit Tagen nicht mehr mit ihr gesprochen – ja, ich habe sie nicht einmal gesehen.«

»Wo kann sie denn nur sein?«, fragte Mrs. Tate händeringend. »Sie weiß doch, dass sie das Haus nicht allein verlassen soll! Ich dachte, dass sie ohnehin zu große Angst hätte – nach dem, was neulich bei der Farm passiert ist.«

»Vielleicht ist sie ...«, begann Sean, hielt aber gleich wieder inne, als es an der Haustür klopfte.

Sie eilten sofort zur Tür, um nachzusehen, doch es war nur Gus Owen. »Tut mir Leid, wenn ich störe, Ma'am«, sagte der Vormann und nahm den Hut ab, bevor er ins Haus trat, »aber ich dachte mir, dass Sie das vielleicht interessiert. Einer unserer Männer ist nicht da. Vielleicht hat Masterson es Ihnen schon gesagt?«

»Nein, ich ...«, begann Sarah hilflos.

»Nun, kein Problem, er hat ohnehin nicht viel getaugt. Ich habe gleich im Stall nachgesehen, ob er vielleicht ein Pferd mitgenommen hat, das ihm nicht gehört – da ist mir aufgefallen, dass Miss Beckys Stute nicht da ist, genauso wie das Pferd des Cowboys. Er muss ihre Stute wohl mitgenommen haben. Bestimmt bricht es ihr das Herz und ... Mrs. Tate, stimmt was nicht?«

»Ihre Stute ist nicht da?«, fragte Mrs. Tate mit schwacher Stimme. Sie sah ganz so aus, als würde sie jeden Moment in Ohnmacht fallen. Instinktiv griff Clint nach ihrem Arm.

»Vielleicht sollten Sie sich setzen, Ma'am«, schlug er vor. Sie nickte kurz und so führte Clint sie ins Wohnzimmer und ließ sie auf dem Sofa Platz nehmen.

»Wer ist es? Ich meine, der Mann, der verschwunden ist?«, fragte sie schließlich und blickte zu den beiden Männern und dem Jungen auf, die etwas hilflos vor ihr standen.

»Johnny Jacobs«, antwortete Owen und Sarah Tate stieß einen Laut des Entsetzens aus.

Clint konnte sich leicht vorstellen, was sie sich denken musste, und alles in ihm krampfte sich zusammen. »Jacobs hatte erst kürzlich eine Auseinandersetzung mit Miss Tate und jetzt ist sie auch weg«, erklärte er dem völlig verdutzten Owen.

»Oh, mein Gott«, murmelte Owen. »Sie glauben doch nicht ...«

»Wenn sie bei ihm ist, dann sicher nicht freiwillig«,

überlegte Clint. »Wir sollten einen Suchtrupp zusammenstellen.«

»Ich geh gleich zu den Männern, damit sie nicht auf die Weide hinausreiten«, sagte Owen und eilte hinaus.

Clint wäre ihm gefolgt, doch Mrs. Tate hielt ihn an der Hand zurück. »Warum könnte er sie mitgenommen haben?«, fragte sie, die Augen von Schreck und Verwirrung geweitet. »Und wie? Sean und ich waren die ganze Nacht hier und haben nichts gehört.«

»Das weiß ich auch nicht, aber ich werde es herausfinden, Mrs. Tate. Darauf können Sie sich verlassen.«

»Ich helfe Ihnen«, sagte Sean feierlich. »Bitte, lassen Sie mich helfen.«

»Das Beste, was du im Augenblick tun kannst, ist, dich um deine Mutter zu kümmern«, meinte Clint und strich dem Jungen über das blonde Haar. »Sie ist sicher ziemlich durcheinander, bis wir deine Schwester gefunden haben.«

Der Junge blickte ihn etwas enttäuscht an, nickte aber schließlich und legte seiner Mutter beschützend die Hand auf die Schulter.

Clint unterdrückte den Schreck, der ihm selbst in die Glieder gefahren war, und eilte hinaus, um das Einzige zu tun, das ihm jetzt blieb. Und wenn er Johnny Jacobs in die Finger bekam, würde sich der Kerl wünschen, er wäre nie auf die Welt gekommen.

Die Nachricht von Beckys Entführung breitete sich so rasch aus wie der trockene Wind, der über das Weideland wehte. Niemand hatte Becky oder ihren Entführer gesehen, wenngleich ein paar Leute, die in der Nähe der Straße lebten, sich erinnerten, irgendwann in der Nacht das Geräusch eines vorbeigaloppierenden Pferdes gehört zu haben.

Als die Nachricht die Wakefield-Farm erreichte, schloss sich Wally Wakefield dem Suchtrupp an. Clint wandte ein, dass es riskant für ihn sei, wenn man sah, dass er mit Tates Leuten zusammenarbeitete – doch Wakefield ließ seinen Einwand nicht gelten.

»Nach all dem, was das Mädchen für meine Familie getan hat, wird doch jeder verstehen, dass ich mich auch an der Suche beteilige.«

Clint musterte das Gesicht des Mannes und suchte nach Anzeichen jener Schwäche, die seinen Vater so tief hatte sinken lassen – doch er konnte nichts davon erkennen. Vielleicht hatte Wakefield es tatsächlich geschafft, die alten Fehler seiner Familie zu überwinden. »Ich hätte eigentlich erwartet, dass Sie mir mitteilen, wer die Männer waren, die Becky Tate in jener Nacht angriffen.«

»Ich habe Ihnen deshalb keine Nachricht geschickt, weil sie wieder etwas vorhaben. Ich wollte warten, bis ich weiß, was es ist – aber bis jetzt habe ich es nicht herausbekommen. Ich glaube, sie sind sich noch nicht sicher, ob sie mir trauen können. Jedenfalls war damals niemand von den Rädelsführern dabei. Einer von ihnen war der Junge, der mit Vances Tochter verlobt ist, Scott Young.«

Clint nickte grimmig. »Becky hat seine Stimme erkannt. Wer waren die anderen?«

Wakefields Gesichtsmuskeln spannten sich an, als wollte er es vermeiden, die Frage zu beantworten. »Der zweite Mann war einer von Doughertys Cowboys, Lynch heißt er. Der dritte war ... Nun, es war Johnny Jacobs.«

Clint starrte ihn mit großen Augen an. »Was, zum Teufel ...? Ich bringe diesen Mistkerl um!«

»Langsam, Partner«, wandte Wakefield ein und hielt Clint am Arm zurück, als dieser losstürmen wollte. »Tun Sie nichts Unüberlegtes. Wenn er wirklich Miss Becky in seiner Gewalt hat – nun, dann knöpfen wir ihn uns vor. Aber wenn nicht, dann dürfen Sie ihm nicht zu erkennen geben, dass Sie wissen, dass er damals dabei war. Dann wäre nämlich allen klar, dass sie einer verraten haben muss. Ich wäre Ihnen jedenfalls keine große Hilfe mehr, wenn ich tot bin.«

Wie oft hatte sich Clint genau das gewünscht, aber jetzt ... Widerwillig unterdrückte er all seine Wut auf Jacobs. Später würde er immer noch genug Zeit haben, um Rache zu üben – und er musste Wakefield unter allen Umständen schützen, auch wenn es ihm noch so sehr widerstrebte. »Aber Sie haben mich da auf eine Idee gebracht. Vielleicht sollten wir mit unserer Suche nach Jacobs und Miss Tate auf der Dougherty-Ranch beginnen. Wenn Dougherty etwas gegen Tate unternehmen will, dann käme es ihm vielleicht gelegen, wenn er seine Tochter in der Hand hätte.«

»Ich kann mir nicht vorstellen, dass er das Risiko eingehen würde. Für so etwas kann man gehängt werden – aber es könnte ja sein, dass er etwas weiß. Wenn Sie nichts dagegen haben, halte ich mich von Doughertys Ranch fern. Ich will nicht, dass er auf den Gedanken kommt, ich hätte Sie zu ihm geschickt.«

Clint nickte und versuchte sich zu erinnern, wie sehr er diesen Menschen einst gehasst hatte – doch es wollte ihm nicht recht gelingen. Nun, wahrscheinlich wäre er jedem dankbar gewesen, der ihm geholfen hätte, Becky zu finden, sagte er sich. Ja, so musste es wohl sein.

Als er mit einigen von Tates Cowboys zur Dougherty-Ranch weiterritt, dachte er überhaupt nicht mehr an Wakefield. Er hatte jetzt keine Zeit, sich mit alten Feindschaften zu beschäftigen, wenn die Frau, die er liebte, in der Hand eines Bastards wie Johnny Jacobs war.

Clint hätte ihn an jenem Tag im Stall töten sollen. Er hatte damals schon gewusst, dass Jacobs ein übler Kerl war – und wenn er tatsächlich Becky etwas angetan haben sollte, dann konnte sich Clint keine Strafe vorstellen, die hart genug für ihn wäre. Aber natürlich konnte er Jacobs nicht töten, solange er Becky nicht zurück hatte.

Er zwang sich, nicht allzu viel an Becky zu denken – an das, was ihr vielleicht vergangene Nacht widerfahren war oder was sie möglicherweise in diesem Augenblick durchlitt. Er machte sich keine Hoffnungen, dass ein Kerl wie Jacobs auch nur das geringste Ehrgefühl haben könnte; er wusste, wozu dieser Bastard fähig war.

Die Dougherty-Ranch war viel kleiner als die von Tate. Man spürte, dass die weibliche Hand hier fehlte. Die Gebäude waren robust, aber nicht besonders ansehnlich und der Hof war alles andere als aufgeräumt. Die meisten der Männer waren draußen beim Vieh, aber Dougherty selbst antwortete sogleich, als Clint seinen Gruß ins Haus hineinrief.

Er trug eine mit Flicken versehene Hose, und darunter lugte die rote Unterhose hervor, die sich über seinen mächtigen Bauch spannte. Sein Haar war ungekämmt und sein Gesicht mit Bartstoppeln bedeckt.

»Ist das ein Trupp vom Sheriff?«, fragte er leicht amüsiert, während er die Reiter von der Veranda aus musterte.

»Ein Suchtrupp«, teilte Clint ihm mit. »Hunter Tates Tochter wurde von einem seiner Cowboys entführt. Der Mann heißt Johnny Jacobs. Wir ersuchen alle hier in der Gegend, dass sie die Augen offen halten und uns sofort benachrichtigen, wenn sie etwas sehen.«

Doughertys Erstaunen über die Nachricht wirkte echt – ja, er schien geradezu schockiert zu sein. Clint hatte oft genug gespielte Gefühlsäußerungen gesehen, um eine echte Reaktion als solche zu erkennen.

»Sind Sie sich da völlig sicher?«, fragte Dougherty vorsichtig. »Ich meine, dass Jacobs das Mädchen entführt hat?«

»Sie sind beide seit letzter Nacht verschwunden«, antwortete Clint, seine Gefühle mühsam im Zaum haltend. »Da liegt es nahe …«

»Das muss noch nichts heißen«, unterbrach ihn Dougherty. »Jacobs ist hier bei mir. Er kam im Morgengrauen an. Er sagte, er hätte Ärger auf der Tate-Farm gehabt, und fragte, ob ich ihn einstelle.« Dougherty zuckte mit den Schultern. »Ich sah keinen Grund, es nicht zu tun. Ich habe ihn heute Morgen mit meinen Leuten rausgeschickt.«

»Er war allein?«, fragte Clint misstrauisch, während neue Befürchtungen in ihm hochkamen.

»Als er ankam, war er allein. Er hat kein Wort von dem Mädchen gesagt. Was sollte er auch für einen Grund dazu haben, wenn er mit ihrem Verschwinden gar nichts zu tun hat.«

»Vielleicht wollte er aber auch nur, dass es keiner erfährt«, erwiderte Clint mit finsterer Miene.

»Sehen Sie, Masterson, Sie gehen da von Dingen aus, die überhaupt nicht erwiesen sind. Ich meine, wir sollten warten, was Jacobs dazu sagt, bevor wir ihn hängen, oder?«

Clint war überzeugt, dass er Jacobs kein Wort glauben würde, aber es blieb ihm nichts anderes übrig. Er nickte widerwillig.

»Die Männer müssten jeden Augenblick zum Essen zurückkommen«, sagte Dougherty. »Sie und Ihre Männer könnten doch absitzen und in der Küche einen Kaffee trinken.«

Die Zeit bis zur Rückkehr der Cowboys erschien Clint endlos, auch wenn es in Wirklichkeit nicht einmal eine Stunde dauerte. Johnny Jacobs war einer der Letzten, die zum Essen eintrafen, und Clint bereitete sich darauf vor, ihn abzufangen, als er in den Hof einritt. Die ganze Zeit über war er unruhig auf und ab gegangen – doch nun stand er wie angewurzelt da, als der Mann, nach dem er den ganzen Tag gesucht hatte, argwöhnisch vom Pferd stieg, den Blick auf Clint und die anderen Männer von der Tate-Farm gerichtet, die im Hof versammelt waren. Einer von Doughertys Männern war zu ihm gegangen und erklärte ihm, was sie wollten, woraufhin Jacobs einige Schritte auf die Gruppe zukam.

»Ich weiß überhaupt nichts darüber«, behauptete Jacobs so laut, dass alle es hören konnten. »Ich habe sie auch nicht gesehen. Sie lassen sie ja nicht einmal mehr aus dem Haus – als wäre sie eine Art Schatz oder so was. Jemand wie ich darf überhaupt nicht an sie ran!«

»Haben Sie gehört, Masterson?«, rief Dougherty, und Clint trat zu dem Cowboy.

»Ich hab's gehört. Es sieht nur ein wenig verdächtig aus, dass sie in derselben Nacht verschwunden ist wie Sie, Jacobs. Wie erklären Sie sich das?«

Jacobs Blick ging unruhig hin und her, so als wollte er es vermeiden, Clint in die Augen zu sehen. Clint spürte förmlich das schlechte Gewissen des Mannes. Die Hände zu Fäusten geballt, zwang er sich, die Beherrschung nicht zu verlieren, sondern geduldig auf seine Antwort zu warten.

»Ich habe Ihnen doch gesagt, dass ich nichts über das Mädchen weiß. Ich bin abgehauen, weil ich Angst vor Ihnen hatte, Masterson. Er ist hinter mir her, seit er hier ist«, teilte Jacobs Dougherty mit. »Ich habe Ihnen das heute Morgen ja schon gesagt. Dabei habe ich ihm nie etwas getan. Einmal hat er mich einfach niedergeschlagen, ganz ohne Grund.«

Clint wusste, dass er Grund genug gehabt hatte, so wie er auch jetzt überzeugt war, dass der Mann Dreck am Stecken hatte. Doch er biss die Zähne zusammen und beherrschte sich. »Wo ist sie, Jacobs?«, stieß er hervor.

»Ich sage Ihnen ja, dass ich es nicht weiß!«, beharrte Jacobs mit hochrotem Kopf. Clint wusste nicht, ob sein Gesicht vor Zorn oder Angst gerötet war. »Ich habe sie nicht mal gesehen. Wenn sie weg ist, habe ich nichts damit zu tun! Wahrscheinlich ist sie mit einem anderen durchgebrannt. Sie ist schließlich bloß eine indianische Hure, das wissen Sie doch besser als jeder andere, Masterson.«

Jacobs grinste höhnisch und seine Augen funkelten wissend. Es war genau der Blick, auf den Clint seit einer Woche gewartet hatte. Jetzt wusste er, wer ihn und Becky auf der Farm beobachtet hatte. Im nächsten Augenblick stürzte er sich auf Jacobs und versetzte ihm einen Fausthieb, der dem etwas kleineren Mann den Atem nahm und ihn zu Boden warf. Er wollte sich auf den Mistkerl stürzen, doch Dougherty und seine Männer hielten ihn zurück. Wahrscheinlich hätte er sich in kurzer Zeit losgerissen, wenn sich nicht auch Clints Begleiter ihnen angeschlossen hätten. Mit vereinten Kräften hielten sie ihn im Zaum, während Doughertys restliche Männer Jacobs hochhoben und ihn in den Schutz der Schlafbaracke brachten.

»Verschwinden Sie, Masterson!«, rief Dougherty. »Sie haben erfahren, was Sie wissen wollten. Jacobs kann Ihnen auch nicht weiterhelfen. Und jetzt machen Sie, dass Sie wegkommen!«

Clint wollte Dougherty schon zurufen, dass er hier noch lange nicht fertig war, als er plötzlich einen lauten Ruf hörte. Alle blickten auf und sahen, wie ein Cowboy von der Tate-Farm auf seinem Pferd herangepprescht kam.

»Wir wissen jetzt, wo sie hingeritten ist!«, rief der Mann, während er sein Pferd anhielt.

Clint und die anderen liefen sofort zu ihm.

»Jemand hat sie heute Morgen auf der Straße gesehen«, berichtete der Mann. »Sie ist nach Osten geritten. Sie war allein und ziemlich schnell unterwegs.«

Clint hatte ein Gefühl, als hätte ihm jemand einen Schlag in die Magengrube versetzt. »Ist das sicher?«, fragte er ungläubig. Das alles ergab für ihn überhaupt keinen Sinn.

»Sie haben nicht genau gesehen, wer auf dem Pferd gesessen hat – aber der- oder diejenige war eher klein, es könnte also durchaus eine Frau gewesen sein. Dafür haben sie die Stute sehr genau beschreiben können. Sie muss es gewesen sein.«

Dougherty rief ihnen noch nach, dass er es ja gleich gesagt hätte, doch Clint hörte gar nicht mehr hin. Er lief bereits zu seinem Pferd und die anderen Männer folgten ihm.

In seiner Verzweiflung wollte Clint sich gleich auf ihre Fährte setzen, doch die Männer waren hungrig und erschöpft, und Clint wusste, dass er ein frisches Pferd gebraucht hätte, wenn er heute noch hätte weiterreiten wollen. Also kehrten sie zur Tate-Ranch zurück. Als er Sarah Tate im Wohnzimmer des Hauses vorfand – zusammen mit Hunters Mutter, die gekommen war, um die Familie zu unterstützen –, erfuhr er weitere äußerst beunruhigende Details über Beckys Verschwinden.

»Sie ist offenbar freiwillig weggegangen«, teilte ihm Mrs. Tate mit ernster Miene mit. Sie sah viel schlechter aus als noch am Morgen, als wäre sie im Laufe eines Tages um zehn Jahre gealtert. »Als ich mich noch einmal in ihrem Zimmer umsah, stellte ich fest, dass ihre Reisetasche fehlt, außerdem Kleider und Schmuck. Sie hatte ein wenig Geld gespart – das ist auch weg. Außerdem haben wir das hier gefunden.«

Sie übergab ihm mit zitternder Hand ein zusammengefaltetes Blatt Papier. Es war von hoher Qualität, wie Damen es für Briefe benutzten. Er faltete es auseinander und las:

»*Liebe Mama, lieber Papa,*
ich weiß, Ihr werdet traurig sein, dass ich fort bin, aber ich hoffe, dass Ihr mich versteht. Ich kann hier nicht mehr bleiben. Ich habe in Tatesville keine Zukunft – zumindest keine, die mir lebenswert erscheint. Deshalb gehe ich weit weg von hier, wo ich das tun kann, was ich tun möchte, und glücklich werden kann. Bitte vergebt mir. Ich liebe euch beide.

Becky.«

Clint starrte auf das Blatt Papier, bis ihm die Wörter vor den Augen verschwammen. Verzweifelt versuchte er, irgendeinen Sinn in der Nachricht zu erkennen. Vielleicht war er zu eingebildet – aber noch vor wenigen Tagen hatte Becky Tate gesagt, dass sie ihn liebte, und auch wenn er gewusst hatte, dass er sie würde verlassen müssen, so war sie doch überzeugt, dass sie wirklich heiraten würden. Und seither war nichts geschehen, was sie daran hätte zweifeln lassen können. »Wissen Sie, was sie damit meint?«, fragte er die beiden Frauen.

»Das wollten wir eigentlich Sie fragen«, erwiderte Rebekah MacDougal etwas irritiert. »Es ist uns zwar sehr peinlich, aber wir müssen Sie trotzdem ganz offen fragen, Mr. Masterson, wie Ihre Beziehung zu Becky genau ist.«

Clint blickte in ihr von Falten durchzogenes Gesicht, das nun bleich war vor Angst um ihre Enkeltochter – und er fragte sich, wie er es schaffen sollte, ihr die Wahrheit zu sagen. Er machte eine hilflose Geste, während er nach irgendeiner Ausflucht suchte.

»Sie meint damit«, warf Sarah Tate ein, als Clint zögerte, »dass wir wissen müssen, ob ihr beide vielleicht Streit hattet, irgendetwas, das sie dazu getrieben hat …«

»Nein, Ma'am. Wir hatten keinen Streit«, versicherte ihr Clint. »Ich hatte überhaupt keine Gelegenheit, mit ihr zu sprechen, seit … nun, seit dem Vorfall draußen auf der Farm.«

»Haben Sie mit ihr über eine gemeinsame Zukunft gesprochen – ich meine, dass ihr beide heiraten würdet?«, bohrte Mrs. MacDougal weiter.

Clint spürte, wie ihm die Röte ins Gesicht stieg, doch er zwang sich, ihren Blick zu erwidern. »Ja, Becky hat … davon gesprochen.«

»Und haben Sie ihr vielleicht gesagt, dass Sie sie nicht heiraten würden oder …?«, warf Sarah ein und hielt inne, als sie sah, dass Clint verneinend den Kopf schüttelte.

»Nein, Ma'am«, sagte er. Sein Gesicht war feuerrot, doch auf seine Verlegenheit konnte er jetzt keine Rücksicht nehmen. »Wir … waren eigentlich nicht so weit gekommen, aber ich denke … nun, sie hatte wohl Grund zu der Annahme, dass ich sie heiraten würde.«

Die beiden Frauen blickten einander schweigend an, und Clint hätte einiges dafür gegeben, ihre Gedanken lesen zu können. Er wusste jedoch, dass es ihm nicht zustand, danach zu fragen. »Einer der Männer hat mit verschiedenen Leuten gesprochen, die sie heute Morgen auf der Straße sahen, wie sie nach Osten ritt«, sagte er, um das Thema zu wechseln. »Ich reite gleich los. Vielleicht finde ich eine Spur.«

»Heute noch?«, rief Sarah aus. »In ein paar Stunden ist es dunkel.«

»Dann habe ich schon ein gutes Stück Weg zurückgelegt, wenn ich morgen früh weiterreite«, erwiderte er. Er wusste, dass er es nicht aushalten würde, bis zum Morgen zu warten – selbst wenn die Tates es so gewollt hätten. »Haben Sie Mr. Tate schon in Austin benachrichtigt?«

»Ja, ich habe ihm ein Telegramm geschickt«, antwortete Sarah. »Er wird irgendwann morgen zurück sein.«

Clint versuchte zu lächeln. »Vielleicht ist sie ja bis dahin schon wieder zurück.«

Die beiden Frauen waren nicht in der Lage, sein Lächeln zu erwidern.

Clint hatte sich ein frisches Pferd ausgesucht und war gerade dabei, es zu satteln, als Sean zu ihm geeilt kam.

»Hat Becky in der Nachricht, die sie Ihnen geschickt hat, nichts davon gesagt, warum sie weg wollte?«, fragte er mit ernster Miene.

»Du meinst die Nachricht, die sie euren Eltern hinterlassen hat?«, fragte Clint geistesabwesend. Er wollte so schnell wie möglich aufbrechen, um Becky zu suchen. »Nein, sie hat nur geschrieben ...«

»Nein, nicht diese Nachricht«, unterbrach ihn Sean besorgt. »Ich meine die, die sie Ihnen vorgestern geschickt hat. Die Mr. Jacobs Ihnen übergeben hat.«

Clint wandte sich so jäh dem Jungen zu, dass dieser erschrak.

»Er hat gesagt, er würde sie Ihnen übergeben«, rief Sean in seiner Angst. »Er schenkte mir fünf Cents und versprach mir, dass er Ihnen den Brief geben wird ... Es tut mir Leid!«

»Warte!«, rief Clint und packte Sean am Arm, als dieser weglaufen wollte, wodurch er ihn noch mehr verängstigte. Der Junge sah aus, als würde er jeden Augenblick in Tränen ausbrechen, sodass Clint in etwas sanfterem Ton weitersprach. »Ich bin dir nicht böse, Sean. Aber jetzt sag mir ganz genau, was passiert ist. Alles. Es ist sehr wichtig.«

Der Junge schluckte erst einmal, bevor er antworten konnte. »Becky hat Ihnen eine Nachricht geschrieben. Sie gab mir einen Nickel, damit ich sie Ihnen bringe, aber ich konnte Sie nirgends finden«, sagte er mit zitternder Stimme. »Mr. Jacobs ... er hat gesagt, dass er Ihnen den Brief geben wird. Ich dachte, es ist schon in Ordnung, wenn ich ihm den Brief gebe.«

»Verstehe«, sagte Clint in beruhigendem Ton. »Er hat dich überlistet. Er hat uns beide überlistet. Den Brief hat er mir nämlich nie gegeben. Weißt du, was in dem Brief stand?«

Sean schüttelte wortlos den Kopf, weil seine Stimme ihm nicht mehr gehorchte. Doch Clint konnte sich gut vorstellen, was sie ihm geschrieben hatte. Bestimmt war es ein Liebesbrief, vielleicht sogar mit dem Vorschlag, dass sie beide sich treffen sollten. Und diese Nachricht war Johnny Jacobs in die Hände gefallen. Irgendetwas musste geschehen sein, etwas, das so schrecklich war, dass Becky von zu Hause weglief – und auch weg von dem Mann, den zu lieben sie beteuert hatte. Großer Gott, er würde diesen Johnny Jacobs umbringen.

»Es war richtig von dir, dass du mir das gesagt hast«, versicherte ihm Clint und bemühte sich, seinen Zorn zu unterdrücken, um den Jungen nicht noch mehr zu verängstigen. »Und keine Sorge – ich kümmere mich um Johnny Jacobs und auch um alles andere.«

»Ich will nicht, dass Becky irgendwas Schlimmes passiert«, sagte Sean, seine blauen Augen vor Angst geweitet. »Ich meine, sie ist nur ein dummes Mädchen, aber manchmal ist sie richtig nett.«

Clint nickte verstehend, während ihm seine eigene

Sorge die Brust zuschnürte. »Ich will auch nicht, dass ihr etwas zustößt, Partner.«

Es erwies sich als leichter, Becky zu folgen, als Clint sich gedacht hatte. Doch er lag so weit zurück, dass er sie erst würde einholen können, wenn sie irgendwo Halt machte. Und so ritt er immer weiter und erkundigte sich in jeder Farm, die auf dem Weg lag, nach ihr – in der Hoffnung, dass sie eine Rast brauchte und bei irgendeiner Familie eine Mahlzeit zu sich nahm.

Und während er ihr folgte, versuchte er eine Erklärung für ihre Flucht zu finden. Er war überzeugt, dass Johnny Jacobs etwas damit zu tun hatte, aber auf welche Weise, das konnte sich Clint einfach nicht erklären. Selbst die allerschlimmste Annahme – dass Becky ein Rendezvous vorgeschlagen hatte und dass Jacobs an Clints Stelle gekommen war und sie vergewaltigt hatte – erklärte nicht, warum sie danach weggelaufen war. Sie würde doch nicht annehmen, dass Clint ihr für so etwas die Schuld geben oder gar aufhören würde, sie zu lieben.

Und selbst wenn sie das annahm – würde sie dann so überstürzt von ihrer Familie weglaufen, deren Liebe und Unterstützung sie in einer solchen Situation umso dringender gebraucht hätte? Nein, all das ergab überhaupt keinen Sinn – und je länger Clint darüber nachdachte, umso rätselhafter wurde die ganze Sache für ihn. Es war, als müsste er ein Puzzle zusammenfügen, bei dem die Hälfte der Teile fehlten.

Nachdem er eineinhalb Tage geritten war und verschiedene Leute befragt hatte, die mit ihr gesprochen hatten, wusste er schließlich, wo sie hinwollte. Nach Galveston. Er wunderte sich, dass sie sich ausgerechnet dieses Ziel ausgesucht hatte – aber vielleicht hatte sie ja dort Freunde oder Verwandte, von denen er nichts wusste. Er würde eine Nachricht an die Tates schicken, wenn er die Stadt erreicht hatte, und sie danach fragen. Wenn er es bis dahin nicht schon selbst wusste, dachte er bei sich, denn es konnte ja sein, dass er Becky bald fand. Ein Mädchen wie sie zu finden, war bestimmt um einiges leichter, als die Verbrecher aufzuspüren, die Clint für gewöhnlich verfolgte. Gewiss wollten alle dieser jungen Frau helfen, die offensichtlich an irgendeinem Kummer litt. Außerdem würde sich jeder an ihr auffallendes schwarzes Haar und ihr anmutiges Gesicht erinnern.

Bestimmt hätte sie selbst die Tatsache, dass sie überall auffiel, auf ihre indianische Abstammung zurückgeführt. Er hätte ihr sagen sollen, dass es Schlimmeres gab, als ein wenig indianisches Blut in sich zu tragen, dachte er verzweifelt. Er hätte ihr das und noch viel mehr sagen sollen. Vielleicht würde er nun nie mehr die Gelegenheit dazu bekommen.

Clint hatte ganz vergessen, wie groß Galveston war. Und wie schrecklich heiß und feucht. Die Luft fühlte sich so schwer wie feuchte Baumwolle an und machte einem schon das Atmen zur Plage. Der Seewind trug den Gestank des Hafenviertels herein, und Clint zwang sich, nicht an die rauen Kerle zu denken, die sich hier herumtrieben. Becky würde ohnehin nicht zum Hafen gehen.

Er versuchte sich vorzustellen, was sie tun würde. So wie er es gelernt hatte, versetzte er sich in die Lage desjenigen, den es zu finden galt. Sie hatte ein Pferd, um das sie sich kümmern musste – wenn also bei dem Hotel, wo sie Rast machte, kein Stall war, würde sie einen Mietstall aufsuchen müssen. Genau dort würde er mit seiner Suche beginnen. Aber zuvor musste er den Tates eine Nachricht schicken. Hunter Tate musste mittlerweile schon zu Hause sein – und bestimmt waren alle außer sich vor Sorge.

Nachdem er seine Botschaft abgeschickt hatte, begann er damit, die Mietställe der Stadt aufzusuchen – zumal er wusste, dass es Stunden dauern würde, bis die Tates das Telegramm erhielten und ihrerseits neue Anweisungen schicken konnten. Es dauerte nicht lange, bis er fündig wurde.

Beckys Stute stand im Pferch eines Stalles, der wirklich blitzsauber aussah, wie Clint trotz seiner inneren Erregung registrierte. Es war ihr offensichtlich nicht egal, wem sie Blaze, ihren wertvollsten Besitz, anvertraute. Clint verspürte ein aufgeregtes Kribbeln bei dem Gedanken, dass er ihr vielleicht schon ganz nahe war. Vielleicht dauerte es nur noch wenige Minuten, bis ...

Der Besitzer des Stalls kam heraus und begrüßte ihn. »Tag, Mister. Na, Ihr Pferd sieht ja wirklich total erledigt aus. Sie sind hier genau richtig, wenn's Ihnen wichtig ist, dass man sich gut um ihn kümmert.«

Clint musste sich zwingen, höflich zu sein; er hätte den armen Mann am liebsten am Kragen gepackt, um aus ihm herauszuschütteln, was ihn als Einziges interessierte. »Die Stute, die Sie da stehen haben, gefällt mir wirklich gut. Ist sie zu verkaufen?«

»Aber sicher«, antwortete der Mann gut gelaunt. »Ich hab sie erst gestern reinbekommen. Sie ist noch ein wenig erschöpft – aber sie ist ein großartiges Pferd, so wie man sich's nur wünschen kann.«

Das Lächeln des Mannes schwand, als er Clints schockierten Gesichtsausdruck sah. »Sie haben die Stute gestern gekauft?«, fragte Clint und unterdrückte die schlimmen Befürchtungen, die in ihm hochkamen. Becky hätte niemals freiwillig ihr Pferd verkauft. Vielleicht hatte man ihr das Pferd gestohlen – und wenn ja, was war dann aus Becky geworden? »Von wem haben Sie das Pferd gekauft?«

»Na, von einer jungen Lady. Hübsches kleines Ding, dürfte spanische Vorfahren haben, glaube ich ...«

»Wie hieß sie?«, fragte Clint und packte den Mann am Arm.

»He, wer sind Sie überhaupt, Mister, und was geht Sie das alles an?«, fragte er, zornig, dass man ihn so grob behandelte.

Clint ließ ihn augenblicklich los. »Tut mir Leid«, sagte er und bezähmte seine Gefühle mit Mühe. »Ich hätte es Ihnen gleich sagen sollen. Ich bin Clint Masterson von den Texas Rangers. Ich verfolge die junge Lady, die die Stute geritten hat.«

»Wird sie wegen irgendwas gesucht?«, fragte der Mann argwöhnisch.

»Nein ... nicht wirklich«, erläuterte Clint und griff zu der Geschichte, die er sich zurechtgelegt hatte. »Sie sollte als Zeugin aussagen, aber sie wurde eingeschüchtert und lief weg, bevor der Prozess begann. Sie haben mich losgeschickt, um sie zurückzuholen und sie in Sicherheit zu bringen, bis sie ihre Aussage machen kann.« Zu Clints Erleichterung schien ihm der Mann zu glauben.

»Sie wirkte wirklich ein wenig nervös, aber ich dachte mir, das liegt vielleicht daran, dass sie nicht an die Großstadt gewöhnt ist«, sagte der Mann. »Sie trennte sich nur ungern von der Stute. Sie weinte sogar, als sie sich von ihr verabschiedete. Dreimal sagte sie mir, dass ich das Tier nur an jemanden weiterverkaufen soll, der sich gut um es kümmert. Ich schätze, Sie werden's nicht leicht haben, die junge Lady zu finden. Sie hat das Pferd verkauft, weil sie es nicht mehr brauchte. Sie sagte, sie würde eine große Reise machen.«

Eine große Reise? Clint kämpfte gegen die Angst an, die ihm die Kehle zuzuschnüren drohte. »Hat sie gesagt, wohin?«

Der Mann überlegte einen Augenblick. »Nein, aber ich hatte den Eindruck, dass sie eine Schiffsreise plante. Sie fragte mich, wo der Hafen liegt und ob es hier Schiffe gibt und dergleichen.«

Tief beunruhigt, bedankte sich Clint bei dem Mann für seine Mühe und kaufte die Stute zurück. Er würde sie brauchen, wenn er Becky fand. Außerdem würde sie sich freuen, dass sie Blaze nicht verloren hatte.

Falls er Becky je wiederfand. Falls sie nicht längst auf einem Schiff zu irgendeinem fernen Ort unterwegs war.

Aber wohin sollte sie mit dem Schiff fahren? Und vor allem, warum?, fragte er sich, während er zum Hafen eilte.

10

In den zwei langen Tagen, die Hunter Tate für die Reise nach Galveston brauchte, suchte Clint die gesamte Inselstadt nach irgendeiner Spur von Becky ab. Als er am Abend des zweiten Tages in sein Hotel zurückkehrte und die Nachricht von Hunters Ankunft erhielt, hatte Clint wenigstens ein paar Neuigkeiten, die er Beckys Vater mitteilen konnte.

Hunter nahm gerade ein spätes Abendessen im nahezu leeren Speisesaal zu sich, als Clint ihn aufsuchte. Er erhob sich von seinem Stuhl und schüttelte Clint die Hand. Tate wirkte um Jahre gealtert; sein dunkles Gesicht war verhärmt und er hatte Ringe unter den grauen Augen. Clint hatte seinem eigenen Aussehen in den letzten Tagen keine allzu große Beachtung geschenkt – aber es konnte durchaus sein, dass man auch ihm die ständige Sorge bereits ansah.

»Haben Sie sie gefunden?«, fragte Tate, als er sich wieder setzte.

Clint nahm auf dem Stuhl gegenüber Platz. »Noch nicht«, gab er zögernd zu. »Aber wir dürften nahe dran sein. Sie war tatsächlich hier. Sie hat ihre Stute verkauft, wie ich Ihnen in dem Telegramm geschrieben habe, und sie hat die Nacht in einem Hotel verbracht. Am nächsten Morgen hat sie eine Karte für ein Schiff nach New Orleans gelöst.«

»New Orleans?«, fragte Tate ungläubig. »Warum, um alles in der Welt, will sie dorthin?«

Clint hatte gehofft, dass Tate ihm diese Frage beantworten könnte. »Der Mann, der ihr die Karte verkaufte, hatte den Eindruck, dass es ihr nicht besonders wichtig war, wo sie hinreiste, so als wollte sie einfach nur weit weg. Es war das erste Schiff, das an diesem Tag ablegte, also nahm sie es.«

Tate schob den Teller mit dem Abendessen weg, obwohl er erst die Hälfte gegessen hatte. »Was ist nur mit dem Mädchen los? Sie war ja schon immer eigensinnig, aber sie war andererseits auch vernünftig. So etwas Verrücktes hat sie jedenfalls noch nie gemacht.«

Clint hatte keine Antwort, also schwieg er.

Tate rieb sich mit der Hand über das Gesicht, so als könnte er die Falten der Übermüdung glatt streichen, und blickte dann wieder zu Clint auf. »Hören Sie, ich weiß, dass meine Frau Sie das schon gefragt hat – aber fällt Ihnen nicht irgendein Grund ein, warum sie …?«

»Sie ist sicher nicht meinetwegen weggelaufen und ich wüsste auch sonst keinen Grund«, versicherte ihm Clint, was jedoch nichts daran änderte, dass er sich irgendwie schuldig fühlte. Wenn er nur diese verdammte Nachricht bekommen hätte! Wenn er Becky nur nicht aus dem Weg gegangen wäre, damit sie ihm erst gar keine Nachricht hätte schicken müssen …

Tate beugte sich über den Tisch und fragte leise: »Glauben Sie, dass Jacobs etwas mit ihrem Verschwinden zu tun hat?«

Clint fragte sich genau das schon seit Tagen. Er hatte niemandem von der abgefangenen Nachricht erzählt – aber er beschloss, dass es jetzt an der Zeit war, alles, was er wusste, mit jemandem zu teilen. Als er mit seinem Bericht geendet hatte, war Tates Gesicht aschfahl. »Mein Informant hat mir außerdem mitgeteilt, dass Jacobs einer der vermummten Männer war, die den Ochsen töteten und Becky angriffen – aber ich glaube nicht, dass sie es wusste.«

»Glauben Sie, dass er …?«

»Ich weiß nicht, was er getan hat oder ob er sie überhaupt gesehen hat, bevor sie weglief«, fiel ihm Clint ins

Wort. »Ich weiß nur, dass es recht eigenartig aussieht, dass sie beide in der gleichen Nacht verschwunden sind. Er schien aber überrascht zu sein, als er hörte, dass sie fort ist – also könnte es wirklich ein Zufall sein. Aber wenn nicht, dann wird Johnny Jacobs den Tag verfluchen, an dem er zur Welt kam.«

Tates Lippen verzogen sich zu einem bitteren Lächeln. »Sie werden sich hinten anstellen müssen, mein Junge. Ich glaube, ich habe als Erster das Anrecht, mit dem Kerl abzurechnen. Wenn er sie auch nur …« Doch Tate vermochte den Gedanken nicht zu Ende zu führen – und Clint war froh darüber. Er konnte einfach nicht daran denken, dass Jacobs Becky etwas angetan haben könnte, ohne in blinde Wut zu geraten. Doch dafür würde später noch Zeit genug sein, wenn Becky wieder sicher zu Hause war.

»Was machen wir als Nächstes?«, fragte er.

»Nun, Sie reiten wieder nach Tatesville«, sagte Tate. »Wir haben Sie lange genug von Ihrer eigentlichen Arbeit abgehalten.«

»Aber …«

»Die Rangers würden es sicher nicht gutheißen, wenn Sie den Staat verlassen, um nach einem Mädchen zu suchen, das von zu Hause weggelaufen ist. Sie werden dafür bezahlt, dass Sie die Leute finden, die bei uns zu Hause die Zäune durchschneiden«, legte Tate ihm recht schlüssig dar.

Doch Clint war nicht bereit, dem Verstand zu folgen. »Dann schmeiße ich meinen Job hin.«

»Jetzt seien Sie doch kein Narr«, erwiderte Tate. »Außerdem ist es *meine* Aufgabe, sie zu suchen. Ich bin schließlich ihr Vater.«

Es wäre Clint auch egal gewesen, wenn er der König von England gewesen wäre.

»Aber ich bin dafür ausgebildet, Menschen aufzuspüren und …«

»Ich hab das früher auch oft gemacht«, wandte Tate

ein. »Ich war mehr als vier Jahre Soldat, davon habe ich ein Jahr gegen die Indianer gekämpft. Da sollte ich doch imstande sein, eine junge Frau zu finden.«

»Aber ...«

»Wir wissen ja gar nicht, warum sie weggelaufen ist. Vielleicht hatte es doch etwas mit Ihnen zu tun, vielleicht auch nicht. Was immer sie für einen Grund hatte – sie will sicher nicht, dass jemand es erfährt, am wenigsten Sie. Ich denke, dass Sie der Letzte sind, den sie jetzt sehen möchte. Wenn ich sie finde, wird ihr das alles sicher sehr peinlich sein, und es wäre nur noch schlimmer für sie, wenn Sie dabei sind. Stellen Sie sich mal vor, wie es wäre, wenn Ihre Mama sie nach Hause holt und Becky würde es mit ansehen.«

Clint war jedoch immer noch nicht bereit, sich diesen Argumenten zu beugen. Er musste einfach nach Becky suchen. »Sie werden meine Hilfe brauchen. New Orleans ist eine große Stadt und ...«

»Waren Sie schon mal dort?«, warf Tate ein.

»Äh, nein, aber ...«

»Ich schon und ich habe Freunde dort – Leute, die mir helfen können. Außerdem werden die Kerle, die meinen Zaun durchgeschnitten haben, auch mitbekommen, dass ich weg bin und nicht nach meinem Land sehen kann. Und wenn sie erfahren, dass auch noch mein Ranger fort ist ...«

»Also gut«, gab Clint zähneknirschend nach und starrte wütend auf seine Hände hinunter, die zu Fäusten geballt waren.

»Ich weiß, wie Sie sich fühlen, mein Junge«, sagte Tate, und Clint wurde plötzlich bewusst, dass dies nicht das erste Mal war, dass Tate ›mein Junge‹ zu ihm sagte. »Ich war selbst mal verliebt.« Du lieber Gott, das wurde ja immer schlimmer.

Clint spürte, wie ihm die Röte ins Gesicht stieg. »Mr. Tate, Becky und ich ... wir sind nicht ...«

»Ich weiß, ihr habt keine Vereinbarung getroffen, zumindest noch nicht – aber vielleicht möchten Sie mir eine Nachricht für sie mitgeben.«

Es gab so viel, was Clint ihr hätte sagen wollen – zum Beispiel, dass sie die einzige Frau war, die er je geliebt hatte, die einzige, die in ihm den Wunsch geweckt hatte, zu vergessen, wer und was er war. Aber das war natürlich unmöglich, auch wenn er es sich noch so sehr wünschte. »Sagen Sie ihr ... sagen Sie ihr, ich möchte, dass sie nach Hause kommt«, meinte er schließlich; mehr brachte er nicht hervor.

Tate schien ein wenig enttäuscht, doch Clint konnte keine Versprechungen machen. Er überlegte sich jedoch etwas anderes. »Sagen Sie ihr, es spielt keine Rolle, was ihr passiert ist. Für einen Mann, der sie wirklich liebt, ist das bedeutungslos.«

Tate nickte, schon ein wenig zufriedener. Dann erschien wieder dieses bittere Lächeln auf seinen Lippen. »Versprechen Sie mir nur eins: dass Sie Johnny Jacobs nicht töten, bis ich zurück bin. Ich muss unbedingt dabei sein.«

Am nächsten Morgen fuhr Hunter Tates Schiff nach New Orleans ab, während Clint Masterson nach Tatesville zurückritt. Clint wusste nicht, wie er Sarah Tate beibringen sollte, dass er ihre Tochter nicht hatte finden können. Schließlich konnte er sich selbst nicht mehr in den Spiegel sehen. Er hatte in seinem ganzen Leben nur eine Frau geliebt – und seine Liebe hatte sie von ihm weggetrieben.

Er wusste, dass er irgendwie für Beckys Verschwinden verantwortlich war. Vielleicht nicht direkt – aber wenn er sie nicht hätte glauben lassen, dass sie eine gemeinsame Zukunft hätten, und wenn er vor allem nicht so ein Mistkerl gewesen wäre und ihr die Unschuld geraubt hätte, dann wäre sie wohl jetzt zu Hause und in Sicherheit.

Und was war, wenn sie sein Kind in sich trug?, meldete sich sein Gewissen. Er hatte diesen Gedanken bisher immer verdrängt. Er wollte einfach nicht daran denken, dass er allein aus diesem Grund noch hier war, anstatt ein für alle Mal aus ihrem Leben zu verschwinden, wie er es längst hätte tun sollen.

Aber wenn sie tatsächlich schwanger gewesen wäre, dann wäre sie doch nicht vor dem Vater des Kindes weggelaufen, sagte er sich schließlich. Dann würde sie doch Clint heiraten wollen, um mit ihm glücklich und zufrieden zu leben, wie im Märchen. Doch es war eben nicht möglich, dass irgendeine Frau jemals mit Clint Masterson glücklich und zufrieden leben konnte – und das galt vor allem auch für Becky Tate. Dieses Schicksal wünschte er keiner Frau – und schon gar nicht der Frau, die er über alles liebte.

Dann dachte Clint an eine andere Möglichkeit – eine, gegen die sich alles in ihm sträubte, so entsetzlich war die bloße Vorstellung. Was war, wenn Johnny Jacobs Becky vergewaltigt hatte, sodass sie nun fürchtete, schwanger zu sein, ohne zu wissen, wer der Vater war? Konnte das sie zur Flucht veranlasst haben? Clint wusste es nicht und war sich nicht sicher, ob er es überhaupt wissen wollte.

Er wusste nur, dass er sie finden und nach Hause bringen musste, wo sie in Sicherheit war – vor allem vor ihm, vor Clint Masterson selbst. Deshalb kostete es ihn schier unendliche Überwindung, sein Pferd nach Westen zu wenden – weg von dem Ort, an dem sie jetzt wohl war. Er rief sich in Erinnerung, dass er gar kein Recht hatte, ihr Retter zu sein – kein Recht, überhaupt noch einmal ihren Namen auszusprechen. Ihr Vater würde sich nun um sie kümmern, er würde sie finden und beschützen – vor allem auch vor Leuten wie Clint Masterson.

Und wenn Clint sie erst gerächt hätte, dann würde er ihr den größten Liebesdienst erweisen, der überhaupt möglich war, und für immer aus ihrem Leben verschwinden.

Vielleicht würde sich Gott gnädig zeigen und ihn an dem Schmerz über die Trennung zugrunde gehen lassen.

»Aber was will sie denn in New Orleans?«, fragte Sean wohl schon zum hundertsten Mal, seit Clint auf die Ranch zurückgekehrt war. Die beiden saßen auf der Veranda des Hauses, nachdem Sarah Tate darauf bestanden hatte, dass er mit ihr, Sean und Hunters Mutter zu Abend aß. Rebekah MacDougal war immer noch da, um die Qualen des Wartens mit Sarah zu teilen.

»Wir wissen nicht, warum sie dorthin wollte«, antwortete Clint geduldig. »Wir wissen nur, dass es so ist. Ich bin sicher, dein Vater wird sie gleich fragen, wenn er sie gefunden hat«, fügte er hinzu und betete im Stillen, dass das bald sein möge. Fast hatte er erwartet, ein Telegramm von Tate vorzufinden, als er in Tatesville ankam – mit dem Inhalt, dass er Becky gefunden habe und mit ihr nach Hause zurückkehren werde. Tate hatte tatsächlich eine Botschaft geschickt, in der er jedoch nur schrieb, dass er gut in New Orleans angekommen war. Er befand sich jetzt bereits zwei ganze Tage in der Stadt. Warum brauchte er nur so lange?

»Ich habe Mama von Beckys Brief erzählt«, beichtete ihm Sean nach einer Weile. Seine blauen Augen waren riesengroß, als er zu Clint aufblickte. »Sie hat gesagt, es ist nicht meine Schuld, dass Becky weggelaufen ist.«

»Ist es auch nicht«, versicherte ihm Clint und drückte dem Jungen aufmunternd die Schulter. »Wir wissen nicht, warum sie's getan hat, aber ich weiß genau, dass du nicht dran schuld bist.«

»Aber wer ist denn dran schuld?«, fragte Sean.

Clint wollte den Jungen nicht mit seinen eigenen Schuldgefühlen belasten. »Das werden wir Becky fragen müssen, wenn sie zurück ist.«

Sean runzelte die Stirn, sichtlich unzufrieden mit dieser Antwort. »Mama weint sehr oft. In der Nacht, wenn sie glaubt, dass ich's nicht höre. Grandma Mac meint, dass Becky bestimmt nichts fehlt – aber ich bin sicher, Mama glaubt ihr das nicht. Sonst würde sie nicht so viel weinen.«

Clint musste dem Jungen zustimmen, behielt es aber für sich.

Sean blickte über die Schulter zurück, um zu sehen, ob sich die beiden Frauen in der Nähe aufhielten. Als er sah, dass sie im Haus waren, wandte er sich wieder Clint zu. »Was könnte ihr passieren?«, fragte er den Ranger. »Becky, meine ich. In einer Stadt.«

Clint dachte an verschiedene Möglichkeiten – an die Betrüger, die ihr Geld abknöpfen konnten, an die Kuppler, die ihre Zwangslage ausnutzen konnten. Er dachte an all das, was junge Mädchen ohne einen Cent in der Tasche bisweilen zu tun gezwungen waren, um in einer Stadt zu überleben, wo sie weder Freunde noch Verwandte hatten. Er hatte solche Mädchen schon öfter dafür bezahlt, dass sie ihm Gesellschaft leisteten und ihren Körper zur Verfügung stellten, ohne sich je zu fragen, wie sie in diese Situation geraten waren. Ohne sich zu fragen, ob es einmal jemanden gegeben hatte, der sie geliebt hatte. Und ohne sich darum zu kümmern, ob sie unter diesem Leben litten.

Aber das alles konnte er Sean nicht sagen. »Passieren kann viel – aber du brauchst dir keine Sorgen zu machen. Becky ist ein schlaues Mädchen. Sie wird schon auf sich aufpassen und dein Pa wird sie ja bald finden.«

»Ich hätte sie längst gefunden, wenn Mama mich weggelassen hätte«, sagte Sean. »Ich weiß, wo man sich gut verstecken kann.«

Clint hoffte nur, dass Becky sich nicht wirklich in New Orleans versteckte – denn wenn es so war, würde ihr Vater sie vielleicht nie finden.

Während er auf dem Schiff durch die warmen Gewässer des Golfs von Mexiko gesegelt war, hatte Hunter an viele schauderhafte Orte gedacht, wo er Becky möglicherweise finden könnte – doch er hatte nicht mit diesem grauenhaften Keller gerechnet, wo seine Schritte in dem langen Korridor widerhallten und wo der Gestank von Tod und Verwesung ihm zusammen mit seiner Angst die Kehle zuschnürte.

»Sie ist hier drin«, teilte ihm der verhutzelte zahnlose Alte mit, der ihn am Eingang empfangen hatte, um ihn ins Innere des dunklen, höhlenartigen Raumes zu führen. An einem Ende stand ein seltsam aussehender Tisch mit noch seltsameren Vorrichtungen, während an einer der Wände mehrere Schränke aufgereiht waren.

Doch es war das andere Ende des Raumes, dem Hunter – wenn auch widerstrebend – seine Aufmerksamkeit zuwandte, jenem Ende, wo die Bahren standen. Die meisten waren im Augenblick leer, doch eine Bahre war mit einem Tuch bedeckt. Darunter konnte Hunter deutlich die Formen eines menschlichen Körpers erkennen – und sein Herz erstarrte augenblicklich zu Stein.

»Wir haben sie vor zwei Tagen aus dem Fluss gefischt«, berichtete der alte Mann, als handelte es sich um etwas, was jeden Tag vorkam. »Von ihrem Gesicht ist nicht viel übrig, aber vielleicht erkennen sie ja irgendwas anderes.«

Hunter spürte, wie die Übelkeit in ihm aufstieg, und er klammerte sich an einen einzigen Gedanken: Nein, es durfte nicht sein, dass dieser leblose Körper da auf dem Tisch sein kleines Mädchen war. Es durfte einfach nicht seine geliebte Becky sein – das Kind, das er so oft in den Armen gehalten und zu Bett gebracht hatte; und wenn er ihr auch mal den Hintern versohlt und später oft erbittert mit ihr gestritten hatte, so liebte er dieses Mädchen doch seit achtzehn Jahren, wie man eine Tochter nur lieben konnte.

Nein!, wollte er ausrufen, doch der Schreck schnürte ihm die Kehle zu – und als der alte Mann schließlich das Tuch zurückzog und ein völlig zerstörtes Gesicht zutage trat, konnte Hunter nur noch vor Verzweiflung wimmern.

Clint fühlte sich wie in einem Albtraum, wo die Zeit stillsteht und man sich nicht von der Stelle rühren kann, während das Unheil seinen Lauf nimmt. Jeden Morgen erwachte er mit dem sicheren Gefühl, dass dieser Tag die Nachricht bringen würde, dass man Becky gefunden hatte und sie nach Hause zurückkehrte. Dann zwang er sich, die langen Stunden des Tages irgendwie hinter sich zu bringen, bis er am Abend erneut zu Bett gehen musste, ohne die erlösende Nachricht empfangen zu haben.

Wo konnte sie nur sein? Was mochte sie tun? Und wie lange würde sie allein mitten in der Verderbtheit der Stadt überleben können, ohne selbst in den Sumpf hineingezogen zu werden?

Doch als er sich diese Fragen stellte, fiel ihm ein, dass sie ihre Tugend ohnehin schon verloren hatte – und er, Clint, war es, der sie ihr genommen hatte. Ja, Clint hatte ihr ihre Tugend geraubt – und je länger sie weg war, umso mehr war er überzeugt, dass er für all das verantwortlich war. Er hatte sie genommen, obwohl er kein Recht dazu hatte – und dann hatte er ihr den Rücken zugekehrt.

Wenn er nur fünf Minuten oder auch nur eine Minute mit ihr hätte sprechen können, dann hätte er ihr gesagt, wie Leid es ihm tat. Er würde ihr alles anvertrauen, damit sie ihn wenigstens verstand, wenn sie ihm schon nicht verzeihen konnte. Aber es sah immer mehr danach aus, als würde er nie wieder Gelegenheit dazu bekommen.

Was die ganze Sache noch unerträglicher machte, war die Tatsache, dass die Leute, die es auf Hunter Tates Zaun abgesehen hatten, dessen Abwesenheit nicht für neue Anschläge nutzten. Auf den Weiden war es überraschend still, abgesehen von dem Gebrüll der durstigen Rinder vor Tates Zäunen. Da sie in den ausgetrockneten Bächen kein Wasser fanden, kamen sie zu den Plätzen, wo sie jahrzehntelang ihren Durst gestillt hatten – doch der Stacheldraht verwehrte ihnen den Zugang. Clint wusste, dass der Frieden nicht von Dauer sein konnte, wenn es so weit kam, dass die Tiere in der Julihitze verdursteten.

Als schließlich eine Nachricht von Wakefield eintraf, war er fast froh darüber. Sean überbrachte sie ihm eines Nachmittags, nachdem er mit seiner Mutter auf der Wakefield-Farm zu Besuch gewesen war. Auf Rebekahs Drängen hatte Sarah Tate sich gezwungen, für ein paar Stunden das Haus zu verlassen – doch bei ihrer Rückkehr konnte Clint deutlich erkennen, dass sie ihre Sorgen kein bisschen hatte vergessen können. Sie war noch nicht einmal vom Wagen gestiegen, als sie sich schon erkundigte, ob es etwas Neues von Becky gab.

Sean kam schließlich nach dem Abendessen zu ihm.

»Ich habe eine Nachricht von Mr. Wakefield für Sie«, flüsterte er, obwohl sie ohnehin allein im Stall waren. Er holte das gefaltete Papier aus seiner Hemdtasche hervor und reichte es Clint, der es sogleich öffnete.

»Es gibt Ärger. Ich schlage vor, dass wir uns heute nach Mitternacht treffen, ungefähr eine Meile von Tates Südtor an der Straße.«

Die Nachricht war nicht unterzeichnet – wahrscheinlich eine Vorsichtsmaßnahme für den Fall, dass sie abgefangen wurde.

»Ist es wichtig?«, fragte Sean neugierig.

»Sehr wichtig«, versicherte ihm Clint. »Ich weiß, dass du keinem davon erzählen wirst.«

»Nicht einmal meiner Mama«, versprach Sean und machte zum Zeichen seiner Aufrichtigkeit das Kreuzzeichen über dem Herzen. »Mr. Wakefield hat gesagt, es ist ein Geheimnis unter uns Männern. Können Sie mir sagen, was drinsteht?«

»Nein, kann ich nicht. Das ist eine hochoffizielle Sache, Partner.«

»Aber jetzt, wo Papa weg ist, bin ich der Mann im

Haus«, wandte Sean mit ernster Miene ein. »Wenn sie irgendwas mit unserem Zaun machen, sollte ich es erfahren.«

Clint lächelte und wünschte sich, er hätte einen so loyalen Helfer, wie sein Vater ihn in diesem Jungen hatte. Er wünschte sich, er hätte einen Sohn wie Sean und das Leben, das damit verbunden war. Die Sehnsucht versetzte ihm einen Stich ins Herz und kurz zuckte er kurz zusammen vor Schmerz. »Sie werden euren Zaun in Ruhe lassen«, antwortete Clint. »Ich werde tun, was ich kann, damit nichts passiert. Aber du solltest jetzt besser ins Haus gehen, damit sich deine Mutter nicht fragt, wo du so lange steckst.«

»Aber ich könnte Sie begleiten, um Mr. Wakefield zu treffen«, beharrte Sean und verriet damit, dass er die Nachricht gelesen hatte, bevor er sie überbrachte. »Ich weiß, wo er Sie treffen will!«

Es tat Clint aufrichtig Leid, dass er den Jungen enttäuschen musste. »Ich hab dir schon einmal gesagt, dass dich deine Mutter jetzt braucht, damit du dich um sie kümmerst. Kannst du dir vorstellen, was für eine Angst sie hätte, wenn sie in der Nacht aufwacht und feststellt, dass du weg bist? Sie würde glauben, dass du auch weggelaufen bist.«

Sean runzelte die Stirn – offensichtlich zerrissen zwischen dem Wunsch, sich als Mann zu beweisen, und dem Widerwillen dagegen, seiner Mutter wehzutun.

»Du hast mir schon sehr geholfen, indem du mir die Nachricht überbracht hast«, fuhr Clint fort. »Dein Vater wird sehr stolz auf dich sein, wenn ich es ihm erzähle, und er würde auch wollen, dass du jetzt deine Mutter beschützt.«

Clints Worte bereiteten dem Jungen einen gewissen Trost, doch Sean verließ den Stall trotzdem nur sehr widerstrebend, um zum Haus zurückzukehren. Am liebsten wäre Clint ihm nachgegangen, um ihn zu trösten und ihm zu versprechen ... Ja, was hätte er ihm versprechen sollen? Clint wusste es nicht, und er wünschte sich, jemand würde *ihn* trösten und *ihm* versichern, dass alles in Ordnung kommen würde.

Aber wenn Becky nicht wiederkam, würde nie wieder etwas in Ordnung sein.

Hunter wusste, dass er dieses aufgedunsene Gesicht ohne Augen nie mehr vergessen würde. Er hatte gedacht, dass die Schrecken, die er im Krieg auf dem Schlachtfeld miterlebt hatte, ihn gegen so gut wie alles abgehärtet hatten – doch die Jahre, die seither vergangen waren, hatten wohl seinen Schutzpanzer etwas aufgeweicht. Hätte das arme Mädchen da auf dem Tisch schwarzes Haar gehabt, wäre er wohl auf der Stelle wahnsinnig geworden vor Verzweiflung, weil er gedacht hätte, dass es Beckys Körper war, der da vor ihm lag. Doch Gott sei Dank war ihr Haar braun, was Hunter jedoch erst bemerkte, nachdem er eine volle Minute hilflos die Überreste ihres Gesichts angestarrt hatte.

Die Erleichterung war so tief, dass er beinahe in die Knie gegangen wäre. Er konnte nur noch murmeln »Gott sei Dank, Gott sei Dank«, bis der Alte ihn schließlich beim Arm nahm und hinausführte.

Doch er wusste, dass er, wenn es ihm nicht gelang, seine Tochter zu finden, vielleicht eines Tages hierher würde zurückkehren müssen und tatsächlich Beckys lebloses Gesicht vor sich sehen würde. Dieser schreckliche Gedanke trieb Hunter an, seine Anstrengungen zu verstärken. Doch er fragte sich oft, was wohl schlimmer wäre – sie leblos auf jenem Tisch liegen zu sehen oder sie in einem der Bordelle oder Saloons zu finden, die er nun schon seit einer Woche Abend für Abend absuchte. Noch schlimmer war der Gedanke, dass sie ihm irgendwo entgangen sein könnte – in irgendeinem der Häuser, wo man ihm seine Geschichte, dass er sich mit einem Mädchen von indianischer Herkunft vergnügen wolle, vielleicht nicht ganz abgenommen hatte. Wenn er sich vorstellte, dass seine Tochter in einer dieser Absteigen gelandet sein könnte, wo jeder über ihren Körper verfügen konnte, wenn er nur genug Geld bei sich hatte, dann zerriss es ihm fast das Herz. In solchen Augenblicken wäre er am liebsten gestorben vor Kummer oder er wäre imstande gewesen, jemanden zu töten vor Wut.

Nachdem er sie in den Dutzenden Hotels nicht gefunden hatte, die er in den ersten Tagen abgesucht hatte, war ihm nichts anderes übrig geblieben, als sich auch in den weniger respektablen Häusern umzusehen. Er hatte nicht gedacht, dass es überhaupt so viele Etablissements dieser Art gab, wie er allein in der vergangenen Woche besucht hatte.

Eine schwarze Frau öffnete ihm an diesem Abend die Tür zu einem weiteren dieser Häuser – einem unauffälligen Gebäude in einem scheinbar recht ruhigen Wohnviertel. Sie lächelte breit und entblößte dabei einen Goldzahn, ehe sie ihn hereinbat und in einen aufwändig möblierten Salon führte, wo sie ihm den Hut abnahm.

Drei gut gekleidete junge Männer saßen mit ihren Drinks in der Hand in einer Ecke und warteten, und eine weiße Frau erhob sich von ihrem Sessel, um ihn zu begrüßen. Sie war schon über das mittlere Alter hinaus. Ihr gut gepolsterter Körper steckte in einem scharlachroten Brokatkleid, und ihre von Falten umrahmten Augen und schlaff herabhängenden Wangen waren stark geschminkt – in dem vergeblichen Versuch, sie attraktiver erscheinen zu lassen.

»Willkommen in unserem kleinen Etablissement«, sagte die Frau. »Die Leute nennen mich Mama Julie. Darf ich Ihnen einen Drink bringen?«

»Ein Gläschen Bourbon bitte«, sagte Hunter. Er wusste mittlerweile, dass er zumindest einen Drink bestellen musste, damit man ihm abnahm, dass er als Gast kam.

Mama Julie winkte mit der Hand und die schwarze Frau machte sich daran, den Drink zu holen.

»Und womit können wir Ihnen heute Abend dienen, Mr. ...?«, fragte sie.

»Smith ist mein Name«, antwortete Hunter lächelnd.

Mama Julie lächelte wissend. »Das trifft sich gut, zumal heute auch Verwandte von Ihnen hier sind.«

Für einen Moment blieb Hunters Herz stehen, weil er dachte, sie meinte Becky – doch dann sah er, dass sie auf die Gruppe von Männern zeigte, die auf der anderen Seite des Raumes saßen.

»Mr. Smith, darf ich vorstellen: Mr. Smith und seine Brüder«, stellte sie die Männer einander augenzwinkernd vor. »Aber vielleicht kennen Sie einander ja schon.«

»Nein, Mama«, antwortete der am jüngsten aussehende der Männer, »aber im Grunde sind wir doch alle Brüder, nicht wahr?« Er war groß gewachsen und lümmelte sich in seinem gepolsterten Stuhl – ein leeres Glas in der Hand, in dem ganz offensichtlich nicht der erste Drink gewesen war, den er an diesem Abend zu sich genommen hatte. Sein ebenmäßiges Gesicht war gerötet und seine Augen funkelten mit der Fröhlichkeit des Betrunkenen. Er winkte weit ausholend, wenn auch etwas unsicher, mit dem Arm. »Komm und setz dich zu uns, Bruder. Wir warten auf die Ladies«, fügte er in vertraulichem Ton hinzu.

Trotz seiner Sorgen musste Hunter über den jungen Spaßvogel unwillkürlich lächeln. Der Kerl kannte sich wahrscheinlich sehr gut in der Stadt aus – sein Dialekt wies ihn als einen Einheimischen aus –, sodass er Hunter bei seiner Suche vielleicht sehr nützlich sein konnte. Und so ging er zu ihm hinüber und nahm neben ihm Platz, während Mama Julie in die Diele hinausging, nachdem es an der Haustür geklopft hatte.

»Du solltest heute Abend besser nichts mehr trinken, Lonnie«, warf einer seiner Begleiter gut gelaunt ein. Der Mann wirkte etwas älter und sprach um einiges deutlicher als sein junger Gefährte, wenngleich keiner der

Männer wirklich nüchtern zu sein schien. »Wenn die Mädchen kommen, wirst du nicht mehr viel mit ihnen anfangen können.«

»Das glaubst *du*«, erwiderte Lonnie. »Vielleicht nehme ich sogar zwei Ladies mit nach oben, falls die erste irgendwann schlappmacht.«

Seine Freunde lachten herzlich und auch Hunter lächelte. Er versuchte den Gedanken zu verdrängen, dass eines der Mädchen seine Tochter sein könnte.

Lonnie wandte seinen etwas glasigen Blick Hunter zu. »Waren Sie schon mal hier, Mr. Smith?«

»Nein, ich bin neu in der Stadt«, antwortete er.

»Na, dann sind Sie hier genau richtig. Mama Julies Mädchen sind wirklich blutjung – frisch von der Farm, nicht wahr, Kumpels?«, wandte er sich an seine Begleiter, die seine Worte mit einem wissenden Kichern bestätigten. »Sie hat heute Abend ein neues Mädchen da – deshalb sind wir ja alle hier«, fügte er fast feierlich hinzu.

Hunter hatte das Gefühl, dass sein Herz stehen blieb. Er hatte von seinen Freunden und Bekannten bereits erfahren, dass Mama Julies Spezialität junge unschuldige Mädchen vom Land waren, die dringend Arbeit suchten. »Wie sieht das neue Mädchen denn aus?«, fragte er so beiläufig wie möglich.

Doch Lonnie schien etwas Mühe zu haben, dem Gespräch zu folgen; außerdem hatte etwas ganz Bestimmtes seine Aufmerksamkeit auf sich gezogen. Seine Augen verengten sich, als er sich vorbeugte, um Hunter noch besser sehen zu können. »Sagen Sie, sind Sie 'n Indianer?«

Hunter erstarrte innerlich und einer der Männer warf rasch ein: »Lonnie!«

»Er meint's nicht so«, versicherte der zweite Begleiter des jungen Mannes.

»Er weiß doch, dass ich's nicht so meine«, teilte Lonnie seinen Freunden mit einem schiefen Lächeln mit. »Er sieht doch, dass ich betrunken bin und dass man mich deshalb nicht verantwortlich machen kann für das, was ich sage.«

Hunter entspannte sich, nachdem Lonnie sich so gutmütig und versöhnlich zeigte.

»Ich bin ein halber Komantsche«, teilte Hunter ihnen mit und stellte fest, dass es ihm überraschenderweise gar nicht schwer fiel, das zuzugeben. Vielleicht deshalb, weil er hier nicht mehr in Texas war, dachte er sich.

Lonnies Augen weiteten sich vor Staunen und auch seine Freunde schienen recht überrascht zu sein.

»Sind Sie ein Häuptling?«, fragte Lonnie mit einem betrunkenen Grinsen. »Ein Häuptling vom Stamme der Komantschen«, wiederholte er, so als bereite ihm der Klang dieser Worte besonderes Vergnügen.

»Die Komantschen haben keine Häuptlinge mehr. Übrigens gibt es auch keinen Stamm mehr«, antwortete Hunter und brachte dann das Gespräch wieder auf das Thema, das ihn vor allem interessierte. »Dieses neue Mädchen, wie sieht es denn aus?«

»Sie ist blond«, vertraute Lonnie ihm an, als die dunkelhäutige Frau mit dem Goldzahn Hunters Drink brachte und so still verschwand, wie sie gekommen war. »Eine echte Blondine, so wird zumindest behauptet. Wir haben jedenfalls vor, das heute Nacht rauszufinden, was, Jungs?«

Die anderen Männer lachten, wenn auch etwas gezwungen. Offensichtlich fürchteten sie immer noch, dass ihr Freund Hunter beleidigt haben könnte.

»Aber wenn Sie auch eine Blondine wollen, werden wir Ihnen natürlich den Vortritt lassen«, fuhr Lonnie vergnügt grinsend fort. »Das ist nur recht und billig – ich meine, wo Sie doch ein Häuptling sind.«

»Nein, ich will keine Blondine«, antwortete Hunter. Seine Anspannung hatte sich wieder gelöst, nachdem er jetzt sicher war, dass er Becky zumindest nicht in diesem Haus antreffen würde. »Ich hätte gern ein indianisches

Mädchen – oder wenigstens eines, das ein bisschen wie eine Indianerin aussieht.«

Lonnie runzelte die Stirn, als würde er angestrengt nachdenken. Einer seiner Freunde schüttelte jedoch den Kopf. »So was werden Sie hier nicht finden«, sagte er. »Mama hat nur ein Mischlingsmädchen mit etwas Negerblut hier – aber die ist auch fast weiß.«

»Ich weiß nicht«, wandte der Dritte ein. »Vielleicht wär sie ja doch was. Ich meine, sie hat rabenschwarze Haare und sie ist wirklich ...«

»Ich hab's!«, verkündete Lonnie plötzlich und erneut trat ein Lächeln auf seine Lippen. »Ich hab erst letzte Nacht ein Indianermädchen gesehen.«

»Wo?«, fragte Hunter ein wenig zu hastig – doch zum Glück war Lonnie zu betrunken, um misstrauisch zu werden.

Der junge Mann runzelte erneut die Stirn – offensichtlich war es ihm wieder entfallen –, doch zum Glück erinnerte sich nun auch einer seiner Freunde an das Mädchen. »Es stimmt, ich war auch dabei. Sie ist aber keine Hure«, fügte er bedauernd hinzu.

»Sie singt«, warf Lonnie ein. »Ein Indianermädchen – wie nennt sie sich doch gleich? Prinzessin irgendwas«, murmelte er vage, ehe sich sein Gesicht wieder aufhellte. »Das ist genau das, was Sie brauchen, Häuptling, eine richtige Häuptlingstochter!«

»Wo war sie denn?«, fragte Hunter mit derart laut pochendem Herzen, dass er fürchtete, die anderen könnten es hören.

Die drei Männer blickten ihn mit großen Augen an. »In einem Saloon«, sagte einer der Männer nachdenklich. »Sie hat auf einer Bühne gesungen, das weiß ich genau.«

»Ja, ein Saloon«, bestätigte Lonnie.

»Können Sie mir nicht vielleicht sagen, welcher es war?«, fragte Hunter. Am liebsten hätte er die Männer am Kragen gepackt und sie so lange geschüttelt, bis sie es ihm erzählten – doch ihm war klar, dass er auf diese

Weise mit Sicherheit nichts erreicht hätte. Da hörte er Frauenstimmen von der Treppe her. Die Mädchen kamen herunter – und die Aufmerksamkeit seiner Begleiter wandte sich augenblicklich von ihm ab. »Können Sie mir wenigstens sagen, wie es dort ausgesehen hat?«

»Na, eine Bühne war dort«, wiederholte einer der Männer, während er sich erhob, um sich den jungen Mädchen zuzuwenden, die nichts anderes am Leib trugen als ihre Unterwäsche.

»Und eine Schaukel!«, fügte Lonnie hinzu, womit er sich selbst überraschte. »Ja, wirklich, sie haben dort eine Schaukel. Sie schaukelt und singt. Sie hat hübsche Knöchel.« Mit diesen Worten erhob er sich und ließ sein leeres Glas auf den Teppich fallen, ehe er hinter seinem Freund herwankte.

Hunter wandte sich dem dritten Mann zu, doch der zuckte nur die Achseln. »Wir waren ziemlich voll«, sagte er entschuldigend und schloss sich seinen Freunden an, die bereits von einem halben Dutzend Frauen umringt waren, von denen keine Becky Tate war.

Hunter stellte sein Glas nieder, von dem er nicht einmal genippt hatte, und ging an den Anwesenden vorbei zur Tür.

»Wo wollen Sie denn hin, Mr. Smith?«, rief Mama Julie ihm nach, doch Hunter war bereits in der Diele. »Ich bin überzeugt, dass wir Sie zufrieden stellen können. Sehen Sie sich doch nur diese Schönheiten an!«, fügte sie hinzu, während Hunter seinen Hut vom Kleiderständer nahm.

»Ich komme ein andermal wieder«, log er, öffnete die Tür und eilte in die Nacht hinaus.

»Masterson?«, rief eine Stimme aus der Dunkelheit, die Clint augenblicklich erkannte.

»Ja«, antwortete er, ließ sein Pferd anhalten und schwang sich aus dem Sattel.

Wakefield trat auf die Straße. Er war im Mondlicht nur

schwach zu erkennen. »Sie haben also meine Nachricht bekommen.«

»Sean ist ein guter Junge«, sagte Clint zurückhaltend.

»Das stimmt«, bestätigte Wakefield. »Er erinnert mich an einen anderen Jungen, den ich mal kannte. Der Junge hieß Beau.«

Der vertraute Name, von der vertraut klingenden Stimme ausgesprochen, traf Clint wie ein Fausthieb, und er konnte nichts gegen die Flut von Erinnerungen tun, die in ihm hochkamen. Er sah das Haus wieder vor sich, dann seine Mutter und auch diesen Mann hier mit seinem Vater, und schließlich all die anderen, die heute großteils nicht mehr lebten und an die kein Mensch mehr dachte – außer Clint.

Und wie ein Schwimmer, der verzweifelt versuchte, an die Oberfläche zu gelangen, kämpfte sich Clint aus den Erinnerungen empor, die ihn zu ersticken drohten. Er holte tief Luft und wappnete sich gegen eventuelle weitere Angriffe.

»Beau?«, fragte er, als hätte er den Namen nie zuvor gehört. Als wäre es nie sein eigener Name gewesen.

»Ja«, sagte Wakefield mit ruhiger Stimme. Er schien keine Ahnung zu haben, was er Clint antat. »Die Kurzform für Beauregard. So hat ihn mein ... *sein* Vater genannt.«

Da verstand Clint, dass Wakefield genau wusste, was er tat. »Was ist denn aus dem Jungen geworden?«, fragte er bitter.

»Ich weiß es nicht«, sagte Wakefield, »und ich hätte nie gedacht, dass ich ihn je wieder sehen würde. Wie geht es Lally?«

Clint hätte ihn erwürgen können, dass er es wagte, ihren Namen auszusprechen – doch er ballte nur die Hände zu Fäusten und zwang sich, regungslos stehen zu bleiben. »Sie ist tot«, sagte er kalt. Er wusste, dass diese Nachricht Wakefield mehr Schmerz bereiten würde, als er es mit seinen Händen vermocht hätte.

Wakefield hielt den Atem an und stieß ihn dann in einem langen Seufzer aus. »Ich glaube, ich habe es fast so erwartet«, sagte er. »Ich habe sie geliebt, weißt du.«

»*Jeder* hat sie geliebt«, entgegnete Clint. Er konnte seine Wut nun nicht mehr bezähmen. »Besonders dein Vater.«

»Beau, ich ...«

»Das ist aber jetzt nicht mehr mein Name«, knurrte Clint und schlug die Hand zur Seite, die Wakefield ihm reichte. »Woher weißt du es? Wie bist du darauf gekommen?«

»Das war nicht ich«, antwortete Wakefield mit trauriger Stimme. »Nellie war's. Sie hat gesagt, du hättest sie mit ihrem Namen angesprochen, als würdest du sie kennen – und sie hat überlegt und überlegt, bis sie schließlich draufkam. Aber wundert dich es wirklich, dass sie dich erkannt hat?«

Clint wollte jetzt nicht an Nellie denken, wo es ihm vor allem darum ging, seinen Hass auf Wakefield weiterhin zu schüren. »Ich hätte nicht erwartet, dass ich sie hier bei dir finde.«

»Warum?«, fragte er ehrlich verwundert. »Sie war meine Frau, seit ich sechzehn war. Es ist doch nur natürlich, dass wir zusammenblieben, nachdem ... nachdem alles andere in die Brüche gegangen war. Sie war alles, was ich noch hatte.«

»Aber ich dachte, du hättest Lally geliebt«, warf Clint spöttisch ein.

»Sie gehörte einem anderen.«

»Deinem Vater«, sagte Clint.

»*Deinem* Vater«, verbesserte Wakefield.

Clint spürte die wohlvertraute Wut in sich aufsteigen – doch es wurde ihm mit einem Mal klar, dass er sie nicht an Wakefield junior auslassen konnte. Er würde sie an niemandem mehr auslassen können. Dazu war es zu spät. Nein, er konnte Wakefield nicht töten – deshalb würde er sich vor ihm in Acht nehmen müssen. »Und jetzt wirst du allen erzählen, dass ich ein Bastard bin, der uneheliche Sohn eines ...«

»Nein!«, rief Wakefield. »Ich werde niemandem ein Wort über dich erzählen. Du bist mein Bruder, um Himmels willen! Warum glaubst du, war ich bereit, für dich zu spionieren?«

Doch Clint hatte Wakefield zu lange verabscheut, um seinen Hass so schnell begraben zu können. »Ich weiß nicht. Vielleicht denkst du, dass du es den Tates schuldig bist.«

»Ich schulde ihnen bestimmt nicht so viel, dass ich das Leben meiner Kinder aufs Spiel setzen würde! Darum geht es hier nämlich! Wenn ich umkomme, dann werden Nellie und die Kinder verhungern – wenn man sie nicht gleich umbringt.«

Clint wollte etwas einwenden, doch er wusste, dass es stimmte. Er hatte Wakefield einer Prüfung unterzogen – und der Mann hatte sie zweifellos bestanden. Doch er hatte viel dafür in Kauf genommen, wie ihm jetzt klar wurde. Wie hatte er nur daran zweifeln können, dass sein Bruder sich bewähren würde, wenn es darauf ankam?

»Ich wollte nicht, dass ihnen etwas zustößt.«

»Nein, du wolltest, dass wir beide quitt sind, nicht wahr?«, erwiderte Wakefield.

»Nein, ich dachte dabei ... an den Alten. An ihm wollte ich mich rächen, aber er war ja tot. Du bist alles, was von ihm noch da ist.«

Wakefield verarbeitete Clints Worte erst einmal, ehe er fragte: »Warum ist sie gegangen? Ich meine Lally. Ich hätte mich um sie gekümmert, um euch beide. Das muss sie doch gewusst haben.«

»Vielleicht hatte sie es satt, dass man sich um sie kümmert«, vermutete Clint.

»Das hat Nellie auch oft gesagt«, stimmte Wakefield zu. »Ich hab es nie verstanden, glaube ich. Ich versteh's immer noch nicht.«

»Vielleicht wollte sie auch, dass du ein schlechtes Gewissen hast wegen ihr. Meine Mutter konnte sehr nachtragend sein.«

»Ja. Ja, das konnte sie wirklich. Wo seid ihr hin, nachdem ihr Twelve Oaks verlassen habt? Wie ist es euch ergangen?«

»Wir gingen nach Atlanta. Sie nahm einen Job als Putzfrau bei einer Yankee-Frau an, die Angst hatte, eine Schwarze einzustellen. Dann heiratete sie einen Farmer. Ich trage heute seinen Namen.« So wenige Worte, um zu beschreiben, was in all den Jahren geschehen war – in diesen Jahren, in denen er versucht hatte zu vergessen, wer er war und woher er kam. »Sie wurde krank und starb, als ich sechzehn war, aber zuvor hat sie mir noch die ganze Geschichte erzählt. Ab da begann ich dich zu suchen.«

»Beau, ich ...«

»Ich hab dir doch gesagt, dass ich nicht mehr so heiße«, wandte Clint schwach ein.

Wakefield seufzte laut. »Es tut mir Leid, Clint. Alles, was geschehen ist.«

Das war es, wonach Clint sich so lange gesehnt hatte. Dass jemand sich bei ihm für all das Unrecht entschuldigte, das ihm widerfahren war. Doch Clint wusste nun, wie er die Vergangenheit einzuschätzen hatte. »Es war nicht deine Schuld. Nicht einmal die Schuld des Alten. Jeder von uns tat, was er eben tun musste.«

Er spürte, dass Wakefield noch mehr sagen wollte, um die Verbindung zu stärken, zu der sie nun beide standen – doch dazu war Clint nicht bereit, zumindest nicht im Augenblick. »Also, warum hast du mich herholen lassen?«, fragte er etwas schroff. »Gibt es etwas Neues?«

»Äh ... ja«, antwortete Wakefield und stellte sich geistig auf das Problem um, das nun vorrangig war. »Sie haben es jetzt auf Tates Stiere abgesehen.«

»Seine Zuchtstiere?«, fragte Clint ungläubig. Ein solcher Anschlag hätte den Rancher ruinieren können. »Aber sie werden rund um die Uhr bewacht.«

»Johnny Jacobs meint, dass er ein paar Männer in die Ranch einschleusen kann, ohne dass es jemand merkt. Sie wollen zuschlagen, wenn der Zeitpunkt am günstigsten ist. Jacobs hat immer schon für die andere Seite gearbeitet und denen Informationen zukommen lassen. Jedenfalls glaube ich, dass sie es Samstag Nacht tun wollen, wenn nur noch wenige Männer auf der Ranch sind.«

»Misstrauen sie dir eigentlich gar nicht?«

»Sie vertrauen mir nicht alles an, aber ich glaube, sie haben mich mittlerweile akzeptiert. Deshalb weiß ich von der Sache.«

»Danke, Wakefield. Es kann sein, dass du Tate damit gerettet hast. Und wenn sie es wirklich auf die Stiere abgesehen haben, dann haben wir auch etwas in der Hand, wofür wir sie hinter Gitter bringen können. Du hast gute Arbeit geleistet.«

Wakefield schwieg einige Sekunden, und Clint spürte, dass das Lob, das er soeben ausgesprochen hatte, sehr dürftig war, wenn man das Risiko bedachte, das sein Informant eingegangen war. Schließlich fragte Wakefield: »Gibt es schon etwas Neues von Miss Becky?«

Clint spürte wieder die bereits zur Gewohnheit gewordene Angst. Für ein paar Minuten war er imstande gewesen zu vergessen ... »Nein, es gibt immer noch nichts Neues.«

»Es wird viel geredet. Die Leute erzählen sich hässliche Dinge über sie – ich meine, warum sie weggegangen ist. Manche behaupten sogar, sie wäre mit einem Schwarzen durchgebrannt.«

Clint schnaubte verächtlich. »Sie ist *allein* fortgegangen. Du kannst das den Leuten gern sagen.«

»Aber warum?«, drängte Wakefield.

»Keiner weiß, warum, und sie hat es in dem Brief, den sie hinterlassen hat, auch nicht richtig erklärt. Das ist die Wahrheit. Ich habe den Brief selbst gesehen.«

»Ich habe befürchtet ...«, begann Wakefield.

»Was hast du befürchtet?«

»Dass es etwas mit der Schule zu tun haben könnte. Sie sollen versucht haben, sie einzuschüchtern, damit sie es sein lässt.«

»Das stimmt, aber das war nicht der Grund.« Zumindest dachte Clint, dass es so war, und sein schlechtes Gewissen schien zu bestätigen, dass die Gründe woanders lagen.

»Bist du …?«, begann Wakefield, hielt jedoch erneut unsicher inne.

»Bin ich *was*?«, fragte Clint mit einem mulmigen Gefühl. Er spürte, dass Wakefield im Begriff war, eine Frage zu stellen, die er lieber nicht beantwortet hätte – so wie übrigens die meisten Fragen, die Becky betrafen.

»Ich habe … ich meine, Nellie hat gemeint, dass da vielleicht etwas zwischen euch beiden sein könnte?«

Clints Lippen verzogen sich zu einem bitteren Lächeln. »Wie könnte das gehen? Du weißt genau, dass ich an ein Mädchen wie sie gar nicht erst zu denken brauche.«

»Aber …«

»Kein Aber«, wandte Clint ein. Er spürte deutlich, dass er es keinen Augenblick länger aushielt, hier mit diesem Mann herumzustehen und über Becky zu sprechen. »Also, wenn das alles ist, was du mir sagen wolltest, dann mache ich mich jetzt besser auf den Weg, damit uns nicht noch jemand hier sieht.«

»Ich glaube, du täuscht dich, Beau … Clint«, sagte Wakefield, als Clint sich in den Sattel schwang. »Becky ist nicht so ein Mädchen. Es würde ihr nichts ausmachen …«

»Aber mir würde es etwas ausmachen, ich kann ihr das einfach nicht antun.« Nicht ihr, der Frau, die er liebte. Nein, er konnte nicht ihr Leben und ihre Zukunft zunichte machen, auch wenn es ihm noch so wehtat, sie zu verlieren. »Wir werden am Samstag bereit sein«, rief er über die Schulter zurück, während er losritt und Wakefield in der Dunkelheit stehen ließ.

Als er allein war, dachte Clint jedoch unweigerlich

daran, dass Becky vielleicht überhaupt keine Zukunft mehr haben würde, wenn ihr Vater sie nicht bald fand.

Hunter brachte die folgenden Tage damit zu, all seine Bekannten in der Stadt aufzusuchen und jeden Einzelnen von ihnen nach einem Saloon zu fragen, wo sie eine Schaukel und eine singende Indianerin hatten. Er hatte an diesem Abend bereits drei Saloons besucht, die in Frage kamen – doch ohne Erfolg. Es war bereits nach Mitternacht, als er das vierte Etablissement betrat.

Der Saloon war fast elegant eingerichtet, dachte er geistesabwesend, während er den Blick ganz automatisch durch den Raum schweifen ließ. Die Frauen stachen in ihren bunten Kleidern aus der Menge hervor – und Hunter brauchte nur wenige Sekunden, um sicher zu sein, dass keine von ihnen Becky war.

Nach einem kurzen Augenblick der Enttäuschung rief sich Hunter in Erinnerung, dass dies trotzdem der vielversprechendste Hinweis bis jetzt war. Im Hauptraum stand eine Bühne, auf der mehrere Frauen das Publikum unterhielten. Auf einer Seite der Bühne war eine rote Schaukel angebracht, die an Seilen aus rotem Samt von der Decke hing. Draußen vor dem Saloon hatte ein junger Mann verkündet, dass hier eine echte indianische Prinzessin auftreten würde – und so suchte sich Hunter mit pochendem Herzen einen Tisch in der Nähe der Bühne und bestellte einen Drink.

Wenigstens waren die Mädchen hier keine Huren, sagte er sich bedrückt und beobachtete, wie einige der Mädchen sich unter die Menge mischten. Im Licht der Lampen waren ihre nackten Schultern und Arme über den bunten, tief ausgeschnittenen Kleidern weithin zu sehen. Ihre Aufgabe war es, die Besucher zu animieren, mehr zu trinken und auch ihnen Drinks zu spendieren, die in Wirklichkeit schwacher Tee waren. Doch er sah keine Separees, wohin die Frauen ihre Kunden zu einem kurzen Stelldichein mitnahmen, und es verschwand auch niemand nach oben. Wenn Becky tatsächlich hier sein sollte, dann hatte sie wenigstens nicht allzu viel durchmachen müssen.

Hunter rieb sich den Nasenrücken in dem vergeblichen Versuch, die Kopfschmerzen zu besänftigen, die ihn schon seit Tagen plagten. Wenn er sie nicht bald fand ... Nun, es hatte keinen Sinn, solche Gedanken zu wälzen – er würde die Stadt ohnehin erst verlassen, wenn er Becky gefunden hatte. Wie hätte er Sarah ohne ihre Tochter unter die Augen treten können?

Hunter fühlte sich so hilflos wie noch nie in seinem ganzen Leben. Selbst jetzt, wo er sich möglicherweise im selben Haus wie Becky befand, gestattete er sich nicht die geringste Hoffnung – aus Angst, sie könnte wieder zunichte gemacht werden, so wie noch jedes Mal, seit er hier in der Stadt war.

Lieber Himmel, er hätte zehn Jahre seines Lebens gegeben, wenn er Becky hätte zurückhaben können – auch wenn sie ihm noch so oft ins Gesicht sagte, dass er ein verdammter Narr war, weil er den Zaun aufgestellt hatte.

Ein Mädchen mit braunem Haar und einem leuchtend blauen Kleid, das ein wenig schlampig enger gemacht worden war, damit es für ihre schlanke Figur passte, kam auf ihn zu. Ihre bemalten Lippen waren zu einem Lächeln verformt, von dem jedoch in ihren Augen nichts zu merken war. »Spendieren Sie einem Mädchen 'nen Drink, Mister?«, fragte sie mit falscher Begeisterung.

»Aber sicher«, antwortete Hunter und gab einem der Kellner ein Zeichen, während sie auf dem Stuhl gegenüber Platz nahm. »Wie heißen Sie?«

»Lilly«, sagte sie, und er wusste, dass sie nicht wirklich so hieß, sondern den Namen nur für den Job hier angenommen hatte. »Sie sind nicht aus der Gegend hier, nicht wahr?«

Er brachte ein Lächeln zustande. »Nein, ich komme aus Texas und ich habe Heimweh.«

In den Augen des Mädchens flackerte eine echte Gefühlsregung auf – ein gewisses Interesse. »Wenn Sie einsam sind, kann ich die ganze Nacht hier bei Ihnen sitzen. Sie müssen ...«

»Ich weiß, aber ich suche eigentlich jemand Bestimmten«, sagte er. »Sie sind ein sehr hübsches Mädchen, aber ich hatte gehofft, ich würde die indianische Prinzessin bekommen, die sie angekündigt haben.«

Sie nickte und runzelte verächtlich die Stirn. »Sie mischt sich nicht unters Volk«, sagte sie naserümpfend. »Die glaubt, sie wär was Besseres als wir. Und Nick, der Boss hier, lässt sie in dem Glauben.«

»Wie lange arbeitet sie denn schon hier?«, fragte Hunter so beiläufig wie möglich.

»Erst seit ein paar Tagen«, antwortete Lilly in bitterem Ton. »Sie kann überhaupt nicht singen, obwohl man sie als Sängerin ankündigt. Aber Nick ist das egal. Er sagt, die Leute kommen, weil sie eine Prinzessin ist. In Wirklichkeit ist sie genauso wenig eine Prinzessin wie ich.«

»Wann singt sie denn wieder?«, fragte Hunter mit etwas mehr Nachdruck.

Das Mädchen blickte zur Bühne hinauf, als der Kellner ihren Drink brachte. Hunter kramte in seiner Tasche nach etwas Kleingeld und bezahlte den Drink.

»Der Klavierspieler kommt gerade raus. In einer Minute geht's los. Dann sehen Sie, was ich meine«, prophezeite sie und nippte an ihrem kalten Tee.

Und tatsächlich begann das Geklimper des Klaviers gegen das laute Stimmengewirr anzukämpfen, bis die Gespräche nach und nach verebbten. Hunters Kehle war wie zugeschnürt und sein Magen krampfte sich zusammen, während er die Bühne nicht mehr aus den Augen ließ. Viele der Männer gingen zur Bühne vor, um die Darbietung besser verfolgen zu können. Plötzlich brandete stürmischer Applaus auf, und Hunter sprang hoch, um besser sehen zu können. Sein Herz pochte wie wild, während er sich durch die Menge nach vorn kämpfte, um die Frau auf der Bühne zu sehen – doch die Menschenmenge um ihn herum wurde immer dichter. Alle wollten sie die Sängerin sehen, und Hunter musste einen kleineren Mann beiseite schieben, um vorwärts zu kommen.

Nach einer Weile verebbte der Beifall und das Mädchen begann zu singen. Lilly hatte Recht – sie sang wirklich nicht sehr gut, doch ihre Stimme klang genauso süß, wie er es in Erinnerung hatte – so süß und rein und lebendig, sagte er sich, während er den letzten Mann zur Seite drängte, der ihm die Sicht auf die Bühne verstellte. Und da sah er sie, wie sie in ihrem roten Kleid ganz klein und verlassen auf der Bühne stand.

Doch es war nicht Becky.

11

Becky blickte in den Spiegel und wollte am liebsten sterben. Doch es würde sie jemand anders töten müssen – denn sie wusste bereits, dass sie selbst nicht dazu fähig war. Sie hatte gedacht, dass sie fern von ihrer Familie den Mut aufbringen würde, sich das Leben zu nehmen – doch wie es schien, hatte sie das bisschen Mut, das sie einmal besessen hatte, in Texas zurückgelassen.

In Galveston hatte sie stundenlang in dem schäbigen Hotelzimmer gesessen, die Pistole in der Hand – doch sie hatte sich einfach nicht dazu überwinden können, sich die Waffe an die Schläfe zu setzen, und als schließlich der Morgen gedämmert hatte, hatte Becky immer noch da gesessen, immer noch am Leben, und sich elender denn je gefühlt.

Das Wasser kam ihr als nächstbester Ausweg in den Sinn – doch als sie auf dem Schiff war, schien es furchtbar kalt und weit entfernt zu sein. Sie würde sich in die Tiefe stürzen müssen und vielleicht einige schreckliche

Minuten der Panik durchmachen, ehe das Gewicht ihrer Kleider sie nach unten ziehen würde. Was war, wenn sie es sich in diesen Sekunden anders überlegte? Wenn sie Angst bekam? Oder wenn jemand auf sie aufmerksam wurde und ihr zu Hilfe eilte? Oder noch schlimmer – wenn jemand bloß dastehen und sie in ihrem Todeskampf beobachten würde?

All das erschien ihr so abstoßend, dass sie nur an der Reling stehen und auf das Wasser hinunterstarren konnte, das unter ihr vorbeirauschte, während das Schiff sie nach New Orleans trug.

Dabei war diese Stadt wahrscheinlich der letzte Ort, an dem sie jetzt sein wollte. Zumindest dachte sie sich das am Ende ihres ersten Tages in New Orleans. Zu diesem Zeitpunkt wusste Becky, dass sie am Leben bleiben würde und deshalb irgendeinen Weg finden musste, um ihren Lebensunterhalt zu sichern. Es stellte sich als erstaunlich leicht heraus, Geld zu verdienen – doch dies auf respektable Weise zu tun, schien so gut wie unmöglich zu sein.

Und so war sie hier im *Last Chance Saloon* gelandet, wo sie jeden Abend mehrmals sang, um sich ihr Essen zu verdienen. Als sie sich im Spiegel der Garderobe betrachtete, war ihr wohl bewusst, dass die ganze Situation nicht einer gewissen bitteren Ironie entbehrte. Sie hatte Texas verlassen, um ihrer Herkunft zu entfliehen und all den Qualen, die damit verbunden waren. Und jetzt war sie hier in New Orleans und musste, um sich irgendwie durchzuschlagen, als das auftreten, was sie nie hatte sein wollen: eine Squaw.

Ihre geröteten Augen füllten sich erneut mit Tränen, als sie das Mädchen betrachtete, das ihr aus dem Spiegel entgegenblickte – das lange schwarze Haar zu Zöpfen geflochten, die ihr über die Brüste herabhingen. Ihre Brüste waren nur knapp von dem braunen Wollkleid bedeckt, das nach Indianerart mit Fransen versehen war. Doch es war kein Kleid, wie eine echte Indianerin es je getragen hätte – denn es war vorne tief ausgeschnitten, sodass die Brüste zum Teil zu sehen waren. Der Rücken war überhaupt frei, und der Rock reichte nur bis knapp unter die Knie. Die langen Fransen umspielten ihre Waden, ohne sie jedoch zu verhüllen. An den Schuhen trug sie Mokassins aus Leinen – oder vielmehr das, was sich ein Schneider aus New Orleans unter Mokassins vorstellte. Unter ihrem Kleid war sie völlig nackt, sodass ihr Körper sich aufreizend bewegte, wenn sie über der Menge hin und her schaukelte, und die Männer einen Blick auf ihre Knie und ihre Schenkel erhaschen konnten.

Die Tränen der Scham flossen erneut, und Becky tat nichts, um sie zurückzuhalten. Es war dumm von ihr, sagte sie sich, dass sie hier ihre Seele verkaufte und diese Erniedrigung auf sich nahm. Da wäre es besser gewesen, gleich ihren Körper in einem der Bordelle anzubieten. Jedes Mal, wenn sie auf die Bühne trat, war ein Stück von ihr gestorben, bis sie sich schließlich völlig leer und innerlich wie tot fühlte.

Sie konnte unmöglich noch einmal da hinausgehen und die lüsternen Blicke der Männer ertragen, die immer wieder versuchten, ihre Knöchel mit den Händen zu erreichen. Sie brachte es einfach nicht mehr über sich. Lieber würde sie verhungern. Deshalb versperrte sie die Tür zur Garderobe und weigerte sich, sie zu öffnen, als sie kamen, um ihr zu sagen, dass es Zeit für ihren nächsten Auftritt wäre.

Sie hörte die Musik und wusste, dass ein anderes Mädchen für sie eingesprungen war. Und jetzt klopfte jemand an die Tür.

»Mach auf, Prinzessin!«, hörte sie Nick mit verärgerter Stimme durch die dünne Tür rufen. Er hätte sie mit Leichtigkeit eintreten können – und da sie ihm ihren Entschluss ohnehin früher oder später würde mitteilen müssen, schob sie den Riegel zurück und öffnete die Tür.

»Was, zum Teufel, ist denn los?«, fragte er wütend. Da sah er ihr verweintes Gesicht und schloss rasch die Tür, damit die vielen Neugierigen, die versuchten, einen Blick ins Innere des Zimmers zu erhaschen, sie nicht sehen konnten.

»Ich kann da nicht mehr rausgehen«, erklärte sie. »Es tut mir Leid.«

»Es tut dir *Leid*?«, fragte er ungläubig. Er war klein gewachsen, drahtig und überaus jähzornig. Sein hässliches Gesicht rötete sich bedrohlich. Sein schwarzes Haar glänzte von dem Öl, mit dem er es zu glätten pflegte, und seine schmutzig braunen Augen funkelten vor Zorn. »Die Leute haben gutes Geld ausgegeben, um eine echte indianische Prinzessin zu sehen – und wir werden sie nicht enttäuschen. Also geh jetzt sofort raus, bevor ich …«

»Ich geh da nicht raus!«, wiederholte Becky, diesmal etwas lauter, und stemmte die Hände in die Hüften. »Ich werde mich nicht noch einmal zum Narren machen. Sie können das Geld behalten, das Sie mir noch schulden. Ich kündige!«

Sie hatte erwartet, dass er explodieren würde – doch er lächelte ihr nur kalt ins Gesicht. »Ach nein, du kündigst?«, fragte er mit leiser Stimme, und sie war so überrascht von seiner Reaktion, dass der Schlag sie völlig unvorbereitet traf.

Im nächsten Augenblick war da nichts als ein brennender Schmerz, als seine flache Hand sie mit einer solchen Wucht traf, dass sie quer durch das kleine Zimmer flog. Sie schrie auf, als sie auf dem Boden und der Wand gleichzeitig aufprallte und ein neuer Schmerz an ihrem Arm und ihrem Bein aufflammte.

Ein paar Sekunden lag sie nur da – völlig benommen von dem Klingen in ihren Ohren und dem tauben Gefühl in ihrem Gesicht, während vor ihren Augen schwarze Punkte auf und ab tanzten.

»Das ist nur ein kleiner Vorgeschmack auf das, was dich erwartet, wenn du nicht auf der Bühne stehst, sobald Alice mit ihrem Programm fertig ist. Aber wenn dir das Singen keinen Spaß mehr macht, dann gibt es auch noch eine andere Möglichkeit, wie du dir deinen Lebensunterhalt verdienen kannst. Es gibt genug Männer, die mir einen Haufen Geld dafür bezahlen, dass sie ein paar Minuten mit der Prinzessin allein sein dürfen. Wenn du dein Geld lieber damit verdienst, dass du die Beine breit machst, brauchst du's bloß zu sagen, Schätzchen. Dann schick ich die Kerle sofort zu dir rein.«

Becky hob eine zitternde Hand an ihre Wange. Das taube Gefühl ließ allmählich nach, dafür spürte sie einen pochenden Schmerz. »Ich kann … jetzt … nicht singen«, stammelte sie, vor Schreck zitternd. Es war das erste Mal, dass jemand sie geschlagen hatte.

»Du *kannst* und du *wirst* singen, du kleines Miststück«, erwiderte er in scharfem Ton. »Wasch dir das Gesicht und hör auf zu flennen. Ich schick dir eines der Mädchen – sie soll dich schminken, damit du dich wieder sehen lassen kannst. Und dann gehst du da raus und singst dir dein kleines Herz aus dem Leib. Und du wirst den Männern zulächeln und dich von ihnen anfassen lassen, wenn du auf der Schaukel sitzt. Wenn du's nämlich nicht tust, meine hübsche kleine Prinzessin, dann schlage ich das nächste Mal mit der Faust zu – und dann wirst du gar nicht mehr auf die Bühne gehen können. Dann wirst du sehen, wie Mädchen, die weniger Glück haben als du, ihren Lebensunterhalt verdienen. Verstanden?«

Becky nickte und wagte nicht, zu ihm aufzublicken, damit er den Hass in ihren Augen nicht sah. Sie starrte auf die Hosenbeine seines billigen Anzugs und sah, wie er sich schließlich umdrehte und ging, die dünne Tür hinter sich zuschlagend.

Ein Schluchzen stieg in ihrer Kehle hoch, doch sie schluckte es hinunter. Sie durfte nicht weinen. Sie konnte sich den Luxus der Tränen jetzt nicht leisten. Ihr Leben würde noch viel schlimmer werden, wenn sie jetzt nicht auf die Bühne hinausging. Lieber Gott, wie sehr hätte sie sich gewünscht, ihre Pistole noch bei sich zu haben. In jener Nacht, als sie die Waffe so lange in der Hand gehalten hatte – unfähig, sie gegen sich selbst zu richten –, da war ihr der Tod noch ein klein wenig schlimmer erschienen als das Leben. Heute hätte sie das ganz sicher nicht mehr so gesehen.

Eine halbe Stunde später verließ Becky die Garderobe. Nick war nirgends zu sehen, dafür einige andere Mädchen sowie die Männer, die hinter der Bühne arbeiteten. Sie warteten offensichtlich gespannt darauf, wie Becky auf Nicks Drohung reagieren würde.

Sie schienen darauf zu hoffen, dass sie seiner Aufforderung nicht nachkam – deshalb schritt Becky mit aufrechter Haltung und verächtlichem Gesichtsausdruck an ihnen vorbei. Wenn sich bloß ihre Knie nicht so weich angefühlt hätten und ihr Magen sich nicht vor Angst zusammengekrampft hätte. Sie würde wahrscheinlich keinen Ton herausbringen – aber sie musste wenigstens auf die Bühne hinausgehen.

Nick wartete in der Seitenkulisse auf sie, und als er sie sah, gab er dem Klavierspieler ein Zeichen. Dieser setzte sich an sein Instrument und begann die ersten Töne eines Liedes zu klimpern. Einen Moment lang dachte Becky, dass sie sich übergeben müsste, doch Nicks Blick sagte ihr, dass das nicht ratsam war.

»So kenne ich meine kleine Prinzessin«, sagte er und packte sie schmerzhaft am Arm, als sie an ihm vorübergehen wollte. »Jetzt gehst du da raus und singst wie ein Vögelchen und fliegst wie ein Vögelchen – und wenn du fertig bist, dann besucht dich der gute alte Nick in deinem Zimmer, um dir zu sagen, wie gut du deine Sache gemacht hast.« Und er drückte sich mit dem Unterleib gegen ihren Schenkel, sodass ihr völlig klar war, was er nachher mit ihr vorhatte.

Verzweifelt riss sich Becky von ihm los und eilte auf die Bühne hinaus, wo sie wenigstens vor ihm sicher war. Als die männlichen Zuschauer sie in ihrem knapp geschnittenen Indianerkleid sahen, begannen sie begeistert zu klatschen und zu johlen und warfen ihr Geldmünzen auf die Bühne. Normalerweise hätte sie sich gebückt, um sie aufzuheben und in den Geldbeutel zu stecken, den sie eigens dafür an der Taille trug – doch an diesem Abend fühlte sie sich so starr vor Angst, dass sie sich nicht einmal bücken konnte.

Sie hörte die Töne, die ihrem Einsatz vorausgingen, doch als sie den Mund öffnete, um zu singen, versagte ihr ihre Stimme den Dienst. Der Klavierspieler improvisierte und klimperte ein paar Takte, bis er wieder zu der Stelle kam, an der sie einsetzen sollte – und er hämmerte kräftig in die Tasten, damit sie ihren Einsatz nicht verpassen konnte.

Diesmal brachte sie einen schwachen Piepser hervor, der sich zum Glück zu einem richtigen Ton entwickelte. Der Ton klang nicht gerade rein – sie war, auch wenn sie gut bei Stimme war, keine ausgezeichnete Sängerin –, doch es war immerhin ein erster Ton, und der nächste klang schon ein wenig kräftiger. Irgendwie kämpfte sie sich durch das ganze Lied, in dem sie auf ziemlich lächerliche Weise davon zu singen hatte, dass sie ein einsames Indianermädchen auf der Suche nach einem Mann sei. Das Publikum war jedoch von der Darbietung entzückt, und als sie mit dem Lied fertig war, regnete es erneut Münzen auf die Bühne.

Sie wusste, dass sie die Münzen aufheben sollte. Wenn sie genug Geld hätte, wäre es ihr möglich, zu fliehen. Vielleicht konnte sie von hier verschwinden, bevor Nick zu ihr kam, und auf einem Schiff nach Hause fahren – heim nach Texas zu ihrer Familie …

Doch sie konnte sich einfach nicht bewegen. Ihr Körper schien ihr nicht mehr zu gehorchen – und es kostete sie die allergrößte Mühe, nicht wegzulaufen, sondern zwei weitere Lieder zu singen, die sie irgendwie zu Ende brachte. Danach winkte Nick ihr aus der Kulisse zu und gab ihr das Signal, auf die Schaukel zu steigen.

Das war der Teil ihrer Darbietung, auf den alle warteten. Die Zuschauer gerieten jedes Mal in Verzückung, wenn sie die wohlgeformte junge Frau über ihre Köpfe hinwegfliegen sahen. Wie gebannt verfolgten die Männer, wie die nackten Beine des Mädchens gerade außerhalb ihrer Reichweite hin und her schwangen und ihre spärlich bedeckten Brüste mit der Bewegung der Schaukel auf und ab wippten.

Becky zwang sich, die Schaukel von dem Haken loszumachen, an dem sie befestigt war, und mit ihr in die Mitte der Bühne zu gehen. Unter tosendem Applaus setzte sie sich auf die Schaukel, stieß sich ab und schwebte über die Menge hinweg. Hände wurden ausgestreckt, um sie zu erreichen – doch Becky ignorierte Nicks Befehl und hob ihre Beine so hoch, dass keiner sie berühren konnte.

Einer der Männer erwischte eine herabhängende Franse des Kleids und riss sie ab, ehe Becky wieder zur sicheren Bühne zurückschwebte. Vor und zurück, vor und zurück, immer wieder – und die Gesichter der Männer verschwammen vor ihren Augen, und ihre Hände erschienen ihr wie ein Ungeheuer, das sie packen und sich in den Rachen stopfen würde, wenn sie nicht Acht gab. Vor und zurück, vor und zurück – und jedes Mal war es ein klein wenig schlimmer, denn die Hände kamen immer näher und näher, bis die Finger ihre Beine und ihren Hintern streiften. Und ihr Ekel und ihre Angst wuchsen mit jedem Augenblick, bis sie es keine Sekunde länger aushielt.

Lange bevor das Lied zu Ende war, zu dem sie die ganze Zeit über hätte schaukeln sollen, stoppte sie die Schaukel mit den Füßen, sprang auf die Bühne hinunter und lief los. Sie rannte quer über die Bühne, durch die Kulisse und weiter in ihre Garderobe, wo sie die Tür zuschlug und den Riegel vorschob. Sie sank gegen die Tür und schluchzte, als würde es ihr das Herz zerreißen.

Sie wusste, was jetzt passieren würde. Nick würde

kommen und er würde sie schlagen – doch kein Schmerz konnte größer sein als der, den sie ohnehin schon fühlte. Es machte ihr nichts aus, dass er sie schlagen würde. Je wütender er war, umso besser – denn sie würde nicht nachgeben. Sie würde sich von ihm töten lassen, damit all das endlich vorüber war.

Es war so einfach, dass sie sich fast wunderte, dass sie nicht schon früher darauf gekommen war. Der Gedanke brachte ihr so etwas wie Trost und Frieden – ein Gefühl, das sie zum letzten Mal in jener Nacht empfunden hatte, in der Clint Masterson sie verraten hatte. Das Schluchzen verebbte in ihrer Kehle und sie rappelte sich hoch. Zornig riss sie sich das verhasste Kleid in Fetzen vom Leib. An der Tür hing ein ausgebleichter Morgenrock, den sie herunternahm und sich überwarf. Es reichte, wenn sie ihre Blöße bedeckte, ehe Nick kam, um seine Wut an ihr auszulassen.

Schließlich hörte sie das Klopfen. Es kam früher und klang viel ruhiger als erwartet. Fast, als wäre er gar nicht wütend – aber er hatte ja auch in dem Augenblick, bevor er sie geschlagen hatte, überhaupt nicht wütend ausgesehen. Und je früher es passierte, umso besser. So hatte sie keine Zeit mehr, es sich noch einmal zu überlegen oder Angst zu bekommen.

Rasch schob sie den Riegel zurück und öffnete die Tür. »Hier bin ich, du Mistkerl!«, rief sie, doch im nächsten Augenblick stieß sie einen Laut des Erstaunens aus, als sie sah, wer da vor ihr stand.

»*Papa!*«

Hunter Tate starrte Becky von oben bis unten an, so als hätte er sie noch nie gesehen. Er öffnete den Mund, doch bevor er etwas sagen konnte, war Nick bei ihm. Sie erstarrte vor Schreck bei dem Gedanken, dass diese Ratte ihren Vater angreifen könnte.

»He, Mister, Gäste dürfen nicht hinter die Bühne«, teilte er Hunter mit und packte ihn am Arm, um ihn wegzuzerren.

Zu ihrer Überraschung schüttelte Hunter den Mann ab wie eine lästige Fliege und blickte ihm verächtlich in die Augen. »Ich möchte ein paar Worte mit meiner Tochter sprechen, wenn es Ihnen nichts ausmacht«, sagte er mit einer Stimme, die genauso kalt war wie sein Blick.

Nick blinzelte überrascht und trat instinktiv einen Schritt zurück. »Ich will keinen Ärger«, sagte er nervös und riss die Hände hoch, als würde er sich ergeben.

»Dann gehen Sie mir aus den Augen«, sagte Hunter knapp.

Nicks Blick fiel auf Becky. Er war offensichtlich zerrissen von seinem geschäftlichen Interesse und dem Gedanken an seine persönliche Sicherheit. Die Sicherheit behielt schließlich die Oberhand. »Alles zurück an die Arbeit«, rief er und eilte davon, als hätte er irgendetwas Wichtiges zu erledigen.

»Papa, ich ...«, stammelte Becky, doch Hunter wandte seinen kalten Blick ihr zu und die Worte erstarben ihr auf den Lippen.

Er trat in die enge Garderobe ein und schlug die Tür hinter sich zu. »Empfängst du in dieser Aufmachung deine männlichen Besucher?«, fragte er mit einer Stimme, die ihr sagte, dass er wütend war.

»Ich habe nicht erwartet ...«, begann sie.

»Das kann ich mir denken«, entgegnete er, »aber jetzt bin ich da und bringe dich nach Hause.«

Nach Hause. Wie verlockend war ihr der Gedanke noch vor wenigen Minuten erschienen, aber jetzt ... Wie konnte sie dahin zurückkehren? Bestimmt wusste jeder, dass sie weggelaufen war, und wahrscheinlich auch, warum. Wenn Clint Johnny erzählt hatte, was zwischen ihnen vorgefallen war, dann hatte er es wahrscheinlich auch anderen erzählt. Sie würde niemandem mehr in die Augen sehen können. Es würde noch schlimmer sein, als auf die Schaukel draußen auf der Bühne zu steigen.

»Nein!«, rief sie aus und wich einen Schritt zurück. »Ich gehe nicht zurück! Ich kann nicht!«

Seine Augen weiteten sich vor Staunen, aber nur für einen Augenblick. »Du *kannst* und du *wirst* zurückkehren! Ich habe keine Ahnung, was das Ganze soll – aber wenn du glaubst, dass ich allein von hier weggehe, dann hast du dich getäuscht! Ist dir überhaupt bewusst, was einem Mädchen in einem Haus wie diesem passieren kann?« Er blickte sie von oben bis unten an. »Vielleicht weißt du es ja schon«, fügte er verächtlich hinzu.

»Nein, ich ...«, stammelte sie und zog den Morgenrock etwas enger um sich.

»Du kommst mit mir, und zwar auf der Stelle – also zieh dir sofort etwas an. Ich warte draußen vor der Tür, damit dich niemand belästigt, und ...«

»Ich kann nicht!«, jammerte sie verzweifelt. So sehr sie auch von hier fortwollte – sie konnte einfach nicht nach Hause zurückkehren. Was sollte sie nur tun? Was sollte sie ihrem Vater sagen?

Sein Gesicht war nun hochrot vor mühsam unterdrücktem Zorn, doch so sehr seine Wut sie auch erschreckte – sie konnte jetzt nicht nachgeben, weil sie nie wieder nach Hause zurückkehren konnte. »Rebekah Anne Tate, du hörst mir jetzt zu! Ich bin immer noch dein Vater, und solange ich ...«

Genau das war es – die Wurzel all ihrer Probleme. Wäre Hunter Tate nicht ihr Vater gewesen, so wäre all das nicht passiert!

»Nein!«, schrie sie so laut, dass er erschrak. »Das ist alles deine Schuld, weil du ein gottverdammter Indianer bist! Wenn du nicht von den Komantschen abstammen würdest, wäre ich eine Weiße! Dann könnte ich jetzt nach Hause gehen! Dann könnte ich alles tun, was ich tun möchte! Ich hasse dich! Ich wünschte, du wärst nicht mein Vater!«

»Ich bin auch nicht dein Vater!«, rief er so wütend, dass sie zutiefst erschrak.

Doch sie erschrak nicht nur über seine Wut, sondern auch über den Inhalt seiner Worte, mit denen sie einfach nichts anfangen konnte. Er war nicht ihr Vater? Was meinte er damit? Natürlich war er ihr Vater!

Da sah sie, wie der Schreck in seine grauen Augen trat, als sein Zorn verebbte. »Es ... es tut mir Leid«, sagte er, hilflos gestikulierend. »Ich wollte nicht ...«

»Was hast du damit gemeint?«, fragte sie, von einer plötzlichen Angst erfasst, die größer war als ihre Angst vor Nick ein paar Minuten zuvor. Es wurde mit einem Mal kalt in dem stickigen kleinen Raum, und Becky schlang die Arme um ihren Körper, um sich zu wärmen.

»Becky, komm mit, gehen wir weg von hier, in mein Hotel. Da können wir reden und ...«

»Nein! Wir können hier genauso reden«, beharrte sie. Sie wusste, sie konnte hier nicht weggehen, solange sie nicht Antworten auf einige Fragen bekommen hatte. »Sag mir, was du gemeint hast!«

Seine Augen waren jetzt voller Schmerz und Becky hielt den Anblick kaum aus, weil sie die Ursache für diesen plötzlichen Kummer nicht verstand. Wie sollte es möglich sein, dass er nicht ihr Vater war? Sie hatte so viele Geschichten darüber gehört, wie er mit ihr und ihrer Mutter nach dem Krieg ein neues Zuhause gegründet hatte, als sie noch ein Baby war. Meinte er vielleicht, dass er nicht mehr ihr Vater sein wollte? Dass er sie von sich stieß, so wie der einzige Mann, den sie außer ihm je geliebt hatte, sie von sich gestoßen hatte?

Er schluckte, was in dem stillen kleinen Raum deutlich zu hören war. »Becky, ich will nicht, dass du es so erfährst. Deine Mutter sollte ...«

»Sag es mir!«, rief sie, fast hysterisch vor Angst.

Er seufzte und senkte seinen kummervollen Blick zu Boden, so als würde er es nicht länger ertragen, ihr in die Augen zu sehen. *Bitte, Papa!*, betete sie. *Bitte, sag mir nicht, dass du mich nicht mehr lieb hast! Ich könnte es nicht aushalten!*

Plötzlich griff er nach dem wackeligen Stuhl, der vor dem Spiegel an der Frisierkommode stand, und schob ihn zu ihr hin. Bevor sie wusste, was er vorhatte, drückte er sie auf den Stuhl nieder. Erst jetzt bemerkte sie, dass sie erneut vor Angst zitterte.

»Es bleibt mir nun wohl nichts anderes mehr übrig – aber du musst wissen, dass niemand außer deiner Mutter und mir und deinen Großeltern die Wahrheit kennt. Hast du verstanden?«

Becky nickte, ohne irgendetwas zu verstehen.

»Ich lernte deine Mutter ein paar Monate nach dem Krieg kennen. Ich war damals schon in der Armee der Nordstaaten. Du weißt ja, dass ich bei Nashville gefangen genommen wurde und dass die Yankees uns in den Westen schickten, damit wir gegen die Indianer kämpften, anstatt uns in ein Gefangenenlager zu stecken.«

Becky nickte erneut. Sie hatte diese Geschichte schon oft gehört, sodass es sie ein klein wenig beruhigte, die vertrauten Worte wieder zu hören.

Er blickte wütend auf sie hinunter – doch sein Zorn galt offensichtlich nicht ihr, sondern irgendwelchen Ereignissen in der Vergangenheit. »Als ich deine Mutter traf, war sie eine Gefangene der Komantschen.«

Das konnte nicht stimmen. Er erzählte ihr ganz offensichtlich die Geschichte von jemand anderem. »Nein. *Grandma Mac* war eine Gefangene der Komantschen«, erwiderte sie mit zitternder Stimme. Er musste das wohl verwechselt haben.

Doch er schüttelte den Kopf. »Ja, meine Mutter war auch einst in der Hand der Indianer und sie brachte mich damals im Lager der Komantschen zur Welt. Aber deiner Mutter ist es genauso ergangen. Und auch sie bekam dort ein Baby.«

In Beckys Kopf drehte sich alles. Wie konnte das geschehen sein, ohne dass sie je davon erfahren hatte? Aber er hatte ja zuvor gesagt, dass es ein Geheimnis war. Es konnte tatsächlich so gewesen sein. Ihre Mutter hatte schon zwei Kinder zur Welt gebracht, bevor Becky geboren wurde, und beide waren gestorben. Sarah hatte immer gesagt, dass sie von ihrem ersten Ehemann waren, aber ...

»Die Komantschen waren nach Kansas gekommen, um einen Vertrag zu unterzeichnen«, fuhr er fort, »und eine der Bedingungen für den Vertrag war die Freilassung aller Gefangenen. Ich war derjenige, der deine Mutter zurückbrachte. Deine Mutter und ihr Baby. Ich ... ich wollte sie«, fügte er hinzu, doch Becky verstand nicht recht, was er meinte.

»Sie war sehr schön«, erklärte er ihr, als er sah, wie verwirrt sie war. »Ich stand kurz davor, die Armee zu verlassen, und ich wusste, dass Mac und meine Mutter erwarteten, dass ich heiratete und mich niederließ, aber ... ich hatte längst die Erfahrung gemacht, dass keine anständige weiße Frau ein Halbblut heiraten wollte.«

Becky starrte ihn fassungslos an, doch er bemerkte es gar nicht – so sehr war er in seine Geschichte vertieft.

»Ich fragte sie, ob sie mich heiraten will«, sagte er etwas schroff, so als ob er eine missbilligende Reaktion erwartete. »Sie hat mich nicht geliebt. Sie kannte mich ja überhaupt nicht, aber sie hatte keine Verwandten oder Freunde, keinen Ort, wo sie hingehen konnte, und keine Möglichkeit, ihr Baby großzuziehen. Sie brauchte einen Ehemann, aber kein weißer Mann hätte sie genommen mit ihrem Baby – und ich wiederum wollte eine Frau, aber keine weiße Frau hätte mich genommen, weil ich ein Halbblut war. Und so trafen wir ein Übereinkommen. Sie würde meine Frau werden – und ich würde ihr Kind als das eigene annehmen. Niemand würde je von ihrer Vergangenheit erfahren – ich meine, dass sie einmal in der Hand der Indianer war.«

Es klang so kalt und berechnend – und es schien so gar nichts mit den beiden Menschen zu tun zu haben, die sie als ihre Eltern kannte. Sie gingen stets sehr liebevoll miteinander um.

»Aber ihr liebt euch doch«, warf sie ein.

»Das kam später, viel später. Sarah und ich hatten eine

Menge Probleme zu überwinden und das brauchte seine Zeit. Aber es fiel mir nie schwer, ihr Baby zu lieben, von Anfang an nicht. Das kleine Mädchen war so zart – und es hatte noch nicht einmal einen Namen, außer dem, den die Komantschen ihr gegeben hatten: *Bluebird*.«

Becky stieß einen empörten Schrei aus, doch Hunter fasste sie an den Schultern und zog sie vom Stuhl hoch, sodass sie einander direkt gegenüberstanden.

»Sie wollten, dass sie dich bei den Komantschen zurückließ«, fuhr er fort und sie spürte seinen heißen, zornigen Atem in ihrem Gesicht. »Sie sagten ihr, dass sie ohne dich besser dran wäre, weil du sie und alle anderen an ihre Vergangenheit erinnern würdest! Und sie sagten, dass es auch für dich besser wäre, wenn du bei den Indianern bliebest, weil sie Kinder liebten – aber Sarah wollte dich nicht zurücklassen. Du warst alles, was sie noch hatte. Und so heiratete sie einen Mann, den sie nicht liebte und den sie kaum kannte, weil er euch beiden ein Zuhause und seinen Namen gab – und das allein zählte für sie. Ohne dich hätte sie zurück in den Osten gehen und ein neues Leben anfangen können – aber dazu liebte sie dich zu sehr. Sie hätte dich niemals bei den Indianern gelassen, und jetzt ist sie verrückt vor Sorge, weil sie nicht weiß, ob du tot bist oder noch lebst – und darum werde ich lieber sterben, als dich hier zurückzulassen. Du kommst mit mir, ob du willst oder nicht, ob du mich hasst oder nicht – egal, ob ich dein Vater bin oder nicht ...«

Seine Stimme brach, und Becky sah, wie ihm die Tränen in die Augen traten, und da wurde ihr bewusst, dass auch ihr die Tränen in den Augen brannten. Sie wusste nicht, was sie sagen sollte. Nie hätte sie sich träumen lassen, dass sie nicht Hunter Tates Tochter war – und so hatte sie ihm die Schuld an ihrem Unglück gegeben, wo er doch derjenige war, der sie vor einem viel schlimmeren Schicksal bewahrt hatte. Wenn er nicht gewesen wäre, dann würde sie heute vielleicht in irgendeinem verwahrlosten Reservat leben oder gar schon tot sein – und sie kam sich mit einem Mal sehr selbstsüchtig vor und bereute die hasserfüllten Worte, die sie ihm entgegengeschleudert hatte.

Sie wusste nicht, wie sie ihn jetzt ansprechen sollte, weil sie sich nicht sicher war, ob er sie noch als sein Kind betrachtete, nach dem, was sie zu ihm gesagt hatte – doch sie konnte ihn wenigstens um Vergebung bitten. Die Tränen liefen ihr die Wangen hinunter, als sie in sein kummervolles Gesicht aufblickte. »O Papa!«

Sie hätte nicht sagen können, wer den ersten Schritt tat, doch im nächsten Augenblick war sie in seinen Armen, wo sie schon als Kind in so mancher schweren Stunde Trost gefunden hatte. Und wie schon so oft vermochte er auch diesmal, ihren Schmerz zu lindern.

»Es tut mir Leid, Papa«, schluchzte sie, als sie wieder sprechen konnte. »Ich habe es doch nicht so gemeint! Ich hasse dich nicht wirklich!«

»Ich weiß, Bluebird. Das macht doch nichts«, murmelte er und tätschelte ihren Rücken, wie er es so oft getan hatte.

Doch Becky wusste, dass es sehr wohl etwas ausmachte, was sie gesagt hatte – und sie musste ihm unbedingt erklären, wie es so weit hatte kommen können. »Ich wusste es ja nicht! Ich dachte ... ich war so wütend und ...«

Sie fand einfach nicht die Worte, es ihm zu erklären, doch das war ihm auch gar nicht wichtig. »Ich hätte wissen müssen, was du durchmachst. Ich hätte wissen müssen, dass du das Gleiche durchlebst wie ich früher. Aber ich dachte mir, wenn du meine Tochter bist, dann kann ich dich vor all dem beschützen. Ist das der Grund, warum du weggelaufen bist? Hat Masterson etwas gesagt ...«

»Nein!«, unterbrach sie ihn. Sie wollte jetzt nicht über Clint sprechen. »Können wir ... können wir jetzt gehen? Ich will von hier weg.«

»Natürlich«, sagte er. »Ich warte draußen, während du dich anziehst.«

Er hielt sie noch einen Augenblick lang an den Schultern fest und versicherte ihr: »Ich warte gleich vor der Tür.«

»Pass gut auf dich auf!«, bat sie. »Nick könnte …«

»Der mickrige kleine Kerl, der mich vorhin aufhalten wollte?«, fragte er.

Sie nickte.

Seine Lippen verzogen sich zu einem schwachen Lächeln. »Mit Nick werde ich schon fertig. Auch wenn du es vielleicht nicht glaubst – dein Vater kann immer noch …« Er hielt inne, und Becky glaubte, ihr Herz bliebe stehen. Würde es von nun an immer so sein – ein klein wenig peinlich, weil sie die Wahrheit kannte? Doch dann wurde sein Lächeln etwas breiter. »Dein Vater kann immer noch kräftig zupacken, wenn es sein muss. Und ich bin immer noch dein Vater, ob es dir gefällt oder nicht.«

Becky konnte kaum sprechen, weil erneut die Tränen in ihr hochstiegen. »Es gefällt mir sogar sehr, Papa«, brachte sie schließlich hervor.

Rasch hob sie sich auf die Zehenspitzen und küsste ihn auf die Wange. Als sie ihm ins Gesicht blickte, glänzten seine Augen, und seine Stimme klang heiser, als er sagte: »Beeil dich jetzt. Ich warte draußen.«

Nie zuvor in ihrem Leben hatte Becky sich so rasch angezogen. Als sie ihre Sachen zusammengepackt hatte, öffnete sie die Tür und Hunter – ihr Vater – wartete davor auf sie. Sie sah auch Nick, der sie beide in sicherem Abstand wütend anstarrte. Er rührte sich jedoch nicht von der Stelle, als sie mit Hunter auf den Bühnenausgang zustrebte.

Hunter legte schützend seinen Arm um Beckys Schultern, und zum ersten Mal, seit sie ihre Sachen gepackt und von zu Hause fortgegangen war, fühlte sie sich wirklich sicher.

Sie gingen durch die nächtlichen Straßen, bis sie die

Pension erreichten, wo Becky sich einquartiert hatte. Dort packte sie ihre restlichen Kleider zusammen, woraufhin sie zu seinem Hotel weitergingen. Er hatte bereits ein zweites Zimmer neben dem seinen reservieren lassen, wo er sie für den Rest der Nacht unterbrachte.

Becky lag lange wach, völlig durcheinander, und versuchte die Geschichte, die man ihr so oft über ihre Geburt erzählt hatte, mit der anderen, der wahren Geschichte in Einklang zu bringen, die sie soeben erfahren hatte. Sie hatte so viele Fragen, doch sie würde auf der Heimreise noch Gelegenheit genug haben, sie zu stellen.

Natürlich würde sie sich auch eine glaubwürdige Erklärung zurechtlegen müssen, warum sie überhaupt von zu Hause weggelaufen war. Sie konnte ihrem Vater unmöglich die Wahrheit sagen. Sie konnte niemandem erzählen, was Clint Masterson getan hatte. Aber sie würde sich dieser Wahrheit stellen müssen, wenn sie wieder zu Hause waren. Sie würde sich ihr stellen müssen und irgendwie damit fertig werden.

So wie sie mit Clint Masterson selbst würde fertig werden müssen.

Clint war soeben zum Mittagessen heimgekehrt und sattelte das Pferd ab, als Sean Tate über den Hof gelaufen kam und laut seinen Namen rief.

»Becky kommt wieder heim!«, verkündete der Junge, während er neben Clint zu stehen kam. Clint musste sein Pferd festhalten, damit es nicht vor Schreck durchging. »Papa hat sie gefunden und er bringt sie nach Hause!«

Clint zwang sich, seine Freude nicht zu zeigen, und gestattete sich lediglich ein höfliches Lächeln der Erleichterung. »Das sind ja tolle Neuigkeiten, Partner.«

»Mama hat gesagt, Sie sollen gleich ins Haus rüberkommen«, fügte der Junge hinzu, um gleich wieder davonzueilen.

Clint folgte gemesseneren Schrittes, nachdem er das Pferd abgesattelt und gestriegelt hatte. Das gab ihm genug Zeit, um seine Fassung wiederzuerlangen und die intensiven Gefühle zu bezähmen, die die Nachricht bei ihm ausgelöst hatte. O Gott, seine Gebete waren erhört worden. Becky war wohlauf und sie kam nach Hause zurück. Zumindest hoffte er, dass sie wohlauf war. Der Junge hatte das nicht ausdrücklich gesagt – nur, dass man sie gefunden hatte und dass sie nach Hause kam.

Aber sie musste einfach wohlauf sein. Sarah Tate hätte es nicht ertragen, wenn es anders wäre – und Clint ebenso. Er wollte gar nicht daran denken, wie wichtig es für ihn war, dass es ihr gut ging und dass sie ihn, Clint Masterson, nicht brauchte. Denn er würde sehr bald schon von hier weg sein. Sobald die Übeltäter gefasst waren, würde er aufbrechen und für immer aus ihrem Leben verschwinden.

Er wagte gar nicht daran zu denken, dass sie vielleicht ein Kind von ihm erwarten könnte. Das durfte einfach nicht sein. Nach allem, was sie hatte durchmachen müssen, wäre das einfach zu hart gewesen.

Sarah Tate empfing Clint mit vor Glück strahlendem Gesicht an der Tür. »Hat Sean es Ihnen schon gesagt?«, fragte sie, während sie ihn eintreten ließ.

»Ja, es ist wirklich großartig. Geht es ihr gut? Hat Mr. Tate berichtet, wo er sie gefunden hat?«

Ein kleiner Schatten lief über Sarah Tates Miene, der jedoch rasch wieder verschwand. »Nein, aber ich bin sicher, er hätte es mir gesagt, wenn etwas nicht in Ordnung wäre. Sie werden in ein paar Tagen zurück sein. Sie nehmen das Schiff von New Orleans und reisen dann zu Pferd weiter. Ich glaube nicht, dass sie sich so beeilen wie Sie und Hunter auf der Hinreise, aber trotzdem müssten sie bis Sonntag wieder zu Hause sein.«

Sonntag. Der Tag nach dem Überfall. Das passte wirklich ausgezeichnet. Vielleicht würde sich die Rückreise etwas verzögern, und Clint würde schon fort sein, wenn sie ankam. Aber nein, er musste ja bleiben, um Hunter Tate Bericht zu erstatten. Zumindest einen Tag, einen kurzen Tag, würde er die Qual ihrer Nähe ertragen müssen, ohne dass er es wagen konnte, mit ihr zu sprechen. Wie sollte er das nur ertragen?

»Stimmt irgendwas nicht, Mr. Masterson?«, fragte sie besorgt.

»Oh, nein, Ma'am«, versicherte er rasch und zwang sich zu lächeln. »Was sollte denn sein?«

»Sie haben gerade eben so ... traurig ausgesehen.«

»Ich habe nur an etwas gedacht, was ich gehört habe. Ein Gerücht über die Leute, die den Zaun durchgeschnitten haben. Es ist nichts, über das Sie sich Sorgen machen müssten«, fügte er rasch hinzu, als er den beunruhigten Ausdruck auf ihrem Gesicht sah. »Wir sind auf alles vorbereitet. Sie werden uns nicht überraschen können – egal, ob Mr. Tate hier ist oder nicht. Sie müssen sich überhaupt keine Sorgen machen. Denken Sie nur daran, dass Ihre Tochter wieder nach Hause kommt.«

Sie nickte und lächelte, wenn auch etwas verwirrt. »Ich dachte mir, Sie würden sich genauso über die Nachricht freuen wie ich.«

»Ich freue mich ja«, behauptete er. »Es ist nur ... nun, wir wissen ja immer noch nicht, warum sie überhaupt weggegangen ist. Ich denke mir, dass es vielleicht mit mir zu tun hatte«, fügte er hinzu.

Seine Antwort schien sie zufrieden zu stellen. »Wir werden es bald erfahren, schätze ich, aber ich glaube nicht, dass es irgendetwas mit Ihnen zu tun hatte.«

Clint lächelte dankbar und machte, dass er wegkam.

Becky stand an der Reling und blickte auf die dunklen Wellen hinunter, die am Schiff vorüberliefen. Zumindest sah es so aus, wenngleich sie natürlich wusste, dass es das Schiff war, das sich bewegte, und nicht das Wasser. Sie hatten fast bis Mittag warten müssen, bis die Flut einsetzte, und ihr Vater hatte sie nach all den Anstrengungen, die sie durchgemacht hatte, erst einmal ausschlafen lassen. Nun war sie hellwach, und es wurde ihr zunehmend bewusst, dass sie der Zukunft mit einigem Bangen entgegensehen musste.

Sie spürte, dass ihr Vater hinter ihr stand, doch sie vermied es, sich ihm zuzuwenden, bis er kam und ihr den Arm um die Schultern legte.

»Ist dir auch warm genug?«, fragte er.

Sie nickte wortlos, weil sie das Gefühl hatte, dass seine zärtliche Geste ihr die Kehle zuschnürte. Es war genau so, wie er es ihr versichert hatte. An ihrem Verhältnis zueinander hatte sich nichts geändert – außer, dass ihre alte Bitterkeit so gut wie verschwunden war.

Sie standen eine Weile an der Reling, ehe er plötzlich fragte: »Willst du mir sagen, warum du weggelaufen bist?«

Nein, dachte sie, zwang sich jedoch zu lächeln. »Es war dumm von mir. Ich schäme mich ein wenig.«

Doch er wollte sich damit offensichtlich nicht zufrieden geben. »War es wegen Johnny Jacobs? Hat er dir irgendwas getan?«

Becky starrte ihn entsetzt an. Ihre Wangen röteten sich vor Scham. Nie hätte sie gedacht, dass Hunter davon wusste.

Doch er lächelte gütig und tätschelte zärtlich ihre Schulter. »Dein Bruder hat uns von der Nachricht erzählt, die du Clint geschickt hast. Er konnte Clint nirgends finden, und Jacobs bot ihm an, dass er den Brief übergeben würde. Und so nahm Sean die Münze, die Jacobs ihm gab, und betrachtete seinen Auftrag als erledigt.«

»Clint hat ihn gar nicht ...?«, begann sie – so schockiert, dass sie gar nicht wusste, was sie fragen sollte.

»Er hat gar nicht gewusst, dass du ihm einen Brief geschickt hast. Wir dachten uns, dass du wohl ein Treffen mit ihm vereinbaren wolltest und dass an seiner Stelle Jacobs kam.«

»So war es auch!«, bestätigte sie. Ihre Wangen glühten

immer noch – doch nun nicht mehr vor Scham. »Er hat ... er hat gesagt, Clint könne nicht kommen und habe ihn geschickt! So als würde mich Clint an seine Freunde weiterreichen und ich ...« Ihre Stimme brach, als sie sich an das schmerzliche Erlebnis erinnerte.

Hunter drückte ihre Schulter ein wenig fester. »Hat er ... hat er dir etwas getan, Bluebird? Etwas, das ich wissen sollte?«, fragte er mit grimmiger Miene.

Becky konnte ihm nicht in die Augen sehen, doch sie vermochte ihm immerhin seine Sorge zu nehmen. »Nein! Oh, er hat es versucht, aber ich ... ich konnte ihm entwischen.«

Hunter seufzte erleichtert und drückte sie kurz an sich. »Er ist in jener Nacht von der Ranch verschwunden – und nachdem du ebenfalls fort warst, dachten wir ... nun, wir glaubten, er hätte dich irgendwohin verschleppt.«

Becky erschauderte. »Das tut mir Leid. Ich habe eine Nachricht hinterlassen.«

»Wir haben sie später auch gefunden, nachdem Clint Jacobs aufgespürt hatte und herausfand, dass der Kerl offensichtlich keine Ahnung hatte, wo du warst.«

Es war also tatsächlich so, wie sie befürchtet hatte – mittlerweile wusste alle Welt, dass sie weggelaufen war. Dergleichen verbreitete sich nun einmal rasch. »Oh, Papa, ich dachte, Clint hätte ...«

»Er ist dir gefolgt, weißt du«, sagte er, als sie zögerte. »Nachdem er herausgefunden hatte, in welche Richtung du geritten warst, folgte er dir nach Galveston. Er wäre auch nach New Orleans gekommen, wenn ich es zugelassen hätte. Er hat deine Stute zurückgekauft, damit du sie wiederhaben kannst, wenn wir dich finden.«

»O Papa!«, rief sie, überwältigt von so viel Aufmerksamkeit. Und das, nachdem sie weggelaufen war, ohne ihm auch nur ein Wort der Erklärung zu hinterlassen! Er musste sich immer wieder gefragt haben, was er angestellt hatte, dass sie von ihm weglief. Wie verzweifelt wäre sie selbst gewesen, wenn er so einfach verschwunden wäre!

Plötzlich konnte sie es kaum noch erwarten, nach Hause zu kommen. Sie würde einiges erklären und wieder gutmachen müssen. Aber Clint würde ihr bestimmt vergeben, wenn er erst die ganze Geschichte gehört hatte. Er musste ihr einfach vergeben! Und dann würden sie ganz neu anfangen können, und alles würde so sein, wie es sein sollte.

Wally Wakefield stand mit seinem Pferd da und bemühte sich, all die Männer zu erkennen, die sich für den Überfall auf die Tate-Ranch versammelten. Wie er Clint Masterson berichtet hatte, fand der Überfall Samstag Abend statt, wo die meisten von Tates Cowboys ihren freien Abend in der Stadt verbrachten. Er wünschte sich, er hätte noch Gelegenheit, Clint davon zu unterrichten, wie viele Männer an dem Überfall beteiligt sein würden.

Es waren bereits zwanzig Männer, die Wakefield gezählt hatte, und es trafen immer noch weitere an dem Treffpunkt ein, der einige Meilen südlich von Tates Zaun lag. Weit und breit war kein Tor in der Nähe, was jedoch nichts ausmachte, da sie ohnehin vorhatten, den Zaun durchzuschneiden. Es hatten sich mindestens hundert Rinder auf dieser Seite des Zaunes angesammelt, die verzweifelt nach Wasser suchten – und diese Rinder würden sie als Ablenkung von dem Überfall durch die Lücke im Zaun auf Tates Weiden treiben.

»Hier, Wakefield«, sagte einer der Männer und drückte ihm ein Stück Stoff in die Hand. Es war eine Kapuze, ein Mehlsack mit Löchern für Augen, Nase und Mund. »Hast du ein Gewehr bei dir?«

»Wozu brauche ich ein Gewehr?«, fragte Wakefield mit einem flauen Gefühl im Magen. »Ich dachte, wir würden die Stiere schlachten, damit wir nicht durch Schüsse auf uns aufmerksam machen.«

»Wir werden sie auch schlachten«, erwiderte der

Mann, in dem Wakefield nun Johnny Jacobs erkannte. »Diese reinrassigen Bullen sind so zahm, dass man direkt auf sie zugehen und sie abschlachten kann, ohne dass sie einen Mucks machen. Aber du brauchst ein Gewehr, falls überraschend irgendwelche Zweibeiner auftauchen. He, Wakefield braucht ein Gewehr!«, rief er einem der Männer zu.

Wakefield spürte, wie ihm die Hitze ins Gesicht stieg, und war dankbar, dass die Dunkelheit seine Gefühle verbarg. Großer Gott, auf was hatte er sich da nur eingelassen? Wenn Nellie wüsste ... Nun, es brachte nichts, sich darüber Gedanken zu machen. Nellie hatte es ohnehin sehr ungern gesehen, dass er noch einmal wegging. Sie hatte wohl gespürt, dass er sich in Gefahr begab, und sich auch durch seine Beteuerungen nicht vom Gegenteil überzeugen lassen.

Schließlich hatte er ihr in Erinnerung rufen müssen, dass er mit Clint verwandt war, worauf sie selbst ihn hingewiesen hatte. Daraufhin hatte sie ihn gehen lassen – doch nun war Wakefield selbst äußerst beunruhigt. Wenn die Männer Gewehre mitnahmen und so viele von ihnen an dem Überfall teilnahmen, dann ging es nicht bloß darum, Tate einen Denkzettel zu verpassen oder ihm die wirtschaftliche Grundlage zu entziehen, indem man seine wertvollen Zuchtbullen tötete. An dem aufgeregten Gemurmel der Männer ringsum erkannte er, dass sie sich auf einen Kampf vorbereiteten. Wenn so viele bewaffnete Männer aufgeboten wurden, würde es wohl auch dazu kommen.

»Bist du sicher, dass du uns zu den Stieren führen kannst, Johnny?«, fragte einer der Männer in scharfem Ton. »Es ist stockdunkel heute Nacht.«

»Ich kenne jeden Stein auf Tates Ranch. Ich würde die Stiere mit verbundenen Augen finden«, prahlte Jacobs.

»Das werden wir ja sehen«, warf ein anderer ein.

»Spar dir deinen Atem für den Kampf«, erwiderte Jacobs.

»Ich dachte, es gibt keinen Kampf«, warf Wakefield ein.

»Etwa Schiss?«, fragte eine Stimme aus der Dunkelheit, durch die Kapuze gedämpft, sodass Wakefield nicht erkannte, wer es war.

»Er will den Niggerfreunden eben nicht wehtun«, warf ein anderer ein. Wally war überzeugt, dass es Pete Vance war. Der Mann hatte nie ein Hehl daraus gemacht, dass er Wakefield und seine Familie verachtete.

Wallys Gesicht rötete sich vor Wut, und seine Finger schlossen sich fester um das Gewehr, das er in der Hand hielt. *Steck das lieber weg, bevor du noch eine Dummheit machst*, sagte er sich und steckte das Gewehr in eine Schlaufe am Sattel.

»Alles bereit?«, rief einer der Männer. Wakefield glaubte, die Stimme von Abner Dougherty zu erkennen. Als es ringsum still wurde, wandte er sich an die versammelte Gruppe. »Also, wir machen es so, Jungs: Wir reiten zum Zaun, dann schneiden ein paar von uns den Stacheldraht an mehreren Stellen durch, damit das Vieh durch kann. Anschließend treiben wir die Rinder auf Tates Weiden und reiten hinter ihnen her. Die Rinder werden direkt zum Wasser laufen, was uns nur recht sein kann. Wir reiten währenddessen direkt zu dem Pferch mit den Stieren. Von Johnny wissen wir, dass der Pferch von drei Mann bewacht wird. Mit denen sollten wir keine Probleme haben – selbst wenn sie nicht sofort Reißaus nehmen, sobald sie uns kommen hören.«

Ringsum brach Gelächter aus, in das Wakefield nicht einstimmen konnte.

»Aber was ist, wenn sie nicht weglaufen?«, fragte einer der Männer, als das Gelächter verebbte.

»Dann legen wir sie um. Wir werden sie jedenfalls nicht zuerst schießen lassen, oder?«

Keiner widersprach ihm, wenngleich es Wakefield einige Überwindung kostete, still zu bleiben.

»Schießt aber nur, wenn es wirklich sein muss. Wir

wollen keine unnötige Aufmerksamkeit auf uns ziehen. Wahrscheinlich würde ohnehin niemand rechtzeitig da sein, bevor wir unsere Arbeit erledigt haben, aber wir wollen trotzdem kein unnötiges Risiko eingehen. Alles klar?«

Von allen Seiten kam zustimmendes Gemurmel.

»Also dann, brechen wir auf.«

Das Leder der Sättel knarrte und Pferdegeschirr klirrte, als die Männer aufstiegen. Dann ritten die Ersten los und der Rest folgte hinterher. Wakefield wartete und reihte sich ganz am Ende der Schar ein. Er würde auf eine Chance warten, sich von der Gruppe abzusetzen und Clint zu warnen.

Es brannte kein Licht mehr im Haus, als Becky und Hunter ankamen.

»Oje, Mama ist schon zu Bett gegangen«, sagte sie enttäuscht und dachte sich, dass sie mit ihrer Rückkehr bis zum nächsten Morgen hätten warten sollen, wie ihr Vater es vorgeschlagen hatte.

»Es wird ihr nichts ausmachen, dass wir sie wecken«, versicherte ihr Hunter mit fröhlicher Stimme.

»Wer ist da?«, ertönte plötzlich eine Stimme aus der Dunkelheit, die Becky und Hunter hochschrecken ließ.

»Wer ist *da*?«, rief Hunter zurück.

»Mr. Tate, sind Sie das?«, meldete sich die Stimme erneut. »Wir haben Sie nicht mehr heute zurück erwartet!«

Eine Gestalt zu Pferd tauchte aus der Dunkelheit auf und Becky erkannte in dem Mann einen der Cowboys ihres Vaters.

»Shorty?«, fragte Hunter. »Was gibt's denn?«

»Äh ... Mr. Masterson hat mir gesagt, dass ich heute Nacht beim Haus Wache halten soll«, antwortete Shorty ausweichend.

»Gibt es etwa Ärger?«, fragte Hunter beunruhigt.

»Nein, noch nicht«, antwortete Shorty, was bei Hunter und Becky noch größere Besorgnis hervorrief.

»Ich bringe dich lieber gleich ins Haus«, sagte Hunter zu ihr. »Dann sehe ich nach, was da los ist.«

»Miss Becky, sind Sie das?«, fragte Shorty.

»Ja«, antwortete Becky widerstrebend. Sie sah all den neugierigen Fragen über ihr dummes Davonlaufen nicht gerade mit Freude entgegen.

»Wir sind wirklich froh, dass Sie zurück sind, Miss. Ich schätze, Ihre Mama wird überglücklich sein.«

»Äh ... danke«, brachte Becky hervor. Nun, Shorty kannte sie schon sehr lange. Es war zu erwarten, dass er sie so nett empfangen würde.

Ihr Vater trieb sein Pferd an und Becky folgte ihm mit einem neuen Gefühl der Beunruhigung. Bei all der Aufregung über ihre Rückkehr hatte sie ganz die Sache mit dem Zaun vergessen. Sie hatte noch nie gehört, dass die Tates Wachen beim Haus aufgestellt hätten. Was hatte das nur zu bedeuten?

Doch als sie endlich den Hof erreichten, war Becky völlig von dem Gefühl durchdrungen, endlich nach Hause zurückzukehren. Da waren die vertrauten Umrisse der Ranch in der Dunkelheit, die Essensdüfte, die noch über dem Hof hingen, und schließlich der Pferch, in den sie ihre erschöpften Pferde brachten, ehe sie zum Haus gingen.

»Es kann nichts Schlimmes sein«, sagte Hunter, ohne selbst an seine Worte zu glauben. »Deine Mutter wäre nicht zu Bett gegangen, wenn sie irgendeine Gefahr sehen würde.«

»Ja, und auch Sean wäre sicher noch auf«, stimmte Becky zu und bemühte sich, seine zuversichtliche Haltung zu teilen, obwohl sie in Wirklichkeit ziemlich beunruhigt war.

Es war ungewöhnlich still im Haus, als sie eintraten, doch Becky sagte sich, dass es ihr nur wegen ihres eigenen mulmigen Gefühls so vorkam. Als Hunter ihre Reisetasche abstellte, klang es wie Donner in der Stille.

»Warte hier«, sagte Hunter im Flüsterton, so als spüre

auch er die eigenartige Stimmung. »Ich wecke deine Mutter.«

Seine Stiefel verursachten kaum ein Geräusch auf dem Teppich, als er zum Schlafzimmer eilte. Becky hatte das Gefühl, dass er auf Zehenspitzen ging – so als wollte er es vermeiden, seine Frau zu wecken, obwohl er doch genau das vorhatte. Während sie noch darüber nachdachte, wie dumm ihr Gedanke war, überhörte sie beinahe den gedämpften Freudenschrei.

Doch im nächsten Augenblick kam Sarah schon mit wallendem Nachthemd auf sie zugelaufen. Sie drückte ihre Tochter fest an sich und Becky erwiderte die Umarmung mit gleicher Freude.

»Oh, mein Liebling, ist alles in Ordnung? Was ist denn passiert? Wo warst du bloß? Bist du hungrig? Hast du heute überhaupt schon etwas gegessen? Warum bist du denn so spät noch auf?«

»So lass das Mädchen doch mal antworten«, warf Hunter lachend ein – und im nächsten Augenblick lachten sie alle drei, während Sarah ihre Tochter immer wieder aufs Neue in die Arme schloss, so als könnte sie es immer noch nicht glauben, dass das Ganze kein Traum war.

»Zieh dir lieber was an, Sarah, sonst erkältest du dich noch,«, riet ihr Hunter. »Ich zünde schon mal die Lampe im Wohnzimmer an, damit ihr beide euch unterhalten könnt.«

»Ich bring nur schnell die Tasche in mein Zimmer«, warf Becky ein und genoss das Gefühl, wieder an dem Ort zu sein, wo sie fast ihr gesamtes bisheriges Leben verbracht hatte.

Sie hob die Reisetasche auf, die sie so überhastet gepackt hatte, um auf ihre, wie sie gedacht hatte, letzte Reise aufzubrechen. Erst jetzt wurde ihr bewusst, dass sie nicht erwartet hatte, dieses Haus jemals wieder zu sehen – und schon gar nicht, dass eine Rückkehr sie mit einem solchen Glücksgefühl erfüllen könnte.

Ihre Mutter nahm ihren Arm und sie gingen gemeinsam zu ihrem Zimmer – so als hätte Sarah Angst, sie auch nur einen Augenblick allein zu lassen. »Ich kann es immer noch nicht glauben, dass du wieder da bist«, sagte sie.

»Ich auch nicht«, gestand Becky.

»Schscht, wir wollen doch Sean nicht wecken«, sagte ihre Mutter, als sie an seinem Zimmer vorübergingen. Sobald sie Beckys Zimmer erreicht hatten, wandte sich ihre Mutter ihr zu und hielt sie an beiden Armen fest. »Ist alles in Ordnung, Liebes? Ich meine, wirklich in Ordnung?«

»Ja, Mama. Es geht mir gut. Ein wenig müde bin ich und wund vom Reiten – aber wenn ich ein heißes Bad nehme und eine Nacht in meinem eigenen Bett schlafen kann, geht es mir sicher wieder blendend.«

»Wir haben uns solche Sorgen gemacht. Und auch Mr. Masterson war ganz außer sich«, fügte sie hinzu.

»Ich ... ich dachte, dass er ... Nun, das ist eine lange Geschichte.«

»Ich weiß, Liebling. Komm mit ins Wohnzimmer. Du kannst mir ruhig alles erzählen.«

Hunter hatte mittlerweile die Lampe im Wohnzimmer entzündet, und im Licht, das in die Diele fiel, konnte Becky das Gesicht ihrer Mutter nun deutlicher erkennen. Becky registrierte mit Staunen, wie vertraut und doch fremd ihr dieses Gesicht erschien. Sie hatte das Gefühl, als hätte sie ihre Mutter nie wirklich angesehen – zumindest nicht so, wie eine Frau die andere ansah.

Hunter hatte gesagt, dass sie sehr schön gewesen war, als sie einander kennen gelernt hatten – und das war sie noch immer. Er hatte gesagt, dass er sie gewollt hatte – und jetzt, wo Becky wusste, wie es war, jemanden zu wollen, konnte sie auch das sehr gut verstehen. All die Jahre hatte sie ihr Schicksal verflucht, ein Halbblut zum Vater zu haben – und jetzt stellte sich auf einmal heraus, dass alles ganz anders war.

»Papa hat mir davon erzählt, wie ihr beide euch kennen gelernt habt«, sagte sie.

Sarah blickte sie verwirrt an.

»Er hat mir gesagt, dass er nicht mein richtiger Vater ist«, fuhr Becky fort und sah in das bestürzte Gesicht ihrer Mutter.

»Becky, ich …«

»Ist schon in Ordnung«, versicherte Becky ihr rasch. »Ich bin ja froh! Er hätte es mir längst sagen sollen. Ich wäre dann gewiss nicht so … ich weiß nicht, so *undankbar* gewesen.«

»Undankbar?«, fragte Sarah, nun vollends verwirrt.

»Das ist auch eine lange Geschichte«, antwortete Becky lächelnd. »Vielleicht sollten wir uns eine Kanne Kaffee machen.«

Ihre Mutter nickte, doch bevor sie antworten konnte, kam Hunter aus dem Wohnzimmer gestürmt.

»Waren das Schüsse, was ich da gehört habe?«, fragte er.

12

Wie versprochen, führte Johnny Jacobs die Männer direkt zu den Pferchen, wo die Stiere untergebracht waren. Als die Tiere die zwei Dutzend Reiter näher kommen hörten, wurden sie unruhig und begannen auf dem mit Stacheldraht umzäunten Gelände zu schnauben und zu stampfen.

»Wo sind die Wachen?«, fragte Dougherty, da niemand kam, um sie aufzuhalten.

»Sie müssen weggelaufen sein«, antwortete Jacobs und nahm das Seil, das am Sattelknauf befestigt war. »Ich nehme den ersten Stier.«

Bevor jemand etwas einwenden konnte, war Jacobs zum Zaun geritten und hatte den nächsten Stier mit dem

Lasso eingefangen. Das Tier wehrte sich, doch Jacobs' Pferd war ein gut ausgebildetes Cowboy-Pony, sodass er den Bullen nach kurzer Zeit am Eckpfosten des Zaunes festgebunden hatte.

»Ich habe gedacht, die Stiere wären so zahm, dass sie einem aus der Hand fressen«, meinte einer der Männer bissig. »Warum musst du ihn dann festbinden?«

»Sie sind es nicht gewohnt, dass man sich ihnen zu Fuß nähert«, erklärte Jacobs und schwang sich aus dem Sattel. »Und diese Sache kann ich nicht zu Pferd erledigen.«

Er ging zum Tor und stieß es auf. Der Stier im benachbarten Pferch protestierte genauso lautstark wie der, der soeben festgebunden worden war, doch Jacobs achtete nicht auf ihn, sondern näherte sich rasch dem riesigen Tier, das sich gegen seine Fesseln wehrte. Er zog das Messer hervor, das er eigens für diesen Zweck mitgebracht hatte, und stieß es dem Tier in den Hals.

Das Brüllen des Stiers wurde zu einem erstickten Gurgeln, als das warme Blut über Jacobs' Hände floss. Jacobs sprang rasch zur Seite, um dem Blutschwall und dem Stier in seinem Todeskampf auszuweichen, und wartete geduldig, bis das Tier zusammenbrach. Der Kopf war immer noch am Pfosten festgebunden, während der restliche Körper tot zusammensackte.

Doch irgendetwas stimmte nicht. Jacobs hatte es zunächst nicht bemerkt, weil er es so eilig hatte, den ersten Stier zu töten.

»Zündet schnell eine Fackel an!«, rief er.

»Wir haben doch gesagt, keine Lichter!«, erwiderte Dougherty. »Wenn wir Fackeln haben, können sie uns schon von weitem sehen!«

»Ich brauch trotzdem Licht. Schnell! Irgendwas ist hier nicht in Ordnung.«

»Aber der Stier ist doch tot, oder?«, fragte einer der Männer. »Alles andere ist doch egal.«

»Wenn ich's dir sage – ich brauche Licht!«

Schließlich holte jemand eine Fackel hervor und entzündete sie mit einem Streichholz. Der Mann ritt mit der Fackel in der Hand zu Jacobs hinüber, und im nächsten Augenblick wurde im Lichtschein offenbar, dass Jacobs sich nicht getäuscht hatte.

Er stieß einen Fluch hervor, und die anderen taten es ihm gleich, als sie erkannten, dass es schon ein altes Tier war, das da tot in seinem Blut lag, und nicht einer der teuren Hereford-Stiere.

»Der hat kein weißes Gesicht!«, rief einer der Männer unnötigerweise.

»Was ist mit den anderen?«, rief Dougherty und der Mann mit der Fackel hob das Licht etwas höher. Im nächsten Augenblick wurde offenbar, dass auch in den anderen Pferchen nur Vieh von vergleichsweise minderer Qualität stand. Die Hereford-Stiere waren nirgends zu sehen.

»Werft die Waffen weg – dann passiert euch nichts!«, rief eine Stimme aus der Dunkelheit.

»Mach die Fackel aus!«, schrie Dougherty und riss sein Pferd in die Richtung herum, aus der die Stimme kam.

Die Fackel landete auf dem Boden, ohne jedoch zu erlöschen, während die Reiter verwirrt durcheinander ritten.

»Hier spricht Masterson von den Texas Rangers. Wir haben euch umstellt. Wenn ihr euch ergebt ...«

Doch Dougherty feuerte in Richtung der Stimme, um zu zeigen, dass jede Verhandlung ausgeschlossen war. Im nächsten Augenblick erzitterte die Nacht von den Gewehrschüssen, als die Angreifer in die Dunkelheit feuerten, während Tates Männer die Reiter in ein tödliches Kreuzfeuer nahmen.

Männer und Pferde schrien auf, als sie getroffen zu Boden stürzten. Manche der Reiter versuchten zu fliehen, konnten jedoch dem tödlichen Geschosshagel der Verteidiger nicht entkommen. Das Feuergefecht dauerte noch mehrere Minuten an, bis keiner der Reiter mehr im Sattel war.

»Hört auf zu schießen!«, rief Dougherty in dem verzweifelten Versuch, sich trotz der krachenden Gewehre Gehör zu verschaffen.

Schließlich ertönte auch Mastersons Stimme: »Feuer einstellen!«

Nach und nach verebbte das Gewehrfeuer, bis nur noch die Stimmen der Männer und die Schreie der verwundeten Tiere die Nacht erfüllten.

»Wir geben auf!«, rief jemand in die Dunkelheit hinein. »Nicht schießen!«

»Vorsicht, Männer«, warnte Clint seine Leute und gab ihnen das Signal, sich den Angreifern zu nähern.

Die meisten der Pferde, die nicht verwundet worden waren, hatten sich in dem Durcheinander aus dem Staub gemacht, während andere tot oder sterbend am Boden lagen. Die Männer, die noch auf den Beinen standen, legten die Waffen nieder und hoben die Hände. Im schwächer werdenden Licht der Fackel waren sie nur schwer zu erkennen.

»Wenn einer schießt, töten wir euch alle«, warnte Clint und führte seine Leute in einem immer enger werdenden Kreis auf die Angreifer zu. Sogar die Männer, die verwundet am Boden lagen, hoben ihre leeren Hände, um anzuzeigen, dass sie aufgaben.

»Das geht zu leicht«, meinte Wally Wakefield argwöhnisch, während er neben Clint herging, eine Pistole in jeder Hand und die Augen auf die Angreifer gerichtet. »Das gefällt mir gar nicht.«

Clint musste ihm Recht geben. Sie hatten den Feind allzu schnell überwältigt. Wenn er sich nicht irrte, war keiner von Tates Männern verwundet worden. Die Angreifer, die von ihren verängstigten Pferden aus in die Dunkelheit hineinfeuern mussten, hatten keine Chance, jemanden zu treffen. Clints Leute waren in jeder Hinsicht im Vorteil gewesen.

Was Clint jedoch besonders störte, war, dass er Johnny Jacobs nirgends sah – den Mann, um den es ihm vor allem ging. Von den drei Männern, die Becky angegriffen hatten, lag Lynch tot am Boden, die Brust mit Blut überströmt, während Scott Young mit schmerzverzerrtem Gesicht dasaß, die Schulter von einer Kugel zertrümmert. Zwei der Männer hatte er erwischt – doch wenn Jacobs fliehen konnte, dann war das Ganze dennoch ein Fehlschlag.

»Nehmt das verdammte Pferd von mir runter!«, rief Dougherty. Der beleibte Mann lag bewegungsunfähig unter seinem gestürzten Ross.

»Wo ist Jacobs?«, fragte Clint, während er sich nach dem Mann umblickte, der allem Anschein nach entkommen war.

»Woher, zum Teufel, soll ich das wissen?«, antwortete Dougherty und versuchte vergeblich, sich von dem reglos daliegenden Tier zu befreien. »Jacobs, wo bist du?«

Doch niemand antwortete auf den Zuruf. Es waren nur die klagenden Stimmen der Verwundeten zu hören, die verlangten, dass man sich um sie kümmerte.

»Er muss wohl tot sein«, stellte Owen fest. Und tatsächlich lagen einige Männer regungslos am Boden – doch Clint konnte Jacobs nicht unter ihnen finden, auch nicht, als seine Männer mehrere Fackeln entzündeten.

»Schaut nur, da!«, rief jemand. »Er versucht zu fliehen!«

Als Clint aufblickte, sah er, wie ein Mann sich in den Sattel eines der Pferde schwang, die noch standen. Das Tier bäumte sich erschrocken auf, doch der Reiter zwang es nieder und gab ihm die Sporen, worauf es wie der Blitz davonjagte.

Aber Clint hatte ihn gesehen und auch erkannt – und im nächsten Augenblick stürmte er auf eines der Pferde zu. Sein eigenes stand in einiger Entfernung bei den Pferden von Tates Männern; Jacobs würde längst über alle Berge sein, bis Clint bei seinem Pferd war.

Das Tier wieherte laut vor Angst, da es sich in seinen Zügeln verfangen hatte. Rasch löste Clint die Zügel von den Beinen des Tieres und schwang sich in den Sattel, die Pistole immer noch in der Hand. Er gab dem Pferd die Sporen und hielt sich fest, als das Tier so jäh lospreschte, dass es seinen Reiter beinahe abgeworfen hätte. Doch Clint hielt sich im Sattel und zwang das Pferd in die Richtung, die Jacobs eingeschlagen hatte. Der Bastard durfte einfach nicht entkommen – und wenn Clint um die halbe Erde reiten musste, um ihn zu erwischen.

Der Boden rauschte dunkel und verschwommen unter ihm vorbei, und der böige Wind, der ihm ins Gesicht wehte, trieb ihm Tränen in die Augen und zerrte an seinen Kleidern und seinem Hut. Er konnte Jacobs nicht sehen, doch er hörte das ferne Donnern der Hufe seines Pferdes.

»Gib auf!«, rief er ihm nach, doch der Wind trug seine Worte irgendwohin in die Nacht hinaus. Wahrscheinlich hatte Jacobs ihn nicht einmal gehört.

Und in Wirklichkeit wollte Clint auch gar nicht, dass der Mann seine Aufforderung gehört hatte und ihr nachkam. Clint wollte, dass er flüchtete und kämpfte – er wollte Jacobs fangen und ihn seine Fäuste spüren lassen und sein Blut fließen sehen. Er wollte dafür sorgen, dass der Mann nie wieder eine Frau anfassen konnte, wie er Becky angefasst hatte, wovon Clint mittlerweile überzeugt war. Warum sonst wäre sie so überstürzt weggelaufen?

Und dann erblickte er ihn. Er sah ihn als schwachen Schatten in der Dunkelheit. Clint hob die Pistole und feuerte. Die Gestalt vor ihm duckte sich instinktiv, doch das Pferd lief mit unvermindertem Tempo weiter.

Das Ziel war unmöglich zu treffen, wie Clint genau wusste – und dennoch feuerte er erneut. Er musste irgendwie versuchen, den Mann aufzuhalten.

Und dann spürte er plötzlich, wie der Lauf seines Pferdes ungleichmäßiger wurde. Das Tier musste im Kampf verletzt worden sein. Es war sichtlich am Ende seiner Kräfte, wie sein keuchender Atem bewies.

Verzweifelt zielte Clint erneut und feuerte in die Nacht hinein – immer wieder und wieder, bis keine Patrone mehr in der Kammer war. Einen Augenblick lang war ihm, als hätte er die Gestalt vor ihm getroffen – doch dann stürzte er selbst in die Dunkelheit, als das Tier unter ihm zusammensackte. Clint prallte hart auf dem Boden auf und im nächsten Augenblick fiel das sterbende Tier auf ihn. Es klang für Clint wie ein Gewehrschuss, als sein Bein brach, und der jähe Schmerz ließ ihn in die dunklen Tiefen der Bewusstlosigkeit stürzen.

Noch nie in ihrem Leben hatte Becky solche Angst gehabt wie in den Minuten, in denen sie darauf wartete, dass Clint zurückgebracht wurde. Ihr Vater war sofort aufgebrochen, als er die Schüsse gehört hatte, und wenig später kamen einige Männer zur Ranch zurück, um einen Wagen zu holen.

Clint hatte sich offensichtlich das Bein gebrochen, wenngleich niemand sagen konnte, wie es passiert war oder wie schwer die Verletzung war. Doch Becky sah an ihren Gesichtern, dass es ihn böse erwischt haben musste.

»Bringt ihn hierher«, trug sie den Männern auf und wandte sich dann ihrer Mutter zu, die völlig verblüfft darüber war, dass einige ihrer Nachbarn sich offensichtlich eine Schießerei mit den Männern der Ranch geliefert hatten. »Wir legen ihn in mein Zimmer«, sagte sie und nahm ihre Mutter am Arm, um mit ihr ins Haus zurückzukehren. »Wir müssen alles vorbereiten.«

Sie waren längst soweit, als Becky den Wagen in den Hof einfahren hörte. In dem schwachen Licht, das vom Haus aus auf den Hof fiel, konnte sie erkennen, dass Clint nicht der Einzige war, den sie zurückbrachten. Mehrere Männer saßen vornüber gebeugt hinten im Wagen, so als wären sie verwundet. Es waren viele bekannte Gesichter darunter, doch Clint konnte sie unter ihnen nicht erkennen.

Als der Wagen beim Haus ankam, rannte sie hinaus und öffnete die Wagenklappe, noch ehe das Gefährt ganz zum Stillstand gekommen war.

»Clint, wo bist du?«, rief sie und suchte ihn verzweifelt zwischen all den Männern, die auf dem Wagen zusammengepfercht waren.

»Er kann Sie nicht hören, Ma'am«, sagte jemand, und Becky glaubte, ihr Herz bliebe stehen.

»Ich glaube, er ist vor Schmerz ohnmächtig geworden«, erläuterte ein anderer.

»Bringt ihn ins Haus!«, rief ihnen Hunter zu. Er war dem Wagen zu Pferd gefolgt, so wie auch einige andere Männer, die, wie Becky jetzt erkannte, die Verwundeten bewachten, die allesamt zu den Angreifern gehörten.

Doch es kümmerte sie im Augenblick überhaupt nicht, wer die Männer waren. Es ging ihr einzig und allein darum, Clint so schnell wie möglich ins Haus zu schaffen, damit sie sich um ihn kümmern konnte.

»Entschuldigen Sie, Miss Becky«, sagte jemand, und als sie aufblickte, erkannte sie Wallace Wakefield. Er und einige andere Männer waren gekommen, um Clint ins Haus zu tragen. Jetzt erst sah sie Clint, der vollkommen regungslos auf einer Seite des Wagens lag. Die anderen Männer saßen zusammengekauert, um Platz für ihn zu schaffen, und sie rückten noch ein wenig weiter von ihm weg, als wollten sie ihn nicht berühren.

Und Becky sah jetzt auch, warum.

»Ihr habt doch gesagt, sein Bein ist *gebrochen*!«, rief sie bestürzt, als sie sein blutüberströmtes Schienbein sah, das offensichtlich die Haut durchstoßen hatte und nun frei lag, nachdem jemand Hose und Stiefel weggeschnitten hatte.

»Es *ist* gebrochen, Miss«, erwiderte Wakefield mit grimmiger Miene. »Das Pferd ist auf ihn gestürzt. Der Knochen hat die Haut durchstoßen und …«

Becky spürte, wie alles Blut aus ihrem Kopf wich und die Knie unter ihr nachgaben – doch da waren kräftige Hände, die sie festhielten und beiseite zogen, während die Männer ihre Arbeit taten.

»Das kommt schon wieder in Ordnung, Bluebird«, flüsterte ihr Vater ihr zu, während er sie festhielt. Doch sie wusste, dass er das nur sagte, damit sie nicht hysterisch wurde.

Aber sie hatte ohnehin nicht vor, hysterisch zu werden. Clint brauchte sie, deshalb musste sie jetzt stark sein. Sie holte tief Luft und zwang sich, aufrecht zu stehen.

»Alles in Ordnung, Papa«, versicherte sie ihm. »Du kannst mich jetzt loslassen. Ich muss mich um Clint kümmern.«

»Bringt ihn hierher«, wies Sarah die Männer an und führte sie ins Haus. Hunter ließ Becky los und sie folgte ihnen auf leicht zittrigen Beinen hinein.

Die Männer trugen ihn auf einer Decke. Sie waren zu viert – und jeder von ihnen hielt die Decke an einer Ecke fest, während sie den Verletzten vorsichtig im Gleichgewicht hielten. Als Becky erneut einen Blick auf sein gebrochenes Schienbein warf, wurde ihr klar, warum die Männer so behutsam zu Werke gingen: die kleinste Bewegung musste ihm ungeheure Schmerzen bereiten. Zum Glück schien er durch seine Bewusstlosigkeit im Augenblick nichts zu spüren.

Als sie ihn aufs Bett gelegt hatten, traten die vier Männer etwas verlegen zurück, so als wüssten sie nicht recht, was sie noch tun sollten.

»Danke, Männer, wir schaffen es jetzt allein«, teilte Hunter ihnen mit und komplimentierte sie hinaus.

»Hat schon jemand nach dem Doktor geschickt?«, fragte Sarah.

»Ja, er müsste gleich hier sein«, antwortete Hunter, den Blick auf den Mann auf dem Bett gerichtet. »Ich werde dafür sorgen, dass er Clint zuerst behandelt und danach die anderen da draußen.«

»Ist sonst noch jemand schwer verletzt?«, erkundigte sich Sarah.

»Drei sind tot«, antwortete er grimmig. »Pete Vance ist einer von ihnen.«

Sarah stieß einen erschrockenen Laut aus, und Becky dachte an die Familie, die den Vater verloren hatte. Doch dann fiel ihr ein, wie gemein Carrie und ihre Mutter zu ihr gewesen waren, als sie ihnen von ihrem Vorhaben mit der Schule erzählt hatte, und sie musste auch daran denken, dass Mr. Vance ihre Familie hatte ruinieren wollen – also alles in allem wenig Anlass, um großes Mitleid zu empfinden, wie Becky bewusst wurde.

»Aber die Verwundeten sind nicht in unmittelbarer Gefahr«, fuhr Hunter fort. »Ich habe Gus gesagt, dass er sie fürs Erste in der Schlafbaracke unterbringen soll. Der Sheriff wird auch bald hier sein und sich um sie kümmern.«

Becky starrte auf Clint hinunter und hörte ihren Eltern kaum zu. Er sah aus wie tot, wie er so regungslos und bleich dalag. Nur das Blut, das immer noch aus der schrecklichen Wunde an seinem Bein troff, ließ erkennen, dass noch Leben in ihm war. Becky hätte am liebsten geweint, doch sie konnte sich den Luxus der Tränen jetzt nicht leisten.

»Ich schätze, wir sollten zuerst einmal seine Kleider entfernen«, sagte Sarah, »damit er es so bequem wie möglich hat.«

Becky nickte rasch. »Was soll ich tun?«

»Du solltest hinausgehen«, sagte ihre Mutter sanft, aber bestimmt – und Becky errötete, als sie daran dachte, wie unnötig die Rücksicht ihrer Mutter auf ihr jungfräuliches Schamgefühl war, was sie im Augenblick jedoch lieber für sich behielt. »Ich rufe dich, wenn wir fertig sind«, versprach ihre Mutter.

Nur sehr widerstrebend ließ Becky Clint mit ihren Eltern allein. Sie schloss die Tür ganz leise hinter sich, so als könnte schon ein zu lautes Geräusch ihm wehtun.

»Was ist denn hier los?«, fragte Sean, der verschlafen aus seinem Zimmer kam. Er blinzelte, als er ins helle Licht trat und zu seiner Schwester aufblickte. »Warum sind denn alle auf, mitten in der Nacht?« Da weiteten sich seine Augen. »Becky, du bist wieder zu Hause!«

Sie lächelte unwillkürlich. »Stimmt, Kleiner. Hast du mich etwa vermisst?«

Er sagte nichts, doch die Freude in seinem Gesicht war Antwort genug. Er lief auf sie zu und schlang seine Arme um ihre Taille. Becky vermutete, dass er noch nicht richtig wach war – andernfalls hätte er sich wohl kaum dazu herabgelassen, sie zu umarmen. Doch sie ergriff die Gelegenheit und drückte ihn fest an sich.

»Ich habe dich vermisst, Kleiner«, sagte sie, »mehr als ich es selbst für möglich gehalten hätte.«

Er wich zurück und blickte mit ernster Miene zu ihr auf. »Ich wollte Johnny den Brief nicht geben! Aber er hat versprochen, dass er ihn Mr. Masterson bringt!«

»Ich weiß«, versicherte sie ihm und strich ihm über sein vom Schlaf zerzaustes Haar. »Es ist ja in Ordnung. Deswegen bin ich auch nicht weggelaufen«, log sie.

»Nicht?«, fragte er sichtlich erleichtert.

»Nein, Kleiner, also brauchst du dir gar nicht erst einzubilden, dass du mich vertrieben hast. So wichtig bist du auch wieder nicht«, fügte sie mit einem schelmischen Lächeln hinzu.

Doch er war so glücklich, dass sie wieder zu Hause war, dass er auf den kleinen Seitenhieb gar nicht einging. Stattdessen umarmte er sie erneut.

Von draußen hörten sie die Stimmen von Männern, die sich unterhielten. »Warum sind denn heute Nacht alle auf?«, fragte Sean und löste sich von ihr, um zur Haustür zu blicken, die offen stand. »Und warum steht da der Wagen im Hof und …«

»Es hat heute Nacht einen Kampf gegeben«, teilte sie ihm mit und erzählte ihm rasch das Wenige, das sie selbst davon mitbekommen hatte.

»Mann! Kann ich mir die Gefangenen ansehen?«, fragte er aufgeregt.

Becky nickte. Sie hatte ihm noch nichts über Clint gesagt. Sie brachte es einfach nicht über sich und dachte sich, dass es ihm jemand anders erzählen sollte, während sie zusah, wie die kleine Gestalt im Nachthemd nach draußen flitzte.

In diesem Augenblick hörte sie Clint aufstöhnen und reagierte, ohne zu zögern.

Sie stieß die Tür auf und erfasste die Szene auf einen Blick. Seine Mutter stand über ihn gebeugt, die Schere in der Hand, und schnitt ihm die Kleider vom Leib, während ihr Vater daneben stand, um ihr zu helfen.

»Was machst du denn mit ihm?«, rief Becky, während sie zum Bett lief und ihre Mutter beiseite schob. »Siehst du denn nicht, dass du ihm wehtust?«

Sie riss ihrer Mutter die Schere aus der Hand und beugte sich über Clint. Sein Gesicht war schweißüberströmt, doch seine Augen waren immer noch geschlossen.

»Ist ja gut, Liebling«, redete sie ihm leise zu. »Ich bin ja bei dir. Ich kümmere mich um dich.«

Ihre Mutter hatte ihm bereits das Hemd entfernt und war gerade mit seinem Hosenbein beschäftigt gewesen, als Clints Stöhnen Becky gerufen hatte. Ganz sachte fuhr sie mit der Schere unter den Stoff und begann zu schneiden. Fest entschlossen, nicht in Ohnmacht zu fallen, vermied sie es, die Wunde anzusehen, die, wie sie durch einen kurzen Blick erkennen konnte, noch schlimmer aussah, als sie in Erinnerung hatte. Das Ende des gebrochenen Schienbeins ragte aus der ausgefransten Wunde hervor und das Fleisch darum herum begann sich bereits dunkel zu verfärben.

Sie raunte ihm beruhigende Worte zu, während sie den Stoff entfernte, und er schien sich etwas zu entspannen, als er ihre Stimme hörte – vielleicht bildete sie sich das aber auch nur ein. Sie war nicht überrascht, als sie sah, dass er keine Unterhose trug – schließlich hatte er auch damals, als sie sich geliebt hatten, keine getragen. Sie zuckte nicht einmal mit der Wimper, als ihr Vater ihr half, die zerschnittene Hose unter ihm wegzuziehen, sodass er schließlich nackt dalag. Es fiel ihr überhaupt erst auf, dass er nackt war, als ihre Mutter hastig ein Tuch über seine Lenden breitete.

Als sie aufblickte, bemerkte sie, dass ihre Eltern sie anstarrten, als würden sie sie zum ersten Mal sehen – und plötzlich wurde ihr bewusst, dass sie sich nicht wie eine echte Jungfrau benahm.

»Ja«, sagte sie trotzig. »Clint und ich sind mehr als nur Freunde, und ihr könnt es gern wissen, weil ich mich nämlich um ihn kümmern werde, so wie du dich um Papa kümmern würdest, wenn er verletzt wäre«, fügte sie, an ihre Mutter gewandt, hinzu.

»Du warst schon mit ihm zusammen! Erwartest du etwa ein Kind?«, fragte ihre Mutter besorgt. »Bist du deshalb weggelaufen?«

»Nein«, versicherte sie ihren Eltern. »Das hatte überhaupt nichts damit zu tun. Ich erkläre es euch später, wenn wir mehr Zeit haben, aber jetzt ...«

»Das will ich auch meinen, dass du es uns erklären wirst«, warf Hunter mit strenger Miene ein. »Und ich hoffe auch, dass der junge Mann hier weiß, was er dir schuldig ist!«

Becky brachte ein Lächeln zustande. »Oh, ich bin überzeugt, dass er das weiß, wenn ich ihm erst alles erklärt habe. Aber zuerst einmal müssen wir dafür sorgen, dass er gesund wird. Er kann überhaupt niemanden heiraten, wenn er ...«

Ihre Stimme brach bei dem furchtbaren Gedanken und Sarah tätschelte rasch ihren Arm.

»Ist ja gut, Liebes. Du hast Recht, es gibt im Augenblick viel wichtigere Dinge, um die wir uns kümmern müssen. Ich wollte Mr. Masterson ein wenig waschen und ...«

»Ich mach das, Mama. Sieh du lieber nach Sean. Er ist aufgestanden und …«

»Mama! Mama!«, rief der Junge wie auf Kommando, und sie hörten das eilige Tapsen seiner nackten Füße, als er von draußen angerannt kam.

»Ich kümmere mich um ihn«, sagte Sarah und eilte hinaus.

Becky wollte die Schüssel holen, die sie zuvor mit warmem Wasser gefüllt hatten, als ihr Vater sie mit einem Wort zurückhielt.

»Becky.«

Sie drehte sich langsam zu ihm um und spürte, wie ihr die Schamröte ins Gesicht stieg. Sie hatte ihren Vater in den vergangenen Tagen so oft enttäuscht, und es hätte sie nicht gewundert, wenn er sie nun verachtete.

Doch in seinen grauen Augen war keine Verachtung zu erkennen. »Ich kann nicht behaupten, dass ich dein … dein Verhalten gutheiße, aber ich möchte, dass du weißt, dass ich deine Wahl sehr wohl gutheiße.«

Becky spürte, wie ihr die Tränen in die Augen traten, und sie blinzelte rasch, um sie zu unterdrücken. »Danke, Papa!«, rief sie.

»Und jetzt solltest du dich um deine Arbeit als Krankenschwester kümmern«, fügte er etwas brummig hinzu und folgte Sarah hinaus.

Als er draußen war, wandte sich Becky sogleich Clint zu. Er sah so hilflos und verletzlich aus. Sie hätte weinen können, als sie ihn so liegen sah, doch sie nahm sich zusammen und machte sich an die Arbeit.

Sie drückte ein kleines Tuch in dem warmen Wasser aus und begann damit, Clints aschfahles Gesicht zu waschen, nachdem sie ihm die zerzausten Haare aus der feuchten Stirn gestrichen hatte. Die Bartstoppeln kratzten an dem Tuch, was sie daran erinnerte, wie er sich angefühlt hatte, als sie sich geküsst hatten. Aber das schien so lange her zu sein – und so viel war seit damals geschehen.

Ob es zwischen ihnen irgendwann wieder so sein könnte? Würde er verstehen, warum sie an ihm gezweifelt hatte? Und würde er noch einmal fähig sein, auf ihre Liebe zu vertrauen?

Doch da öffneten sich plötzlich seine Augen und Becky vergaß all ihre Fragen.

»Clint? Kannst du mich hören?«, fragte sie ängstlich.

Er blinzelte, so als würde er seinen Augen nicht recht trauen. »Becky?«, fragte er mit heiserer Stimme.

»Ja, mein Liebling, ja!«, rief sie erfreut. »Ich bin da! Ich bin wieder zurück! Gerade rechtzeitig, um ...«

Sie hielt inne, als sie sah, wie er sich etwas verwirrt umblickte – sichtlich erstaunt, sich in dieser Umgebung wiederzufinden.

»Du bist in meinem Zimmer«, erklärte sie ihm. »Sie haben nach dem Doktor geschickt, wegen deinem Bein ...«

»Mein *Bein*«, stieß er entsetzt hervor, und erneut wich die Farbe aus seinem Gesicht. »Wie schlimm ist es?«, fragte er verzweifelt.

Becky spürte, wie ihr Herz wie wild zu pochen begann. Sie wusste, dass sie ihm nicht die Wahrheit sagen konnte. »Das kommt schon wieder in Ordnung. Der Doktor wird bald hier sein und ...«

»Sag es mir!«, rief er und griff nach ihrer Hand, doch sie schüttelte nur den Kopf. Sie konnte nicht sprechen, als die Tränen in ihr hochkamen.

Da ließ er ihre Hand los, und ehe sie mitbekam, was er vorhatte, stemmte er sich auf die Ellbogen hoch und hob den Kopf vom Kissen. Sie war nicht schnell genug, um zu verhindern, dass er die Wunde sah.

Sein entsetzter Aufschrei schnitt ihr ins Herz und er sank wieder in die Kissen zurück.

»Der Doktor kommt gleich«, versicherte sie ihm. »Er wird schon wissen, wie man das in Ordnung bringt«, versprach sie ihm in ihrer Verzweiflung, obwohl sie sich nicht vorstellen konnte, wie irgendjemand eine solche Verletzung wieder in Ordnung bringen könnte.

Er griff nach ihrer Hand und drückte sie fest. »Lass es nicht zu, dass sie mir das Bein abnehmen!«, bettelte er.

Das Bein abnehmen! Sie hatte an so etwas Schreckliches noch nicht einmal gedacht, doch nun wurde ihr klar, dass das ein recht logischer Gedanke war. Ein Bein, das so zertrümmert war, würde wahrscheinlich nie wieder sein wie zuvor. »Clint, ich …«

»*Versprich es mir*«, zischte er ihr zu und drückte ihre Hand so fest, dass es wehtat. »Schwöre mir, dass du es nicht zulässt, dass sie es mir abnehmen!«

»Clint, ich kann nicht …«

»Ich könnte ohnmächtig werden!«, bettelte er. »Oder sie könnten mir etwas geben, damit ich einschlafe, und ich könnte sie nicht daran hindern! Ich will kein Krüppel sein! Bitte! Wenn du … mich auch nur ein wenig liebst …«, fügte er hinzu, ehe seine Stimme brach.

Natürlich liebte sie ihn – und nicht nur ein wenig, und deshalb nickte sie, mit Tränen in den Augen. »Ich verspreche es dir«, brachte sie hervor. »Ich schwöre es! Ich lasse es nicht zu, dass sie dir das Bein abnehmen.«

Es schien Stunden zu dauern, bis der Doktor endlich eintraf. Doc Underwood war ein älterer Mann, der im Bürgerkrieg als Truppenarzt tätig gewesen und der anschließend nach Texas gekommen war, um die schrecklichen Bilder aus dem Krieg zu vergessen. Ganz hatte er seine Erinnerungen jedoch nicht verdrängen können, sodass er schließlich zu trinken begonnen hatte.

Zu Beckys Entsetzen machte er auch an diesem Tag keinen ganz nüchternen Eindruck. Seine Augen waren rot gerändert und blutunterlaufen, und sie nahm den Whiskeygeruch an ihm wahr, als er ans Krankenbett kam.

Becky hatte das Bett nicht mehr verlassen, seit sie Clint ihr Wort gegeben hatte, auf ihn aufzupassen. Sie hatte fast ständig seine Hand gehalten, während er immer wieder für kurze Zeit das Bewusstsein verlor. Gelegentlich fragte er sie, ob er Johnny Jacobs erwischt hatte, und sie versicherte ihm jedes Mal, dass es so war. Man hatte Jacobs' Leiche tatsächlich unweit der Stelle gefunden, an der Clint gestürzt war. Einer von Clints Schüssen hatte ihn genau zwischen den Schulterblättern getroffen und er musste sofort tot gewesen sein.

Ihre Mutter hatte ihr die Nachricht mitgeteilt, nachdem sie sie von den anderen Männern erfahren hatte. Für Becky war das ein weiterer Beweis, dass Clints Gefühle für sie nicht abgeklungen waren; er hatte an dem Mann, der sie gedemütigt hatte, Rache geübt. Doch jedes Mal, wenn er aus der Ohnmacht erwachte, in die die Schmerzen ihn sinken ließen, fragte er sie das Gleiche. Entweder konnte er nicht glauben, was sie ihm sagte, oder er vergaß es immer wieder zwischendurch. Als der Doktor eintraf, hatte sie das Gefühl, dass Clint zu fiebern begann.

Doc Underwood schüttelte bestürzt den Kopf, als er sich das Bein ansah. »Ich übernehme das hier, Miss Tate«, sagte er schroff, sodass ihr nichts anderes übrig blieb, als Clints Hand loszulassen und sich vom Bett zu entfernen.

Hunter war mit dem Doktor ins Zimmer gekommen und sie trat an die Seite ihres Vaters – doch Underwood blickte sie missbilligend an. »Sie sollten lieber rausgehen«, riet er ihr. »Hier ist jetzt kein Platz für eine Frau.«

»Er will nicht, dass Sie ihm das Bein abnehmen«, teilte sie Underwood mit, seine Aufforderung ignorierend.

Doc Underwoods Blick wurde noch etwas finsterer. »Wollen Sie mir etwa sagen, wie ich meine Arbeit zu tun habe, junge Lady?«

»Ich glaube, sie versucht Ihnen nur Mastersons Wunsch deutlich zu machen«, warf Hunter ein.

»Davon bin ich überzeugt«, erwiderte Underwood unnachgiebig, »aber seine Wünsche sind hier nicht von Belang. Ich habe schon genug Brüche dieser Art gesehen. Das heilt nie mehr richtig zusammen. Er würde sein Lebtag hinken und starke Schmerzen haben. Das Beste, was man tun kann, ist, das Bein abzunehmen, damit es ordentlich verheilen kann und ...«

»Mir scheint, ein Mann mit einem Bein würde noch um einiges stärker hinken«, stellte Hunter trocken fest.

»Und die Schmerzen würden ihm sicher nichts ausmachen«, warf Becky ein und drückte den Arm ihres Vaters in stiller Dankbarkeit für seine Unterstützung. »Er will sein Bein nicht verlieren. Ich musste ihm schwören, dass ...«

»Ich glaube, Sie sollten jetzt beide rausgehen und mich meine Arbeit machen lassen«, fiel ihr Underwood ins Wort, sein Gesicht hochrot vor Entrüstung. »Es gibt keine andere Möglichkeit, sage ich Ihnen! Das Bein muss abgenommen werden. Und jetzt brauche ich ein paar Männer, die ihn festhalten. Sie können sie gleich reinschicken und ...«

Doch Becky hatte nicht vor, den Mann auch nur einen Augenblick mit Clint allein zu lassen. Sie wusste genau, was sie zu tun hatte. Ihr Vater erschrak, als sie die Pistole aus seinem Halfter zog, doch er machte keine Anstalten, sie zurückzuhalten, als sie die Waffe auf Underwood richtete.

»Sie werden ihm das Bein nicht abnehmen, Doktor Underwood«, sagte sie mit einer Stimme, die erstaunlich ruhig klang, wenn man bedachte, wie ihr Herz in ihrer Brust hämmerte. »Wenn Sie es auch nur versuchen, dann jage ich Ihnen eine Kugel mitten ins Herz!«

»Was ...? Wie ...? Ich ...«, stieß Underwood empört hervor und wollte zurückweichen, woran ihn jedoch das Bett hinderte.

»Wissen Sie, wie man einen solchen Bruch einrichtet?«, fragte Hunter mit trügerisch ruhiger Stimme.

»Natürlich!«, rief Underwood aus.

»Dann machen Sie sich besser an die Arbeit. Ich habe meiner Tochter beigebracht, wie man mit der Waffe umgeht, und ich kann Ihnen versichern, dass sie Ihr Herz mit der ersten Kugel treffen würde.«

Underwood stieß einige Laute der Entrüstung aus, ehe er schließlich sagte: »Ich brauche trotzdem ein paar Männer, die ihn festhalten. Wir müssen an dem Bein ziehen und ...« Er machte eine vage Geste.

»Ich hole sie«, sagte Hunter und ging um Becky herum, damit er nicht zwischen ihre Pistole und Underwood trat.

Als er draußen war, versuchte es Underwood noch einmal. »Miss Tate, das hier ist nicht der richtige Platz für eine junge Frau«, sagte er missbilligend.

»Kein Wort mehr, Sie alter Trunkenbold«, erwiderte sie mit einer Stimme, die genauso ruhig klang wie die ihres Vaters zuvor, »und vergessen Sie nicht, dass ich Sie immer noch erschießen kann, wenn Sie das Bein nicht ordentlich einrichten.«

Sein erschrockenes Gesicht brachte sie auf den Gedanken, dass sie wirklich ganz und gar Hunter Tates Tochter war, auch wenn er nicht ihr leiblicher Vater war.

Als Hunter mit mehreren Männern zurückkehrte, fühlte sich die Pistole schon ein wenig schwer in ihrer Hand an – doch sie hielt sie immer noch unverwandt auf Underwood gerichtet. Sie trat direkt hinter ihn, damit nicht einer der Helfer in der Schusslinie stand. Die Männer betrachteten sie aufmerksam, doch keiner machte irgendeine Bemerkung, während sie die Anweisungen des Doktors ausführten.

»Ich gebe ihm etwas Chloroform, damit er bewusstlos bleibt«, teilte der Doktor Becky mit, so als wäre sie die einzige Anwesende im Raum.

Becky nickte, obwohl sie wusste, dass er es nicht sah. Er hatte bereits begonnen, eine Flüssigkeit aus einer Flasche auf ein Tuch zu träufeln, das er anschließend über Clints Nase und Mund breitete.

»Öffnen Sie ein Fenster, damit nicht auch wir die Dämpfe spüren«, sagte Underwood, an Hunter gewandt, der der Aufforderung rasch nachkam. Becky spürte bereits die Wirkung des Betäubungsmittels, doch sie zwang sich, die Augen weit zu öffnen, um gegen das Gefühl der Schläfrigkeit anzukämpfen.

»Ich muss die Haut aufschneiden, damit ich den Knochen wieder an seinen Platz setzen kann«, erläuterte Underwood und Becky nickte erneut. Sie würde genau darauf achten, dass er nicht weiter schnitt, als nötig war.

Doch als das Messer in Clints Fleisch schnitt, konnte sie nicht mehr hinsehen; es war ihr, als drehte es ihr den Magen um, und alles Blut wich aus ihrem Kopf. Wie aus weiter Ferne hörte sie, wie Underwood die anderen Männer aufforderte, Clint festzuhalten, dann folgten die ächzenden Laute von Männern, die schwere Arbeit verrichteten, und schließlich die gemurmelten Flüche, die ihr sagten, dass sie fertig waren.

»Gebt mir die Schiene«, sagte Underwood und wenige Minuten später hatte er die Wunde vernäht, verbunden und das Bein geschient. Er wandte sich Becky zu, um ihr zu sagen, dass sie die Waffe weglegen konnte, musste jedoch feststellen, dass sie ohnmächtig am Boden lag.

Becky saß fast die ganze restliche Nacht an Clints Seite; hin und wieder legte sie sich auf das Rollbett, das ihr Vater ins Zimmer gebracht hatte. Falls irgendjemand es für unschicklich hielt, dass sie sich so intensiv um ihn kümmerte, so sprach man es jedenfalls nicht offen aus – zumindest nicht in Beckys Gegenwart.

Sie wich erst von seiner Seite, als die Erschöpfung sie irgendwann am nächsten Tag zusammenbrechen ließ. Mittlerweile waren Grandma und Grandpa Mac gekommen, um sie zu unterstützen, sodass sie Clint ihren Händen überließ. Als sie einige Stunden später gut erholt zu Clint zurückkehrte, lag dieser im Fieber und murmelte unzusammenhängende Worte über Jacobs und Wakefield und andere Leute, deren Namen sie nicht kannte.

»Das Bein ist infiziert«, teilte ihr Grandma Mac mit ernster Miene mit. »Doc Underwood hat deinen Vater gewarnt, dass das passieren könnte.«

»Dann holt ihn doch her!«, rief Becky.

»Es ist schon jemand unterwegs«, antwortete ihre Großmutter.

Doch als Underwood eintraf, schüttelte er nur den Kopf. »Ich habe Ihnen ja gesagt, dass wir das Bein abnehmen sollten«, sagte er selbstgefällig. »Die Infektion wird sich ausbreiten und ihn töten, wenn wir das Bein jetzt nicht abnehmen.«

Diesmal wusste Becky nicht, ob sie ihm widersprechen sollte oder nicht. Sie konnte die Vorstellung nicht ertragen, dass Clint sterben würde, aber andererseits hatte sie ihm versprochen, dass sie es nicht zulassen würde ...

»Ich kenne da ein Mittel, das vielleicht helfen könnte«, warf Grandma Mac ein. »Es stammt von den Indianern.«

Underwood schnaubte verächtlich. »Mit diesem Hokuspokus werden Sie niemanden heilen.«

»Vielleicht doch«, erwiderte Grandma Mac, die sich ebenso wenig einschüchtern ließ wie Becky am Tag zuvor. »Es sind Breiumschläge. Die haben vor vielen Jahren meinem Mann das Leben gerettet. Es gab damals keinen Doktor im Umkreis von fünfhundert Meilen. Vielleicht können wir auch Mr. Mastersons Bein damit retten. Ich habe den Umschlag schon vorbereitet, er müsste gleich soweit sein.«

Underwood schien ziemlich beleidigt zu sein. »Wenn Sie wieder Vernunft angenommen haben, rufen Sie mich, aber ich werde nicht zusehen, wie Sie hier Ihren faulen Zauber abhalten.«

Als er aus dem Zimmer gestürmt war, wandte sich Becky ihrer Großmutter zu. »Kannst du ihm wirklich helfen?«

Rebekah MacDougal lächelte wissend. »Ich kann es zumindest versuchen – und das ist schon mal mehr, als dieser alte Scharlatan getan hat.«

Und so geschah es auch. Sie brauten den übelriechendsten Brei zusammen, der Becky je unter die Nase gekommen war, und trugen ihn auf Clints stark eiterndes

Bein auf. Manchmal schien er sie zu erkennen, doch die meiste Zeit war er in seinem Delirium versunken. Rebekah, Sarah und Becky bemühten sich unermüdlich um ihn, doch Becky war diejenige, die sich am hingebungsvollsten um ihn kümmerte. Sie schien es zu spüren, wenn er etwas brauchte – noch bevor er selbst es wusste.

Nach fast einer Woche kannte sie jeden Zentimeter von Clint Mastersons Körper. Lieber hätte sie diese Erfahrung als seine Braut gemacht, während der Freuden des ehelichen Zusammenseins – doch sie zeigte ihm ihre Liebe auf andere Weise, indem sie seinen schweißüberströmten Körper wusch, seine Bettwäsche wechselte oder einen neuen Breiumschlag auftrug, wenn der alte sich abgekühlt hatte. Und manchmal belohnte er sie mit einem Lächeln des Wiedererkennens, was sie für all die Mühe reichlich entschädigte.

Und als sie schließlich eines Morgens erwachte, fand sie ihn nicht mehr in quälenden Fieberträumen vor, sondern friedlich in seinem Bett schlummernd. Seine Stirn fühlte sich kühl an, und als sie die Überreste des letzten Breiumschlags entfernte, sah sie, dass die Wunde endlich verheilte.

Ihr Freudenschrei weckte ihn, und seine Augen waren klar, als er sie am Bett stehen sah.

»Becky?«, fragte er mit schwacher Stimme, so als traute er seinen Augen nicht.

»Ja, mein Liebling, ja«, sagte sie, kniete am Bett nieder und nahm seine Hand in die ihre. Sie hätte sich am liebsten auf ihn geworfen, doch sie wusste, dass sie ihm damit nur unnötige Schmerzen bereitet hätte – und so begnügte sie sich damit, einen Kuss auf seinen Handrücken zu drücken.

»Ich habe dich gesehen, aber ... ich dachte, ich würde träumen. Wie lange bist du schon da?«

»Seit der Nacht des Überfalls, als du dich verletzt hast«, antwortete sie und fühlte sich, als könnte sie gleichzeitig lachen und weinen vor Freude.

Er runzelte die Stirn, während er sich zu erinnern versuchte. »Jacobs!«, sagte er schließlich. »Ich war hinter ihm her und ...«

»Er ist tot«, teilte ihm Becky mit. Sie kannte mittlerweile die ganze Geschichte des Überfalls; sie wusste, dass Mr. Wakefield Clint gewarnt hatte, sodass er die Zuchtstiere in Sicherheit bringen und sie durch alte Tiere ersetzen konnte, dass Johnny Jacobs sie alle hintergangen hatte – aber vor allem, dass Clint den verräterischen Cowboy so entschlossen verfolgt hatte.

»Hat er ... hat er dir wehgetan?«, fragte Clint schließlich. »War das der Grund, warum du weggegangen bist?«

»Nein, er hat mir nicht wehgetan, zumindest nicht körperlich«, antwortete Becky, während sie seine Hand immer noch liebevoll gegen ihre Wange drückte und betete, dass es ihr gelingen möge, ihm verständlich zu machen, warum sie an ihm gezweifelt hatte. »Ich habe dir eine Nachricht geschickt, weil ich mich in jener Nacht mit dir treffen wollte.«

»Ich habe sie nie bekommen«, sagte er mit Nachdruck. »Ich habe nicht einmal gewusst, dass du mir eine Nachricht geschickt hast! Sean ...«

»Ich weiß«, warf sie mit sanfter Stimme ein. »Sean und mein Vater haben mir alles erzählt – aber damals wusste ich es nicht, und ich dachte, Sean hätte dir die Nachricht direkt übergeben. Und als Johnny dann sagte, dass du ihn geschickt hättest ...«

»*Was*?«

»Er sagte, du könntest nicht kommen und hättest ihn geschickt, damit er für dich einspringt«, sagte sie widerstrebend, und ihre Wangen brannten vor Scham, als sie an jene Nacht dachte.

»O Gott«, stöhnte er und schloss die Augen, von einem Schmerz erfüllt, der ganz anderer Natur war als der, an dem er während der vergangenen Woche gelitten hatte.

»Ich hätte ihm nicht glauben dürfen«, wandte sie rasch

ein. »Ich hätte dir vertrauen müssen, aber ... aber ich konnte mir nicht vorstellen, wie er von dem Treffen wissen konnte, wenn du es ihm nicht verraten hättest. Ich wollte nur noch sterben, als ich mir vorstellte, du hättest ... Und so musste ich weg«, sprach sie hastig weiter. Sie schämte sich zu sehr zuzugeben, dass sie sich das Leben hatte nehmen wollen. »Ich dachte, ich könnte hier niemandem mehr in die Augen sehen, weil man mich als Squaw betrachtete, die jeder haben konnte.«

Er wollte etwas erwidern, als plötzlich die Tür aufging und Sarah das Zimmer betrat. Sie war hocherfreut, dass es Clint sichtlich besser ging, und rief sogleich Hunter und Rebekah herein. Sie alle staunten darüber, wie schnell Clint sich erholt hatte, was den Patienten so sehr ermüdete, dass er gleich wieder einschlief.

Während der folgenden Tage schlief er fast ununterbrochen. Er war immer nur kurz wach, um etwas zu essen und sich zu erleichtern, ehe er wieder einschlief – doch ganz allmählich kam er wieder zu Kräften.

Grandma Mac meinte, dass er so früh wie möglich aufstehen und auf den Krücken gehen sollte, die Hunter für ihn angefertigt hatte – ein Vorschlag, den Becky mit gemischten Gefühlen aufnahm. So sehr sie sich wünschte, dass Clint wieder vollständig genas, so sehr spürte sie auch, dass dies eine Veränderung in ihrer Beziehung mit sich bringen würde.

Seit er das Fieber überwunden hatte, war Clint ungewöhnlich schweigsam. Er stellte ihr nicht einmal irgendwelche Fragen darüber, warum sie weggelaufen war oder was sie durchgemacht hatte – so als hätte er Angst davor, über sie oder gar über ihre gemeinsame Zukunft zu sprechen. Becky hatte das zuerst auf seine Müdigkeit zurückgeführt – doch bald schon stellte sie fest, dass er bereits deutlich weniger schlief, sodass sie schließlich der Wahrheit ins Auge blicken musste: Clint wich ganz einfach jedem Gespräch mit ihr aus.

Vielleicht, so dachte sie, war er ihr böse, weil sie an seiner Liebe gezweifelt hatte, weil sie weggelaufen war wie ein verwöhntes Kind und ihn ohne erkennbaren Grund verlassen hatte. Vielleicht hatte er das Gefühl, dass er ihr nicht mehr vertrauen konnte. Vielleicht zweifelte er sogar daran, dass sie ihn wirklich liebte.

Becky konnte sich zwar nicht vorstellen, wie er ihre Gefühle für ihn in Frage stellen konnte, nachdem sie ihn so hingebungsvoll gepflegt hatte – doch sie konnte einfach nicht mehr so tun, als würde sie nicht merken, wie er die Augen schloss und zu schlafen vorgab, wenn sie das Zimmer betrat. Sie konnte es einfach nicht mehr ertragen, wie er rasch zur Seite sah, wenn ihre Blicke sich zufällig trafen.

Ohne Zweifel stimmte irgendetwas zwischen ihnen nicht, und Becky wusste, dass es an ihr war, es wieder in Ordnung zu bringen und ihm den Glauben an ihre Liebe wiederzugeben. Sie wartete bis spät in der Nacht, als alles schlief.

Es war still und dunkel im Haus, bis auf die Lampe, die in Clints Zimmer brannte. Becky würde wieder auf dem Rollbett schlafen, das in der Ecke ihres Zimmers stand, um in der Nähe zu sein, falls er sie brauchte. Heute jedoch hatte sie andere Pläne.

Die Hitze des Tages war immer noch drückend im Zimmer zu spüren, und Clint gab sich zwar alle Mühe, so zu tun, als schliefe er, doch an seinem Atem erkannte sie, dass er wach war. Sein Körper glänzte vor Schweiß, was wahrscheinlich auf die Hitze zurückzuführen war, vielleicht aber auch auf sein ständiges Bemühen, sich schlafend zu stellen. Was immer der Grund war, Becky war fest entschlossen, etwas dagegen zu unternehmen.

Sie prüfte das Wasser in dem Krug auf dem Waschtisch und stellte fest, dass es angenehm lauwarm war. Sie goss es in die Schüssel, die sie zusammen mit einem kleinen Tuch zu seinem Bett trug.

»Ich weiß, dass du nicht schläfst«, sagte sie. »Und mir kommt es so vor, dass du dich nicht recht wohl fühlst. Ich wasche dich mit dem Tuch hier, dann fühlst du dich sicher besser.«

Schließlich öffnete er blinzelnd die Augen, und sie glaubte eine gewisse Vorsicht in seinem Blick zu erkennen, so als müsste er sich vor ihr in Acht nehmen, was sie sich ganz und gar nicht erklären konnte.

»Du musst wirklich nicht ...«, wandte er ein, doch sie hatte schon damit begonnen, sein schweißnasses Gesicht mit dem Tuch zu kühlen.

»So ... tut das nicht gut?«, fragte sie.

Er gab keine Antwort, doch nach seinem Gesichtsausdruck zu schließen fühlte es sich ganz und gar nicht gut an. Im Gegenteil, er machte ein Gesicht, als hätte er Schmerzen – obwohl er wenige Augenblicke zuvor noch ruhig und friedlich dagelegen hatte. Konnte es ihm tatsächlich solche Schmerzen bereiten, dass sie ihn berührte?

Sie kühlte seine Wangen und spürte die Bartstoppeln, die sich bereits wieder bemerkbar machten, obwohl ihr Vater ihn erst am Morgen rasiert hatte. Dann strich sie ihm über den Hals und spürte seinen Puls, der viel zu schnell ging für jemanden, der immer nur still dalag.

»Becky, bitte ...«, murmelte er, doch er sprach nicht zu Ende, sodass sie nicht erfuhr, worum er sie bitten wollte.

Als sie mit dem Tuch weiter nach unten wanderte, schloss er die Augen und ließ es regungslos über sich ergehen. Sie wusch seine breiten Schultern und seine Brust mit den gekräuselten dunklen Haaren. Sie erinnerte sich daran, wie hart sich seine Brust an ihren Brüsten angefühlt hatte und wie prall ihre Brustwarzen geworden waren, als seine Brusthaare sie umspielten.

Seine Brust hatte sich zunächst überhaupt nicht bewegt, als sie angefangen hatte, ihn zu pflegen, doch nun hob sie sich, als er jäh einatmete und etwas murmelte, das sie nicht verstand. Einen Augenblick lang ließ sie ihre Hand auf seinem Herzen ruhen, und sie spürte, wie schnell es schlug.

Ihr eigenes Herz begann zu rasen, als sie ihre Macht spürte, der sie sich bei ihrem ersten Zusammensein bewusst geworden war. Er mochte sich ja gegen ihre Gefälligkeiten sträuben – doch gegen ihre Leidenschaft würde er sich nicht wehren können, dachte sie mit einem verborgenen Lächeln.

Ganz sanft hob sie seinen Arm hoch und begann ihn ebenfalls mit langsamen, zärtlichen Bewegungen zu waschen. Der Arm fühlte sich schlaff an, doch sie sah, dass die Hand des anderen Armes sich zur Faust geballt hatte und das Betttuch umklammerte, das immer noch die untere Hälfte seines Körpers bedeckte.

Als sie fertig war, legte sie seinen Arm nieder und trat an die andere Seite des Bettes, wo sein gesundes Bein lag. Sie sah, wie sein Griff um das Betttuch sich löste, und nahm dann seinen Arm, um ihn ebenfalls zu waschen.

Er atmete schwer, so wie zuvor, als er noch Fieber gehabt hatte – doch seine Haut fühlte sich dort, wo sie ihn schon gewaschen hatte, völlig kühl an. Vielleicht kam ihr das aber auch nur so vor, weil ihr selbst mittlerweile ziemlich heiß geworden war. Das Blut in ihren Adern war längst in Wallung, angetrieben von ihrem wild pochenden Herzen, während sie über seinen festen Körper strich und die Kraft darin spürte. Und sie erinnerte sich daran, wie es sich angefühlt hatte, als diese Kraft sich in Leidenschaft verwandelt hatte.

Sie widerstand dem Drang, ihre Lippen auf seine Haut zu pressen, und legte auch seinen zweiten Arm auf das Bett nieder. Dann zog sie ganz sachte und vorsichtig das Tuch zur Seite, das sein gesundes Bein bedeckte. Das Bein zuckte zurück, als ob es sich dagegen wehrte, entblößt zu werden. Oder vielleicht verlangte es bloß nach der gleichen zärtlichen Behandlung, wie die anderen Körperteile sie erhalten hatten.

Becky ging sogleich daran, das herauszufinden. Sie begann mit seinem Fuß – ganz vorsichtig, weil sie wusste, dass er hier kitzlig war. Wie immer staunte sie darüber, um wie viel größer alles an ihm war als bei ihr. Seine Kraft beeindruckte sie – doch sie spürte, dass er im Augenblick so hilflos wie ein Baby war.

Ihre Hand zitterte, als sie seine Wade entlang strich; als Reaktion darauf ging ein Beben durch seinen Körper und er stöhnte leise ihren Namen.

Doch sie war noch nicht fertig und ging weiter zu seinem Oberschenkel, bis hinauf zu der Stelle, wo das Bein an der Hüfte endete. Er atmete mit einem Zischen aus – und es klang wie eine Warnung, doch es war schon zu spät, viel zu spät, denn sie sah, was sie erwartet hatte: den unwiderlegbaren Beweis für sein Verlangen.

»Becky, nicht«, stieß er hervor – und seine weit geöffneten Augen funkelten vor mühsam unterdrücktem Verlangen, doch sie knöpfte bereits ihr Kleid auf.

»Ich habe dich so vermisst«, flüsterte sie und schlüpfte rasch aus ihrem Kleid, das sie einfach zu Boden sinken ließ. Darunter trug sie ein Hemd, das ihre vollen Brüste kaum im Zaum zu halten vermochte, als wären sie angeschwollen vor Verlangen, berührt zu werden.

Sie schlüpfte zu ihm ins Bett, ganz vorsichtig, damit sie ihm keine Schmerzen bereitete, wo doch ihr einziger Wunsch der war, ihnen beiden die Freuden der Liebe zu schenken. Als sie neben ihm kniete, hob sie erneut seinen Arm, doch diesmal, um seine Hand auf eine ihrer Brüste zu legen.

Sie hielten beide den Atem an, und seine Finger kneteten zärtlich ihr weiches Fleisch, was ihr einen heißen Schauer über den Körper jagte. Sein Gesicht glänzte erneut – und diesmal, davon war sie überzeugt, kam der Schweiß von der Anstrengung, sein Verlangen zu beherrschen.

»Sag mir einfach, worauf ich achten muss, damit ich dir nicht wehtue«, flüsterte sie, seine Hand immer noch an ihre Brust haltend, während sie rasch ihr Hemd aufknöpfte. Als sie es geöffnet hatte, nahm sie auch seine andere Hand und legte sie auf ihre nackte Brust.

»O Gott«, murmelte er und zog sie an sich.

Ihre Lippen trafen die seinen und öffneten sich, damit auch ihre Zungen sich finden konnten. Schließlich löste sie sich atemlos von ihm, und als sie mit den Fingern durch die Haare auf seiner Brust strich, spürte sie sein pochendes Herz an ihrer Handfläche.

»Ich liebe dich«, bekannte sie, und es war ihr bewusst, dass dies im Augenblick das Einzige war, das wirklich zählte. Und er antwortete, indem er sie wieder an sich zog und ihren Mund in Besitz nahm, während er ihre nackten Brüste an seiner Brust ruhen ließ.

Becky genoss das Gefühl, das sein Brusthaar auf ihrer glatten Haut erzeugte, und sie ließ es geschehen, als er ihr fast verzweifelt das Hemd über die Arme streifte.

Sie legte ein Bein auf sein gesundes Bein und presste instinktiv ihren Unterleib gegen seine Hüfte. Das Feuer in ihrem Inneren loderte hoch empor und ihr Körper schmolz vor Verlangen förmlich dahin. Dann zog sie das Laken beiseite, um zu seinem Geschlecht zu gelangen.

Er stöhnte auf, als sie seine Männlichkeit mit ihren Fingern umschloss, und sein ganzer Körper versteifte sich. Sie wagte jedoch nicht, sich zu bewegen, aus Angst, dass sie in ihrer Unerfahrenheit das Falsche tun könnte. Er würde nicht auf ihr liegen können, wie er das schon einmal getan hatte, dessen war sie sich sicher – doch es gab bestimmt noch einen anderen Weg, den er ihr würde zeigen können.

»Was soll ich tun?«, fragte sie und drückte ihren Schenkel gegen den seinen. Sie wusste, dass er von dem gleichen Verlangen erfüllt sein musste wie sie – schließlich hielt sie den Beweis dafür in ihrer Hand.

»O Gott, wir sollten nicht ...«, wandte er ein – mit einer Stimme, die heiser vor Begehren war –, doch als sie ihren Griff verstärkte, dachte er nicht mehr daran, noch irgendetwas einzuwenden.

Er hob sie hoch, und sie staunte, welche Kraft er immer noch besaß. Dann zog er sie über sich, bis sie schließlich auf ihm saß. Ihr Hemd hing immer noch an ihrer Taille und verfing sich zwischen ihren Beinen, bis er es mit einem Ruck hochriss und es ihr über den Kopf zog, sodass sie vollkommen nackt war.

Für einen Augenblick erstarrte sie, als sie daran dachte, dass sie nackt auf einem ebenfalls nackten Mann saß. Doch sein Blick ließ jedes Gefühl der Verlegenheit schwinden, als er ihre Brüste, ihre Hüften und Schenkel mit grenzenloser Bewunderung betrachtete.

»Mein Gott, bist du schön«, flüsterte er fast ehrfürchtig, und sie wusste, dass sie diese Worte nie vergessen würde.

Seine Hände liebkosten ihre Schenkel, was sie bis in ihr Innerstes berührte, wo das Verlangen nach ihm mit jedem Herzschlag größer zu werden schien. Dann wanderte seine Hand weiter, über ihre Hüften und ihren Bauch und wieder hinauf zu ihren Brüsten, die er in seine Hände nahm, während seine Daumen ihre prallen Brustspitzen liebkosten.

Instinktiv neigte sich Becky zurück und bot sich ihm dar, und ebenso instinktiv wiegte sie ihre Hüften gegen seinen Bauch, nach der Vereinigung verlangend, die – wie sie spürte – als Einziges diesen ungeheuren Durst stillen konnte.

Als er ihr schließlich zeigte, was zu tun war, staunte sie, wie einfach es war und wie wunderbar ihre Körper harmonierten, während sie sich auf ihn herabsenkte und ihn in sich eindringen ließ; für einen Augenblick dachte sie, sie würde sterben, so unglaublich fühlte es sich an.

Sie wusste schon, welchen Rhythmus sie einschlagen musste, und reagierte auf sein Drängen, indem sie sich mit ihm wiegte. Seine Finger suchten die geheime Stelle zwischen ihren dunklen Löckchen, und als sie sie fanden, hielt sie den Atem an – so mächtig loderte ihr Verlangen empor.

Er zog sie näher zu sich und liebkoste eine ihrer Brustwarzen mit der Zunge und ganz sacht mit den Zähnen, ehe er zur anderen überging, bis sie beinahe schluchzte vor Wonne – von den unbeschreiblichen Gefühlen überschwemmt, die er ihr bereitete. Irgendwann öffnete sich ihr Haar, und er griff hinauf, um auch die letzte Nadel zu lösen, sodass die ganze dunkle Pracht sich rund um sie beide ergoss und sie wie ein Vorhang aus schwarzer Seide in ihrer geheimen Welt einschloss.

Fast verzweifelt ritt sie auf ihm wie auf einem Hengst, während sie gemeinsam in die Nacht hineinstürmten, immer weiter und weiter, immer schneller und schneller, bis sie schließlich himmelwärts stiegen, den funkelnden Sternen entgegen.

Becky erbebte vor Verzückung und auch Clint erreichte unter ihr bebend die Befreiung und erfüllte sie mit neuem Leben. Denn diesmal würde daraus Leben entstehen, das wusste sie genau. Ihr gemeinsames Leben, für immer und ewig.

Als die letzten Zuckungen verebbten, sank sie auf seine Brust und ihre Herzen schlugen um die Wette. Ermattet und glücklich schmiegte sie sich an seinen warmen Körper und genoss diesen letzten wunderbaren Augenblick des vollkommenen Glücks, ehe der Schlaf sie alles um sich herum vergessen ließ.

»Jetzt«, flüsterte sie noch, bevor sich ihre Augen schlossen, »jetzt *musst* du mich heiraten.«

13

Clint lag da im flackernden Licht der Lampe, die einzige Frau in den Armen haltend, die er je geliebt hatte – und dennoch wünschte er sich, er wäre tot. Was für ein Feigling er doch war! Und was für ein Narr! Er hatte das Schicksal schon einmal herausgefordert, indem er die Liebe annahm, die sie ihm schenkte – und obwohl er sich geschworen hatte, sie nie wieder zu berühren, hatte er auch diesmal nicht widerstehen können. Sie wusste, dass er sie liebte, dass er den Boden verehrte, den sie betrat – und deshalb erwartete sie mit Recht, dass er sie heiratete.

Weil sie die Wahrheit nicht kannte. Weil er ein zu großer Feigling war, um sich ihr anzuvertrauen. Er wusste, wenn er ihr alles sagte, wenn sie wüsste, wer er wirklich war, dann würde sie ihn hassen für das, was er ihr angetan hatte – und genau das hätte er auch verdient, vor allem, nachdem sie sein Bein gerettet, ihn gesund gepflegt und ihre Zuneigung so eindrucksvoll unter Beweis gestellt hatte.

Er hatte warten wollen, bis er wieder soweit war, dass er aufbrechen konnte – denn er war überzeugt, dass sie ihn nicht länger hier dulden würde, sobald sie die Wahrheit über ihn kannte. Zumindest war das der Vorwand, unter dem er seine Abreise hinausgezögert hatte. Doch er hatte zu lange gewartet – und der Schmerz, den er ihr bereiten würde, musste nun noch größer sein. Jedenfalls würde er es ihr gleich morgen sagen, damit das Ganze ein für alle Mal beendet war.

Aber heute Nacht würde er sie einfach nur in den Armen halten, ihren süßen Duft einatmen und die Erinnerung an die wunderbaren Augenblicke genießen. Von dieser einen Nacht würde er sein ganzes weiteres Leben zehren müssen.

Becky hatte einen wunderschönen Traum – von Sonne und Blumen und einem Leben in vollkommenem Glück, weshalb sie gar nicht erfreut war, als es heftig an der Schlafzimmertür klopfte.

»Becky? Warum ist denn die Tür verschlossen? Becky, hörst du mich?«, rief ihre Mutter und klopfte erneut.

Widerwillig bewegte sich Becky, was jedoch gar nicht so leicht war, denn ihr Haar steckte unter einem kräftigen männlichen Arm fest – Clints Arm!

Erinnerungen an die vergangene Nacht kamen in ihr hoch, ehe ihr bewusst wurde, dass sie immer noch vollkommen nackt mit ihm im Bett lag, während ihre Mutter an die Tür klopfte.

»Augenblick«, krächzte sie mit vom Schlaf heiserer Stimme.

Clint bewegte sich, als er ihre Stimme hörte, gerade genug, um sie freizugeben – und sie sprang aus dem Bett und suchte verzweifelt nach etwas zum Anziehen. Ihr Kleid lag immer noch an der Stelle, wo sie es in der Nacht fallen lassen hatte, doch ihr Hemd lag auf der anderen Seite des Bettes. Eine Sekunde lang fragte sie sich, warum das so war, ehe ihr einfiel, dass Clint es ihr ausgezogen und beiseite geworfen hatte.

Sie wagte es nicht, auch nur einen Blick auf ihn zu werfen, aus Angst, er könnte sie in dieser peinlichen Situation beobachten, während sie mit brennenden Wangen rasch die beiden Kleidungsstücke aufhob und sie mit ungeschickten Bewegungen anzog. In ihrer Eile verzichtete sie darauf, das Hemd zuzuknöpfen, doch das Kleid musste sie schließen, wie es sich gehörte, ehe sie hastig zur Tür sprang, um sie zu öffnen. Sie strich sich noch schnell die Haare aus dem Gesicht und brachte ein – wie sie hoffte – unschuldiges Lächeln zustande.

Ihre Mutter musterte sie stirnrunzelnd von oben bis unten. Ihre Kleider sahen aus, als hätte sie darin geschlafen, was jedoch völlig in Ordnung war, da sie eigentlich genau das hätte tun sollen. Doch dann blickte Sarah zum Bett hinüber, in dem Clint lag.

Erst jetzt riskierte auch Becky einen Blick zu ihm. Er lag in einem Gewirr von Laken, die in verdächtiger Unordnung waren, wie Becky schuldbewusst dachte – doch er hatte seine Blöße wenigstens ordentlich bedeckt.

»Morgen, Mrs. Tate«, sagte er benommen und rieb sich den Schlaf aus den Augen.

»Guten Morgen«, antwortete Sarah, immer noch misstrauisch. »Warum war die Tür verschlossen?«, fragte sie ihre Tochter.

Becky schüttelte den Kopf, als wäre sie noch zu verschlafen, um die Frage zu verstehen, als ihr plötzlich eine Idee kam. »Oh, jetzt fällt's mir wieder ein«, log sie. »Ich habe Clint vergangene Nacht gewaschen, bevor er einschlief. Es war ja so furchtbar heiß«, fügte sie hinzu. »Da sperrte ich die Tür zu, damit niemand zufällig hereinkam. Ich muss wohl vergessen haben, wieder aufzusperren.«

Sarah schien nicht allzu überzeugt zu sein. »Mr. Masterson scheint recht gut geschlafen zu haben«, sagte sie in beißendem Ton. »Vielleicht ist es jetzt nicht mehr nötig, dass er die ganze Nacht eine Krankenschwester bei sich hat.«

Ihr Blick zeigte deutlich, dass sie der Ansicht war, dass *Becky* nicht mehr die ganze Nacht bei ihm bleiben musste. Becky war klug genug, ihr nicht zu widersprechen. »Wie du meinst, Mama«, sagte sie lächelnd, was ihre Mutter mit einem Stirnrunzeln zur Kenntnis nahm.

»Ich würde vorschlagen, du wäschst dich gleich mal. Das Frühstück ist fertig«, sagte sie. »Und wenn du gegessen hast, dann wollen wir Mr. Masterson helfen, dass er mit seinen Krücken hinaus ins Freie kommt. Es ist ein so schöner Tag – er würde sicher gern eine Weile draußen auf der Veranda sitzen. Etwas Abwechslung würde ihm bestimmt nicht schaden.«

»O ja, Ma'am«, stimmte Clint hastig zu.

Sarah betrachtete sie beide schweigend, so als wollte sie hinter ihre Geheimnisse kommen, ehe sie sich schließlich widerwillig umdrehte und ging. Becky schloss die Tür hinter ihr und ließ sich erleichtert dagegen sinken, bevor sie zu Clint hinüberblickte.

»Das war knapp«, sagte sie mit einem säuerlichen Lächeln.

Er nickte, ohne jedoch ihr Lächeln zu erwidern – ja, er machte sogar ein recht grimmiges Gesicht, was Becky ein Gefühl der Beunruhigung bereitete. Er benahm sich jedenfalls ganz und gar nicht wie ein verliebter Mann, der soeben die Nacht in den Armen seiner Liebsten verbracht hatte. Aber vielleicht lag das nur daran, dass ihm die ganze Situation peinlich war und er sich Sorgen machte, dass Becky Probleme mit ihren Eltern bekommen könnte.

»Es ist schon in Ordnung«, sagte sie hastig und kehrte rasch zum Bett zurück, um ihn berühren zu können. Sie nahm seine linke Hand und drückte sie an ihre Wange. »Ich habe meinen Eltern schon gesagt, dass wir ... dass wir zusammen waren.«

Seine Augen weiteten sich vor Schreck – vielleicht war es auch Angst. Bestimmt dachte er, dass er nun den Zorn ihres Vaters zu fürchten hatte.

»Mach dir keine Sorgen«, beruhigte sie ihn mit einem liebevollen Lächeln. »Sie werden es dir gern verzeihen, wenn du mich nur heiratest.«

»Becky, ich ...«, begann er, doch Becky gefiel der Ton, in dem er sprach, überhaupt nicht. Er klang so reumütig, fast als wollte er sich entschuldigen. Und Entschuldigungen waren das Letzte, was sie jetzt hören wollte. Viel lieber hätte sie es gehabt, dass er ihr seine ewige Liebe schwor.

»Dann werde ich mich jetzt mal waschen«, unterbrach sie ihn brüsk und ließ seine Hand los, um zum Schrank zu eilen und frische Kleider zu holen. »Wenn ich mich nicht beeile, ist meine Mutter gleich wieder da.«

Sie nahm sich ein Kleid und eilte hinaus, bevor er etwas sagen konnte, was sie nicht hören wollte.

Als sie angekleidet war und ihr Haar gekämmt und ordentlich hochgesteckt hatte, setzte sie sich zu ihrer Familie an den Frühstückstisch. Grandma Mac brachte währenddessen Clint das Frühstück.

Da alle Anwesenden sie ganz normal grüßten, war sie überzeugt, dass ihre Mutter ihren Verdacht für sich behalten hatte – doch sie fühlte ihren Blick ständig auf sich ruhen.

Als sie mit dem Frühstück fertig waren, wandte sich Sarah ihrem Mann zu. »Mr. Masterson würde heute gern die Krücken ausprobieren«, sagte sie. »Wir dachten uns, dass er vielleicht auf die Veranda gehen könnte – aber natürlich muss er sich zuvor anziehen. Vielleicht könntest du ihm helfen.«

»Aber sicher«, antwortete Hunter bereitwillig. »Mach ich gern. Ich weiß nur nicht, wie wir die Hose über das Bein bekommen.«

»Wir müssen eine Hose abschneiden«, sagte Sarah. »Ich habe schon eine alte Hose gefunden, die passen müsste, sodass wir nicht noch mehr von Mr. Mastersons Kleidern in Stücke schneiden müssen«, fügte sie hinzu, auf die Kleider anspielend, die sie ihm in der Nacht des Überfalls hatten vom Leib schneiden müssen. »Natürlich kann er sein eigenes Hemd tragen.«

Becky machte sich in der Küche zu schaffen, bis Clint angezogen und auf seinen Krücken war. Erst als er sich den Gang entlang kämpfte, schloss sie sich der kleinen Schar von wohlmeinenden Menschen an, die ihm gute Ratschläge gaben, wie er mit den Krücken am besten umgehen sollte.

Grandpa Mac war einige Tage zuvor in die Stadt zurückgekehrt, um das Geschäft wieder aufzusperren, doch sonst waren alle anwesend, um dem großen Ereignis beizuwohnen. Sean sprang umher wie ein junger Hund. Er eilte zur Tür, um sie aufzuhalten, und rannte dann wieder zu Clint zurück, da dieser ihm zu lange brauchte. Becky fürchtete, er könnte Clint in den Weg laufen und ihn zu Sturz bringen, doch ihr Vater ging neben Clint her, um jederzeit helfend eingreifen zu können, während ihre Mutter ein sorgenvolles Auge auf sie beide hatte. Irgendwie gelang es Clint trotz der vielen Hilfe, die Veranda zu erreichen, wo er sich mit einem Seufzer in dem Korbstuhl niederließ, den Hunter für ihn in die Nähe der Tür gestellt hatte. Becky eilte zu ihm und nahm ihm die Krücken ab, die sie neben ihn hinlegte. Sean hatte bereits einen zweiten Stuhl geholt, auf den Clint sein Bein legen konnte, und Sarah schickte ihn ins

Haus, damit er ein Kissen hole, auf dem das Bein ruhen sollte.

Es dauerte ziemlich lange, bis alle der Ansicht waren, dass Clint es ausreichend bequem hatte, worauf die Familie ihn schließlich allein ließ. Sarah und Grandma Mac kehrten in die Küche zurück, während Hunter sich anschickte, den Stall aufzusuchen.

»Ich möchte nachsehen, wie es den Männern mit der Arbeit geht«, sagte er zu Clint, ehe er ging. »Sie setzen neue Tore ein und ich ...«

»Was für Tore?«, fragte Becky.

Hunter lächelte, ein wenig verlegen, wie ihr schien. »Die Tore, die unsere Nachbarn benutzen werden, wenn sie unser Land durchqueren wollen oder zu unserem Wasser müssen.«

»Oh, Papa!«

»Ich werde etwas für das Wasser verlangen«, fügte er hastig hinzu. »Sie haben angeboten, etwas zu zahlen, und wir meinen, das ist nur recht und billig, aber ...«

Becky sprang auf und schlang die Arme um seinen Hals, doch im nächsten Augenblick blickte sie ihn etwas argwöhnisch an. »Ich hoffe, du verlangst nicht zu viel dafür!«

»Nur einen ganz kleinen Beitrag«, versicherte er ihr. »Schließlich habe ich ziemlich hohe Ausgaben für die Tore. Aber jetzt, wo die meisten Unruhestifter aus dem Weg sind, dachte ich mir, dass ich mit den übrigen Nachbarn Frieden schließen sollte – sonst hätten wir irgendwann wieder die gleichen Probleme.«

»Müssen Mr. Dougherty und die anderen ins Gefängnis?«, fragte sie. Erst jetzt wurde ihr bewusst, dass sie in ihrer Sorge um Clint überhaupt nicht dazu gekommen war, sich mit anderen Dingen zu beschäftigen.

»Sie müssen vor Gericht, aber wahrscheinlich kommen sie mit einer Geldstrafe davon. Ich habe jedenfalls nichts dagegen. Ich will nicht, dass ihre Familien Hunger leiden müssen, während die Männer im Gefängnis sitzen.«

Becky küsste ihn auf die Wange. »Du bist ein guter Mensch. Ich bin schrecklich froh, dass du mein Vater bist.«

Einen Moment lang glänzten seine Augen verdächtig, ehe er mit seiner üblichen Brummigkeit sagte: »Ich geh jetzt lieber. Leiste du Clint Gesellschaft. Ich habe viel zu tun.«

Becky blickte ihm nach und verspürte großen Stolz und tiefe Dankbarkeit – und natürlich die Liebe, die sie immer schon für Hunter Tate gehegt hatte.

Und dann erinnerte sie sich des anderen Mannes, den sie liebte. Er saß direkt hinter ihr und sie drehte sich lächelnd zu ihm um. »Ist das nicht großartig?«, fragte sie ihn.

Clint lächelte schwach und nickte, ehe er sich wieder von Sean ablenken ließ, der tausend Fragen zu stellen hatte – vor allem darüber, wie es sich anfühlte, ein gebrochenes Bein zu haben und auf Krücken gehen zu müssen.

Becky wünschte sich sehr, dass Sean verschwinden möge, doch sie wusste, dass sie gar nicht erst zu versuchen brauchte, ihn loszuwerden, weil er dann aus purem Trotz bleiben würde. Also beschloss sie zu warten, bis er von allein ging. Wie sie vermutet hatte, wurde es dem Jungen nach einigen Minuten zu langweilig, Clint zuzusehen, wie er dasaß, und er lief weg, um sich einen spannenderen Zeitvertreib zu suchen.

Schließlich waren Becky und Clint allein auf der Veranda. Die Männer waren längst zur Arbeit auf der Ranch aufgebrochen und der Hof lag still in der Vormittagssonne da. Weit und breit war nur das Summen der Bienen und das träge Auf-und-Ab-Trotten der Pferde in ihrem Pferch zu hören.

Becky hatte sich einen Stuhl geholt, um sich zu ihm zu setzen – doch anstatt eines idyllischen Beisammenseins entstand bald eine peinliche Stille. Clint hatte sie noch kaum eines Blickes gewürdigt, seit sie auf der Veranda waren, und jetzt, wo sie allein waren, spürte sie die Anspannung, die von ihm ausging.

Da war mehr als bloß die Sorge, ihre Eltern könnten herausfinden, dass sie sich letzte Nacht geliebt hatten, mehr als die Verärgerung darüber, dass ihre Eltern bereits wussten, wie intim sie beide miteinander waren. Ziemlich beunruhigt wandte sich Becky schließlich an ihn.

»Clint, ich …«, begann sie und zögerte, als ihr bewusst wurde, dass sie keine Ahnung hatte, was sie sagen sollte, um das angespannte Schweigen zu beenden.

Als Clint sich ihr schließlich zuwandte, war sein Blick unendlich gequält. »Becky, es gibt da etwas, das ich dir sagen muss. Etwas über mich.«

Da war ihr klar, was es sein musste. Es gab nur eine Sache, die ihn daran hindern konnte, ihr eine Liebeserklärung zu machen und sie um ihre Hand zu bitten. »Es gibt eine andere Frau, nicht wahr? Du bist verheiratet – so ist es doch, oder?«, warf sie ihm vor. Die Tränen brannten ihr in den Augen angesichts des ungeheuren Verrats, den er an ihr begangen hatte.

Doch er schüttelte heftig den Kopf. »Nein! Nein, das ist es nicht«, versicherte er ihr und nahm ihre Hand in die seine. »Es gibt keine andere für mich und es hat nie eine andere gegeben – und wenn ich dir mehr über mich erzählt habe, wirst du auch verstehen, warum das so ist.«

Immer noch zutiefst beunruhigt und völlig verdutzt saß sie da und wartete. Sie betete, dass sie den Mut aufbrachte, sich anzuhören, was ihn so sehr quälte.

»Ich habe dir ja schon erzählt, dass mein Vater Farmer war«, rief er ihr in Erinnerung.

Sie nickte und fragte sich, worauf er hinauswollte.

»Und das stimmt auch – aber genau genommen war er Plantagenbesitzer. Ihm gehörte vor dem Krieg in Georgia eine Plantage namens Twelve Oaks. Sein Name war Wallace Wakefield.«

Becky starrte ihn verblüfft an. »Mr. Wakefield …?«

»Nein«, sagte er. »Wallace Wakefield senior, Wallys Vater.«

Becky hatte Mühe, seine Worte zu verdauen. »Dann bist du Mr. Wakefields ...?«

»Wir sind Halbbrüder«, bestätigte er mit grimmiger Miene.

»Deshalb hast du auch Nellie wiedererkannt«, sagte Becky.

»Sie war einst Sklavin auf Twelve Oaks. So sind sie einander begegnet. Ihr Vater hat sie ... ihm geschenkt, als er sechzehn wurde.«

Becky nickte verlegen. Auch nach so vielen Jahren sprach man nicht über derartige Beziehungen, obwohl jeder wusste, dass es sie in jenen Zeiten gegeben hatte, als die Weißen noch Neger besaßen, als wären sie Vieh.

In Beckys Erinnerung tauchten Bilder von Menschen aus ihrem Bekanntenkreis auf, die einst ein solches Leben geführt hatten. Mit dem Krieg, der vor ihrer Geburt gewütet hatte, ging jedoch all das zu Ende. Und Clint war einst Teil dieser Beziehungen zwischen Weißen und Schwarzen gewesen; er war immerhin der Sohn des Plantagenbesitzers. Aber ...

»Du hast einen anderen Namen«, sagte sie. Die Söhne desselben Vaters sollten doch eigentlich denselben Namen tragen. »Hast du ihn geändert?«

Clint lächelte bitter. »Das war gar nicht nötig, weil es nämlich nie mein Name war. Es war so: Wallys Mutter war Wakefields Frau, seine *einzige* Frau. Meine Mutter war seine Geliebte.«

»Oh, Clint!«, rief Becky aus und drückte seine Hand. Sie fühlte seinen Schmerz – doch er schüttelte nur den Kopf, weil sie immer noch nicht alles wusste.

»Da gibt es noch etwas. Meine Mutter war seine Geliebte, aber sie war auch seine Sklavin. Meine Mutter war eine Negersklavin.«

Becky blickte ihn völlig verblüfft an. Das war doch nicht möglich. Ihre eigenen Augen sagten ihr, dass es nicht wahr sein konnte. »Aber du ... du bist doch weiß!«, erwiderte sie schließlich.

»Meine Mutter war ein Mischling; sie hatte nur noch ein Achtel Negerblut in sich. Sie war das Kind aus der Vereinigung von acht Generationen von weißen Männern und farbigen Frauen«, erklärte ihr Clint in bitterem Ton. »Sie hatte rotbraunes Haar, grüne Augen und eine elfenbeinfarbene Haut. Trotzdem war sie eine Sklavin, weil auch ihre Mutter eine Sklavin gewesen war, und deren Mutter ebenso. Aber nach dem Krieg ging sie mit mir von Twelve Oaks weg. Der alte Wakefield war tot und Wally war noch nicht aus dem Krieg zurückgekehrt. Wir gingen nach Atlanta – dort fand sie Arbeit als Putzfrau bei der Frau eines Yankee-Offiziers; die Frau brauchte jemanden für den Haushalt, hatte aber Angst davor, eine Farbige anzustellen. Da merkte meine Mutter, dass alle, die sie nicht kannten, sie für eine Weiße hielten. Und so wurde sie eine Weiße – zumindest gab sie sich als eine aus. Und ich machte es genauso. Als sie dann den weißen Farmer kennen lernte, der der Yankee-Frau seine Produkte verkaufte, ließ ihn meine Mutter glauben, sie sei weiß – und sie heiratete ihn und nahm seinen Namen an. Und ich natürlich genauso.«

»Masterson«, warf Becky ein. Sie konnte das Ganze noch immer nicht begreifen, auch wenn sie die Einzelheiten durchaus verstanden hatte.

Doch Clint schüttelte den Kopf – und es tat ihr weh, sein bitteres Lächeln zu sehen. »Nein, sein Name war Clinton – und ich behielt einen Teil seines Namens, nachdem ... nun, nachdem meine Mutter mir alles erzählt hatte, bevor sie starb. Ich war ja noch ein Kind, als wir von Twelve Oaks weggingen – zu jung, um wirklich zu verstehen, was sich genau zugetragen hatte. Ich hatte immer gewusst, dass ich nicht so war wie die anderen Kinder im Sklavenquartier – und als mir meine Mutter später sagte, wir wären Weiße, glaubte ich es ihr. In diesem Glauben wuchs ich auf – doch als ich sechzehn wurde, erkrankte meine Mutter.« In seiner Stimme war der Schmerz zu hören, den die Erinnerung ihm immer noch bereitete. »Als sie wusste, dass sie sterben würde, erzählte sie mir die Wahrheit über mich, und seither ...« Seine Stimme brach und er blickte zur Seite. Er schämte sich zu sehr, um ihr in die Augen zu sehen.

Da merkte Becky, dass sie ihn offensichtlich doch nicht verstanden hatte – zumindest nicht ganz. »Was wolltest du sagen? Was ist seither?«, fragte sie nach.

Er zwang sich, sie wieder anzusehen. »Seither weiß ich, dass ich niemals eine weiße Frau heiraten könnte. Sogar mein Name ist eine Lüge. *Masterson*«, stieß er verächtlich hervor. »Ein Witz! Ich wählte den Namen aus Zorn, nachdem meine Mutter gestorben war. Ich wusste ja jetzt, dass ich der Sohn des weißen Herrn war – also *Master's son*. Lustig, nicht?«

Doch Becky konnte darin nichts Komisches entdecken. Sie blickte ihn ziemlich verdutzt an – überzeugt, dass ihr irgendetwas Wichtiges entgangen sein musste, denn sie verstand immer noch nicht, was das alles mit ihr und Clint zu tun hatte.

Er sah die Verwirrung in ihrem Gesicht und sagte: »Verstehst du denn immer noch nicht? Ich kann dich nicht heiraten! Jetzt nicht und auch nicht irgendwann in der Zukunft. Es kann keine Zukunft für uns beide geben!«

Endlich verstand sie ihn. Sie verstand alles – warum er ihr nie gesagt hatte, dass er sie liebte, warum er nie von Heirat gesprochen hatte und dem Thema immer ausgewichen war, und vor allem, warum er sie mit einer so fadenscheinigen Ausrede verlassen wollte.

»Wenn du mich nicht willst, dann brauchst du es nur zu sagen!«, rief sie und sprang auf. »Du hättest es auch schon letzte Nacht sagen können, bevor ich ...«, schrie sie in ihrer Wut. »Und jetzt denkst du, ich lasse dich gehen, weil du einen Tropfen Negerblut in dir hast! Nun, keine Angst, ich will gar keinen Mann, der mich nicht will! Ich würde dich niemals heiraten, auch wenn die Umstände ganz anders wären!« Und im nächsten Augenblick versetzte sie ihm eine schallende Ohrfeige und rannte ins Haus hinein. Sie wollte nur noch weg von diesem Mann, bevor sie ihm in ihrer Wut etwas Schlimmeres antat, wie etwa an sein gebrochenes Bein zu treten oder ...

Sie knallte die Tür ihres Zimmers hinter sich zu – dankbar, dass sie zumindest einen Augenblick für sich allein sein konnte. Doch sie wusste, dass ihre Mutter oder sonst jemand gleich bei ihr sein würde, um zu fragen, was das laute Geschrei zu bedeuten hatte. Wenn sie also wirklich für sich sein wollte, musste sie von hier weg, weit weg, wo niemand sie erreichen konnte. Rasch griff sie nach ihrem Hut und eilte wieder hinunter und aus dem Haus.

Sie hörte, wie Clint ihren Namen rief, als sie an ihm vorbeilief, doch sie blieb nicht stehen. Sie konnte einfach nicht stehen bleiben, weil es nichts gab, was sie noch von ihm hören wollte, außer dass er sie liebte – und da er das nicht sagen würde, lief sie weiter. Sie lief zum Stall, zu ihrer Stute, die sie in aller Eile sattelte. Und dann ritt sie los, weg von der Ranch, weg von dem Mann, der immer noch ihren Namen rief, weit weg, damit sie ihn weder hören noch sehen musste.

Ihr ganzes Leben hatte man sie vor Männern wie ihm gewarnt – und sie hatte gedacht, sie würde nie auf einen solchen Kerl hereinfallen. Es war ihr auch nicht schwer gefallen, die Kerle zu erkennen, denen es um nichts anderes als ihren Körper ging. Wie hatte dieser *eine* sie nur so täuschen können? Er hatte es so geschickt angestellt, dass sie ihm freiwillig das gab, was alle anderen ihr nicht hatten entlocken können. Und sie war sogar so dumm gewesen, es ihm nicht einmal, sondern gleich zweimal zu geben.

Dieses Wissen brannte wie Feuer in ihrer Brust, während sie dahinritt und der heiße Sommerwind ihr entgegenwehte und ihre Wangen glühen ließ. Instinktiv ritt sie auf die Farm zu – den Ort, wo sie sich einst sicher gefühlt hatte. Doch als sie an die Farm dachte, fielen ihr die Pläne für die Schule ein, die sie so gern eröffnet hätte – damals, als ihr Leben keine andere Hoffnung auf Erfüllung für sie bereitgehalten hatte.

Jetzt wusste sie, dass ihre Träume von einem Leben mit Clint genauso zwecklos waren wie das alte Farmhaus, das seit so vielen Jahren leer stand. Es würde sich kein glückliches Paar hier niederlassen und Clint würde niemals das Land bebauen.

Und was würde aus *ihr* werden? Ihre Zukunft stand nun wieder öd und leer vor ihr, und es erschien ihr unerträglich, so gar nichts zu haben, auf das sie sich freuen konnte. Wenn wenigstens aus *einem* ihrer Träume etwas geworden wäre! Wenn sie doch nur irgendetwas erreicht hätte ...

Da wurde ihr klar, dass sie sehr wohl noch etwas erreichen konnte – dass sie zu schnell aufgegeben hatte. Sie hatte sich durch ihre Liebe zu diesem niederträchtigen Mann ablenken lassen, doch jetzt sah sie ihre Möglichkeiten klar vor sich. Ohne anzuhalten, ließ sie ihre Stute wenden und ritt nicht länger in Richtung Farm, sondern auf das Haupttor zu – und während sie ritt, schmiedete sie bereits an ihren neuen Plänen.

Die Wakefield-Farm lag ruhig und friedlich in der Vormittagssonne da. Sie sah, dass Wakefield draußen auf den Feldern arbeitete. Seine Kinder halfen ihm dabei, das hartnäckige Unkraut zu jäten. Sie winkte, um ihre Aufmerksamkeit auf sich zu ziehen, und als die Kinder sie sahen und in ihre Richtung losliefen, rief sie einen Gruß ins Haus, um auch Nellie von ihrer Ankunft zu unterrichten.

»Miss Becky!«, rief die schwarze Frau aus, die ihre Hände an der Schürze abtrocknete, während sie auf die Veranda gelaufen kam. »Wir sind so froh, dass Sie wohlbehalten zurück sind! Wie geht es Mr. Masterson?«

»Ganz gut«, antwortete Becky und zwang sich, keinerlei Gefühle aufkommen zu lassen. Dennoch musste sie unwillkürlich an das denken, was Clint ihr über die Wakefields gesagt hatte – vor allem, dass sie mit ihm verwandt waren.

Die Kinder riefen wild durcheinander, sodass Becky nicht anders konnte, als abzusteigen und sie alle zu umarmen. Sie musste ihnen versichern, dass sie von nun an zu Hause bleiben würde.

Nach einer Weile traf auch der Vater der drei Kinder ein und begrüßte sie ebenfalls freundlich, wenn auch nicht so überschwänglich wie die Kinder.

Becky betrachtete aufmerksam sein Gesicht, um eine Ähnlichkeit mit Clint zu finden – doch sie sah keine Anzeichen dafür. Sie wollte auch gar keine Ähnlichkeit feststellen und kam zu dem Schluss, dass sie ohnehin Wichtigeres hier zu tun hatte.

»Ich habe gehört, was Sie für uns getan haben, Mr. Wakefield, dass Sie sich zum Schein diesen Leuten angeschlossen haben, die unseren Zaun durchschnitten, und dass Sie unsere Männer gewarnt haben, als der Überfall bevorstand. Ich hoffe, Sie haben deswegen keinen Ärger bekommen.«

»Nun, ein paar Leute sind vielleicht nicht ganz so gut auf mich zu sprechen – aber die haben jetzt ihre eigenen Probleme, um die sie sich kümmern müssen. Und die anderen sind wahrscheinlich froh, dass alles wieder friedlich ist. Jedenfalls haben wir bis jetzt keinen Ärger mehr gehabt.«

»Das ist gut. Ich bin nämlich gekommen, um Sie um einen Gefallen zu bitten.«

Die Kinder blickten sie voll Neugier an, während die beiden Erwachsenen ein etwas argwöhnisches Gesicht machten.

»Erinnern Sie sich noch an die Schule, die ich aufmachen wollte?«, fuhr Becky rasch fort. »Nun, ich habe beschlossen, meinen Plan jetzt doch zu verwirklichen. Wenn ich den anderen Familien sagen könnte, dass Sie

Ihre Kinder in diese Schule schicken wollen, werden sie es auch tun.«

»Dafür ist es noch zu früh«, wandte Nellie mit angstgeweiteten Augen ein.

»Ich glaube, die Zeit ist reif«, erwiderte Becky. »Wahrscheinlich sind es die Leute, die unseren Zaun durchschnitten, die etwas gegen die Schule unternehmen wollten. Einige von ihnen sind tot und wie Mr. Wakefield vorhin sagte – die anderen haben genug eigene Probleme, sodass sie uns kaum Ärger machen werden, zumindest nicht in der nächsten Zeit. Wenn wir die Schule eröffnen, bevor sie für ihre Vergehen bezahlt haben und wieder ein normales Leben führen können, haben wir eine gute Chance, dass die Schule auch später weiterlaufen kann.«

Als sie Mr. Wakefield anblickte, sah sie, dass er besorgt die Stirn runzelte.

»Bitte, Sir«, bat sie ihn. »Irgendjemand muss den Mut haben, den ersten Schritt zu tun. Wenn Sie Ihre Kinder nicht in die Schule schicken, dann …«

»Bitte, Papa! Bitte, bitte!«, riefen die Kinder im Chor und sprangen aufgeregt um ihn herum.

»Sie hat Recht«, sagte er schließlich zu Nellie und überraschte damit beide Frauen. Die Kinder wurden augenblicklich still. »Wenn wir's jetzt nicht tun, dann werden wir's nie tun, und unsere Kinder werden nie die Chance haben, etwas aus ihrem Leben zu machen.« Er wandte sich wieder Becky zu. »Also gut, Miss Tate. Sie können den anderen Familien sagen, dass wir unsere Kinder in die Schule schicken. Wann wollen Sie damit beginnen?«

So weit hatte Becky noch gar nicht gedacht, aber nach einem kurzen Gespräch einigten sie sich auf einen Zeitpunkt gleich nach der Ernte, wenn die Kinder nicht mehr auf den Feldern gebraucht wurden.

Nellie schien nicht sehr erfreut über diese Entscheidung, doch sie erhob auch keine Einwände dagegen, und nachdem sie sich noch eine Weile darüber unterhalten hatten, sagte sie schließlich: »Es ist schon fast Mittag. Sie bleiben doch zum Essen, nicht wahr?«

Becky bedankte sich lächelnd, schüttelte jedoch den Kopf. »Ich kann nicht. Ich muss heute noch ungefähr ein Dutzend Familien besuchen. Schließlich habe ich gute Neuigkeiten für sie!«

Die Kinder baten sie zu bleiben, doch Becky war viel zu aufgeregt, um etwas zu essen. Sie hatte wieder einen Lebensinhalt – etwas, das auch Clint Masterson ihr nicht wegnehmen konnte –, und sie würde ihre Pläne endlich verwirklichen.

Die Sonne senkte sich bereits über dem Horizont, als sie auf ihrer müden Stute zur Ranch zurückkehrte. Sie hörte, dass die Männer im Küchengebäude beim Essen saßen, und nachdem sie ihr Pferd im Stall untergebracht hatte, schlenderte sie langsam zum Haus, wo – wie sie wusste – die Familie ebenfalls zum Abendessen versammelt sein würde.

Still und leise betrat sie das Haus, weil sie nicht wollte, dass Clint sie vielleicht hörte und nach ihr rief. Sie wollte nicht mehr mit ihm sprechen, nie mehr, so lange sie lebte. Doch zu ihrer Überraschung stand die Tür zu ihrem Zimmer offen. Das Zimmer war leer und das Bett fein säuberlich gemacht.

Clint war fort. Der Verlust bereitete ihr einen kurzen Schmerz, doch sie fing sich rasch. Was machte es schon, wenn er weg war? Umso besser! Sie hatte ihn ohnehin nicht mehr sehen wollen, oder?

Bevor sie sich die Frage beantworten konnte, eilte sie weiter, zur Hintertür hinaus und weiter zur Küche, wo das Klappern von Geschirr ihr verriet, dass die Familie bereits beim Essen saß.

Sie blickten überrascht auf, als Becky eintrat, und es gab ihr einen Stich ins Herz, als sie Clint Masterson ebenfalls bei Tisch sitzen sah. Doch sie hatte nur einen kurzen

Blick für ihn übrig, ehe sie sich ihren Eltern zuwandte, die beide von ihren Stühlen aufgesprungen waren.

»Wo warst du denn so lange?«, fragten Hunter und Sarah wie aus einem Mund.

»Ich musste ein paar Leute besuchen«, teilte ihnen Becky mit und ging zur Spüle, um sich die Hände zu waschen.

»Und da bist du einfach abgehauen, ohne auch nur auf Wiedersehen zu sagen?«, stellte ihr Vater in scharfem Ton fest.

»Clint wusste, dass ich wegritt«, sagte sie, ohne ihn anzublicken.

»Aber er wusste nicht, wo du hinwolltest«, warf Sarah ein. »Wirklich Becky, so was darfst du nicht wieder tun. Wir haben uns solche Sorgen gemacht! Und den armen Mr. Masterson hast du ganz allein auf der Veranda gelassen. Er konnte nicht einmal seine Krücken erreichen!«

Als ob sich Becky auch nur einen Deut um den ›armen Mr. Masterson‹ oder seine Krücken geschert hätte! »Tut mir Leid«, sagte sie, ohne es ehrlich zu meinen. »Ich dachte, ich hätte ihm meine Pläne mitgeteilt.«

»Und was genau waren deine Pläne?«, fragte Hunter sarkastisch.

»Na, die Schule aufzumachen, natürlich«, antwortete sie lächelnd und wandte sich ihnen zu, während sie ihre Hände an einem Tuch abtrocknete. »Mir wurde heute klar, dass es nichts mehr gibt, was mich daran hindern könnte. Die Männer, die mir drohten, sind entweder tot oder im Gefängnis. Sie werden so bald keinen Ärger mehr machen – also kann ich die Schule doch noch eröffnen!«

»Ich dachte, wir hätten das alles geklärt«, erwiderte Hunter. Ihr Vorhaben war ihm sichtlich zuwider.

»Das haben wir, aber die Dinge haben sich geändert. Außerdem hatten sich die betroffenen Familien damals nicht wirklich bereit erklärt, ihre Kinder in die Schule zu schicken. Oh, ich weiß, dass ich gesagt habe, sie wären bereit dazu«, fuhr sie fort, als Hunter etwas einwenden wollte, »aber sie hatten zu große Angst, um mir irgendetwas zu versprechen. Heute jedoch, als ich ihnen sagte, dass die Wakefield-Kinder sicher kommen werden, da sagten sie alle zu. Jede einzelne Familie wird die Kinder in die Schule schicken! Wir fangen an, sobald die Ernte eingefahren ist.«

Sarah ließ sich auf ihren Stuhl sinken und einen Augenblick später setzte sich auch Hunter nieder; die beiden blickten sie völlig verblüfft an. Sean hatte zu essen aufgehört – fasziniert von der Reaktion seiner Eltern. Nur ihre Großmutter schien unbeeindruckt, und Becky wagte es nicht, Clint anzublicken, um zu sehen, wie er reagierte.

Rebekah MacDougal lächelte ihrer Enkeltochter zu. »Ich dachte, du hättest andere Pläne für die Farm. Ich dachte, wenn du erst einmal verheiratet bist ...«

»Ich werde aber nicht heiraten«, erwiderte sie schroff, womit sie erneut alle Anwesenden überraschte – und sie vermied es auch diesmal, Clint anzublicken. Dafür starrten ihn alle anderen an.

Doch wenn sie erwartet hatten, dass er ihr widersprach, so wurden sie enttäuscht.

Nach einer peinlichen Stille sagte Sarah schließlich: »Nun, setz dich erst mal und iss mit uns. Wir können ja später über alles sprechen.«

»Es gibt nichts mehr zu besprechen, und gegessen habe ich schon«, log sie, weil sie wusste, dass sie es nicht ertragen hätte, mit Clint Masterson an einem Tisch zu sitzen. »Außerdem möchte ich aufbrechen, bevor es dunkel ist.«

»Aufbrechen – wohin?«, wollte Hunter wissen.

»Zur Farm«, antwortete Becky, als wäre es das Selbstverständlichste auf der Welt. »Ich ziehe dort ein, damit ich nicht jeden Tag hinreiten muss, wenn ich alles für die Schule vorbereite. Ich möchte sowieso dort wohnen, sobald der Unterricht beginnt.«

Und bevor jemand etwas einwenden konnte, eilte sie hinaus und reagierte auch nicht, als ihre Eltern sie zurückriefen.

Doch sie folgten ihr natürlich ins Haus, wo sie sich weiter rechtfertigen musste. Schließlich drohte sie ihnen damit, dass sie sich mitten in der Nacht davonschleichen würde, wenn sie ihr die Erlaubnis verweigerten. Und so gaben ihre Eltern schließlich nach und erlaubten ihr, auf der Farm zu bleiben, wenn auch nur für diese Nacht.

»Ich weiß, dass du uns irgendetwas verheimlichst«, wandte Sarah ein, während sie und Hunter ihr beim Packen zusahen. »Was ist zwischen dir und Mr. Masterson vorgefallen?«

»Ich habe dir ja gesagt, wir haben festgestellt, dass wir doch nicht zusammenpassen – deshalb werden wir auch nicht heiraten. Es ist vorbei – mehr gibt es dazu nicht zu sagen.«

»Ich glaube, ich habe sehr wohl noch etwas dazu zu sagen«, erwiderte Hunter. »Zum Beispiel frage ich mich, was dieser Mistkerl sich eigentlich einbildet, dass er meine Tochter sitzen lässt, nachdem er …«

»Hunter!«, rief Sarah entsetzt.

»Ich hab's dir doch gesagt«, rief Becky frustriert. »Er hat mich nicht sitzen lassen! Wir haben uns darauf geeinigt. Ich will ihn nicht heiraten. Und ihr wollt mich doch wohl nicht zwingen, oder?«

Hunter blickte sie an, als hätte er gute Lust, genau das zu tun, doch er sagte nur: »Den möchte ich sehen, der dich zu etwas zwingen kann – oder dir etwas verbieten.«

Sie hörten, wie Sean draußen in der Diele lachte, nachdem er dem Gespräch gelauscht hatte, und Becky rief: »Komm rein, Kleiner, und hilf mir, meine Sachen hinaus zum Wagen zu tragen!«

Es war immer noch nicht dunkel, als Becky mit dem Wagen losfuhr, der mit ihren Sachen beladen war – weg von dem Haus, in dem sie aufgewachsen war, und weg von dem Mann, von dem sie gedacht hatte, dass er ihre Zukunft sein würde. Und sie würde niemandem eingestehen, wie traurig sie darüber war, nicht einmal sich selbst. Es gab jetzt wichtigere Dinge, an die sie zu denken hatte.

Clint konnte einfach nicht glauben, dass sie sie wirklich fortfahren ließen. Warum hielten sie sie nicht auf? Warum zwangen sie sie nicht, zu Hause zu bleiben, wo er mit ihr hätte reden können und ihr sagen, dass er sie liebte und dass er ihr nur deshalb nicht zumuten konnte, unter dem gleichen Fluch zu leben wie er selbst. Er hätte ihr so gern alles erklärt, damit sie wenigstens nicht dachte, dass er sie verraten hätte und dass er wie alle anderen wäre. Damit sie ihn nicht hasse.

Doch sie war fort, und er saß da mit seinem gebrochenen Bein und musste hilflos zusehen, wie sie fortging. Er hatte sich mit großer Mühe von der Küche ins Wohnzimmer geschleppt, während Becky mit ihren Eltern gestritten hatte, und jetzt wusste er, dass auch er das Haus würde verlassen müssen – denn die Tates würden ihn nun genauso wenig hier haben wollen wie Becky.

Er hörte sie ins Haus kommen, und ihre Schritte näherten sich dem Wohnzimmer, wo es zur unvermeidlichen Aussprache kommen würde. Er bereitete sich innerlich darauf vor und fragte sich, was um alles in der Welt er zu seiner Verteidigung sagen sollte, ohne dass er die Wahrheit über sich selbst preisgeben musste.

Da sah er ihre Gesichter, und er wusste, dass ihm nichts anderes übrig blieb, als die Wahrheit zu sagen.

»Sean, geh und hilf deiner Großmutter in der Küche«, sagte Hunter zu seinem Sohn, der mit ihnen gekommen war.

»Aber, Papa«, protestierte der Junge.

»Geh jetzt und komm nicht wieder, bis ich dich hole!«, befahl Hunter mit lauter Stimme und der Junge lief sogleich los. Dann schloss er die Tür und wandte sich Clint zu. Mrs. Tate stand ziemlich aufgewühlt neben ihm. »Nun, vielleicht würden Sie uns jetzt mitteilen, was, zum Teufel, zwischen Ihnen und meiner Tochter vorgefallen ist«, presste Hunter zwischen den Zähnen hervor.

Clint nickte grimmig. »Vielleicht sollten Sie sich erst mal setzen. Das ist eine lange Geschichte.«

Sie waren nicht so schockiert, wie er erwartet hatte, oder vielleicht hatten sie an diesem Tag einfach schon zu viel erlebt, um über seine Geschichte noch groß erschüttert zu sein. Als er mit seiner Erzählung geendet hatte, saßen sie jedenfalls eine Weile da und betrachteten ihn schweigend.

Schließlich sagte Sarah: »Und Sie haben Becky das alles heute zum ersten Mal erzählt?«

»Ja, Ma'am«, sagte Clint und nickte.

Sarah und Hunter wechselten verblüffte Blicke. »Und Sie wollen uns damit sagen, dass das der Grund ist, warum sie Sie nicht heiraten will?«, fragte Sarah.

»Nein, Ma'am, das hat sie nicht ... Ich meine, ich habe ihr das alles erzählt, damit sie versteht, warum ich sie nicht heiraten kann – sie nicht und auch sonst niemanden.«

Hunter schüttelte den Kopf, wie um klarer denken zu können. »Und sie hat einfach nur gesagt: ›In Ordnung!‹ – und ist abgehauen?«

»Nein, Sir, sie ... wurde ziemlich wütend. Sie hat gemeint, wenn ich sie nicht will, dann bräuchte ich es bloß zu sagen – und dann ist sie weggelaufen. Ich glaube, sie hat gar nicht richtig verstanden, was ich ihr sagen wollte – auch wenn ich mir nicht vorstellen kann, warum. Die Sache ist doch sonnenklar, oder? Ich meine, Sie sind doch jetzt auch dagegen, dass sie mich heiratet, oder?« Er wartete gar nicht auf die Antwort, da er sie sich ohnehin denken konnte. »Ich wollte ihr alles erklären und mich entschuldigen, aber sie gab mir keine Gelegenheit dazu.«

Sarah und Hunter blickten einander wieder an. »Mr. Masterson«, sagte Sarah schließlich. »Ich habe das Gefühl, dass Sie derjenige sind, der nicht ganz verstanden hat, aber ich finde auch, dass Sie und Becky noch einmal Gelegenheit haben sollten, über die Sache zu reden. Leider glaube ich nicht, dass meine Tochter den ersten Schritt tun wird. Und da Sie momentan nicht in der Lage sind ...«

»Ich habe schon darüber nachgedacht, Ma'am«, antwortete Clint, »und ich habe mich gefragt, ob ich Sie vielleicht um einen Gefallen bitten dürfte.«

Es war ein Gefallen, den sie ihm nur zu gern erwiesen.

Becky erwachte am nächsten Morgen bei Sonnenaufgang. Sie war von ihrem langen Ritt vom Vortag und dem plötzlichen Umzug ziemlich erschöpft gewesen, sodass sie bald eingeschlafen war. Doch als sie bei Sonnenaufgang erwachte, musste sie sofort wieder an Clints niederträchtigen Verrat denken.

Wie oft würde sie noch aufwachen müssen und sich wie eine Närrin vorkommen, bevor der Schmerz endlich verblassen würde? Früher hatte sie gemeint, dass die Verachtung, die andere Männer ihr gegenüber an den Tag legten, schlimm zu ertragen wäre – doch das war nichts im Vergleich zu dem, was Clint ihr angetan hatte. Früher hatte sie wenigstens ihren Stolz gehabt – aber er hatte ihr auch den genommen. Sie hatte das Gefühl, nicht mehr in den Spiegel schauen zu können.

Doch ihre Mutter hatte ihr den Wert von harter, ehrlicher Arbeit beigebracht – und das half ihr an diesem Morgen, sich von ihren quälenden Erinnerungen abzulenken. Das meiste, was sie hier im Farmhaus bereits an Arbeit geleistet hatte, musste noch einmal getan werden – wenngleich die Staubschicht bei weitem nicht so dick war wie zuvor. Letzte Nacht hatte sie nur rasch ihr Bettzeug auf dem Bett in dem kleinen Zimmer hinter der Küche ausgebreitet – doch heute musste sie damit beginnen, das Haus wirklich bewohnbar zu machen.

Nachdem sie ihr Frühstück verzehrt hatte, das sie sich

aus den mitgebrachten Vorräten zubereitet hatte, machte sie sich gleich daran, in der Küche zu fegen und Staub zu wischen. Sie wollte gerade das schmutzige Wasser wegschütten, als sie aus der Ferne das Holpern eines Wagens hörte.

Ihre erste Reaktion war Angst, doch sie rief sich rasch in Erinnerung, dass keine Gefahr mehr drohte. Außerdem hatte sie ihre kleine Pistole bei sich, doch sie machte sich nicht einmal die Mühe, sie zu holen – denn als sie in den Hof hinausging, sah sie, dass es der Wagen ihrer Eltern war, der da auf die Farm zugerollt kam. Wahrscheinlich kam jemand, um nach ihr zu sehen und herauszufinden, ob sie es sich schon anders überlegt hatte.

Sie konnte nicht erkennen, wer in dem überdachten Wagen saß – und so wartete sie und spähte hinaus, bis der Wagen nahe genug war. Da sah sie eine männliche Gestalt – das musste ihr Vater sein. Er brachte ihr wohl Vorräte, sonst wäre er bestimmt zu Pferd gekommen, dachte sie.

Der Gedanke ließ sie lächeln – bis sie erkannte, dass es nicht ihr Vater war. Ihr Lächeln verschwand augenblicklich, und sie spürte eine eisige Kälte, als sie den Mann erkannte, den sie am liebsten nie wieder gesehen hätte.

Was dachte er sich bloß dabei, mit seinem gebrochenen Bein in diesem rüttelnden, holpernden Wagen durch die Gegend zu fahren? War er verrückt geworden? Wenn er so weitermachte, würden sie ihm das Bein doch noch abnehmen müssen! Das würde ihm auch recht geschehen, diesem verdammten, dickköpfigen, idiotischen …

Sie hatte sich in eine ordentliche Wut hineingesteigert, als der Wagen schließlich vor dem Haus zum Stillstand kam.

»Was denkst du dir eigentlich?«, stieß sie hervor und stapfte zornig auf ihn zu. »Wenn man dein Gehirn in einen Vogel verpflanzte, dann würde er nur noch rückwärts fliegen! Hast du denn nicht mal so viel Verstand wie ein Floh, Clint Masterson? Wissen meine Eltern, dass du ihren Wagen gestohlen hast?«

Er blinzelte kurz, fing sich aber rasch. »Sie haben ihn mir geliehen.«

»Wofür denn? Damit du losfährst und dir auch noch das andere Bein brichst? Hast du denn immer noch nicht genug? Und wenn du glaubst, dass ich dich diesmal wieder pflege, dann bist du ...«

»Für den Augenblick wäre ich schon zufrieden, wenn du mir aus diesem Ding raushilfst – das heißt, falls du mal kurz zu schreien aufhören könntest«, fügte er mit dem Hauch eines Lächelns hinzu.

»Dazu brauche ich nicht zu schreien aufzuhören«, erwiderte sie und griff nach seinen Krücken, die am Boden des Wagens lagen.

Er nahm sein geschientes Bein von dem Sitz, auf dem es während der Fahrt geruht hatte, und nahm ihr die Krücken ab. Es war recht mühsam, ihm aus dem Wagen zu helfen, sodass Becky sich unwillkürlich fragte, wie er überhaupt hineingekommen war. Immer wieder stöhnte er vor Schmerz, bis er schließlich, auf seine Krücken gestützt, im Freien stand.

Becky zwang sich, möglichst nicht darauf zu achten, wie sich sein Körper anfühlte, als er sich an sie lehnte. Sie hatte gedacht, dass die Erinnerung an ihn schon schmerzhaft genug war – doch ihn zu sehen und zu berühren war noch weitaus schlimmer.

»Du kannst gern ins Haus kommen«, bot sie ihm ziemlich unwirsch an, ohne ihn auch nur anzublicken, während sie vorausging. »Aber streif dir vorher die Schuhe ab. Ich habe gerade den Boden geschrubbt.«

Die Sommerhitze hatte dafür gesorgt, dass der Fußboden schon fast trocken war; nur einige feuchte Stellen wiesen noch darauf hin, dass hier gerade sauber gemacht worden war. Becky ging zum Ofen, wo der Kaffee, der vom Frühstück übrig geblieben war, warm gehalten wurde. Sie schenkte jedem von ihnen eine Tasse ein und stellte sie auf den Tisch, als er schließlich auf seinen Krücken in die Küche gehumpelt kam und sich vorsichtig auf einem Stuhl niederließ. Erst nachdem er sich gesetzt hatte, wandte sie sich ihm zu.

»Was willst du?«, fragte sie und blickte zornig auf ihn hinunter. Es passte ihr sehr gut, dass sie auf ihn hinuntersehen konnte, und sie beschloss deshalb, stehen zu bleiben.

Er holte tief Luft und atmete mit einem Seufzer aus. Einen Augenblick lang dachte Becky, dass er sich vielleicht verletzt hatte – doch dann sah sie, dass sein Schmerz nicht körperlicher Natur war.

»Ich will dich«, sagte er mit unendlicher Traurigkeit in der Stimme. »Aber nachdem ich dich nie bekommen kann, möchte ich wenigstens, dass du mir vergibst. Ich wollte dir niemals wehtun, Becky. Ich liebe dich. Das musst du mir glauben.«

Becky starrte ihn mit großen Augen an – zu verdutzt, um etwas zu antworten. Sie beschloss, dass es vielleicht doch besser war, wenn sie sich setzte, und ließ sich auf einen Stuhl sinken.

»Würdest du ... würdest du das noch einmal sagen?«, fragte sie mit heiserer Stimme.

»Alles?«, fragte er genauso heiser.

»Nein, nur, dass du mich liebst.«

Er schloss die Augen, wie sie es so oft an ihm gesehen hatte, wenn der Schmerz im Bein kaum noch zu ertragen war – doch er biss die Zähne zusammen und gab keinen Laut von sich. Diesmal, das wusste sie, waren es nicht die Schmerzen im Bein, die ihm zu schaffen machten. Als er die Augen wieder öffnete, war die Farbe aus seinem Gesicht gewichen.

»Ich liebe dich, Becky. Ich wollte dir nicht wehtun, aber ... aber ich konnte einfach nicht von dir lassen. Je mehr ich es versuchte, umso schlimmer wurde es. Ich hatte kein Recht, dich zu berühren, überhaupt kein Recht – und du hast jedes Recht, mich zu hassen für das, was ich getan habe. Ich kann nur sagen, dass es mir Leid tut – und wenn es dich tröstet, kann ich dir versichern, dass ich mir dafür mein Leben lang Vorwürfe machen werde.«

Sie blickte ihn völlig entgeistert an. »Dann hat es also wirklich gestimmt? Ich meine, was du mir gestern gesagt hast. Dass du mich nicht heiraten kannst, weil du etwas Negerblut in dir hast?«

»Natürlich hat das gestimmt. Oder glaubst du, ich hätte das erfunden?«

»Nein, ich ... ich dachte eher, es ist eine Ausrede, weil du mich nicht liebst und nicht wirklich haben willst und ...«

»O Gott, nein!«, rief er aus und griff verzweifelt nach ihren Händen. »Glaubst du nicht, dass ich dich auf der Stelle heiraten würde, wenn ich könnte? Ich habe nächtelang wach gelegen und von dem Leben geträumt, das wir zusammen führen könnten! Ich habe mich immer wieder mit dem Gedanken gequält, wie leer mein Leben von nun an sein wird – wo ich doch weiß, was ich verloren habe.«

Jetzt endlich verstand sie ihn – und der Zorn, den sie bisher empfunden hatte, war nichts im Vergleich zu der Wut, die nun in ihr hochstieg. »Bist du vollkommen verrückt?«, rief sie und stieß seine Hände von sich.

Er zuckte zusammen, als fürchtete er, sie würde ihn wieder ohrfeigen, doch sie war nicht bereit, Nachsicht zu üben.

»Du wolltest tatsächlich aus meinem Leben verschwinden und mich nie wieder sehen, nur weil ... weil ...« Sie machte eine hilflose Geste, unfähig, die richtigen Worte zu finden.

»Weil ich dich nicht damit belasten wollte, wer oder was ich nun einmal bin«, warf er in bitterem Ton ein.

»Weil ich weiß bin«, fügte sie in scharfem Ton hinzu. »Weil ich weiß bin und du gedacht hast, du würdest mich entehren, wenn du mich heiratest. Ist es so?«

»Nicht ganz«, sagte er voller Bitterkeit. »Ich könnte es nicht ertragen, dir Kummer zu bereiten. Wenn irgendjemand von meiner Herkunft erfahren würde ...«

»Wie sollte jemand davon erfahren? Glaubst du vielleicht, die Wakefields würden es weitererzählen?«

»Nein, aber ... stell dir nur vor, wir hätten ein Kind.« Er blickte zur Seite – unfähig, ihr noch länger in die Augen zu sehen. »Und stell dir vor, das Kind hätte eine dunkle Hautfarbe ...«

»Wenn *unser* Kind eine dunkle Hautfarbe hätte, dann würden es doch alle auf *mich* schieben, du Idiot! Hast du das denn schon vergessen? Ich bin nicht weiß! Ich habe Indianerblut in mir. Ich stamme von Komantschen ab! Oh, ich weiß, was du jetzt sagen willst«, fuhr sie fort, als er etwas einwenden wollte. »Du denkst, mein Vater ist ja nur ein Halbblut, also wäre ich nur noch zu einem Viertel Indianerin. Aber so ist es nicht, weil Hunter Tate nämlich nicht mein leiblicher Vater ist. O nein, du bist nicht das einzige uneheliche Kind in diesem Zimmer. Mein wirklicher Vater war irgendein dreckiger Wilder, der meine Mutter vergewaltigte, als sie eine Gefangene der Indianer war! So ist das!« Sie sprang auf und stemmte die Hände in die Hüften. »Du bist also nicht der Einzige, der eine so dunkle Vergangenheit hat! Ich kam in einem Komantschenlager zur Welt und meine Mutter war genauso eine Sklavin wie die deine – die Sklavin der Indianer. Du brauchst dir also gar nicht einzubilden, dass du etwas Besonderes bist, Mr. Clint Masterson – oder wie immer du heißen magst.«

»Becky, ich ...«, warf er hilflos ein, doch sie gab ihm nicht die Gelegenheit, zu antworten.

»Ich sollte dich eigentlich gehen lassen, damit du dein restliches Leben unglücklich und ohne mich verbringen kannst – aber zum Glück für dich liebe ich dich auch, und ich habe keine Lust, unglücklich zu sein. Darum werde ich dich heiraten, Clint Masterson, ob es dir passt oder nicht. Wenn du dazu bereit bist – okay, und wenn nicht, dann sage ich meinem Vater, dass ich in anderen Umständen bin. Dann wird er dich zwingen, mich zu heiraten! Du kannst ja versuchen fortzulaufen – aber ich glaube kaum, dass du sehr weit kommst mit deinem kaputten Bein. Es sieht also ganz so aus, als gebe es kein Entkommen mehr für dich. Also, wie willst du es haben – freiwillig oder unfreiwillig?«

Er blickte sie etwas verwirrt an. »Aber macht es dir denn nichts aus, dass ich …?«

»Oh, da fällt mir ein – es gibt da noch etwas, das ich vergessen habe, dir zu erzählen. Als ich in New Orleans war, verdiente ich meinen Lebensunterhalt damit, dass ich in einem Saloon sang und jeden Anwesenden meine Beine sehen ließ. Ich habe es gehasst. Ich habe es so sehr gehasst, dass ich bereit gewesen wäre, mich von meinem Boss zusammenschlagen zu lassen – in der Hoffnung, er würde mich töten, damit ich nicht …«

»Hör auf!«, rief er entsetzt.

Doch sie war noch nicht fertig. »Du siehst also, du bist nicht der Einzige, der manches von dem hasst, was zu seinem Leben gehört, und der sich schämt für das, was er ist. Die Frage ist nur, ob man bereit ist, der Mensch zu werden, der man sein möchte, und ob man das Glück annimmt, das einem beschieden ist – oder ob man alles wegwirft wegen irgendeines dummen Ehrgefühls oder was immer es ist, das dich auf so idiotische Gedanken bringt!«

Eine ganze Weile starrte er sie nur wortlos an. Seine Augen spiegelten all die Gefühle wider, die in ihm kämpften – und sie fürchtete, er würde sie auch jetzt zurückweisen und damit die Chance zunichte machen, die sie noch hatten.

Doch dann lächelte er – und es war ein etwas belämmertes Grinsen, das er auf den Lippen hatte.

»Ich dachte, du wolltest mir ohnehin keine Wahl lassen und mir deinen Vater auf den Hals hetzen«, rief er ihr in Erinnerung.

Sie musste sich das Lächeln verbeißen. »Muss ich das wirklich tun?«

Er tat so, als würde er darüber nachdenken. »Ich glaube, wenn du dich für ein paar Minuten hier auf meinen Schoß setzt, dann brauchst du vielleicht keine weiteren Überredungskünste mehr.«

Kaum hatte er es gesagt, war Becky auch schon bei ihm – doch im nächsten Augenblick zögerte sie. »Tue ich dir denn nicht weh mit deinem Bein?«, fragte sie. »Vielleicht sollte ich ...«

»Sei still und küss mich«, befahl er ihr und schloss sie in seine Arme – und Becky fand, dass es besser war, ihm nicht zu widersprechen.

Nach einer Weile löste Clint seine Lippen von den ihren, um wieder zu Atem zu kommen, und fragte sie: »Bist du es wirklich?«

»Bin ich *was*?«, fragte sie etwas benommen.

»In anderen Umständen?«

Sie wollte schon nein sagen, als ihr einfiel, dass sie sich erst zwei Tage zuvor geliebt hatten. »Ich weiß es nicht«, sagte sie schließlich und lächelte schelmisch. »Nach dem ersten Mal war ich's nicht, aber jetzt ...«

»Ist dir auch wirklich klar, worauf du dich da einlässt?«, fragte er und streichelte zärtlich ihr Gesicht. »Es könnte sein, dass ich ein Krüppel bleibe, wenn das Bein nicht richtig verheilt. Ich habe ein wenig Geld gespart, aber ich werde mindestens ein halbes Jahr nicht arbeiten können und ...«

»Das müsste sich ausgehen«, antwortete sie. »Dann bist du rechtzeitig wieder gesund für die Aussaat im Frühling. Mein Vater hat mir zugesagt, dass ich die Farm als Hochzeitsgeschenk bekomme. Wir können hier leben und meine Eltern werden uns helfen, wenn es nötig ist und ...«

»Ich möchte keine milden Gaben«, wandte er entschlossen ein.

»Dann werden sie es uns eben leihen«, verbesserte sie

sich. »Wir können es ihnen ja zurückzahlen, wenn die erste Ernte eingefahren ist.«

Sie sah jedoch, dass immer noch ein Schatten über seinen Augen lag. »Bist du dir auch wirklich sicher? Wenn jemand herausfindet, wer ich bin ...«

»Sei still!«, entgegnete sie und legte ihm die Hand auf die Lippen, um ihn zum Schweigen zu bringen. »Ich möchte nichts mehr davon hören. Vielleicht sollte ich *dich* fragen, ob du dir sicher bist, dass du eine halbe Indianerin heiraten willst. Ich habe mir mein ganzes Leben gewünscht, ich wäre jemand anders. Ich wollte sogar vor meiner Herkunft davonlaufen, aber es hat nicht funktioniert. Schließlich ist mir klargeworden, dass ich nicht vor mir selbst davonlaufen kann – und jetzt will ich es nicht einmal mehr. Ich möchte einfach nur mein Leben so führen, wie ich es mir wünsche, und das Glück annehmen, das mir beschieden ist. Als ich dachte, dass du mich nicht liebst, da wollte ich unterrichten und ... O Gott! Ich hätte fast die Schule vergessen. Ich habe es doch schon allen versprochen. Sie soll in ein paar Wochen eröffnet werden!«

Er zeigte jedoch keinerlei Besorgnis. »Dann müssen wir wohl gleich heiraten, damit du rechtzeitig mit allem fertig wirst.«

Sie starrte ihn verblüfft an. »Du meinst, du hättest nichts dagegen, dass ich die Schule aufmache, auch wenn wir heiraten?«

»Ich kann mir nicht vorstellen, wie ich dich daran hindern könnte, was ich übrigens gar nicht will. Einige der Kinder sind schließlich meine Neffen und Nichten.«

»O Clint, ich liebe dich!«, rief sie aus und schlang ihre Arme um seinen Hals. Als sie ihn wieder losließ, sagte sie: »Wir sollten gleich heimfahren und es meinen Eltern sagen! Meine Mutter wird einen Anfall bekommen, weil sie so wenig Zeit hat, um die Hochzeit vorzubereiten, aber sie wird sich trotzdem freuen, und Grandma Tate ...«

»Wir müssen aber doch nicht *gleich* fahren, oder?«, unterbrach Clint sie und ein ganz neues Gefühl leuchtete in seinen Augen auf. »Ich meine, ich bin doch ziemlich erschöpft von der Fahrt hierher. Ich sollte zumindest ein wenig rasten. Vielleicht sollte ich mich kurz hinlegen«, fügte er mit einem verschlagenen Lächeln hinzu.

»Wie stellen Sie sich das vor, Mr. Masterson?«, erwiderte Becky geziert.

»Ich stelle mir vor, dass du mir zeigst, wo das nächste Bett steht, und dass du dich ein Weilchen mit mir hinlegst.«

»Nur hinlegen?«, fragte sie in unschuldigem Ton. »Wie müde bist du denn wirklich?«

»Nicht zu müde, um dir zu zeigen, wie sehr ich dich liebe und wie sehr ich mich darauf freue, mit dir verheiratet zu sein.«

»Also gut«, sagte Becky und erhob sich von seinem Schoß. »Das Bett steht da drüben.«

Anmerkung der Autorin

Die ersten Rancher in Texas, die Zäune aufstellten, stießen auf ähnliche Probleme, wie Hunter Tate sie in diesem Buch hat. Es kam mitunter zu heftigen Kämpfen, obwohl nur wenige in den sogenannten Fence Wars getötet wurden. Die Rangers halfen mit, den Frieden aufrechtzuerhalten, bis das Gesetz schließlich geändert wurde – wofür Hunter eintritt, als er nach Austin fährt. Binnen weniger Jahre hatten jedoch fast alle ihr Land eingezäunt und die Probleme gehörten der Vergangenheit an.

Dies ist der dritte Band der Tate-Familiensaga. Der erste Band, *Das Flüstern des Windes*, erzählt die Geschichte von Rebekah Tate und Sean MacDougal. Das zweite Buch, *Das Versprechen des Windes*, ist Hunter und Sarah gewidmet.

Als abschließender Band wird demnächst *Die Verheißung des Windes* erscheinen. In diesem Buch geht es darum, wie der junge Sean erwachsen wird und sich einen Namen zu machen versucht, indem er im Spanisch-Amerikanischen Krieg kämpft. Er erlangt jedoch nicht den Ruhm, nach dem er gestrebt hat – dafür lernt er in Kuba eine Rotkreuzschwester kennen, die sein Leben für immer verändert.

Ich würde mich freuen, wenn Sie mir mitteilen würden, wie Ihnen *Wind des Schicksals* gefallen hat. Schreiben Sie bitte an:

Victoria Thompson
c/o Zebra Books
475 Park Avenue South
New York, NY 10016

Heather Graham

Heather Graham schreibt die schönsten Liebesromane seit ›Vom Winde verweht‹.

01/13270

Eine Auswahl:

Wechselspiel der Liebe
04/171

Rebell der Leidenschaft
04/182

Geliebter Rebell
04/352

Schatten des Schicksals
04/345

Die schottische Lady
04/211

Tanz der Leidenschaft
04/214

Auf dem Schlachtfeld der Liebe
04/324

Der Rebell
04/248

Brennendes Herz
04/270

Lächeln der Sehnsucht
01/13152

Insel der Leidenschaft
04/353

Sterne der Liebe
01/13270

Sieg des Herzens
01/13103

HEYNE-TASCHENBÜCHER